अल्मा कबूतरी

[उपन्यास]

अल्मा कबूतरी

मैत्रेयी पुष्पा

राजकमल प्रकाशन

ISBN : 978-81-267-0195-7

मूल्य : ₹995

पहला संस्करण : 2000
आठवाँ संस्करण : 2023

प्रकाशक : राजकमल प्रकाशन प्रा.लि.
1-बी, नेताजी सुभाष मार्ग, दरियागंज
नई दिल्ली-110 002
शाखाएँ : अशोक राजपथ, साइंस कॉलेज के सामने, पटना-800 006
पहली मंजिल, दरबारी बिल्डिंग, महात्मा गांधी मार्ग, प्रयागराज-211 001
वेबसाइट : www.rajkamalprakashan.com
ई-मेल : info@rajkamalprakashan.com

मुद्रक : विकास कंप्यूटर एंड प्रिंटर्स
ट्रॉनिका सिटी-201 102

ALMA KABUTARI
Novel by Maitreyi Pushpa

स्वतंत्रता सेनानी, मेरे गुरुवर
स्वर्गीय भगवानदास माहौर की यादों को
सादर समर्पित

इस उपन्यास के लेखन के दौरान दतिया, मध्यप्रदेश के प्रो. पी. आर. शुक्ल और डॉ. विभा शुक्ल तथा सेरसा, झाँसी के बुद्धसिंह यादव ने मुझे भरपूर सहयोग दिया, इसके लिए मैं उनकी हृदय से आभारी हूँ।

–मैत्रेयी पुष्पा

अक्तूबर, 1936

अपराधी जनजाति अधिनियम के विनाशकारी प्रावधान को लेकर मैं चिंतित हूँ। यह नागरिक स्वतंत्रता का निषेध करता है। इसकी कार्यप्रणाली पर व्यापक रूप में विचार किया जाना चाहिए और कोशिश की जानी चाहिए कि इसे संविधान से हटाया जाए। किसी भी जनजाति को 'अपराधी' करार नहीं दिया जा सकता। यह सिद्धांत न्याय और अपराधियों से निपटने के किसी भी सभ्य सिद्धांत से मेल नहीं खाता।

–पं. जवाहरलाल नेहरू

(*Ex-Criminal Tribes of India* में उद्धृत)

एक

मंसाराम को तबाह किया है कदमबाई ने !

गुदगुदे बिछौनेदार पलँग पर लेटे हुए मंसाराम को लग रहा है, नीचे शरशैया है। करवट लेते ही तकलीफ जान लेने लगती है। विकल-बेचैन...एक-एक घड़ी रात काट रहे हैं।

चंद्रमा चौखट पर आ गया, कदमबाई की छवि आँखों में जड़ी है। गोरा-उजला चेहरा। छोटा माथा, सुतवाँ नाक। नाक में नगजड़ी मैली-सी लोंग। आँखों में चमकदार नजर। अंडाकार चेहरे की नुकीली ठोड़ी पर गुदने की बूँद ! क्या-क्या बतलाएँ मंसाराम, मन के दर्पण में समाई है बरजोर। लाल घाघरा, पीली ओढ़नी और हरी कुर्ती ! दुबली-पतली काया—कदमबाई छलकर कहाँ से कहाँ ले चली ? बीससाला लड़की।

कुलशील संस्कारी मंसाराम की जिंदगी कबूतरी के हवाले हो गई कि वे घर-परिवार, पूरा मौहल्ला, गाँव और नाते-रिश्तेदारियों में धिक्कार के पात्र हो गए।

बहिष्कृत क्या हुए, मन के राजा हो गए ! नहीं तो कदमबाई की कोख से बच्चा हो और वे पालना भिजवाएँ ! गजब और कैसा होता है ?

जानते तो थे कि इस सुकर्म के चलते नामवरी नहीं, लानंत की मिलेगी। मंसाराम के भीतर से वह मंसाराम कहाँ निकल भागा, जो शुद्ध आचरणवाला बालक था ? होंठों पर रेख उभरीं तो सज्जन लज्जाशील युवक हुआ। तीस साल की अवस्था पार करते-न-करते दिल के हाथों तबाह हुए, या पूरे समाज का प्रायश्चित करने पर तुल गए ?

नए जन्मे शिशु की माँ छाती खोलकर दूध पिलाती हुई एकटक निगाह से राह देखती होगी !

जल्दी से नहा-धोकर उजले कपड़े पहने। शीशा देखकर बाल सँवार रहे थे। अपनी ही उल्टी माँग में अटककर रह गए—तिरछी माँग बड़ी फबती है माते !—कदमबाई की मिश्री-घुली आवाज और रीझी हुई नजर...मंसाराम रस में उतर गए।

लगता है, उड़कर उसके पास पहुँच जाएँ। माना कि खानदानियों के डर से गाँववालों की थूकती नजर से बचते हुए भी वे बोल-बतिया नहीं पाएँगे। आसपास ही बने रहेंगे, यही क्या कम है। बस एक छोटा-सा लम्हा हाथ लग जाए, बस इतना कह दें—मैं तेरे संग हूँ कदम। सौगंध नहीं खाता, गंगाजली नहीं उठाता, बस दिल से कहता हूँ। भरोसा करेगी न ?

अब क्या, जो हो गया सो हो गया ! सदा सोचा—अपने खानदान के सदाचारी सपूत साबित होंगे कि बिरादरी और बिरादरी के बाहर इलाके-भर में उनके सद्‌गुणों का झंडा गड़ जाएगा। कोई भी काम ऐसा नहीं करेंगे, जिससे अपने पुरखे-पितरों पर कालिख आए।

...लेकिन हालत यह हो गई कि लोगों की निगाहों से बचने की कोशिश करते हैं। भूले से कहीं थोड़ी-सी इज्जत पा जाते हैं तो धन्य-धन्य हो उठते हैं, प्यार के एक कतरे से गल जाते हैं। गुनाह-गठरिया सिर पर लाद ली है। गली का कुत्ता भी उनके मुकाबले मर्यादावाला है।

—मुझे कोई समझता क्यों नहीं ? मेरा एक दोष—कबूतरा-बस्ती ! पहाड़ से भारी पाप ! अब मैं किसकी परवाह करूँ ? मैं शुरू से ही दोषी रहा ?

●●●

छोटे से मंसा के बाल-मन में कई बातें कुलबुलातीं। तब, जब वह अपने पिता के साथ खेतों पर जाता। दादा के कंधे पर हल होता और मंसा के सिर पर बीज-बँधी छोटी-सी पोटली। आगे-आगे बैल चलते। बैलों के सींगों पर सूरज चमकता !

बउनी के दिनों में पिता हल चलाकर मिट्‌टी में जगह बनाते, मंसा छोटी-सी हथेली और उँगलियों के सहारे बीज छींटता। फिर से उगने-बढ़ने के लिए।

बोने-उगाने की वह आदत...जैसा बोया, वैसा काटा ?

पिता भौंरे की तरह भन्नाया करते थे। मंसा कान बिछाकर सुनता। ध्वनि का अर्थ आँखों में उठते सवाल बन जाता।—क्या कह रहे हो दादा ?

"मैं झींक रहा हूँ। साले कबूतरा पूरा डेढ़ बीघा दाबे हुए हैं। आधा बीघा हग-मूतकर बरबाद करते हैं। कसर रह जाती है सो दारू का विषैला पानी बहाकर पूरी कर देते हैं। दो बीघे का मतलब बत्तीस मन गेहूँ। मंडी में बेचो तो हजारों रुपए। घर में रखो तो पूरी साल का अन्न।"

मंसा की दो कोमल आँखें नासमझ-सी...पिता की नजरों से टकरा जातीं।

"वह दिन कब आएगा, जब इन्हें हम उखाड़ फेंकेंगे। एक मन करता है, दारू के लैसंससुदा ठेकेदारों को इन्हें कुचलने का ठेका दे दूँ। राजासिंह ने तो ऐसा ही किया था। खेत खाली हो गए।"

क्यों ? मंसा न बत्तीस मन गेहुँओं का मूल्य समझता न खेत की कीमत। उसे अपने ही खेत में रहनेवाली कबूतरियाँ बुलातीं, प्यार करतीं, गुड़ देतीं, जो वह हरगिज न लेता। ...लेकिन लेना चाहता। गुड़ घर में भी होता, उनके गुड़ के लिए ललक लगती।

मन-ही-मन दादा को लताड़ता—दारू के ठेकेवाले उस बूढ़ी दादी को मारेंगे ? जंगलिया को पीटेंगे—छोटा-सा चुलबुला लड़का ! मलिया कितना प्यार करता है !

—यह जमीन किसकी है ?—उसने अपने घर के बारे में पूछा था।

—बेटा, हमारी।

—जहाँ राजा काका रहते हैं, वह ?

—उनकी।

—सबकी छोटी-छोटी जमीनें कहाँ से आईं ?

पिछले सवाल का जवाब क्या होगा ? वह पिता की ओर बड़ी-बड़ी आँखें करके देखता।

इन सवाल-जवाबों के पीछे कबूतरा-बस्ती में रहती वह बुढ़िया थी, जो उसे देखते ही अपनी बेटी को टेरती—रे...भूरी ! राघव माते का च्छोरा आया री। गुड़ की डिंगरी ले आ।

मंसा को डर भी लगता और उसके पाँव भी ठिठकते। काश, माँ ने कबूतरियों की कहानियाँ न सुनाई होतीं। डर न दिखाया होता कि एक कबूतरी ने बानसिंह लोधी के ऊपर मरैला की राख छिड़क दी थी, वह बेहोश हो गया। कबूतरा खलिहान में से रास भर ले गए। रामकिशन को कपड़े की छोटी-सी गाँठ सुँघाकर डेरे में बंद कर लिया था, फिर दारू पिला दी। बेचारे को लत लग गई, वह कबूतरियों का गुलाम हो गया।

गुड़ लेने के लोभ में ठिठकता मंसा, साँस खींचकर भागता। बूढ़ी कबूतरी की हँसी उसे पिछियाती आती—री...भाग छूटा च्छोरा।

●●●

दो बीघा खेत लेने से पहले ही पिता स्वर्ग सिधार गए—सर्पदंश मौत बन आया। पिता की असमय मृत्यु ने सोलह वर्ष के मंसा के कंधों पर भारी गृहस्थी का बोझ लाद दिया। तीन बहनों में बस धीरज की माँ—अमरावाली जिज्जी का ब्याह हो पाया था। दो बहनें और मंसा खुद माँ के साथ रह गए। माँ ने पढ़ाई नहीं छोड़ने दी और मंसा ने इंटर की परीक्षा पास करके मानी।...पर जब-जब पिता की गृहस्थी के बोझ से दबता, तब-तब उसे वही दो बीघा खेत याद आता, जो दादा के कलेजे की कसक था। श्यामा जिज्जी के ब्याह के समय पच्चीस हजार नकद वर पक्ष को देते समय मंसाराम को बार-बार दो बीघे की पैदावार का मूल्य याद आया था। वे भी पिता की तरह बुदबुदाए। कबूतराओं को गालियाँ दीं। मन में यह भी आया कि कहीं उनके पिता की मंशा इन लोगों ने भाँप तो नहीं ली ? विष खिलाकर साँप का नाम लगा दिया हो ?

जो भी हो, दादा के द्वारा उनके मन में बोया हुआ बीज ऐसा विषवृक्ष बन गया, जिससे जहरीली पत्तियाँ झड़ती थीं, और कबूतराओं पर गिरती थीं। गिरना लजिमी था, क्योंकि उन्हें इस टीस के साथ पिता एक किस्सा सुना गए थे, जो उन्होंने अपने पिता से सुना था और पिता ने अपने पिता से। पिताओं की शृंखला सन् 1857 के पिता से जा जुड़ी। कहते हैं कि रानी झाँसी के संग लड़नेवालों को उनके शहीद होने के बाद जब अँगरेजों ने खदेड़ना शुरू किया तो वे जहाँ-तहाँ ऐसे फैल गए, जैसे पानी फैल जाता है। माटी उसे बिना शोरगुल किए सोख लेती है। जिनको बुंदेलखंड की मिट्टी ने अपना लिया, वे ऐसे लोग थे, जिनकी बोलीबानी, रहन-सहन, तौर-तरीके अपने इलाके के थे।

मगर वे, जो इस कसौटी पर खरे न उतरते थे ? जिनका पहनावा और भाषा जुदा थी, अलग छँट गए। वे अँगरेजों की मार खाते हुए पत्थर-ढोकों की तरह यहाँ-वहाँ लुढ़कते रहे। वे अनाथ-असहाय, कुछ तो फौजी बूटों-तले कुचलकर मर-खप गए, कुछ भटकते-भागते यहाँ चले आए।

मड़ोरा खुर्द के सीवान में चार-पाँच आदमी, दो-तीन औरतें और चार बच्चे दिखाई दिए थे।

वे दस-ग्यारह लोग बसेरे की तलाश में थे। उनमें से जो मुखिया के रूप में था, बोला, ''मालिक, थोड़ी-सी धरती...मुँहमाँगा मोल भरने को तैयार हैं।''

''फटेहाल लोगों के पास रकम कहाँ से आई ?'' पुरखों ने सवाल किया।

''दारू बनाएँगे मालिक। बेचेंगे। जिसकी धरती होगी, उसे मुफ्त पिलाएँगे।''

''नहीं, दारू नहीं। गाँव खराब हो जाएगा।''

''तब मजूरी करें ?''

''नहीं, तुम्हारा अता-पता नहीं, सो विश्वास नहीं।''

''तब क्या सेवा करें ?''

किसानों ने सोचा, खेतों पर पड़े रहने दो, रखवाली अपने-आप हो जाएगी। दारू बनाएँगे भी तो गाँव से बाहर बनाएँगे।

वे क्या जानें कि कबूतरा ठोकरें खाते हुए यहाँ तक पहुँचे हैं ? अपमान की गठरी सिर पर लदी है। वे किसी को भी, किसी भी कीमत पर अपनाना चाहते हैं। यही उनके जीवन का लक्ष्य है।

किसानों को अपना लिया।

खेत में कच्चे ओटले उठने लगे। भट्टियाँ खुदने लगीं। घड़े और कनस्तर आए।

महुआ और गुड़ के खमीर ने फसलों को घेर लिया। दारू और दारा के मेल ने गाँवों पर मूँठ मारी। किसान मंत्रबिद्ध से खिंचे चले आते। कबूतरियाँ ढालती, पिलातीं।

बसावटें आबाद हो गईं।

आज तो हाल यह है कि आदमी लैसंसी ठेकेदारों के यहाँ न जाकर कबूतरा-बस्ती में पहुँचता है। वैध-अवैध का भेद भुलाकर छककर पीता है। महँगे रेट और जान-पहचान के आदमियों की नजरों से छुटकारा। सबकुछ दबा-ढका।

राजासिंह काका मैली-सी सफेद मूँछों में हँसा करते—भाई अपने गाँव में नब्बे फीसदी पंचायतें रात के समय इसीलिए निपटती हैं कि साला प्रधान बिना पिए सच नहीं बोल पाता। फरियादी की गर्ज पड़े तो कंधे पर धरकर ले आए।

खिल्ली के जगदीश मास्टर दूसरा किस्सा सुनाते—अजी हमारे गाँव के रिटायर्ड दरोगाजी का हाल यह है कि नितनियम से सबेरे ही 'महुआ' का आचमन कर लेते हैं। जैसे ही नशे ने दबाए, दरोगिन के पाँव पकड़कर रोने लगते हैं। कहते हैं—हमने तुम्हें कैदियों के मुकाबले ज्यादा पीटा है रानी...माफी दो। बिना पिए हाथ बेरहमी के शिकार हो जाते हैं।

मंसाराम के पिता इन बातों को सुनकर असहाय-से साँस खींचकर रह जाते। दारू की जादूगरी इस तरह चलती रही तो कबूतराओं को कौन उखाड़ सकता है ? तभी ये पुलिस और लैसेंसशुदा ठेकेदारों को छकाते रहते हैं, क्योंकि किसानों की हमदर्दी साथ है।

पिता और पितामहों की ऐसी बातें सुनते-गुनते मंसाराम बड़े हुए। और यह बात अच्छी तरह समझ में आ गई कि अपने फन में माहिर कबूतरा लोग ऐसे शातिर हैं कि जंग और जिंदगी को शामिल खाते में डालकर जी लेते हैं।

...लेकिन अपने पिता की तरह ही जब-जब मंसाराम अड़तालीस बीघे काश्त में दो बीघे जोड़ते तो पूरे पचास की टंकार सुनाई देती और उनके कलेजे पर घन-सा पड़ता। माँ जिंदा होतीं तो वे कराहकर रो देते। कभी अकेले सहन करने की ताकत जुटाते तो कभी तिलमिलाकर कबूतराओं पर सख्ती करने चल देते।

गुस्सा गले में डालकर वे भद्‌दी से भद्‌दी गालियाँ देते और खेतों में बसे लोगों को छोटी-सी गलती पर मारने लगते, मसलन मेंड़ पर क्यों चल रहा था ? खेत की ओर क्यों देख रहा था ?

...लेकिन वे ठहरे कबूतरा, सारी क्रूरताओं को पानी की तरह पी जाते। ऊपर से कबूतरियाँ पाँव पकड़ लेतीं। उनकी माँ का वास्ता देतीं। मलिया खेतों का रखवाला बाँह उठाकर मातहत बने रहने की सौगंध खाता। सबसे बड़ी बात यह कि अपने ही काका भइयाओं का डाह उकसाता कि कबूतरा बगल में रखकर चलना पड़ता। अंदरूनी जंग !

अट्‌ठाईस वर्ष की उम्र में एक नई चुनौती सामने आ गई। अब तक प्रधान पद पर गुन्नीसिंह निर्विरोध आसीन होते रहे। अबकी बार लल्लूराजा उठ खड़ा हुआ। मंसाराम का सहपाठी लल्लूराजा पढ़ाई में एकदम फिसड्डी ! व्यवहार में गँवार। मंसाराम के खून में ईर्ष्या बहने लगी।

जीतेगा भी जरूर क्योंकि गरीबों को कर्ज बाँटता है। निर्णायक वोट गरीबों के ही होते हैं, क्योंकि वे ज्यादा होते हैं। अब कैसे काट किया जाए ?

प्रत्युत्पन्न मति ! मंसाराम को कबूतरा याद आए। गाँव के लोग लल्लूराजा की अंटी में हैं तो कबूतरा उनकी फेंटी में। बहिष्कृत हैं तो क्या, वोटर तो हैं ही। वे चाहें तो उनके दम पर प्रधान बन सकते हैं। मंसाराम को यकायक महसूस हुआ—उनके खेत में कबूतरा नहीं, वोटों की फसल लहलहा रही है।

...मगर इतने से ही संतुष्ट हो जाते तो उनके डाह की कीमत क्या रहती ? स्पर्धा का मोल भी क्या, जिसके चलते आदमी जीते नहीं। ईर्ष्या-डाह और स्पर्धा के साथ वैमनस्य मिला तो आग का गोला बन गया, जिसे मंसाराम निगले बैठे थे। और ठान रहे थे कि इस ठोस अग्नि से लल्लूराजा को भस्म कर देंगे।

दिमाग दौड़ने लगा। एक-एक करके कबूतराओं पर नजर जाने लगी।

सरमन, मलिया, खुरदा, दूलन से होते हुए जंगलिया कबूतरा पर आकर झटके से रुके, जैसे उनकी गति को तेज ब्रेक लगा हो।

जंगलिया कच्ची उम्र से ही पराक्रम दिखा रहा है। मंसाराम को याद है, वह नौ वर्ष की अवस्था में अपने से बड़े साइकिल-सवार की साइकिल के पहिए में डंडा डालकर, उसे कुल्हाड़ी दिखाकर सोने की अँगूठी उतरवा लाया था। माँ के समझाने पर रिवाज के हिसाब से अँगूठी कबीले के मुखिया को भी नहीं दी। शीशम के पेड़ के नीचे दबा आया। माँ बेचारी बात के साथ खुशी भी दबा गई।

बारह वर्ष की अवस्था तक तीन घड़ियाँ और एक हजार रुपया लूट चुका था। चार बार जेल गया। था तो बालक, पर सिपाहियों को खूब पिदाता था। हवा पर सवार जंगलिया को पुलिस ने चोरी के जुर्म में कम, अपने छकाने के लिए ज्यादा से ज्यादा सजाएँ दीं और हवालात में डाले रखा।

पंद्रह वर्ष का नामी चोर जंगलिया ! बिरादरी में पराक्रम फैल गया।

शिवसिंह कबूतरा ने अपनी अति सुंदर बेटी कदमबाई का ब्याह जंगलिया से करने की ठानी। अन्य सगाईवालों का रिवाज फलाँगकर तोड़ा। बेटेवाले से एक पैसा तक न लिया, संग में गुली गोश्त और महुआ की दारू की दावत का कौल किया।

बरात पंद्रह दिन रही। रस्म के मुताबिक खूब खाया-पिया और रोज लड़े। लड़ाई में कई घायल हुए, जिनकी दवा-दारू कदमबाई के पिता को करनी पड़ी।

ससुर ने सबकुछ खुशी-खुशी किया, क्योंकि जंगलिया के हुनर सिर चढ़कर बोल रहे थे। और वह समझ रहा था कि बिरादरी के लोग डाह को खाने की कोशिश, ईर्ष्या को पीने की कोशिश और अहंकार को पचाने की कोशिश में लहूलुहान हो रहे हैं, मरहम-पट्टी करते उसका क्या जाता है ?

जंगलिया खुद्दार लड़का, ससुर की दरियादिली का अहसान रूपी बोझ लादने को तैयार नहीं था। उसका मन बार-बार कचोटता।

बीस साल की अवस्था में रबी के खलिहान उठते ही उसने ससुर का कर्ज उतारने की ठानी। आधी रात के समय सड़क पर जाती बैलगाड़ी का गेहूँ भरा सलीता चीरकर दस मन गेहूँ चुरा लिए।

गठरी बाँध-बाँधकर रात ही रात डेरे पर ले आया।

उन्नीसवर्षीया पत्नी की आँखें फटी रह गईं। कदमबाई ने इतनी लंबी-चौड़ी चोरी अपने जीवन में कभी देखी न थी। थरथराती हुई बोली, "तू कैसे लाया रे ?"

वह हलके से ताली पीटकर धीमी हँसी हँसा, "री, गाड़ी की तली से मक्खी की तरह चिपट गया था। फेंटा में बँधी कटार से सलीता चीर दिया। तू अचम्भा क्यों कर रही है ?"

"अब बड़ी सजा होगी," कदमबाई की अल्हड़ आँखें फिक्र में फँसी थीं।

किसी ने खबर दे दी, मुखिया आ गया। दस मन गेहूँ इकट्ठे देखकर उसका भी चेहरा काला पड़ गया। जंगलिया की पत्नी आधी रह गई। सजा हुई तो मुखिया छुड़ाने नहीं जाएगा।

कदमबाई हलके-हलके कदम रखती हुई जिठानी के पास पहुँची। सजा होगी तो

थाने पर जाना होगा। भजनी जिठानी समझाए, वह गेहूँ बाँटकर मुखिया को मना लें।

साबुत घाघरा और धुली ओढ़नी पहले कदमबाई घर लौटी तो जंगलिया झूमकर हँसा।

कदम चिढ़ गई।

''ठीक है री कदम, तू गेहूँ बाँट दे कि मुखिया को ही दे दे, पर मेरी हिम्मत और दिलेरी किसे दे देगी ?''

कदम मुँह टेढ़ा करके बोली, ''हुँह ! दिलेरी दिखा और हमसे सिपाहियों के बूटों पर होंठ रगड़वा। यही होती है बहादुरी ?''

गुस्से में कदम का गोरा चेहरा तमतमाकर लालभभूका हो गया। जंगलिया को और भी हँसी आई, सिर मटकाकर पूछ बैठा, ''मायके जा रही थी ? दद्दा से शिकायत करने ? उसी के लिए तो गेहुँओं का इंतजाम किया था। दमाद की खातिर लुट गया बेचारा।''

नई घनी मूँछें, चमकीला जवान चेहरा, काँसे-सी बोलती देह ! माथे पर उत्साह दमकता है। मंसाराम की नजरों में जंगलिया आ गया है, वह बेहद खुश था।

तभी तो साबुत कमीज पहनकर हँस रहा था जंगलिया।

''री कदम, अब तू पानी पिला दे, गुस्सा थूक।''

कदमबाई पानी ले आई। धमधमाती पास आ गई।

पानी देते हुए बोली, ''मैं क्यों मायके जाती, तू ही ससुराल जा रहा था।''

''बड़ी भोली है कदम ! री मैं क्यों जेल जाता ?''

''गाड़ी का मालिक तेरा ससुर लगता था क्या ?''

''मंसाराम को तू क्या मानती है ? जिस गाड़ी से गेहूँ चुराए थे, उन्हीं की निकली। और जानती है तू, मालिक ने अपने गाड़ीवान को नौकरी से निकाल दिया, साला हाथी की-सी सूँड़ डालकर सोनेवाला आलसी !''

जंगलिया ने कमीज की जेब से चबैना निकाला और मजे से पेड़ पर बैठे तोतों से बतियाते हुए खाने लगा।

कदम का दिल धड़क रहा है, जंगलिया जानता था। नन्हे दिल की मालकिन उसने सारा ध्यान कदम के बदन पर केंद्रित कर लिया और बोला, ''मौसम में फूला आम का बौर, सुग्गा आसा में बैठा है।

''री कदम, पंछियों से ही कुछ सीख। लाल चोंचवाले हरियल तोते, बेफिकर। मैं हरा-भरा रहना चाहता हूँ। अपने बप्पा की तरह नहीं कि पाँच सेर उड़द चुरा लिए, तीन महीने जंगल में पड़ा रहा। वहीं सूखकर मर गया।''

''यह कमीज कहाँ से लाया ?'' कदमबाई ने काजल-भरी गुस्सैल आँखें उठा दीं।

''मंसाराम ने पहनाई है।''

●●●

मंसाराम ने लल्लूराजा पर दाँव चलाने से पहले अपनी कमीज पहनाकर जंगलिया पर मूँठ चला दी।

वे समझ गए कि दस मन गेहुँओं का मालिक होकर कबूतरा राजा हो गया। डेरों के लोग उसका लोहा मान रहे हैं। बेसजा बेखौफ और बाइनाम चोरी !

कमीज पहनकर अच्छे कपड़ों का मोह हो गया। जंगलिया मंसाराम की संगत में रहेगा तो ऐसी इच्छाएँ जागेंगी कि कुछ भी कर गुजरेगा। चबूतरे के नीचे उनकी दी हुई चाय पी रहा था, तो घर को कैसी लुभियायी नजरों से देख रहा था !

सचमुच जंगलिया मंसाराम के बताए खेतों से कहीं सोयाबीन कतरता, कहीं भैंस खोलता, कहीं साइकिल चुराता। बाज का-सा झपट्टा, चील की-सी उड़ान ! देवता की तरह विचरने लगा।

मंसाराम ने वचन दिया—घर बनाने के लिए जगह देंगे।

घर की मालकिन कदमबाई का बदन उनकी आँखों में झिलमिलाता। अर्थ और काम ने इंद्रियों पर काबू कर लिया। कदमबाई जवान और भरेपूरे साँवल वर्ण मंसाराम को अपने वीरदेवता की तरह पूजने लगी है। अहसान-तले दबी लड़की वरदान भी चाहती है। पति-पत्नी उनके मुरीद हो गए, भाँप लिया मंसाराम ने। अब लल्लूराजा के कदम लड़खड़ा जाएँ और जंगलिया...आगे वे कुछ सोचना-समझना नहीं चाहते।

●●●

लल्लूराजा की प्राचीन अटारी ! यही कहा करते हैं मंसाराम। अटारी में हनुमान की छोटी-सी मढ़िया है। सोने की प्रतिमा के रूप में पवनपुत्र विराजे हैं। अंजनिसुत ने मंसाराम का मन विचलित किया है—मेरे घर भी आओ न भगवान।

मौका है, समय है, जंगलिया कबूतरा हाजिर है। पवनसुत ने अपनी माया फैलाई है, तभी न यह बहादुर आदमी सुख-सुविधा के हाथ बिकने को राजी हो गया। रोटी, कपड़ा और मकान का सपना पालनेवाला जंगलिया...

मैं तुझे जगह दूँगा, तू घर बनाने के साधन जुटा।

जंगलिया ने शीश झुका दिया। मंसाराम इस बाजीगर को जानते हैं—कमालों की दुनिया का मालिक, पाँच सेर उड़द चुरानेवाले कबूतरा का बेटा ऐसी धाक जमाना चाहेगा कि बाप की उठाईगीरी को लोग भूल जाएँ। सोने की मूर्ति उड़ा लानेवाले पर उसकी दुनिया फिदा हो जाएगी।

मंसाराम का सपना सच हुआ। चंद्रमा घने पेड़ों के बीच था, जंगलिया गिलहरी की तरह हवेली पर चढ़ गया। अटारी के झरोखों में पाँव रखकर छत पर उतर गया।

पवनपुत्र को लेकर उतर रहा है पवनपुत्र।

तारों के बीच चंद्रमा लटका था। जंगलिया के हाथ में मूर्ति झिलमिला रही थी।

मंसाराम का दिल दिपदिपा उठा। सूरज के तेज जैसा हौसला जगमगाया। लल्लूराजा देख लो, हमें क्या-क्या हुनर आते हैं ! अब प्रधानी नहीं, तुम्हें हनुमानजी दौड़ाएँगे। धर्म चोरी गया, कर्म भूल जाओगे।

...लेकिन।

लल्लूराजा पढ़ाई-लिखाई में फिसड्डी था, तब क्या सांसारिकता में भी पीछे हो गया ? चतुराई से काम लिया। मंसाराम पर अंदेशा होते हुए भी अपने खास कक्का के नामजद रिपोर्ट की।

एक रात कका भी मारे गए।

मंसाराम को मुँह के बल पटक लिया लल्लूराजा ने। चोरी और कत्ल की गुत्थी ! संबंधों से ऐसी दर्दनाक मुक्ति ! बदमाशों ने कका को मुर्गे की तरह चीर डाला। उनका क्या होगा ?

लल्लूराजा के यहाँ कका की गमी थी। तेरह दिन का शोक...बड़ी-सी बैठक में दरी बिछाई गई, जिस पर घर का मालिक लल्लूराजा बैठा था। ऊपरी होंठ पर शोक और निचले होंठ पर मुसकान खेल रहे थे।

मंसाराम प्रधान नहीं बन पाए। लल्लूराजा को प्रधानी के साथ बेऔलाद कका की जायदाद की मालिकी जैसे तोहफे में मिली हो।

मंसाराम गमज़दा थे तो जंगलिया हक्का-बक्का। सोने की मूर्ति ने धमकाने-दहलाने से लेकर हत्या तक का सफर पूरा किया। जंगलिया ने भोले भाव पूछा था—मालिक, जो चतुराई हम अपनी जिंदगी बचाने के लिए अमल में लाते हैं, आप लोगों में वे ही चालें अपने संगे-संबंधियों को खत्म करने के लिए इस्तेमाल होती हैं ! वे फिर भी जेल नहीं जाते ! चोरी ही दुनिया का सबसे बड़ा गुनाह है ?

मंसाराम गहरी साँस लेकर रह गए।

●●●

मंसाराम और जंगलिया दोनों समझ रहे थे कि प्रधानी और अपने कका की जायदाद लेकर सोने की मूर्ति को लल्लूराजा भूल गया। जैसे वे भूल गए थे अपने दस मन गेहूँ।

लेकिन एक दिन कुछ लोगों ने मौका पाकर मंसाराम के खेत में ही जंगलिया को घेर लिया। चार-पाँच मजूर ही थे शायद, उसे रौंदने लगे। छाती पर बंदूक अड़ा दी। गर्दन इस कदर जकड़ ली कि कुल्हाड़ी-डंडा चलाने में बेजोड़ जंगलिया, हा हा भी नहीं खा पा रहा था। धरती में ऐसा रगड़ा कि आसमान में गोते लगाना भूल गया।

मंसाराम ने सुना तो कराह उठे। पिछले दिन होते तो सोच लेते कि उनके खेत में डेरा जमानेवालों में से कम-से-कम एक का तो वजूद तोड़ा। बाकी सबक ले रहे होंगे। मंसाराम के बाप-दादों के जमाने से चली आ रही कसक ठंडी पड़ती, दर्द कम होता। ...मगर उन्होंने जैसे ही इस हमले के बारे में सुना, वैसे ही डेरों की ओर चल दिए।

खून में लिथड़ा जंगलिया उन्हें देखकर फूट पड़ा। वे समझ रहे थे—नादान की

वफादारी में कमी नहीं। क्या कर सकते थे, सिवाय हिम्मत बँधाने के ? ऊँची लालसाओं ने उन्हें ऐसा धक्का दिया कि आकर वहीं गिरे, जिससे दूर होना चाहते थे। खैर, यह मामला निपट जाए तो फिर कबूतराओं से खेत खाली करने की बात करेंगे। जोर से नहीं, प्यार से समझाएँगे। जंगलिया को भी समझा ही रहे थे, "दिल छोटा करता है ? इतना बहादुर, ऐसा कलाबाज ! यह करतूत लल्लूराजा के मजूरों की है। साले नीच कौम, अपने मालिक से पिटते रहते हैं। कबूतराओं को अपने से नीचा मानते हैं, सो पीटने को आतुर हो उठे। कुछ हमारी रंजिश रही होगी, प्रधानी के दावेदार थे, सो हमारे कबूतरा को धर लिया।"

जंगलिया कुछ बोला नहीं, रो दिया।

मंसाराम डेरे के भीतर पड़ी पीढ़ी पर बैठे थे। बाकी लोग चौक में थे, वे मंसाराम के आदर और लिहाज में इस ओर नहीं आए। उन्हें क्या पता कि मंसाराम पछाड़े हुए घोड़े से...

अचानक बिजली कौंधी। आसमान में बेमौसम की बदली ! डेरे में धरी बोतलें दमक उठीं। कदम की दो आँखों के पानी में तैरती पुतलियाँ ! उदास बदन, मैले घाघरा-ओढ़नी।

मंसाराम ने कौतूहल से देखा, देखते ही अपनी सुधिबुधि भूल गए।

जंगलिया आँखें झुकाए बैठा था। कबूतरा की खूँखार नजर से आजाद थे वे। जंगलिया अब जाएगा कहाँ ? वफा निभानी ही होगी। उनसे नहीं, अपनी जिंदगी से। हार-जीत जो हुई सो हुई, कबूतरा कस लिया। उनके भीतर जंगलिया का बल बलबलाया।

वे कदम से नजर मिलाकर बोले—मद मिलेगा ?

मद ! जंगलिया सचेत हुआ और पत्नी को आँखों ही आँखों में समझा दिया—ले आ।

फिर अचानक बिजली ! बेमौसम बदली आसमान में ठहरी हुई ! अँधेरे में रोशनी की पतली-सी लकीर रह-रहकर चमकती है। वे ध्यान से देख रहे हैं, फिर जंगलिया की ओर मुँह करके हलके से हँस दिए। देखा कि कदम एक बोतल और एक मग लिए खड़ी है।

—पगली ! एक ही मग ? यह नहीं पिएगा ? इसी के कारण तो मैं पी रहा हूँ। दर्द पटा जाएगा।—किसका दर्द ? जंगलिया का या खुद उनका ? सवाल का जवाब उनके पास था, पर खुद से ही छिपा रहे थे।

जंगलिया ने लपककर उनके गोड़ गह लिए। संग-संग पीने लगा।

पीने के बाद अरज पर उतर आया—मालिक, भूखे आदमी की माया बड़ी अटपटी होती है। तुम अपनी अमानत लिए जाओ। मैं इस सोने की मूर्ति की हिफाजत दूसरों से अपनी जान देकर कर सकता हूँ, पर खुद से ही न बचा पाया तो ?

—इस कदम ने अभी तक कभी सोना देखा नहीं। हम सोना चुराते हैं, पर बैयरों को नहीं दिखाते। सजने-सँवरने का मोह पाल बैठीं तो ? हमें तो रोटी चाहिए मालिक।

यह कदम है न, कह रही थी—इसे बेच दो। हैंडपंप लगा लेंगे। रात पानी का सपना देखा था इसने। मैंने कहा—री, सोने को लोहा करने पर तुली है। सपने में ही पानी पी क्यों नहीं लिया ? चल, मैं किसी रोज हैंडपंप ही चुरा लाऊँगा।

जंगलिया मूर्ति लेने चला गया। कदमबाई चेहरा सीधा किए बैठी रही। बदली के बीच बिजली कड़कती रही, लोंग का लश्कारा दमकता रहा। वे सज्जन की तरह दूसरी ओर देखते रहे, जबकि जंगलिया के सामने उनकी नजर बरजोर हो चली थी। कबूतरा चुनौती दे रहा था क्या उन्हें ? नहीं, उसे सोना-चाँदी, रुपया-धन नहीं चाहिए, बस जिंदगी बनी रहे।

"अरे ! यह..."

मंसाराम जंगलिया के हाथ में मूर्ति देखकर भी अनभिज्ञ बने रहे।

"मैं इसे कहाँ रखूँगा ?" कहते हुए उन्हें वे लम्हे याद आए जब जंगलिया के पीटे जाने की खबर मिली थी। यकायक दिमाग में मूर्ति कौंधी थी, कहीं मजूर न छीन ले गए हों।

"तेरे पास हिफाजत में है। तू कदम के साथ मौज से सो।" पिछला वाक्य मुँह से निकल गया या जानबूझकर निकाला था ? इसमें क्या शक है कि जंगलिया अब उनके किसी काम का नहीं। जो कह रहे हैं, कदम को लक्ष्य करके कह रहे हैं। यह दीगर बात है कि वे जंगलिया को भुलावा देकर खुद को भी बहकाए चले जा रहे हैं।

जंगलिया अभयदान से काँप-सा गया। हकलाकर बोला, "मालिक, आप मेरी परीच्छा न लें। ज्यादा वजन उठा तो लूँगा, साध पाया कि न साध पाया।"

"ठीक है भाई। तू नहीं मानता तो...। पुलिस का भी क्या भरोसा ? कब ईमान डिगा दे ? वैसे मैंने दरोगा को हजार रुपया एडवांस दिए हुए हैं, लल्लूराजावाला केस जल्दी ही बंद कर दिया जाएगा। फिर भी दुश्मन को कभी कमजोर मत समझो। लल्लूराजा प्रधान है। प्रधान समझ लो कि एस.पी.-दरोगा-जेलर सबकुछ...। तूने उसकी मूर्ति क्या उड़ाई, धर्म उखाड़ दिया। इस गुस्ताखी के खिलाफ वह भगवान के साथ मिलकर लड़ेगा।

कैसी मुश्किल ! मंसाराम जंगलिया के प्रति पूरी हमदर्दी रखकर भी मूर्ति का मोह नहीं छोड़ पा रहे।

इधर तमाम सज्जनता बरतते हुए कदम का बदन उन्हें बेईमान करने पर उतारू है। जंगलिया हाथ जोड़ता है, वे पिघल जाते हैं। कदम को रिझाने के लिए रुतबा दिखाने से बाज नहीं आते। कौन मंसाराम किस मंसाराम से लड़ रहा है ? कि कदमबाई का आकर्षण चुनावी हार से बने घावों के लिए जरूरी मरहम है ?

चलते-चलते जंगलिया के हित में एक नेक राय दी, "तू कुछ दिन के लिए भूमिगत हो जा कि भगवान के हाथ भी न आए। लल्लूराजा इस समय ताकत के घोड़े पर सवार है।"

●●●

जंगलिया जान की खातिर चला गया।

कबूतरा की जवान पत्नी, उनको खोज-खबर तो रखनी चाहिए।...मगर कदम के पास अकेले में जाने की हिम्मत नहीं। कबूतरा कब आपे से बाहर हो जाएँ ?

भजनी का डेरा सुरक्षित था, उम्रदार औरत। अँधेरा होने तक वहीं मद पीते रहते। हालाँकि यह भी स्पष्ट था कि जंगलिया को जेल की सलाखों से मंसाराम ने बचाया है। पर नेकनीयत दिखने के अपने फायदे हैं।

एक दिन की बात—भजनी उम्रदार है। उम्र झिझक खोल देती है। वह कुछ कहना चाहती थी।

ज्यादा रात हो गई। डेरों पर दारू की बिक्री और पीना-पिलाना कब का खत्म हो चुका। कोई बात नहीं, वे मंसाराम थे, जिनके खेतों में कबूतरा-बस्ती आबाद है। उनको रोकनेवाले तो वे खुद ही हो सकते हैं। खुद भी क्यों होते ? घर और घरवाली का डर नहीं, सूरजमुखी की बुवाई चल रही है।

मगर उनकी इच्छा अभी भरी नहीं। भजनी तामचीनी की प्लेट में कटी प्याज और उबले आलुओं पर स्वादिष्ट मसाला छिड़कने लगी। मंसाराम के सामने रखती हुई मन में घुमड़ता सवाल पूछ बैठी, ''मालक, आपकी मेहर हो जाए तो जंगलिया एक रात को...। बस एक रात...।''

''कब ?''

''दो-चार दिन में।''

''महीना-पंद्रह दिन में आए तो ?''

''तो भी ठीक है, पर अभी आ जाता तो...''

''तो क्या ?''

''लाज छोड़कर कहती हूँ मालक, उसकी जनानी तड़पती है।'' भजनी के प्रौढ़ चेहरे पर लाली-सी दौड़ गई। उसने ओढ़नी के छोर से अपने होंठों को छिपा लिया।

मंसाराम दो बच्चों के पिता स्त्री का भेद जानते थे। और यह रहस्य भी छिपा नहीं था कि कबूतरियाँ अपने मर्दों से मिलने को कितना तरसती हैं। उनकी नजरों में कदम के होंठ लरजने लगे।

भजनी ने कदमबाई की छटपटाहट दरसाई : ''गुली (गोश्त) राँधकर गेहूँ की रोटी बनाए बैठी रही कदम, बैरी लौटा ही नहीं। मछली-सी तड़पड़ाती रही।''

मंसाराम के कानों में भजनी की आवाज नहीं, आँखों के सामने कदम की देह कसमसा उठी—अठारह-उन्नीस साल की लड़की की गद्दर आम-सी जवान छातियाँ ! लंबी बेल-सा लहराता लंबा कद !

भजनी ने समझा—मंसाराम के दिल में रहम जागा है, सो वे उसे अपनेपन से देख रहे हैं। अपनत्व ने दूरियाँ सिकोड़ दीं। भजनी कुछ ज्यादा खुल गई। उत्साह था कि कदम

की बेचैनी, भजनी कह बैठी, "लाज की बात है माते, पर नींद, भूख, डर और पुरिख की इच्छया क्या लाज मानती है ? असल में आज कदम की महावारी का चौथा दिन है, मर्द पास में होता तो..." भजनी प्याज के कतरों पर चटनी डालने लगी।

और मंसाराम को औरत की परत-परत आरपार दिखने लगी।

"पुराने घाघरे का गेंदुआ बनाकर छाती में भींचकर सो जाती है अभागी।" भजनी ने यह सब कहा कि न कहा, मंसाराम ने सुना।

"अगले साल बीस की हो जाएगी, अब तक तो दो बच्चा हो लेते। पर न गरभ, न गरभ की बूँद।"

मंसाराम का बदन सनसना उठा।

"समझाने को खूब समझाया है कि देख बस्ती में दो साल से चिड़िया तक नहीं बियायी। वंस-बेल को कीट लगे हैं। पुलिस और कज्जा लोगों* के डर का ढोल बजता रहता है, कबूतरा मर्द आएँ तो आएँ कैसे ?"

मंसाराम को दारू भरे मग में दो छवियाँ दिखाई दीं—वे खुद और कदम।

"माते, झाईं-परछाईं से पैदा नहीं होते बच्चा।"

मंसाराम का पौरुष मचल उठा। मन ही मन बोले—कदम-जैसी औरत कितनों के पास होती है ? जंगलिया तकदीर का सिकंदर, कितना अभागा है !

●●●

फागुन का महीना बसंत से भरपूर। कदमबाई पर यौवन चढ़कर बोल रहा था।

जंगलिया आएगा। आज आएगा। सबेरे से ही मद पी रही थी कदमबाई।

मंसाराम के गेहूँ के खेत में मिलन होगा। उन्होंने हरी-भरी पर्देदारी बख्शकर मानो कदम को निहाल कर दिया। आदमी के कंधे तक खड़े नरम पौधे ! कदमबाई ने सोलह सिंगार किए। गोबर से रगड़कर पाँव धोए, एड़ियाँ चिकनी हो गईं। सरमन की औरत से बकरी का दूध माँगकर चेहरे पर मला और पानी के छींटे देकर निखारा, कांति दोगुनी हो गई। एक बिंदी की तलाश में डेरे-डेरे फिरी थी कि रूप सौगुना हो जाए।

मकोई मीड़कर रंग निकाला, महावर लगा लिया। भजनी ने हँसकर कहा था—कबूतरी को भैमाता ने सोच-समझकर सिरजा है कि जा, इतना रूप ले जा, जिसे सिंगार की दरकार नहीं।

ब्याह का पीला घाघरा था, पुलिस का हमला हुआ, कोई सिपाही ले गया। ओढ़नी बच गई थी सो लैसंसी ठेकेदारों के काम आई—बासन-भाँड़े बाँध ले गए।

लछमन की बहू ने ठिठोली की थी—कदम काकी, लुगाई के ऊपर मिलन का ज्वार चढ़े तो लत्तों की फिर क्या बिसात ? घाघरा-ओढ़नी कितनी देर टिकेंगे ?

मतवाली नजर से देखा कदम ने। आँखों के आगे अपना ही बदन लश्कारे मारने

---

* बड़े समाज के लोग

लगा। पुतलियाँ चकमक हो गईं।

गेहूँ के पौधे हरे थे और घने भी—एक-दूसरे से भिड़े हुए। कदम की छातियों से ओढ़नी की तरह लिपट गए। वह जहाँ खड़ी थी, पौधे भी खड़े थे। लेट गई तो संग बिछ गए। ठंडे और नरम...कदमबाई सुख-सेज पर पौढ़ी थी। चंद्रमा माथे पर था, सारा रंग सुनहरा हो चला। सरग से उझकती तरइयाँ, कदमबाई लजा गई। झींगुर शोर मचाने पर तुले थे, कदम कैसे बरजे ? भजनी जिठानी और मलिया काका महल के द्वार पर द्वारपाल की तरह खड़े थे। अब काहे का डर ? झींगुर-टिटहरी जोर से गाओ। वह निश्चिंत भाव से लेट गई। हवा का झोंका आया और उसने पास खड़े पौधे ओढ़ लिए। पौधों पर ओस थी। कदम के बदन पर मोती बिखर रहे थे। जुगनू बाँहों-जाँघों पर चमके, चंद्रमा आकाश में तैरता हुआ पास आ गया !

तारे आसपास चल रहे थे। किसी की पदचाप पास के अरहर के खेत से आती हुई नजदीक आ गई। उसने उठकर देखा, अरहर के पौधे ऊँघ रहे थे।

कब आएगा अन्यायी ? वह फिर लेट गई। सबेरा न निकल आए, दहशत के मारे देह पर काँटे उग आए। मोती फूटने लगे।

डर के साथ ही कानों में हरकत हुई। कोई आ रहा है ! कदमबाई ने आँखें मींच लीं। भीतर ही भीतर प्रियतम मुसकाने लगा।

वादे के हिसाब से वह पास आया, वह छाया को देखते ही मदहोश हो गई।

गदराई हुई गेहूँ की बालें पेट को गुदगुदा रही थीं, गुनगुनी बाँहों ने उसका बदन बाँध लिया।

हाय, सदा घाघरा उतारता आता था, आज पहले चोली के बटन खोल रहा है ! एकांत में फुरसत पा गया ? याद नहीं कि घड़ियाँ गिनी-चुनी हैं ? कदम ने घाघरा खुद ही नीचे को सरका दिया। बंद आँखों में अपने ही गोरे बदन की छाया जगमगाई। आँखों पर रखे हाथों की उँगलियों से झाँकना चाहती थी कि गर्म साँसों ने होंठों पर कब्जा कर लिया। सारे डर-भयों को दबाने की खातिर उसने अपने पुरुष को भींच लिया। आनंद लोक में विचरनेवाली कदमबाई, दोगुनी ताकत से भिड़ रही थी। मिलन की डोर से बँधी स्त्री हर लम्हे नई से नई मुद्राएँ अपनाने लगी। अब केवल वह ही वह थी, बाकी कोई न था। देह पर बोझ नहीं, सिर्फ लहरें थीं। बाँहें ! कहाँ, भींचते जाने की होड़ के कसाव थे। धरती, धरती न थी देह के साथ उठती-दबती चादर ! आसमान, आसमान न था। तारों का झमकता झूलना...

देर तक वह तरंगों के साथ खेलती रही। धरती से आकाश तक झूलने पर सवार !

...और उस रात ने, उस फसल ने, उस प्यार ने कदम के गर्भ में एक अंश बूँद बढ़ने के लिए छोड़ दी। बूँद की गंध हवा के साथ खेतों पर फैल गई।

मंसाराम ने सोचा—मैंने बलात्कार कर लिया !

कदम ने मीठा-सा चुंबन माथे पर जड़ दिया और पुरुष को मुक्त किया।

●●●

उसी दिन पुलिस ने ऐलान किया–

जंगलिया चोर था, चोर की लाश खेत में मिली। लल्लूराजा के कका का हत्यारा कबूतरा जंगलिया...।

कदमबाई का मन चिथड़े-चिथड़े हो गया। मन में एक ही बात आई–अपना पेट फाड़ डाले और निकालकर फेंक दे वह अंश, जो अपनी दुनिया रचेगा। कदमबाइ जान गई कि आगोश में कौन आया था, कि जंगलिया के आने की बात कौन जानता था ?

भजनी जिठानी रोने बैठ गई। कदम होश में रहना नहीं चाहती थी।

सरमन, डेरों का मुखिया दाँती पीसकर बरज रहा था, "री, भजनी, देवर की मौत पर रो रही है ! बूढ़ी होने को आई, बिरादरी का कायदा भूल गई। मौत पर कौन रोता है हमारे यहाँ ? तुझे गेहूँ की रोट खिला गया सो कज्जिन की तरह फूट पड़ी !"

भजनी बार-बार आँखें पोंछती है, पर आँखें सूखती नहीं। कदम की आँखें सूखी हैं, मुँह में से धधकती हुई भाप निकलती है।

सरमन की आवाज में विष घुल गया, "मंसाराम तो बड़ा दम भरते थे कि कबूतरा-बस्ती को अब कोई छू नहीं पाएगा। प्रधानी का चुनाव हार गए तो हथियार भो डाल दिए ? सुनते हैं कि मंसाराम ने वह मूर्ति भी लल्लूराजा को सौंप दी, जो जंगल्या की मार्फत चुराई थी। कज्जा लोगों की लड़ाई कबूतराओं की-सी नहीं होती, जंगलिया नादान कहाँ जानता था ? मंसाराम ने तो लल्लूराजा को मूर्ति थमाते समय यह भी कड़ दिया कि तुम चाहो तो साले कबूतरा को सूली पर लटकवा दो, हमारा वह क्या लगता है ? मूर्ति, तुम्हारे बाप-दादाओं की निशानी नहीं, गाँव के पुरखों की धरोहर है। हमारा धर्म है।"

कदमबाई की आँखों से धाराएँ फूट पड़ीं। वह बिलख-बिलखकर रोने लगी।

लोग जानते थे कि उसका रोना जंगलिया के लिए कम और मंसाराम के अपनत्व की मौत के लिए ज्यादा है। सरमन जहर उगलकर समझाने पर उतर आया था, "री कदम, दिल से मत लगा, क्या मालुम कि वह मंसाराम नहीं मंसाराम की मजबूरी बोत रही हो।" दरअसल मजबूरी तो सरमन की भी बोल रही थी, जल में रहकर मगर से बैर। मंसाराम के खिलाफ बोलकर कहाँ जाएँगे ?

जंगलिया मारा गया कि जिंदगी से रिहा हो गया ?

उस दिन से मंसाराम की जिंदगी ने नई करवट ली।

वे डेरों की ओर गए थे, मगर खेतों की तरफ पलट पड़े। हिम्मत जवाब दे गई।

सरमन ने देख लिया था, दौड़ा-दौड़ा आया। मेंड़ पर उनके सामने खड़ा होकर रुआँसा-सा बोला, "मंसा मालिक, कदम को थाने पर बुलाया है, जंगलिया की पहचान के वास्ते।"

भौंचक रह गए थे मंसाराम। ऐसा क्यों हुआ ? ऐसा तो तभी होता है, जब कोई

उज्र उठा दे। किसने ललकारा है लल्लूराजा के सबूतों को ? किसने चुनौती दी है थाने और दरोगा को ? इंसाफ पर किसने संदेह किया है ?

सरमन के पीछे-पीछे चले आए थे मंसाराम। कदमबाई की ओर भूल से निगाह उठी तो लगा उनकी आँखों में दो सूजे घोंप दिए सामने बैठी औरत ने।

भजनी रो-रोकर कह रही थी, ''मंसा माते, एक च्छोरा ने जंगलिया पहचान लिया है, सो कह दिया कि यह किसी का हत्यारा नहीं, जंगलिया कबूतरा है, हत्या तो इसकी ही हुई है। यह चोर भी नहीं, इसके घर से क्या बरामद हुआ ?''

मंसाराम की जीभ काँटों से भर गई। हाँ, जल्दी-जल्दी सड़क की ओर भागे थे, ट्रक रुकवाकर आए। कदम थाने तक जाएगी।

कदमबाई सरमन के संग डगमगाती हुई सड़क तक गई और ट्रक में हिचकोले खाती हुई थाने पर जा पहुँची।

थाने तक के रास्ते में सरमन दुनिया भर की अचूक सच्चाइयाँ बताता रहा, जैसी कि गमी के समय समझाई जाती हैं, लेकिन जंगलिया की मौत से बड़ी सच्चाई कोई नहीं थी, जो किसी बहाने नहीं टली। उसी की गवाही कदमबाई को देनी थी, जो सच-झूठ कुछ भी हो सकती थी। कमउम्र लड़की इससे ज्यादा क्या जाने ?

वह उतरी। सिर की ओढ़नी ठीक की। सरमन ने ट्रक ड्राइवर के पैसे दिए। वह बोला, ''पहले ही मिल गए जी।'' सरमन ने ड्राइवर को सलाम किया, ''सरकार हजूर तुम्हारी जै हो।''

तभी बंदूकधारी सिपाहियों ने सरमन और कदमबाई को लपक लिया। वे उन दोनों को घेरकर चलने लगे। कदमबाई के लिए सड़क से थाने तक की सौ कदमवाली दूरी योजनों लंबी पड़ गई। सरमन ने उसका कंधा थाम लिया। जो कहना है, मिलकर कहेंगे।

थाने के चौक में दो लाशें थीं—बराबर-बराबर।

दो क्यों ?

''दोनों शातिर बदमाश थे।'' किसी ने जुमला उछाल दिया।

अब सिपाही धरती पर धरी लाश के चेहरे से चादर उघाड़ता है—

—यह ?

कदमबाई की उँगलियाँ सरमन मुखिया की बाँह पर कस गईं।

—यह ?

दूसरी लाश के चेहरे से पर्दा उठा। कदमबाई की नजर लाश के कान से जा टकराई। लव के किनारे छेद। छेद के पास बड़ा-सा तिल। आँखें अपने आप मुँद गईं ...कहाँ सोचा था जंगलिया के दर्शन होंगे तो पलक नहीं झपकाएगी। पुतलियों में विदा होती छवि भर लाएगी। जनम जिंदगी देख-देख जिएगी।

थाने का ठौर, और उसकी कबूतरा जाति ! रुदन कंठ को काटने लगा। चीखकर रो पड़ना उसके मुकद्दर में नहीं...मुकद्दर से लड़ रही थी कदमबाई। पति का कुचला हुआ चेहरा, खून खच्चर सिर, रूप-रंग छितरा गया...अपना जंगलिया पराया लगने लगा।

कुछ कानून का कोड़ा, कबूतरी दुख को, शोक को, दर्द को गले में घूँटकर पेट में उतारती रही। सरमन दो आँसुओं से तर्पण न कर सका।

कदमबाई ने मंसाराम को कितना कच्चा कर डाला कि ट्रक के पीछे-पीछे चले आए। सड़क के दूसरे किनारे खड़े उसके बेआवाज विलाप से घायल हुए जा रहे हैं।

—पहचाना ?

—हाँ हजूर। सरमन ने जवाब दिया। और कदमबाई की सूखी रेतभरी आँखों में आँखें गड़ा दीं। पर उन नजरों में कुछ नहीं था। उन आँखों में रोशनी तक न थी। वे ऐसी गोल खोखली थीं, जैसे गोली मारकर फोड़ दी हों। मृत आँखें।

सरमन और कदमबाई के पास एक नवयुवक था। सफेद पैन्ट और सफेद कमीज पहने हुए। बार-बार कह रहा था—बोलो-बोलो। अधीर हुआ जा रहा था—हमें कोई खा नहीं जाएगा।

अंत में वह एकदम पास आ गया जैसे खाई फलाँग आया हो। गोरे माथे पर पसीने की बूँदें भरी थीं। गुस्से के मारे रोना-सा आ रहा था—तुम मेरी बात सुनते नहीं ? क्यों नहीं सुनते ?

"हट बे !" सिपाही ने उसे बाँह पकड़कर झटका दिया।

कदमबाई ने न सरमन को देखा, न उस लड़के को। तोते की तरह बोली, "मेरा आदमी कोई नहीं। कोई नहीं। कोई न..."

सिपाही ने जोर से कहा, "सुन लिया ?"

कदमबाई को होश नहीं था यह दूसरी बात थी। सरमन बहरा हुआ खड़ा था, यह मजबूरी थी, नहीं तो रामसिंह को दोनों पहचान रहे थे। भूरी का बेटा रामसिंह ! गोरामछिया का निवासी।

●●●

दाह-संस्कार ! क्रियाकर्म।

पति की लाश के सामने झूठ बोलकर आनेवाली कदमबाई अब पागल हथिनी की तरह चिंघाड़ी थी। सरमन सारे आँसू आँखों में रोके खड़ा रहा, विलाप पर उतर आया। मलिया कराहकर बोला, "देह यहाँ आती तो धान फूल डालकर नया कपड़ा उढ़ा देते। अरथी उठती तो अपने कका की, भइया की देह को बाल-बच्चे हाथ लगा देते। खुरदा का बेटा भीखम तीन वर्ष का है तो क्या, घंट सँभाल सकता था। पर हमारे भाग में लिखी है लावारिस मौत।"

रात के समय दूर-दूर डेरों से नातेदार और मेलजोलवाले आए। नट कलंदर मोघियों में से लोग गमी करने हाजिर हुए। जंगलिया के शोक का आसमान बस्ती पर तन गया।

मंसाराम घर में नहीं रुक पाए। क्या पता कबूतरा रात के समय सिर पर कफन बाँधकर चढ़ाई कर दें ? कदमबाई ने जंगलिया का मरना मेंट दिया। सरमन ने घोषणा कर दी—जंगलिया जैसे वीरों का मरण हो जाता तो कज्जा लोग अब तक हमें घोट-

पीसकर पी जाते।

मंसाराम खेतों के बीच खड़ी सोया-सोंफ की फसल में छिपे रहे।

कुँआरी लड़की से चबूतरा लिपवाया गया। अगरबत्ती-मोमबत्ती जलाई गई। देवताओं की मढ़िया बनाने के लिए कोरा कपड़ा थोड़ा ऊपर उठाकर ताना गया। तब बारी-बारी लोग आते गए। उन्हें काँती (बलि का बकरा काटनेवाला चाकू) पकड़ाई जाती। वे देवी के चबूतरे पर कट्टस (×) का निशान बनाते। पवित्र मंत्र की तरह सबने बोला—कौल, जंगलिया का मरण नहीं हुआ। कबूतरा कभी नहीं मरता। रानी पद्मिनी की संतान खत्म नहीं होती। कुनबी मरकर भी नहीं मरते। जंगलिया की चिता नहीं जली, दिलों में आग जल रही थी।

कबूतरियों ने सिसक-सिसककर गीत गाया—

> आजो तो जाजो तो रे पन फुटो मत जातो रे
> घोड़ो घोड़ो घूमती, मोर आवतीं/फुलवादी केवड़ा
> आवतीं, आवतीं हमीर दे, वीर दे...

(हे वीरदेवता आओ। हम बड़े कष्ट में हैं, आओ। हमीर दे हमारे दुख दूर करो)

गीत का सामूहिक स्वर धारों में फट गया। लय और रुदन घुलेमिले थे।

पुराने जमाने में सती होने का चलन था। कदमबाई के सामने जंगलिया की चिता जल रही होती तो बैरी को उसके संग ही फूँक देती।

तभी आ गया था रामसिंह। फूत्कार मारते सर्प-सा फन काढ़कर खड़ा हो गया।

''जंगलिया की-सी मौत मरने के लिए बच्चे पैदा करो और पालो।''

कदमबाई के पेट में आग का गोला उठा। नम दरख्त की तरह सुलगती रही।

●●●

मंसाराम अब कुछ नहीं सोचना चाहते थे, बस कदमबाई से बचना चाहते थे। इसलिए अब कभी कबूतरा-बस्ती की ओर पाँव करके न सोते।

वे गाँव-बस्ती के आदमी थे, गाँव के लोगों के सुख-दुखों में शामिल थे। लल्लूराजा से अब दुश्मनी न थी, सो मन में यह भी आया कि क्यों न उस जमीन को ग्राम समाज के खाते में डाल दें, जिस पर कबूतरा बसे हुए हैं। जो बेरहमी वे बरतना चाहते हैं, प्रधान उनसे अच्छी तरह बरत लेगा और ग्राम समाज की भूमि से कबूतरा समाज को उखाड़ फेंकेगा।

मंसाराम नहाते-धोते और सोचते—मैंने क्या गलत किया है ? जब से होश सँभाला है, जिम्मेदारी निभाई है। हर बेटे की तरह माता-पिता का ऋण उतारा है। जिस स्त्री से ब्याह का गठबंधन जुड़ा, उसे पूरी तरह निभाया। वंशबेल के रूप में जोधा और करन दो बेटे। परिवार की परंपरा नहीं तोड़ी। कुल-पितरों का तर्पण किया।

अपने आपको सब तरह से सही ही सही मानकर उन्होंने गृहस्थ में मन रमा लिया।

कोई पाप-दोष हो गया हो तो उपाय खोज लिया—भागवत का पाठ बिठाना पुण्य काम है। रामायण पढ़ना जीवन के उद्धार की कुंजी है।

उन्होंने ऐसा यज्ञ बिठाया जैसा अब तक मड़ोरा खुर्द में हुआ न था। ब्राह्मणों को मात कर दिया। वे राम की तरह सोने की सीता नहीं, जीती-जागती पतिपरायण पत्नी आनंदी को वाम अंग बिठाकर पंडित के जिजमान हुए। उसी दिन उन्होंने जनेऊ लिया था।

जनेऊ पहनकर एक युक्ति और सूझी—मंदिर बनवाना अपने आपमें पवित्र पुण्य और समाज के उद्धार का काम है, क्यों न गंदी पोखर-सी कबूतरा-बस्ती को खोद-पूरकर वहाँ शिवमंदिर की स्थापना की जाए ? गाँव की जनता उनका कीर्तन करने लगेगी।

मंसाराम के भीतर धर्म ही धर्म था। उनकी दिनचर्या बदलने लगी। सबेरे उटते ही ईश्वर का ध्यान करते, नहा-धोकर भगवान का भोग लगाते। तब सहधर्मिणी के हाथ से दूध का कटोरा लेकर पंचामृत की तरह पीते। दिन भर गीता-सार और रामायण पढ़ते।

भक्ति ने उन्हें शक्ति प्रदान की। अब किसी प्रकार की कमजोरी नहीं लगती। मगर जब कभी वे अपने बाग में टहलते और कोयल कूकती, उनके सीने में दर्द रेंगने लगता। वे अपना ध्यान कोयल की आवाज से हटा लेते और नीलकंठ देखने की कोशिश करते। दुर्भाग्य कि वहाँ नीलकंठ नहीं दिखता, बाग के ऊपर चील-गिद्ध मँडराते नजर आते। इस सिलसिले से परेशान हो उठे थे मंसाराम। उन्होंने बाग की ओर जाना तो क्या, देखना भी छोड़ दिया। अपनी समस्या सुकूपुरावाले महाराज को बताई तो उन्होंने सहस्र नाम-जाप उपाय के रूप में बताया था।

वे तुरंत एक सौ आठ मनकों की रुद्राक्ष कंठी खरीद लाए थे। जप के बाद जिसे गले में पहन लेते। किसी ने कहा—हवन करो। दयानंद सरस्वती का 'सत्यार्थ प्रकाश' पढ़ो। आत्मा प्रकाशित हो जाएगी।

उन दिनों पत्नी भी उनके साथ तपस्या पर जुटी थी। मंसाराम का तप ईश्वर-आराधना था तो आनंदी की साधना पति-सेवा थी, जैसाकि शास्त्रों में बताया गया है। वह नहाने का पानी धरती, धुले कपड़े देती। चंदन घिसती। पूजा की थाली सजाती। लुटिया माँजकर दूध और जल भरती। फूल-पात जुटाती। परसाद बनाती। पंडितायनों की तरह ऐसे अनेक काम करती, जो पूजा से संबंधित थे। वह भक्त पति का किसी भी तरह दिल नहीं दुखाती। आसन डालकर पीछे बैठी रहती, कब क्या जरूरत पड़ जाए ?

मंसाराम को आनंदी की इस लगन और अति सेवा पर संशय हुआ। कहीं कबूतरा बस्ती से कोई ऐसी हवा तो नहीं उड़ आई, जिसमें जंगलिया की हत्या की बू शामिल हो। कि जिसमें मंसाराम को लपेटनेवाली बात घुली हुई हो ? शायद। तभी तो आनंदी अपने पति और बेटे का नेक चाहती है।

वे बात का पता करने राजा काका के घर जाना चाहते थे, क्योंकि कोई चिनगारी

आई होगी तो वहीं से संभव है।

राजा काका खाना खा रहे थे। जबरदस्ती मंसाराम के लिए भी थाली परसवा ली।

खाते-खाते बातें खुलने लगीं। जंगलिया की मौत का प्रसंग थाली के ऊपर मँडराने लगा। माना कि राजा काका ने यही जताया कि कबूतरा का मरना-जीना गाँव-समाज पर कोई असर नहीं डालता, फिर भी मंसाराम भयभीत होने लगे। मन डूबने लगा। किसी दिन ये खानदानी इसे ही मुख्य मुद्‌दा बनाकर घर उजड़वा देंगे। अपने आपमें पछताए मंसाराम—जिंदगी में सदा घर-परिवार का भला चाहते रहे। पिता के मरने के बाद कितनी मेहनत की, कबूतरी के कारण सब बेकार हो गया।

इतना तो समझ में आ गया कि घर के सिवा कहीं निजात नहीं। जो हैं, वही रहें। मोम की कायावाला आदमी कितने दिन खड़ा रह सकता है ? बार-बार का पिघलना अच्छा नहीं है। देह की ताकत कहाँ बचती है ? मन कैसे पुख्ता रहेगा ? कदमबाई की तकदीर में राँड़ होना लिखा था। तकदीर पर किसका जोर चलता है ? भाग्य अपने हिसाब से समय को पलट देता है। इसमें कोई गुनाहगार नहीं।

मंसाराम का धीरज बँधता जा रहा था। डर भी कमोबेश निकल गया। राजा काका का लंबा-चौड़ा बदन, सफेद बड़ी-बड़ी मूँछें उनको अतिरिक्त बल देने लगीं। काका के साये में रहना कैसा आसान है। खुद में डूब जाने पर झटका लगता है। मन पक्का करना होगा।

●●●

जंगलिया प्रेत ! प्रेत की स्त्री कदमबाई चुड़ैल !!

सत्यनारायण व्रतकथा भवबाधाओं से उबरने का शर्तिया अनुष्ठान है। कथा हर संक्रांति होने लगी। महीने के महीने। आरती और भजन प्रतिदिन।

हवन के धुएँ से प्रेतयोनि कटती है। कुटिल आत्माओं का नाश होता है। मंसाराम हिंदी में अनूदित शास्त्रों का पोथा ले आए। मनन-चिंतन में जुट गए। कितने दोहा-चौपाइयाँ कंठस्थ थे, अब तो मंत्र श्लोक भी रट गए। वे इंटर पास नहीं, काशी से वेदों में एम.ए. कर आए हों जैसे।

अपराजेय निर्भीक निर्दोष शुद्ध पवित्र मंसाराम कबूतरा-बस्ती की खटास-भरी हवा और नीली कीचड़ का स्पर्श और दर्शन पाप मानने लगे।

कदमबाई से संबंध और जंगलिया की मौत का तूफान आकर गुजर गया। शांत सरोवर की तरह जिंदगी की लहरें सम पर आ गईं।

...मगर नंगे ठूँठ-सी कदमबाई ने गजब कर डाला ! हथेलियों के बीच एक नाजुक पंखुड़ी दबाए बवंडर में खड़ी है, उन्हें इल्म नहीं था।

गर्भ में बच्चा सधा रहा। न गिराया न गिरने दिया ! हौल गर्दिश छाती पर झेलती रही, पेट तक आने ही नहीं दी। रेतगर्द में अँटी कदमबाई ने मुट्‌ठी खोलकर देखी और मुस्कुरा पड़ी। जनेऊधारी विद्वान बने मंसाराम का मखौल उड़ाती बच्चे के साथ लुका-

छिपी करने लगी।

यहाँ ग्रह-शांति-यज्ञ का समापन था। कदमबाई रात के चंद्रमा से खेल रही थी।

मंसाराम ने चंद्रग्रहण के दिन नीच कौम को अनाज बाँटा, कबूतरा लोग भी शामिल कर लिए। धर्मकर्म के बदले सुख-चैन...उन्हें जंगलिया का सपना तक न आया !

...मगर कदमबाई अदृश्य डोर में डंगी अटकाए हुए उन्हें गर्दन पकड़कर खींचती है। उनके सपने में आती है। अपने पति जंगलिया से पूछती है—तू कहाँ था रे ?

—तीन बूढ़े सिपाहियों से खेल रहा था। वे मुझे मिटाना चाहते थे। बिल्ला पदक की बातें कर रहे थे। बारह घंटे जागते रहे। बारी-बारी मुँह में रूल घुसेड़ते रहे। उनको मेरे हलक में घाव बना देने की ड्यूटी मिली थी कि कुछ बोल न पाऊँ फिर। मैं सो जाता, सपना देख लेता। वे दारू के छींटे आँखों पर देते, मैं इधर-उधर पड़ी बूँदें जीभ से चाट लेता।

—क्या कह रहा है ! यह तो सुनती ही रहती हूँ। कोई अच्छी बात हुई ?

—अच्छी बात कैसी होती हैं ? बता तू ही बता। मुझे तो ऐसी ही बातें पता हैं। अच्छा...याद आया, सुन। दरोगा नई उम्र का था। उसकी औरत को बच्चा होनेवाला था। बेचारे के चेहरे पर दर्द की लहरें थीं। जैसे घरवाली के बदले की पीरें ले रहा हो, तकलीफ में तहमद और चप्पल पहने थाने में चला आया। सिपाहियों से भाई की तरह बात कर रहा था। दर्द की बात, हुकुम नहीं, प्रार्थना करने लगा।—भाई संतराम, शेरपाल और केवलसिंह, मैमसाब की जचगी होनी है। बूटवर्दी उतारो, कपड़े बदलकर उन्हें अस्पताल ले जाओ।

—हुकुम बजाते हुए सिपाही ड्यूटी छोड़कर भागे। मेरे मुँह के घाव हँसे।—जंगलिया, तेरी रिहाई के लिए दरोगा के घर बच्चा जन्म ले रहा है।

कदमबाई अपने बच्चे को स्तन से दूध पीते देखती है। जंगलिया बात आगे बढ़ाता है—मैं आजाद होकर भागा कदम। हथकड़ियाँ खुल गईं। कैसे बताऊँ कि मेरी देह में ऐसी अबोध ताकत पैदा हुई, मैं सींखचों से लड़ने लगा। जेल के ताले टूट गए।

कदमबाई अपनी गोद में लेटे बच्चे की टुकुर-टुकुर निगाहों से आँखें जोड़े बैठो है।

जंगलिया के हाथ में पालना है।

—कहाँ से लाया रे ?

—दरोगा ने अपने बालक के लिए बनवाया था। रात के अँधेरे में इसके शीशों में आसमान के तारे चमक रहे थे। मैं समझा री कि मौहर-अशर्फियाँ दमक रही हैं। दरोगा का घर सोने का होगा। पर घर तो ईंट-गारे का ही था। चमकनेवाली चीज पालना थी—जी ललचा गया। अपने बच्चे के लिए रंग-बिरंगी दुनिया जुटाना कौन नहीं चाहता ?

आँख खुली, सपना टूटा !

मंसाराम हड़बड़ाकर बैठ गए। नींद टूटने के बाद भी सपने में डूबे रहे। जंगलिया और कदमबाई उनके दाएँ-बाएँ बैठे थे। बच्चा रह-रहकर किलकारी भर रहा था।

उन्होंने जाग्रत होकर सोचा—सपना मेरे तन-मन से जुड़ गया है। जिसने नन्हे पौधे

के रूप में जन्म लिया है, उसके रेशे यहाँ तक आते हैं। वे तंतु खिंचें तब क्या हो ? अगर मैं उसका पिता बना तो इस गृहस्थ का मालिक नहीं रहूँगा। लेकिन मैं इस घर का मालिक होकर ही सोहता हूँ। क्योंकि मैं उन लोगों से ऊँचा हूँ। मेरे मन में एक भद्र पुरुष बैठा हुआ है। मेरी जिंदगी उसी संस्कारवान पुरुष के आसपास होनी चाहिए। आनंदी मेरी पत्नी और मैं उसका पति। कदमबाई कहाँ से आई ? मन से लग गई थी, मन में ही मर जाएगी। मर जाएगी। मर जाएगी।

मंसाराम बीमार हो गए या बीमारी का बहाना...। वे उस गंदगी से किसी हाल में नहीं जुड़ेंगे जो उन्हें लिथेड़ ले। नीच कौम की संगत का हमारे समाज-विधान में गहरा निषेध है। वह पुरुष मुझमें नहीं रहेगा, जो कदमबाई के बारे में सोचता है। उससे संबंध रखता है।

बीमारी के तर्क ने अनुष्ठान भरी दिनचर्या को अपवित्र होने से बचा लिया।

●●●

संयोग कि दैवयोग ! मंसाराम आम की गुठली की तरह कहाँ से कहाँ गिरे !

एक सुबह चिन्ताकुल पत्नी ने कहा, "मैं पूजा करने की हालत में नहीं। पाक छूत की बात ठहरी, ठाकुरजी को परस नहीं कर सकती। भगवान क्या बिना भोग विराजे रहेंगे ? बालकृष्ण का पालना बासी पड़ा है। तुम उठकर सेवा-पूजा निपटा लो।"

मंसाराम अपनी दवा लेने मोंठ के दवाखाने जाना चाहते थे। बीमारी कुछ नहीं थी, पर लेटे-लेटे देह तो अकड़ गई थी। उदास बने रहना भी तो बीमारी ही है। काम में मन नहीं लगता। वे उठने की चेष्टा में लड़खड़ा रहे थे। कोई उन्हें खींच रहा है। आनंदी की आँख बचाकर खिसक जाना चाहते हैं। अचानक कलेजे में हूक-सी उठी। आनंदी से कहना चाहा—तू मेरा विश्वास करना। बस, तू मेरा विश्वास करना। मैं तुझे कुछ भी समझाने की हालत में नहीं। तू भगवान की सेवा कर लेगी न ?

दवाखाने पर बैठे थे मंसाराम, मोंठ के बड़े व्यास नाती के लिए पालना दवाखाने की सीढ़ियों पर धरने लगे।

मंसाराम ने जैसे सर्प देख लिया हो, आँखें मींचकर तनिक परे सरक लिए।

पालना था कि अपनी माया फैलाने लगा।

क्या तो मन में आया, यकायक कह बैठे, "व्यासजी, यह पालना मुझे बेच दो। आप तो यहाँ बाजार में बैठे हो, दूसरा बनवा लोगे। मैं फिर न जाने कब यहाँ आया ?"

गजब कि व्यासजी तैयार भी हो गए। मंसाराम को अपने फैसले से डर लगने लगा। बालकृष्ण का पालना धोनेवाली पत्नी आनंदी...उन्हें हिचकी-सी आई।

किस अज्ञात शक्ति ने जेब से पैसे निकाले और व्यासजी के सामने गिन दिए—तीन सौ ?

पालना खेतों की राह होता हुआ कबूतरा-बस्ती में जा पहुँचा।

दो

बस्ती में सुनहरी सितारों जड़ा, दमकते शीशों लगा पालना आया !

पेड़ों की लंबी होती छाया में घुसकर धूप पालने से आँखमिचौली खेलने लगी। कदमबाई के मन में उठती छोटी-छोटी तरंगें बस्ती के बच्चों के हाथों से जा मिलीं, जो झिझकते हुए पालना छू लेने की कोशिश कर रहे थे।

मंसाराम का राजपाट ! मैली बस्ती में वृंदावन खड़ा हो गया। भजनी जिठानी सदा की जसोदा, बालक को पालने में लिटा दिया। वह चमकीली आँखें घुमा-घुमाकर रंग-बिरंगी दुनिया देख रहा है। सृष्टि ने पलटा खाया ! संसार का नया रूप !

दारू की भट्ठियाँ, आसपास गँधाते कनस्तर और घड़े, चौक के किनारे फैली नीली कीचड़ से उठती खटासभरी हवा...कदमबाई के इर्द-गिर्द बसी दुनिया पर पर्दा टाँक दिया ! पालने की चमक-दमक में सफर करती माँ ने बच्चा हथेलियों पर उठा लिया। नन्ही-सी नाक से नाक भिड़ाकर सिर हिलाती हुई उसे चूमने लगी—तू मंसा माते का रूप ! ठोड़ी तो एकदम ही...हाय, लोग पहचान लेंगे ! पहचान ही लें !

कदमबाई की क्षण-क्षण बदलती दुनिया...किलकारियाँ मारता कलेजा हाथ-पाँव चलाते बच्चे के संग-संग मचलने लगा कि यकायक ध्यान टूटा !

भजनी को जंगलिया याद आ रहा था—

अरी रईसों की-सी बातें करता था...आज के दिन होता तो...। घी का मोल न जाने, घी के कुल्ला करे। दाढ़ी बढ़ाकर मजूरी करने निकला था। गूल की खुदाई मिल गई। नीचा सिर किए पूरे दिन जुटा रहा। सोच रहा था फावड़े के संग देह मिलाकर किसान का मन जीत लेगा।

बैरी गड़रिया आ पहुँचा, चिल्ला पड़ा—कबूतरा, कबूतरा ! तसला-फावड़ा चुरा ले जाएगा, आनाकानी की तो छाती पर चढ़ आएगा।

जंगलिया की कमर पर लात मारकर उसी दम भगा दिया किसान ने।

हीरू गड़रिया ! रात को धर दबोचा जंगलिया ने। खटिया पर सोया रहा, जंगलिया सामने से बकरी खोल लाया। कैसा हौंस रहा था—भौजी, कदम बच्चा जनेगी, तभी बकरी भी ब्यायेगी।—वह हँसी थी—रे कदम तो हर महीने...ब्यायेगी कब ? तुझे मूरख मानकर बहका देती है तेरी लुगाई।

बकरी की चोरी में हवालात में बंद हुआ था ! जंगलिया की यादों ने दिल में सूराख

कर डाले। क्यों झूठ बोला था ? क्यों मजाक कर बैठी थी ?

सारे दुख दिल में सिमट आए। सुमेर भइया भी तो...गलती से गुलेल चल गई, मोर मर गया था। मोर देवताओं की सवारी ! सुमेर नीच कबूतरा। गाँववालों ने थोड़ी-सी देर भी तो नहीं लगाई थी। लाठियों से सिर फोड़ दिया। तीन दिन बाद प्राण छोड़े तो मोर के बराबर में ही गाड़ दिया। दो गज जमीन में जिंदगी और मौत का निपटारा ! हनुमानजी की मूर्ति ने निपटा दिया जंगलिया। कदमबाई के भीतर बुझा हुआ अंगारा धधकता है।

उसने बच्चे की आँखों में आँखें जुड़ा दीं। तू जिस अंश से पैदा हुआ है, ऐसा कज्जा ही तो बनना चाहता था तेरा बप्पा। होता तो तुझे तोते की तरह पालता बेटा...झपट्टा मारनेवाले शैतानों और हमलेवाली हवाओं से छिपा-बचाकर।

कदमबाई कभी पालने को देखती है, कभी अपने मटमैले डेरे को। मुझे सब धुँधला-धुँधला दिख रहा है। कानों में कैसी तो आवाजें भरी हैं। गर्दन पर बोझ-सा... पर दुख सुनाना और खुशी मनाना मेरी तकदीर में नहीं।

भजनी जिठानी सारे नेग-जोग उठा रही है। कच्चे ओटले पर गोबर की टिकुली और कोरी झाड़ू की सींकें...इस बस्ती के बेटे के लिए इतने शगुन ? जंगलिया की मौत ने सबकुछ तो समझा दिया। रामसिंह की आवाज कानों में तड़तड़ा रही है।

...पर तू कज्जा है या कबूतरा ? तेरी माँ की छाती में एक पल पालने के रंग छन-छनकर गिरते हैं तो दूसरे पल जंगलिया के लहू की बूँदें टपकती हैं।

जो भी हो, कहीं मेरा ही मन बेईमान हो जाता है। सोचती हूँ मंसाराम बदनाम हो गए तो तू अनाथ हो जाएगा। बिरादरी भी कम बेदर्द नहीं, भरम बना रहे तो तू पल जाएगा। मैं कितने मोर्चों पर बचा पाती हूँ तुझे...कदमबाई की डबडबाई हुई आँखें बरसने लगीं।

पालना हिलता-डुलता है। मैं सबकुछ झेल जाऊँगी। गर्भ के दिन कैसे निभा लिए ? भारी गगरी-सा पेट लेकर मोंठ से महुआ लाना आसान नहीं था, पर रोजी-रोटी का सवाल था। दो जीवों का आहार जुटाना था। भूख ने बेशर्मी पैदा कर दी—बस रुकी खड़ी थी, मैं चढ़ना चाहती थी। पहली सीढ़ी पर पाँव ही रखा कि बस में से आवाजें उठीं—कबूतरी है, कबूतरी ! गाड़ी में बच्चा पैदा कर देगी। बच्चा साला रोएगा नहीं, जेबें झाड़ेगा। अरे नहीं, नहीं, सब ढोंग है। घाघरा खुलवाओ। पेट पर कपड़ा बाँध रखा होगा। बड़ी प्रपंचिन औरतें होती हैं ये।

मंसाराम ने देखा कि नहीं देखा, वह फिर भी बस का लट्ठा पकड़कर लटक गई थी।

लट्ठे पर जकड़े हाथ पर चोट करता कंडक्टर और गालियों की बौछारें करते कज्जा लोगों से तुझे साधकर भिड़ने की हिम्मत पा गई।

•••

बच्चे की छटी थी।

कदमबाई का जेठ खुरदा पिछली रात सेसा और ढेरी गाँवों में सेंधमारी करके लौटा था। भजनी जिठानी ने पति की कामयाबी पर देवता मनाए। बच्चे की तकदीर, ताऊ हजार रुपए की चाँदी लाया। डेरों में बँटते-बँटाते सौ रुपए हाथ में आए।

दूलन के हाथ आज एक कार की लूट लगी। गाड़ी रोककर सोने के गहने उतरवा लिए।

चोरी और मुकद्दर। सोना मुलम्मा हो गया। दूलन नए जन्मे बच्चे को कोसने लगा—सत्यानासी ?

सरमन मुखिया ने दूलन को डाँट बताकर चुप कर दिया, ''बच्चे के कानों में ऋज्जा लोगों की धोखाधड़ी मत डालो। बड़ा होते-होते अपने धंधे से भरोसा खो बैठेगा।''

सरमन की औरत ने हरा लहँगा निकाला है। तमाकू खाती हुई आई। ओढ़नी सँभालने के बाद अपने तीनवर्षीय पूत गोमता के गाल पर चटाक् से तमाचा दिया और उसकी बाँह पकड़कर अपने डेरे की ओर खींच ले गई, जैसे उसे किसी से कुछ मतलब न हो।

भजनी फुसफुसाई, ''रंडी, तभी से भुँज रही है, जब से पालना आया है।''

सरमन की औरत ठहरी मुखिया की दुलहन, आँखों से नहीं, कानों से भी देखना जानती है। जाकर तुरंत लौट आई। अपना डाह उजागर करे, ऐसी बेवकूफ तो नहीं। हाँ, भीतर भभका-सा उठ रहा था सो देवर पर झाड़ दिया, ''नासपीटे को भैमाता ने हमारे आदमी के नाल से जोड़कर पैदा क्या कर दिया, वह तो हमारे ही ऊपर खेलने-कूदने लगा। तुम्हारी सों भजनी जीजी, लूटमार तो इसने करी, हरजाना भरेगा तुमारा मुखिया। रपट करनेवालों ने हुलिया ही तो दर्ज कराया है। अब बोलो कि सिपाही हुलिया कैसे पहचानेंगे ? यह तो लुक जाएगा, सामने पर तो मुखिया को ही आना पड़ता है। मेरे वीरदेव, जुड़वाँ किसी को न पैदा करना।''

भजनी ने कदम का हाथ दबाया। भाई-भाई की फूट से बहुतों के चटके कलेजे जुड़ गए। और बीड़ी सुलगा ली।

चौक में टाट बिछा था। डेरों की सारी औरतें, बच्चे और जो मर्द घरों पर थे, सब हाजिर थे। कबूतराओं के डेरों पर कोई पंडित आए, यह संभव नहीं। विधि-विधान जाने सो ब्राह्मण। ऐसे काम मलिया के सिर रहते हैं। बूढ़ा कड़ियल आदमी मलिया बोला, ''जंगलिया की छटी उसी ने कराई थी। जंगलिया के बाप की भी।'' सरमन बीच में ही बोल पड़ा, ''अब यह मत कहना कि उसके बाप की भी...तू पंडितों के लटके-झटके सीख गया है !''

दूलन का मन भौजाई ने खट्टा कर दिया था, वह खुशी के मौके पर उदास नहीं रहना चाहता, सो बोला, ''मलिया काका, अपने जंतर-मंतर हमें भी सिखा दो। इस धंधे

ने तो बेजार कर डाला। संत होना कितना अच्छा है, डाका मारकर भी पुजते रहो। सुकूपुरा के महाराज के यहाँ छापा पड़ा, पाँच किलो सोना निकला। इतना तो कागजों पर दर्ज हुआ है। अब सोच लो कि महाराज और दरोगा में अनलिखा माल कितना-कितना बँटा होगा ?

मलिया मुस्कुराकर बोला, "तू धंधा बदल ही डाल। सरमन तेरे बदले की हवालात कब तक काटेगा ? एक-सी सूरत में गुनाह दर्ज हैं।"

बच्चे का पालना बाहर निकाला गया। चौक जगमगाने लगा। सरमन की औरत देवर को गालियाँ देकर हलकी हो चुकी थी, सो सोहर गाने लगी। आधा गज नया कपड़ा भी ले आई—कुर्ता-टोपी के लिए।

भजनी ने अपने लछमन की बहू का घाघरा कदमबाई को पहना दिया। दूलन की औरत शंकालु स्वभाव की है, होंठ ऐंठकर बोली, "मंसा माते ने क्या भेजा है ?"

कदम मन ही मन नंगी हो गई। दो पिताओं के बीच फँसी माँ...कभी कबूतरा-बस्ती खींचती है तो कभी थपेड़ा आता है, मंसाराम के गाँव की ओर नाव खेने लगती है। कुल मिलाकर डूब रही है वह। दोनों किनारे दूर होते चले जा रहे हैं। नाव के डाँड हाथ से छूट रहे हैं।

कदमबाई के सामने धुँधलका है—मलिया का पंडित वेश, डेरों से एक-एक कटोरी आनेवाला अनाज, आटे का चौक, लोटे में भरा शुद्ध पानी, बेर के पत्ते, गुड़, कलावा, अगरबत्ती। और कुनबी-कथा...

मलिया की आवाज कानों में पड़ रही है—जमाने पहले की बात, तब धरती पर लोग नंगे रहते थे। शंकर महादेव उनके देवता थे। अपने भगतों को शंकरजी ने कुनबी नाम दिया। वे सुख-आनंद से रहते थे। तब आज की-सी बात नहीं थी कि आदमी भूखा मरे, जंगलों में फल-फूल थे, रहने के लिए ठिया-ठौर था। जो चीज देवता, पर चढ़ती थी, वही आदमी का भोग था।

कुदरत की बात—देवता के संग हैवान पैदा हुआ। नदी के इस पार देवता, उस पार असुर। कुनबी लोग फिर भी बेखौफ रहते थे। ऋषि-मुनि उनकी हिफाजत जो करते थे। अपने तप से असुरों को हरा देते। शंकर महादेव के प्यारे भोले कुनबी, यह बात ऋषि जानते थे।

एक दिन उन्हीं कुनबियों से ऋषि की गाय मर गई। हिरन के धोखे में गाय का वध हुआ। ऋषि के शोक का ठिकाना न रहा। वह गाय नहीं, धर्म गाय थी। शोक भी मामूली शोक नहीं, ऋषि-मुनियों का शोक था।

देवताओं का सिंहासन हिला। अनंत ताप से धरती-आसमान जल उठे। सबको पता है कि ताप श्राप के बिना नहीं सिराता। कुनबियों के दुख का ठिकाना न था। पछताए, पर पछतावे से गाय जिंदा होनेवाली नहीं थी।

कुनबी ऋषि के पाँवों में सिर टेककर माफी माँगने लगे। पर ऋषि को आँखें मूँदकर तप करने की आदत थी, देखा ही नहीं। और बिना देखे ही श्राप दे दिया—तुम कलंकी

हो। कलंक ढोते-ढोते मरोगे।

ऋषियों की महिमा...जैसे श्राप न दिया हो, राक्षस को इशारा कर दिया हो—बाँधकर ले जा नमकहराम कुनबियों को और अपनी गुफा में बंद कर ले। बाहर से पत्थर अड़ा दे।

एक-एक कुनबी का नित आहार। कुनबी घटने लगे। और ऋषि का संतोष बढ़ने लगा। वे अकेले ही पूरे जंगल में बिचरने लगा। कुनबियों ने सोचा—जो ऋषि हमारे विनाश पर इतने मगन हैं, उनसे फरियाद क्या ? वे राक्षस से किस तरह कन हैं ? कुनबियों ने अपनी गुहार बड़ी अदालत तक पहुँचाई—अँधेरा काटनेवाली बड़ी सरकार—शंकर महादेव।

मगर बड़ी सरकार शंकर महादेव को फैसला लेने में इतनी देर लगी कि सारे कुनबी खत्म हो गए। महादेव भी पछताए। पछताना सच्चा था—अब शासन के लिए कोई बचा नहीं।

उनमें तेज था। मनभाने स्वभाववाले देवता ने दो नर-नारी पैदा किए। वे सोने और चाँदी की रंगत के थे—नाचने में कुशल प्रवीन।

शंकरजी ने कहा—नाच-गीत ऐसी कला है, जो अभिमानी ऋषियों का तप खंडित करती रही है, राक्षस क्या चीज है उसके सामने ?

सच ही राक्षस ऋषि-मुनियों की तरह ज्ञानी नहीं था। नहीं जानता था कि कब क्या छिपाना है ? कब क्या बताना है ? सो तुरंत अपनी खुशी जाहिर कर बैठा। बोला—नाचो, नाचो।

नर-नारी नाचते रहे। वह मोहित होकर बेसुध हो गया और बोला—माँगो, माँगो कुछ।

नर-नारी संसारी नहीं थे, नहीं तो महादेव की बात भूल गए होते क्योंकि आदमी जब-तब भूल करता ही रहता है। उन्होंने तुरंत वर माँग लिया—महाराज, कुनबियों को आजाद करो।

वह बोला—कुनबी तो मैंने खा लिए।

शंकर महादेव का सिंहासन फिर हिला। उन्हें लगा—कुछ न कर सके तो उन्हें कौन पूछेगा ? महिमा न रहेगी तब वे क्या करेंगे ? भक्तों को अपने लिए पैदा करना होगा।

शंकर महादेव ने चाँदी-सोने की रंगतवाले नर-नारी से कहा—संतान पैदा करो। सुंदर और शांत, कबूतर की तरह।

मलिया ने बच्चे के कान पर झुककर कहा—तू कुनबी, तू कबूतरा !

कदमबाई कहना चाहती थी—मलिया काका, मेरा बेटा कलंकी नहीं। उन्हीं चाँदी-सोने के नर-नारी से जन्मा है, जो शंकर महादेव ने भेजे थे। उस रात गेहूँ के पौधों की हरियल सेज के ऊपर आसमान में तारे झमक रहे थे। बिरवा रोपा जा रहा था। रोपनेवाला न जंगलिया था न मंसाराम। धरती-सी हरी-भरी एक औरत थी, वह जिसका भी अंश साधना चाहती थी, साध लिया। समय बताएगा कि यह बच्चा न कज्जा है न कबूतरा। आदमी है, बस।

''नाम क्या धरा जाएगा ?'' खुरदा ने पूछा।

पत्रा पंचांग का झमेला नहीं है इस बस्ती में। मलिया जैसे बूढ़े ही नामकरण कर देते हैं। नाम धरने का हक किसी को भी हो सकता है। सरमन मुखिया दो दिन पहले ही पुलिस से जूझकर आया था, बोला, ''इसका नाम होगा जुझारसिंह।''

भजनी काकी हफ्ता भर से जसोदा बनी डोल रही थी, कहने लगी, ''नंदलाल।'' दूलन सदा हेकड़ी से बोलता है। लोगों के बीच से मूँछोंवाला गोरा चेहरा उठाकर बोला, ''अमरसिंह राठौर।''

मलिया हँस पड़ा। हँसने के बाद अपनी राय देने लगा, ''अमरसिंह अमर हो जाते हैं क्या ? कि जुझारसिंह होकर सबसे जूझ लेगा ? कलजुग में नंदलाल कहाँ धरे ? लुकने-छिपने के जमाने रह गए हैं। हमने तो शुरू से ही सोच लिया था कदमबाई के बेटी होगी तो नाम धरेंगे पद्मिनी और बेटा होगा तो नाम—राणाप्रताप।

कदमबाई ने मन ही मन यही सोचा था, जिनकी संतान कहाते हैं, वे ही पुरखे असीस देंगे।

गुली और दाल-भात की पंगत बैठने लगी। सरमन ने बस्ती के दो लड़के बकरे चुराने भेजे थे, दूलन संग भेजा था। उसने भाई से जिरह की—खरा पकड़ लाऊँगा। बकरी चुराने पर पुलिस आदमी को मारने की-सी सजा देने लगी है। थाने पर कौल खाकर आया था—गाय चुरा लूँगा, मगर बकरी नहीं। आजकल बकरी की कीमत गाय से ज्यादा है।''

सरमन हँसा, ''आज के दिन भी कौलकिरिया याद रखें तो लानत है जिंदगी पर। पगले, कौल होते हैं अपने लिए। दूसरों के लिए कौल खाकर जिंदगी से धोखा करना है।''

मंसाराम ने दो बोरे चावल भिजवा दिए। डेरे के लोगों ने चावलों के गुन गाए।

कदमबाई समझ रही थी—लल्लूराजा से किया समझौता पाप लगने लगा ! कि फिर ओस के बीच औरत का मिलन याद आया ? बेटे को देखने की ललक फुसला रही है ?

जवानी में औरत की जो थोड़ी बहुत शान रहती है, उसी को दबा लिया कदमबाई ने। जिंदगी तो अब शुरू होगी। उसे अपने औरतपने पर अभिमान हुआ।

जश्न के बाद पालना और चावल वापस करा दिए। मलिया उन्हें लिए जा रहा है, कदमबाई की खुद्दार निगाह ताकतवर होती जा रही है।

होती जा रही है, क्योंकि इधर से सामान जा रहा है, उधर से वही आ रहा है, जो नौ महीने पहले थाने पर मिला था—गोरामछिया का रामसिंह।

●●●

राणा सात साल का हो गया। माँ का मन बढ़ चला।

मंसूबे उथल-पुथल मचाने लगे।

राणा रे...लाठी भाँज, गुलेल चला। कुल्हाड़ी का वार करना सीख। मेरा बेटा बहादुरी

से चोरी करेगा। सोने की मूर्ति किसी के जरिए नहीं, कज्जा लोगों पर मरघट की राख डालकर लूट लाएगा। राणा को मैंने ऐसे ही गर्भ में नहीं रखा, लोग उसके करतबों से थर्राने लगेंगे। ऐसे ही दहल जाएँगे, जैसे मैं थर्रा गई थी जंगलिया की मौत पर।

कदमबाई के सारे संकल्पों के आगे-पीछे मंसाराम होते। उनकी परछाईं को अपने इरादे सुनाती-बताती हो जैसे, और चाहती हो कि वे इन बातों से ज्यादा से ज्यादा दुख पाएँ।

मन ही मन चाहा है उन्हें। कज्जा मर्द की इच्छा की थी। ऐसा न होता तो मंसाराम उस रात अपने खेत में आसानी से मौज कर जाते ? बाँहों में बाँह फँसते ही अटपटा-सा लगा था। वह जंगलिया कबूतरा का अक्खड़ भिंचाव नहीं था, मुलायम परस और अलग तरह से चूमना...दबाना...औरत पलभर नहीं लगाती पहचान में।

लेकिन जंगलिया की मौत ! मंसाराम रूपी आसना में से राक्षस प्रकट हुआ।

कदमबाई को अब कबूतरी बने रहने के सिवा कोई इच्छा नहीं। राणा माथे पर कबूतरा की चिप्पी चिपकाए कितना दुख पाता है मंसाराम कि तुम कटकर रह जाओगे क्योंकि वह भी जंगलिया की तरह मर-मिट जाएगा। देखते जाओ—उसका दारू बेचना, चोरी करना, बार-बार जेल जाना...हमारी बिरादरी का कारोबार यही है, इसमें बुरा क्या है ?...पर तुम्हारी एक शाख दगीली होती चली जाएगी, क्योंकि इसके बच्चे भी आगे यही करनेवाले हैं। ऐसे फूल-फलों को लोग छूने से पहले ही फेंक देते हैं।

यह नहीं करूँ तो क्या करूँ मंसा माते ? तुम्हारा कच्चा दिल और पछतावे भरी आँखें हमारी जिंदगी नहीं निभा पाएँगी। ये छलावे-बहलावे मैं खूब समझती हूँ अब तक। माँ ने राणा को समझा-बुझा दिया—मंसाराम का बेटा करन खेतों पर आए तो उस ओर देखना नहीं। बुलाए तो जाना नहीं। हम इनके ही कारण दरबदर हैं। ये गद्दार लोग हैं बेटा। भूरी कबूतरी रिश्ते में तेरी दादी लगती थी, आज होती तो तुझे समझाती कि कैसे पुराने जमाने में इन्होंने राणाप्रताप के संग छल किया था। कैसे इन भितरघातियों के कारण झाँसी की बाईसाब मारी गई थीं। ये जुग-जुग के दगाबाज...राणा, तू इनकी संगत करके अपने धंधे की ईमानदारी से भी जाएगा। तू यह न समझना कि हम इनमें मिलकर कज्जा हो जाएँगे। हम तो इनकी बोली-बानी बोलते हुए भी इनसे अलग हैं। इनकी रोटी और हमारी टुक्क अलग नहीं, पर भूख-प्यास की कीमत अलग है। जैसे इन्हें भूत-प्रेतों का डर व्यापता है और हमें इनका। डर भी तो सच्चा-झूठा होता है, हमारी और इनकी ही तरह। पर लगता है कि झूठा डर वजनी होता है। जैसे बेहद वजनी होती है झूठी आन-बान-शान। ऐसा न होता तो लल्लूराजा अपनी खानदानी सोने की मूर्ति को जंगलिया की जिंदगी से न तोलता। अब तू ऐसा मंतर सीख कि ये पापी एड़ियाँ घिस-घिसकर मरें।

—मैं तुझे लड़ने की विद्या सिखाऊँगी।

खेतों की बीच गुलेलें चलतीं। फसलों को चीरते हुए पत्थर सनसनाकर निकल जाते। कदमबाई दोनों हाथों से कुल्हाड़ी चलाकर दिखाती। दोनों हाथों से लाठियाँ घुमाती

और कहती—जंगलिया के रहते कभी इन्हें चलाने की जरूरत नहीं आई और जब आई तो तेरी माँ का निशाना अचूक रहा। शिकार किसी पहलू से निकल नहीं पाएगा।

माँ की युद्धविद्या राणा की दुनिया में फैली थी। राणा के संसार में गुलेल और कुल्हाड़ी का शौर्य तन गया। वह कदमबाई की नजर का इशारा समझने लगा। अभ्यास से जान गया कि निशाना गुलेल का हो या बंदूक का, काम तो कनपटी फोड़ना ही है। इस तरह मारो तो पसलियाँ चटक जाएँगी, उस तरह...तो नाभि फूटेगी।

कदमबाई रात को खरा लुखरिया राँधती। रोटी करती और राणा को रुच-रुचकर खिलाती। बेटा खा रहा है निगाह भरकर देखती—गोरा, छोटी-छोटी आँखों और ऊँचे माथेवाला राणा। बाल ऐसे घने और काले हैं कि लगता है माथे पर काला मुकुट बाँध दिया है। होंठ लाल और भरे-भरे। ठोड़ी नुकीली। हाँ, नाक थोड़ी मोटी। ऐसा क्यों ? कबूतराओं की नाक तो सुतवाँ पैनी-सी होती है। दुबला लंबा-सा आठ-नौ वर्ष का लड़का निकल आया बढ़ती बेल पर।

राणा को समझाती कि खुद को ? कहती जाती—खरा लुखरिया का मांस खाकर ही हमने जिंदगी जीती है। तेरा बाप डेरे पर एक बकरी तक नहीं रख पाया, कहने को बीसियों भैंसें खोलीं।

राणा बच्चे की तरह कहता—अम्मा, बकरी नहीं, भैंस नहीं, गाय लाएँगे।

—पगले, गाय, भैंस, बसावटों की निशानी होती है, और हमारी जिंदगी खरपतवार, कज्जा लोग उखाड़ने पर आमादा रहते हैं। देखता नहीं, पुलिस पीटने आ जाती है। ठेकेवाले बेबात ही हमें खदेड़ते हैं। पर बेटा हम भी कम नहीं, भूखे-प्यासे भी तोपखाने लूटने से बाज नहीं आते।

वह राणा का हौसला जगाए रखना चाहती थी। इसलिए बहादुरी भरी बातें करती।

उन्हीं दिनों जंगलिया का मौसा आया था दातारनगर से। एक बकरी लेता आया। कह रहा था—कसाई काट रहा था, आँख बचते ही मैं उड़ा लाया। ग्याभन बकरी।

तीन दिन बाद वह ब्या गई। दो बच्चे डाले। रेशमी काले बालोंवाले मेमने। पतली डंडियों-सी टाँगें और जामुन के नए पत्तों से मुलायम कान। भोला मासूम मुँह। सीधी-सादी चमकदार आँखें। राणा गुलेल में कंकड़ धरना भूल गया।

वह बकरी के पीछे-पीछे डोलता। कभी इस बच्चे को गोद में लेता, कभी उसे उठाकर चूमता। उनके बदन सूँघता। माथे से माथा लड़ाता। होंठों से होंठ रगड़ता।

रात को बच्चों के पास बैठा रहता था राणा। आठ दिन बीत गए। पंद्रह दिन हो गए।

कदमबाई बेटे का चलन देखकर सकते में आ गई। दो-चार दिन और मोहलत के दिए, नए-नए बच्चों को देखकर मन भटक गया होगा।

राणा का वही रवइया मगर...

—तू कबूतरा-बच्चा है या कबूतरबाज ? ऐं ? इन छोटी-छोटी निगाहों से कितनी दूरी तय करेगा ? तू तो वही हो गया कि मुर्रा भैंस का दूध पचाकर पहलवान ढोलक

बजाए। बता, कभी बकरी ही काटनी पड़ी तो तू कैसे जिएगा ? बेटा, इस बकरी के पीछे मत जा। इसे चराने की दरकार नहीं होती। अब यह किसी कज्जा की छिरिया नहीं रही। कबूतरा बकरी है, समझ गई होगी कि किस हरियाली को चरकर साफ करना है। ऊपर से यह तो कसाई के यहाँ रह आई है, बचना-भागना भी आता होगा। तू गुलेल का तीसरा दाँव सीख।

—सीख तो लिया। राणा ने सिर नीचा करके कहा।

—पगले, हथियार चलाना एक दिन की विद्या नहीं होता। जंगलिया कहता था—ये रोज-रोज के जौहर हैं। नए-नए पैंतरे निकलते आते हैं। बेटा, आलस हमारा दुश्मन है। शिकार करेगा नहीं तो शिकार हो जाएगा।

राणा निशाना साधने लगा, सपने में। कल्पना में दनादन पत्थर चलाता। पर असलियत में निशाना था—पेड़ के तने पर। दीवार पर। पत्थर पर।

भीखम गोमता और धनसिंह हँस पड़े—तू तो पत्थर बरबाद कर रहा है।

वह झेंपकर वार करना छोड़ गया।

कदमबाई की तेज निगाह ने भाँप लिया—राणा को माँ की सीखों में दिलचस्पी नहीं।

वह जैसे फेंटा कसकर आगे आई हो, "गुलेल में नोंकदार पत्थर धर। धर पत्थर और हाँ, अब तानकर चला दे। बुलबुल वो बैठी है कैथा के पेड़ की साख पर।"

अचूक संधान ! बुलबुल टप् से नीचे आ पड़ी।

—एक और निशाना।

तोता घायल होकर धरती पर आ गिरा।

भीखम लंबे-लंबे पाँवों से दौड़ा-दौड़ा आया। मैले हाथ फैलाकर बोला—कदम काकी, मुझे दे दे। मैं घर ले चलूँ, अम्मा राँधेगी। तू भी खा लेना।

कदमबाई का मन मर गया। राणा कंधे डाले, बुलबुल की लाश के पास खड़ा था। पास पड़े तोते को छटपटाते देख रहा था। मुँह अधरोया-सा।

बुलबुल की साँस चल रही थी। पंखों में हलकी-सी हरकत थी। चोंच खुली पड़ी थी। मकोई-जैसी आँखें पथराने लगीं। तोते की लाल चोंच में रेत भर गया। हरे पंख धूल में सने थे। पेट पर खूनी दाग...

पक्षियों की चोंचों की तरह राणा का मुँह भी खुला था। उनकी ठहरी हुई आँखों की तरह उसकी आँखों में हरकत न थी। बुलबुल और तोता साँसें पूरी कर चुके थे। राणा लंबी-लंबी साँस खींच रहा था।

भीखम मरी बुलबुल और तोते को लेकर कब भाग गया ? माँ कब चली गई ?

राणा घर नहीं लौटा। उसे बुलबुलों के झुंड ने घेर लिया। वे उसके सिर के पास से गुजर जातीं। उसने खेतों के बीच रहकर, डेरों के पास पेड़ों पर तोतों की आवाजें सुनी हैं, लेकिन तोतों का स्वर इतना कर्कश कभी न था। कभी माँ से जिद की थी—मैं तोता पालूँगा। डेरे लुटेंगे तो पिंजरा लेकर भाग जाऊँगा।

आज खड़ा-खड़ा बेआवाज रो रहा है।

घर आया, कदमबाई ने उसका रोया हुआ मुँह देखा, अपना माथा पीट लिया।

—मैं तो समझ रही थी कि तू बुलबुल लेकर आ रहा होगा, धनियाँ-मिर्च पीसकर बैठी थी। तू तो चिड़िया परेवाओं को रोता चला आया। किसी ने गुलेल छीन ली ?

कदमबाई पगली-सी इधर-उधर देखने लगी। दड़बे से डेरे में गुलेल कहाँ खो जाएगी ? अचानक बोली—मेरी मति कील दी है सपूत ने। गुलेल तो मैं ही ले आई थी। मेरा राणा पखेरुओं के लिए बिलख रहा है, आदमी कैसे मारेगा, काटेगा ? अन्यायी, देख आ मलिया काका को, कज्जा लोगों ने चिरइया की तरह नोंचा है। डंडा-सरियों से देह बिछा दी। कसूर क्या ? चार बेंगन खेत में से तोड़ लिए।

—राणा, अब तू छोटा नहीं। तोता पालने की लालसा भूल जा। नहीं तो तोता की तरह ही कैद भोगेगा।

●●●

नौ वर्ष का राणा पिता के बारे में अम्मा से नहीं पूछता है। जब बहुत छोटा था तब पूछता था—सबके बप्पा हैं, मेरे क्यों नहीं ? कदमबाई चुप लगा जाती, क्या जवाब दे ? हैं भी और नहीं भी। लेकिन बच्चे ने जिद कभी नहीं की। तब कदम को कभी-कभी आशंका होती, क्या वह कुछ जान गया है ? कदमबाई चाहती तो बता देती। कई बार बताना चाहा भी, लेकिन मंसाराम का चेहरा देखकर चुप लगा गई। वह बच्चे के मन में नफरत का बीज नहीं डालना चाहती थी, हालाँकि कज्जा लोगों से, कज्जा लोगों में भी मंसाराम से उसे बहुत घृणा थी।

बुलबुल-तोता मरे तब राणा ने रात के समय पूछा था—अम्मा, बप्पा को किसी ने मार डाला था ?

—तुझसे किसने कहा ?

—करन ने।

कदमबाई ने राणा के गाल पर अँधेरे में ही तमाचा जड़ दिया था—कहती हूँ, करन की संगत मत किया करे।

राणा चिढ़ गया। माँ को जवाब न देनेवाला बच्चा कड़ुआकर बोला—"तू क्यों करन के पिताजी को बुलाती है ?"

—मैं बुलाती हूँ नास गए ? हम तो दारू की दुकान लगाते हैं, चाहे कोई पी जाए।

—करन कहता है कि उसके पिताजी पीने के बहाने तेरी अम्मा से मिलने आते हैं, इसी कारण उसकी अम्मा पिताजी से लड़ती हैं। रोटी नहीं खातीं। आग में जलने की धमकी देती हैं।

—राणा, तू उनके घर के बीच में मत पड़। हमें क्या लेना-देना। वे खसम-लुगाई रूठें-लड़ें, मनें-मनाएँ। जियें या मरें !

करन क्या झूठ कहता है ? कहना चाहता था राणा, मगर कह नहीं पाया।

—हमें उनके झूठ-साँच से भी कोई मतलब नहीं। कदमबाई ने अपना फैसला सुना

दिया।

राणा फिर-फिर पूछ सकता था बप्पा के मरने के सवाल को, लेकिन उन्हीं दिनों उसने अपनी आँखों से ऐसी मौत देख ली कि मौत के बारे में पूछने की कभी हिम्मत नहीं पड़ी।

होली के दिनो की बात है—

कबूतरा-बस्ती में ढोल बजा। जेली कैदी तो डेरों पर आ नहीं सके, जंगल में छिपने वाले मर्दों का मन नहीं माना। कहाँ तक डरे-छिपे कोई ? वे अजगर साँप तो नहीं हैं, जो बिल में रहने की आदत हो।

झींका मजीरों और ढोलक की ताल ने मौत का आतंक तोड़ दिया।

फसल गमक रही थी। जंगल तक महक गया। अन्न और आदमी का बड़ा घनिष्ठ संबंध है, सबने रोटी का सपना देखा, कि भूख ही त्यौहार की ओर भाग ली ? बहुत दिन हुए समाँ कोदो खाते हुए। बिरियों के बेरों पर दिन गुजारते हुए।

होली का अवसर, कबूतरी गुड़ महुआ भिगोकर खेतों में छिपा आई। होली तक अच्छा खमीर उठकर दारू ढल जाएगी। कमाई बिक्री की बात।

तभी एक रोज गोरामछिया के डेरों पर होता हुआ सरमन का बहनोई बाबू आया था। आते ही खबर दी—अब की बार लैसंसशुदा ठेकेदार नीम चबाए बैठे हैं। देख लेना कबूतरा-बस्ती में एक कज्जा तक पीने नहीं आएगा। सब मक्खी मारो।

दूलन ने बाबू की बात काट दी—हमारे सरमन भइया अँगूठा की पक्की छाप लगाकर अर्जी लगाने गए हैं कि सिरकार दरबार हमें भी लैसंस दे। ठेकेवाले हमारी ही दारू तो लैसंस के नीचे से निकालते हैं।

बाबू बोला—निकालेंगे नहीं ? उनके पास कज्जा होने का परमिट है। तुम्हारी-हमारी सब दलीलें धरी रह जाएँगी।

—सो क्यों जीजा ? वोट माँगनेवाले बाबूजी सरमन भइया के कंधे पर हाथ धरकर अपना जनेऊ छूकर कौल खाकर गए थे कि अबकी बार इस बस्ती का ही उद्धार करना है। अर्जी लगा देना।

—सब फरेब।

—दातारनगर के वोटरों को कोटर नहीं मिले ?

—वह भी झूठ दूलन। यह बता कि उन कोटरों में रहता कौन है ? जनजाति-कल्याण के बाबुओं के रिश्तेदार ही न ? कबूतराओं के नाम भरकर मकान की पर्ची काट दी। दूसरी ओर समझा दिया कि यहाँ रहोगे तो दारू नहीं बेचोगे। यहाँ रहोगे तो चोरी-चकारी नहीं करोगे। बताओ, रहने की खातिर भूखा कौन मरे ?

मलिया उसी दम आया था। बूढ़े की देह आज ज्यादा ही तन गई है। त्यौहार पर भूखा रहकर भी हँस लेता है—एकदम तंदुरुस्त हँसी। खेतों में उगी फसलों की मादक गंध जो आ घुसी है बस्ती में।

—ढोल बजाओ। आज भी भूख-प्यास का रोना। गेहूँ की हरी-हरी बालें हिलोरें ले

रही हैं। लोगों के मन थिरक उठे। कबूतरा-बस्ती में गाँव से होड़ ले-लेकर ढोल-मजीरा बजे। मलिया को मार खाए आठ दिन न हुए थे। नग-नग पिराता था, पर उमंगों को पीरों से क्या लेना-देना ? मलिया साँवली कड़ियल और बूढ़ी बाँहें उठाकर कहता है–खेतों की फसल किसान की, गंध हमारी। माटी का मोह, आदमी का भेद नहीं करता। लोग ध्यान से सुन रहे थे। औरतें हँस रही थीं। बच्चे नाच रहे थे।

मर्दों और औरतों के गोल घेरे में गीत के बोल उठे–

मोरी चंदा चकोर, काजर लगा कें आ गईं भोर ही भोर
मोरी चंदा चकोर, छतिया पै तोता, करिहा पै मोर
मोरी चंदा चकोर, चोली में निबुआ घँघरा घुमेर

नए लड़के कबूतरी बोली का गाना पुरानी चाल का मानते हैं। कज्जा बोली के गीत में सबको रस आया। राणा नाच नहीं रहा था, गा रहा था। कदमबाई हँस-हँसकर दोहरी हुई जा रही थी। लेकिन मलिया एकदम नाखुश था।

मलिया कान पर हाथ धरकर राग छेड़ना चाहता है, भीखम गोमता रोक देते हैं। अबकी बार मलिया जिद पकड़ गया–राजस्थान की रंगीली फाग ! तूने बँधनी की चोली पहनी थी ! बँधे जी घाघरा...तू कहाँ है ? अपनी धरती पर उतरने को जी हुमकता है, हम कहाँ हैं ? लीले घोड़े और घोड़ों के सवार कहाँ हैं ? संदेसा देना री कि आज तू बेना में फूल लगाकर, शीश पर बोलड़ा बाँधकर किसी के आने की राह देखती है ?

मलिया की आँखों में गीत रिस आया। और तुरंत ही लड़कों की टोली में कूद गया–मोरी चंदा चकोर...छतिया पै तोता करिहा पै मोर। जगमगाती धूप में रंग-बिरंगे गुलाल उड़ने लगे।

रे बूढ़े ! ओ दिवाने ! सरमन की औरत मलिया से ठिठोली करती है। निश्चिंत होकर बोली मारने में कितना मजा है ! सरमन की औरत अभी-अभी अपनी बकरी जमीन में गाड़कर आई है। बस बकरी का मुँह धरती के ऊपर है, खाने के लिए हरी पत्तियाँ धर दी हैं। अब कोई खतरा नहीं।

पर्व की खुशी, हमले की आशंका। बिक्री की उमंग, चमड़ी के लाले, सब एक साथ।

सरमन की औरत ने कदम से वही सवाल पूछ लिया, जिससे वह बिच्छू की तरह बचना चाहती थी–राणा मरा-मरा-सा क्यों रहता है री कदम ? लड़के नाच रहे हैं और वह...

कदमबाई क्या उत्तर दे ? यही कि बुलबुल और तोता इसकी खुशी छीन ले गए ? कि सबके बाप हैं, इसका बाप क्यों नहीं है ? नहीं कहा कुछ भी। कदम जानती थी कि मुखिया की औरत की बात सब सच मानेंगे और वह तुरंत फैला देगी कि राणा बोदा-मरियल है। उसकी आँखें खिसियानपट में नम हो आईं।

मंसाराम सामने आते दिखाई दिए–परछाईं से। कदमबाई ने उधर ताका भी नहीं।

दूसरी कबूतरी गुलाल की चुटकी लेकर उनके आसपास मक्खियों-सी भिनभिनाने लगीं।

सरमन का जीजा बाबू दहशत जो छोड़ गया था। वे चिड़ियों की तरह एकजुट थीं। मछलियों की तरह दल बाँधे हुए। मंसाराम बातें बड़ी सहारेवाली करते हैं। दूलन की बहू ने झटपट खटिया बिछा दी। सरमन की औरत ने उनके गोड़ गह लिए, ज्यों दूलन की बहू का संग दे रही हो।

औरतों की मुस्कान के मद में चूर हो गए मंसाराम। कज्जा लोगों की तरह मजाक पर उतर आए—रुपया-रकम की सलामी तो मर्द देता है, औरत के पास तो देने को बहुत कुछ है।

सब औरतों ने उन्हें माफ कर दिया, नशे में जुबान लटपटा जाती है।

कदमबाई अपने आप कभी पास नहीं जाती, सो दूर ही छिटकी रही।

वे पीछे-पीछे चले आए। वह यही चाहती भी थी।

—कदम, डरना मत। खून-खराबे की मुझे चिंता नहीं।

कदमबाई ने नीची निगाह करके हाथ जोड़ दिए।

—हाथ जोड़कर मुझे नीचा करती हो ? कितने दिन हो गए, कितने बरस...आदमी इतने समय में नया-पुराना हो जाता है।

—मंसा मालिक, हमने कभी कुछ कहा है ?

—मैं कब दोष देता हूँ ?

—आज नई बात क्या हो गई ?

—नई बात यह कि राणा को क्यों परेशान करती हो ?

—कैसी परेशानी ? परेशानी लगती है तो देखते क्यों हो ? दिख जाता है तो यहाँ आते क्यों हो ?

—गुलेल-कुल्हाड़ी नहीं चलाता तो जबरदस्ती क्यों करती हो, मैं पूछता हूँ।

कदमबाई जैसे अब कुछ न सुन रही हो। उसे मंसाराम की चिंता सुनकर भीतर ही भीतर बड़ा सुख मिला। जैसे इसी आनंद के लिए राणा को पाला हो उसने।—तो बेटे का मोह जागने लगा ! आज बड़े दिनों बाद उसने छककर मद पिया।

●●●

साँझ होते ही जीपें गड़गड़ाईं।

मलिया के गले से खौफनाक सायरन बोला—भाँतू रे भाँतू भाग, लाल कुत्ती आई रे...। लंबा स्वर—खतरा !

भागो-भागो। भगदड़ मच गई। दूलन सरपट भागा। खुरदा बूढ़ा मुट्ठी बाँधकर दौड़ पड़ा। भजनी मुँह के बल गिरी। सरमन को जोर से ठोकर लगी। रूपसिंह के दाँत अपनी ही ठोड़ी में गड़ गए। संतोले और हरदेव आपस में टकराकर एक साथ गिरे

मर्द जल्दी से जल्दी खेतों में सरक गए। जंगलों में भाग गए।

धाँय-धाँय ! फट्ट-फट्ट ! गोले छूटे। कि घड़े फूटे ! ड्रमों को पीट रहा है कोई। सारा खमीर बिखर गया। दारू बह गई।

जो पकड़े गए, पीटे गए, विनती कर रहे हैं—अरे रे ! छोड़ दो, पाँव चाटता हूँ मालिक।

—वो गई ! पकड़ो साली को।

—पेटवाली है। मटके जैसा पेट। लाओ इधर। हम बच्चा पैदा करते हैं। आदमी पैन्ट खोलने लगा।

बच्चे कहाँ ? मुर्गियाँ कहाँ ? कबूतरियों को अपना संसार याद आने लगा। बकरी...बकरी का सिर उड़ गया। अरहर की पत्तियाँ हरी से लाल हो गईं। सरमन की औरत रो भी न सकी। डंडेवाला पीछे था, जाँघों में डंडा घुसाने लगा। सरमन की औरत पूरी ताकत लगाकर चीखी—खसियाऽऽआ ! खसिया के चेहरे पर दाद के रोगी जैसा भाव था।

जमुनी का बड़ा पेट ! गेहुँओं के खेत में छिप गई।

—सालो बेचो दारू ! पिलाओ मद रंडियो।

कहाँ माँ ? कहाँ बेटा ? कहाँ भाई ? कहाँ पिता ? औरतों को आदमी खींचने लगे। रिश्ते आँखों में चुभ रहे हैं।

इस मुठभेड़ ने कदमबाई का दिल दहला दिया। कहाँ हैं मंसाराम ? मरते दम तक यही सकून रहेगा कि उसने उनसे कोई मदद नहीं ली। उनके बच्चे की माँ बनी थी, भिखारिन नहीं हुई कि पालन-पोषण का मुआवजा माँगती और माँ के हक को छोटा करती। बच्चे को दूध पिला सकती थी, रोटी नहीं दे पाई ! न सही...

घायल लोग पटसन की तरह बिछ गए। कबूतरा बेफिक्र हो गए थे, उसी की सजा मिली।

राणा कहाँ ? बच्चा है। बच्चे को कौन पूछे ?

कदमबाई गिरती-पड़ती खोजती हुई निकली। भीखम के साथ था, किधर गया...—रे राणाऽऽआँ ! भीतर ही भीतर माँ पुकारती है। इधर-उधर देखती है। कहीं नहीं...

गजब ! जिस खेत में छिपने गए, उसमें पानी लगा था। कंधे तक फसल और धरती पर कीचड़ ही कीचड़ ! राणा साँप की तरह सरक रहा था। वह जानता था, उसे कीचड़ के साथ ऐसे मिल जाना चाहिए कि लोग कीचड़ ही समझें।

तभी एक औरत कराहने लगी। उसे कोई पीट नहीं रहा था फिर भी तड़प रही थी।

इधर डेरों पर आवाजें उठीं—तुम लोग गैरकानूनी काम करते हो, ऊपर से फौजदारी मचाते हो ? सालो, एक-एक को हवालात...

राणा सरकता हुआ खेत में भीखम के पास जा पहुँचा—शायद पुलिस आ गई है।

—औरत चिंघाड़ रही है। हम भी पकड़े जाएँगे। आवाज यहीं से आ रही है।

—मुँह में कीचड़ भर दे।

औरत पूरा जोर लगाकर चिंघाड़ी।

—जा, राणा, मुँह भींच देना।

—तू जा भीखम।

—नहीं। मैं नहीं जाऊँगा। सिपाही पकड़ ले जाएँगे। एक बार नहीं, दो बार थाने जा चुका हूँ। बर्तन-भाँड़े धुलवा लें। मालिश करा लें। पर वे तो ऐसा काम कराते हैं कि...चौपाये की तरह खड़ा कर देते हैं और फिर हमला...लौटकर आया था, तब कैसा हाल था, याद है ?

औरत की चिंघाड़ पर भीखम खड़ा हो गया। और बोला—साली को पत्थर मारूँ ?

पत्थर-कंकड़ मारने लगे दोनों। कीचड़ में से ढूँढ़-ढूँढ़कर जितने मिले उतने मारे। गुलेल चलानेवाले लड़कों का निशाना। औरत एकदम चुप हो गई।

दोनों ने चैन की साँस ली। मगर तभी हवा में हिचकियाँ-सी तैरने लगीं। हुच्च-हुच्च-हुच्च से खेत भर गया। ये सिपाहियों के बूटों की आवाज है ? दारू का खमीर बहा होगा, वे कीचड़ में चल रहे होंगे, लड़कों का रोम-रोम जाग उठा।

फिर अचानक सब शांत हो गया। न हिचकी न हुआँ-हुआँ।

बच्चों का मन चंचल हो उठा। मिट्टी में सने दोनों आगे सरकने लगे। आगे और आगे।

—भीखम, देख जमुनी।

जमुनी काली मिट्टी के दलदल में चित्त पड़ी थी। आँखों के शीशे पत्थर की तरह ठहरे हुए। हाथ-पाँवों में कीचड़ लिथड़ी हुई। नंगी जाँघों पर खूनी धब्बे। धब्बों भरा मिट्टी का लोंदा।

—यार, यह बच्चा है।

—हाँ ?

—देख, पतली डंडी से छोटे-छोटे हाथ-पाँव। मुँह और आँखें !

—सो रहा है ?

बच्चे सारी दहशत भुला बैठे। अब पेट में किसी दूसरे ही डर के गोले उठने लगे।

—जमुनी मर गई भीखम।

—कैसे ?

—जैसे बुलबुल मरी थी।

—बच्चा ?

—तोते की तरह मर गया। चोंच खोलकर पंखों के ढेर की तरह।

राणा का दम जाने लगा। वह डूबता चला जा रहा था। आँखों में अब रोशनी न थी। मगर वह चीखना चाहता था—जमुनी...मार डालीऽऽई...

कदमबाई खोजती-खोजती आई। राणा कहीं दिखा ही नहीं। सिपाही के हाथ पड़ गई, जो घाघरा फाड़ने लगा। ओढ़नी चीर-चीर कर दी। भागकर डेरे में समा गई कदम। नंगी होती हुई औरत को बेटे की जिंदगी और मौत भी नहीं सूझती।

जबकि राणा पुकार रहा था—अम्माऽऽ...मलिया काकाऽऽ...

•••

कदमबाई जानती है कि मलिया काका ही एक ऐसा आदमी है, जो पुलिस से या लैसंसशुदा ठेकेदारों से पिटने के लिए डेरों पर रह जाता है।

वह कहा करता है—मैं रोटी का टुकड़ा हूँ कदम, पुलिस के आगे फेंकने के लिए। पुलिस आए और खाली चली जाए, यह दरोगा-सिपाहियों की तौहीन है। वे गुर्राने लगते हैं फिर। मरे हुओं को ही फिर से मारने लगते हैं। कहो, आपस में ही एक-दूसरे का सिर फोड़ने लगें। लाचार आदमी...मुजरिम लेकर थाने की चौखट पर न चढ़ पाए तो बूटवर्दी का पराक्रम क्या ?

सो मलिया नजराना हो गया। दरोगा बस्ती में आया है, कायर आदमी। मलिया मालिक-मालिक कहकर पाँवों में लिपट गया, तब कहीं जाकर उसकी बाँहों का खून हरकत में आया।

मलिया शिकार बन जाता है। ऐसा शिकार जो खुद ही शिकारी के पास आ जाए। जिसकी ओर निशाना न साधना पड़े, खुद ही निशाने को साध ले। बस शिकारी फूला नहीं समाता फिर।

मलिया पुराना है, अनुभवी है, जानता है, मोटी तोंदवाला दरोगा उस इकहरी हड्डी वाले फुर्तीले बूढ़े को छू नहीं सकेगा। मलिया सिपाहियों से छुआ-छुअ-ऊअल-सी खेलने लगा।

मलिया ज्ञानवान है, जानता है कि सिपाही दरोगा के पास माना कि दिलेरी नहीं होती, पर थाने की कलम तो होती है, दरबारी रजिस्टर तो होता है। ये दोनों चीजें कमजोर से कमजोर, कायर से कायर आदमी के हाथ लग जाएँ तो मिनटों में बड़े-से-बड़े बहादुर की बहादुरी कील दें।

मलिया हवा का रुख पहचान गया। चतुराई और अटकलें लगाकर सिपाहियों को दौड़ा रहा था। उनकी साँसें उखाड़ रहा था। थका-माँदा सिपाही माँ की गाली देकर बैठ गया।

मलिया अंतर्यामी की तरह सिपाही के मन की हालत जान गया, अपनी बूढ़ी कड़ियल बाँहें हवा में भाँजता हुआ जवाबी गालियाँ देने लगा। कबूतरी बोली की गालियों को सिपाही लोग रजिस्टर में लिख लेते हैं, उन्हीं के हिसाब से सजा बढ़ाते जाते हैं। क्योंकि कबूतरा भी ऐसी गालियाँ थोक में बरसाते हैं, जिनमें से एक पर ही फौजदारी हो जाए। माँ का कूँदा...अर्थ जान गई पुलिस। सिपाही लोग खूँखार कुत्तों से खोंखियाए। मलिया फसल के बीच खड़ा मुस्कुरा रहा था। फिर वह यकायक पेट पकड़कर हँसने लगा। बूढ़ी हँसी खेतों पर फैल गई। दरोगा ने हुक्म दिया—बूढ़े को गोली मार दो।

पुलिस फसल रौंदने लगी।

नया रंगरूट सिपाही था, बोला—एक गोली बरबाद करो या हवालात में ले चलो, सो बेकार है, यह साला यहीं कैद से बदतर जिंदगी बिता रहा है।

मलिया फिर हँसा। नए सिपाही को मालूम नहीं कि कबूतरा क्यों पकड़ा जाता है ? जान जाएगा, अभी इसकी लंबी नौकरी पड़ी है।

—गोली नहीं मारेंगे, जिंदा पकड़ेंगे साहब। सिपाहियों ने ताल ठोकी। वे मलिया को दबोचने के लिए आगे बढ़े, बढ़ते रहे—मलिया निर्जीव पथरीला-सा आदमी बिजूका की तरह अड़ा खड़ा रहा था। खैर उसकी लंबी और कड़ी देह को बंदूक के बट मार-मारकर वहीं बिछा दिया। ताज्जुब कि वह फिर भी नहीं मरा। खुद नहीं मरा, लेकिन पाँवों से किसी का ठंडा शरीर टकराया।

जमुनी ! वह समझ गया।

होंठों का रेशा-रेशा काँपने लगा। स्वर्गीय छोटे भाई की बेटी जमुनी भतीजी, जिसके पाँव पूजने का विधान है, ताऊ के पाँवों में पड़ी दाह-संस्कार की बाट देख रही है ! तीन साल से वीरदेवता पर पान और बेर के पत्ते चढ़ाकर संतान माँग रही थी। ठेकेवालों ने भी हमले के लिए कौन-सा दिन चुना !

कदमबाई क्या, डेरों की सारी औरतें डेरों में ही छिपी रहीं। मलिया को पुलिस बाँध ले गई। डेरों पर मर्दजात कि पुख्ता आदमी का निशान न रहा। सरमन मुखिया पेड़ से बाँधकर पीटा था, घायल हो गया।

औरतें लाश कैसे फूँकें ? धर्म में मनाही है।

जिस खेत में जमुनी पड़ी थी, उसका मालिक किसान डेरों पर आया। गालियाँ देता रहा। कहता गया कि कबूतरा साले लुगाइयों के संग मौज करते हैं, बच्चे पैदा करते हैं। मरते ही उसकी मिट्टी को पहचानते तक नहीं। सरमना...तू नहीं उठा सकता तो अपनी लुगाई को भेज। फसल खराब हो रही है मादरचो...रपट करूँगा कि तुमने औरत मारकर फेंकी है।

कदमबाई बाहर को उझकी। होंठों ही होंठों में बुदबुदाई—रे...रपट से कौन-सा नया कहर टूट पड़ेगा ? सब तो गुजर गया। लाठी-कुल्हाड़ी चलाने में माहिर हमारे मर्द घायल ढोर से लाचार और हम जैसी औरतें नंगी गोपिका-सी छिपने को बेबस...। हरामी, हम अपनी बेटियों की उघड़ी योनि और बेपर्दा छातियों के कारण उन्हें अँधेरे में पटके पड़े हैं। अगर भीखम गोमता और राणा गुदड़े-चिथड़े बीनकर अब तक आ गए होते तो हम तुझे पहले फूल का मद पिलाकर मार न डालते और जमुनी के संग ही फूँक देते।

—कज्जा किसान, खाया-पीया आदमी, कपड़े-लत्ते से लैस नैम-धरम की बात न करेगा तो कौन करेगा ? अरे कज्जा, जिसके पास जिंदा आदमी के रहने का ठिया-ठिकाना नहीं, रोजमर्रा के जरूरती कामों को ठौर नहीं, उनसे मरघट-मसान बनाने की उम्मीद जोड़ रहा है !

बच्चे गाँव से दूर पड़े घूरों को कुरेद आए। कुछ चिथड़े उखाड़ लाए। उन्होंने वे चिथड़े डेरों के भीतर माँ-काकियों के पास फेंक दिए। नहीं देखा कि वे चीरे गंदगी में लिथड़े हैं, महावारी के खून में...। फायदा भी क्या था, दूसरा सहारा न था। माँ-काकियों के नंगे बदन रह-रहकर आँखों में छा जाते।

कदमबाई उस दिन राणा के पुरुष जन्म पर खुश हुई थी—मर्द की देह नंगी नहीं मानी जाती।

डेरों पर सबसे ज्यादा उम्र की औरत भजनी, जिसे नंगे होते-होते नंगे रहने की आदत पड़ गई थी, उन चिथड़ों को धोने-सुखाने लगी। सरमन जान-बूझकर आँखें मींचे पड़ा रहा था।

कदमबाई कैसी तो डरावनी हँसी हँसी थी—भजनी जिज्जी, हमारे पास न मरों को कफन, न जिंदों को लत्ता। दो घंटे में ही तबाह हो गए।

कदमबाई वह दिन आज भी याद करती है तो थर्रा जाती है—सरमन की औरत और वह जमुनी को खेत से खींच लाई थीं। राणा की बाँहों में मरा हुआ बच्चा।... चिथड़े-चीर लपेटे हुई औरतों ने काँटेदार सूखी झाड़ियाँ, सूखा गोबर और रोटी के लिए जोड़ा तमाम ईंधन डालकर जमुनी को उसके बेटे के संग फूँक डाला था। कुछ कसर रह गई, खेतों में से मद उखाड़कर चिता पर उड़ेल दिया।

होली का पर्व...

●●●

बच्चों की नजर पड़ी—मलिया काका !

मलिया कि सिपाही ? खाकी कमीज और पैन्ट पहनकर आया था मलिया।

सारे बच्चे झुक आए। गोरकी जैसी छोटी-बड़ी छातियोंवाली लड़कियाँ अपनी कोहनियों का पर्दा किए डेरों में दौड़ीं।

मलिया ने एक-एक बच्चे, एक-एक औरत को गिनना चाहा। जमुनी को छोड़कर सब थे। भूखे-नंगे ही सही, पर जिंदा थे। मलिया की आँखों में उथल-पुथल-सी मची थी। बोला—थाने पर जाकर ऐसी बातें सुनता हूँ कि डेरे से ज्यादा जी घबराने लगता है। पुलिस के लोगों के पास बस्तियों में आग लगवाने का ठेका है। मैंने सोचा मैं जमुनी को फूँक नहीं पाया, उससे पहले ये डेरे न फूँक डालें।

मलिया सबको पाकर अपनी टीसें भूल गया। महीन झुर्रियों में चिंता तो थी, पर शोक नहीं था। जमुनी के लिए उसी दिन रो लिया था। फिर समय ही नहीं मिला। सिपाहियों ने चैन ही नहीं लेने दिया। थाने का माहौल बनाने के लिए छेड़छाड़ करते ही रहे।

अभिभूत-सा बोला—हमारी जमुनी रोने के लिए नहीं, यादों में बस जानेवाली लड़की थी।

मलिया ने बाँहदार कमीज से अपनी आँखें पोंछ डालीं। फिर आँसू भरकर मुस्काया। कहने लगा—हवालात में डालकर दरोगा सोच रहा होगा, हमें निठल्ला करके बिठाए रहेगा। उसे यह मालूम नहीं कि जिसके अपने लोग भूखे-नंगे हों, वह बेकार कैसे बैठ सकता है ? कानूनी लोगों से हम डरते तो अब तक मर गए होते।

कदमबाई क्या, सब जानते हैं कि मलिया जब हवालात से लौटता है तो ऐसी ही

बातें करता है, जैसे जंग जीतकर आया हो। अपनी बहादुरी के किस्से सुना रहा था—राणा और भीखम पास सरक आए।

भीखम बोला—काका, क्या काम किया था ?

—बेटा, पिटे थे। दो सिपाहियों को इसी काम में खपाए रखा। वे हमें पीटते और थककर गिर पड़ते। डूटी बजाना आसान काम नहीं। उन्होंने दरोगा से अरज की—साब, उस कबूतरा को भगा दो। उसकी कमर पर लात मारते-मारते हमारे टखने की हड्डी चोट खा गई है। पाँव सूज गया। हरामी की कमर है कि सिल ? रोशनसिंह ने मुँह पर थप्पड़ मारे सो उसकी कलाई में मोच आ गई। साले का चेहरा हाड़मांस का नहीं, लोहे में ढला हुआ है।

रात को पीना-पिलाना चला। सिपाही लोग अपनी चोटों का दर्द भूलकर बच्चों की नींद सो गए। उनकी भोली साँसें सुनाई दे रही थीं। हमने सोचा चौबीस घंटे बाद बिदाई तो होगी ही, डेरों पर क्या ले चलें ? नशे की नींद में आदमी के कपड़े क्या, खाल उतार लो। खैर हमने तो खुंटी पर टँगी लुंगियाँ, झोले में रखी कमीजें ले लीं। एक सिपाही ज्यादा धुत था, पैन्ट पहनकर ही सो गया, उसकी पैन्ट खींच ली।

चौकीदार जागा हुआ था। उसके पाँव पकड़ लिए और कहा—भइया, हमारी जनानी नंगी बैठी होगी, तुम हमारी दुनिया के मालिक।

मालिक जैसा वजनी बोल, चौकीदार सिपाहियों से ज्यादा नशे में आ गया।

हमने फिर कहा—मालिक, रिहाई तो होगी ही, तुम्हारे हाथों ही हो जाए। आदमी को सदा दूसरों के कहने से बाँधते-रोकते रहते हो, आज अपनी मर्जी से आजाद करके तो देखो, भीतर ही भीतर नया रुतबा पैदा हो जाएगा।

चौकीदार बादशाह हो गया, बोला, ''च् च् च् ! इन दूशासनों को सिपाही दरोगा की पदवी किस हरामी ने दे डाली ? ये साले तो चौकीदारी करने के काबिल नहीं।''

अपने मालिकों पर थूकने का मौका कितनों को मिलता है ? उसने इसी खुशी में कुछ पगड़ियाँ मलिया के सामने धर दीं।

मलिया को जमुनी याद आई—मालिक, हमें देर हो गई ! पर अब ये लत्ते मरे से ज्यादा जिंदा लोगों के काम आएँगे। तुम्हारा हौसला अकारथ नहीं जाएगा।

डेरों पर उस दिन कपड़ों की बहार आ गई। कदमबाई, लछमन की बहू, भजनी और सरमन की औरत खाकी रंग के घाघरे पहनकर गुड़-महुआ की उधारी करने पनारीगाँव के तेली के पास गईं।

खमीर उठने में चार-पाँच दिन लगेंगे, तब तक क्या खाएँगे।

भजनी घिसे दाँतों की बच्चों जैसी हँसी छोड़ती हुई बोली—आस बिसवास।

मलिया थाने से लौटा था, जोश में था। मार खाई थी तो रोटियाँ भी खाई थीं। भूख-प्यास की बात हवा में उड़ाने लगा।

लेकिन एक जगह आकर मलिया का ईमान डिग गया। मरा बैल और बच्चों की आँखें संग-संग याद आईं। प्रभुदयाल चौबे बैल खींचने चमार को बुलाएगा नहीं, क्योंकि

अब वे आते ही नहीं। वह लपकता हुआ गया, चौबेजी से खेत पर जाकर बोला, ''महाराज अब आदमी क्या, जमाना क्या ? काम और कामगरों की कहानियाँ रह गई हैं।''

चौबे पंडित आदमी, भूखे की आँखों में इच्छा पढ़ ली। आवाज सूखे पत्ते से हलकी है।

''बैल के संग, दस रुपया दूँगा मलिया।''

मलिया की आँतों में बड़े-बड़े काँटे उग आए। अँधेरे में कौन देखता है—बैल खींचकर ले जाऊँगा। चमार तो खुश ही होंगे कि कबूतराओं से ऊँचे हो गए, यह बात सिद्ध है।

...मगर बैल !

बैल हो कि गाय, काटे पीछे सब मांस हो जाते हैं। दस रुपया में नोंन-मिर्च और तेल आ जाएगा।

डेरे पर रात भर जागरण हुआ।

कदमबाई को नया ज्ञान हुआ, कज्जा लोग भी पूरे बाजीगर...एक भूखों मारेगा तो दूसरा लालच देगा।

''तू क्या-क्या सोचती है कदम ? बैल तो छप्पन भोग हो गया। पेट में जाते ही कज्जा लोगों को ललकारने लगा। देख ले, दूलन खूब गालियाँ बक रहा है। बहुत दिन बाद पेट भरा है न ?'' मलिया कहकर हँस दिया।

कदमबाई की दुनिया में मंसाराम कहाँ हैं ? होते तो यह घड़ी देखनी पड़ती ? मन में कैसी-कैसी दुनिया रचती रहती है। चाहने से होता क्या है ?

●●●

राणा बीमार हो गया। धरती पर पाँव पसारे लेटा है।

कदमबाई का कलेजा मुँह को आ गया। बैल का मांस पचा नहीं। अन्यायी भगवान ने ऐसा नरम मुलायम पेट देकर धरती पर भेजा। ईश्वर को यह भी पता नहीं कि इसे साँप-बिच्छू खाकर भी जिंदा रहना होगा ?

अंट-बंट बर्रा रहा है राणा ! भजनी आई और अपने बूढ़े कान राणा के होंठों पर बिछा दिए।

जमुनी...जमुनी...जमुनी...

भजनी एकदम से पीछे हट गई, ''हाय देवी माता, जमुनी चुड़ैल ने धर दबाया।''

भजनी भूत-पिशाचों पर विश्वास करने लगी है। कज्जा लोगों का असर! सरमन गुनियाँ बुलाने लगा है। कहता है, कज्जा लोगों के भूत धर दबाते हैं। हम कबीले को कैसे बचाएँ ? कज्जा लोगों के चरन दबाने से कुछ बातों में माफी मिल जाती है।

मलिया ने जुबान खोल दी, ''तो फिर कज्जा लोगों की तरह बैद-डाकधर भी बुला।''

''कैसी बातें करता है बूढ़ा ! डाकधर आ जाएगा तो कज्जा लोग गुस्सा न हो जाएँगे। कहेंगे कि दारू बेच-बेचकर कबूतरा रईस हो गए हैं। डाकधर घर बुलाते हैं। मारो सालों को।''

मलिया हँसा, ''हमारे पास भूत-पिशाच भी आकर क्या ले लेंगे ? वे तो उन्हें डराते हैं, जिन्हें कोई दूसरा डराता नहीं। हमारे ऊपर सवार होकर वे भी पिटेंगे। ऐसा करो किसी मोघिया से दवा करा लो। जड़ी-बूटी पेट को फायदा देगी।''

कदमबाई कुछ न कह पाई। कबीले में खिलाफ बोलकर जाएगी कहाँ ? कज्जा लोगों की निंदा करके कहीं लगता है कि मंसाराम के संग राणा को भी गाली दे रही है। सरमन की औरत ठीक ही कहती है—कज्जा लोग कबूतरा बालकों का खून अपने बच्चों की देह में चढ़वा देते हैं कि उनमें मजबूती और बहादुरी आ जाए।

गुनियाँ !

गुनियाँ जानता है वीरदेवता उनका देव है। वीरदेव की स्थापना की। लिपी हुई चबूतरी पर बेर के पत्ते, पान का पत्ता, गुड़ और बकरी का खून चढ़ाया। रोटी का चूरमा और लाल कपड़ा। मद और तेल पास में रखा।

गुनियाँ आग लहकाता जाता, खून के छींटे देता जाता।

कागजी आदमी, डेढ़ पसली की गुनियाँ। देवता आ गया उसके ऊपर। बलवान पहलवान की तरह पुख्तापन से तन गया। मंत्र पढ़ने लगा—हंहंहंहं वीरदेवता तोरी असवारी हंहंहंहं बड़े पिशाच तोरी असवारी हंहंहंहं कुनबी की संतान तोरी असवारी...

राणा बीमारी से बेहाल सिर झुकाए बैठा है। कदमबाई ने पीछे बैठकर उसे सहारा दिया। गुनियाँ को आशा-विश्वास से देखती माँ...। गुनियाँ ने भोग कबूल लिया। दो गिलास मद पिया है। देवता मान गए।

—बोल दारी, तू कैसे आई। गुनियाँ सिर हिला-हिलाकर झूमता है और अचानक चिंघाड़कर सवाल करता है। खुद ही जवाब दे लेता है। राणा से उसे कोई लेना-देना नहीं।

औरतें हाथ जोड़ रही हैं। बच्चे साँस खींचे खड़े हैं। गुनियाँ ने बीच में जलती आग में तेल और मिर्च डाल दिए। सारे लोग खाँसने लगे।

राणा कमजोरी के कारण सिर तक नहीं हिला पाता। गुनियाँ किचकिची मारकर राणा की गर्दन पकड़ लेता है—बोल, जाएगी कि नहीं ? गुनियाँ आग में और मिर्च डालता है। धसका जोर से लगता है। राणा का सिर आग पर झुका दिया अब। वह झटककर सिर ऊपर कर लेता है। आँखें निकली पड़ रही हैं।

कदमबाई का चेहरा भिखारिन जैसा हो गया। बच्चे की जिंदगी की भीख...

राणा जोर अजमाने लगा। जमुनी सवार है अभी।

गुनियाँ ने राणा के सिर में झाड़ू मारी। वह ऐसे तड़पा ज्यों सिर चटक गया हो।

राणा काँपने लगा—थर-थर ! धुआँ-खाँसी। झाड़ू की मार—सिर में कड़कन।

राणा ने सिर उठाकर देखा। गुड़हल फूल-सी लाल आँखों से भीखम और गोमता

को देखता हुआ चिंघाड़ा—छोड़ो। छोड़ो मुझे।

वह खड़ा हो गया। गुनियाँ ने झाडू उछाली कि राणा ने भरपूर लात मारनी चाही। मगर वह पूजा के दीए पर मुँह के बल गिरा।

ज्योति धुआँ-धुआँ हो गई। पान और बेर के पत्ते पाँवों से कुचल गए।

असगुन ! मनहूस लड़का।

लोगों ने राणा को पकड़ लिया और पीटने लगे। वह कका-ताऊ की ताकतभरी चोटों में थपेड़े खाने लगा।

कदमबाई पीली पड़ गई। कपूत ने धरम का दीया बुझा दिया। लोग ही क्या कम थे जो देवताओं को क्रुपित करने चला है।

दोपहर से रात हो गई।

सरमन डेरे पर आया। बोला, "री कदम, राणा का अब दाता बेली नहीं। मैं कहाँ तक बचाऊँगा। न जाने साले किस कमीन का खून..."

कदमबाई की धुकधुकी के कई मनके गुम हो गए। हाय सरमन कुछ भाँप रहा है क्या ?

राणा सामने ही डेरे में आँखें मूँदे धरती पर लेटा हुआ है। सरमन का डर छोड़कर बर्रा रहा है—मारो। मारकर देखो। मैं लातों के मारे सबको ठीक कर दूँगा। गुनियाँ की छाती फोड़ दूँगा। भजनी काकीऽऽ...किसी के गोड़ मत लगे। अम्मा जमुनी का नाम मत ले। मैं गुनियाँ का बैरी...मैं मुखिया को ठोकर मार दूँगा।

कदमबाई ने सरमन के सामने सिर झुकाकर हाथ जोड़ लिए, "मुखियाऽऽआ...! राणा बेहोसी में..."

फिर खुद पागल औरत की तरह उठी और राणा पर झपट पड़ी, "उठ ! उठ ! क्या कहता है रे ? तेरा सिर फोड़ दूँगी, उठ तो सही।"

राणा नहीं उठा तो दीवार के सहारे बैठकर घुटनों में सिर देकर रोने लगी।

सरमन मुखिया लौट गया।

राणा मारपीट और आघातों से टूटा हुआ, भीतर ही भीतर रो रहा है।

माँ को रोती देखकर पास सरक आया। अपराधी की तरह सिर झुकाकर बैठा रहा।

तीन

कदमबाई जानती है, राणा का मन पीपल के पत्ते की तरह हिलता है। वह उदास हो जाती है तो लड़के का चेहरा छोटा हो जाता है।

राणा जिस काम को नहीं करना चाहता, सच में क्या वह भी उसे कराना चाहती है ? राणा की आँखों से उठता यह सवाल भी उसे छेदता रहता है, पर कह नहीं पाती कि तुझे सब इसलिए करना है कि मुखिया चाहता है, बस्ती के लोग चाहते हैं, कज्जा लोग भी चाहते हैं। उनका चाहा करता रहेगा तो वे मुझे और तुझे माफी देते रहेंगे।

माफी से कब तक चलेगी जिंदगानी ?

पता नहीं। पर वह हर हालत में राणा की खुशी चाहती है। चाहने से क्या होता है ?

कदमबाई मुँह पर पल्ला डालकर जब-तब रोने लगती है। राणा भी चुप-चुप रोता है। फिर पछताता है, ''अम्मा, गुनियाँ का दोस मेरे सिर है। इसीलिए चौक में बैठे लोग मुझे गाली देते हैं। तू यही देखकर रोती है न ?''

''नहीं,'' उसने रोती हुई आँखों सिर हिलाया था।

''अम्मा, हम डेरों में न रहें तो ?''

माँ ने जल्दी से आँसू पोंछकर पूछा, ''कहाँ जाएगा ?''

''करन के पिताजी हमें घर बनाने के लिए ठौर दे देंगे।''

कदमबाई की आँखें फैल-सी गईं। राणा ने आगे वाक्य जोड़ा, ''वे अपने घर खूब कलह करते हैं। कहते हैं थोड़ी-सी धरती कबूतरी को दे दूँ तो क्या घट जाएगा ? इतना अन्न-धान होता है, मन-दो मन निकाल दूँ तो क्या तुम सब भूखे मर जाओगे ? किसान सदा बाँटकर खाता आया है। करन बता रहा था।''

कदमबाई का कलेजा दप-दप करने लगा। ऊपर से उसने बड़े शांत भाव से कह दिया, ''छोड़ उनकी बातें। मद पीकर रास रचते होंगे। होश में कौन-सा कज्जा ऐसी बातें करेगा ? उनके तो दया-दान और कौल-करार दारू के मग में नाचते रहते हैं।''

''अम्मा, वे अकेले में हमेसा पूछते हैं—तू भूखा तो नहीं ?''

''तू बताता तो नहीं ?'' कदमबाई ने बेटे की नजरों से नजरें भिड़ा दीं। ''उस कज्जा को अपनी भूख-प्यास नहीं बतानी, समझा ?''

''नहीं, मैं नहीं बताता। तू जो कहती है, उसे भी छिपा लेता हूँ।'' राणा के स्वर

में तल्खी आ गई।

माह का ठंडा महीना, कदमबाई को पसीना आ रहा था।

दहकते-चमकते रोमों में तपन थी। लरजते होंठों से बोली, ''राणा रे, तू जिद मत किया करे। यहाँ के लोग तुझे ऐसे देखते हैं, जैसे देवता की गाय मार दी हो।'' कहकर बेटे का माथा आगे बढ़कर चूम लिया।

आज सचमुच वह बरजोर गाय हो जाना चाहती है, जो देवताओं को भी मार डाले। बिरादरी के हिसाब से उसने भी सबकुछ गलत किया है, छिपा है तो क्या ? कदमबाई के अंतर्मन में मंसाराम की घोषणा जगमगा रही है, तभी रगों में बेशुमार ताकत और होंठों पर उत्साह फैल गया है। वह छोटी बच्ची की तरह कूदना-फाँदना चाहती है। राणा की ओर भी नई उम्मीदों से देखती है। आज उसे अपना किया नई बात लग रहा है। कोई और कबूतरी होती तो मंसाराम का बालक अपने पेट से पैदा होने देती ? रूखरी खाकर खेत में बहा आती। सच में उसने बिरादरी के लिए जोखिम पैदा कर दी है। कदमबाई हिम्मत से लबालब है, जब कि जानती यह भी है कि मंसाराम ने जो कहा है, सच नहीं कहा। पर कुछ ऐसा कहा तो, जो उसको लेकर है।

''अम्मा, मैं पढ़ने लगूँ तो ?''

राणा ने खुशियों का जाला तोड़ दिया। उसका ध्यान पलटा, ''क्या कह रहा है ?''

''मैं पढ़ूँगा अम्मा। करन भी तो पढ़ता है। वह मुझे पाटी-बस्ता और कलम देगा।''

''राणा !'' कहकर एक बार को उसने सोचा, सच में ही इस लड़के के ऊपर चुड़ैल का साया है। बिखरी-बिखरी-सी देखने लगी।

राणा की आँखों से उठते कई मौन सवालों को वह समझ गई और सोचा जमुनी चुड़ैल के सिर डालकर कितनी बातों को टाल पाऊँगी ? लड़का ही अजब है। बुलबुल-तोता के लिए रोनेवाला ! और भोपा के ऊपर जूत चला देने की मंशा पालनेवाला !

राणा छत ताक रहा है। चुप्पी छत से भारी लग रही है, माँ जानती है।

यह राणा नहीं, कदमबाई को मंसाराम तो नहीं ललकार रहे ? करन पढ़ता है तो वह क्यों न पढ़े ?...मंसाराम, तुम कबूतरी को कमजोर करना चाहते हो या बरबाद ? राणा को दरअसल पता नहीं कि तुम उसके बाप हो, कि तुम उसके बप्पा के हत्यारे हो। अभी तक छिपाए रही। छिपाना नहीं चाहती थी फिर भी...। अब उसे ऐसे रोग मत लगाओ जिनकी दवा न हो। पढ़ाई-लिखाई तुम लोगों को ही सोहती है, हमारे लिए तो वह पहाड़ का बोझ है।

बेतुकी औरत ! कदमबाई के भीतर कौन बोला ? कदमबाई बोली, ''करन तेरा यार है, पर मंसाराम की औरत तूने देखी है ? अपने आदमी को लेकर हमसे खुन्नस मानती है।''

राणा ने माँ को बीच में टोक दिया, ''करन के पिताजी को लेकर ! क्यों ?''

''क्योंकि वे हमें अपने खेतों में बसाए हुए हैं।'' कदमबाई झूठ बोल गई। राणा उसी समय पूछ नहीं पाया कि हम अकेले से ही क्यों ?

"उसका बस चले तो तेरी मुंडी कटवाकर बल्लम पर टँगवा दे। करन तेरा नया-नया यार ! नए यार की यारी बड़ी लुभाती है, यह जानी-समझी बात है।...पर नए यार पर इतनी जल्दी परतीत मत करे बेटा...। करन तेरा यार कम, माँ का ताबेदार ज्यादा है। वही हमारा कोई भेद दे देगा और माँ बड़ी-सी चोरी लगाकर तुझे हवालात भिजवा देगी। पुलिस भी हमारे बच्चे को बच्चा नहीं मानेगी।" कहते-कहते उसकी आवाज भर्रा गई। राणा दुखी हो गया, फिर क्या कहता, क्या पूछता ?

●●●

सरमन मुखिया के माथे पर तीन गहरी सलवटें !

भजनी और मलिया जैसे उम्रदार तजरुबेकार पास बैठे हैं। सरमन ने सिर का साफा उतारकर खटिया पर रख दिया। खिचड़ी बालों पर हाथ फेरता रहा। अपने ही बात काँटो से नोंकदार लग रहे हों जैसे। चेहरे पर परेशानी कबड्डी खेल रही है।

दुविधा ! असमंजस...मलिया देखता है। भजनी आँखों को पढ़ती है। सरमन के मन में जो बात अटक रही है, उसे न कहने से काम बन गया होता तो ऐसा बेचैन क्यों दिखता ? जो कहकर सकून मिल गया होता तो जुबान पर ताला क्यों जड़े रहता ?

"जो बात है कह क्यों नहीं डालता ? अपनों से परदेदारी कर रहा है !" मलिया बुजुर्ग आदमी डाँटने-फटकारने का हक रखता है। भले सरमन उसे धेले की कीनत का समझे, वह दुख-मुसीबत में बेशकीमती सहारा होना चाहता है।

सरमन ने धीरे से कहा, "डेरों पर जितने लोग हों, सबको बुलाओ।"

फिर सबके सामने बात रख दी सरमन मुखिया ने—

—भाँतू रे...होली के बखत जो तबाही हुई, समझो कि खूनी मुनादी थी। आज दरोगाजी ने भेद समझा दिया। खता हमारी है। फर्ज अदा करने में गुरेज मानते हैं हम। नहीं तो पुलिस उन ठेकेदारों की भी मशकें बाँधने का हक रखती है, जो हम पर हमला करते हैं। पाँच हजार का हफ्ता लगेगा, मौज से दारू बेचो। दस हजार दो, चोरी और लूटपाट करो। बीस हजार पर डकैती का सुभीता देती है पुलिस। मिलीभगत के कितने ही संयोग हैं।

दरोगा ने अपने मुँह कहा ? सरमन को इसीलिए बुलाया था ? मुखिया कहता है तो बात सच्ची ही होगी—ऐसे कितने ही फुसफुसाहट भरे वाक्य धरती पर बैठे समूह में तैर गए।

—हाँ, ठीक ही कह रहा है मुखिया। बभरौली के कज्जा लोग भी ऐसा ही जिक्र कर रहे थे।

कब ?

"जब मैं बभरौली गाँव के खेत में छिपकर मटर उखाड़ रहा था, बकरी के लिए," दूलन ने जोरदार आवाज में कहा।

—वे कह रहे थे—दरोगाजी किसानों से रुपए वसूल करना चाहते हैं, तभी गारद

गाँव में गश्त देगी। दरोगाजी को अफसरों को रकम भरनी है। अफसर भी क्या करें, नेता लोग उनका खून पीते रहते हैं, मंत्री-संत्री बनकर। नौकरी करना सूली पर चढ़ने जैसा काम है। कह रहे थे कि चुनाव आ रहा है—साला लड़की के ब्याह से भारी। बम फोड़ने और हत्या कराने में लाखों-करोड़ों खर्च होते हैं। वोटरों के लिए अलग कलदार चाहिए।

मलिया हा हा हा करके हँसा, फिर बोला, "तब हमारी खताएँ माफ कर दें, खुद भी तो हमारी राह पर चले आ रहे हैं। उनका कसूर और भी भारी पड़ता है कि जायदाद और नौकरी के होते हुए भी साली चोरी-डकैती !" कहकर मलिया उठ खड़ा हुआ और बोला, "गोरामछिया जा रहा हूँ। किसी को दवा तो नहीं मँगानी ?"

सरमन ने मलिया को तुरंत सावधान किया, "काका, रामसिंह से ये बातें न कहना। उपद्रवी आदमी है। दुनिया भर की दलीलें देगा, जो बहकावों के अलावा कुछ नहीं।"

हर डेरा पाँच सौ रुपया हफ्ता। कुछ रकम सदा जमा रहनी चाहिए।

सरमन मुखिया के ऐलान की गूँज कदमबाई के डेरे तक आई। भीत-पक्खा-छत और फर्श हिल उठे। राणा की माँ थर्रा गई।

बीमार और कमजोर राणा...बेटे से रत्तीभर भी उम्मीद नहीं। खानेवाला पूत होकर जनमा है। रईसजादा हो जैसे। कदमबाई के होंठ अनजाने ही हिल उठे, "हुकुम टालना भी तो कसूर माना जाएगा।" फिर सिर हिलने लगा, "नहीं, नहीं, मंसाराम से कोई फरियाद नहीं। वहाँ हमारी फजीहत के सिवा और क्या है ?"

आज जंगलिया होता...पाँच सौ की जगह पाँच हजार लाकर पटक देता।

सरमन खुद चलकर आ गया डेरे तक और भीतर आकर हुकुम सुना दिया—

"राणा दिवाली से पहले चोरी को जाएगा। किसी मंगल या सनीचर के दिन। कदम, कच्ची हड्डी रहते ही लड़का अपना धंधा सीख ले तो कभी भूलता नहीं। साथ ही नरम बदन, चढ़ने-उतरने और सेंध-कूमल के लिए दिए गए सूराखों में से निकलने में परेशानी नहीं होती। लचीलापन बिना मशक्कत के ही खत्म हो गया तो बैठी रहना। यह निकम्मा तेरी कमाई खाते-खाते ही मर-खप जाएगा।"

सोयाबीन जमकर हुआ है। खेतों में हाथोंहाथ आदमी नहीं दिखेगा। घुटनों तक पौधे ऐसे घने कि धरती का कण रेशा न दिखे। बैठ-बैठकर आगे बढ़ते जाएँगे हमारे आदमी।

मौका माफिक है, नेक काम में देर क्या ? शनीचर और मंगल शुभ दिन हैं। रातें सर्दी की तासीर से भरी, लोग पाँव पसारकर रजाइयों में सोने लगते हैं।

कदमबाई ने जाल लगाकर खरा पकड़ लिया। खरगोश का गोश्त शुभ होता है। राणा के लिए मोटी रोटी बनेंगी, भरपेट खाकर जाएगा, चोरीवाले घर में हगना सगुन है।

डेरों पर गहमागहमी शुरू हो गई। रात ही रात खरा की गुली और मद की धार छोड़ी। राणा के सिर पर बेर के पत्ते, फूल दूब धरकर वीरदेव का जयकारा होंठों ही होंठों

में बोला। कदमबाई ने बच्चे के शीश पर हाथ धरकर मानता मानी। भजनी काकी ने पंचामृत परसाद की तरह गुली और मद बाँटा। औरतों ने राणा के सिर पर हाथ धरकर असीसें दीं—धंधे से लगे तो सगाई-संबंध हो।

मलिया ने राणा को चुस्त कपड़े पहनाए—कमीज और पाजामा। मलिया काका अब राणा का हाथ पकड़कर उस गोल में ले चला, जहाँ पाँच-छह आदमी सरमन मुखिया के पास घिरे बैठे थे। राणा नायक की तरह बीचोंबीच बिठाया गया। मुखिया चोरी की योजना समझाने लगा—

गोपालपुरा पाँच कोस दूर, सब एक ही दिशा में नहीं जाएँगे। दुर्जन तू किनारे से, दूलन तू रिपटा से, खुरदा जंगल की ओर से, रूपसिंह राणा को लेकर बगलवाली पगडंडी से। सबके सब बम्बा की पुलिया पर मिलो, जहाँ कैथा के दो पेड़ सटे खड़े हैं। भरोसे चमार वहीं मिलेगा, चुपचाप सौ रुपया थमा देना। वह सूचक है। बाकी सौ काम पूरा होने के बाद...। फिर कभी उससे बात न करना, मिल जाए तो पहचानना भी नहीं। श्यामलाल बनिया के यहाँ आज सफेदी हुई है, सीढ़ी बाहर ही छोड़ दी है, भरोसे चमार ने ही बताया है। याद रखना, अपने गाँव से गद्दारी करनेवाला तुम्हारा भी सगा नहीं होगा।

इन बातों को सभी कबूतरे जानते हैं। सरमन आज यह सब नए चोर राणा को सुना रहा था। बच्चा ध्यान से, गंभीरता से तभी सुनेगा, जब देखेगा बड़े सुन रहे हैं।

सरमन की बात पर सबने कहा—हुकुम मालिक। राणा भी बोला—हुकुम मालिक।

कदमबाई ने बच्चे के माथे पर तिलक लगाया, राणा की आँखें डबडबा आईं, "अम्मा, मुझे डर लग रहा है। गाँव के आदमियों ने पकड़ लिया तो ?"

"नादान ! वे बच्चे को नहीं पकड़ेंगे। पकड़ भी लें तो घबराना मत। हमारा धंधा ही यह है।" कदमबाई बेटे को छाती से लगा लेना चाहती थी, लेकिन इस तरह का लाड़ उसे कमजोर बना देता।

खुरदा सगा काका था, राणा की आँखें पहचान गया और बोला, "कबूतरा बालक पर तो झूठे केस भी लगाते रहते हैं, जब तक कि वह सच्चे कांड न कर डाले !"

सरमन को जैसे कुछ याद आया, "जो माल मिले उसे बड़ के पेड़ के नीचे दबा देना। घर की औरत को भी भेद नहीं देना होता। पुलिस हमारी औरतों को आसानी से पकड़ लेती है और पीटती है। मार-मारकर सारा माल झपट लेगी। माना कि कबूतरी माल बताने के बजाय पिटना अच्छा मानती है।"

राणा सरमन को खुश करने के लिए हौसला जुड़ाकर बोला, "हाँ मालिक।"

सब लोग हँस पड़े। राणा की फीकी निगाहों में कोई रस नहीं।

दूलन ने राणा के कंधे पर हाथ धर दिया, "डरना मत। गाँव के लोग तो कबूतराओं का नाम सुनते ही दहल जाते हैं। बस बखत रात का हो, अँधेरा हो। अरे बोदे, हम अपने बप्पा के संग पहले दिन जब गए थे तो आगे-आगे चले थे।"

राणा ने दूलन काका को अर्थ-भरी नजर से देखा, जैसे बप्पा को ढूँढ़ रहा हो।

''गोपालपुरा बड़ा गाँव नहीं। और छोटे गाँवों में हमसे बोलने की किसकी हिम्मत है ? कज्जा लोग साँझ से ही किवाड़ें मूँदकर सो जाते हैं। हमारा मुकाबला करेंगे भला ? हम कड़कती सरदी में खुले आसमान के नीचे रात बितानेवाले और वे रजाइयों के गुलाम। उनकी लुगाइयाँ साली रो-रोकर अपने मर्दों के हाथ-पाँव फुला देती हैं। तेरी माँ-काकियों की तरह नहीं कि अपने खाबिंदों की लाशों के ऊपर से गुजर जाएँ और माथे पर शिकन न आने दें। उनके बालकों को तू कुल्हाड़ी मारकर नहीं, दिखाकर ही गिरा लेगा। कोई हाथ उठाए, हाथ काट देना। हमारे पास सोचने-समझने का मौका न तो होता है और न हम लेना चाहते हैं।''

''काका, कोई आदमी पकड़ ले तो ?'' राणा की महीन आवाज और भी बारीक हो गई।

''गाँव के लोग कबूतराओं से दुश्मनी का नतीजा जानते हैं ? जागता भी होगा तो हिलेगा-डुलेगा नहीं।''

''खलिहान लूटना है कि घर, काका ?'' राणा जानना चाहता था।

''बता, उड़द-मूँग की दाल खानी है तो खलिहान लूट लेंगे। हम लोग न खेतों के मालिक न मजूर सो खरा गोह खाते-खाते होंठ चिपचिपा गए हैं। देखें तो सही धरती मइया कैसी-कैसी चीजें देती है ? जमीन में हमारा हिस्सा नहीं ?''

दूलन ने दो गिलास मद चढ़ाने के बाद अपनी बड़ी-बड़ी मूँछें पोंछी। मुस्कुराकर कदमबाई से बोला, ''बेटा स्याना हो गया है कदम, चिंता छोड़। थाने के सिपाहियों ने जंगलिया की मूँछें उखाड़ने की हद तक खींची थीं, सोचा होगा कि दर्द से तड़पकर आदमी अपना हौसला खो देता है, यह कहाँ पता होगा कि तुम कुत्तों से हमारे बालक भी छीना-झपटी करते रहेंगे। तुम सरकारी मुलाजिम बने रहो, हम कौमी सरदार परवाह करते हैं ? अपनी रोटी छीनकर ही मानेंगे।''

कदमबाई बड़े ध्यान से सुन रही थी। दूलन के मुँह से दूलन नहीं, राणा बोल रहा है।

दूलन ने अपनी अंटी में पाँच-छह चुटकी राख बाँध ली। लोग समझते हैं मरघट की राख ! दूलन हँसने लगा, नादान लोग ! उसने राणा को ऐसे देखा ज्यों चोरी करने नहीं, मेला दिखाने ले जा रहा हो।

कदम समझ रही है, राणा का अंश सूख रहा है। और यह भी सोच रही है, राणा कमाकर लाने लगेगा तो दुख दूर हो जाएँगे। दूसरे ही पल खटका लगता है—चोरी की सजा ! किसानों ने दुर्जन के बेटे की खोपड़ी में सूराख कर दिया था। राणा का सिर कदम के सामने है।

तो राणा को न भेजूँ ? अभी तो कुछ नहीं बिगड़ा। भूखे रहना मंजूर है।

...लेकिन भूखी तो तब रहेगी, जब जिंदा रहे। पुलिस ही राणा की खोपड़ी फोड़ जाएगी। और राणा की माँ पागल हो जाएगी। होगी कि न होगी अभी तो ऐसी ही तसवीरें आँखों के आगे नाचती हैं। कदमबाई को एक चेहरा बार-बार याद आ रहा

है—मंसाराम ! जीना कितना कठिन है !

घना अँधेरा है। हर आदमी के हाथ में टॉर्च है। डेरे के बाहर गैल राह कहाँ हैं ? कहाँ की ओर गई हैं, सबकुछ कालिमा में डूबा है। कदमबाई बार-बार राणा के नंगे पाँवों की ओर देखती है। वह मुँह पर कपड़ा बाँधकर दूलन के आगे-आगे चला जा रहा है। चेहरा बहुत शांत है।

खुरदा काका ने आखिरी बार चेताया, ''हम भींत के नीचे सूराख करेंगे, तू बदन सिकोड़कर घुस जाना। पाँवों की ओर से घुसते हैं, याद है न ? सिर पहले घुसा दिया तो घर का मालिक पहले सिर ही कलम कर देगा। फिर तू हाड़-मांस के नहीं, रुई के-से पाँवों से भीतर चलना-फिरना।''

कदमबाई के मन में रह-रहकर एक मलाल खोंटें मारता है—राणा, तू मेरी कोख से क्यों पैदा हुआ रे ? मंसाराम उस रात अपनी औरत के पास ही क्यों नहीं सो गया ?

दूलन कदमबाई के मन की कैसे भाँप गया ? बोला, ''कदम, चलते समय सुस्त क्यों है ? सोच रही है कि राणा कज्जा के घर पैदा होता तो चोरी को न जाता। हर माँ यही कहती है, पर क्या गारंटी थी कि वहाँ पैदा होकर राणा चोरी न करता ? डाका न डालता ? हत्या न करता ?''

कदमबाई सूने डेरे में खड़ी सबकुछ देख रही है, ज्यों आँखों में दूरबीन लगी हो—

कूमल, राणा का लेटकर घुसना...भीतर जाकर कुंडी खोल देना। दूलन द्वार से घुस गया। सोए हुए लोगों पर मंत्र पढ़ी राख छिड़क रहा है। मरघट की राख ! औरतें अपने सोए हुए आदमियों को जगाने की कोशिश कर रही हैं, मगर खुद उनकी छातियों से चिपटी जा रही हैं। चाबी के गुच्छे आँगन में आ गिरे। राणा ताले खोलकर रुपए-गहने बटोर रहा है।

कितना माल !

भजनी राणा को बार-बार चूम रही है। सरमन मुखिया ने नए चोर को पाँच रुपए इनाम दिए और पीठ ठोकी। डेरों पर राणा ही राणा छाया हुआ है। कदमबाई ने ऐसे ही हौसलों की उम्मीद की थी। उसके दुख दूर होनेवाले हैं।

तंद्रा टूटी। आपे में आकर सोचने लगी—ऐसा होना बड़ा मुश्किल है। पर ऐसा होना बहुत जरूरी है। इसीलिए ऐसा होना चाहिए।

काश, ऐसा हो पाता !

चोरी घर में नहीं हुई, खलिहान में हुई थी। खुरदा ने खटिया पर सोए बूढ़े पर मरघट की राख छिड़की, मगर वह सचेत रहा। बूढ़े के साथ एक छोटा-सा रखवाला भी सोया हुआ था, जाग पड़ा। दोनों ने राख झूठी कर दी। मंत्र कील डाले। बूढ़ा उठा और लड़का टिटहरी की तरह चिल्लाया—कबूतरा, कबूतरा, कबूतरा !

बूढ़े की हिम्मत, हुमककर बल्लम उठा ली।

यह अलग बात थी कि वे दो थे और कबूतरा लोग पाँच। दूलन ने बल्लम छीन ली। अकेले बूढ़े और नन्हे रखवाले से लड़ते हुए बालक को गोद-गोदकर मार डाला।

बूढ़े के हाथ-पाँव बाँध दिए।

राणा बेहोश हो गया।

ऐसा गिरा कि उठे नहीं। दूलन और रूपसिंह उसे पीठ पर बारी-बारी लादकर किसी तरह लुकते-छिपते भोर होने तक डेरों में पहुँचे। राणा को पटककर जंगल में भागे।

राणा चार दिन बराबर बुखार में तपता रहा। बेहोशी में बाबा-बाबा चिल्लाता और विजय-विजय कहता। हो सकता है बच्चे का नाम विजय रहा हो।

कदमबाई कई दिन तक डेरे से बाहर नहीं निकलना चाहती थी कि सरमन ने राणा की दूसरी गलती को माफ कर दिया। वह अहसान से दब गई।

●●●

अम्मा, मलिया रोता है।

"मलिया पागल बूढ़ा। रोए तो क्या, हँसे तो क्या ?"

"कहता है—हम चोर नहीं, सिपाही हैं। मैं सिपाही बनूँगा।"

"हाँ, सिपाही हैं, तभी तो आए दिन हवालात काटते हैं। फोकट की दाल-रोटी पर भूखा आदमी सिपाही क्यों न बने ?"

"कहता है, मैं अपने आदमियों को बचाने की खातिर कैदखाने चला जाता हूँ। राणा प्रताप अपने लोगों की खातिर जंगल-जंगल भटके थे।"

"राणाप्रताप कौन थे रे ? तू जानता है ?"

"राजा थे। तू भी तो जानती है।"

"मलिया की बहन भूरी मुझे ऐसी ही बातें सिखाती थी। अब न कहूँगी।"

"नहीं कहेगी ?"

"नहीं।"

"मलिया काका राणाप्रताप के खानदान का है। राजा है न ?"

"राजा है तो गुदड़ा चिथड़ा क्यों पहनता है ?"

"कहता है लोग मुझे नहीं पहचानते।"

"उसकी मनगढ़ंत बातें !"

"मलिया कहता है—मेरे दिल पर खुदी हैं सारी बातें।"

"खुदी रहें। अपने संग लेकर मर जाएगा।"

"मलिया काका रोता है।"

"तू उससे अपनी नजर बचाकर रखना। आँखों की जोत चली जाएगी। तू ठहरा रात का कारीगर। नजर ही तेरा हथियार है।"

राणा को कदमबाई की बात कितनी-कितनी कडुवी लगी है, उसका चेहरा बता रहा था।

"मैं अब सरमन मुखिया के कहने पर कहीं नहीं जाऊँगा अम्मा।"

"फिर वही जिद।"

"नहीं, मैं नहीं जाऊँगा। मैं सिपाही बनूँगा।"

कदमबाई आपा खो बैठी। गुस्से में पागल हुई, राणा पर झपट पड़ी। धाँय-धाँय पीटने लगी, "कपूत, मुखिया को आँखें दिखाता है ? हाथ से बेहाथ हो रहा है ! पाँच सौ रुपया कहाँ से आएँगे ? सात दिन दौड़ते-भागते गुजर रहे हैं। वह दरोगा को क्या देगा ? मुझे ? अपनी उमर के और लड़कों को देख। भीखम तीन बार जेल हो आया। गोमता तीन घड़ी और तीन साइकिल छीन चुका है। कदर होती है काम से। मुरझाए बकरे की तरह गरदन डालनेवाले को कौन पूछता है ? हवालात से डरता है ? हवालात जाकर आदमी पुख्ता होता है, मलिया यह भी तो कहता है, तूने सुना नहीं ?"

कदमबाई हाँफ गई।

उसने सोचा था, लड़के को पीटकर हलकी हो जाएगी, पर उसका मन तो शिला जैसा भारी हो गया ! जिस भजनी जिठानी को माँ-दाखिल समझा था, उसी से डाह हो रहा है—गंगा में जौ बोए थे जिठानी ने, भीखम-सा बेटा मिला। एक दिन कज्जा लोगों के खजाने लूटकर माँ की झोली भर देगा। लाचार कदमबाई बर्बर हो उठी।

रोई तो सिर पर ओढ़ी हुई लूगड़ी फफकने लगी। कलेजा उलटा पड़ रहा था, बेटा मार खाकर चुप पड़ा हुआ है। नादान, तेरा कसूर यह है कि तू दरोगा को नहीं जानता उस कौल का इलम नहीं, जो सरमन ने थाने की चौखट पर भरा है। तू मजबूरियों और चतुराइयों को समझने लायक नहीं...रहम-दया और हमदर्दी में जी रहा है, सो खूँखार नहीं। बचपन के हाथों तबाह हो रहा है, बेरहमी छूने से पहले लौट पड़ता है !

पगले, तू डेरों के नियम-धरम मान लेता तो हर आँख का तारा होता। धंधे को अपना लेता, लीक तोड़ने का हौसला न जुटाता तो सबका प्यारा होता। तू तो यहाँ किसी पगहा से बँधता नहीं...हमारा क्या होगा ?

अपने आपसे जूझती हुई कदमबाई भय के खड्ड में जा गिरी।

क्योंकि मुखिया का संदेश फिर आ गया—राणा को तैयार करो। सिकंदरा के माते के खूँटे पर दो मुर्रा भैंसें आई हैं। मौसम, मौका, और माल !

कदमबाई के डेरे पर आसमान फटा।

माँ की आँखों से वर्षा होने लगी—बेटा रे, कमर कस ले। होली पर जब ठेकेदार ने हमलावर दल भेजा था, दरोगा ने पुलिस भेजी थी तो न जाने दोनों में से कौन हमारे ड्रम उठा ले गया ? तेरी अम्मा आज तक ड्रम उधारी पर माँगती है। धंधे की बात, ड्रम जान से प्यारा लगता है, कौन देता है जान से प्यारी चीज ?

कदमबाई ने राणा को खूब समझाया, पर वह तो कहीं और ही खोया था। गालों पर आँसू सूख गए। होंठों पर नफरत भरी पपड़ी जमी है। सबकुछ गंदा गिजगिजा हो जैसे। गंदगी में से खोजकर माँ के लिए चीर-चिथड़े लानेवाला बेटा आज कदमबाई के बस में नहीं...

अपना दर्द किससे कहे ? छिपाते-छिपाते उघड़ती जा रही है, लेकिन। माना कि राणा कुछ नहीं कह रहा, पर जानता जरूर है कि माँ ने जितनी सीखें दी हैं, सब मुखिया

के मन की हैं। इसीलिए वे डेरे के लोगों के मन की हैं।

''अम्मा, तू सबकी बात मान लेती है !'' भोले-भाव राणा ने पूछा था तो कदमबाई असमंजस में पड़ गई कि जवाब क्या दे ? मजबूरन स्वीकार करना पड़ा, ''हाँ रे, सबके मन की करती हूँ और समझ लेती हूँ, मेरे मन की है।''

''अम्मा, तू मेरे मन की नहीं समझती ? मैं चोरों को पकड़ना चाहता हूँ।''

ग्यारह-बारह वर्ष के लड़के की आवाज दर्द की लहरों से गुजर गई। कदमबाई तड़प उठी।

—मैं इसको दुनिया के हिसाब से नहीं ढाल पाऊँगी। फिर क्या होगा ? यह नासमझ अपने रास्ते पर अकेला चलेगा ! दूसरे ही कुचल-मसलकर खत्म कर डालेंगे। अकेले चलना आसान नहीं...ऐसा होता तो मैं भी कोई गैल बना लेती। राणा की असलियत तक नहीं खोल सकी। जबकि दिल करता है कि उसे मंसाराम का बेटा कहकर जगजाहिर कर दूँ। डर लगता है, यह जिंदगी भी हाथ से जाती रहेगी। राणा, तू लालसाओं को जिंदगानी के ढर्रे में मिलाकर मत देख।

जिनमें ममता नहीं, प्यार नहीं, उनकी हमदर्दी का इंतजार करे सो मूरख।

कदमबाई सामने बैठे दुबले-पतले राणा को देखकर अपने ही ताप से पिघलने लगी, कहीं यह नया पौधा सूख न जाए।

बेटे की जिंदगी की डोर अपने हाथों थामती है, राणा जिधर मुँह करता है, उधर चल देती है कि यकायक बस्ती का विधान राह रोक लेता है। सरमन का चेहरा सामने है। कहाँ चली जाए ? जहाँ जाएगी कबूतरा-बस्ती होगी। मंसाराम के संसार के द्वार मंसाराम के लिए ही खुले हैं, उसके लिए नहीं...

राणा उसका अपना बेटा है, यह कदमबाई कबूतरी की हेकड़ी नहीं, मजबूरी है। लाचारी ने चारों ओर से घेर लिया। वह कठोर होने लगी।

●●●

''तू बारह बरस का पट्ठा ! अंडी के पेड़-सा माँ की बगल में ही खड़ा रहेगा।'' कदमबाई इन दिनों गुस्से में रहती है।

नंगी धरती पर औंधे पड़े राणा का मुँह देखे, उसका मन नहीं। कदमबाई ने कहा था—

''बेटा, अभी कुछ नहीं बिगड़ा, भैंसें खोलने का हुनर सीख। सगाई-संबंधवाले भी ऐसी कलाकारी सुनकर ही रुपते हैं।''

राणा ने ऐसे देखा, जैसे माँ ने ऐसा कहकर अपराध किया हो। कदमबाई भी कसूरवार-सी देखने लगी। इस लड़के की नजर में कोड़ा है, फटकारता है तो वह दहल जाती है। ऊपर से बाँहों में पड़े फफोले ताड़ना दे रहे हैं। राणा को बासी गोह औगुन कर गई।

पास आ बैठी माँ। झिझकते हाथों से सिर सहलाने लगी।

रो रहा है बेटा। रोते-रोते बोला, "अम्मा, दाल-रोटी खाऊँगा। गोह में बास आती है।"

अभावों की मारी कदमबाई का जी किया अपना करम धुन डाले। राणा नहीं जानता क्या कि हम तो मरा मूसा भी खा लेते हैं। खाने और हगने की चिंता के सिवा और जिंदगी है क्या ? उसी फिकर को दूर करने के लिए सारे झरोखे बंद कर लिए, इंद्रियाँ भोंथरी हो गईं।

मंसाराम का पूत करन ! राणा की नैया पार नहीं लगा देगा, बीच धार में धोखा देगा। छोटा और दीन जानकर दाल-रोटी का स्वाद लगा दिया ! उस कुटुंब का बच्चा-बच्चा बदले पर उतरा है, जैसे कदमबाई को मिटाकर ही उनकी माँ की जागीर सलामत रहेगी।

मंसाराम की स्त्री का चेहरा याद आते ही कदमबाई का अपना चेहरा लालभभूका हो गया। माना कि मंसाराम की औरत ने कदमबाई से कभी कुछ नहीं कहा, लेकिन अपने आदमी की पहरेदारी तो वह कबूतरी से बचाने के लिए ही करती है और कदमबाई के मुँह से तभी गाली छूटती हैं—धंधे पर लात मारती हैं कज्जिनें, क्योंकि खुद पेट भर रोटी खाकर अच्छे लत्ते पहनकर खसम की दी हुई छत के नीचे आराम से रहती हैं न ? सभी दिक्कतें कबूतरियों पर हैं, फिर भी पेट नहीं भरता ?

कदमबाई ने थूक की तरह मंसाराम की औरत का विचार छिटका दिया, क्योंकि सरमन मुखिया का संदेश लेकर रूपसिंह फिर आ गया। राणा को तैयार करो।

जिंदगी बचाने की कीमत पैसा। मुखिया घबरा रहा है। सरमन अपनी चमड़ी छीलकर दे दे तो भी भरपाई नहीं कर पाएगा। आदमी जेल में बंद हो गए तो चोरी को कौन जाएगा ? पुलिस औरतों को पीटकर धर जाएगी, दारू कैसे ढलेगी ? डेरे का हर आदमी बिना खाए सड़े केकड़े-सा...

कदमबाई की खाली आँखों में चिनगारियाँ खेलने लगीं, कलेजे की आग लगातार ऊपर आ रही है। राणा है कि टुकुर-टुकुर ताक रहा है। माँ की व्यथा नहीं सनझता, अपनी हठ समझाता है। माँ का बस चले तो रोज दाल-रोटी खिलाकर उजले कपड़े पहनाए। राजाबाबू-सा बेटा किसे अच्छा नहीं लगता ? पोथी-पाटी थामकर मदरसे भेजे। कज्जिन माँ की तरह साँझ तक राणा की बाट देखे।

बेटा...यह सब करने के लिए हमारे पास न हिम्मत न फुरसत ! उपाय भी नहीं...उदासी है बस।

कदमबाई ने मन ही मन वीरदेव मनाए—रे देवता, आज हमारी बाँह पकड़। फ़ैसला जो होना है हो जाए। राणा अपनी गैल चले। वह बीच में नहीं आएगी।

...लेकिन !

राणा की माँ के सोचे आज तक कुछ हुआ नहीं। मुखिया ने डेरे के द्वार पर खड़े होकर कहा, "री कदम ! मैं ज्यादा देर ठहरूँगा नहीं। राणा नहीं जा रहा तो साफ बता। गोमता को ले जाऊँगा।"

ऐलान हुआ कि धमाका ? कदमबाई तिड़ीबिड़ी हो गई। जो सोचा था, सब भूल गई। बीमारी का बहाना, बचपने की दुहाई, ज्यादा से ज्यादा दारू बनाकर देने का कौल और मुखिया की मजूरी का वादा...

डेरा जैसे उलटा पड़ा हो। सब राई-रेत...कुप्पी भक्-भक् कर रही है।

दुख और दहशत, शोक और कोप की मारी कदमबाई क्रूरता की हदें पार करके राणा को ललकारने की जद पर आ खड़ी हुई। डायन की तरह बेटे के सामने बैठ गई। लेटे हुए राणा को देख-देखकर हड़ीला चेहरा और उभरते तेवर पैनाने लगी।

दुबली-लंबी बाँह पकड़कर झटका दिया—

"उठ ! मद पी।"

"मद पी। उठ।"

"अच्छा ! तू ऐसे नहीं उठेगा। कैसे नहीं उठेगा," कहती हुई बाहर गई और दूलन को बुला लाई। खुरदा, राणा का ताऊ पीछे-पीछे चला आया। हाथ में थमी टार्च ने कुप्पी का उजाला धुँधला कर दिया।

माँ ने दूलन के संग मिलकर राणा को धरती पर कस लिया। हाथ बाँध लिए। कदमबाई बेटे की दोनों टाँगों पर पाँव रखकर महाकाली की तरह सवार हो गई। दुष्ट दलन की घड़ी में प्रचंड रूप !

खुरदा ने राणा की नाक पकड़ी। दूलन खुले होंठों में मद उँड़ेलता गया। उँड़ेलता ही गया...। पूरा गिलास खाली करके बालक को कसावट से मुक्त किया। माँ ने बेटे पर विजय पा ली।

कदमबाई का उफान धीरे-धीरे बैठने लगा।

राणा दूलन और खुरदा के साथ घर से पैदल गया। माँ असीसों की टोकरी लिए तब तक खड़ी रही, जहाँ तक उसकी छाया दिखी।

●●●

दूलन ने लौटकर बताया कि राणा को पीठ पर लादकर ले जाना पड़ा, जैसे हम चोरी का मुर्दा ले जा रहे हों। जहाँ हमारा दल था, वहाँ हरकत में आ गया। रोना-हँसना नशे की निशानी है। लोग समझ रहे थे, लड़का ताव पर आनेवाला है। जितनी पी होगी उससे ज्यादा असर दिखाएगा। मद पीने के बाद मिजाज ऐसे ही बदलता है। मगर आदमी फिर पक्का हो जाता है। कोई कमजोरी उसे तोड़ नहीं पाती, किसी की बात का असर नहीं लेता। मजबूत तानोंबानों से बुनी जिंदगी का मालिक चला जा रहा हो जैसे।

दूलन को बूँद-बूँद की महिमा का ज्ञान है। अफसोस के साथ बोला, "पर तेरा बेटा किसी कीमत का नहीं कदम...अपने दोनों घुटनों पर झुका और माथा पकड़कर बड़ी-सी कै कर दी। होंठ बत्तख की चोंच की तरह खोलकर बैठा रहा।

"आगे बात करना बेकार है।"

●●●

राणा ने कुछ नहीं बताया। सिर घूम रहा था, सारा संसार डोल रहा था, अँधेरा-उजाला एक...पलकें उठें तो लगे कि वश में कुछ नहीं। हलक में करुआहट ऐसी कि थू-थू

कदम ने पहली बार पी थी तो ऐसा ही लगा था। पीते-पीते चस्का लग गया। यह लड़का क्या दारू फेंकता रहता है ? अभी तक नशे का स्वाद नहीं चढ़ा। मन पर अपना ही कब्जा जमाए हुए...

मैं निकम्मा हूँ। डरपोक हूँ। तेरे माथे का कलंक हूँ...राणा की आँखों में ऐसा ही कुछ डबडबाता रहता है। कदमबाई की छाती में दरारें ही दरारें...दरकनें ही दरकनें...बेटा होंठों ही होंठों में माफी-माफी की प्रार्थना-सी गाता रहता है !

अपने दड़बे में राणा को छाती से चिपकाए बैठी रही कदमबाई। बिल्ली कैसी भाग्यवान होती है, सात घरों में दखल रखती है।

राणा रोता रहा, वह मन ही मन बिलखती रही। बातबोली यही थी कि कोई कुछ न बोले। कदमबाई के सामने एक ही सच फैला था—अब न सरमन के करे बचें न राणा की जिद से बेड़ा पार हो, हर हाल में डूबना है। जंगलिया होता तो बचा लेता ? बाप के अधिकार से बेटे पर सख्ती करता, धंधा सौंपकर मानता।...मगर दो जिद्दी लोगो का संग रहना...कदमबाई जब-जब बाप की जगह खड़ी होती है, उसके भीतर की माँ उसे झुकाने पर आमादा हो जाती है।

राणा उसका नहीं, सबका अपराधी है। इसीलिए धिक्कार का निशाना है। बेटे को सजा देनेवाली माँ से सबको हमदर्दी है, इसीलिए सब कदमबाई की आँखों में काँटे-से खटकते हैं। मुखिया की हमदर्दी लेकर वह क्या करेगी, उसकी झोली में कबोले के न्यायविधान के अलावा कुछ नहीं। पंचायत के नियमों से भरा अकड़ा थैला...कदमबाई ने वह थैला खूँटी पर लटका दिया।

समय ज्यादा नहीं था। पंचायत का वक्त भी नहीं। श्यामलाल बनिया के खूँटे पर मुर्रा भैंसें अभी भी खुलने के इंतजार में खड़ी थीं। भैंसें जब ज्यादा हो जाती हैं तो अकुलाने लगती हैं, यह ज्ञान कबूतरा लोगों को है। मौका डूबा जा रहा है।

सरमन ने कदमबाई का गुमान ढीला करना लाजिमी समझकर चार वाक्यों में फैसला कहो या सजा कहो या कि अपना न्याय कहो, सुना डाला—

''राणा ने बिरादरी को नहीं, कबूतरा धरम को धोखा दिया है। अपनी हठ के चलते विरासत पर लात मार रहा है। हजारों का नुकसान...कदमबाई ता-जिंदगी बेगार करे, तब भी भरपाई होगी ? अब इतना ही कि महीने में तीस दिन के हिसाब से हर डेरे को दारू बनाने का जो एक दिन मिलता है, वह कदमबाई को नहीं मिलेगा। मुखिया के कब्जे में आ गई वह बारी।

बेदखल !

कदमबाई के होंठों पर फफूँद चढ़ गई। क्या दलील दे ? राणा माँ को देख रहा

था, चुप और सदमे में आई हुई...

भजनी तिलमिलाकर बोली, ''सीधा भोरा बालक भी होता है। दहसत खा गया होगा। सिधाई ही कसूर हो गई अभागे की ! राणा रे...तू मन मारने की आदत क्यों नहीं डाल लेता ?''

राणा ने काकी से एकांत में मन की बात कही—

''काकी, लगा कि मैं भैंसों का रस्सा थामे चला आ रहा हूँ। कज्जा सामने से आ गया। उसने कहा—चोरी ! मैंने कज्जा की गर्दन पर कुल्हाड़ी चला दी। कज्जा मर गया। रास्ते में पुलिस आ गई। मुझे घेर लिया। मार-मारकर बिछा दिया। मैं खून की पोखर में पड़ा हूँ, हिल भी नहीं पा रहा। पर भैंसों के रस्से मेरे हाथ में हैं। मैं घिसट-घिसटकर डेरों तक आ पहुँचा।

''काकी, डेरों पर जश्न हुआ। लोगों ने खूब मद पिया। वे सब नीली कीचड़ में लोटने लगे। राणा की जय-जयकार हो रही है ! अम्मा को 'कबूतरा-माता' कह रहे हैं।...पर मैं क्या करूँ, मुझे सारी कीचड़ लाल दिखाई दे रही है—खून और मांस की पोखर !''

●●●

अब राणा का मन पीपल के पत्ते-सा नहीं डोलता, पानी खाए पत्थर-सा भारी होकर एक जगह अड़ा है। लंबी और इकहरी शिला...और कदमबाई है कि हवा की तरह बेहद चौकन्नी रहने लगी है। बार-बार राणा से टकराती है। कभी सहलाती है तो कभी गुदगुदाती है, उसी कोशिश में माँ कुछ ऐसा कर जाती है कि राणा बेचैन और विचलित होने लगता है। कदमबाई को महसूस होता है, अड़ी हुई शिला सरकेगी नहीं, दरक जाएगी या लुढ़क लेगी।

माँ ने चाय बनाई। ओढ़नी के छोर पर अलमूनियम की गरम कटोरी साध ली। राणा को सोते से जगाया, ''उठ, पी ले।''

राणा ने माँ को दहले हुए अंदाज में देखा। बिलकुल वही नजर जो चोरी को जाते समय मद पीने के वक्त थी। बस नजरों में एक सवाल अलग से था—माँ तेरी बोली में चाय और मद का स्वाद अपने हिसाब से बोलता है। नहीं, यह राणा का सवाल नहीं, कदमबाई का अपना ही सवाल है, जो खुद से है।

राणा ने तो बस इतना पूछा, ''चाय दारूवाले गुड़ की है।''

कदमबाई का चेहरा एकदम छोटा हो गया। छोटा होते-होते कठोर होता गया। वह बुरी तरह चिढ़ गई। यह लड़का तरह-तरह से उसकी जिंदगी में समाए अभावों का अपमान करता है। कहाँ कहता था—अम्मा, अब कभी तेरा दिल नहीं दुखाऊँगा।

...मगर यह दिल ही दुखाने पर उतारू है। क्या सबकुछ जानता-समझता है और बदला लेता है। करन के साथ चीनी की चाय पी है, नहीं तो इसे दारूवाले गुड़ की बास भरी मिठास की कमतरी का क्या इल्म ? यह घोंसला उसे बंधन लगता है, खुली दुनिया

में पर खोलकर उड़ने पर आमादा राणा...तू कितनी ठेसें लिए यहाँ पड़ा है ?

तुझे ऐसी बातें क्यों याद रहती हैं जो तेरे-मेरे प्यार के बीच फाँक डालें ? कितनी बार समझाऊँ की स्वाद बिगड़ते हैं तो आदमी तबाह होता है।

राणा की नजरों में कदमबाई को अपने मन में घुली करुआहट नजर आई। उसने कहा—"अभी तक हम बड़े आबाद हैं !"

"क्या कहा तूने ?" कदमबाई की आवाज तन गई।

"कुछ नहीं।"

कदमबाई कपाल पर हाथ धरकर बैठी रही। राणा से ज्यादा उसका अपना मगज फिर गया है। अनकहीं बातें सुनती है। अनदेखी तसवीरें देखती है।

•••

राणा बारह वर्ष का हो गया। लंबाई पकड़ने लगा। कदमबाई बोलते-बतियाते सतर्क रहने लगी।

'अम्मा, तू मंसाराम माते को गालियाँ दे या कज्जा लोगों को कोसे, मुझे क्यों देखती जाती है ? मैं कोई कज्जा हूँ ?'

कदमबाई सकपका गई। वह कैसे बताए कि मंसाराम कैसी-कैसी झूठ दिलासाएँ देते हैं, कह रहे थे, 'कदम, अभी से इस बच्चे को मत सताना। पुलिस जितना माँगती है, हम भरेंगे, कह देना सरमन मुखिया से।'

क्या दे पाए मंसा माते ? राणा की माँ कबीले के पंचों ने रौंद ली। इस लड़के से क्या कहूँ कि तेरी और करन की दोस्ती मुझे क्यों अखरती है ? सरमन और खुरदा तुझे नीची नजरों से देखकर अपने बेटों से कहते हैं—यह लड़का बिरादरी से गद्दारी कर रहा है, पास मत बैठा करो। धंधे से निकाल फेंकी निरमोहियों ने...धंधा ही तो बिरादरी का आधार होता है। अब हम कहाँ हैं, क्या बताएँ किसी को ?

मुरझाई हुई कदमबाई बेर के पेड़ के नीचे बैठी थी।

अचानक लगा कि दूर आम के पेड़ की आड़ से किसी ने इशारा किया है। रंगीन स्वेटरवाली परछाईं ! कदम की आँखें खुद झिलमिला उठीं।

राणा सबकुछ भूलकर भागा। रास्ते में ठोकर लगी। काँटे चुभे। उसको कोई सुधि नहीं...

करन ने पेड़ की आड़ से निकलकर एक किताब पकड़ाई। दोनों बतिया रहे हैं।

•••

राणा डेरे पर लौट आया। चुपचाप भीतर घुस गया। उदासी भरे चेहरे का रंग बदल गया। हाथ में किताब है, होंठों पर मुस्कान फैली हुई है।

कदमबाई ने यह दृश्य एक दिन नहीं, कई दिन देखा।

...और देखा कि उसका बेटा किताबें छू-छूकर बड़ा होता जा रहा है। खुद ही हँसता

है, खुद ही बातें करता है। उत्साह रोके नहीं रुकता तो माँ की ओढ़नी पकड़कर खींचता है, 'यहाँ बैठ अम्मा। देख यह तसवीरोंवाली किताब। मोटे-मोटे अक्षर, मैं पढ़ूँ ? करन है न, उसे मेरा नाम बड़ा अच्छा लगा। कहता है, राणाप्रताप बहादुर राजा थे। एकदम मलिया काका वाली कहानी सुनाता है। मलिया भी इतना नहीं जानता, जितना करन जानता है। राणाप्रताप के घोड़े का नाम मलिया को क्या पता ? मुझे पता है, बताऊँ ? चेतक।'

करन ऐसी किताबें देता कि राणा कहानियों के संग-संग उड़ता है। जो नहीं पढ़ पाता, तसवीरों से मालूम कर लेता है।

पढ़ने की चाट लग गई। कदमबाई ने उसके सुधरने की कोई भी आशा छोड़ दी। लकड़ी बीनने जाए, पेट से किताब बँधी रहे। रोकते-बाँधते भी वह रास्ता बदल गया, माँ क्या करे ?

'अम्मा, पता है करन क्या कहता है ? कहता है—'यार, मैं पहले बस पढ़ता था। स्कूल से आकर बस्ता फेंककर इधर-उधर टहलता था। कभी साइकिल चला लेता। कभी गिल्ली-डंडा खेल लेता तो कभी ताशों की बाजी। अब तो सबकुछ छूट गया। यहाँ आने की जल्दी जो मची रहती है। बस इसीलिए पिताजी को यहाँ से लिवा जाने का काम अपने ऊपर ले लिया। जबकि यहाँ से जाने का मेरा मन ही नहीं करता। अम्मा को शक पड़ गया था, सो बोली—बाप से ज्यादा बेटा बिगड़ा जा रहा है। वे रोकने लगीं। पर वे जितना रोकें, मैं उतना ही आऊँ। ले कापी, पेंसिल। माँग रहा था न ? अम्मा से छिपाकर लाया हूँ। हुई न चोरी !' कहकर करन खूब हँसा।'

राणा की बातों में से कदमबाई ने वे रेशे खींच लिए, जो उसके दिल को काट रहे थे। अच्छा तो मुझसे ही बैर है सो करन की माँ खसम के पीछे लड़का भेजती है। रखवाली से चोर रुक जाते तो...आगे वह कुछ सोचना नहीं चाहती थी। उसे भी दुख इकट्ठा करने की आदत हो गई है।

चार

कदमबाई जंगल जाने की सोच रही थी। चार दिन से धूप नहीं निकली। चारों ओर धुंध छाई हुई है। डेरे के बाहर निकलते ही नुकीली हवाएँ हमला कर देती हैं। ऐसे में ईंधन लाकर भी क्या होगा। बर्फ के बुरादे और ओस से भीगी लकड़ियों को भट्टी की मालकिनें लेंगी ? चारों ओर फैले साँवले खेतों पर फैला सर्द मौसम जी जलाने लगा।

धुंध में से मलिया प्रकट हुआ।

बबूलों की ओर से आती पगडंडी धरे चला आ रहा है। काँटे बिखरे होंगे सो बच-बचकर चल रहा है। हरे नरम काँटे...पर काटे ही तो हैं।

पास आकर आवाज दी मलिया ने, "रीऽऽ कदम !"

मलिया का आवाज देता हुआ चेहरा नहीं, उठा हुआ हाथ दीखा साफ-साफ।

और नजदीक आया। पास आकर खंभे की तरह खड़ा हो गया। बूढ़ा ठिठुरकर आया है, पर कैसा चैतन्य है ! माथे पर पौ-सी फूट रही है। सूखे-साँवले गालों पर हँसी दौड़ रही है। आँखों की फाँकों से खुशी रोशनी की तरह झाँकने लगी। कदमबाई को बस्ती ताजा-ताजा लगने लगी। मलिया काका सबेरे का सखा बनकर आया है।

"क्या खबर लाया है मलिया काका ?" कदमबाई दाँत खोलकर मुस्काई।

"डेरा तो खोल," मलिया और भी हँसा।

कदमबाई मलिया का स्वभाव जानती है, दिलासाओं की पोटली उठाए फिरता है।

"गठरी खोल मलिया काका। मौहर-अशर्फी बाँट।" कदमबाई की आँखों में व्यंग की धार उभर आई। "थोड़ी देर का भरम भी बुरा नहीं लगता, ऐं ?"

"ठहर-ठहर कदम। दम लेने दे। जो माँगेगी वही दे दूँगा। फिर यह मत कहना कि दिलासाएँ सबसे बड़ा झूठ हैं।" कहते हुए मलिया ने कदम का डेरा खोल दिया और भीतर घुस आया। मलिया पीढ़ी पर बैठा, कदमबाई धरती पर।

उसने कुर्ते की जेब में हाथ डालकर सफेद रंग का एक कागज निकाला, बोला, "बाँच इसे।" कदमबाई ने प्रत्युत्तर में कहा, "तू ही बाँच।" दोनों जोर से हँस पड़े।

मलिया ने कागज फड़फड़ाया और कहने लगा, "विद्या के लिए हमारी आँखें अंधी हैं।"

"कागज न सही, तेरी आँखों में तो लिखा है सबकुछ।"

"चल तू मेरी आँखें बाँच," मलिया ने चेहरा झुकाकर कदम की नाक से नाक

भिड़ा दी।

कदम और भी हँसी।

''अरे, तू तो अभी हँस सकती है ! मैं तो समझ रहा था, दुख की मारी रो रही होगी। पर तू ऐसे हँसी, जैसे आठ साल की लड़की खिलखिलाती है !''

कदम की नजर बदल गई। लाचार हो आई, ''हँसना क्या मुश्किल है मलिया काका, खाने को रोटी, पीने को पानी हो, बस। जुटा ही लेते हैं किसी तरह। मुखिया ने दारू बनाने की बारी छीन ली, जंगल तो नहीं छीन लिया। पेड़ लकड़ी गिरा ही देते हैं। हमें चोरी करनी आती ही है। कर ही लाते हैं। आदमी काम आए न आए, कुदरत काम आ जाती है।''

मलिया तन्मय होकर देख रहा था। समझ भी रहा था, कदम ज्यादा हिम्मत दिखा रही है, क्योंकि भीतर ही भीतर टूटती जा रही है।

''एक बात सुन री !''

''नई बिपता ले आया क्या काका ?'' कदम ने मुस्कुराकर नजरें मलिया के चेहरे पर चिपका दीं। ''कबीले के लोगों ने कसर छोड़ दी क्या ? दोस ही दोस दे दिए। मैंने राणा को बड़ों का आदर करना नहीं सिखाया। कबीले के रीति-रिवाज में नहीं ढाला। चोरी के नाम पर बेहोस हो जाता है, हत्या के नाम पर खुद मर जाने को तैयार...''

''अरी छोड़ तू ये बातें ? कबीले के आदमी तेरी तकदीर छीन लेंगे ?''

''क्या बात करूँ काका ?''

''कुछ नहीं। एक सुख की बात सुन। रामसिंह की याद है न ? राणा की छटी के दिन आया था, बोल कितने दिन हो गए ? हो गए न चौदह साल ? तू समझ रही होगी, उसने तुझे भुला-बिसार दिया। अरी लोग मिलते नहीं, तब क्या याद भी नहीं रखते ?''

''याद करके क्या देनेवाला है वह ? कोई मखौल उड़ाया है ?''

मलिया ने जरा ऊँचा माथा करके कहा, ''अपने राणा की चर्चा कर रहा था। कह रहा था, वह लड़का अच्छा निकलेगा। होशियार बनाने के लिए स्कूल भेजो।''

कदमबाई के होंठ खुले रह गए। माना कि अपने जीवन की दो घटनाओं को वह कभी नहीं भूल सकती, एक जंगलिया की मौत, दूसरी राणा का जन्म। क्योंकि ये दोनों बातें एक-दूसरे से गुँथी हुई हैं। अजब तरीके से बिंधी हुईं। उसे लगता है ये दोनों घटनाएँ उसके भीतरी संसार में आपस में झगड़ती रहती हैं। कदम कभी एक के पक्ष में होती है, कभी दूसरी के।...लेकिन ऐसा कौन है, जो उसकी जिंदगी का हिसाब रख रहा है ?

''रामसिंह को पता चल गया है कि कोई लड़का अपने कबीले के खिलाफ खड़ा हो गया है। वह रामसिंह सरीखा है, पर उसकी माँ भूरी नहीं, कदमबाई है।'' मलिया ने समझाने के लहजे में कहा।

कदमबाई की आँखों में निस्सहायता उतरने लगी।

''अरी तू लाचार होने लगी। यह मैं नहीं कहता, रामसिंह कहता है।''

राणा की माँ के पास कुछ कहने को नहीं। दारू का धंधा कबूतरा कौम में इज्जत

का धंधा माना जाता है। कबीले के खिलाफ खड़े होकर इज्जत छिन गई। बस पागलों जैसी हालत हो गई है। रानी पद्मिनी को दर-दर भटकना पड़ा था, मुझ कबूतरी की क्या औकात ? तकदीर पाँसे फेंक रही है।

"ऐसे ही नहीं कहता रामसिंह। उसका अपना भी कुछ मतलब है। बेटी तेरह वर्ष से ज्यादा की हो गई, अभी तक वर नहीं जुटा।"

"काका, यही बात तो समझ लो, पढ़-लिख भी लो, जाति नहीं बदलती। तुम्हारे रामसिंह की नाक पर बेपढ़ा लड़का चढ़ेगा ? और कबूतराओं में पढ़ा-लिखा मिलेगा नहीं। उससे कहो, कोई कज्जा तलाश ले।"

"ठीक है री, जाति नहीं बदलती, रहन-सहन और व्यौहार तो बदल सकता है। रामसिंह कहता है—कज्जा लोगों के बच्चा पढ़ते हैं, हमारे चोरी-चकारी में लगे रहते हैं।"

"काका, पाठशाला का संस्कार डालकर अपने धंधे से हाथ धोना है। देख नहीं रहे राणा ने दो पोथी क्या पढ़ लीं, मुखिया के माथे पर जूता मार दिया। यह नहीं सोचा कि यह मार उसकी माँ की कमर तोड़ देगी। रामसिंह पढ़ गया, तो क्या उसने दुनिया शर कर ली ? कर लेता तो बेटी अब तक कुँआरी न बनी रहती।"

अपनी बात कह ली कदम ने। क्या करे, क्रोध आ गया। गहरे दुख में तर्क नहीं सूझते। तभी तो मन ही मन उद्विग्न होती रही। मानती भी रही, मलिया अपना ही तो है, न झूठ कहेगा, न नुकसानवाली बात करेगा।

मलिया चुप बैठा था। आगे कुछ बोलने की मंशा त्याग दी, पर पैंसठ साल का बूढ़ा चुप भी कब तक बैठा रहे ? तनिक तुनकता हुआ बोला, "छोड़ राणा की बात। रामसिंह तो पगला है। अपने डेरे के कई लोग उसे समझा चुके हैं कि कदमबाई का बेटा अधपगला, सिर्री है। उसका ब्याह क्या, वंश क्या ? सब डूबनेवाला है।"

सुनकर कदमबाई सनसना गई। आँखें चौड़ी करके बोली, "इस डेरे के लोग !"

"और क्या ! तू क्या समझती है रामसिंह पढ़-लिख गया तो लोग उससे खफा हो जाएँगे ?"

कदमबाई के गुस्से में से कई रेखाएँ निकलीं। कोई डाह की, कोई अवसाद की, कोई चिंता की तो कोई प्रतिशोध की...हालत यह भी हुई कि अपना होना निरर्थक लगने लगा। खुद मिटना मंजूर है उसे, राणा की ओर कोई उँगली उठाएगा तो उसे काट देगी। कदमबाई की फुफकारती, भड़कती, दहकती और बुझती ठंडी पड़ती मनोदशा चेहरे से गुजर गई। जैसे चेहरे के चारों ओर लाल-लाल लपटें लिपटी हों और बुझकर राख हो गई हों।

मलिया कदमबाई की गर्मी-सर्दी थाह रहा था। कदम की आँखों में लोभ जाग रहा है। डाह में गोते लगाती हुई माँ बार-बार फन काढ़कर ऊपर आती है।

"काका, यहाँ के लोगों का और मेरा क्या मुकाबला ? राणा को कपूतों में जोड़कर सिहा रहे हैं।"

मलिया ने ठीक समय पर बीन बजाई, "अपना सरमन कुछ दिन पहले बेटा गोमता

के पराकरम की आल्हा बाँचकर आया है।''

कदमबाई ने कड़ुआ मुँह बनाया।

''पगली, रामसिंह जौहरी है, हीरा की तलाश में निकला है।''

राणा की माँ का मन यकायक लहराने लगा। उसे नहीं मालूम कि रामसिंह के जरिए क्या और कितना मिलनेवाला है, लेकिन जो खोनेवाला है, वह मुट्ठी में बंद कर लेना चाहती है।

कदमबाई में द्वेष जाग उठा। मलिया को आशा बँधी। माना कि राग-द्वेष वह जानती नहीं, पर मनुष्य होने के नाते उस सबसे अलग भी नहीं। चोला धरे के धरम हैं ये तो। मलिया ने रामसिंह की जिंदगी का सुखद पहलू भूखी-प्यासी कदमबाई को सोने के सिक्के की तरह दिखाया। उससे पहले सुनाईं रामसिंह की माँ की बातें—

आजाद मन की औरत थी भूरी। कहती—गालियाँ और गुलाल मारने से किसी की जिंदगानी में अंतर आया है ? फेंकने-उछालनेवाली चीजें आदमी के ऊपर से निकल जाती हैं।

भूरी ने गजब किए, पर डरी नहीं। कहती थी हाथ की लकीरों को देखने से क्या होगा, खींचो तो पत्थर की लकीर खींचो कि मिटाए न मिटे। लोग पाँवों से रूँदें-खूँदें, पर वह अपनी गहराई के संग ज्यों की त्यों रहे। भूरी की सास की समझ में ये बातें आनेवाली थीं ? माथा ठोककर बोली—हाय, मेरा पूत ही क्या कम था कि यह बहू और आ गई, नीम पर करेले की बेल। दोनों मिलकर तो हमारी दुनिया तबाह कर डालेंगे।

सास के चार बेटे थे सो भूरी और वीरसिंह की भट्टी चटपट अलग कर दी। —कमाओ-खाओ। बहू चाहे तो अपने मायके चली जाए, वहीं बाप को बरबाद करे।...मगर भूरी को तो बरबाद किया था उसकी दादी ने। राजा-महाराजाओं के किस्से-कहानियाँ सुन-सुनकर बहादुरी उसकी देह में उतर गई थी। खुद को पद्मिनी मानकर कबूतरी बनी रही।

सास की धमकी के कारण नहीं, अपनी इच्छा से भूरी अपने मायके डिकौली चली गई। वह समझ चुकी थी, जिन खताओं को माँ माफ कर सकती है, सास बर्दाश्त नहीं करेगी।

सास भूरी को झाँसी जाने देती ? मलिया को तसवीर की तरह वह नजारा आज तक याद है। तब वह भी बाँका जवान हुआ करता था और पुलिस से बराबर छेड़छाड़ करता था। तभी हल्ला हुआ था कि झाँसी में मुल्क का राजा आ रहा है। सरहद पर जंग छिड़ी है, सो ललकारने के वास्ते। भूरी का मन तो राजा-महाराजाओं की बात पर पतंग की तरह उड़ता ही था, जब से सुना सरग से बातें करने लगी।

पति से पूछा, ''झाँसी कितनी दूर है ?''

वीरसिंह ने कहा, ''काले कोस।''

बोली, ''जाकर रहूँगी। राजा को देखूँगी। दादी कहती थी, राजा के दरसन से पुन्न मिलता है।'' भूरी का अपना चेहरा दिपदिपा उठा।

साड़ी बाँधकर झाँसी गई थी। डेरे की औरतें हँसीं। वह बोली—जैसा देस वैसा भेस। कबीले का मुखिया अज्ञानी, चिल्लाया—डाँड़ लगेगा। कज्जाओं के कपड़े पहन लिए !

मुखिया से क्या कहती भूरी, बस इतना ही बोली—वहाँ कबूतरी कहकर पुलिस हैरान करे तो तुझे अच्छा लगेगा ? यह भेस बदलना नहीं, संकट से बचना है।

झाँसी में भीड़ बहुत थी। आदमी से आदमी सटा हुआ। उस दिन भूरी के संग हमने भी कज्जा लोगों की देह से देह सटाई थी—अपना-सा ही पसीना, वैसी ही गंध। भूरी को कोई पहचान नहीं पाया। पुलिसवाले दाएँ-बाएँ से निकल गए। वीरसिंह ने कई कज्जाओं को धकेलकर राजा के दर्शन किए।

भूरी, दादी के बताए राजा को खोज रही थी—मुकुट बँधा रहता है। चमकीले कपड़े पहनते हैं। छाती पर कवच और कमर में तलवार। हाथ और गले में सोने-मोती के गहने।

वहाँ ऐसा कोई न था। उसने इशारों में पूछा—राजा कहाँ है ?

वीरसिंह ने फूलों के सिंहासन की ओर उँगली दिखाई। वहाँ कई जने खड़े थे। वह बोली—ये तो परजा के लोग हैं। सिंहासन पर कैसे चढ़ गए ? वीरसिंह ने कहा—वह जो सफेद कुर्ता और सदरी पहने हुए है, सिर पर टोपी और सदरी पर लाल फूल। नुकीली नाकवाले दुबले-पतले लंबे से आदमी को देखा तो उसे विश्वास न हुआ—इतना हलका आदमी और राजा !

पर राजा की आवाज बुलंद थी। माना कि वह मुश्किल से दिख रहा था, पर बोल रहा था हमारे ऐन कानों में। बाँह उठाकर ललकार भी रहा था, बाँह दिख रही थी—

—देश पर दुश्मन की बुरी निगाह है। सीमा पर जवान जूझ रहे हैं। आओ मिलकर सामना करें। गुलामी दूर करने के लिए हमने सदा खून बहाया है। आजादी बचाने के लिए कंधे से कंधा मिलाएँ।

देश के राजा ने कहने को तो बहुत कुछ कहा, हम लोगों की समझ में इतना ही आया। वीरसिंह कुछ ज्यादा समझ पाया था।

बोला—यह भी तो कहा था कि अब वे घुमन्तू लोग भी आजाद हैं, जो मुजरिमों के खाते में डाल रखे थे। वह कानून तोड़ दिया जो इंसान का दुश्मन था। उन लोगों को वही इंसाफ, वही हक दिया जाएगा, जो देश के किसी भी आदमी को दिया जाता है। वे अपराधी नहीं, रणबाँकुरे हैं। आज तरह-तरह से मदद कर सकते हैं, ऐसे ही जैसे मुगलों और अँगरेजों के खिलाफ अपने राजा-महाराजाओं के सहायक बने। सेना में भरती होकर भारत माता की लाज बचाना उसके सूरमा बेटों का फर्ज है।

भूरी इन बातों को ले उड़ी। डेरों पर सबको सुनाईं। लोग खूब हँसे। हँसते हुए बोले—भूरी और वीरसिंह पागल हैं। क्या-क्या सुन आए ! हमने तो कुछ भी नहीं सुना।

भूरी की सास ने चैन की साँस ली। भला हुआ गोरामछिया में ये चर्चा न हुई। वीरसिंह हमें तारेगा नहीं, डुबोएगा। और वह हरजाई बहू हमारे गले में घड़ा बाँधेगी।

पर चैन की साँस कितने दिन ? वीरसिंह पल्टन में भरती होने गया और पकड़ा गया। अपनी जाति कबूतरा लिखाते ही कान पकड़कर बाहर कर दिया। ऐलकार

बोले—गिरफ्तार कर लो, साला हथियार चुराने आया है। वीरसिंह की माँ ने सैकड़ों गालियाँ अपने बेटे को, और हजारों भूरी को दी थीं—कि मूरख बेलगाम घोड़े-सा चाहे जिधर को मुँह उठा देता है, कि आजाद होकर उस रंडी के संग उड़ा फिरता है। कहता है राजा की बात अपने कलेजे पर लिख लाया हूँ। अरे तू गले में आग बाँध लाया है।

सचमुच एक दिन आग के ही हवाले हो गया वीरसिंह !

भूरी का भाई डकैती में नामजद हुआ था। जब कि वह दस दिन से वीरसिंह के साथ था। झूठी नामजदी कोई नई बात नहीं थी। पर वीरसिंह का मगज सुलग उठा। आव देखा न ताव, हाथ में कागज पकड़कर पढ़े-लिखों के पीछे भागा। अर्जी लिखवाकर बेकसूर को बेकसूर साबित कराना चाहता था। समझता था कि विद्या के धनी विद्वान होते हैं। पर विद्वान ने ऐसे आखर काढ़े कि मामला उलट गया। फिर क्या था, कचहरी के दरवाजे पर वीरसिंह बादलों की तरह गड़गड़ाया कि इजलास के भीत-पक्खे फटने लगे।

—तुम पढ़े-लिखे नहीं, कुपढ़ हो। पापी भी। ऐसे ही पापी, जैसे हरे-भरे पेड़ों को काटनेवाले तलवारधारी सूरमा होते हैं।

अर्जीनवीस के संगीसाथी बहुत थे, वीरसिंह अकेला। थाने पुलिस की बात सोचें उससे पहले ही उन सबने उसे धर लिया। पटक-पटककर मारा। सिर नारियल की तरह दरारों में फट गया। खून से कचहरी की धरती रँग गई। भूरी का भाई जेल में था। वीरसिंह जिंदगी से रिहा हो गया।

भूरी की आँखों में आँसू न थे, धुआँ था। कंठ में रुलाई न थी, वीरसिंह की कही एक बात थी—पढ़े-लिखे अनपढ़ों की किस्मत लिखें तो अनपढ़ क्या पाएँ ?

भूरी अंधी की तरह चार महीने के रामसिंह को गोद में लेकर वीरसिंह के ध्यान में खड़ी थी। खड़ी-खड़ी कौल भर रही थी—पतिविरता लुगाई अपने आदमी के संग सती होती है। मैं अपने मर्द की ब्याहता खुद को तब मानूँगी, जब रामसिंह को पढ़ा-लिखाकर इसी कचहरी के दरवाजे खड़ा कर दूँगी। भले इस सफर में मुझे दस मर्दों के नीचे से गुजरना पड़े। पद्मिनी की कथा मैंने सुनी है।

लोगों ने कहा—पापिन। पद्मिनी की कथा तो जौहर-कथा है।

भूरी बहरी हो गई। जाति की, कबीले की रिवाजों की भी याद नहीं रही। बड़ी-बूढ़ियों ने समझाया—कबूतरा औरत बिना मर्द के नहीं रहती। बच्चा छोटा है, आगे-पीछे साधनेवाला तो कोई हो। पुरिख की महिमा घटानेवाली लुगाई के लिए सब जगह सजाएँ हैं।

भूरी जिद्दिन थी, बोली—मैं किसी मर्द की बाँह पकड़कर क्या रामसिंह के बाप को भूल जाऊँगी ? भूल भी जाऊँ तो उसकी कही बात नहीं भूल पाऊँगी। बात नहीं भूल पाऊँगी सो बिरादरी के चलते पाप करती ही रहूँगी। जिस दिन रामसिंह ने बाप का लाल खून नीली स्याही में बदलकर अपने हक में चार आँक लिख लिए, समझूँगी मुझमें राई भर कलंक नहीं। विद्या रतन के आगे देह का खजाना कुछ भी नहीं...।

बस्ती की सबसे पहली माँ थी भूरी, जिसने बेटे को कुल्हाड़ी-डंडा न थमाकर पोथी-पाटी पकड़ाई। और मन कागज की तरह हलका कर लिया। माना कि मद के प्यासे लोग उसका ईमान छीनते और वह धरती पर लेटी सरग के तारों में रामसिंह को सितारे की तरह टाँक देती। कबूतरी के लिए कज्जा लोगों को 'न' कहना भारी पड़ रहा था, पर कबूतरा जीवन का बोझ बेटा न ढोए, इसीलिए भूरी बदनामी का वजन ढोने को तैयार हो गई। आदमी की जिंदगी खोजने निकली थी, अरहर के खेतों में, खदानों में, थाने की कोठरियों मैं कैद होती रही। रानी पद्मिनी की कथा कहने-सुननेवाली, घाघरा के नाड़े में बँधी कटार चलाती नहीं, छिपा लेती थी। जिंदगी के ताकतवर झटके उसकी कमर तोड़ते रहते। आँखें मींचकर देह पर से कहर गुजार देनेवाली भूरी की नजरों में विद्या की गली से आता हुआ एक बालक प्रकट होता, जो रामसिंह में तब्दील हो जाता।

भूरी घाघरा झाड़कर उठ खड़ी होती। कबीले के लोग उस पर तोहमत फेंकते। किसी ने उसकी प्रबल इच्छा समझने की कोशिश नहीं की, तो उसने भी लोगों की परवाह करनी छोड़ दी।

एक समय ऐसा भी आया कि माफी को हथियार बना लिया भूरी ने। देवता और शैतानों की दुनिया एक हो गई उसके लिए। ऐसा न होता तो मासिक धर्म के समय चार दिन दलसिंह की कोठरी में रहनेवाली भूरी उस कज्जा की छाती में कटार घोंप देती कि खुद छाती में खंजर उतार लेती। बिरादरी ने ले-दे की तो भूरी हँसी—कबूतरा मर्दों की झूठी आन-बान ! कहते हैं कि हमारे खून में मिलावट नहीं, जबकि कज्जा लोगों को कबूतरी के खून की बूँद-बूँद की पहचान रहती है।

उसने समझ लिया मद को और खुद को लुटाना जरूरी है। राह पगडंडियों के, खेतों-मैदानों के, गाँवपुरा के मालिकों की भूख नहीं रहेगी तो हम भी नहीं रहेंगे। खरपतवार की तरह उखाड़कर, सुखाकर जला दिए जाएँगे। विद्या का दामन थामा है तो बेबसी और बदरंगतों से गुजरना होगा। माँ के घावों पर जैसे रामसिंह की छोटी-छोटी उँगलियों ने स्याही लेप दी हो। कटे-फटे बदन के चलते भी मोरनी-सी नाची फिरती। समय जाँच रहा था—औरत में कितनी ताकत है। भूरी समझ रही थी—बेटे का उजाले-भरा रास्ता माँ की देह से गुजर रहा है।

मलिया कितनी ही बातें चबा गया। हया-लाज की बात कैसे बताए ? कदमबाई ने और भी कुछ सुना था। जो सुना था वह भूरी के बारे में ही था। ब्याहुली-गौनियायी कदम तब कितना समझती थी ? जिक्र हुआ है तो आज याद आता है—

भूरी गर्भ न रहने के लिए रूखरी चबाया करती। विधवा औरत को रूखरी चबाने की क्या जरूरत ? औरतें कहतीं—बेटा तक जानता है माँ की बात।

मलिया ने जरा लाज त्याग दी, बोला—भूरी ने बड़े होते रामसिंह को समझा दिया था कि यह एक समझौता है। बस समझ ले कि इस समझौते में तेरी माँ की जिद मिली हुई है।

जिद को तोड़ा बिरादरी ने। बदकार औरत ! सजा दो। रिवाज टूट जाएँगे तो

बिरादरी का क्या मतलब ? शादी-ब्याह की महिमा क्या ? भूरी कबीले में छूत की बीमारी फैला रही है। लुगाइयाँ मनमानी करेंगी, मर्द तबाह हो जाएँगे।

भूरी सनसनाकर बोली—तुम सजा दोगे ? रामसिंह के बाप को जिन्होंने मार डाला, उनके लिए सजा है तुम्हारे पास ?

—मर गया, तब क्या तुझे बदकारी का लैसंस दे गया ?

—मुखिया, तुम और तुम्हारे पंच उसे नहीं बचा पाए, वह तुमसे पंच होने का हक छीन ले गया। मैं नहीं मानती इस पंचायत को।

मामूली कबूतरी और वह भी बदचलन, मुखिया को ललकारे ?

भूरी के लिए सजा—जल-समाधि ! अग्नि-परीक्षा।

पुराने समय से चली आ रही रिवाजों के हिसाब से लोग गहरे तालाब के किनारे जुड़ते हैं—रात के समय। जल-परीक्षा लेनेवाला आदमी ताल की दूसरी ओर पत्थर फेंकेगा। जहाँ पत्थर गिरे, वहाँ लाल कपड़े के रूप में औरत की जिंदगी रख दी जाती है। सजायाफ्ता औरत को तब तक पानी में डूबा रहना पड़ेगा, जब तक कि सामने के छोर पर तैनात आदमी जल परीक्षक को वह लाल कपड़ा उठाकर न दे दे। उतनी दूर आना और जाना...साँसों से साँसों तक की दूरी। जिंदगी और मौत का दाँव। प्राणों को डुबाकर भी स्त्री बच जाए तो उसका भाग्य। उसकी पवित्रता का सबूत।

भूरी ने पहले ही कह दिया—वह परीक्षा योग्य नहीं। वह एकदम अपवित्र है।

सजा देनेवालों को अपनी हारें कब मंजूर हुई हैं। अतः तय हुआ कि सोते समय उठा ली जाए। पशु की तरह लाद ली जाए। चीख न पाए, तब तक मुँह भींच दो। इस निडर बेहया को नदी ताल में डुबोना आसान नहीं, तैरकर निकल न पाए। गले में भारी पत्थर बाँधो। नहीं तो यह बिरादरी के लिए शेरनी की तरह खूँखार हो उठेगी।

एक झुंड औरत को लाश बनाकर ले जाता हुआ तेज कदमों चल रहा था। अपनी सफलता पर खुश और कबूतरा जाति की मर्यादा को बचाने पर गर्वित लोग आगे ही आगे बढ़ रहे थे। आठ-नौ वर्ष का बालक रामसिंह बदहवास-सा पीछे भागने लगा। मुँह फाड़े हुए मौन...

भूरी कहा करती थी—तेरे मन कछु और है, कर्ता के कछु और ! तीन-चौथाई रास्ता पूरा किया होगा कि सामने से तीन सिपाही रात की गश्त पर चले आ रहे थे। कंधों पर बंदूकें, हाथों में टार्चें ! बूटों की मार्च करती आवाज। 'कौन है' का टंकार मारता स्वर !

सजा देनेवालों की बाँहें यकायक थरथराईं। टाँगें भी काँपने लगीं। कुछ न सूझा, भूरी को बोझ की तरह पटक दिया। गीदड़ की तरह सरपट भागे। मैदान खाली हो गया।

पुलिसिया ! लहँगा उठाने के बदले जिंदगी दे गए ! भूरी कृतज्ञ-सी उठकर बैठ गई।

बिरादरी का जोर बिरादरी तक ही रहा कि भूरी को छेक दिया—छेक दो, मैं तो खुद ही जाति तोड़ देना चाहती थी रे...मुझे क्या गम ?

माते, पुजारी, सिपाही, मास्टरों के जरिए रामसिंह के लिए इज्जत खरीदनेवाली माँ बेहिचक बेइज्जत होती रही।

●●●

कदमबाई ने खुद को कोसा, वह क्यों नहीं समझना चाहती कि पढ़ाई-लिखाई राणा की सबसे बड़ी इच्छा है। समझती है, नहीं तो उन आखरों पर हाथ फिरा-फिराकर क्यों देखती है जो बेटे ने लिखे हैं ? किताब...डर लगता है, किताब उसकी दुनिया की चीज नहीं। फिर सरमन मुखिया के तेवर ! तमाम कानून कसेगा।

रात को धरती पर कथरी डालकर सोई थी कदमबाई। राणा बराबर में लेटा था, बेटे की साँसें बता रही थीं, वह गहरी नींद सो रहा है, माँ का आँचल ओढ़कर बेखटके।

कदमबाई को उतना ही खटका लग रहा था। मन में हिंडोला गड़ा है, मंशा इधर जाती है कभी उधर। दिल में घबराहट-सी लगी तो डेरे के बंद किवाड़ खोल दिए। बाहर अँधेरे के ऊपर चंद्रमा चमक रहा था। थोड़ी-सी चाँदनी भीतर घुस आई। कदमबाई को राणा का चेहरा नजर आया। चाँदनी में चमकता चेहरा। उसकी जिंदगी के अँधेरे में भगवान का भेजा हुआ चाँद डेरे में अवतरित हुआ है ! चाँद को चूम लिया माँ ने।

खुली हवा के आवागमन में कब झपकी लग गई ? कदमबाई सपने में भूरी को ही देख रही थी—एक चौड़ी-सी नदी है। अथाह पानी। भूरी चप्पू चलाकर नाव खेती चली जा रही है। सन से सफेद बालोंवाली बुढ़िया की पीठ दिखती है, बाँहें दिखती हैं, चेहरा दिखाई नहीं देता। कदम अपनी नाव उसके पीछे दौड़ा रही है। बराबरी में आकर उसका चेहरा देखना चाहती है। दूर तक निगाह जाती है, घाट पर कोई नहीं। असमान में तारों के झुंड जमा हैं।

●●●

आज राणा को पढ़ने का अधिकार मिल गया।

कदमबाई का डेरा इतनी खुशी के लिए छोटा पड़ गया। रात के वेला जब राणा कुप्पी जलाकर पढ़ने बैठा तो माँ की आँखों में नई नजर आ गई। स्कूल का पढ़इया लड़का ! चोरी-चकारी, सेंध-कूमल में जितनी मेहनत लगाता उससे कई-कई गुना कसाला पड़ता है पढ़ाई में। कदमबाई के हिसाब से आज राणा कितना-कितना थक गया होगा !

पास आ बैठी माँ। राणा के चेहरे पर सारा ध्यान केंद्रित कर दिया, पर जैसे सूरज पर नहीं टिक पाती आँखें, वैसे ही ज्यादा देर निगाह नहीं बाँध पाई कदमबाई। कुप्पी की पीली रोशनी धूप-सी झकझकाने लगी कि राणा का मुँह ही दमकता है ऐसा ?

एक झलक और झिलमिलाई। मंसाराम की उनहार लग रहा है बैरी ! वैसे कई बार ऐसा संदेह हुआ था कि यह पढ़ने की जिद बाँधता है तो क्यों बाँधता है ? सरमन का गोमता स्कूल और पढ़ाई का नाम तक नहीं सुनना चाहता। भीखम ने अपने धंधे के

सिवा कुछ सोचा नहीं।

आज जहाँ का मोती तहाँ बिंध गया। खुद-ब-खुद मुस्कुरा उठी कदम।

राणा ने अचानक अपना गोड़ खींच लिया और बोला, "अम्मा, तू आज लकड़ी बीनने नहीं गई ? थकी-हारी नहीं ? कब से पाँव दबा रही है। मैं तो स्कूल में बैठा-बैठा पढ़ा था। पढ़ाई कितने मजे का काम है !"

हाय, कब दबा रही थी पाँव ? उसे तो बोध ही नहीं हुआ। होंस फूल में ऐसी बावरी हो गई ! बेपढ़ी औरत पढ़ाई की सार क्या जाने ? पाँव दबाकर लाड़ दिखाकर राणा के एकचित्त ध्यान में बाधा ही डाल दी न ? माँ एक किनारे हो गई। किनारे से किताब पर झुके हुए हंस-सा राणा दिखाई दिया।

उमंगों भरी गगरी धरकर चौक में नाचे, ऐसी फूल जागी है मन में। कोई मंसाराम को खबर कर दो, उनकी गूजरी को मनचाहा रतन मिल गया। उनके बिना कौन सुनेगा राणा की तरक्की की बातें ? सुनाएगी भी तो मुँह बिचका देंगे लोग। डेरे के लोगों को वे बातें नहीं पुसातीं।

कज्जिन बनी, भजनी जिठानी के डेरे तक चली गई कदम। मंसाराम के आने का समय जानती है। वे आते हैं और मुड़-मुड़कर देखते हैं, उसने नजरें नहीं मिलाईं अपना वश चलते। उन्हें जलाया कि खुद ही जलती रही। सोचती थी गरीबी की ज्वाला में भस्म हो जाएगी, पर नहीं खत्म हुई। बेटे की खातिर साँसें जोड़े खड़ी रही। तपकर और-और निखर आई।

खुद को अलग रखकर उन्हें बचाया कि अपने-आपको ? कौन जाने, हाँ बोझ बनने से बचने की जुगत जुटाती रही। अलग रहना आन में शुमार था। अभी तक उसी तरह खुश थी। आज लग रहा है सरमन मुखिया एक दिन के लिए अपनी सजा वापस ले ले। बस एक साँझ दारू बना लेने दे। वह उसकी औरत के लत्ता-कपड़ा फींचेगी, झाड़ू-बुहारी कर देगी, उसका आँगन लीपेगी। और भी चाहिए तो लकड़ी बीनकर जो कमाएगी, वह भी दे देगी। बस एक दिन भट्टी चढ़ा लेने दे कि मंसाराम मद पीने चले आएँ। और राणा की माँ उन्हें अपने संग-संग खुशी में डुबो ले। मन की तरंगें कंठ में आवाज बनकर अकुला रही हैं। इतने वर्ष का जुड़ा विषाद साधे रही, एक दिन का उछाह बेचैन कर रहा है। मन के संग आसपास का सब बदल गया। हवा ने करामात दिखाई कि डेरों ने ही रूप बदल लिया ? चौक में सड़ती नीली कीचड़ तक सुनहरी-सी लगने लगी।

हाय, मंसाराम ! आँखों पर विश्वास नहीं हुआ कदमबाई को।

आज हर बात सपना बनकर आ रही है कि हर सपना असलियत लग रहा है ? हाँ, मंसाराम ही तो हैं। बंद गले का कोट और पाँवों में सफेद पाजामा। जुल्फों पर होता हुआ मफलर कानों को ढँके मूँदे। जाड़ों में यही बाना रहता है उनका।

कदमबाई उनका आना-जाना रोजाना महसूस करती रही है, बस सहन नहीं कर पाई कभी भी। तभी तो एक दिन लाचार होकर कह दिया था—मेरा और मेरे बच्चे का

भला इसी में है कि तुम्हारी झाईं-परछाईं से बरके रहें हम। तुम्हारा आना-जाना कबीले की आँखों की किरकिरी कर देगा हमें। तुम भी अपना घर खो दोगे।...और, दोनों बातों की तबाही टूटेगी यहीं आकर। मद बनाने की बंदिश इसलिए ही न कि तुम मुझ तक न आ सको ? कदम का डेरा अछूत कर दिया मुखिया ने। वह मान रहा है कि कबूतरी के मन से कहीं जंगलिया कबूतरा न निकल जाए, उसका निकलना जाति का निकलना होगा, और यह सरमन मुखिया की नाकामयाबी मानी जाएगी। नाकामयाबी नहीं, जाति के लिए गद्दारी भी। सो कदमबाई से डर रहा है, औरत पर ज्यादा भरोसा भी नहीं, कब मैदान में आ जाए ?

ये ही सारी बातें याद रहीं मंसाराम को, आने-जाने का सिलसिला तोड़ बैठे।

कदमबाई को मन समझाना आता है, सोच लिया उसने जंगलिया की मौत का बदला ले लिया। कबूतरी होकर कज्जा को किनारे कर दिया।...मगर दुत्कारकर संतोष मिला था ? हाँ, मिला था, ऐसा संतोष जो थोड़ा-सा भी सब्र नहीं दे पाया। अनजाने और अनचाहे ही याद आते रहे मंसा माते। रातोंरात सोने नहीं दिया राणा के पिता ने। राणा सामने था, भूल नहीं पाई...सोचती थी कदम। अगले ही क्षण यह भी कि राणा न होता तब क्या भूल जाती उन्हें ? मृत जंगलिया बेहाल करे रहता था, मंसाराम की आहट उस बेहाली से छिटका लेती। जिंदगी जीती-जागती छाया की लालसा में, कि दुख को गले से लटकाकर जीना नहीं चाहता कोई ? प्याज की परतों की तरह कदम ने अनेक बार मन की परतें पलटी हैं, भीतरी तहों के अपने-अपने अलग-अलग सच सामने आ खुले ! कितने भेद भरे रहते हैं मन में ?

सारे सचों के ऊपर एक सच...वे आ रहे हैं ! दिल में झाँझ-मजीरा बजते हैं। मंसाराम को ढोलक पर ताल देनी होगी।—तुम ! हाँ मैं।...खुशी की गरूह गठरी सध नहीं पा रही मुझसे और गजब यह कि तुम अपने हिस्से का सुख भी मेरे सिर...

बेर का छतनार पेड़ और माघ की सर्दीली रात। कदमबाई मंसाराम से सटकर बैठी है। दोनों ओस में भीगते हुए जुगुनुओं से घिर गए। उसने उनका घुटना दबाया—राणा पढ़ रहा है, जुगनू ऊधम काट रहे हैं। मंसाराम हँसने की हद तक मुस्कुरा पड़े। कदमबाई शरमा गई।

—मद कब ले आई ? महुआ के मद भरे दो मगों में सितारे नहा रहे हैं।

चाँदनी की सुनहरी गर्माहट में दारू के घूँट लेते हुए स्कूल की कहानी कहने लगी वह—मास्टर बोला, बाप चोरी करेगा। पुलिस बेटे को पकड़ने आएगी। मलिया ने बता दिया—इसके च्छोरा का बाप नहीं है। मास्टर की बात, बोला—पुलिस को बाप बनाने भी आते हैं। स्कूल को थाना बना डालेंगे सिपाही लोग। बच्चा बढ़ेंगे कि गवाही-सबूतों में फँस जाएँगे ?

तभी कोई कज्जा आया, बोला—बच्चा तो बच्चा है, इसे मुजरिमों में शामिल मत करो। मास्टर जिरह करता रहा कि तुम इस बच्चे की नहीं, कबूतरा-वोटों की सोच रहे हो। चुनाव आनेवाले हैं, सो हमदर्दी के सोते फूट निकले हैं।

मंसाराम मनमगन बैठे हैं, क्षणभर के लिए कदमबाई देखती रह गई। उजियारी में कदम की ओढ़नी सुनहरी दिख रही थी। ओस के मोती सुनहरे रंग पर बिखर रहे थे। मंसाराम ने हाथ बढ़ाकर उसकी ओढ़नी हटा दी। कदमबाई की देह सिमट आई। सिमटी हुई देह में सितारे खिल पड़े। उसकी इच्छा हुई, मंसाराम के सीने पर सिर टिका दे। मंसाराम का हाथ जिस यात्रा को तय करने में लगा था, कदम उससे एकदम अनजान बैठी रही। छूना, निरखना, भींचना और चूमना उसने मंसाराम के हवाले छोड़ दिया। उनका कुछ भी करना उसे अपनी ही इच्छा मालूम दे रहा है।

कदम के होंठ पर किसी कीट ने काटा। पाँवों के नीचे के पत्थर भी चिकने हो उठे, ऐसे जैसे हरे रंग की काई से रँगकर हो जाते हैं। दोनों उन पर साथ-साथ फिसले। एक-दूसरे की कमर में हाथ डाला तो थमे। उजियारी की चादर ओढ़ ली। घुसफुस बतियाने लगे। आवाजें नहीं आईं, पर कितना कुछ सुना। कदमबाई ने मंसाराम की देह पर अपनी निशानियाँ बना दीं। वे निशानियाँ अब तक बनी हैं, जो सालों पहले उसने मंसाराम के तन-मन पर बना दी थीं।

तभी राणा की आवाज आई। आवाज मीठी और चुलबुली थी।—अम्मा !

'राणा को यहीं आने दो।' मंसाराम ने दरवाजे से झाँकते बेटे को निहारकर कहा।

दोनों ने जागती आँखों झूमकर एक-दूसरे को देखा। कदम नन्ही बच्ची की तरह खिलिल-खिलिल हँस पड़ी। चौक में खील-मखाने बिखर गए !

मंसाराम बोले, हम तीनों मिलकर खील-मखाने बीनें, आओ।

तभी सरमन मुखिया की खाँसी हवा के साथ चली आई। हँसी की, खुशी की, खेल की रंगीन फिरकी अचानक रुक गई। कदमबाई ने उनकी कमर में से बाँहें खींच लीं। मंसाराम ने अपनी लापरवाह जाँघें समेट लीं। सबकुछ समेटते-सिकोड़ते हुए कदम ने कहा—सरमन राणा से हार गया है। पर उसे अपना अपमान याद है। फूलों की क्यारियों के बीच पढ़ता-गुनता राणा उसे सुहाएगा ?

मंसाराम कदमबाई का उदास चेहरा देखकर हड़बड़ा गए। सुख छिन जाना, जिंदगी छिन जाने से ज्यादा भयानक है। उन्होंने कदमबाई की कलाई पकड़ ली। कलाई भी थरथरा रही थी।

'अरे, तुम्हारा हाथ काँप रहा है ! अपनी बतकही सरमन ने सुन ली ?'

'कुछ नहीं होगा। सुन ली हो तो सुन ले।' कहकर कदम ने मंसाराम को विदा किया।

कहाँ मंसाराम और कहाँ खील-मखानों भरा चौक ? कहाँ खुशियों की बाढ़, कहाँ प्यार की डोंगी ? न किसी ने छुआ, न गले लगाया। इतने करीब आने के सपने ने फासला और चौड़ा कर दिया।

हाथ-पाँव बर्फ से ठंडे, खून जमने लगा। पूरी ताकत लगाकर बेटे को आवाज दी, "राणाऽ ! अभी तक पढ़ रहा है !"

●●●

यह सकून क्या कम था कि राणा मारामारी की दुनिया से दूर अलग संसार रचे।

कदमबाई बेटे का अहसान मान रही थी—कज्जा बालकों में रहने-पढ़नेवाला मेरा बेटा खाने के लिए वे सब चीजें नहीं माँगता, जिसकी गंध वह आँखों में समेट जाता है। राणा जानता है कि वे सब चीजें माँ के बूते के बाहर की हैं। एक-सी विद्या पढ़ने वालों, एक-सी वर्दी पहननेवालों के माँ-बाप भी एक जैसी औकात के हों, जरूरी तो नहीं। उसके जैसे कितने ही लोग होंगे।

...लेकिन राणा की माँ दिन-रात डाँग में नाची फिरती। गाय-भैंसों का गोबर चोरी-चोरी बटोरकर सुखा लेती। बरेदियों से पिटे बिना ही कंडे पथ जाते। कंडों का मोल बस्ती में हर ईंधन के मुकाबले महँगा था। क्योंकि वही दुर्लभ था। बिना घायल हुए न हारती न थकती। चतुराई से जिंदगी की गाड़ी चलाना सीख गई। मन ही मन रामसिंह के छतदार घर की बगल में अपनी मड़इया खड़ी कर लेती। वह डेरों में होनेवाली चर्चा से नावाकिफ नहीं थी। जानती थी, लोग कहते हैं—रामसिंह कूड़े के ढेर पर बैठी कदमबाई के निकम्मे लड़के पर गिर पड़ा।

माना कि इन बातों पर वह गौर नहीं करती थी, पर यह कलेजा-काट बोली मन से निकलती भी तो नहीं थी। वह कहना चाहती थी—कितनों में कूबत है कि अपनी मनचाही दुनिया बसा लें और बिरादरी से टक्कर लें ?

स्कूल के बच्चों ने राणा का बस्ता पीपल पर टाँग दिया। उसे लगा बस्ता नहीं, उसका बेटा ही पेड़ पर उल्टा लटका दिया है। पीपल, तुलसी के पेड़, कबूतराओं के छूने से जल जाते हैं या कज्जा लोगों को श्राप दे डालते हैं। राणा गुस्से के मारे रो रहा था। कदमबाई ने मन ही मन कोसा—अन्यायी पीपल के बदले बस्ता बबूल पर टाँग देते तो मैं काँटों की परवाह न करके राणा को बबूल पर चढ़ा देती। वह गिलहरी की तरह खजूर पर चढ़ जाता। जाति के कारण इतनी नफरत...। उसे सरमन खुरदा की बेरहमी का मरम समझ में आने लगा, वे भीखम गोमता को क्यों उकसाते हैं कि कज्जा बालक मिलें तो पीटो। आदमी मिलें तो लूटो। हाथ न आएँ तो पीछा करो। नफरत से नफरत पैदा होती है। दूलन कागजों पर थूकता है। कह रहा था—राणा, तू कागदों से खेलने को पैदा हुआ है ! ये बहकानेवाली चीजें हैं। जिंदगी भर भटकेगा।

स्कूल में खिलते फूलों के रंगों में उतरनेवाला राणा बदरंग हो गया। माँ को कैसे बताए, वह पीपल पर चढ़ने लगा था, मास्टरजी ने आकर कमर पर कोड़ा मारा—साले, यह नहीं देखता कि पीपल पर देवताओं का वास होता है। स्कूल जैसी पवित्र जगह में बैठ जाने दिया तो तू हमारे देवताओं के मूँड़ पर नाचेगा ?

वह आधे दिन स्कूल की चौहद्दी के बाहर मुर्गा बना खड़ा रहा। मास्टरजी ने संतोष के साथ कहा था—स्कूल में घुस ही आया है तो सजा भुगत। बस्ता उतरवाना ही था तो किसी ब्राह्मण के लड़के से कह देता, पर वही चोरी से सबकुछ करने की आदत !

तुम नहीं सुधरोगे।

कदमबाई ने उदासी का राज खोद-खोदकर पूछा था।

पूछकर क्या पाया ? तड़प उठी। राणा के तने हुए चेहरे और हठीली आँखों में जिद्‌दी तूफान-सा देखकर डर भी गई।

बेटे को समझाया कि अपनी छाती कस ली ? बोली, "तू गुस्सा होता है ! अरे नादान, मास्टरजी उनको ही तो सजा देते हैं, जिनका नाम इस्कूल में लिखा रहता है। सजा पाने का मतलब है, तू पढ़नेवालों में शामिल है।" कहते हुए माँ की अपनी रीढ़ टूटने लगी, बाँहों में दर्द की लहर उठी, कानों के पीछे कटाव पड़ने लगा। मुर्गा बनते समय बेटे को जितनी तकलीफ हुई, कदमबाई की देह में ज्यों की त्यों उतर गई। आह निकली न होगी, आँसू बहते रहे होंगे !

जादू के फव्वारे हैंडपंप ने भी कम नहीं छला। पहले पहल पानी की मोटी उजली धारें देखने का सुख था, बाद में वही ड्‌यूटी बन गया। आधी छुट्‌टी में बिना एक पल रुके हथ्थे को चलाता रहता। सैकड़ों बच्चे हाथ-पाँव धो जाते, मजाल है कि राणा रुके। मास्टरजी चौकन्ने हुए। हालाँकि वे अब तक राणा की मेहनत देखकर जाति का भेदभाव भूलने लगे थे, मगर तभी किसी कज्जा ने उन्हें टोका—यह क्या करा रहे हो ? कबूतराओं के पास पहले फूल की दारू होती है—पानी के रंग की। अपने बालकों के जरिए ही तो हमारे बच्चों को पिलाकर पुराना बदला निकालते हैं—आँतों में फफोले पड़-पड़कर बालक खत्म हो जाएँगे। इनका क्या है, रातों ही रात डेरे उखाड़कर छूमंतर।

मास्टरजी ने कह दिया था—तू नल नहीं छुएगा। नल के आसपास भी देख लिया तो...याद रखना, यहाँ सिपाही आते हैं, पकड़वा दूँगा।

प्यास के कारण उसका गला चटकने को आ गया, नल नहीं छू सका।

"पानी !"

मास्टरजी ने सुझाव दिया, "तालाब में से पीकर आ।"

राणा देखता रह गया। पाँचवीं कक्षा का बच्चा। 'पानी की स्वच्छता' वाला पाठ अभी दो दिन पहले ही पढ़ाया था। मास्टरजी को पता नहीं कि तालाब में कज्जा लोगों के बच्चे टट्‌टी-पेशाब फेंकते हैं। औरतें-आदमी शौचते हैं !

डेरे पर जाने का मतलब एक घंटा ! माँ के पास पानी तो तालाब का ही है, मगर उबला हुआ। जाना-आना संभव नहीं। वह प्यास को ही पी गया। बचपन की आदत ! लेकिन आदत के ऊपर हो गई प्यास...

राणा बताए न बताए, कदमबाई समझ गई। बेटे के चेहरे की एक-एक रेखा, नाक-आँखों के पास पड़ती सिकुड़नें और तनाव ने भेद खोल दिया। बात चलाई तो प्यासवाला किस्सा खुल पड़ा। उसके मन में एक ही बात आई—आदमी जब तक हारता है, जिंदा रहता है। जीतते ही मर जाता है। राणा प्यास से लड़ते-लड़ते हार गया होगा, इसीलिए चोरी से नल चलाकर पानी पी लिया होगा।

साफ बच निकला ! बच निकलना सीख लिया है। पानी छोड़ना कौन निभा सकता

है ? आखिरी बूँद तक चाट गया होगा।

राणा पिटा। जिंदा रहने के लिए पिटना माँ को बुरा नहीं लगा। हाँ, स्कूल को बुरा लगा उसका पानी पीना। तभी तो चार स्याने बच्चों ने उसे उठाकर तालाब में पटक दिया था—ले, खूब पानी पी। राणा तैरने लगा। उन्हें नहीं पता था कि कबूतरा बालक मछली से ज्यादा तेज तैर सकता है। वे तो समझ रहे थे कि पानी के जीव-जन्तु ही इस लड़के को चबा जाएँगे, लेकिन राणा इतना मुलायम कहाँ था ?

तालाब को छका दिया !

●●●

सपने सच होने के पहले ही प्रलय आ गई ! जिन भयों से आक्रांत हुई थी, उन्होंने ही असलियत ले ली। कदमबाई तो उस मुकाम पर पहुँच चुकी थी, जहाँ राणा ने मुसीबतें फतह कर ली थीं। पूरी ताकत लगाकर बाधाओं से लड़ लिया है।

नील बरन घोड़े पर सवार राणा ! उसने सपना देखा। सेहरा बाँधे कज्जा लोगों के दूल्हे की तरह रामसिंह के दरवाजे 'सजन वर' बना खड़ा है। राजकुमार की माँ रानी।

...लेकिन रास्ते में एक माँ और खड़ी थी—करन की माँ। मंसाराम की धर्मपत्नी।

मंसाराम को भी क्या पता होगा कि इस माँ के मगज में बुरे ग्रहों का वास है। कौन जाने कि वह रातों को कितना सोती है, कितना जागती है ?

नींद हराम की एक नए पाजामे ने। मंसाराम ने ज्वार के खेत की ओट-आड़ में वह राणा को पहनाया था। राजासिंह काका का बीसवर्षीय दिलीप इसका चश्मदीद गवाह बना।

'कबूतरा कंजरों से ऐसी हमदर्दी ! धिक्कार है कमजोर दिल के मंसा को' राजा काका ने सरेआम कहा था और करन की माँ को सचेत किया था—ऐसा ढीला छोड़ दिया बहू ? ढीली लगाम पाते ही आदमी और घोड़ा कूदकर बेहाथ हो जाते हैं। कबूतरी का बेटा साफिया पहने, या नंगा जाए, मंसा को क्या लाज लगती है ? मदरसे में उसका दाखिल होना भी कोई छिपी हुई माया है। मास्टर की इतनी हिम्मत कहाँ कि गाँव में अपने बूते पर काम कर ले।

इन बातों का रहस्य कदमबाई को क्या पता ? नहीं पता था कि पतिव्रता औरत के सुहाग पर उसने डाका डाला है। पति को दोष कौन देती है ? डंकिनी कदमबाई ही करन की माँ की छाती पर मूँग दल रही है। यह पता होता तो क्या मालूम कदम खुश ही होती। नागिन की तरह फन उठाकर लहराती। भूले हुए समय को अपने आनंद के लिए याद करती—कभी ऐसे ही पति के बिछोह में तड़पी थी मैं। मंसाराम की जोरू का हाल और भी बुरा है। पर हाल बुरा किया किसने ? एक ही आदमी ने !

हो सकता है, कहीं कदमबाई में बदले की भावना का अंश बच गया हो, तभी तो मंसाराम का बनवाया हुआ सफेद पाजामा राणा को पहनने दिया था कि कज्जा औरत लाल-लाल लपटों में जले। दूसरे राणा ने जैसे ही पाजामा पहना, कदमबाई के मन से

भय निकल गया। अब मंसाराम भी जान लेंगे, राणा की माँ ने हरी झंडी हिला दी है—न उनके दिए से गुरेज, न लिए से परहेज। जिद-हठ तभी तक थी, जब तक कि आगे जाने की आस नहीं थी। मौका मिला तो हाथ-पाँव खुद-ब-खुद खुलने लगे। हठ की जगह व्यावहारिकता आ गई।

दूसरी ओर की दुनिया अधिक क्रूर हो उठी।

राणा घर लौट रहा था। एक जनानी आवाज ने ललकारा !

हूड़दा ! हूड़दा ! हूड़दा !

राणा क्या जाने कि यह खतरनाक इशारा किस ओर है ? पलक झपकते ही खूँखार बड़ा-सा काला कुत्ता झपट पड़ा। भयानक पैने दाँत खुले थे, जीभ लपलपाई। गुर्राकर हमला करने लगा।

हूड़दा हूड़दा की पुकार उसे बराबर उकसा रही थी।

कुत्ता राणा की औकात पहचान गया। किचकिचाकर दोनों पंजे उसकी छाती पर टिकाकर चढ़ने लगा। नुकीले नाखूनों का जोरदार आक्रमण ! राणा गिरते-गिरते बचा।

...लेकिन कबूतरा बच्चा, हमले किए नहीं तब क्या सीखे भी नहीं ? असहायों पर जोर अजमाने का मन नहीं करता था। कुत्ते पर माँ के सिखाए दाँव चलाने लगा। दुश्मन हो या खूँखार जानवर, उनसे कैसे निपटा जाता है, राणा बखूबी जानता था।

दोनों—राणा और हमलावर कुत्ता गुत्थमगुत्था थे। जहाँ नुकीले दाँत गड़े, वहीं से मांस फट गया। वह दर्द से ऐंठ रहा था।

गाँव में हल्ला हो गया।

लोगों ने समझा—कबूतरा लड़का कुत्ते से लड़कर नट की तरह तमाशा दिखा रहा है। किसी-किसी ने पैसे फेंके। किसी ने ताली बजाई। और कोई-कोई कुत्ते को शाबाशी देने लगा।

करन न आता तो न मालूम राणा का क्या हाल होता ? सिखाया हुआ कुत्ता हो या आदमी, इंसान की जान लेकर ही दम लेता है। कुत्ता करन का था, समझाने से समझ गया। करन के रूप में ज्यों सोलहवर्षीय भगवान उतरे हों।

करन के पीछे-पीछे ही मंसाराम आ गए। हाथ में लाठी थी। आँखों में जलजला। उन्होंने कुत्ते में जमकर लट्ठ दिए। बदहवास-से कुत्ते को पीट रहे थे, जैसे हुलकारनेवाले का दम निकाल देना चाहते हों। उन्हें अपार कष्ट है, यह बात कहने की नहीं, देखने की थी।

सन्नाटा टूट गया।

मंसाराम ने अभी तक अपने मन का दरवाजा बंद करके चाबी छिपा दी थी। आज राणा के बहाने कुत्ते ने ही उस दरवाजे को फाड़ डाला। जहाँ-तहाँ दबी-छिपी भावनाएँ राणा की देह के खून की तरह बहने लगीं। अब वे परेशान से स्कूल की चौहद्दी के आगे खड़े देख रहे थे। एक-एक आदमी को रोकना चाह रहे थे। राणा को उठाकर डेरे तक ले जाना होगा। लेकिन लोग उनकी तरह बेवकूफ नहीं। बच्चा भी इतना छोटा नहीं

कि उसे लादकर ले जाया जा सके।

मंसाराम के चेहरे के भाव अब बता रहे थे कि उनकी समझ में आ गया—उन्होंने बेकार ही लोगों का सहारा टटोला। कबूतरा घायल हो जाए तो गाँव का कोई आदमी हाथ लगाएगा ?

इतने में दिलीप आ गया। ककाजाद भाई है। वे झेंप गए।

यकायक वे अपनी मूर्खता पर दंग हुए। करन राणा को अपने कंधे का सहारा देकर ले जा रहा है। यह उम्र भी कैसी करिश्माई है, न किसी का भय, न संकोच। मन ही सबसे ऊपर। चमत्कार न सही, संयोग ही बना। करन शाबाश !

संयोग से ही कदमबाई का चेहरा याद आ गया। मंसाराम डर-से गए। वर्षों बीत गए, एक दोष को माफ नहीं किया, यह दूसरा अपराध...। करन की माँ ने बदला निकाला कि मूर्खता की ? कुत्ता राणा को खा नहीं जाता, खत्म कर देता। तब क्या उनका मन बदल जाता ? आवेश में आकर दूसरों की जिंदगी में दखल देने का नतीजा नहीं जानती आनंदी।

अपनी ही पत्नी की करतूत ने उनके ऐसे पाँव उखाड़े कि गाँव की ओर न जाकर वे कबूतरा-बस्ती की ओर मुड़ गए।

जाकर सीधे कदमबाई के सामने सिर झुकाकर खड़े हो गए। बिलकुल ऐसे ही भाव से जैसे कह रहे हों—यह सब होना था। इसी तरह होना था, क्योंकि हम दोनों का संबंध खत्म नहीं हुआ। हम भले दूर-दूर रहें, लोग हमें अलग-अलग मानने को तैयार नहीं। यह होनी नहीं, होतव्यता है।

नुचे-चिंथे बच्चे को खटिया पर बेहोश-सा पड़ा देखकर किसी माँ की जो हालत हो सकती है, वही कदमबाई की थी।

डेरों पर हलचल मच गई। उस समय वहाँ सरमन, दूलन, खुरदा और मझिया जैसे मर्द नहीं थे, औरतें ही चिड़ियों की तरह दुख में कचपचाने लगीं। दूलन की बहू ने कुत्ते को लाश हो जाने का श्राप दिया। सरमन की औरत ने मंसाराम को देखते हुए कहा—लोग हमारे दुखों का तमाशा देखते हैं और दिलासा देते हैं।

भजनी मुँह सिलकर दनादन लाल मिर्च पीसने पर जुटी थी। सारा गुस्सा लोढ़े पर कसे हाथों में था। संतोले की बहू ने जरूर हाथ फटकारे—कदम जिज्जी, वीरदेव, सत्यानास कर देंगे अन्यायियों का। सुनते हैं कि कुत्ता राणा को चींथ रहा था, इनकी लुगाइयाँ हँस रही थीं। रंडी हमसे इतनी डरने लगीं कि हमारे बालकों की हत्या पर उतर आईं।

बातें उन्होंने अपनी बोली में कीं। गाँव की भाषा बोलतीं तो पता नहीं मंसाराम कितना झेल पाते। खैर ! गुस्से में भरी भजनी ने राणा के घावों पर मिर्चों का लेप पोता तो कदमबाई ने चेहरा घुमा लिया।

राणा ऐसे चीखा जैसे तकलीफ दस गुनी बढ़ गई हो। काकी ने राणा पर ध्यान तक न दिया, अपना काम करती रही। भजनी घायलों के मामले में बेरुखी अख्तियार

कर लेती हैं।

तभी सरमन की औरत अपने डेरे में से एक शीशी लेकर दौड़ी आई, बोली, "इसे लगाओ। असरदार रूखरी का सत्त है। मुखिया हर चोट की दवा इसे ही मानता है।"

करन पढ़ा-लिखा लड़का, देखकर बोला, "डिटॉल है। इससे कुछ नहीं होगा। मिर्च भी असर नहीं करेंगी। खतरा टालने के लिए इंजैक्शन लगेंगे।"

"सुई !" कदम की फटी-फटी आँखों में सुइयाँ डूबीं।

मंसाराम सुई का इंतजाम करेंगे ? आज कदम ने उन्हें नीचा कर दिया, नहीं तो ये औरतें उनकी छाती पर चुड़ैल की तरह चढ़ बैठतीं ? करन को नोंचने लगतीं ? सब कदम की शै है।

उनका अहं तिलमिला गया। भाव दिए पीछे, कबूतरी ताव खा रही हैं। और किसी से इतना सब कहतीं, डेरों में आग लगवा देता। यहाँ तो राजा काका ही नहीं, गाँव थूक रहा होगा मंसाराम के नाम पर !

वे डर से बर्बर और बेरहम हुए जा रहे थे।

पाँच

पत्नी से आमना-सामना ! आ गए ! व्यंग का तीर आनंदी ने आँगन में खड़े होकर छोड़ा।

मंसाराम के मन में रह-रहकर ये पंक्तियाँ चल रही थीं—'साँप के सपेलुए भी छोड़े नहीं जाते।' इंटरमिडिएट की किताब 'सिद्धराज' में पढ़ी ये लाइनें उनके जीवन में इस तरह घटित होंगी, कभी कल्पना तक न की थी।

ऐन मौके पर घात मारी आनंदी ने। इधर राणा विद्या के संसार की ओर बढ़ा, उधर से करन की माँ का खूँखार कुत्ता दौड़ा ! तन-मन रौंद डाला। बच्चे की आस्था अब विद्या से जुड़ेगी ?

वे विपक्षी योद्धा की तरह इंजैक्शन लाने की सोच रहे हैं, घर पलट डालेगी आनंदी। अपने छल-बल को कौन निरस्त होने देना चाहता है ? सारी साजिश और क्रूरता को पानी में डुबो देनेवाले मंसाराम को जहर खिलाने तक से नहीं चूकेगी पत्नी !

कुत्ते से भी ज्यादा खूँखार लगी आनंदी। क्योंकि वह जान गई कि मंसाराम कहाँ से आ रहे हैं।

वे घबराकर कोठे में घुस गए। कमाल है ! चोरी और सीनाजोरी ! आनंदी को अपने किए पर न ग्लानि न दुख ! इतनी निठुर कठोर...! मंसाराम को आनंदी की कही बातें याद आ रही हैं, या वे ही इस घटना के पीछे के कारण खोजने में लगे हैं ?

"हमें अब अपनी छाया पर भी भरोसा नहीं। करन को तुमने बगल में दे लिया है, काये से कि तुम्हें जोधा से टक्कर लेनी है। अपनी आसनाई की खातिर भइया-भइया में फाँक डाल दी ! इस जमाने में मंथरा लुगाई के रूप में नहीं, मर्द बनकर अवतार ले रही हैं।"

सच में ही क्या इतनी अकेली रह गई थी आनंदी ? अकेलेपन और असुरक्षा ने ऐसी क्रूर कर डाली ! मंसाराम दाँती भींचते हुए घर में घुसे थे कि इस औरत को झोंटा पकड़कर घर से बाहर कर दें, मगर कोठे से निकले और इतना ही बोले—

"कह लो जितना कहना हो। व्यंग करो, ताने मारो। कुत्ते की मालकिन को भौंकने के सिवा आता भी क्या है ?" और सिर झटककर बाहर चले गए। सोच रहे थे, पीछे कहती रहेगी जो कहना है। राणा पर हमला कराकर अब इसे अपनी सलामती का अहसास हो गया है।

घर में से आनंदी की घोषणा आई, "जोधा, अब इस घर में तेरा बाप रहेगा या

हम, काये से कि घर की पटरानी बनने कदमबाई कबूतरी आ रही है। बेटा, अब तुम छोटे बारे नहीं। पाल-पोस दिए। माँ का धरम निभ गया। हे बेतवा मइया, तू ही आँचर देना।''

जितना जोधा ने सुना, उतना ही मंसाराम ने। बल्कि उन बोलों ने उनके कान ज्यादा झीने कर डाले।

कमाल करती है आनंदी ! जब मालूम था कि जंगलिया की मौत में पति कहीं शामिल है, गुनाहगार है, लल्लूराजा की अटारी में रखी मूर्ति अब मंसाराम के पास है, तो कहीं चोरी का अहसास भी है, वह मजे से उनके पहलू में रह रही थी। और आज जब उनके संसार में प्यार और पछतावे के क्षण आ गए हैं तो सबकुछ पाप समझने लगी। आखिर किस तरह का इंसाफ चाहती है ?

आनंदी ने हथेली पीटकर कहा, ''तेरा बाप, जोधा...कबूतरी पर रहम दिखाने नहीं गया था, कबूतरा-बस्ती में अपनी रहमदिली का ढोल बजाने निकला था। यह सब तरह से अच्छा ही अच्छा ! अब कुत्ता के काटे की सुई लेने जाएगा, देख लेना।''

मंसाराम सकते में आ गए। इसके जवाब में वे क्या कहें कि पत्नी को चुप करा सकें। कोई लांछन दें तो वह अपनी ही मूँछ उखाड़ना हुआ।

बेटों के सामने नंगे हो गए...। खटिया पर बैठे थे, बाहर। अब यहाँ बैठे रहें या उठ जाएँ ? कुछ न बना। पाँव हिलाते हुए शांत हो गए।

जोधा चबूतरे पर शेर की तरह घूम रहा था। उन्होंने बातों का सिलसिला कायम करना चाहा कि कदमबाई से जुड़ी बातों का काफिला टूटे, और शर्मिंदगी से बाहर आएँ।...लेकिन बात बदलते ही जोधा ऐसी कड़ुवी हँसी हँसा कि लगा लड़का रो रहा है। रोने और हँसने के मिश्रित स्वर में बोला, ''तुम्हें क्या खेत से क्या क्यार से, खाओ-पिओ मौज मारो।''

उनका दिल पछाड़ खाकर गिरा। समझ गए कि बेटा जवान ही नहीं हुआ, उनको बेदखल करने का इरादा भी परवान चढ़ रहा है। जोधा की माँ और राजा काका उसको दीक्षा दे रहे हैं। अपने कानों राजा काका की बात भी तो सुनी थी, ''जोधा, तेरा बाप आधी रात कबूतरी के डेरे पर बिताकर घर की सुधि लेता है। लानत है तुम पर, अधम के लिए द्वार खोल देते हो ! तेरी माँ इस नालायक का रोना नहीं रोती तब क्या उसे दुख भी नहीं ? हम तो कहते हैं रात को पीटे दरवाजा तो गाँव के चार आदमी तो सुनें। फिर अपने आप डूब मरेगा। बदमाश ने खानदान के दीये में मूता है।''

हुआ भी यही था। मदिरा पीकर जरा मतवाले थे मंसाराम। अँधेरे में लौटे। किवाड़ पर दस्तक दी। द्वार नहीं खुला। साँकल बजाई। दो-चार लातें किवाड़ों की छाती पर मारीं। देखते क्या हैं कि टॉर्च ले-लेकर दसियों लोग जमा हो गए !

नहीं आई तो आनंदी। जोधा भी सोता रहा। करन अकबकाया-सा साँकल खोलकर खड़ा था। वे समझ गए, इतने हंगामे में सो तो कौन सकता है, जोधा पूरा गाँव जमा होने का इंतजार कर रहा है। वे चुपके से करन के साथ घर में घुस गए थे।

करन ने बताया, "आज दिलीप चाचा की बहू ने अम्मा से टंटा किया। लड़ते समय गली में थूककर कहा—कि जाऽऽ, तू औकात बताती है हमें, पहले अपनी औकात अपने खसम से पूछ, कबूतरी की दर पर नहीं देखता।"

सुनते ही मंसाराम बिलबिला गए थे।

करन बोला, "अम्मा ने जवाब दिया—हमारा आदमी हमें जो समझे। राजा की रानी एक, बाँदी हजार।"

मंसाराम का दिल उमड़ आया था। आनंदी बेचारी...कहने को तो सबकुछ कह गई पर जानती तो है कि राजा की रानी एक आनंदी है तो जिस कदमबाई को बाँदी कह रही है, वह भी एक ही है, हजारों में एक। आनंदी को अपने पति के कारण शर्मिंदा होना पड़ा। जाति के कारण दुख हुआ, इसीलिए जार-जार रो दी।

मंसाराम उन दिनों बस लज्जित थे, आनंदी के सामने पड़ने में कतराने लगे। रात के समय लौटकर आए तो द्वार खुला मिला। पत्नी सामने थी। हाथ में पीतल के चमचमाते लोटे में पानी था। उन्होंने डगमगाते हुए लोटा थामा। क्या जाने कि लोटा नहीं चिमटे में दबा अंगारा है।

सबेरे उठकर देखा, पाँचों उँगलियाँ झुलसी हुई थीं। बड़े-बड़े दो-तीन फफोले !

कौल खाया मंसाराम ने, पत्नी को इतना दुख नहीं देंगे कि वह दर्द की तासीर भूल जाए। अपना स्थान बरकरार रखने के लिए घर को ऊँचा उठाने में जुट गए। जोधा को पढ़ाई में मन लगाने के लिए प्रेरित किया, करन के लिए ट्यूशन लगाया। नई बैठक बनवाई। आनंदी जो कह रही थी, वे करते जा रहे थे। कबूतरा-बस्ती की ओर पाँव तक न दिया।

फिर भी जब मंसाराम की चर्चा चलती, लोग बोतल से शुरू करके कदमबाई पर खत्म करते। न अच्छे पति हो सके न जिम्मेदार पिताओं में गिनती हुई। दारू और दारा का रिश्ता सबसे बड़ा हो गया।

आनंदी ने उन्हें अपने चंगुल में लेकर विजय भाव से कहा, "जिनके बाप बरबाद होते हैं, वे बेटे जल्दी जिम्मेदार हो जाते हैं। जोधा उन्हीं में से है।"

सच बात !

जैसे-जैसे जोधा का बोलबाला बढ़ने लगा, मंसाराम की हैसियत छोटी होती गई। खानदानी लोगों को रंग आ गया। बेटा मंसाराम को न बाप समझे न मनुष्य। जोधा को भी बाहरवालों की बातें प्रभावित करतीं, क्योंकि बाप बेअसर होता जा रहा था। रही-सही कसर जोधा के मामा ने पूरी कर दी। एक ब्याह में रिश्तेदारों के बीच जोधा की ओर उँगली उठाकर कहा, "ये बैठे हैं जोधराज ! बीस साल के बैल ! हमारी बहन की कोख लजा रहे हैं। शराबी बाप कबूतराओं में पड़ा रहता है। ये समझते हैं कि बाप गोबर में लोट मारे, फिर भी बाप है। हमारी आनंदी बीमार ही इस दुख में हुई है और ये पूत कबूतरी से मौसी कह रहा है। अब हम ही इंसाफ दिलाएँगे उसे।"

जोधा घर लौटा। एक लट्ठ धरे तो एक उठाए ! मुनादी कर दी, "अब मामा को

दिखा दूँगा कि मैं बैल हूँ या साँड़ ? ऐसे-वैसों को एक पल भी बर्दाश्त नहीं करूँगा।''

सबसे पहले उसने पिता की खटिया बैठक से उठाकर ढोरवाली बखरी में डाल दी, ''लो, अब यहाँ सोओ। गोबर-मूत में तुम्हारी दारू भरी उल्टियों से ज्यादा बदबू नहीं आती। भैंसों के सामने नौटंकी करते रहना।''

आनंदी ने बहुत समझाया, ''बाप के संग इतना सखत नहीं हुआ जाता। वे घर-खेत के मालिक हैं समझे ? नाना-मामा तो रिश्तेदार ही ठहरे।''

मंसाराम को जब यह बात करन ने बताई तो उन्हें दुखभरी हँसी छूटी। जोधा समझे या न समझे, आनंदी अड़तालीस बीघा के मालिक की कीमत समझती है।

अपनी फजीहत पर वे पहले तो बौखलाए, फिर रुककर सोचने लगे—

कदमबाई में ऐसा क्या है कि इतना दुख लाद दिया गया और मुझे उससे नफरत नहीं हुई ? क्यों नहीं छोड़ देता कबूतरा-बस्ती ? यदि उस एक रोग को छोड़ दूँ तो मुझसे साफ-शुद्ध दूसरा इंसान नहीं, यही तो आनंदी कहती है। मैं दोनों ओर से घिरा हूँ। सोचता हूँ कि आनंदी में क्या कमी है कि कदमबाई के मुकाबले उसे घटाकर देखता हूँ ? उसका बस यही कसूर है न कि मन का दुख गुस्सा बनकर तन में सनसनाने लगता है, या अपने हक का हनन होते देखकर बिफरने लगती है। क्या करे, इस घर में बिछिया पहने राँड़ की तरह अकेली बैठी रहती है और कदमबाई का बदन उसको ताने देता है।

सुनसान गहन अँधेरे में वे कदमबाई से आनंदी के लिए लड़ते और आनंदी से कदमबाई के लिए। कबूतरी है तो क्या औरत नहीं ? उसका आदमी मर गया, बस्ती ने बहिष्कृत कर दी, बेटा अभी किसी लायक नहीं। उसका कौन है संसार में ?

बस इसी ऊहापोह में डूबे रहे और घर का पाला दूसरों ने दबा लिया।

जोधा का मामा आया। अमरावाले जीजा आए।

राजा काका के संरक्षण में गाँव के जाने-माने लोगों की पंचायत जुटी। सबके बीच जोधा ने उनकी मालिकी को चीर डाला। अड़तालीस बीघा के मालिक के छियानवे अवगुण गिनाए गए। अमरावाले जीजा ने समर्थन किया।

जोधा बच्चा है, माँ का संरक्षक है, खेत का भावी वारिस है, ये इस तरह की दलीलें थीं, जिनसे मंसाराम उम्रदार आदमी की तरह दस बीघे के मालिक बनाकर बाकी जमीन से बेदखल कर दिए। दागी पति के कब्जे में ज्यादा धरती न रहे, यही आनंदी भी चाहती थी। उनका दखल होने का मतलब कबूतरी की मालिकी। अतः जोधा के पाले में माँ का होना, धरती माता का होना साबित हुआ।

माना कि मंसाराम का हिस्सा सर्वसम्मति से बड़े अंश में कट गया था, लेकिन बाप की हैसियत से नाता तो बचा था। जोधा उसी रिश्ते को घसीटने लगा, क्योंकि अब निश्चिंत था।

मंसाराम मूर्ख की तरह देखते रह गए। वे समझते थे—दारू पीना हत्या जैसा अपराध नहीं। भैंस के कोठे में तो घरवालों ने तब भी बंद नहीं किया था, जब जंगलिया की हत्या का शक-शुबह उनके ऊपर था। बल्कि तब तो मान-सम्मान कुछ ज्यादा ही

बढ़ गया था। आज प्यार और हमदर्दी की इतनी बड़ी सजा...जो दारू के सिर डालकर दी जा रही है। नहीं तो राजासिंह काका के दिलीप की लत उनसे कम नहीं, ज्यादा ही है। पड़ोस के रामबाबू की हालत ऐसी क्यों नहीं की जाती, जैसी उनकी...। मौत गले बँधी है तो मंसाराम के, क्योंकि कबूतरी उनके सिर पड़ी हुई है। बेटे ने भैंस को इस काबिल मान लिया कि खुले में बँधे और रेंके। उसे कुछ हो गया तो हजारों पर बन जाएगी। दारूखोर बाप न घर में रखने लायक, न बाहर दिखाने योग्य।

सवेरे उठकर नशा क्या उतरता, दिमाग में चरखी चलने लगती। रात को जिस सच से दूर चले जाते, वही सच सूरज निकलने के साथ-साथ उभरने लगता। मन में दबी गुप्त बातें...अपने ही लोग ऐसे बेदर्द....कसावट ऐसी कि कोई कोना ढीला नहीं...

कदमबाई का रंगमहल याद आता है। पहरेदारी के लिए दो खजूर के पेड़ बाहर खड़े हैं। कबूतरा-बस्ती में मंसाराम का राज है। बस्ती का मुखिया हर समय उनकी सहायता को तैयार रहता है। वे भी सरमन को हर तरह का अभयदान दिए रहते हैं। इसी के चलते कदमबाई से संबंध गहराता गया। उसके डेरे को टोह लेते हुए जा पहुँचते। कथरी गुदड़ियों की सेज पर मद के नशे में डूबी ठोस अंगोंवाली औरत सोई होती। वे जगाते कि खुद ही जाग जाती ? अलस देह और होंठों में भरी पान की पीक, मुस्कान पर रीझ-रीझ जाते मंसाराम। जलती हुई कुप्पी की प्रकाशित लौ में उसका सम्मोहन मचलता। अधपकी फसल-सी कबूतरा स्त्री में कच्ची गंध का जादू छाया रहता। वे गुड़-महुआ की खटास भरी हवा से खुद को अलग कर लेते। चाँदनी से छिपकर कपड़े उतरने लगते। कदम छनन-छनन हँसती। सारा संसार हथेलियों के नीचे होता। संकोच, और नखरा ! ऊपर से नशे का मृदंग देह की ताल पर बजता। कदम के साथ ताल मिलाना आसान नहीं। उनके अनुभव अजीब-अजीब रहे हैं। क्या मालूम कि उसी अनोखेपन के लिए उसके पास चले आते थे ? धीरे-धीरे कितना कुछ आने लगा। सीख गए कि आकाश में कैसे तैरा जाता है ? चरण वंदन से माथे के चुंबन तक का सफर. ..सब ! चिड़ियों की कचरपचर से कोयल की कूक तक और पौ फटने से धूप के टुकड़े बँटने तक की यात्रा में मन का बोझ न जाने कहाँ बिला जाता ? कदमबाई के पास रोज नई कला सीखनी होती। होते-होते उसके लिए गुरु भाव जागने लगा। कभी प्रभु के पास भक्त की तरह जाते, तो कभी सखी से मिलने का उत्कट मोह जागता। वह रूप बदल-बदलकर सामने आती। मंसाराम के मन के परदे पर जो नाटक चल रहा था उसका मरम घरवाले नहीं जान सकते। गाँव के लोगों को कुछ भी बताने का फायदा नहीं। उन्होंने मद जरूर पिया है, पर नशा उतार फेंका है।...लेकिन मंसाराम खेतों के मालिक, घर के संरक्षक होते हुए कदमबाई के आसना बन गए। बस इसीलिए कबूतरा-बस्ती नहीं छूटती, नहीं तो कब का किनारा कर गए होते। कदम की गंध, उसका स्वर, और जीवन उन्हें खींचता। चालचलन की सनद लेकर क्या करेंगे, जब अंश इसी बस्ती से बिंधा है। अपने ही चुनाव के जरिए आजादी के रास्ते देखने चाहे हैं ?

यह आशनाई और वह अधिकार !

आनंदी पर गुस्सा आता है, क्योंकि वे उसके मालिक हैं। उन्होंने जोधा से कभी कुछ नहीं कहा। मर्द का मालिक मर्द नहीं हो सकता। संस्कार कहते हैं—बराबर का बेटा, बराबर का मर्द होता है। पाँव का नाप बराबर का हो गया, इसलिए जमीन की गैर बराबरी पर भी नहीं बोले। भले सत्यानासी, चापर, जरियों के साथ वह जमीन मिली, जिस पर कबूतरा-बस्ती आबाद है। वे कचहरी की चौखट पर जाकर जोधा को ललकार सकते थे, क्योंकि इजलास परिवार और संबंधियों की मर्यादा नहीं मानती। पर समाज तो रक्त संबंधों का हिमायती है, जहाँ आदमी को लौटकर आना होता है। आनंदी का संबंध वे नहीं काट पाए, समाज हर बार भारी पड़ा। पत्नी संस्कारों के चलते अपना दामन दिखाती है, जिस पर कोई दाग नहीं। व्यवहार में पति के लिए कोई कटुता नहीं। जो जहर पैदा किया है, कबूतरी ने किया है, जिसके फैसले पर घर की मर्यादा खत्म होने लगी।

आनंदी जिसे मर्यादा खत्म होना कहती है, वे उसी तबाही से अपने जीवन का हिसाब माँगते हैं—कोई बताए, बेटे का राजतिलक करके पत्नी उन्हें गुलाम की तरह खिला-पिलाकर अपना फर्ज पूरा नहीं कर रही ? इस घर में नींद किसे आती है, हरदम चौकन्ना रहना पड़ता है। सजा इसी बात की न...कि वे ऐसे बाप नहीं बन पाए जो चोरी-बेईमानी की हदों से गुजरकर बेटों के लिए जायदाद खड़ी कर जाए। बस इसलिए तो जोधा ने उन्हें खरपतवार की तरह उखाड़ फेंका। फेंका भी तो कहाँ...घर के सामने घूरे की तरह डालकर खाद बनाने पर आमादा है।

आनंदी के चेहरे पर संतोष की परतें जुड़ी हैं, क्योंकि मंसाराम बर्रों के खाए से तिलमिला रहे हैं। यह कैसा रिश्ता है ? न्याय और अन्याय का अंतर कर पाने के कसूर पर सजा देकर जहरीला आत्मसंतोष ! घर में जो लीला हुई, उन्हीं के कारण ही तो !

उन्होंने पत्नी से मन की बात कही थी, ''मैं उनका कर्जदार हूँ। नहीं जानता यह गलती है या पछतावा ? तुमने भी खुलासा कर दिया कि झाड़ियों, चापर और कबूतराओं से भरी जमीन ही मेरी है।''

आनंदी ने अपनी बात कही, ''तुम कर्जदार हो कि नहीं ? जंगलिया का भूत तुमसे अपने कतल का बदला नहीं माँगता। माँगता तो लल्लूराजा भी वहीं होता, जहाँ तुम हो। जंगलिया तुम्हें सताता है तो बस इस कारन कि तुम्हारी निगाह उसकी जोरू पर है।''

पत्नी ने इस तरह होठ ऐंठे कि घृणा का खुला इजहार हुआ। वे तड़प उठे। यही शायद आनंदी का मकसद है। खटिया पर पड़े रहे। आँखों को बाँह से बंद कर लिया। अब पत्नी के सामने उनका ऐसा चेहरा था, जिस पर केवल ठोड़ी ही ठोड़ी थी।

वह चिढ़ गई। धमककर जाती हुई बोली, ''आगे-आगे देखते जाओ, बेटा क्या दीन करेगा ?''

मंसाराम को ये बातें तोड़ती नहीं, ज्यादा मजबूती देती हैं, यह बात आनंदी जानती होती तो कड़ुवी घोषणा कभी न करती। पति के दीन-धरम में अब कदमबाई समाई हुई थी। उन्होंने लंबी साँस खींची, मानो संकल्प लिया—राणा के लिए जल्द-से-जल्द इंजैक्शन

पहुँचने चाहिए।

जाए कौन ? उन्हें अमरावाली जिज्जी का बेटा धीरज रह-रहकर याद आ रहा था। एक बार कदमबाई बीमार थी। वह चुपके से मोंठ जाकर दवा ले आता था।

वे उठे और कुर्ते की जेब में से एक हजार रुपए निकाले। करन की बाट जोहने लगे। मन में आया, खुद ही क्यों नहीं चले जाते ? गाँव के लोगों को सज्जन बनकर दिखा रहे हैं। किसी की मौत सज्जनता का कारण बने, वह कैसी सज्जनता ?

बनियान के ऊपर पड़ा जनेऊ टटोला, इसकी सौगंध खाई थी, कहाँ निभा पाए ? उस लड़के की दर्द भरी चीख ने वादा तोड़ने को मजबूर कर दिया।

साला यह जनेऊ ! जब तक नहीं पहना था तो लगता था वे कुछ हैं। जो कर रहे हैं, उनके काबू में है। अब तो लगता है कि उनके संग-संग जनेऊ रहता है। हटकता बरजता है। बस जनेऊ के धागों का वजन असहनीय हो जाता है। पर क्या किया जाए, जनेऊ का जो महत्त्व बताया गया है, उसे तोड़कर फेंकने से भी डर लगता है। उस महत्त्व का तिरस्कार अपना ही तिरस्कार है। अपमान और फजीहत के मारे ही सुई लाने के लिए उठा नहीं जा रहा।

कबूतरा-बस्ती में क्यों चले गए फिर ? मंसाराम के पास दलील है, आड़ है। खेतों पर जाने की आड़ में दोष छिपा लिया। छिपाने की ऐसी जुगत जोड़ते-जोड़ते जिंदगी जा रही है। अब साफ बेबाक जैसा कुछ नहीं बचा जीवन में। मंसाराम मन के सूखे आटे में पत्नी को बार-बार पानी की तरह माँड़ने की कोशिश करते—आनंदी से कहूँ कि कुत्ता हुलकारकर मुझसे बदला लिया, पर उस अबोध की जान पर बन आई। माना कि शास्त्रों में लिखा है कि ऊँचे खानदान के पुरुष का कर्तव्य है कि अपनी धर्मपत्नी और गृहस्थ-सुख के लिए समर्पित रहे, पर जोधा की माँ तो अपनी गृहस्थी के लिए पति की लालसाओं की हत्या पर उतर आई।

अपने ऊपर रहम आया उन्हें। आनंदी सामने खड़ी थी।

बस, रहम से बेशुमार क्रोध उपजा। जनेऊ तोड़ डाला। जनेऊ टूटते ही बेसाख्ता बोलने की ताकत हासिल कर ली हो जैसे, बोलने की बाढ़-सी आ गई कि पागल हो उठे मंसाराम ?

—अपनी गलतियाँ गिनाऊँ ? मेरा कसूर सुनो आनंदी। मैंने राणा को दाखिला दिलाया। उसको मुर्गा बनने और पिटने से बचाया। तालाब में गिरा दिया तो मैं संग-संग तैरकर निकाल लाया। तुम्हें ये बातें भीतर ही भीतर जहरीले कीड़े की तरह खाती रहीं। क्यों न खातीं, मुझे जो कुछ केवल तुम्हारे और तुम्हारे बच्चों के लिए करना था, उनमें से दूसरों के लिए भी निकाल लिया। निखालिस पति बनकर जीना मेरे बस की बात नहीं। ब्याह के विधानों से बँधे हम एक-दूसरे को बेरहमी से खींचते रहते हैं। है न ?

आनंदी यह सबकुछ सुनकर रोने लगी।

माँ का रोना कौन-सा बेटा देख सकता है ? ऊपर से जोधा ने पिता का इकबालिया बयान सुन लिया था। बेशर्म आजादी के दीवाने को जोधा क्षमादान नहीं दे पाया।

लंबे बदन के लड़के के होंठों पर बारीक मूँछें थीं, पर थीं तो। वह मंसाराम के ऊपर खड़ा था।

''अम्मा तुम्हें खींच रही हैं। और वह कबूतरी ?''

उनका कलेजा चूहे की तरह पसलियों में दुवक गया। कहाँ गई शेर की-सी दहाड़ ? कि कलंक को हवा नहीं देना चाहते ?

जोधा खटिया पर लेटे पिता के ऊपर धूल बरसाने लगा। आँधी-तूफान-सा बेटा...

''मसीहा बहुत बन लिए तुम। वे दिन लद गए जब हमें बहकाकर मनमानी करते थे। नादान बालक के सामने रहमोकरम भरी तसवीर—कबूतरियाँ भूखी मरती हैं, जबकि जी-तोड़ मेहनत करती हैं। बच्चा जनकर तुरंत लकड़ी बीनने चल देती हैं। इनके पाँव देखो गोखुरू के काँटे ठुकी छुपी नाल से दिखाई देंगे। दिलीप हो चाहे राजा काका, इनकी कमर पर पत्थर मारते हैं और वश में कर लेते हैं।

''अब लगा कि बाप की दिखाई तसवीर कितनी झूठी थी। कायले के धींवर को अधमरा कर गए उस तसवीर के ऐंठी टाँगोंवाले बच्चे। धींवर के सिर पर लदे गुड़ और चावल लूट ले गए। सेसा में कबूतराओं ने डकैती डाली है, एक लड़का पकड़ में आ गया। कायले के अर्जुन कुर्मी को अपने आदमी की हत्या के जुर्म में कबूतराओं ने फँसाया है, क्योंकि उससे रंजिश चल रही थी। अब तुम कहोगे कि पुलिस उनकी रिपोर्ट कब लिखती है ? तुम भी जानते हो कि कागज के संग नोट टँके हों तो पुलिस किसी की भी रिपोर्ट लिखती है। पैसे का हुकुम कोई टाल पाया है ? अब अम्मा के खिलाफ कदमबाई उठेगी। थाने पर शिकायतनामा दर्ज होगा।

''पूछो क्यों ?''

इस अनहोनी पर मंसाराम उठकर बैठ गए।

''मोंठ का सिंधी कहता आया है, सेमरी गाँव से कुछ दूर सड़क पर एक लड़का और एक लड़की चले जा रहे थे। नए ब्याहे। लड़की जेवर पहने हुए थी, बस नहीं आई सो कुछ दूर पैदल चलने का इरादा बना लिया। लड़की ने लड़के को इशारा किया—तुम आगे चलो, मैं पेशाब...। लड़का हँसा। बैग टाँगे आगे निकल गया। तेज चलकर जल्दी से जल्दी दूर चला जाना चाहता था कि शरमानेवाली पत्नी बेझिझक हो सके। लड़की झाड़ियों की ओट में बैठ गई।

''बहुत देर हो गई, लड़की लौटी नहीं। लड़के को चिंता हुई, वह पीछे चला। अचानक लगा कि झाड़ियों में औरत कराह रही है। उसने देखना चाहा तो दो कबूतरी दिखाई दीं। वे लड़के को देखते ही बोलीं—रे...यहाँ कहाँ चला आ रहा है ? हमारी औरत बच्चा जन रही है।

''लड़का उल्टे पाँव लौट लिया। पत्नी को आगेवाली झाड़ियों में देखने लगा। लड़की नहीं मिली तो फिर पीछे मुड़ा। अब पहली जगह पर न कबूतरी थी, न कोई कराह। वह और आगे बढ़ा। झाड़ी की आड़ में पत्नी चित्त पड़ी थी। मुँह में कपड़ा ठुँसा

हुआ...आँखें बाहर को निकली हुईं। बदन के गहने गायब थे।

"पिताजी, वे दोनों कबूतरी कोई और नहीं थीं, भजनी और कदमबाई थीं। चिरगाँव के थाने पर जो हुलिया दर्ज कराया है, वह उन्हीं का है। देख लिया रहम करने लायक, दयायोग्य तसवीर का असली रुख ?"

"ये साले दारू ढालनेवाले ऐसे ही मदहोश रहते हैं, काटकर डाल दो तो फर्क नहीं। और जब चौकन्ने होते हैं तो ऐसे चेत जाते हैं कि कटी हुई देह का एक हिस्सा अपराध करने चला जाए। हमें बस दुख इस बात का है कि हमारा बाप ऐसे लोगों की पैरोकारी में जान झोंक रहा है।"

मंसाराम ने नहीं सुना कि जोधा क्या कह रहा है ? उनके सामने तो कदमबाई का चेहरा था, जिसे आँखें फाड़कर देख रहे थे। माना कि कबूतरियाँ अपनी मजबूरी के चलते चोरी करती हैं, मगर कदमबाई...उसे उन पर भरोसा नहीं हुआ ?

जब जोधा छत से सीढ़ियाँ उतरकर नीचे जा रहा था तो करन जीने पर चला आ रहा था।

वह मंसाराम के पास तेजी से आया। हाथ में थमा पैकेट दिखाते हुए बोला, "ये इंजैक्शन। कदम काकी ने भीखम को उरई भेजकर मँगा लिए। अब राणा को लेकर गोमता और मैं मोंठ जाएँगे डॉक्टर के पास।"

मंसाराम ने करन के हाथ में थमे पैकेट की ओर आँख उठाने की हिम्मत तक न की। पता नहीं कदमबाई के प्रति घृणा जागी या उससे भय लगा ? होंठों पर वितृष्णा और आँखों में बदरंग पराजय...। अचानक करन से मुखातिब हुए, "करन, तू नहीं जाएगा उसके संग। जाएगा तो मैं जोधा और तेरी माँ से कह दूँगा।"

कदमबाई के पक्ष में उठ खड़े होनेवाले मंसाराम कबूतरी को पटकने के मंसूबे बाँधने लगे। उन्हें चोरी पर क्षोभ था कि इंजैक्शन मँगा लेने पर आश्चर्य ? नहीं, उन्हें दुख था। दुख जो किसी और के लिए नहीं होता, यह बेहद निजी चीज है। इसलिए इतनी तकलीफ हुई, जितनी लुट जाने पर होती है। पछाड़े जाने पर होती है।

कहाँ उन्होंने सोच रखा था, कदमबाई पर मुसीबत का कोई मौका आएगा तो वे सारे बंधन तोड़कर मदद करेंगे। वे आजादी को अकारण ही इलजाम के साथ नहीं घसीटना चाहते थे। यह अवसर था कि आनंदी के सिर कुत्ता हुलकारने का दोष मढ़कर कबूतरा-बस्ती में छलाँग लगा देते। कदमबाई की गोद में जा गिरते और सीधे मसीहा हो जाते।

अफसोस, कि गुलामी का कारगर निदान उनके हाथ से कदमबाई ने ही झटक दिया !

कबूतरी का अभिमान...वे उसके लिए घरवालों को पछाड़ रहे थे। राणा को धरती देने की बात आनंदी ने सूँघ ली थी और घोषणा कर दी थी, "सुई की नोंक भर धरती भी दी तो उस बेड़िनी को नंगी करके बल्लम पर टँगवा दूँगी।"

यही बात सुन ली कदमबाई ने ? उनके ऊपर से आस्था डिगा दी ? उन्हें कैसा

अटूट विश्वास था, जिसके आधार पर आनंदलोक रच लिया था, आज लग रहा है, मन ही सबसे ज्यादा झूठी और मायावी चीज है।

कदमबाई नहीं, वे पागल हैं। तभी तो कबूतरी ने उनकी औकात बता दी। अपमान करके आजादी खारिज कर दी। अब वे किसके रह गए ? न घर के न घाट के ! मंसाराम के भीतर से धीरे-धीरे वह पुरुष निकलता आ रहा था, जो कदमबाई की खुदमुख्तारी से खफा था। वे अपने आंतरिक संसार को रौंदने पर आमादा हो गए, जो उन्हें शिष्ट और संस्कारवान समाज से काट रहा है। ऐसा करते हुए भी उनका दिल रो उठा। कमजोर दिल ! उन्होंने हौसला बाँधा—मैं वही मंसाराम हूँ जो लल्लूराजा की सोने की मूर्ति चुराकर मजबूती से हँसा था। जंगलिया मारा गया, मैं मूँछों पर ताव दे रहा था। कबूतरी ने दुख के सिवा क्या दिया है ? मुझमें वह ताकत है कि सुख पैदा करूँ। सुख खोजना मूर्खता है। सुख पैदा किया जाता है। मेरे पास वे सुविधाएँ हैं, जिनसे सुख पैदा हुआ करता है।

कदमबाई, झूठी ! मृगतृष्णा ! बहकाने-भरमानेवाली माया ! बेआवाज रस्सा खींचने में माहिर...वे कोठे में अँधेरा किए हुए खटिया पर पड़े थे। अचानक कुप्पी की रोशनी आई।

कौन ?

आनंदी ! पत्नी को पाँवों की आहट से, चूड़ियों की छनक से, पायलों की रुनक-झुनक से पहचान लेते हैं। आत्मीयता हो आई, इस औरत ने क्या बिगाड़ा है ? सेवा में कमी नहीं की। उनके ही ध्यान में मगन रही। गृहस्थी को बचानेवाली पतिव्रता। आनंदी उनकी दुश्मन नहीं, सताई हुई स्त्री है।

अरे ! आनंदी तो पाँव दबाने बैठ गई। जिस मंसाराम को कदमबाई ने तिनके बराबर साहसी नहीं माना, पत्नी उसको मालिक मान रही है !

पाँव दबाते हुए आनंदी ने विनयपूर्वक कहा—

"राजा काका कहते हैं—अपना मंसा हीरा है। मुझे लगता है, मैं ही हीरा पर धूल फेंक रही हूँ। तुम अपना मन मत मारो, उस कबूतरी को बिठा लो। बस मुझे सेवा का मौका देते रहना। क्या चाहिए और ?"

मंसाराम क्या सुन रहे हैं ?

—आनंदी ! तुमने इतनी जल्दी सिंहासन खाली कर दिया ? भेदभाव मिटा डाला ! मर्द ऐसा कर पाता ? वह तो न पिघलता है न टूटता है।

—आनंदी तुम औरत हो, खुद को कसौटी पर घिसती रहती हो, तभी बेबात पास चली आईं ? जबकि जानती होगी कि तुम्हारा मर्द बदलेगा नहीं।

मंसाराम की नजरों में आनंदी का दयनीय चेहरा झिलमिलाया। धीमे से बोले, "अँधेरा कर लो।"

ब्याह के बाईस वर्ष बीत गए। पत्नी इशारे समझती है। उनकी बाँहें बढ़ीं, औरत खुद-ब-खुद खिंच आई। उन्होंने होंठ आगे किए, पत्नी चेहरा करीब ले आई। चूसने के

बाद बोले, ''पगली ! तेरी जगह कौन ले सकता है इस संसार में ?''

उनका सरकता हुआ हाथ आनंदी के गालों को सहला रहा था, उँगलियों की पोरें गीली हो गईं। वे हरे-भरे होते गए। छाती से छाती भिड़ाकर, कंधे से कंधा सटाकर जीवनसाथी की तरह विचरने लगे।

आनंदी ने रुँधे गले से एक बात और कही, ''तुम लड़के की बातों पर न जाया करो, सारी माया तो हमारी-तुम्हारी है।''

आनंद था, अविश्वास की जगह न थी। जोर था, मगर मीठा था। ज्वार था और उत्तेजना थी। ताप था पर एक-दूसरे के माँप में समाया हुआ...

मंसाराम पत्नी से एकाकार थे कि कदमबाई से बदला ले रहे थे, वे खुद तय नहीं कर पा रहे...

छह

राणा गोरामछिया जाएगा अब।

कदमबाई ने फैसला ले लिया। वह जगह उसे सबसे ज्यादा सुरक्षित लगी। रामसिंह वहीं रहता है। रामसिंह उसे सबसे ज्यादा हिम्मतवार लगा क्योंकि पंद्रह वर्ष पहले कदमबाई के सामने उसने थाने को ललकारा था। उसने थानेदार और सिपाहियों की नाक में दम न कर दिया होता तो दरोगा कदमबाई को अपने पति की पहचान के लिए बुलाता ? जंगलिया की मौत उसे भी ललकार रही थी, लेकिन इतना नंगा सच बोलने की हिम्मत न थी कि लोगों को एकदम झटका दे और वे अधिक बौखला जाएँ। कितने-कितने डरों में पली-बढ़ी थी कदमबाई ! पुलिस के नाम पर थरथरानेवाली बीस साला लड़की। माँ-बाप ने सीखों-हिदायतों के जरिए घुट्टी की तरह यह मन में उतारा था कि बिरादरी का आदमी मर जाए तो कभी उसकी लाश को मत पहचानो। मरी मिट्टी से रिश्ता और रास्ता काटकर आगे बढ़ जाओ। पहचान-चिन्हार और अपनापन संकट के दलदल की ओर ले जाता है।

रामसिंह की दिलेरी याद आ रही थी तभी से, जब से राणा पर कुत्ते ने हमला किया। जो घाव भर गए हैं, उन्हें फिर से उधेड़ दे कोई, सहन नहीं कर पाएगी वह। उससे राणा की मौत सहन नहीं हो सकती। होती तो सुई खरीदने के लिए चोरी पर क्यों उतर आती ? अगर गहने उतारते समय लड़की शोर मचाती तो वह हत्या करने से भी गुरेज न करती। कज्जा की बेटी का गला दबाकर सोच लेती—मेरे राणा पर कूकर छोड़नेवाली बिरादरी की संतान का यही हश्र होना चाहिए।

कज्जा लोगों से घृणा हो गई है उसे। अब तक इल्म के लिए राणा को पढ़ाना चाहती थी कि रामसिंह जैसे लोग उसे कबूल कर लें।...लेकिन अब मन में दूसरी ही आग है। वैसी ही आग, जैसी जुल्म सहने के बाद जुल्म करने को मचलती है। कज्जा लोग समझते हैं कि सीधी गैल कबूतराओं के लिए नहीं, झरियों-बिरियों, ठूँठ काटों, कंकड़-पत्थरोंवाली ऊबड़-खाबड़ धरती छोड़ दी तो बहुत किया। इनके बच्चे कज्जा बालकों की तरह का कुछ सीख न लें। सीख जाएँगे तो अपनी भद्दी बोली भूल जाएँगे। फिर क्या अंतर रहेगा मंसाराम की ब्याहता और कदमबाई कबूतरी में ? दोनों के जाए—पाले एक से।

रामसिंह गुस्सेवर आदमी ! आज कदमबाई को सिर्फ उसी की जरूरत है। बस पूछने

के लिए बेटे को पूछा, ''राणा, तू रामसिंह का गुस्सा सह जाएगा न ?''

कुत्ते के खूँखार हमले का सामना करनेवाला राणा माँ की आँखों में आँखें डालकर देखने लगा। उसके दुबले चेहरे पर तमतमाहट इकट्ठी हो गई।

कदमबाई ज्यों अपने ही ऊपर हँसने लगी हो—''मैं भी कैसी नादान हूँ। रामसिंह लोगों का दुख दूर करनेवाला आदमी किसी को तकलीफ क्यों देगा ? बेईमानी पर भड़कनेवाला आदमी गैरइंसाफी करेगा ? कदमबाई भी नाइंसाफी को पीकर घर में नहीं बैठेगी। रौंदने-खदेड़नेवालों को दिखा देगी कि रास्ते और भी हैं। हहराता पानी किसी से रुका है ?

कदमबाई चूल्हे के पास बैठी कोदों राँध रही थी। पतीली में खदबदाहट पड़ी हुई थी, आग लहकाए जा रही थी, ध्यान में डूबी हुई।

उसी समय राणा अपनी कापी लेकर वहाँ आ गया। कदमबाई की तंद्रा टूटी। बेटे को देखती रही, मन टूटने लगा। छह महीने हो गए, राणा इसी तरह कापी-किताब सीने से चिपकाए एकांत में बैठा रहता है। कितनी बार पढ़ता है एक ही किताब को ? कितनो बार पलटता है कागजों को ?

राणा ने वह पन्ना पा लिया, जिस पर उसका मनचाहा लिखा है, तभी तन्मयता से देखकर उत्सुक आँखें माँ पर टिका दीं, ''अम्मा, एक दिन मास्टरजी ने कहा था अपनी जिंदगी के बारे में दस लाइन लिखो। मैंने क्या लिखा था, सुनेगी ? वही, जो तू कहा करती है।''

कदमबाई ने आँखों के जरिए कान बिछा दिए। राणा पढ़ने लगा—पिटना-पीटना, मरना-मारना हमारी जिंदगी है। गुनियाँ, ओझा, मुखिया और पुलिस हमारे भगवान हैं। कज्जा लोग माईबाप और मालिक। भूख-प्यास हमारी गुंइया है। देह गर्मी से जलने लगती है, हम चोरी से तालाब में नहा लेते हैं। जाड़े में हड्डियाँ चटकने लगती हैं, जंगल में से ईंधन चुराकर देह सेक लेते हैं। सब लोग हमें माफ कर दें, बस इतना ही हम चाहते हैं।''

सात वाक्य पढ़कर राणा रुका। उँगली में जीभ से थूक लगाकर पन्ना पलटा और बोला, ''अम्मा, तीन वाक्य मैंने अपनी ओर से लिखे—सचाई से रहो, ईमानदारी से जियो, नफरत त्याग दो—यह सब किताबों में लिखा है। एकदम झूठ। यह सब हमारे लिए नहीं लोग हमें डराते हैं, हम डर के मारे झूठ बोलते हैं, बेईमानी पर चलते हैं, नफरत करते हैं।''

कदमबाई बेटे को देखती रह गई। तू बालपन में ही बूढ़ों की तरह सोचने लगा ! राणा का बचपन इस तरह उतर रहा है, उसे अच्छा नहीं लगा।

लेकिन खुश भी हुई—बेटा, तू निडर होकर सारी बातें कह गया ! रामसिंह से तेरी जोड़ी खूब मिलेगी। मलिया ने उसकी ऐसी ही कई बातें बताई हैं।

राणा अपना बस्ता सहेज रहा है। कदमबाई रामसिंह के साए में बेटे की तसवीर देख रही है। तसवीर किसी नदी के किनारे के एकांत या सुनसान जंगल के पेड़ों के नीचे

रोने की नहीं, गाँवों-कस्बों में जमी सत्ताओं से टकराने की है। वह छिपने का नहीं, लड़ने का सपना देखने लगी है। पता नहीं क्यों उसने अपने-आपको मंसाराम की पत्नी की बराबरी पर रखकर देखा है ? उसका जीवन अब नीचा होकर चल नहीं पा रहा। जहाँ खड़ी है, अपमान की इंतहा है।

बार-बार मलिया की कही हुई रामसिंह की कहानी याद आती है : अपमान की इंतहा ! कदमबाई के मन में शब्द नहीं, मुँह में बोल नहीं, कलेजे में उठती हुई दर्द की लहर है, जो आग की तरह जलाती हुई बार-बार गुजरती है।

बात उन दिनों की है, जब रामसिंह नई उम्र का था। नया-नया मास्टर बना था। भूरी का तभी देहांत हुआ था। माँ नहीं रही, माँ के सपने उसकी राह में खड़े थे। भूरी की यादों के रूप में वे छोटी-छोटी कहानियाँ याद आतीं जो नुकीली-पथरीली चट्टानों के रूप में उसके रास्ते में आई थीं।

पगार मिलने का दिन था। सफेद कुर्ता-पाजामा पहने लकदक चाल में लहराता हुआ कबूतरा का बेटा रामसिंह विकास के दफ्तर चला जा रहा था। विकास के पहले आता है थाना। थाने के सिपाही ने पुकार लिया।

उसने थाने को नजरंदाज किया—लौटते में आ जाऊँगा। आगे बढ़ा मगर बीच में ख्याल आया—पहले थाने से ही निपट लूँ। नौजवान-उमंगों को रोक नहीं पाया रामसिंह। नई तरह की बराबरी और अनछुआ-सा हौसला मिलकर बदन में ताकत भरने लगे। थाने के चौक में पड़ी चार कुर्सियों में से एक पर जा बैठा। दीवानजी भीतर थे। इंतजार करना था।

दीवानजी बाहर आए। माथे पर कई बल पड़े थे। नाक तन आई और होंठ जरा क्रूर हो गए। रामसिंह तपाक से उठ खड़ा हुआ। हाथ जोड़ लिए। सिपाहियों के सामने भी माथा झुकाया। ताकत लगाकर जो आवाज निकली, वह बस इतनी—मालिक हुकुम !

—भाई तू तो पद पाए, मद में आ गया। थाने के आगे से हाथी-सा झूमता निकल जाता है।

रामसिंह का मुँह खुल आया। दीवानजी क्या कह रहे हैं ?

—तूने सोच लिया कि तेरा धंधा बदल गया तो हम भी बदल गए ? हमारा महँगाई भत्ता बढ़ना बाकी है अभी। समझे ?

—दीवानजी, यह नहीं समझेगा। हिंदी में समझाओ। थाने की हिंदी में—यह सिपाही था।

दीवानजी ने गालियों की बाड़ बिछा दी—मादरचो...हरामी, बेटी के लबड़े ! हमें अँगूठा दिखाकर जा रहा था ? अबे अम्मा के ढल्ला, भूल गया मतारी के संग-संग कैसे आता था ?

रामसिंह गला खोलकर चीखना चाहता था—पुलिसिया, तू एक अध्यापक से बात कर रहा है।...लेकिन आवाज नहीं निकली, रुआँस फूटने लगी। कलेजा कसा उसने। कमजोरी पर काबू किया और सुना, दीवान कह रहा था—तेरे दुख-तकलीफ कट गए तो

क्या हमें मरा मान लिया ? तेरी मतारी के पुराने खसम हैं। बापों को चाल बदलकर दिखा रहा है ?

रामसिंह ने कलाई में बँधी घड़ी देख ली। दीवान जल-भुन गया।

—साले, तेरा टाइम खराब हो रहा है ? ऐं ? अम्मा की छातियाँ देखी हैं, समय खाए लटक गई हैं। बहन न हो तो बदले में कोई और ही दिला। हम भी जोरू-बच्चों को छोड़कर यहाँ पड़े हैं।

चाबुक पड़ा रामसिंह के दिल पर। चोट से बिलबिलाता हुआ सोचने लगा—एक अर्जी दे दूँ ? हम आदिवासियों को किस कदर सताया जाता है ! इनका इलाज होगा, जरूर होगा। अब तक हम अँधेरे में थे।

गालियाँ ऐसी लगीं, जैसे उसने पहली बार सुनी हों। माँ और कौम की औरतों के लिए बदजुबानी की तीखी नोंकें ऐसे गढ़ीं, जैसे पहली बार कोई चमड़ी खोल रहा हो। धज्जी-धज्जी हो गई मास्टरी की महिमा। जिंदगी बदल नहीं रही, बिगड़ रही है।

सारा गुस्सा आँखों में जुड़ आया। न दिखा पाने की बेबसी में आँखें मींच लीं।

—तो नजरंदाज कर रहा है जीजाओं को ! हर महीने नोट जेब में धरकर बिना दुआ-सलाम के निकल जाता है। तेरी मर्जी। अब हमारी दया देखना।

ऊपर का होंठ बुरी तरह फड़क उठा था। उसे कैसे छिपा सकता है कोई आदमी ? तो आँखों का गुस्सा होंठों तक आ पहुँचा ! वह भी समझ गया। नथुने काबू के बाहर होने लगे। वह आपा खो रहा था। गर्मी का मौसम न था, पर समूचा बदन जल उठा।—मैं कबूतरा, चोट खाते ही दुश्मन की जान ले लूँ। माँ ने कढ़ाई की धार में डुबो दिया, तब क्या तैरने के संस्कार भूल गया ? मैं खुद को नुकसान पहुँचते देख, सामनेवाले की खोपड़ी की फाँकें कर दूँ। पेट फाड़कर आँतें बाहर निकाल दूँ। सामने बैठे पुलिसिया वर्दी में गीदड़ लोग मेरी ताकत का गलत अंदाजा लगा रहे हैं। शूरता और बहादुरी दिमाग में सूराख करे दे रही थी।

रामसिंह की निगाह बुझी फुलझड़ी-सी, जिसमें से बारूदी धुआँ उठ रहा था। और दीवानजी अपनी उँगलियों और हथेलियों का छेद बनाकर डंडा-डंडा खेलने में व्यस्त थे।

हमारी औरतों के संग बदसलूकी, कि गाय-भैंसों का-सा व्यवहार और अपनी मर्दानगी पर उसी व्यवहार से कमाया अभिमान ! पर ये नहीं जानते कि हम उसी मर्दानगी के नतीजे हैं !

अचानक उसे अपने जन्म को लेकर शंका होने लगी—मैं जरूर ऐसे ही लोगों का अंश हूँ। माँ कहती थी—मेरा बाप सच्चा और बहादुर था। दादा किसानों के साथ उठने-बैठनेवाला फसलों की बातें करता था। हो सकता है कभी माँ बच्चा न पैदा होनेवाली रूखरी खाना भूल गई हो और ऐसे लोगों के हत्थे चढ़ गई हो। नहीं तो आज मेरा हाथ इन गंदे कीड़ों पर क्यों नहीं उठा ?

पगार का एक हिस्सा थाने में, दूसरा विकास ऑफिस में। ऊपर से नेक सलाह—कहाँ आ फँसा, अपने धंधे में लौट जा। पुलिस की शक्की निगाहों से छुटकारा नहीं मिल

अभी। हवालात तैयार रहती है। जेल काटा हुआ आदमी सरकारी निगाहों में अपने आप ही मुजरिम हो जाता है।

—काश, मैं लेखपाल बना गया होता बड़े बाबू ! किसान इतने कठोर नहीं होते और न इतने लालची। गाँव के लोग मुझे फँसवाते भी नहीं। रामसिंह मेज के आगे खड़ा, कुर्सी पर सवार आदमी से रू-ब-रू था।

—फर्द मिसिल छूने देते ? पावरवाली नौकरी वैसे भी तुम्हें नहीं दी जाती। क्या मालूम ताकत पाकर तख्ता पलटने लगो। खूँखार कौम। मास्टर तक कुछ नहीं बिगड़ता, गाँववालों के कब्जे में रहोगे। सरकार भी यह बात अच्छी तरह समझती है।

रामसिंह गुस्से में था। गुस्से के कारण रो सकता था, भिड़ सकता था, मगर इस तरह के लोगों से जुड़ना गवारा नहीं हुआ। बोला, "आप लोग इस बारे में कुछ न सोचें।"

वह एक अर्जी लिख रहा था, बरामदे में दूर बैठा हुआ। अर्जी में सताए हुओं की दास्तान थी। जन-कल्याण ऑफिस में देता जाएगा इन सबके खिलाफ।

तभी चपरासी की हँसी कंधे पर ततैया-सी काटती चली आई—सुन लीं कबूतरा की बातें बड़े बाबू ? हथकड़ी नहीं लगीं, सो कलाइयाँ खुजाने लगीं। साले ऊँची जाति के लड़कों के हकों को हड़पकर चोर-उचक्कों से मास्टर-फास्टर बन गए। अब तक अम्मा लहँगा उठाए फिरती थी। बेटा कुर्सी पर क्या बैठा अम्मा सती-सावित्री हो गई। सिपाही अब तक होंठ चाटते हैं—बूढ़ी हो गई तो क्या औरत नहीं रही ? और यह अपनी माँ का भड़ुआ, तुम्हें अपनी हैसियत समझा रहा है।

रामसिंह शेर की तरह कूदा। चपरासी की गर्दन पकड़ ली। टाँग उठाकर पलट डाला।

उसकी खोपड़ी अपनी जाँघों के बीच फँसा ली और दाँती पीसता हुआ जाँघें भींचता चला गया—मेरी माँ दुष्टों को ऐसे मारती है, ऐसे...खतम !

दफ्तर में भगदड़ मच गई। बड़े बाबू की घिघ्घी बँध गई। लोग जब तक जुड़े, वह उड़ आया। रामसिंह कबूतरा...जिनके रास्ते जुदा होते हैं। गैल-पगडंडियाँ अपनी बनाई हुईं !

पछताता भी रहा। कैसा सपना देखा माँ ने, जो इस तरह कुचला गया। नौकरी निभाना बेखौफ जीना नहीं हो सकता। अपने लोगों को जगाने की बात सोची थी, वह भी बेकार है। सुख हमारी तकदीर में नहीं। नौकरी छूटने लायक अपराध कर आया। अब हथकड़ियों की बारी है। खुशी उनके लिए तो और भी नहीं, जो इंसान की तरह खुशी की छाया छूने को मरते हैं। माँ ने अपनी जिंदगी चुकाकर ऐसा ही सुख चाहा था, कितनी जल्दी दुख में बदल गया ! इन लोगों को पता नहीं कि माँ अब इस दुनिया में नहीं। होती तो इन आतताइयों को पूरी बर्बरता के साथ जाँघों में भींचकर मार डालने का मौका ढूँढ़ती।

नौकरी नहीं छूटी, क्योंकि नौकरी से बाबुओं और दीवान सिपाहियों को अब भी कुछ उम्मीद थी।

रामसिंह ने चुपके-चुपके शहीद हो जाने में अपनी भलाई समझी, क्योंकि पत्नी की गोद में अल्मा थी। दुश्मन हमदर्दी देने लगा। रामसिंह कमजोर होता चला गया। मामला पाँच सौ रुपए महीने पर निपटा था। उसके जी का जंजाल छुट गया हो जैसे। नहीं तो दिन-रात मगज में चकई-सी घूमती रहती। खुद ही खुद से भिड़ता रहता—क्या इसीलिए पढ़ा था कि घूस देकर जिंदगी काटूँ ? नहीं काटूँ तो मारा जाऊँगा। पत्नी और बेटी को उन्हीं के जिम्मे छोड़कर जो थाने पर बैठे हुए डंडे और उँगलियों का खेल रहे थे। सिपाहियों की निगाहों से टपकती कामुक हँसी की बूँदें उसकी आँखों को छूकर फोड़ने लगीं। नहीं-नहीं, यह नहीं...इससे अच्छा है, अल्मा का गला घोंट दूँगा। अल्मा की माँ को बेतवा में धकेल दूँगा। माँ का कैसा कलेजा था ! अन्याय सहन करके न्याय की राह बुहारती रही ! मैं बेईमानों के बीच से ईमानदारी निकाल नहीं पा रहा ! इनका बोया जहर का पेड़ बड़ा मजबूत है। उसकी जड़ें सैकड़ों वर्ष पुरानी हैं। पूरी तरह धरती में फैल गई हैं।

जहर के पेड़ से विषैला बौर फिर टपका।

—रामसिंह, महँगाई का जमाना है। इस जमाने में हजार भी कम हैं। हँसी में कही बात !

रामसिंह हँस पड़ा था। दुख में भीगी हँसी कैसी थी ! बिलकुल माँ जैसी हँसी। वह भी ऐसे ही हँसती थी। वह समझता था माँ की हँसी कुदरती ही ऐसी है ! कुदरती हँसी तो सबकी एक-सी होती है। माँ की हँसी अजीब थी।

मन ही मन कहा था उसने—अब तू राजा हो गया रामसिंह। रियाया को अपनी तनख्वाह में से टुकड़े-टुकड़े फेंक। उसका पालन कर। नहीं तो ये भीख माँगने लगेंगे। बंदूक, रायफलों और पिस्तौल के संग सरकार को एक-एक कटोरा भी इनको मुहैया कराना पड़ेगा। अच्छा हुआ माँ मर गई, नहीं तो देखती और दुखी होती कि उसकी देह नोंचनेवाले अब बेटे को खोंट रहे हैं।

—माँ ! मैं कितना वजन उठाऊँ ? जाहिल रहकर आदमी बहुत कुछ तकदीर के सहारे ढो ले जाता है। जाहिल ही क्यों नहीं रहने दिया मुझे ? समझदारी ने जगह-जगह बेइज्जत कराया।

डेरे पर चार सिपाही आए। बोले—अबके महीने क्या हुआ ?

—बच्ची बीमार थी। पत्नी गर्भ से है।

—हरामी, हमारा हक मारने के लिए जोरू ग्याभन की थी ?

—हवलदार साहब !

—अरे ! जुबान लड़ाता है ? हमारी ताकत भूल गया ? इस औरत को अभी नंगी कर दें, बोल !

सिपाहियों की आवाज में इतनी गंदगी थी कि डेरों की औरतें डेरों में कहीं समा गईं। कुत्ते पूँछ दबाकर राख में मुँह रगड़ने लगे। आदमी इधर-उधर सरक गए। सिपाहियों के कंधों पर टँगी सच्ची रायफलों ने ऐसा झूठा आतंक पैदा किया कि आतंक की मिसाल

बन गया।

—रामसिंह नौकरी मिली है, हमारा हक मारने का हक नहीं। रोटी मिल गई तो तू न्याय माँगने के लिए भी लड़ने लगा ! न्याय लेगा किससे ? डंडा रायफल पिस्तौल हथगोलों जैसी ताकतें तो हमारे पास हैं बेटा। तू क्या, सारे देश पर यही ताकत हुकूमत करती है।—सिपाही दीवान घोषणा करके चले गए।

रामसिंह कुछ न सुन रहा था।

'औरत को नंगी करेंगे' यही एक वाक्य चारों दिशाओं से त्रिशूलों का रूप धरकर घेर रहा था। उसने तय कर लिया—हम न रोटी माँगें, न इंसाफ। जो मिलेगा झूठा मिलेगा। सच्चाई केवल यह है, जो पुलिसवाले कह गए हैं, ईमानदारी से बता गए हैं।

देश का प्रधानमंत्री, देवता समान पुरुष कैसा झूठ बोल गया। रामसिंह की कापी में वे पंक्तियाँ अभी तक जीवित हैं, खुशकत लिखाई में चमक रही हैं—मुझे अपराधी जनजातियों के अधिनियम की भयानक वास्तविकता मालूम है। यह इंसान की आजादी को नकारती है। इसे कानून संहिता से हटाने की कोशिश की जानी चाहिए। किसी भी जाति को अपराधी श्रेणी में नहीं डाला जा सकता। यह बँटवारा अपराधियों के प्रति न्याय और प्रगति के सिद्धांतों का उल्लंघन करता है।

रामसिंह ने ये पंक्तियाँ अपनी कापी पर ऐसे सजा ली थीं, जैसे उसके जिंदगी के विधान की फूल गुँथी माला हो। कापी खोलता एक-एक शब्द को फूल की तरह सूँघता। वे शब्द महकते। गंध-सुगंध पूरे डेरे में फैल जाती। उसी कापी में बदबू मारने लगी !

आजादी के बाद का सड़ा हुआ दुर्गंध मारता इतिहास...कापी के पन्ने चिंदी-चिंदी कर डाले। झूठा मुँह—झूठी इबारत ! बोलने के लिए बोले गए चमत्कारी जुमले। ढोंग, गंदा खेल !

●●●

पुलिस फिर आई। सिपाहियों ने फेरी दी।

रामसिंह ने देखा—पत्नी की आँखों में अंधड़ और पेट में बच्चा है। नन्ही अल्मा की फुदकती पुतलियों में डर और गले से चीख निकल पड़ी। तो अबकी बार ये लोग कमर कसकर आए हैं, क्योंकि इस खतरे से डर गए हैं कि रामसिंह कबूतरा हफ्ता महीना देने से पीछे हट रहा है। दबी-छिपी बस्तियाँ यही उदाहरण न अपना लें ? अंकुआ फूटने से पहले बीज को मसल दिया जाए, किस्सा खत्म। रामसिंह बदहवास-सा हँसा भी—आजादी सबका जन्मसिद्ध अधिकार है—हा हा हा हा ! अपने लिए भी समझ बैठा था। आज जिंदगी का डर छिपाए नहीं छिप रहा।

बाँध ले चलो हरामी को। साला छूत फैला रहा है !

रामसिंह अब आदमी नहीं, खतरनाक बीमारी था। पुलिस महकमा इस महामारी फैलानेवाले कीटाणु से डर गया। शांति व्यवस्था की स्वस्थ परंपरा में गड़बड़ी फैलाने वाला आदमी बिना लिखे कायदों से चलते फायदेमंद सिलसिले को तोड़ने का अपराधी

है। कड़ी से कड़ी सजा कम पड़ेगी।

दरोगा की बेशकीमती सलाह आई—रामसिंह अपने पेशे में लौट आ। माँ धन देती थी या देह, पुलिस की इच्छा पूरी करती थी। अब उसमें तू बाधा देने खड़ा हो गया ?

—चोरी कर ! डाका डाल। हत्याएँ कर। तुझे कौन रोकनेवाला है ? हमारे रहते उँगली नहीं उठा सकता कोई।

रामसिंह पूछ रहा था—अगर कोई उँगली नहीं उठाए तो कुकर्म कर डालने चाहिए ? उनकी सजा नहीं मिलेगी ? क्या इसीलिए तुम भी मनमानी करते हो ?

हथकड़ियों में बँधकर हौसला जाग पड़ा था। छूटने की छटपटाहट ने बेचैन कर डाला।

मुँहवाद करता रहा था रामसिंह, क्योंकि अब वह थाने में था। पत्नी से दूर। सिपाही गालियाँ देंगे, उसको किसी भी तरह जलील करेंगे, पत्नी तो नहीं देखेगी ? अल्मा की मासूम आँखें तो नहीं दहलेंगी। उसका नन्हा-सा कलेजा तो नहीं काँपेगा। इससे बड़ी आजादी कुछ नहीं। अब मनमाने तौर पर कुछ कह सकता था वह। सारे डर, शंकाएँ और दहशतें अपनों के लिए ही हावी होती हैं। सारी अच्छाइयाँ, खुशियाँ और जीतें भी तो अपनों के लिए ही होती हैं। पहली बातों पर मुँह छिपाता है आदमी, तो दूसरी को बाँटना चाहता है। अब रामसिंह के पास न अच्छाइयाँ हैं, न खुशी। न ताकत है, न जीत। पिटकर खून के कुल्ले करता हुआ डेरे पर नहीं लौटना चाहता। सूजकर सीताफल हुए चेहरे की एक आँख पर मांस झलकता कि दाँत टूट जाता, वह पत्नी के सामने जाने से कतराता। बच्ची से हफ्तों छिपा रहता। नौकरी पहले ही दगा दे गई—पुलिस में रिकार्ड आ गया।

सोचा करता था, क्या इलाके में और कोई वारदात नहीं होती कि आए दिन उसी को पुकारा जाता है ?

—ये साले तो अपना रोजगार बदल रहे हैं। एक दिन ऐसा आएगा कि पुलिस महीना हफ्ता तो क्या पगार तक को तरस जाएगी। आरक्षण के जरिए बढ़े आ रहे हैं अभी तो, फिर खुद-ब-खुद जागरूक हो जाएँगे।

ऊपर कही बातें दीवानजी की थीं। रामसिंह समझ गया पुलिस ही नहीं, और हलके भी घबरा उठे हैं कि विमुक्त जातियों में चेतना न जाग उठे। उनकी घबराहट देखकर रामसिंह को पिटने में भी आनंद आने लगा। जेल काट रहा था—पुलिस को छका रहा था। पर वह नहीं कर रहा था, जो पुलिस चाहती थी।

—इंसान इंसान से कभी नहीं हारता, वह कुदरत से हारता है—रामसिंह कहता था।

कहता था—घरवाली को भूख लील गई। उसने मरे बच्चे को जन्म दिया और खुद भी उसी के साथ...। कमजोरी की मारी देह दर्द तक नहीं झेल पाई ! उसने भी अपनी जिद को पत्नी की चिता के साथ फूँक दिया।

अल्मा का पालन-पोषण पाँव का फंदा बन गया। वह आदमी, जिसको रोज पुलिस घेरती हो, चार साल की बच्ची को किसके जिम्मे छोड़े ?

अल्मा रास्ते में आ गई, अब जेल में जाना भी मुमकिन नहीं।

पागलपन खत्म हो जाता है तो लाचारी जन्म लेती है। देह-मन सबकुछ चिता की राख जैसा ठंडा ! बस आँखों में ज्योति बची थी, जिसमें अल्मा का चेहरा घूमा करता—यही है हमारी जिंदगी, हमारे माँ-बाप किस तरह टूटते आए हैं—यह माँ-बाप बनकर ही जाना जा सकता है। अब कोई कसर बाकी नहीं, यह दर्द सालता रहेगा।

दर्द ? दर्द से क्या होता है ? टीसें उठती हैं, तब क्या सिर भी उठ जाता है ?

मुँह के बल गिरा रामसिंह !

गिरा...पर मरा तो नहीं...

●●●

रामसिंह के आने पर दृश्य बदल गया। कदमबाई कितनी तो सकुचाई। डेरे के भीतर से कभी खुद को देखे, कभी रामसिंह को !

रामसिंह का रुतबा हर दिल पर छाया हुआ है। चौक में लोग जुड़ गए, जैसे उसके दर्शन करना चाहते हों। मलिया ने लोगों को ऐसी नजरों से देखा, जैसे कह रहा हो—देखो, राणा की किस भगवान को जरूरत है !

कुत्ते के हमले के बाद राणा छह महीने घर में क्या पड़ा रहा, सेंध-कूमल में सिद्धहस्त बेटों के माँ-बापों की नजरों से गिर गया। हमदर्दी की जगह रहम ने ले ली। राणा पर दया बरसाते और दीन समझकर खुद को बादशाह मान लेते। ऊँचा होने के लिए किसी नीचे की जरूरत पड़ती ही है। दारू बनाने से काटकर फेंकी जानेवाली कदमबाई का लकड़ी बीननेवाला बेटा इस समय कबूतरा-बस्ती के सबसे निचले पायदान पर था। कज्जा लोगों से दुबके-छुपके बदला लेनेवाले लोग कुत्ते से चिंथे खाए राणा को कीड़े मकोड़े से ज्यादा क्या समझें ?

रामसिंह, कदमबाई के डेरे के सामने बिछी खटिया पर पाँव लटकाकर बैठा था—लकदक आदमी। चालढाल से चमकदार और इसीलिए असरदार-सा लगनेवाला। तिलचट्टों-से कबूतरा उसके इर्द-गिर्द घिरे थे। पतली मूँछें, चौड़ा माथा, गोरा रंग, करीने से कटे हुए बाल, चालीसवर्षीय रामसिंह सफेद कुर्ते-पाजामे पर सदरी भी पहने हुए था। कंधे पर उजला तौलिया।

कदमबाई की नजरों से सारे मैले दृश्य झड़ गए।

लोग राम-राम करते, वह होंठ हिलाकर मुस्कुराता। जबकि आसपास घिरे लंगोटी वाले नंगे बदन लड़के उसकी आवाज सुनने को लालायित थे। राणा दूर खड़ा था, तनिक शरमाया हुआ। कहने को उसने वही पाजामा पहन रखा था, जो मंसाराम ने खेत की आड़ में पहनाया था और कुत्ते ने चीर-फाड़ डाला था।

कदमबाई पगली चिरइया-सी डेरे के भीतर ही फुदकती रही। ऐसा पता होता कि जल्दी ही आ जाएगा तो वह साबुत कपड़ों का इंतजाम रखती। चीथड़ों में गाँठ लगाकर भी पूरा बदन नहीं ढँक पाएगी।

सरमन की औरत डेरे में हवा की तरह आई, लहरियादार पीली चूनरी हाथ में थी मलिया अभी शक्कर माँगने गया था तो इसने दुत्कारकर भगा दिया। यही स्वभाव है उसका। चींटी भर गुस्सा आने पर उछल पड़ती है, कोप सिराते ही पछताने लगती है रामसिंह जैसा आदमी कदम के द्वारे देख तनिक कुढ़ गई थी। आकर शक्कर से भी मीठी हो गई, "कदम, नंगी छाती ! चोली न हो तो पल्ला साबुत तो हो। ले, यह ओढ़ ले क्या कहेगा पराए गाँव का आदमी ? अपने डेरों की इज्जत की बात।" फाँकों में फटे घाघरे पर नई पीली ओढ़नी ! कदमबाई खुद से ही लजा उठी।

मलिया लपककर भीतर आया था। कदमबाई को डपट दिया, "री, वह न तेरे लत्ते-कपड़े देखने आया, न महल-अटारी टटोलने। तेरी पुकार पर आया है, छह सूत का जनेऊ पहननेवाला आदमी। डेरा धन्न-धन्न हो गया आज। जल्दी आ बाहर, वह ज्यादा देर बैठनेवाला नहीं। गोरामछिया में दसियों मरीज लौट जाएँगे।"

राणा माँ के पास ही खड़ा था, मलिया ने उसे भी आड़े हाथों लिया, "माँ के मूँड़ से ऊँचा हो गया तू। कई जमात पढ़ लिया। घर आए पाहुने की आवभगत कैसे करते हैं, नहीं जानता ? मइया के कूल्हे से लगा बैठा रहा ?"

कदमबाई जब तक बाहर निकले, मलिया रामसिंह को नमूने की तरह पेश कर रहा था, "एक ही बेटी है, वह भी पढ़ती है—अँगरेजी।"

कदमबाई से पहले राणा की काकी भजनी रामसिंह के पास आ पहुँची। नोंठ के बाजार महुआ लेने गई थी, छोटी-सी गठरी अब भी सिर पर लदी थी, उसी को पकड़कर रामसिंह से दो-चार हुई, "तुम ही हो रामसिंह। तुम्हारी सलाह पर राणा मदरसे गया था। हमारे बच्चा ने टैम खराब किया और देह चिंथवाई। बस यही पाया। हमने तुम्हारे कहने पर पूत के हाथ से डंडा-कुल्हाड़ी छीने और कलम-पाटी पकड़ाई। सो जान के लाले पड़ गए। यह कौन-सी विद्या बता दी, जो बच्चा को मरवा डराए। ऊपर ये यह मलिया सिर्री कहता है कि अपनी बेटी तुम बाबू ऐलकार से ब्याहोगे। राणा बाबू ऐलकार होने से पहले भगवान का प्यारा हो जाएगा। कदमबाई से ऐसा बैर मत निकालो। अपनी बेटी का ब्याह किसी कज्जा से कर दो, जिनकी तुम होड़ कर रहे हो।" भजनी की साँस दमे के मरीज की तरह उखड़ रही थी। पर मौका हाथ से जाने दे, यह गवारा नहीं था उसे। कहकर मानेगी, तब पानी पिएगी, ठानकर आई थी। गुस्से में धकाधक बीड़ी पीने लगी।

मलिया ने रामसिंह के कान पर कहा, "बुरा मत मानना, बिना पढ़ी औरत है।"

रामसिंह का चेहरा तमतमा रहा था, मतलब कि उसने भजनी की बात का खूब बुरा माना। बुरा मानने के लिए कही गई बातों का भला कौन मानेगा ?

कदमबाई बाहर आ चुकी थी। जिठानी की बातें सुनकर वह भी घबरा गई, ऊपर से रामसिंह का मिजाज। कदमबाई ने धीरे से भजनी की बाँह दबाई, यानि कि चुप रहो पर भजनी थी कि और बिफर पड़ी, "अरी चल ! तू आई चमक-चौदस बनकर। रहे भुसौरों में, सिंघलदीप के सपने देखें !" कहकर बीड़ी उसे थमाने लगी तो कदमबाई ने मुँह फेर लिया।

रामसिंह पढ़ा-लिखा आदमी अब हँस रहा है। गंभीर आवाज में उसने बात साफ की, ''मेरी मंशा निखालिस यह नहीं कि बेटी ही ब्याहूँ। इरादा यह है कि लड़के में पढ़ने की लगन है तो पढ़ जाए। आगे चलकर कज्जा लोगों की बातों को समझ ले, अपनी समझा सके। हम लोगों के ऊपर जितने केस चलते हैं, हम उनमें से कितनों की पैरवी कर पाते हैं ? अव्वल तो भाग ही लेते हैं, अगर कुछ केस चलने भी लगें तो यह नहीं जानते कि कानून पालन किया जा रहा है या नहीं ? जो सच-झूठ फैसला दे दिया, वही माथे पर चिपका लिया।''

रामसिंह ने ये बातें ऐसे तोल-तोलकर कहीं कि बहुत से लोग असर में आ गए।

सरमन मुखिया घेरे के पीछे खड़ा था, आगे आकर बोला, ''देखी, पढ़े-लिखे की बोली ? कैसे बाँधती है आदमी को। भीतर की बात कौन समझे ?''

खुरदा अब तक भजनी के संग-संग भौंरे-सा भिन्ना रहा था, पर प्रतिवाद नहीं कर पाया।

दूलन मुँह फाड़े कान खोले ध्यान से सुन रहा था।

बहस के लिए रामसिंह ने मौका ही नहीं छोड़ा। दूलन कुछ कहना चाहता था, उसके पहले ही रामसिंह बोला, ''यह तो सोचो पुलिस में, फौज में हममें से कितने हैं ? कचहरी में कितने हैं ? जब हम जैसे वहाँ हैं ही नहीं, तो हमारा दर्द दूसरा कोई कैसे जान सकता है ?''

मलिया अब गुड़ का शरबत बाँट रहा था। लोटे की धार हर एक के चुल्लू में पड़ रही थी। मलिया साथ-साथ यह भी कहता जा रहा था, ''पढ़े-लिखों की बातें सुनोगे तो लुकना-छिपना छोड़ दोगे।''

भीखम सोलह साल का लड़का है, बोला, ''राणा लुका-छिपा नहीं, सो कुत्ते ने चींथ डाला।''

मलिया ने तुरंत जवाब दिया, ''दुनिया के पहले आदमी को इल्म हासिल करने के लिए इससे भी बड़ी सजा भोगनी पड़ी होगी और उसने हिम्मत न छोड़ी होगी। राणा के तजरुबे से ही समझ लो।''

दूलन ने रामसिंह को ही चुनौती दे डाली, ''तुम इस बात की रपट कर सकते हो कि कुत्ते के काटने पर राणा की मौत हो सकती थी और जान जा सकती थी। जान-बूझकर साजिश...''

''बिलकुल कर सकता हूँ, थाने जा सकता हूँ, पर तुम वादा दो कि दरोगा सिपाहियों का मुकाबला कर पाओगे। गवाही के लिए चलोगे।''

रामसिंह की बात का काट किसी के पास नहीं। सब मुँह ताकने लगे।

सरमन को ताव आना लाजिमी था। सबको बेवकूफ ठहराकर रामसिंह यहाँ से लड़के को लिए जा रहा है। बोला, ''घरजंवाई बनाने का चलन हमारे यहाँ नहीं है। फिर अभी तुम्हारी लड़की से इसके भाँवरें पड़ गई हैं क्या ? दमाद कैसे हो गया ? तुम जनेऊ पहनकर हमारी रस्में मेटने आए हो ? पंचायत होगी।''

“तुम्हारी पंचायत को मैं नहीं मानता मुखियाजी। तुम्हारे पंचों के भी दाँत हैं, जो आदमी को फाड़ते नहीं, फँसाते हैं। राणा की माँ तुम्हारी पंचायत की शिकार है। उसे बस्ती भर की मजूरिनी बना दिया।”

कदमबाई घबरा-सी गई। दम्भ की बात कह दी रामसिंह ने। माना कि सरमन पढ़ा-लिखा नहीं, पर कबीले का मुखिया तो है। उसका हुकुम सब सिर आँखों लेते हैं। पर खैर, किसी ने सुनाया तो इस मुखिया को।

तभी सरमन बोल पड़ा, “सिपाही थानेदार मुट्ठी में क्या कर लिए, जग जीत लिया। वे काबू में कैसे आते हैं, यह मंतर हम नहीं, सारी दुनिया जानती है। मुँह न खुलवाओ।”

किसी ने पीछे से बोली मारी, “हाँ, जिसने पुलिस से हाथ मिला लिया हो, उसे किसी का क्या डर ?”

कुल मिलाकर मुखिया और दूलन का धमकी भरा व्यवहार कदमबाई को नागवार गुजरा क्योंकि वह अपनी इच्छा में अपना निश्चय मिलाकर रामसिंह से मन ही मन प्रगाढ़ता पैदा कर रही थी।

रामसिंह ने भी माँ-बेटों के आपसी मंसूबों को निगाहों से तय कर लिया। तब कदमबाई से मुखातिब हुआ, “राणा की माँ, इस बच्चे के पास कपड़े-लत्ते नहीं हों तो रहने दो। बस किताबें एक सुतली में बाँध दो।”

जाने की बेला आ गई ! कदमबाई की टाँगें काँपने लगीं। पेट में मरोड़-सी उठी। वह रामसिंह के खिलाफ सोचने लगी—क्यों भेज रही हूँ ? यह वही आदमी है, जो जंगलिया के मरण के दिन थाने पर मिला था और आँखों ही आँखों में धमका रहा था। वही है, जो राणा के जन्म पर आया था और फिर धमकी दे गया था—बाप की मौत मरने के लिए ही इस बच्चे को पालो। अब यह राणा को लेने चला आया कि मेरी बेटी के संग इसकी जिंदगी बाँध दो। कबसे पीछा कर रहा है यह आदमी ? क्यों कर रहा है ? आखिर यह हमारा है कौन ? यह मेरे बेटे को जीने तो देगा ?

पेट का दर्द पटा गया तो दूसरी तरह सोचने लगी—यहीं क्या गारंटी है उसके जीने की ? बच्चा चोरी को नहीं गया तो मुखिया ने उसके सातों करम कर डाले। गुनियाँ को झटक दिया तो पीट-पीटकर बिछा दिया राणा। पंचायत ने मद बेचने की बारी छीनकर भूखों मरने को छोड़ दिया ! अपनी हिम्मत पर पढ़ने गया तो मंसाराम के घरवालों ने मौत उसके पीछे छोड़ दी। कबीले के पंच और मुखिया डेरों में छिप गए। यह बस्ती राणा के लिए नहीं...

रामसिंह राणा की बाँह थामे खड़ा है। सरमन मुखिया के मुँह पर स्याही पुत गई।

मलिया कहता है, “चलो, आगे बढ़ो। यहाँ कबूतरा नहीं, केकड़ा जौनि के लोग हैं, एक-दूसरे की टाँग पकड़कर पीछे को खींचते हैं। इसे रोकते क्यों हैं, घर से रस्सा ले आएँ और फंदा गले में कसकर खींच लें। पता तो लगे कि कौन मार रहा है ?

सरमन ने मलिया को ऐसे देखा, जैसे चबा जाएगा। मलिया हँस दिया और बोला, “तू मुझे खाएगा तो पुलिस के सामने क्या परोसेगा ? सिपाही डेरों के लोगों पर कहर

बरसाएँगे। तब तुम्हें मेरी मजबूत हड्डियाँ याद आएँगी, जिन पर पड़ते डंडे टूट जाते हैं।

•••

क्वार माह की चटकीली धूप ! जुते हुए खेतों की मेंड़ पर चलते हुए मलिया, कदमबाई, रामसिंह और राणा की छोटी-सी टोली जा रही थी।

कदमबाई ने चलते समय राणा को सरमन काका के चरण छूने भेजा। सरमन काका ने गुड़ देकर पानी पिलाया। सरमन काकी कच्चे जी की है, आँखें भर-भरकर रोई। भजनी काकी की आँखें नहीं, नाक रोती है। सबेरे से ही जुकाम-सा लगा है। हाथ असीसों के लिए उठाती है तो कभी सूरज के सामने पल्ला फैलाती है। इन्हीं काकियों ने राणा को चोरी करने के लिए हँसते हुए गीत गाकर विदा किया था। धीमे-धीमे गुनगुनाई थीं, पर गा तो रही थीं।

मलिया के झोले में किताबों का बंडल है। माँ की मुट्ठी में कलम दबी है। रामसिंह समझाता चल रहा है, ‘‘चिंता जी को मत लगाना, उस गाँव के लोग भले हैं। हमारा घर कबूतरा-बस्ती में नहीं, गाँव के कोने पर है।’’

वजन हलका करनेवाली बातें कदमबाई का दिल भारी कर गईं। मन की बातें होंठों पर लाने की न हिम्मत न मंशा। राणा जहाँ भी रहेगा, उसके मन के बाहर नहीं जाएगा। उसका रोम भी खिंचेगा तो टीस माँ के बदन तक आएगी। अपने प्यारे-दुलारों को और किस तरह सँजोए कबूतरी ?

तेज चलकर राणा की बराबरी में आ गई, चुपचाप हाथ में कलम थमा दी और चलते हुए ऐसे देखने लगी जैसे बेटे से पूछ रही हो—मैंने सही फैसला लिया है न ? तू यही चाहता था न ?

पीछे लौटना मरने के बराबर था। रामसिंह को बार-बार देखती है कदमबाई। भरोसा भी बँधता है और धीरज भी डिगता है। जंगलिया की मौत के दिन से इस आदमी की आँखों में गुस्सा खौल रहा है। उस गुस्से में कभी कदमबाई को शामिल किया है, कभी राणा को जोड़ा है। जान जोखिम की बात तो शर्तिया है।

—मेरे बेटे को जीने देना रामसिंह...कदमबाई के भीतर पुकार उठी। जानती है कि पढ़ाई-लिखाई राणा जैसों के लिए जानलेवा विद्या है।

...लेकिन माँ की तरह राणा को समझा रही है, ‘‘भूल जाना रे कि तेरी अम्मा कबूतरी है। मद ढालने का काम करती रही है और अब मद के मालिकों की मजूरी करती है। मत याद करना कि तेरा बप्पा पुलिस के हाथों...कि गाँव के ही लोगों ने...अब तेरी जिंदगी बदल रही है बेटा...

‘‘...हमारे यहाँ एक अच्छा रिवाज है, जिनके बच्चे नहीं जीते, वे अपने नन्हों को दूसरों के कपड़े पहनाकर पालते हैं। बालक जिंदा रह जाते हैं।...मैंने आज तू रामसिंह को दिया रे...जीता रह !’’

असीस देते ही हूक उठी...मंसा माते ऽऽए...बेटा जा रहा है, असीस दे जाओऽऽ...

माथे पर हाथ धरकर बीच गैल में एक हाथ से पेट पकड़कर बैठ गई कदमबाई। फफक-फफककर रोने लगी। पीठ, पेट, आँखें, नाक, होंठ...पूरा बदन रो रहा है। मैं तेरी दुबली देह और भोले चेहरे को देखकर जीने की ताकत जुटाती रही रे...अपनी भूख-प्यास में नहीं, तेरी चिंता में जिंदा रहती थी। आज रामसिंह उस फिकर से भी आजाद कर चला ! राणा रे...तेरी माँ वीरान...अब चिंता में नहीं, दुख में डूब जाएगी, जो दुख तेरे बिछोह ने पैदा कर डाला।

'रे जल्दी आना बेटा।' कदमबाई की गुहार ने पहाड़, खेत, राह, झरियों-बिरियों और फसलों को घेर लिया। उठकर खड़ी हो गई। मलिया सहारा दे रहा था।

डगर पर कितनी देर खड़े रह सकता है कोई ?

लौट ली।...मगर पीछे मुड़कर देखे बिना मन नहीं माना। दूर जाता राणा आँसू भरी आँखों में तारे की तरह झिलमिलाया।

सात

राणा चला गया। मंसाराम के हाथों के तोते उड़ गए।

जिस सच को वे दुनिया के सामने झुठलाए हुए थे, वह रह-रहकर शूल की तरह कोंचने लगा। राणा सामने होता था, वे बड़े आराम से अनदेखा करके निकल जाते थे। आज आँखों से ओझल हो गया, निगाहें जहाँ न तहाँ उसे ही खोजती हैं। वे खोए-खोए से कबूतरा-बस्ती के लड़कों को देखते हैं।

किताबों में ध्यान लगाया, मन ठहरता नहीं। अखबार पढ़ते हैं, किसी खबर में दिलचस्पी नहीं। सारा कुछ रूखा-फीका-सा...कदमबाई की ओर जाने का दिल नहीं !

गए तो थे कदमबाई के पास !

राणा के जाने से पहले गए थे। बल्कि सुना कि राणा जा रहा है तो भागे थे। कैसा तो मोह जागा था, संकल्प करके गए थे—कुछ भी हो, वे राणा को रोक लेंगे।

कदमबाई चौक में पड़े पत्थर पर बैठी कमीज धो रही थी। मंसाराम हाँफते हुए धूल-सने जूतों में पहुँचे। माथे पर पसीना छलक रहा था।

सीधा सवाल किया, ''राणा कहाँ है कदम ?''

वह बिना देखे ही बोली, ''क्या काम है ?''

''काम !''

''लकड़ी लेने गया है।'' उसने चेहरा उठाकर कहा।

''भीतर आओ।''

''क्या काम है ?''

''फिर काम ! यहीं बता दूँ ?''

''माते, मेरे पास ऐसा क्या है, जो तुम्हारे काम आ सके !''

''मैं कहता हूँ, भीतर चल।'' उनकी आँखों से चिनगारियाँ झरीं।

वह नहीं उठी। मंसाराम ने बिना कुछ सोचे-समझे कदमबाई की बाँह पकड़ ली और खींचते हुए भीतर ले गए। सामने खड़ी कर ली और आँखों में आँखें डालकर बोले, ''राणा को कहाँ भेज रही हो ? मुझे बताया तक नहीं। बड़ा अभिमान है। दूसरे को बे-गैरत समझती हो ?''

कदमबाई देखती रह गई। मंसाराम की ओर देखकर हँस दी फिर।

''आज तुम्हें क्या हो गया माते ?''

"राणा क्यों जा रहा है ?"

"नसा करके आए हो माते ?"

"मस्खरी छोड़ो। राणा को कहीं भेजने की जरूरत नहीं।"

"मस्खरी तो यह हुई न ?" कहकर कदमबाई ने बैठने के लिए पीढ़ी सरका दी और खुद धरती पर उकड़ूँ बैठ गई। पाँव पानी से गीले थे। घाघरा नीचे-नीचे भीगा था। मुँह पर पानी की छोटी-छोटी छींटें थीं।

"एक बार पूछ तो लिया होता कदम।"

"क्या हो जाता फिर ?" कदमबाई ने ऐसा सवाल किया जिसका जवाब देते जिंदगी चुकी जा रही है।

"जो हो जाता, वह वक्त ही बताता।"

"तब तक राणा जिंदा रहता ?"

मंसाराम ने झुँझलाकर सिर झटक दिया।

"मंसा माते, जो आदमी चौदह साल में कुछ न कर पाया, उससे आस जोड़ना...बारह बरस पीछे तो घूरे की भी फिर जाती है, अब कहो कि हमें किस ठौर धरते हो ?"

"जहाँ भेज रही हो, वहाँ की असलियत मालूम है ? मैं कह रहा हूँ कि एक मौका..."

"पहले तो यह बताओ, यहाँ आने के लिए अपने घर पूछ आए ?"

"क्यों ?"

"अबकी बार मेरे बच्चा की गरदन पर आरी फिरेगी। डर लगता है। हमारे डेरों की औरतें उनसे डरा करती हैं, जिनके घरों में बच्चा सेंध-कूमल लगा आता है, कोई छिरिया बकरिया खोल लाता है। और मैं हूँ कि तुम्हारे घर से डरती हूँ जहाँ बेकसूरों को सजा दी जाती है।"

"घरवालों का बदला मुझसे लोगी तो कैसे निभेगी ? समझो तो मैं यह सब क्यों कह रहा हूँ ?"

"क्या समझूँ ? हमें तो बचपन से एक सच्चाई समझाई गई है कि कबूतरी के मर्द की कोई खेती-धरती नहीं होती। कुआँ-तालाब पर उसका हक नहीं होता। फिर भी जिंदा रहना होता है। अन्न-पानी चुराओ और जुटाओ। बिना छत के सोने की आदत डालो। मौसमों को फतह करो।"

वे अत्यंत असहाय-से—चेहरे पर दर्द पुत गया।

"माते, यहाँ लोग दारू पीने आते हैं। मौज-मजा करते हैं। मजबूरी सुनें न कहें। सुख की चाहना में कुछ कहेंगे भी तो जालसाजी निकलेगी। हम सबकुछ समझकर भी नासमझ बने रहते हैं। हमारी बिकरी ही हमारे लिए सबकुछ है। गाहकों का क्या मोह ?"

"और मैं ? मैं अपने मोह का क्या करूँ ?" मंसाराम ने टूटती आवाज में कहा।

कदमबाई मुस्कुराई कि अनचाहे ही होंठ फैलाए थे ? फिर बोली, "कुछ मत करो। कबूतरियों को मोह रास नहीं आते। हम पियारपिरीतवाले छेद बंद करके दारू ढालते

बेचते हैं।''

''कदम, तुमने पी है !''

''यह भी कोई पूछने की बात है ?'' उसने आँखें मिलाकर कहा।

मंसाराम खिसियाए-से बैठे थे कि तभी राणा आ गया। लकड़ी का गट्ठर चौक में पटक दिया। सूराखोंवाली बनियान और घिसा अंडरवियर पसीने और धूल से चीकट से हो रहे थे।

भीतर आ रहा था कि मंसाराम को देखकर बाहर ही ठिठक गया।

माँ ने आवाज दी, तब अनमना-सा डेरे के भीतर घुसा।

''यहाँ बैठ,'' कदमबाई ने मंसाराम की पीढ़ी के बराबर में जगह बताई।

''पाँव छू,'' उनके पाँवों की ओर इशारा किया। और बेटा आज्ञा पालन करेगा, इस भाव से सिहाती हुई-सी निरखने लगी।

राणा दो पल खड़ा रहा। फिर बाहर चला गया। मंसाराम देखते रह गए। वे प्यार से एक क्षण के लिए उसे छूना चाहते थे। राणा शायद ही कभी उनसे बोला हो। कोई रिश्ता मानता है या नहीं ? नहीं मानता तो ऐसे ही सहज होकर बतियाता जैसे राजा काका, दिलीप और दूसरे लोगों से मालिक भइया बब्बा कहता है। पीने-पिलानेवालों की खातिर भजनी काकी के साथ मिलकर करता है। उनके आते ही तो चुपचाप वहाँ से उठ आता है। ज्यों-ज्यों बड़ा होता गया, राणा की यह आदत बढ़ती गई।

आज मंसाराम के साथ कदमबाई भी सकपका गई थी।

जानेवाले बेटे का दर्द, कबूतरा और कज्जा दोनों से सजा पानेवाले राणा की मजबूरी कदमबाई की आँखों में जमा थी। वे जोर देकर बोले, ''राणा को रोक लो। कहीं नहीं जाएगा।''

●●●

राणा के पिता बने मंसाराम ने घर की दहलीज पर चढ़ते ही अपने लिए कुछ दूसरे संबोधन सुने।

जोधा की माँ क्रूर बुढ़िया की तरह अपने बेटे से शिकायत पर शिकायत जड़ रही थी, ''तेरा बाप हिरनाकस्सप है। कोई उसकी गर्दन उड़ा दे तो धड़ मोंठ की कचेहरी पहुँच जाएगा। कबूतरा बेटा के नाम धरती का बैनामा करने।''

जोधा हुंकारा मारते हुए चरखे की तरह भन्नाया।

''अम्मा, वह हमारा बाप नहीं, बाप का भूत है। समझ ले कि तू राँड़ हो गई।''

परदा उलट गया है। वे ठिठके रहें कि आगे बढ़ें ? सारा अपमान जुड़कर भीतर ही भीतर ठोस गोला जैसा बन गया है। क्या पति और पिता को अपने कोड़े से हाँककर ही गृहस्थ धर्म पूरा माना जाता है ? उसकी सारी इच्छाएँ संबंधों के हाथ बिक जाती हैं ? यदि ऐसा ही है तो वे जमीन-जायदाद किसके लिए जुटाए बैठे हैं ?

आनंदी जवान बेटे पर गर्वित है। और वे सोच रहे हैं कि खून-पसीना लगाकर

पाला-पोसा बेटा अपना ही मुकाबलेदार हो गया।

पिता रूपी मंसाराम के सामने काँटों की बाड़ लगी है। बस इसीलिए देह में फलाँगने का जज्बा पैदा हो गया। वे सनसनाकर आगे बढ़े—ला पहले इस पट्ठे को ही देख लूँ। इसकी माँ का भ्रम भी दूर हो जाए कि उसका खिलाया-पिलाया बछेड़ा पिता का कुछ नहीं बिगाड़ सकता। उम्र बढ़ रही है तब क्या हाथ-पाँव भी ढीले हो गए ? महल में रहनेवाले इन रानी और राजकुमार को नहीं मालूम कि मंसाराम किस जंगल से आ रहे हैं ?

वे शेर की तरह दहाड़े, "क्या कह रही थी आनंदी ? और यह हरामी क्या बक रहा था ?"

पत्नी उपेक्षा से कि किसी आशंका से एक नजर देखकर कोठे में घुस गई।

जोधा सामने आया, तब तक उनका क्रोध ठंडा हो आया। लय थोड़ी ढलान पर आ गई। बोले, "कब से खड़ा हूँ, कोई हाथ धुलाने को नहीं !"

जोधा न मालूम क्या सोचकर लोटे में पानी भर लाया। उन्हें हाथ धोते हुए बेटे का यह भाव बड़ा मनभावन लगा। साथ ही अपनी बुद्धि पर भरोसा हुआ। जवान लड़के से हाथापाई करना कहाँ की समझदारी है ? इशारे में ही समझ गया जोधा। वह तो आनंदी बेवकूफ यह समझ रही है कि उसे लेकर घर के दो पुरुष लड़ रहे हैं और वह एक को दूसरे की, दूसरे को पहले की ताकत बताती हुई अपना परचम लहराए जा रही है। नहीं जानती कि मर्द औरत के लिए नहीं, अपने लिए लड़ते हैं।

अब घर शांत था। उनकी दहाड़ ने कमाल दिखाया। एकाध जूता चला देते तो सन्नाटा हो जाता। बिना कलह के घर घर नहीं लग रहा था। आशंकाएँ उठने लगीं, क्या घटित होनेवाला है ? वे खुद को समझाते सब सामान्य तो है। पहले भी तो घर ऐसा ही था।

वे सकून से सोए।

एक सपना-सा आया, या आँखों में कोई दृश्य बन गया...राणा वही सूराखदार बनियान और घिसा अंडरवियर पहने हुए आया है, उनका कंधा झिंझोड़ रहा है। सदा झिझकता था, आज रत्ती भर भी हिचक नहीं रहा, पूछ रहा है—मेरी माँ से मुझे रोकने के लिए तुम किसके दम पर कह रहे थे ? तुममें कोई दम है ? जोधा और करन तुम्हारे बेटे हैं, तो मैं क्यों नहीं ? उन दोनों के बाप बनकर तुमने जितना अपना सहा है, सोच रहे हो आज की दहाड़ से सब उड़ गया ? यहाँ क्या मिला है, जो मेरा पिता होकर चला जाएगा ?

मंसाराम कहें कुछ भी, पर यह अनचाहा सपना...सारे दिन उसी सपने के आधीन रहे। दोपहर ढले नहाए-धोए और मोंठ के बाजार चले गए। सिंधी की दुकान से कमीज-पाजामा का टैरीकॉट लिया और दर्जी से अर्जेंट सिला लिया।

गजब तो तब हुआ, जब नए कपड़ों का झोला पुराने घर में लेकर चले आए। सीधे कबूतरा-बस्ती जाना था, मत मारी गई, क्योंकि मन में सपने की बात ठँसी थी कि

सामाजिक प्रतिष्ठा कुछ नहीं होती। घर में इतना अपमान होता है कि प्रतिष्ठा की धज्जियाँ उड़ जाती हैं, और हम उसे भी सिल-जोड़कर दुशाले की तरह ओढ़ लेते हैं। इज्जत चाहिए, सम्मान चाहिए, तब फिर कहीं न कहीं इंसानियत से नीचे आना होगा। मंसाराम थे कि निखालिस इंसान बने घर चले आए !

झोला अँधेरे कोने में पौर में टाँगा था।

तकदीर की मार कि फावड़ा भी उसी कोने में रखा था। जोधा टॉर्च चमकाता वहीं जा पहुँचा। झोला खोज लाया। कपड़े निकाल लिए।

उस समय वे थाली आगे रखकर दूध-दलिया का कलेऊ कह रहे थे। जोधा ने ऐन सामने आकर कपड़े मुर्गी के नुचे पंखों की तरह फैला दिए।

"ये किसके नाप के हैं ? करन की टाँगें और बाँहें तो इतनी लंबी नहीं।"

करन, करन की माँ और जोधा !

सबके सब जैसे जवाब माँग रहे हों। उनकी ओर एकटक देख रहे थे और वे भय, उत्तेजना और लज्जा के मारे पहले सनसनाए फिर सूखते चले गए। चोरों की तरह उन्होंने सुराग क्यों छोड़ दिया ? अब तक भोगी सजाओं के बाद भी यह बात समझनी बाकी थी ? अब आगे जो हो सो हो, परवाह क्या करें ? हाँ, राणा नंगा का नंगा ही रह जाएगा।

उन्होंने कलेऊ नहीं किया। खाना भी नहीं खाया गया, निराहार रहे।

●●●

राणा की याद ही उन्हें खेतों पर खींच लाई। मेंड़ पर बैठे-बैठे वह सब सोचते रहे, जो अब तक उसे लेकर न सोचा था। क्या याद ही आदमी होती है ? न होती तो उनके भीतर राणा ऐसा तूफान मचाता ? किससे बाँटे इस घुटन को ? बदले में लानत और मखौल ही मिलेंगे। वे खुद भी समझते हैं कि यह बात एकदम बेवकूफी की है, पर बेवकूफी करना चाह रहे हैं। कबूतरी का बच्चा उनका बेटा कैसे हो गया ? उसका नीच खून ऊँचा कैसे हो सकता है ?

कैसा उलटा मामला है, जायज माने जानेवाले बच्चे बाप के नाम और जाति से जाने जाते हैं और नाजायज माँ के नाम जाति से। तब क्या माँएँ नाजायज होती हैं ?

मंसाराम सोना चाहते थे। नींद में आदमी कितने ही सपने देखे, थकता नहीं है, और वे बहुत थक चुके हैं।

...लेकिन तभी कहीं कोयल कूकी। कहाँ नींद, कहाँ कोयल ? सबकुछ बेमेल-सा हो गया है। नहीं सोए, उठकर चल दिए। चलते-चलते वहीं, मुल्ला की तरह मस्जिद तक, क्योंकि उन्होंने मान लिया कि यह आवाज कोयल की नहीं, कदमबाई की है। जैसे वह हमेशा पुकार लगाती थी—राणा रेऽऽ...

कबूतरा-बस्ती ! उजड़ रही है क्या ? मलिया, सरमन, खुरदा कहाँ गए ? वीरानी-सी क्यों है ? भजनी और सरमन की औरत लड़ नहीं रहीं ? भट्टियाँ बुझी क्यों पड़ी हैं ?

दारू नहीं ढलेगी ? दूलन की बकरी मिमियाती रहती थी। मलिया की मुर्गियाँ और बस्तो के छोटे-छोटे बच्चे ? मंसाराम ने जिन पर कभी ध्यान नहीं दिया, वे अपने-अपने अनुपस्थित वजूद में सामने हैं।

आज मगर कोई नहीं बुला रहा उन्हें ?

पगलाए-से उसी कोयल-कूक के पीछे-पीछे दौड़ने लगे।

वर्षों से उठती यह स्त्री-आवाज उनके आसपास मँडराती रही है। वे भजनी के डेरे पर बैठे-बैठे मद पीते रहते थे, आवाज सुनकर मुस्कुरा देते। जानते थे कदम राणा को नहीं पुकार रही, उनको अपना होना बता रही है और उनका होना महसूस कर रही है। नहीं तो रोज-रोज वह स्वर, वही लय ! एक ही तरह की गूँज-अनुगूँज। कानों में रस घुल जाता।

वे ज्यादा से ज्यादा देर बैठे रहते। कभी भजनी से प्याज कटवाते कभी उबले आलू कतरवाते। नहीं तो अंडा उबालने को कहते।

कनखियाँ कदमबाई के डेरे से जुड़ी रहतीं। कदम की कुछ छवियाँ चुराकर झूम उठते।

मंसाराम न जाने आज किस कँटीले नशे में हैं, वह आवाज साथ छोड़ रही है।

सब उनका भ्रम था। संकेत, इशारे और स्वर में बँधा जादू गायब है कि वे ही बहरे हो गए ?

उन्होंने आगे बढ़ने का हौसला जुटाया। डेरे के सामने दूर खड़े हो गए। खुले द्वार से दिखाई दिया—राणा की माँ बेहोश-सी पड़ी है।

खेतों पर ठहरने की हिम्मत जवाब देने लगी। क्या कहकर समझाएँगे ? अब न संकेतों का अर्थ न बोली का कोई मतलब। प्रेम-लगाव और सद्भावनाएँ झूठी पड़ गईं। रंगीनियों तक का ही सफर रहा ! अनाचार और कटुता से जूझना चाहा था, टूटते चले गए। ठोस और दृढ़ होने की जगह खोखले और हलके !

जोधा ने खेती सँभाल ली, वे समझे पाँव खोलकर चल पड़ेंगे। पर जिम्मेदारी उतारना आजादी नहीं होता। उन्हें लड़ना था। शांति चाही, बेदखल हुए। जूझना था। न लड़े न जूझे, लोग कोयल का शिकार कर गए।

अब यहाँ क्या रखा है ? मंसाराम ने सोचा, अब इधर कभी नहीं आएँगे। जोधा को सौंप देंगे अपने हिस्से की भी जमीन। सारे झंझटों से मुक्त हो जाएँगे। सच में क्या इतनी देर हो गई कि तूफान उतर भी गया ? अब लड़ने का भी सिलसिला नहीं...

मंसाराम रोगी हो गए। सिरदर्द और खाँसी ने धर दबाया। आँखें अलग पिरातीं। दवा-दारू होने लगी, फायदा कोई नहीं। शायद उम्र की ढलान का नतीजा है। तो इतनी जल्दी बुढ़ापे ने हमला कर दिया ! सोचते ही देह से दर्द की लहर गुजर जाती। किसी से क्या कहें कि उन पर कैसी बीत रही है। व्याकुल भाव से आसमान की ओर देखते, तो कभी पेड़ों पर बैठे चिड़िया-परेबों को। उनके मुकाबले सब सुखी हैं।

जो हर तरह से हार जाता है, वह हरिनाम के सहारे सुखी रहता है। जोधा तो

बीसियों बार बोल चुका है कि भजन किया करो। दो रोटी खाकर सो रहो। घर-खेत देखने के लिए हम हैं तो सही। तीन-पाँच करे बिना मानते नहीं हो।

सच में उनके लिए अब कोई काम नहीं बचा ? हर मुद्दे पर वे बेकार हैं ? बस उनका समय खत्म हो गया ? उँगलियों पर गिने जानेवाली सालों को जिंदगी कहते हैं ?

मन के मलाल थे कि रोग, वे मोंठ के डॉक्टर के पास गए थे। सारा ब्यौरा जानकर सौ मर्जों की एक दवा बता दी—ताजा हवा में टहला करो।

मंसाराम इस टहलने के ही मारे हुए हैं, कैसे बताएँ ? टहलने कहाँ जाएँगे ? खेतों की ओर...मन और भी वीरान हो उठता है। फसलों भरे खेत बंजर और पथरीली धरती में बदल जाते हैं। लगता है कि जहाँ से चले थे, वहीं खड़े हैं। न फसल न अन्न। न पेड़ न फल। न बाग न तोते। बीते दिनों का चाव खाक में बदल गया। कैथा पर बैठी मैना शोर मचाती है, लगता है रो रही है। खेतों के किनारे किसी बछड़े की आवाज हवा में घुलमिल जाती है, वह हवा कानों को कोंचने लगती है। क्या इन सब रोगों का इलाज भी ताजा हवा में टहलना है ? कहें तो कैसे कहें कि वे वहाँ रुक भी कितने पाएँगे, बियावान में भटके-खोए मुसाफिर-से घर की ओर भागेंगे।

आनंदी ने पुजारी महाराज से पूछा—महाराज, जोधा के पिता की हालत...पागल है आनंदी, पुजारी से पूछ रही है। बेटे को दुआ क्यों नहीं देती, उसने बाप को चिंता-मुक्त कर दिया। खुद की पीठ क्यों नहीं ठोकती कि राणा को यहाँ से रवाना कर दिया, अब वे उखड़े पेड़ की तरह मर रहे हैं, कैसा अद्भुत निदान रहा।

पुजारी ने बताया—'सुखसागर' पढ़कर देखो। कुछ बनेगा नहीं तो बिगड़ेगा भी नहीं। कहते हैं धुंधकाली नाम के राक्षस ने सात दिन बाँस में प्रवेश करके भागवत सुनी थी, राक्षसयोनि से मुक्त हो गया।

तो मंसाराम को इस योनि से मुक्त किया जा रहा है ? चिंतन-मनन के लिए नहीं, उन्होंने समय काटने के लिए 'सुखसागर' पढ़ा।

पढ़ा तो मन रमता गया। उन्हें क्या पता था, इस धर्मग्रंथ के नायक का रूप उनसे इस कदर आ जुड़ेगा कि वे सुखसागर में डुबकी लगाने लगेंगे।

मंसाराम कृष्णमय होते गए।

राधा आसपास रहतीं।

कृष्ण ने बाँसुरी बजाई, राधा दौड़ी चली आई कि उन्होंने ही कबूतरा-बस्ती में जाकर कदमबाई को पूरी ताकत लगाकर पुकारा था ?

मंसाराम चमत्कृत थे। नैनों-सैनों से बुलाकर थक जानेवाले व्याकुल प्रेमी...कदमबाई पास आ खड़ी हुई।

बस उस दिन से कई ऐसी बातों पर विश्वास होने लगा, जिन्हें अब तक अविश्वसनीय समझते रहे। अनोखी, अनहोनी, छेड़छाड़ और करिश्मों भरी ब्यौरेवार कहानियों का पुलिंदा सुखसागर उनकी अपनी जिंदगी से जुड़ने लगा। क्या वे ही सच्ची और असलियत भरी कथाएँ नहीं होतीं, जो हमसे जुड़ जाती हैं। देवताओं की या राक्षसों

की, कि यक्ष किन्नरों की हों, क्या अंतर पड़ता है ?

कथाएँ अंतर्मन से गुजर रही थीं, हौसला बढ़ रहा था।

वे अब फिर से कबूतरा-बस्ती जाने लगे। जिन गुनाहगारों में बैठने के लिए थूका जाता था, वही गुनाह करने लगे। चमत्कार यह हुआ अब आँखें पिराती नहीं, जुड़ातीं थीं। खाँसी के बदले सुखसागर के दोहा कंठ से फूटते। कहाँ का सिर दर्द, मन में कदम नाचा करती। स्वास्थ्य क्या खुशी और उमंग को कहते हैं ? वह भीतरी इच्छाओं से पैदा होता है ? उन्होंने प्रण किया, न घबराएँगे न हौसला खोएँगे। घर में कोई ऐतराज उठाएगा तो सोच लेंगे उन्हें सफलता मिल रही है।

●●●

आग और धुआँ !

मंसाराम बैठक में थे कि उन्हें चिराँइध-सी लगी। कोई कपड़ा जल रहा है ? कि कागज के ढेर में आग लगाई है ? करन ऐसे ही तमाशे करता रहता है। करन तो धमाधम भागा चला आ रहा है। वे छत पर खड़े धोती बाँधते हुए हड़बड़ा गए।

लड़के की मुद्रा देखकर उनकी जुबान लकड़ाने लगी। चिराँइध ने बुरी से बुरी आशंकाएँ जगा दीं।

"पिताजी ! अम्मा !"

"अम्मा ! क्या हुआ रे ?"

"आग !"

पाँव काँपने लगे। आँखों के आगे आग ही आग। लपटों ने खुद को घेर लिया हो जैसे। साँपिन की जीभ जैसी लपटें ! मंसाराम धोती की लाँग लगाना भूल गए।

लाँग कहीं, धोती कहीं। वे खाली अंडरवियर पहने हुए दौड़ पड़े।

कोठा कालिख का आगार बना हुआ है। लोग आते चले जा रहे हैं। जोधा बदहवास-सा पानी भरी बाल्टी उलीच रहा है। मिट्टी के तेल की बदबू सर्वत्र फैली है। आँगन से लेकर द्वार तक भीड़...

भीतर ! वे औरतों के घेरे को तोड़कर पहुँचे तो देखते हैं आनंदी के शरीर से अधजले कपड़ों को दिलीप खींच रहा है। कंबल से ढँकी हुई पत्नी के पास राजा काका बैठे हैं। उन्होंने आँखें मींच लीं।

जले कपड़ों की चिंदियाँ यहाँ-वहाँ...चमगादड़ों जैसे रूप में पानी में भीगी पड़ी हैं। मंसाराम का मुँह चूहे के बिल-सा खुला रह गया। भयानक नजारे का सामना करते हुए पत्ते से भी हलके होते गए।

जोधा का चेहरा, राजा काका के तेवर, दिलीप की मिसमिसाती सूरत देखकर ही वे दहल गए। हिम्मत करके और आगे बढ़े, बूढ़े की तरह पत्नी के ऊपर झुके। कंबल उठाकर आनंदी को देखना चाहा। वह बेहोशी में ही कराही, फिर थोड़ा-सा सिर हिलाकर शांत हो गई।

''अम्मा से हाथ लगाया तो...'' जोधा दाँती भींचकर शब्द चबाते हुए बरजा।

—हरामी तेरे कारण ही...राजा काका ने मौन गुर्राहट छोड़ी और जोर से कहा, ''दिलीप, धीरे। बाल उखड़ आएँगे। सँभालके।''

आनंदी के हाथ झुलस गए हैं। चेहरा बच गया। छाती पर भी आग नहीं आ पाई। धोती आधी से ज्यादा जल गई। जाँघों को ज्यादा जला डाला।

मंसाराम ने नजरें झुका लीं। जिसकी ओर निगाह उठे, वही जूते मारता है।

''जोधा, अपने मामा को खबर कर दे।'' राजा काका की बात पर मंसाराम का पेशाब छूटने को आ गया।

''घबराने की बात नहीं है। बच गई आनंदी भाभी। हाय-हाय क्यों मचा रहे हो ?''

मंसाराम ने ऊपर कही पंक्तियों को बोलनेवाले के दर्शन करने चाहे। कौन है यह देवदूत ? लल्लूराजा का भाई !...मगर आनंदी ने अब उनके गले में दोबारा रस्सा डाल दिया, जिसे घर-बाहर का हर सदस्य खींचकर जा रहा था। बेहद अफसोस में खड़े सोच रहे थे—आनंदी उस भावना से भी दूर चली गई, जिसका संदेह वे करते थे। अभी तक तो जाति से जाति की ऊँच-नीच का मुकाबला था, अब औरत से औरत का डाह है। डाह भी अपनी किसी बात को लेकर होता तो बेहतर था, एक मर्द को लेकर जान झोंकना...हमारी औरतें कभी भी न अपने लिए जिएँगी न मरेंगी, वे सदा पुरुष पर कुरबान होंगी और बलि पर गर्व करेंगी। माना कि घबरानेवाली बात नहीं, पर धमकानेवाला मुद्दा तो सौ फीसदी है। इस अग्निकांड को लेकर अब जो उथल-पुथल मचेगी कि उनको जिंदा ही स्वाहा न कर डाले ? कबूतर की तरह उड़नेवाले मंसाराम चूहे की तरह सिकुड़ गए।

जोधा से आँखें नहीं मिला पा रहे। वह अपनी माँ की तेल और आग भरी देह का हिसाब माँगेगा, क्या कहेंगे ? यही कि बंधन तोड़ना मेरा निजी मामला था, मरना-जीना तेरी माँ की इच्छा। नहीं, नहीं कह पाएँगे यह सब। ये सच्ची बातें भले हों, व्यवहार के चलते समाज में मान्य नहीं। इसलिए लाभकारी नहीं। आनंदी भी कहाँ समाज से मुक्त है, दोनों ही बँधे-जकड़े, जिन्हें खूँटा तुड़ाकर मरने का हक नहीं। पति-पत्नी के बीच भवबाधा कदमबाई।

न चाहते हुए भी पत्नी-हत्या का बोध होता जा रहा है। आनंदी बाकायदा जिंदा है और वे कातिल के रूप में कठघरे की ओर बढ़ते चले जा रहे हैं। जोधा, दिलीप, राजा काका, अमरावाले जीजा, जोधा के मामा थाने में रिपोर्ट नहीं करेंगे क्योंकि आपसी मान-इज्जत का सवाल है, पर अपनी ही अदालत में मंसाराम को आजन्म कैद का हुकुम जरूर सुना देंगे।

यह कैसी जिंदगी है ? देखने में लगती है दो दूनी चार, मगर आज तक दो दूनी चार नहीं घटित हुए। सदा कुछ गड़बड़ा जाता है।

आठ

गोरामछिया !

रामसिंह के घर ने राणा को विशेष तौर पर आकर्षित किया। सफेद दीवारें और हरे रंग की चमकीली किवाड़ें। घर के आगे बड़ा-सा चौक, हैंडपंप खड़ा है। दाईं ओर पक्की लिड़ौरी बनी है, गाय सानी खाती है। सानी खाते हुए सिर हिलाती जाती है गाय, घंटरिया टुनुर-टुनुर बजती है। साथ में बछड़ा बँधा है—भोला मुँह, आम के पत्ते जैसे कान ! राणा की कब-कब की साध पूरी हुई।

सामने कोने में केले के तीन-चार पेड़ों के चौड़े पत्ते लटक रहे हैं, मड़वा बना हुआ है। पास ही एक कोठरी है, जिसकी दीवारों पर लौकी-तोरई की बेलें फैली हैं। उसका मन हरा-भरा हो गया।

रामसिंह काका समझाता है, "सबेरे टट्टी जाना, फिर नहाना। उसके बाद पूजा। चंदन घिसना, अल्मा बता देगी।"

अल्मा ! राणा ने चटपट चारों ओर देखा और सकून की साँस ली। नहीं है यहाँ

"अल्मा ! री अल्माऽऽ...!" काका पुकारता है। राणा घबरा रहा है।

"आई बप्पा !" कोयल की-सी महीन बोली। भीतर से गले में चुन्नी सँभालती हुई एक लड़की निकली। तेजी से बाहर आती है। गुलाबी सलवार-कमीज पहने हुए, छाती पर दो लंबी-लंबी काली चोटियाँ पड़ी हैं। कद होगा राणा के कान तक।

राणा ने बिना पलकें उठाए बहुत कुछ देख लिया। नुकीली ठोड़ीवाला गोरा चेहरा। नाक में लोंग चमकती है। कानों में बालियाँ पहने है। काली और बड़ी-बड़ी आँखें। तेरह वर्ष की है या चौदह की ? राणा अपनी उम्र से अल्मा को नाप रहा है।

"तुझसे छोटी ही होगी।" काका कहता है, "अरे ऐसे ही खड़े रहोगे चुपचाप ! एक-दूसरे से बात नहीं करोगे ? अल्मा, राणा का मन फिर कैसे लगेगा ?"

अल्मा उजले पंक्तिबद्ध दाँत निकालकर मुस्कुरा पड़ती है। पलकें उठाकर राणा की ओर देखना...मानो बप्पा का हुकुम हो।

"यह तेरी साथिन है," कहने के बाद रामसिंह काका बोला, "चाय नहीं बनाएगी ? मेहमान आया है।"

अल्मा भीतर भाग गई। आँगन में बर्तन खटकने लगे।

रामसिंह काका के इशारे पर राणा अपनी कमीज की बाँहें ठीक करता हुआ भीतर

आया। स्टोव जल रहा है, घर्र-घर्र आवाज की नदी-सी बह रही है।

राणा को आवाज के साथ ही करन की याद आई। एक बार आम के पेड़ तले स्टोव धरकर चाय बनाई थी। राणा को पंप मारने में बड़ा आनंद आया था, जितनी हवा भरती लौ उतनी ही तेज फड़फड़ाती।

तेज आवाज में रेडियो बज रहा है–

परदेसी परदेसी जाना नहीं, मुझे छोड़े के, मुझे छोड़े के
परदेसी मेरे याराँ वादा निभाना, मुझे याद रखना, कहीं भूल न जाना...

हाथ में चाय का मग आते ही माँ की याद आई। दारूवाले गुड़ की चाय पर कितना परेशान करता था अम्मा को। गरम चाय को फूँक-फूँककर पीने लगा, अल्मा होंठ दबाकर हँस पड़ी।

रामसिंह काका खटिया पर बराबर में बैठा था, बोला, "चाय तो गरमाई के लिए ही पी जाती है, तू ठंडी क्यों कर रहा है ?"

वह झेंप गया।

चाय खत्म होते ही बाहर निकल गया था। अजनबीपन भारी लग रहा है। यहाँ आते ही मड़ोरा खुर्द याद आने लगा। गाय, पेड़ और नल की ओर देख पा रहा है बस। अल्मा से बात करना उसके बस का नहीं। अम्मा इस लड़की से शादी की बात करती है ! अल्मा की आवाज सुनकर वह घबरा जाता है। बेधड़क अगर कुछ देखा है तो पाँव देखे हैं–उजले पाँवों पर चमचमाती लड़ी लिपटी हुई थी। घर में भी चप्पल पहननेवाली लड़की ! वह मड़ोरा खुर्द से नंगे पाँवों चला आया। भीतर ही भीतर और भी सिकुड़ गया।

●●●

"अरे, तू दिन-भर ही बाहर बैठा रहता है ! अल्मा के संग खेल लिया कर। ताश-कैरम, लूडो, साँप-सीढ़ी।" रामसिंह ने बाहर चौक में खड़े राणा से कहा, "अनमना रहता है, हमें दुख लगता है। मन लगा।"

अबकी बार राणा को हँसी आ गई। तेरह-चौदह साल की लड़की के साथ खेलेगा ? माँ के हिसाब से रूपसिंह की बहू चौदह साल की है, बच्चे की माँ होनेवाली है। घर का काम करके दारू की भट्ठी चढ़ाती है। और रामसिंह काका की बेटी अभी खेल...!

अल्मा भी हँस रही थी। उसे पता नहीं राणा किस बात पर हँसा है। हँसी देखकर हँसी आती है।

रामसिंह दोनों की हँसी से बेपरवाह कहने लगा, "जल्दी नहा-धो ले। मैले-कुचैले कपड़ों को उतार। नए कपड़े लाया हूँ, पहन लेना। नहीं तो यहाँ के लोग कहेंगे, यह किसे पकड़ लाया ?"

अभी तक जिस हँसी को मिठाई के टुकड़े की तरह मुँह में दबाए हुए था, अचानक

कड़वी हो गई। अल्मा का वहाँ होना जहर लगा। काका ने तो आते ही नीचा कर दिया। मैले कपड़ों के संग क्या हमारी बस्ती बँधी चली आई ? उजले कपड़े पहनकर वह एकदम बदलनेवाला है ? भारी मन खड़ा रहा।

नहाया और कपड़े भी बदलने ही थे।

सच में खुद को पहचानना मुश्किल हो गया। काका ने कहा था ड्रैसिंग टेबल पर देखकर आ। माँ भी देखे तो पहचाने नहीं।

वह शीशा देखने भीतर नहीं गया।

मैले कपड़े उतारकर जहाँ रखे थे, फिर से वहीं जा पहुँचा तो लगा बिछुड़ने के गम में कपड़े उदास पड़े हैं। उठा लूँ ? बाँहों में छिपाकर कहीं दबा दूँगा। माँ की याद आएगी तो देख लिया करूँगा। कितने चाव से बनवाकर लाई थी, मैले हो गए तो उसका क्या कसूर ? राणा की आँखों में आँसू भर आए।

रात के समय अलग कमरे में सोया तो माँ और भी याद आई। यहाँ सबके सोने के लिए अलग-अलग कमरे हैं, अलग-अलग बिछौना। मड़ोरा खुर्द में उसका सबकुछ माँ के साथ ही था। एक पल के लिए भी अकेला नहीं था। यहाँ सोते समय माँ और करन को यादों में न बुलाए तो छटपटाता रहे।...लेकिन खयालों में आकर भी माँ और करन दुख ही देते हैं, पहले से ज्यादा दुख। जो कुछ वहाँ भूला रहता था, वह भी यहाँ याद आता है। करन और माँ की झलक ऐसी दुखदाई हो गई...करन प्यारा दोस्त, अम्मा सदा खयाल रखनेवाली, अब ऐसी कैसे हो गई ? डेरों पर जब कभी सपना देखता था और माँ को बताता था कि सपने में कौन देखा, अम्मा कहती थी, उसे तूने जरूर दिन में याद किया होगा। अम्मा को कैसे बताए कि वह दिन-रात याद करता है, फिर भी तू सपने में नहीं आती। क्या यहाँ आते ही रूठ गई ? या भूल गई ? कोई पास न हो, तब क्या कहीं नहीं होता ?

●●●

अल्मा खाना बनाती है। राणा की भूख जाग्रत हो उठती है। ऐसा खाना कि क्या खाए, क्या न खाए ? दाल-रोटी खाने को कितना तरसता था, यहाँ दाल के संग तरकारी भी, चावल भी, दही भी। कितने ही ऐसे स्वाद हैं, जो यहाँ आकर चखे हैं। न घी नमकीन हो न मीठा, पर कैसा अच्छा होता है ! माँ कहती थी—भूख बावरी होती है, यहाँ राणा को देखे कि खुद ही बावरा हुआ जा रहा है। हाँ, डेरों पर भूख हत्यारी होती थी, पीपल के फल और मकोइयों के लिए हम एक-दूसरे को नोंच-बकोटकर लहूलुहान कर देते थे। अल्मा तो सदा ही हँसती रहती है। उसका पेट भरा रहता है।

माँ होती तो कहती—यह सब रामसिंह के पुन्नों का फल है।

हो सकता है। रामसिंह काका के देवता कैसे चमकीले हैं, बड़ा-सा वरदान दे सकते हैं। शीशे के पीछे से झाँकते हुए मुस्काते हैं, बड़े खुश हैं चंदन की बिंदी लगाकर। हमारे वीरदेव...बेचारे लीपन उखड़े चबूतरे पर पड़े रहते हैं। धूपताप, सर्दी-बारिश में नंगे

असहाय-से...चोरी का माल बँटे तो कभी अगरबत्ती भले जल जाए, नहीं तो महुआ और गुड़ के पानी की खटास भरी गंध में घिरे कबूतराओं के संग पिटते-कुटते रहते हैं। वरदान देने की ताकत ही कहाँ बचती होगी ? तभी माँ की ज्यादातर विनतियाँ अकारथ जाती हैं। माँ जितनी विनती करती है, पीछे से उतनी गालियाँ देती है। डेरे की औरतें एक लोटा पानी तब ढारती हैं, जब इतना ही जल उनकी आँखों से झर चुका होता है। कज्जा बने रामसिंह काका और भगवान का जो रिश्ता है, वह कबूतरा और वीरदेव के रिश्ते के मुकाबले बड़ा नाजुक और रेशमी-सा है। राणा यहाँ माँ के लिए कोई प्रार्थना करे, हिम्मत नहीं पड़ती। माँ ने बप्पा का एक किस्सा सुनाया था—बप्पा व्रत रहने का संकल्प ले चुका था। व्रत रहकर मंदिर में जा पहुँचा, उत्साह में घंटा बजा दिया। गाँव के लोगों ने मंदिर को पानी में गंगाजल मिलाकर धुलवाया था। पुजारी चंदा डालकर गंगा नहाने भेजे। नीच कौम कबूतरा, वह भी चोर...कितना पाप जमा हो गया मंदिर में।

रामसिंह काका के कितने-कितने पुन्न कि इसी जनम में कज्जा बन गया ! उसकी बेटी कज्जिन ! राणा से बराबरी करती थी माँ। भजनी काकी तो रामसिंह कबूतरा की बेटी को राणा के पासंग भी नहीं समझती थी। यहाँ देखे तो देखती रह जाए। सारी बस्ती की औरतों के पास इतनी चूड़ियाँ न होंगी, जितनी अल्मा के पास हैं। रोज रंग बदलकर पहनती है। इतना आराम, इतना सिंगार कैसे निभा लेती है। उसे तो गद्दे पर गुदगुदी लगती है, अल्मा की चूड़ियाँ बजती हैं तो कानों में झुनझुनी। जिन बातों को सुखदाई समझता था, वे ही सहन नहीं होतीं।

पाँच-छह दिन किस-किस तरह गुजरे !

उसे अनमना देखकर अल्मा ने साँप-सीढ़ी का खेल बिछा दिया था। राणा सकुचा गया, इस खेल को वह कैसे समझे ?

अल्मा समझदार लड़की की तरह बताने लगी—इस खाने में गोटी आएगी तो सीढ़ी चढ़ जाओगे, यहाँ ऊपर, और इस खाने में...साँप डस लेगा, मरकर नीचे गिरोगे।

सादा-सा खेल राणा खेलने लगा।...मगर सीढ़ी न चढ़ पाया, हार गया ! एक-दो बार हारा तो अल्मा को बड़ी हँसी आई। राणा झेंपा, गुस्सा आया—इस लड़की को अपने साथ खेलनेवाला साथी कहाँ मिलता होगा ? इस घर में कोई बालक आता नहीं, कोई बराबर का देखा नहीं। अल्मा निपट अकेली !

राणा के बार-बार हारने पर वह दुखित-सी हो गई। उसके बदले का पाँसा अल्मा डालने लगी—देखो, ऐसे ! निकला न छक्का ! और वह चौका ! चलो गोटी। चढ़ो सीढ़ी। मैं तो पीछे ही रह गई ! हार जाऊँगी।

राणा को ऐसा ही एक और खेल याद आ गया—चंगा-पौ। जिनके पास साँप-सीढ़ी नहीं होती, वे चंगा-पौ खेलते हैं, यह भी समझ में आ गया। अल्मा उसके लिए हार रही है, एकदम अच्छा नहीं लगा उसे। वह हार नहीं रही, बड़ी हो रही है !

राणा सदा कुढ़नेवाली बात ही सोचता है। जब से यहाँ आया है, किसी न किसी बात को लेकर भीतर ही भीतर घुटने लगता है ! अल्मा साबुन की बट्टी देकर नहाने

को कह रही थी तब भी उसे अपने ऊपर रहम आ गया था। क्यों आ गया है यहाँ ? नहाना क्या साबुन की गंध में लिपटना होता है ? पानी में मैल छुड़ाना ही नहाना मानती थी माँ। वह भी कितनी मुश्किल से नसीब होता था। हाँ मुश्किल यह है कि वह डेरों की मुश्किलों को अल्मा के सामने कहना नहीं चाहता। तौहीन लगती है, जैसे सारे अभाव उसके अपने ही पैदा किए हुए हों।

नहीं, बुरा क्या लगना ? उसने अपने-आपको सँभाला। हो सकता है अल्मा दोस्ती का हाथ बढ़ा रही हो। बराबरी पर खड़ा करके देखना चाहती हो या डर रही हो कि राणा फिर न खेलेगा।

राणा को करन की याद आई। चंगा-पौ का चस्का लगाकर ही तो उसे दोस्त बना लिया था। भीखम गोमता के नाराज होने के बावजूद भी वह करन को जिताता था और आशा करता था कि करन आएगा, फिर खेलेगा। अपनी माँ से अम्मा की शिकायत नहीं करेगा।

जीत के बाद करन कैसा तो खुश हो जाता था ! कज्जा और कबूतरा का भेद भूलकर राणा के गले में हाथ डाल देता। बाँहजोटी पहाड़ की ओर चलता। ऐसे ही खुशी के क्षणों में आम के पेड़ पर उसने दो नाम लिखे थे—करन और राणा !

अल्मा उसे इसी तरह पास खींच रही है ? मन में गुदगुदी-सी हो उठती है।

●●●

नहाने और नाश्ता करने के बाद रामसिंह काका अपने कोठे में खटिया पर बैठ जाता है। उसके पास कुछ किताबें हैं, जिन्हें उलटता-पलटता रहता है। पढ़ता है और फिर कुछ सोचता रहता है।

राणा और अल्मा भी नहा-धोकर धुले कपड़े पहनते हैं। बोरा बिछाकर धरती पर बैठ जाते हैं। अपनी-अपनी कापी और कलम साथ होती है।

काका सबेरे के वक्त ही पढ़ाता है।

पढ़ाई शुरू होने से पहले प्रार्थना होती है। बैठकर ही आँखें बंद कर लेते हैं और गाते हैं—सरफरोसी की तमन्ना अब हमारे दिल में है, देखना है जोर कितना बाजु ए कातिल में है।...यह प्रार्थना ! राणा को ताज्जुब हुआ था। स्कूल में भगवान की प्रार्थना बोली जाती थी।

राणा फ़ को फ बोलता है। क़ा को का। काका टोकता है। उच्चारण शुद्ध कराता है। लिखावट और उच्चारण शुद्ध होने से शब्द का सही मतलब समझ में आता है, काका इस बात पर बहुत जोर देता है और राणा है कि अक्सर गड़बड़ा जाता है।

काका के स्कूल के दोनों विद्यार्थी हिंदी, गणित, भूगोल, आर्ट जैसे विषय उसी तरह पढ़ते हैं, जैसे दूसरे स्कूलों में पढ़ाए जाते हैं। अँगरेजी को भी रामसिंह काका काफी महत्त्व देता है, अल्मा को अँगरेजी आती है। वह किताब में से शब्द ही नहीं, वाक्य भी पढ़ लेती है। कापी पर लिख भी देती है, जबकि राणा मूर्ख की तरह देखता रह जाता है।

रामसिंह काका कहता है—देख क्या रहा है, अभ्यास कर। यह तो सीखनी ही होगी। अब यह अँगरेजों की नहीं, दुनिया भर की भाषा है। सबसे बड़ी बात साइंस का आधार है। अब हम ऐसी गलतियाँ नहीं करेंगे कि पीछे रह जाएँ। हमारे पुरखे इन्हीं गलतियों से इतने पिछड़े कि हवा-पानी और धरती से बेदखल कर दिए गए। जमाना बदल रहा है, हम भी बदलेंगे। बम और पिस्तौलों के जमाने में तीर-तलवारों से काम नहीं चलता, हमारी पिछली पीढ़ियों ने इस बात को नहीं समझा। कज्जा लोगों के हुनर नहीं सीखे, उनको त्यागने में जाति का गर्व समझा। यह दीगर बात रही कि उसी हुनर से कमाए हुए कज्जा लोगों के धन को चुराने में गुरेज न माना। बहादुरी से चोरी करते हैं। छिपकर बच निकलने में धन्य-धन्य हो उठते हैं।

रामसिंह काका इन बातों को कहते-कहते सूनी आँखों न जाने क्या टोहता रहता ? पछताता, जैसे खुद को तैयार कर रहा हो। काका कहता है, "हमारा इतिहास कहीं लिखा नहीं..."

इतिहास ?

राणा ने अपनी और करन की लगभग दस ऐसी किताबें पढ़ी थीं, जिनमें राजाओं के किस्से थे। करन कहता था, ये इतिहास की किताबें हैं। राणाप्रताप, अकबर, जहाँगीर से लेकर शाहजहाँ और औरंगजेब से अमरसिंह, राजसिंह, जगतसिंह जैसे राजा कैसे जूझे थे और हारते चले गए ! राणा ने ये कहानियाँ पढ़ी हैं।

रामसिंह काका ने अब तक चित्तौड़गढ़ का युद्ध, हम्मीर का संघर्ष और गोरा-बादल की कहानी सुनाई है।

वह एक दिन कक्षा लेते समय बोला, "बताओ, हम कौन हैं ? कहाँ से आए हैं ?" अटपटे से सवाल को पूछकर अल्मा और राणा का मुँह देखने लगा।

अल्मा मुस्काई, जैसे उसे सब मालूम हो।

राणा को अपना पीछे रह जाना सदा बुरा लगता है, अतः उसे जो याद था, बता दिया, "हम राजस्थान से आए हैं। चोर नहीं, सिपाही हैं।"

रामसिंह ने ताज्जुब से देखा और पूछा, "तुझे किसने बताया ?"

"मलिया काका ने। वह कहता है, हम राजा हैं। डेरे के लोग हँसते हैं। बच्चे चिढ़ाते हैं—मलिया काका नंगा राजा, चोर-सिपाही/भागो उसकी पलटन आई।"

रामसिंह आज दाँत खोलकर हँस पड़ा। पहली बार राणा ने उसके हँसते हुए दाँत देखे। सहज मुस्कुराता चेहरा देखा, नहीं तो ऐसे रहता है, जैसे सिर पर कई मन बोझ लदा हो।

धीरे-धीरे गंभीर हो गया रामसिंह काका और बोला, "आज मैं मलिया की बात की सच्चाई बताता हूँ। वह चिढ़ाने की चीज नहीं, समझने और सोचने की बात है। हमारी कहानी है, क्योंकि हमारे पुरखों की कथा है, समझो कि हमारा निजी इतिहास !"

रामसिंह काका दो क्षण राणा का चेहरा देखता रहा। क्या देख रहा है काका ? जैसे कुछ खोज रहा हो।

वह सँभलकर बैठ गया।

काका ने कहना शुरू किया—सिंहलद्वीप के राजा गंधर्वसेन की बेटी पद्मिनी रूप-अपरूप थी। हीरामन नाम के सुआ ने चित्तौड़गढ़ के राजा रतनसेन से उसकी चर्चा की कि गले में नागफाँस डाल दी ? राजा जोगी हो गया और जोगियों की जमात के साथ सिंहलद्वीप पहुँचा, पद्मिनी को ले आया।

राणा अल्मा को कनखियों से देखता हुआ सकपका गया !

रूप से जुड़ी प्रीति और गुणों से जुड़े धर्म ने राजा को ऐसा मोह लिया कि वह मोर पंडुक तीतर बटेरों से भी इस कदर प्यार करने लगा कि शिकार भूल गया।

उस समय दिल्ली पर अलाउद्दीन सुलतान का कब्जा था।

राघव चेतन नाम का ब्राह्मण विद्वान रहस्य-विद्या से राजा को भरमाने लगा और अपना महत्त्व जताने लगा, राजा भी चौदह विद्याओं का ज्ञाता था, सो झूठ-कपट को जान गया। राघव चेतन को देशनिकाला दे दिया।

पद्मिनी दयालु स्वभाव की स्त्री, सोचा राज्य से विद्वान जा रहा है, अच्छी बात नहीं। रानी ने उसे बुलवाया। झरोखे में आई, क्योंकि समझाकर रोक लेना चाहती थी।...लेकिन जैसे ही पद्मिनी झरोखे में झाँकी, पंडित राघव चेतन गश खाकर गिर गया।

रानी हँस पड़ी। झरोखा बंद कर दिया। मन ही मन बोली—दुर्बल मन का आदमी विद्वान नहीं हो सकता। विद्या संयम माँगती है। रहम दिखाते हुए रानी ने एक कंगन बाहर फेंक दिया, जो होश में आने पर राघव चेतन ने उठा लिया।

—मुझे चित्तौड़ की रानी ने ठग लिया ! मुझे राजा ने देशनिकाला दिया, मैं यहाँ नहीं रहूँगा। मैं जाऊँगा वहाँ, जहाँ बारहवानी दीनारें ढलती हैं। दीनारें इनाम में मिलेंगी क्योंकि मेरे पास यह कंगन...

राघव चेतन ने सुलतान से मुलाकात की, कंगन दिखाया और कंगन की स्वामिनी का रूप बखाना ! अलाउद्दीन के मन में सनसनी फैलाई, पद्मिनी स्त्री उसके पास होनी चाहिए।

धमाके भरी पत्री ! भेजनेवाला सुलतान—राजा, पद्मिनी देनी होगी।

राजा रतनसेन आपे से बाहर हो गए।

इतना कहकर रामसिंह काका फिर कुछ सोचने लगा, मुँह पर ऐसे भाव आ गए, जैसे उसके अपने ऊपर बीत रही हो।

—काका, फिर क्या हुआ ?

हुआ क्या, जो डर था, वही हुआ। युद्ध के नगाड़े बज उठे। अलाउद्दीन फौजें लेकर आ गया। हाथी चिंघाड़ने लगे, गढ़ घेर लिया। जैसे धरती और आसमान में ठन गई हो, सुलतान बड़ा कि राजा ? जंग पूरे आठ वर्ष चली। जो पौधे रोपे थे, बढ़कर बड़े हो गए।

रानी अपने रूप को कोसने लगी—चित्तौड़ की बैरिन यह देह...अब जौहर व्रत !

जौहर व्रत ! सूचना सुलतान तक पहुँची। पद्मिनी खत्म हो जाएगी।

—पद्मिनी नहीं, बस पाँच नगीने और पद्मिनी का दर्शन। राजा, मैं अपनी फौजें लेकर लौट जाऊँगा—सुलतान का संदेश आया।

राजा तबाह होकर भी टस से मस न हुए। पद्मिनी ने फैसला लिया—सुलतान को आने दो। गढ़ सजवाओ। रसोई मैं बनाऊँगी। आदमकद शीशा मँगवाओ।

राजा देखते रह गए। जिस स्त्री के लिए जोगी हुए, मौत की परवाह नहीं की, आज उसे सुलतान की ताक भरमाने लगी !

पद्मिनी जिद्‌दी औरत, राजा जानते थे। सुहागिनों की तरह छाती पर मोर फूल नहीं गुदवाया, राघव चेतन को झरोखे पर बुलाया।

रानी की हठ। सुलतान गढ़ देखने आया। भोज की खातिरदारी और सारपाँसे खेलने के लिए चौपड़। राजा और सुलतान शह और मात में उलझे थे।

...कि यकायक बिजली-सी चमकी। दर्पण में रानी ! धवलगृह में साज-सिंगार करके आई अप्सरा को देखकर सुलतान के मन में पहला विचार यह आया—अगर इस स्त्री से मेरी संतान हो तो ? संतान तभी होगी, जब यह मेरे पास होगी।

बाहर तक राजा विदा करने आए थे—राजधर्म।

सुलतान ने उन्हें बंदी बना लिया, बल पर छल की विजय।

रानी के क्रोध का ठिकाना न रहा। समझती थी कि राजा जिंदा नहीं रह पाएँगे। प्यार नहीं, म्लेच्छ ने उनका अहंकार तोड़ डाला।

संदेश भेजा—सुलतान, मैं आ रही हूँ। मैं चित्तौड़ की रानी अकेली नहीं आऊँगी।

उत्तर आया—पुरुष नहीं, बस स्त्रियाँ आएँ। रानी ने पालकियाँ सजवाईं। डोले उठे। लुहार, बढ़ई और गोरा-बादल ने स्त्री-रूप धरा। सैनिकों ने घाघरा-ओढ़नी पहने।

सुलतान के खेमों पर तैनात पहरेदारों को घूस दी गई। राजा के पास तक रानी के रूप में सैनिक पहुँचा। इधर द्वार खुलते ही डोलियों से उतरनेवाली औरतें म्लेच्छों पर छा गईं। मार-काट के बीच लोहार, बढ़इयों ने राजा की हथकड़ी-बेड़ियाँ काट डालीं।

गोरा शहीद हो गया। महाराज बचा लिए गए मगर घरेलू शत्रु देवपाल से लड़ते-लड़ते मारे गए।

रामसिंह काका ने कहा—यह कथा सबको मालूम है। हमसे ज्यादा कज्जा लोग इस इतिहास को जानते हैं और कहते हैं—

रानी के सामने था जौहर। सती होना स्त्री का धर्म है। राजपूतनियाँ परपुरुष के स्पर्श से पहले, खुद को भस्म करना ज्यादा अच्छा समझती हैं—पतिव्रता का जीवन यही है।

इतिहास की किताबों में लिखा है—जौहर कुंडों में चिताएँ सजाई गईं। चंदन-लकड़ी-घी-सामग्री डालकर नगाड़े बजाए गए।

पद्मिनी हँसते-हँसते जल मरी। साथ में चित्तौड़गढ़ की स्त्रियाँ और बच्चे भी होम हो गए। सुलतान को उनकी राख मिली।

...लेकिन।

रामसिंह काका सुनाता है—हमारी माँ कहती थी, पद्मिनी नहीं मरी। माँ को उसकी दादी ने बताया था और दादी को उसकी दादी ने। सो भूरी कबूतरी ने कथा कह-कहकर सुनाई—

...कि पद्मिनी अपनी बाँदी सखियों और रानी रक्कासाओं को लेकर सैनिकों के साथ भाग छूटी थी। आनबान कहाँ रह गई, जिंदगी ने सब छीन लिया। प्राण ही सबसे ज्यादा प्यारे लगे।

सुलतान ने सोचा, सबकुछ खत्म हो गया। अब लौट चलो। पद्मिनी के बिना चित्तौड़गढ़ भी क्या ? एकदम सूना-फीका। आकर्षण मर गया। चित्तौड़ राज्य पर मुगलों का कब्जा हुआ, लेकिन जैसे सुलतान की हथेलियों से अचानक ही कुछ सरक गया हो।

रानी सरहदें पार कर गई। छोटा-सा कारवाँ नदी-पहाड़, घाटियाँ लाँघता हुआ दिन-रात का भेद भुलाकर आगे बढ़ रहा था। रानी का कारवाँ...सुलतान को शायद भनक लग गई।

वह किसानों का मेहमान होता, तो गाँवों को आग लगा दी जाती। वह बस्तियों से गुजरता, बस्तियों को उजाड़ दिया जाता। पेड़ों पर फल नहीं, लोगों की लाशें झूलतीं।

भागते-भागते लोग कमजोर पड़ने लगे, क्योंकि राशन-रसद पूरी हो गई। हथियार टूटने लगे।

रानी ने मुरझाते सैनिकों को हुक्म दिया—बल नहीं तो छल। फौजें हमें खा जाएँगी। सुलतान के लिए जानेवाली रसद लूट लो। छावनियों में घुसकर हथियार चुराओ। सखियो, सुलतान के सिपाहियों को हँसकर रिझाओ और लहँगों में छिपी कटार चलाकर खसिया कर दो।

बस इसी तरह रानी आगे बढ़ती रही। जस नहीं था, अपजस कमाती रही। भूख और काम भड़कते, बेशर्मी घेर लेती। अपने सैनिकों से रानियों को, बाँदियों को, रक्कासाओं को गरभ रहे। रास्तों में, नदी-घाटियों में, पहाड़-पर्वतों पर बालक जन्मे।

वे ही सुंदर और ताकतवर जाँबाज बप्पा रावल के काम आए। रानी पद्मिनी की संतान, वीरों के अंश...जंगलों में विचरनेवाली चित्तौड़ से भागी हुई फौजी पीढ़ियाँ—

रसद लेने-ले जानेवाले कहाए बंजारे। नाचने-गानेवाले हुए—कबूतरा। दवा-रूखरियों के जानकार मोघिया। घाटियों को लाँघने-नाखने में माहिर लोग—नट। औजार बनाने वाले—गड़िया लोहार। बंदर-भालुओं से रोजगार जुटानेवाले—कलंदर...अपनी कला करामात के उस्ताद म्लेच्छों द्वारा खरीदे जा रहे थे। घुमंतू जातियाँ और लावारिस समय...वे शिकार जैसे गुलाम लोग अब इंसानी हक खोते जा रहे थे। खतना कराकर जान बचा रहे थे।

म्लेच्छों को उनका पाप ले डूबा। अब फिरंग आ गए।

फिरंग लोग मुसलमान नहीं बनाते थे, पीठ पर हाथ फेरकर गिरजाघर ले जाते। हिंदू लोग मुँह फेर चुके थे तो ये घुमंतू कहाँ सहारा लेते ? गोरे साहब छोटी चीज को बड़ी नजर से देखनेवाले...कहते—तुम्हारा भगवान तुम्हें दगा दे गया, ईशु पर भरोसा करो। रूपसिंह, विराटसिंह और प्रतापसिंह जैसे नामों ने तुम्हें गीदड़ की तरह भगाया

है—जॉन डेविड सैमसन बनो। सीता-सावित्री और पद्मिनी बनकर क्या मिला ? मेरी, मारिया और ऐनी बनकर पीने को पानी, पहनने के लिए कपड़े और खाने के लिए अन्न मिलेगा।

भूखे और खदेड़े गए लोगों की रजपूती आन-बान कब की छूमंतर हो चुकी थी। न धीरज बचा न ताकत। पुरखों की समाधियाँ तक बिक गईं।

मन बदला कि न बदला, धर्म बदल गया।

गुलाम, बेगारी, कारिंदे और जमींदार...सबका मालिक एक—कज्जा साहब।

भूरी कबूतरी बताती थी—कुछ लोग फिर भी बच गए, जिन्होंने कज्जा साहब को मालिक नहीं माना। ऐसे ही, जैसे म्लेच्छों को बादशाह नहीं माना। रोटी-कपड़ा की सख्त जरूरत थी, पर कौमी एकता से बढ़कर न थी। बस ईशु के बेटों की मातहती मंजूर नहीं।

आजादी की कीमत—मौत ! कज्जा साहब की गोरी, काली फौजें पिछिया रही थीं।

वीर शिवाजी भगवान की तरह याद आए। म्लेच्छों ने कि अँगरेजों ने उनका नाम धरा था 'पहाड़ी चूहा' ! मुट्ठी भर घुमंतू बागी डरे नहीं, उद्दंड हो गए। वे चूहों की तरह दल के दल निकलते और दुश्मन पर जमकर वार करते। खतरा देखते ही पहाड़ियों में, घाटियों में, छिपते, नदियों और जंगलों की ओट ले लेते। छापामार टुकड़ियाँ हमले पर हमले कर रही थीं। बगावत के इस ढंग ने ऐसी लहर मारी कि फिरंगों के हौसले फट गए। साथी ही किसान लोग जमींदारों का क़त्ल कर देते, रियाया में से नाचीज लोग कारिंदों को मार गिराते, तब ये घुमंतू फौज उन किसानों की मदद करती। फिर क्या था, बड़ा-सा दल तैयार हो जाता। वे शिवाजी की जय बोलते। बौखलाकर कज्जा साहबों ने घोषणा की—बाँधो पकड़ो।

सैनिक अर्दली गुलाम संतरी दौड़े। मगर उनको दौड़ा-दौड़ाकर हँफा-कँपा देनेवाले वीर आगे निकल जाते और हँसते हुए अट्टहास करते। गर्जना आसमान तक जाती। माई-बाप और ईशु दोनों असहाय। लूटपाट, हत्याओं और मुठभेड़ों का सिलसिला किनारे न लगे।

लाल मुँह, खून उगलता कज्जा साहब ! सबसे ज्यादा क्रोध किसानों पर आया, जिनके खेतों में बागी छिपे रहते। किसानों के लिए सजाएँ मुकर्रर कीं—

जमींदारों के खेतिहर गुलामों को घोड़ों की टाँगों से बाँधा जाए और घोड़ों को चाबुकों से इतना पीटा जाए कि वे पागल होकर अपनी टाँगों से बँधे किसानों के ऊपर तांडव करने लगें। हुक्म को अंजाम दिया गया, लेकिन यह क्या...सजाएँ भोगते हुए भी जलजला ज्यों का त्यों रहा। आँधी का वेग रत्तीभर भी नहीं घटा, उलटे उसमें चारों दिशाओं से उठता तूफान आ मिला।

गजब ! कज्जा साहबों की ताकत निचुड़ने लगी।

कौन-सा चाबुक ? कौन-सी सजा ?

अब छल का ऐलान। बल की घोषणा। घेरने का अचूक ढंग।

—ये लोग बागी नहीं, कौमी अपराधी हैं। जो वारदातें करते हैं, वही इनका पेशा

है। हत्याएँ, लूटमार और राहजनी जैसे जुर्म करनेवाले मुजरिम घुमंतू लोग...इन्हें जहाँ देखा जाए, पकड़ लिया जाए। फौज और पुलिस को यह हुक्म दिया जाता है। थाने ही अब इन लोगों की जगहें हैं।

हुकुम के गुलाम देशी-विदेशी अफसर और स्वतंत्रता के लिए ये पागल लोग आपस में भिड़ने लगे। टुकड़ियों को अपने ही लोग खदेड़ रहे थे। अपनी ही भूमि रो रही थी। भागते-भटकते बागी खून के छींटों की तरह यहाँ-वहाँ छितरा गए। मौत के मुँह से बचे हुए जो बुंदेलखंड की भूमि पर आए, उन्होंने रानी लक्ष्मीबाई के साथ शामिल होना चाहा।

भूरी कबूतरी की दादी की दादी कहती थी—रानी साहिबा के दरबार में हमारी अरज सुनी गई। वह रानी झाँसी के अंतरंग किस्से सुनाती थी। झलकारीबाई को अपनी गुइयाँ बताती थी। जब किले के नीचे रानी की अष्टधातु की मूर्ति लगाई गई तब भूरी का कहना था कि रानी किले से इस जगह कूदी ही नहीं थी। वह तो जीन कसे घोड़े पर रस्सी-पालकी के सहारे उतारी गई थी। झलकारी ने रानी का बाना पहना था और पद्मिनी के बेटे-बेटी सिपाहियों और सखियों की पोशाक में किले की दीवारों पर डटे रहे। गोलियाँ चल रही थीं। उधर झलकारी कज्जा साहब को भरमा रही थी। इधर दीवारों पर डटे सिपाही, सखियाँ गोलियाँ खाकर आमों की तरह टपक रहे थे।

दुश्मन का ध्यान रानी पर कतई जाने नहीं दिया।

फिरंगों ने जहाँ झलकारी का भेद पा लिया, वहीं यह भी समझ गए कि किले की सुरक्षा में तैनात ये, वे ही उपद्रवी लोग हैं, जिनके लिए बस एक ही नाम है 'मुजरिम'। रानी के साथ मिले इन लोगों को तोप के मुँह से बाँधकर उड़ाया जाए तो ?

गदर हो जाएगा !

इसलिए पानी का जहाज आया। जंगल छाने गए। एक-एक बागी को औरतों सहित बाँधा गया। उनके बच्चों को लकड़ियों के गट्ठर की तरह कस दिया जाता। आजादी के दीवाने एक और तरह की मौत के हकदार हुए—जल-समाधि !

...मगर इंकलाब का नारा ! उसके बुलंद होते ही जहाज पर तैनात अफसरों और सैनिकों के तबादले कर दिए जाते। कज्जा साहबों का डर सच्चा था—नेटिवों का खून जरूर सफेद हुआ है, पानी की भी तो अपनी तासीर होती है। पहनावा और बोली अलग अपना रंग दिखाते हैं।...पर बागी थे जाँबाज। अफसरों को उठा-उठाकर पानी में पटकने लगे। अपराधी माने जानेवालों की मृत्यु-यात्रा रुक गई। कौन-सा ड्राइवर आए ? कौन-सा अफसर आए कि मौत की सवारी का चालक बने ? बगलें झाँकते हाकिम लोग...बागियों की शैतान कौम को मन ही मन कोसते और अपनी नौकरी की सलामती चाहते। जहाज रुका खड़ा था।

फिर एक और उपाय : भूखे बेघर लोगों को बसावटों का लोभ दिया। मारिशस, सूरिनाम, फीजी के लिए जिंदा दल लादे जहाज रवाना होने लगे। नौकरी दिलाई गई कि ये बेघर आसानी से बेवतन हो जाएँ। साथ में वापस आने की दिलासा भी।

सरकार से सरकारों के समझौते कुछ और ही थे। बात खुली कि नहीं खुली ?

साहबों को मार गिराने की वारदातें बदस्तूर थीं। छापामार गोरिल्ला युद्ध चलने लगा।

राबर्ट स्लीमैन ने इन अपराधी जनजाति समूहों को तरह-तरह से नष्ट करना चाहा, लेकिन...कुचलने का अभियान कहाँ मात खा जाता है ? बात समझ के बाहर थी। पानी में फेंके गए लोगों को भयानक जीव-जंतु चबा-पचा गए, द्वीपों-टापुओं में विदा कर दिए लोग वापस नहीं आने दिए जाएँगे। तब यह लूट-खसोट कौन करता है ? रास्तों में हमलों और हत्याओं का सिलसिला ?

झाँसी का डिवीजन कमांडर मारा गया !

फिरंग तबके में सन्नाटा छा गया। क्या इन बागियों की नस्ल को मिटाना किसी बड़े राज्य की फौजों को मिटाने से ज्यादा कठिन है ? या असंभव है ? हो सकता है, क्योंकि इन पर किसी तरह का सरकारी अंकुश नहीं। हथियार और युक्तियों का पैनापन काम नहीं कर रहा।

कलम !

डॉ. मजूमदार लिखते हैं—भारत में अपराधी जनजातियों का तात्पर्य उन जनसमूहों से है जो जाति या सामाजिक संबंधों के आधार पर एक-दूसरे से बँधे होते हैं, जो समाज-विरोधी कार्य—चोरी, ठगी, डकैती, हत्या और दूसरों को शारीरिक चोट पहुँचाने का काम करते हैं।

1871 का साल। मुजरिमों ने साहबों के चाबुक तोड़ दिए, फाँसी के फंदे काट डाले, समुद्र सोख लिया ! अब आओ कलम के जरिए तुम्हारी गर्दन घसीटने के लिए फिर तुम्हारे ही भाई तैनात हैं।

अँगरेज हँस रहा था। जन्मजात अपराधी !

अधिनियम लागू हो गया—कबूतरा, मोघिया, कलंदर, साँसी, पारदी, माम्पट, औदिया जैसी जातियों के लोगों के धंधे अपराध माने जाते हैं, क्योंकि वे अपने रोजगार को कानूनी करार देते हैं और वारदातें करते हैं।

आजादी की लालसा लिए चित्तौड़गढ़ से निकले लोगों की पीढ़ियों के काफिले फिरंग सरकार, अँगरेजी हुकूमत ने इबारत की रस्सी से बाँध दिए।

वे बहादुर भी हँसे। आपस में कहने लगे—हम अब एक-एक लकड़ी नहीं, बँधे हुए गट्ठर हैं, तोड़े से न टूटेंगे। चित्तौड़ की महारानी से लेकर झाँसी की रानी का साथ निभाने तक की सजाएँ भोगो। भोगेंगे। थाने के रजिस्टरों के बँधुआ हो गए, अँगूठा देने के बाद ही कहीं आ-जा सकेंगे। रात में खास निगरानी रहेगी, गाँव का मुखिया और थाने का दरोगा अंतर्यामी भगवान के रूप हैं। नाते-रिश्तेदारियों और ब्याह-शादियों के ब्यौरे रखनेवाले देवता हैं तो क्या, चढ़ावा तो कबूल करते ही हैं। दोनों अपनी एड़ियों के नीचे दबी हमारी चोटियों में नजराना पाकर ढील दे देंगे।

"गदर के सिपाही, सदर के कैदी !" रामसिंह काका जोर देकर कहता है और फिर खोखली-सी हँसी हँस देता है।

"बिना वारंट की सजाएँ और सजायाफ्ताओं से ईमानदारी की आशाएँ" काका के

होंठ टेढ़े हो जाते हैं।

"अभागे थे, न साहबों को खुश कर पाए न प्यादों को !" रामसिंह खुद से ही कह रहा हो जैसे।

फिर हँसकर बोला, "नंगे बदन, कड़कती ठंड, चिलचिलाती धूप, आसमानफोड़ वर्षा का साथ था, मुठभेड़ों की लत लग गई। कितने मरे, कितने बचे, क्या परवाह ? थाने-पुलिस के रजिस्टर यमराज की बही हो गए। सामने अब वे ही लोग हैं, जिनके पगचिन्ह पगडंडियों पर नहीं बनते। भूत और प्रेत !"

रामसिंह काका की सफेद कौड़ी-सी आँखें ठहरी हुई हैं। देह में ऐंठन-सी पड़ी।

अल्मा ने पिता को झकझोरा, जोर-जोर से हिलाया, "बप्पा ! बप्पा, यह तुम्हें क्या हो गया ? क्या हो जाता है तुम्हें ? मुझे यह कहानी सुनाई थी तब भी..."

रामसिंह शीश हिलाता है, धीरे-धीरे...बड़बड़ाता है, "तेरी समझ में आई यह कहानी ? राणा की समझ में आई ?"

अल्मा राणा की ओर रोई हुई-सी देखती है, और कराही हुई आवाज में कहती है, "पकड़ो बप्पा को। सिर सहला दो, देखो कैसा गरम हो रहा है ! मैं ठंडा पानी लाती हूँ।"

रामसिंह काका खुद ही खुद हँसा। नजर कहीं से कहीं उड़ रही है।

राणा की जान जाने लगी। अल्मा विचलित-सी देखती है।

●●●

मरीजों को जाँचता-देखता रामसिंह काका ! राणा को विश्वास नहीं होता कि यही वह काका है जिसने इतिहास सुनाया था।

मलिया काका की उनहार का आदमी मोघिया गुरु। बूढ़ा दुबला दाढ़ीवाला। पीला बाना पहनता है—धोती-कुर्ता। गले में बड़े-बड़े मनकों की माला। जड़ी-बूटियों का जानकार मोघिया गुरु रात के समय अक्सर यहीं रहता है।

रात के समय कभी-कभी बड़ा अजीब-सा दृश्य देखता है राणा। कटे-फटे बदनवाले लोग खून में नहाए हुए चुपचाप आते हैं। रामसिंह काका छर्रा निकालने में माहिर है। मोघिया गुरु घाव न सड़ने की अचूक दवा देता है।

"घायल लोग कौन हैं काका ?" महीनों बाद झिझक छूटी तो राणा ने पूछा था। "ये कहाँ से आते हैं ? इसी गाँव से ? रात में ही क्यों आते हैं ?" जैसी अनेक जिज्ञासाएँ उसने खोली थीं।

उत्तर छोटा-सा था, "घायल, घायल होता है। इलाज-उपचार का हकदार। राक्षस हो या आदमी, दर्द तो सबका एक-सा होता है, किसी गाँव का हो, हमें क्या मतलब ?"

रामसिंह काका के सद्भावों का मुरीद हो गया राणा। उसे झेंप भी आई, वहम भरे सवालों पर क्या सोचता होगा काका ? यही कि इस लड़के का दिमाग खुरापाती है।

अपने-आपको अच्छा साबित करने के लिए वह काका के हुकुम का गुलाम हो गया।—गरम पानी ला, वह लाता। घाव धोने के लिए ठंडा पानी—वह फिर दौड़ता।—पट्टी,

दवा—वह अल्मा से पूछकर खोज लेता और हाजिर कर देता।

लोग खुशी-खुशी जाते, वह खुश हो जाता। काका उन्हें विदा करके चैन की साँस लेता, राणा संतोष से देखता।

दिन के समय पीलिया के मरीज ज्यादा आते हैं। राणा दिन भर कलावे और लकड़ी की कंठी बनाता है। गरीब लोगों से कोई पैसा नहीं लिया जाता। इसलिए झुंड के झुंड लोग आते हैं, पानी खराब हो गया है, पीलिया फैल रहा है। शहर तक जाने का किराया लगता है। रामसिंह परमारथ कर रहा है।

पुलिस कभी भी आ जाती है। गश्त के लिए निकले सिपाहियों को काका सुविधा देता है। गाय के खूँटे के पास बनी कोठरी में रोटी-पानी का साधन करता है। पुलिस सोती है, काका जागता रहता है। बेटासिंह डाकू के आतंक से गाँव को बचानेवाली पुलिस...रामसिंह काका सिपाहियों को तमाकू-गुटका देकर वश में कर लेता है। पुलिस यहाँ डेरों पर आनेवाली पुलिस नहीं लगती। गुर्राने की जगह हँसती है। राणा के ऊपर रामसिंह काका का प्रभावकारी व्यक्तित्व छाने लगा। वह मन ही मन काका की पूजा करता है।

काश अल्मा न होती ! वह अकेला ही काका का प्यार पाता।

लड़की अपने बप्पा से चटर-पटर बातें करती है। खुश होती है तो गले में हाथ डालकर लिपट जाती है, हँसती है। रूठती है तो पिता से दो दिन तक नहीं बोलती। काका मनाता है। नकचढ़ लड़की !

राणा के भीतर बैठा पंद्रह वर्ष का बालक-मन ईर्ष्या से जल उठता है। अपने बप्पा...यकायक मंसाराम का चेहरा आँखों के आगे कौंध गया। नहीं-नहीं। मेरा बाप कोई नहीं।

वह औरों के बारे में सोचता है—डेरों पर पिता लोग कैसे होते हैं ! लौटते हैं तो रामसिंह काका की हालत में नहीं लौटते। वे पिटकर आए होते हैं, जमकर दारू पी जाते हैं। गालियों की आँधी आ जाती है। सरमन काका तक काकी की धुनाई कर देता है। काकी ऐसे ही लपकती है, जैसे लैसंसशुदा ठेकेदारों पर लात-घूँसा चला रही हो। ज्यादा टंटा बढ़ता है तो मलिया मंसाराम को बुलाने भागता है। सरमन काका मुखिया है तो क्या, पुलिस के डर के मारे जंगल में छिपने भाग जाता है। मंसाराम पुलिस की धमकी जो देते हैं। सरमन काकी गोमता को पीट देती हैं। गोमता चिनचिनाता हुआ भागता है, माँ को गालियाँ देता है। बस यही रिवाज है वहाँ का। बालक कमाकर न लाए तो माँ रोटी नहीं दे। भले भूखे रहकर मर जाओ। वह रो लेगी, मगर रोटी नहीं जुटा पाएगी। माँ काकियों के होंठ ऐसे हो गए हैं, जैसे सदा खार खाए रहती हों। कभी हँसती हैं तो अजीब-सी लगती हैं। दूलन काका सदा मरने-मारने की बातें करता है। सुंदरा हाँ में हाँ मिलाता है। मलिया काका कहता है—जेल से आकर जालिम हो जाता है आदमी।

डेरों पर जालिम बाप रहते हैं ! राणा को अपने ऊपर भी गुस्सा आया—मैं ऐसी बातें क्यों सोचने लगता हूँ ? यहाँ का और वहाँ का क्या मुकाबला ?

मोघिया गुरु !

राणा ने तभी चौंककर देखा। मोघिया गुरु उसके पास आ गया। आकर रामसिंह काका के पास खटिया पर बैठ गया। अल्मा और राणा बराबरी पर खड़े थे। मोघिया गुरु ने कहा, "भाई, राणा तो बड़ा लगनवाला लड़का है। रूखरी कितनी जल्दी पहचान गया ! अच्छा बैद बनेगा आगे चलकर।" सुनकर अल्मा मुस्कुराई, राणा की ओर देखने लगी। कहाँ की ईर्ष्या कहाँ का डाह ? सारा कुछ एकदम से घुल गया। काका की आँखें भी शाबादी दे रही हैं। मोघिया गुरु से मन ही मन पक्की दोस्ती कर ली। अल्मा के हुकुम पर मोर-सा नाचता फिरा।

वह अल्मा पर भारी पड़ रहा है, इसमें क्या शक है ? पृथ्वीपुर के जंगल में, बेतवा नदी और जामिनी नदी के जंगलों में फिरना आसान बात है ? अपनी पीठ ठोक ही रहा था कि मोघिया गुरु ने दूसरा वाक्य उछाल दिया, "अल्मा के हाथ में कला है। देखो, दीवारों पर क्या तसवीरें बनाई हैं, बोलती-सी लगती हैं।"

राणा ने मोघिया गुरु को तनिक कम प्यार से देखा। मुँह भी छोटा हो गया। रंग मिलें, चिकनी दीवारें मिलें तो कौन न तसवीर बना दे ? हमारे डेरों पर लछमन की बहू बड़ी हुनरवाली है। सबकी ओढ़नी वही रँगती है। माँ कहती थी वह स्वेटर तक बुन लेती है, पर क्या करे ऊन ही पैदा नहीं होती। उसके हाथ की कला मर गई। राणा को वह आघात आज लगा। क्या हो गया है उसे, यहाँ रहता हुआ भी मड़ोरा खुर्द की बस्ती में जा लोटता है। ऐसा ही था तो यहाँ आया क्यों ? राणा असहाय-सा...उसे क्या पता था दूरियाँ कितनी नजदीकियों में आ सिमटती हैं।

गुमसुम-सा रहता।

गाय दुहता, गोबर डालता, पानी भरता और खुद से पूछता—मैं ये सब काम काका के कहने पर करता हूँ, लेकिन अल्मा का मुँह क्यों देखता हूँ कि वह खुश है या नहीं ? जबकि सारी होड़ उसी से चल रही है। वह खुश हो जाती है तो अपने आपसे खफा हो बैठता हूँ, जबकि सारा काम सफाई से करने का मकसद है उससे प्रशंसा पाना। गोरखधंधा-सा फैला लिया है अल्मा को लेकर।

तीन दिन से घुट ही रहा था कि अल्मा से आमने-सामने बात हुई।

"चलो, गुलेल चलाते हैं।"

वह किताब खोले बैठा रहा।

"पढ़ना बंद करो। नहीं करोगे तो तुम्हारी किताबें छिपाकर रख दूँगी।" वह एकदम ऊपर खड़ी है। धमकी आँखों में भरी हुई...

बस इतनी-सी अकड़ थी, इतनी ही ऐंठ थी, इतना-सा ही डाह था, राणा मुस्कुराकर रह गया। मुँह नीचे कर लिया, फिर भी नजरों के आगे रंग-बिरंगा दुपट्टा लहरा रहा है।

"नहीं चलोगे ? बड़ी शान दिखाते हो। बप्पा के सामने कैसे पुकारूँ ?"

पहली बार लगा कि अल्मा नजरें मिलाकर बात कर रही है। जो कुछ कह रही है,

उसके अलावा बहुत कुछ आँखों में पड़े डोरे बोल रहे हैं। अनहिले होंठ बता रहे हैं। यह अनबोली भाषा...राणा हतप्रभ था।

अल्मा का गोरा चेहरा सुर्ख-सा पड़ता गया। सिर हिलाती है तो कानों की बालियाँ सुनहरी पींगें लेती हैं। राणा के भीतर बिजली कौंध जाती है। गुमसुम लड़का...दमक के मारे चकाचौंध हुआ जाता है।

''आओ।'' उसने जुबान से ज्यादा आँखों से कहा।

आँखों का इसरार कैसे असर करता है ! राणा रबड़ के गुड्डे-सा पीछे-पीछे चल दिया। कहाँ ले जा रही है ? केले के पेड़ों के चौड़े पत्तोंवाले झुरमुट में।

दोनों छिप गए। झुरमुट में अल्मा कितनी अपनी लगी। आँखें रंग बदलती गईं। हाथ ने हाथ थाम लिया। पास-पास सट गए। अनदेखे-अनजाने ही सारा खिंचाव होता गया।

''गुलेल नहीं लाईं,'' राणा ने पूछा तो अल्मा ने उसका हाथ अपनी छाती पर धर लिया।

दो ठोस अमिया-सी छातियाँ। राणा ने हाथ खींच लिया। उसे चोरी करने जैसा अपराध-बोध हुआ।

''फिर मुझसे ब्याह कैसे करोगे ?'' अल्मा ने चुन्नी सँभाल ली।

जवानी की ओर कदम बढ़ाते हुए किशोर राणा की देह में तूफान उतरा है, यह बात वह कह नहीं सकता, पर आँखों पर हाथों पर वश न रहा। अल्मा को सौंप दिया समूचा शरीर।

दोनों बैठ गए। अल्मा ने उसके कंधे पर सिर टिका दिया। राणा का हाथ खुद-ब-खुद पीठ पर चला गया। बहुत प्यार, बहुत गुदगुदी, बहुत अच्छा-अच्छा लगा। ऐसा अच्छा कि छोड़ने को जी न चाहे।

''काका कहाँ है ?''

''जाओगे तो नहीं यहाँ से ?''

''नहीं।''

''मुझे चूमकर कौल भरो,'' उसने चेहरा आगे कर दिया।

अल्मा कितना कुछ जानती है ! राणा के होंठ गर्म हो उठे। हिम्मत पड़ती नहीं।

''तुम कितने बुद्धू हो,'' चुंबन के बाद अल्मा ने राणा को चूम लिया।

वह विमोहित-सा गलने लगा। अल्मा को पसीना आ रहा है। आम के सघन वृक्ष, केले हरी चौड़ी पत्तियों और जामुन के पत्तों पर अल्मा का पसीना फैला है। महक ने राणा को घेर लिया। सुग्गा कोयल और नीलकंठ दोनों ने साथ-साथ देखे। ये पंछी अब तक कभी ऐसे सुंदर न लगे थे। अचानक मोघिया गुरु का पीला बाना दिखाई दिया। दोनों चौंक पड़े।

गुरु आगे बढ़ गया। अल्मा होंठों पर हथेली धरकर हँस पड़ी।

राणा की देह में जवानी ने अँगड़ाइयाँ लीं। इच्छाएँ कस रहा है। अपने आप पर

काबू पाना...आग पर चलकर उफ् नहीं कर रहा।

माँ कहती थी—कबूतरा बालक जवानी का सपना देखते ही बूढ़े हो जाते हैं। वह कबूतरा-बस्ती में फैली लीला के परे जा रहा है ?

मोघिया गुरु ने अल्मा को आवाज दी, ''री, अल्मा !''

मोघिया गुरु सौ दुश्मनों का दुश्मन।

''मैं इशारा करूँ तो तुम यहाँ आ जाया करना।''

''जी नहीं भरा ?'' राणा ने छेड़ा।

''तुम्हारा भर गया ? बोलो।''

लड़की की देह से परिचय हुआ, हिम्मत आ गई। उसने अल्मा के गाल पर हलकी-सी चपत जड़ दी। मुस्कुराकर देखता रहा। अल्मा ने अपने गाल को ऐसे छुआ जैसे राणा की उँगलियाँ छू रही हो। चार-छह उलझे-सुलझे वाक्य, भुलावे-छलावे जैसे छोटे-बड़े स्पर्श...राणा का संसार बदल गया। गोरामछिया का घर अपना-अपना लगने लगा।

चुंबन ने अजब हाल कर डाला। अपने बारे में सोचे तो अल्मा बीच में आ जाए, अल्मा के बारे में सोचे तो खुद को मौजूद पाए।

कदम-दर-कदम बढ़ाते हुए डेढ़ साल बीत गया।

नौ

केहरसिंह न आता तो ?

मंसाराम फाँसी के फंदे पर झूलते हुए न मरते और न जीते। आनंदी की खैर-खबर लेनेवालों ने अफसोसनाक हादसों में शिरकत करनेवालों का रिकार्ड तोड़ दिया। घर तो घर, जोधा को हर गली में घेरा। पल्ले पुरा के रामभरोसे ने अपने बाप की तकरार जो मंसाराम के पिता से हुई थी, उसका बदला निकाला। रहम की धार कितनी पैनी होती है, दिखा दिया, ''भइया जोधा, तुम तो कबूतरी को माता मान ही चुके हो, ऐसा करो कि माँ पर थोड़ा तरस खाओ। बाप-बेटा अच्छी वंशी बजा रहे हो, उस गरीब को क्यों काँटों में खचेड़ते हो। मंसा को श्रवणकुमार-सा बेटा मिला। भाग्यवान है।

''अब ऐसा करो, अभागिन को उसके मायके छोड़ आओ। भइया-भौजाई हैं, निभा लेंगे बहन को। कबूतरी सौ सतियों की सती, दोनों को साध लिया।''

राजा काका और दिलीप अलग मुँह कड़ुआ करे रहते। ऐसे ही किसी मनहूस लम्हे में मंसाराम उजला कुर्ता और बारीक धोती पहने हुए ऊपरवाले कमरे में से एक चादर और एक कंबल लेकर उतरे। कदमबाई के पास ओढ़ने को कुछ न था, सर्दी आ रही है।

जोधा धमाधम सीढ़ियाँ चढ़ता हुआ आया और पाँव चौड़ाकर सामने खड़ा हो गया, ''क्या है बगल में ?''

''बताना जरूरी है क्या ?''

जोधा ने उनकी बगल से कंबल और चादर जबरन खींच लिए। भृकुटी तानकर बोला, ''उसी कोठे में आधा कनस्तर मिट्टी का तेल रखा है, जिसमें अम्मा जली थीं। स्नान कराकर आग लगा दूँगा। तुम्हारे मरने पर न हमें पाप लगेगा न धिक्कार मिलेगी, सब शाबाशी देंगे।''

मंसाराम के शरीर में लपटें उठने लगीं।

''लगा आग। मैं तेरे सामने खड़ा हूँ। तू न हो गया नाहर शेर हो गया।'' चेहरा तन गया।

जोधा ने झपटकर पिता की गर्दन कस ली। वे गों-गों करते बकरे की तरह इधर-उधर हिलने लगे और पूरा ताकत से जोधा के हाथ को मसलने लगे। देखते-देखते दोनों भिड़ गए।

करन न आ जाता तो न जाने क्या होता ? या उन्होंने ही अपनी बिसात समझ ली, मन ही मन माँ की गाली देकर पीछे हट गए। क्रोध को धैर्य के नाम पर पी लिया। आह उठती और भीतर ही भीतर ढेर हो जाती। काश, वे जवान होते ! जवानी देखकर जवानी डरती है। नहीं तो क्या बिना वार किए, बिना वार सहे ही टूट जाते ? बेदखल हुआ आदमी किसी को बसाएगा तो क्या, छोटी-मोटी मदद भी नहीं कर सकता।

चार दिन बाद की बात है :

लाल रंग की चमचमाती मोटरसाइकिल दरवाजे के आगे आकर रुकी। चबूतरे पर खड़े मंसाराम ने मिचमिचाती आँखों से धूप में देखा, लाल कुर्ता और सफेद पाजामा पहने हुए, कंघे से बाल सँवारता एक आदमी आगे बढ़ा चला आ रहा है।

अत्यंत पास आया तो पहचान के लक्षण प्रकट हुए। आवाज सुनी तो याद आया, यह केहर है, केहरसिंह !

"मंसा !" कहकर आनेवाले ने दोनों बाँहें फैला दीं।

मंसाराम के मन की अँधेरी कोठरी में सूरज-सा जगमगाया।

"केहर ! केहरसिंह !!"

पुराने दोस्त की फैली बाँहों में समा गए मंसाराम। और अपनी बाँहों में उसे समेट लिया। पहचानने में इतनी देर लगी ! उन्हें अचम्भा भी हो रहा था और शर्म भी आ रही थी।

केहरसिंह कंधे पर झुका हुआ बोला, "अड़तीस साल का फासला, मेरा यार पहचानता भी कैसे ? बस एक बार कहीं झाईं-परछाईं की तरह मिले थे।"

मंसाराम का गला रुँधा था, कुछ भी नहीं बोल पाए।

बाँहें अलग हुईं तो आमने-सामने खड़े हो गए। शुरुआती स्कूल में संग पढ़नेवाले यार आज अधेड़ बदन खड़े हैं। मुलायम चेहरे कठोर-से हो गए हैं। केहरसिंह की सपाट मूँछें, ठोड़ी पर सफेद चावल से बिखरे हुए बालों के खूँटे। सिर के खिचड़ी बालों में तेल। टेढ़ी माँग है, पर दिखती नहीं। बढ़िया तंदुरुस्ती, साँवली रंगत और लकदक कपड़े !

केहर ने तरक्की की है। उनकी आँखों में नमी रिस आई।

मंसाराम को याद आया, कहाँ मिले थे ? चिरगाँव थाने पर दिखाई दिया था, वे पहचाने तब भी नहीं, किसी यात्री ने बस में कहा—केहरसिंह खड़ा है, दरोगा भी आज जरूर होगा। मन में आज भी बचपन की सूरत है, उसी से मिलान कर रहे हैं।

दोस्त आया है ! उन्होंने सारी करुआहट भूलकर जोधा को आवाज दी।

कमाल कि जोधा एक आवाज में ही आ गया।

द्वार पर चमचमाती मोटरसाइकिल रखी है, देखते ही विनम्र-सा हो गया। पिता के सामने भी ताबेदारी की-सी मुद्रा !

"जोधा, यह केहरसिंह ! तुम्हारा काका !"

जोधा ने काका को पाँव छूकर प्रणाम किया। मंसाराम की मरी हुई उम्मीदें उछलकर खड़ी हो गईं। उन्होंने जोधा का यह सदाचार और शिष्टाचार अब तक नजरंदाज क्यों

किया ? कदमबाई की तसवीर के पीछे सब चीजों पर जाले चढ़ गए ! अब वे घर के मालिक की तरह खटिया पर बैठ गए, साथ ही केहरसिंह को अधिकारपूर्वक बिठा लिया।

बेताज बादशाह ! कम से कम केहरसिंह की निगाह में तो यही होना चाहिए। जोधा को ऐसे देख रहे हैं, जैसे कोई खादिम खड़ा हो !

जो कुछ कहा, आलीज़ाह के लहजे में कहा। जोधा ने भी जो कुछ सुना सिर झुकाकर सुना। मंसाराम जोधा के हर आचरण का विश्वास किए जा रहे थे, क्योंकि अविश्वास के लिए उनके पास मौका न था। शायद केहरसिंह को गले लगाकर उनकी बाँहों में बल का संचार होने लगा।

ताकतवर आवाज में बोले, ''बक्सा खुलवाओ जोधा। नई चादर और तकिया। तकिए का खोल तेरी माँ बदल देगी। हाँ,...पानी ले आओ पहले। फिर शरबत या चाय।''

जोधा गौर से देख रहा है—पिता का लाल कुर्ते और लाल मोटरसाइकिलवाला दोस्त सारी बातें ध्यानपूर्वक सुन रहा है। मंसाराम की भी छाती फूल उठी है—जवान बेटा केहर के सामने खड़ा है, उनका अपना अंश, अपना पौरुष।

जोधा अक्लमंद बेटा केंचुल ओढ़े खड़ा है, पर खड़ा तो है। फुफकारते नाग का रूप उतार फेंका। पिटारी के साँप की तरह गोल-मोल हुआ सिकुड़ा-सिकुड़ा...पिता की आज्ञा की बीन पर नाचने के लिए आतुर ! वाह श्रवणकुमार तेरी सर्पीली चमकदार आँखों से विषैली नजर खुद-ब-खुद गायब हो गई ! उल्टे चिंता लहरा रही है।

''पिताजी, कपड़े कितने मैले हो गए हैं, बदल डालो। अम्मा किवाड़ के पीछे कुर्ता लिए खड़ी हैं।''

मंसाराम ने खुद को मन ही मन धिक्कारा, वे ही नहीं, घर की मर्यादा और इज्जत के लिए बेटा भी घुटनों के बल झुक रहा है। उन्होंने अब तक फजीहत झेली थी। जोधा की आत्मीयता के चमत्कार से मन तितली की तरह नाच उठा। शरीर में सावन के मेंढक जैसी चुस्ती आने लगी। आजादी के मुकाबले बंधनों का अपना अलग आनंद होता है। सुरक्षा का वजन भी अलग ही, जो आदमी को भरकम और असरदार बनाता है। सचमुच रिश्तों की गर्मी ने सारा ठंडापन सोख लिया। वे पल में भीतर जाएँ, पल में बाहर आएँ, पाँवों में ता-ता-थैया लगी थी।

बचपन का अनाथ लड़का केहरसिंह ! मौसा के यहाँ पला-बढ़ा। थोड़ा बहुत पढ़कर मौसा की भैंसों का सतर्क बरेदिया बन गया। ढोर-डंगरों को हाँककर कैसे बाड़े में बंद किया जाता है, कैसे मुक्त किया जाता है, उससे ज्यादा कौन जानता था—बिना रस्सा के आजादी और कैद का भरम जाननेवाले केहर को मौसा ने जीवन के जिस स्कूल में ढालकर बड़ा किया था, वह उसके चेहरे पर बोल रहा था। राजा से रंक तक का मिजाज टोह लेनेवाला दूधिया घर-घर का जायजा लेने में पारंगत हो गया। भेदिया नजरों के साथ भैंसों के पीछे-पीछे काँटे-झाड़ियों में नंगे पाँव चलने का तजरुबा अलग से।

जो कसर रह गई, ढाबों ने पूरी कर दी। सर्दी-गर्मी-बरसात में ग्राहकों से जूझना दुनिया को समझना था। वाह रे केहर, कभी जिंदगी से भिड़ा, कभी जमाने से लड़ा।

स्कूल नसीब नहीं हुआ तो क्या, संसार को पढ़ने निकल पड़ा।

मंसाराम को बचपन की बहुत-सी बातें याद आने लगीं। अपना किया हुआ भी, केहर का किया हुआ भी। सबसे ज्यादा खुशी इस बात की कि मोहब्बत का तार अभी टूटा नहीं।

आज केहरसिंह मंसाराम की खबर-सुधि लेने आया !

अनब्याहे, बेगृहस्थी आदमी के सामने कुटुंब परिवारवाले सद्गृहस्थ का वजन कितना होता है, यह मंसाराम के चेहरे पर दौड़ रही लाली से पता चल रहा था। उनकी चितवन भी केहरसिंह से एकदम फर्क थी। अपने दीन वेश और दुखित मन का ध्यान भूल गया। ठाठ-बाट फैला रहे थे। गुलजार घर का कोना-कोना दिखाने की बात सोच रहे थे। दोस्तों की आपसी बान...जो केहरसिंह के पास नहीं है, उनके पास है। नजरों ही नजरों में मुस्कुराकर समझाना चाहते थे—भाग्यवान और कैसे होते हैं केहर ? देख यह लंबा-चौड़ा जवान बेटा। झकाझक पक्का मकान। घर के काज सँवारनेवाली पत्नी। ढोरवाली बखरी में बँधी चार भैंसें और दो बैल—किसान का गोधन। खेत क्यार, खलिहान में धनहर फसल।

वे गली में आने-जानेवालों को रोकते। राम-राम करते और मुस्कुराकर केहर की ओर देखते।

केहरसिंह निमोधिया होंठों से धीरे-धीरे मुस्काया। पचरंग पलिका जैसी दरी गेंदुआ सजी खटिया पर बैठकर उसने मंसाराम की खुशहाल जागीर पर उनको दाद दी। विश्वास दिला दिया कि वह अपने दोस्त के भरे-पूरे जीवन से चमत्कृत है। तभी तो यह दोहा बोला—

> पहला सुख निरोगी काया/दूजा सुख जा के घर में माया
> तीजा सुख जा की पतिव्रत नारी/चौथा सुख बेटा अधिकारी

आगे कुछ कहने की जरूरत न थी। मंसाराम को दिली खुशी हुई कि केहरसिंह ने उनको इस तरह सराहा। अब तक किया तप फल गया। केहर बेचारा बिनब्याहा बैल-सरीखा...। धंधे में खपा हुआ आदमी। उसके हिसाब से क्या, सभी के हिसाब से इन चारों सुखों से बहारदार दुनिया बनती है। इस संसार को उन्होंने फतह कर लिया है !

खातिर-तवज्जो बाकायदा चल रही थी। पूरी-कचौड़ी, साग-खीर की दावत के लिए दस्तरखान बिछा दिया। दोनों ने मिलकर खाया कि बचपन लौटा लिया बातों ही बातों में। निकर-कमीजवाले लड़के बनकर ठहाके लगाए। मास्टरों को परेशान करने की वे कहानियाँ कही-सुनीं, जिन गुस्ताखियों के लिए करन और जोधा को बरजते रहे हैं।

दावत के बाद पान-सुपारी का इसरार। मंसाराम की हुकूमत के नजारे देखते ही बनते थे। पिछले दुख को केहर की आमद पर पी-पचा लिया।

बैठक में दो बिस्तर लगाए गए। खटिया सटाकर बिछाई गई थीं। दूध के गिलास छोटी-सी मेज पर धरे इंतजार कर रहे थे। जीरो पावर की जगह सौ पावर का बल्ब

झलमला रहा था। भकाभक उजाले में दोनों दोस्त खटियों पर लेट गए। कंबल टाँगों के ऊपर डाल लिए। आधे ढँके, आधे खुले।

केहरसिंह ने सीधे लेटने की बजाय उनकी ओर करवट लेना सुविधाजनक समझा। इधर-उधर की बातें होती रहीं। मंसाराम ने उसके लाल कुर्ते पर सवाल किया—यह लाल रंग कैसे भा गया ? दूर से ही लोगों की नजर में चढ़ना चाहता है ?

"खून का रंग है यह। मुझे सदा से अच्छा लगता है। खून न हो तो आदमी छूँछ हो जाए—एकदम बलहीन। चूसे हुए गन्ना की छोई-से लोग मुझे नहीं सुहाते। यह ताकत का रंग है।"

मंसाराम को यह बात कुछ अटपटी-सी लगी। उन्हें आशंका हुई, कहीं उनके ऊपर डालकर तो नहीं कह रहा केहर ? गृहस्थी की बगिया देखकर कुढ़ गया हो। सो एकाध कमजोरी भाँप ली हो। भड़ास निकालने पर उतर आया।...लेकिन इसे क्या पता ? यह बाहरी आदमी क्या जाने अंदरूनी माया ?

केहरसिंह ने अपनी खटिया पर लेटे ही लेटे मंसाराम का हाथ पकड़ लिया।

यह बात भी उन्हें अजीब-सी लगी—हाथ क्यों पकड़ रहा है ? पकड़ भी लिया तो छोड़ क्यों नहीं रहा ? लुच्चपन की आदत है क्या ? इस बुढ़ापे में भी ऐब सूझ रहे हैं ? कोई ठिकाना नहीं, अकेला साँड़-सा रहा है, क्या-क्या कुटेव पाली हों। उन्होंने अपने हाथ को खींचना चाहा।

केहरसिंह ने लगभग फुसफुसाकर पूछा—

"मंसा, मैंने जो सुना है, सच सुना है ?"

मंसाराम ने यह वाक्य सुन लिया, मगर समझना नहीं चाहा। चुप पड़े रहे।

"मंसा, चुप क्यों हो गया ? यहाँ हमारे-तुम्हारे सिवा और कौन है ?"

वे अब अच्छी तरह समझ गए कि केहर ने क्या सुना होगा और वह क्या कुरेदना चाह रहा है ? वे उसे भूलभुलैया में डालने की नीयत से पूछ बैठे, "क्या ? सच-झूठ क्या ? क्या कह रहा है ? इस साल हमारा करन अव्वल आया है। जोधा के सगाईवाले आ रहे हैं। तुझसे सलाह करनी थी, क्योंकि खानदानी भाईबंदी कैसी होती है, तू जानता है। तू आया तभी मुझे सहारा-सा मिल गया था।"

"मंसा, जो सलाह लेगा, दे दूँगा। पर इतना जानता हूँ कि आदमी की खुशी भले एक ढंग से आती हो, दुख के कारण अलग-अलग होते हैं। मेरा दुख अकेलापन हो सकता है और तेरा दुख यह गृहस्थी। बता मैंने जो सुना है, सच सुना है न ?"

मंसाराम के आगे फूलों की दुनिया बसी थी, केहरसिंह उसमें काँटे खोजने पर तुला है। पत्नी-सुख और बेटे-बेटियों की रौनक से वंचित आदमी संसार को भवसागर कहता है।

भूल रहे थे मंसाराम, या बचपन में छोड़े दोस्त के परिपक्व मन से नावाकिफ थे, केहरसिंह दूसरे को अपने हालातों में डालकर परखनेवाला बेवकूफ नहीं। इसीलिए बात बदल देना चाहते थे कि केहरसिंह का ध्यान बँट जाए, ईर्ष्या की बात छोड़ दे। प्रसंग

बदलने से सामने आए संकट टल जाते हैं। सो फिर सवाल किया—''लाल ही मोटरसाइकिल ! क्या माजरा है ? बताता क्यों नहीं ?''

''मौका आया तो सबकुछ बता दूँगा। अभी तो मैं तेरी सुनने आया हूँ। बस इसीलिए चला आया कि तू...''

''तू क्या ?'' मंसाराम ने सोचा, शायद वह बात केहर के दिमाग में हो ही नहीं, जिसका होना वे समझ रहे हैं। शंकालु मिजाज होता जा रहा है। चोर की दाढ़ी में तिनका।

मंसाराम हँसने लगे। हँसी बड़ी हलकी थी। वजनदार हो भी कहाँ से, अभिनय खोखला किए दे रहा था। वे अपने मुकाबले इस समय बेटे की पीठ ठोकना चाहते थे—क्या अच्छा नाटक कर लेता है। पीठ ठोकना कि दाढ़ ठोकना चाहते थे मंसाराम, क्योंकि जोधा का अभिनय उन्हें भविष्य की मुसीबत का आभास दे रहा था। इस समय आशंकाओं को चबा जाना बेहतर है। केहर के सामने जोधा श्रवणकुमार का पार्ट खेल रहा है तो इसमें उनकी अपनी इज्जत की बढ़ोतरी है। अभी कंस बनकर दिखा दे तो कौन से कोने में छिपेंगे ?

''मंसा, कहे मत कहे, तेरी गति मैंने सुनी है। तू नहीं कह रहा यह अच्छा भी है। सचमुच तू भरकम आदमी है। मुसीबत को बचा जाता है, नहीं तो अभी हमारा बेटा हमें इस बैठक में से निकालने पर उतारू हो उठेगा। हम कहाँ जाएँगे ? ढोरवाली बखरी में ? वहाँ मच्छरों के संग बैलों की कलीली भी चूसेंगी हमारा खून। नहीं बाज आएँगे तो भैंसों की साँकल हमारे गले में पहना देगा। हम भूखे-प्यासे बँधे रहेंगे। अच्छा है मुँह बंद रखें और बैठक में सोएँ। भैंस के गोबर और मूतवाले गारे में लिथड़े पड़े रहने की मुझे तो आदत नहीं।''

मंसाराम को काटो तो खून नहीं। वे कहना चाहते थे—गारे में लिथड़ने की तुझे आदत नहीं, और मुझे है ? साले तू तो बचपन से ही भैंस का पेशाब पीकर रह रहा है। पर यह बता कि ये बातें तू कैसे जाना ? तू क्या अंतर्यामी है ?

भीतर ही भीतर खारी हिलोरें उठ रही थीं। केहर से नफरत होने लगी। आने पर जिसकी बलइयाँ ले रहे थे, अब लग रहा है कि जल्दी से जल्दी घर से निकालें।

लग रहा था जैसे उनकी चोरी-बदकारी देख ली हो, और खोलने की धमकी दे रहा हो। छाती चौड़ी करके गृहस्थी के मुखिया मंसाराम ने अभी तीन घंटे पहले ही तो सफलता का लोहा मनवाया था, अब उसी लोहे के नीचे उनकी गर्दन है। काश, धरती फट जाती और वे उसमें जा छिपते।

''मंसा, तू बुरा मान रहा है क्या ? अरे नादान, हम मिल-बैठकर भी एक-दूसरे के कंधे पर सिर धरकर न रो पाएँ तो यह मिलना नहीं, चुतियापा है।''

मंसाराम सचमुच ही अपने दोस्त का मुँह जोह रहे थे, एकदम मूर्ख से।

''यार, मेरा मुँह क्यों जोहता है ? औरत है क्या ? अरे मर्द बच्चा है, कसूरवार की तरह कमजोर होकर देखना छोड़।'' वह उठकर बैठ गया और उनकी खटिया

पर आ बैठा।

मंसाराम को आज भी थोड़ा-थोड़ा याद है, यह प्राइमरी में पढ़ते समय तो एकदम दब्बू-सा लड़का था। ऐसा कैसे बदल गया ? आज वे अचरज कर रहे हैं। उनके पराँठों की ओर देखता रहता था, जब कभी संग खिला लेते थे तो उनका बस्ता लादकर घर तक आता था। आज तो पूरी-कचौरी खाकर भी उन पर हावी हुआ जा रहा है !

केहरसिंह ने मंसाराम की हथेली अपनी गर्म हथेलियों के बीच दबा ली, "सच, जब से सुना मुझसे रहा नहीं गया। लगातार बचपन याद आता रहा। तेरे अन्न का कर्जदार हूँ। घी से तर पराँठे मुझे भी खिलाता था मेरा यार मंसा। बहुत दिन तक नहीं मिले, तब क्या एक-दूसरे को भूल गए ?"

मंसाराम भी उठकर बैठ गए थे। चेहरा उठाकर देखने लगे कि केहरसिंह जाँच ले, वे निर्बल नहीं, निर्मल और शांत हैं। पूरी तरह संतुष्ट भी।

"मंसा, मैं यही सोचता हूँ कि तेरा धाकड़पना गया कहाँ ? मैंने सुना था लल्लूराजा की टाठें बाँध दी थीं। यार तभी आ रहा था तेरी पीठ ठोकने, पर समय नहीं मिला।

"आज दुख है—तू और तेरा पराक्रम ? कोई औरत किसी मर्द की दिलेरी इस तरह सोख जाती है ? तू कहेगा कि तेरा ब्याह नहीं हुआ, मैं कहता हूँ कि मैंने बरातें तो की हैं। सब जानता हूँ। मर्द होकर मर्द की तासीर न पहचानूँगा ? अपनापन भूलकर तू बीमार घोड़े-सा...मुझे कुदान मारकर दिखा रहा है ? इतना मत मुस्करा कि तेरे गम का अहसास पक्का हो जाए।"

मंसाराम सचमुच बीमार घोड़े की तरह सिर डालकर बैठे थे।

"मैं तुझे दुख देने नहीं आया। दुख तो तुझे यहाँ भी मिल रहा है। मैं उसमें नया क्या जोड़ दूँगा ?"

मंसाराम को वहीं खींच लाया केहरसिंह, जहाँ से वे कुछ दिन पहले ही उबरने लगे थे। आज अच्छी तरह समझ में आ गया कि दया से बड़ी छेनी कोई नहीं, छीलकर रख दिए।

रेशे-रेशे से ऐसा पानी फूटा कि हिलक-हिलककर रोने लगे। मूँछें भीग गईं, ठोड़ी टपकने लगी।

केहरसिंह हतप्रभ रह गया। घबराया-सा पुकारने लगा, "मंसा ! मंसाराम ! मैं तेरा दुख बाँटने आया था, दर्द बढ़ाने नहीं। कष्ट इतना भारी है ?"

रोने को तो रो दिए वे, मगर जल्दी से जल्दी नाक-आँखें पोंछने लगे। क्योंकि पछता रहे थे—इतनी कमजोरी कि टूटकर रोने लगा ! केहर की हमदर्दी दुश्मन हो गई, कि अपना ही बोदापन नहीं छिपा पाया ? क्या हो गया है आखिर, अचानक ही रुलाई क्यों फूट पड़ती है ? जोधा का दबदबा सताता है कि आनंदी का दिया तिरस्कार या कदमबाई की यादों का ही सोता फूटा है, जिसमें राणा शामिल है। अपनी ही दुनिया के दुख-दर्द रुलाते हैं आदमी को। केहर से यह बात न कह सके। कैसे कहते ? अभावों में रहा अनाथ केहर उनके दुख को दुख मानेगा ? दुख मानता तो आता भी नहीं। दुख

समझाकर मखौल उड़ाएगा।

यही है जिंदगियों का अंतर ! मंसाराम एक सत्य से रूबरू थे—एक आदनी रोता है, दूसरा उसे अनदेखा करके आगे बढ़ जाता है। घी में डूबे पराँठे इसी तरह बरबाद करते हैं ऊँचे घरों के लड़कों को। मौसा के यहाँ भैंसें सानी खाती थीं, केहर के हिस्से बथुआ-मेंथी आते थे। भैंस से कठिन और पुख्ता जिंदगी जी है उसने। तभी तो छोटी उम्र में वह बड़ी-बड़ी बातें करता था, और भैंस होने के फायदे गिनाता था।

काश, मैं भैंस होता तो कपड़े-लत्तों के झमेले से भी बचा रहता मंसा।

"मंसा, तू क्या सोचने लगा ? बोल कुछ उपाय मैं करूँ ?" केहर ने उन्हें कंध हिलाकर चेताया।

"क्या उपाय ?"

केहरसिंह सोच में डूब गया तो मंसाराम यह सोचकर फारिग हो गए कि वह अब और कुछ नहीं पूछेगा। वह बात मथने नहीं आया। मक्खन निकालकर भी क्या मिलेगा ?

सच में ही उसने कुछ नहीं पूछा। गहरा साँस लेकर बस इतना कहा, "खेतीबारी ही अकेला धंधा नहीं।" यह वाक्य उसने ऐसे बोला जैसे पहले ही करेला चबा लिया हो।

करुआहट का कारण मंसाराम जानते थे—मौसा ने केहर को कभी बैलों की रास नहीं पकड़ने दी। उसके लिए यह मरनेवाली बात थी, क्योंकि वह किसान का बेटा था। उसे कभी खेतों की ओर नहीं जाने दिया, जबकि लहरें मारती हरियाली छोटे-छोटे लड़कों की रगों को ताजादम कर देती है। केहर के हिस्से में बीहड़ जंगल आया। सत्यानासी और बेरों की झाड़ियाँ मिलीं। उसे खेती से नफरत हो गई है। यह बात मंसाराम भी जानते थे, लेकिन उन्हें खुद तो इस तरह की कोई कुंठा नहीं।

वे धीरे से बोले, "अब तीसरेपन में कौन-सा धंधा ? किसकी खातिर धंधे की बात कर रहा है ?"

केहर हँसा। हँसकर उनकी बाँह पर चपत मारी, "हैऽ साले, अभी से तीसरेपन को रोने लगा। बेटे की जवानी डरा रही है ?"

"छोड़ तू इस बात को। कुछ अपनी सुना," उन्होंने बात उल्टी कर दी। केहर का चेहरा निर्भाव था।

"अपनी क्या सुनाऊँ ? जो हूँ तेरे सामने बैठा हूँ। इन दिनों पुलिस से थोड़ी-सी ठन गई है। पिछले दिनों वारंट थे। मैंने सोचा कहाँ तक पिछाई करते फिरेंगे दरोगा सिपाही, चलो पहले इनका ही काम निपटा दूँ। कर आया उनके भी मन की। मुझे तो कहीं से कहीं जाना होता है। टैम नहीं था, जुगाड़ लगाकर एक डेरी के मालिक से जमानत दिलवा दी, पुरानी पहचानवाला था। भला आदमी। मंसा, उस दिन मुझे तेरी बड़ी याद आई, पुराने यार-दोस्त पुरानी दारू की तरह बढ़िया होते ही जाते हैं। तू जमानत क्या, केस खत्म करा सकता था।"

''आजकल क्या कर रहा है ?''

''तमाम धंधे हैं। 'अपने' स्वभाव के हिसाब से लगा ले हिसाब, वे कौन-से धंधे होंगे ?''

मंसाराम को यकायक पुरानी यादें आ गईं। उनका छोटा जीजा आया था। केहरसिंह नाम के आदमी के 'गुणगान' करता रहा था—भैंसों के धंधे से औरतों के धंधे तक कामयाब केहरसिंह ! बिरादरी में आदमी कुछ छिपा पाए, न बात दबी रहे। नातेदारी में नातेदारी पिरोई रहती है। मंसाराम ने उसे ज्यादा भाव न दिया था, आगे क्या खोल बैठे ! उनको बहुत-सी बातें याद आईं, जिनका खुलासा करना चाहते थे। पर केहर तेज आदमी, अपना सवाल पहले कर बैठा, ''तू मेरा साथ देगा ?''

''कैसा साथ ?'' वे सकपका गए।

''तेरे और मेरे भले की बात है। भरोसा कर पाए तभी बताऊँगा। बेकार ही अपनी जुबान बिगाड़ूँ।''

मंसाराम सोच में पड़ गए।

केहरसिंह ने समझ लिया यह आदमी चुप लगा गया है। हँसकर उमंग में भरकर मंसाराम की जाँघ पर हाथ मारा, ''ये ही दिन हैं, कुछ कर डाल। पैंतालीस-पचास की वय में ही आदमी धरम और धंधे बदलता है। क्योंकि तब तक ही उसे जिंदगी की असलियतों का अहसास हो पाता है।''

''तू मखौल मत करे।''

''इतना बोदा है कि मखौल तक सहन नहीं होता, और जिंदगी मखौल बना रखी है।''

मंसाराम के पास तर्क ही नहीं तो जवाब कैसे बने ? हारे हुए तो पहले से ही थे, घुटने टेकते देर न लगी। मगर फिर भी कुछ इस तरह दिखाना चाह रहे थे कि वे केहर की बातों में शामिल नहीं।

''दस बीघा खेती मिली है तुझे ?''

उन्हें एकदम झटका-सा लगा, सबकुछ पता लगाकर आया है।

''तेरा बेटा बड़ा गुणवान है। पंचायत जुटाकर दस बीघे दी। न्याय या दान ? या मजबूरी कि दादालाई जमीन पर वंश की चींटी का भी हक होता है। जो कुछ भी था, वह इंसानियत डकार गया।''

मंसाराम भीतर से टूट आए कि जोधा के अन्याय से खफा थे, खुल पड़े, ''और मैं उसे भी विलस नहीं सकता। बेटा छाती पर चढ़ बैठेगा।''

''साले तू बाप नहीं, खरपतवार है। अच्छी स्वस्थ फसल को नुकसान दे रहा है। उखाड़ना लाजिमी है, नहीं तो क्या दस बीघे में ही रफै-दफै कर देता ?'' केहर कहते-कहते थूक छोड़ रहा था कि गृहपति पर थूक रहा था ? मंसाराम कहाँ मुँह छिपाएँ ? शेखी भारी पड़ रही है। केहर का मखौल छील रहा है। दोस्त के मुँह खिल्ली उड़ना, संगीन की नोंक पर टँगने से ज्यादा कष्टदायक है। नहीं तो ऐसा दर्द उमड़ता ?

उसी बीच केहर जोश में आ गया। मजबूत हथेली से अपनी शिला-सी ठोस छाती ठोकी, "मैं हूँ। साले सब मर जाएँ, मैं अकेला ही...

"मंसा !" केहर ने ऐसे पुकारा ज्यों दूर से आवाज दी हो, "तू तो मेरी पुरानी जिंदगी के बारे में सब जानता है रे। हमारा जनम मार खाने या गम खाने के लिए है ? हरामी लौंडा, माँ की तरी में से निकला नहीं, बाप को जुतियाने लगा। कमाल देखना अब, इस कुपात्र पूत को ही चित्त करना है। तेरा जीजा मुझे सबकुछ बता गया है। पिल्ली-सा लड़का जवानी के सपने बाप पर अजमा रहा है ! हम भी बता देंगे कि बेटा हकीकत क्या चीज होती है ? तेरे खेलमाल के दिन पूरे हुए।"

मंसाराम मुँह खोले सुन रहे थे। अपने ही बेटे के खिलाफ ताल ठोक रहा है केहर, हाथ मिलाना कहाँ तक उचित है ? इसकी पीठ ठोकनी चाहिए या लताड़कर भगा देना चाहिए ? दुविधा में नहीं, निखालिस मोह सवार हो गया। रिश्ते की जड़ें बड़ी मजबूत होती हैं। प्यार तो पहाड़-सा भी हो, ढह जाता है।

चुप थे।

केहर अपनी नाते-रिश्तेदारियों में पिटता-कुटता रहा है, सो संबंधों से उसे मुकम्मल चिढ़ हो गई है। मंसाराम ने सोचा—वह रिश्तों के मामले में अनुभवहीन और नाकामयाब है। घर में सौ तरह की ऊँच-नीच होती है, झेलनी पड़ती है। इस भरकम विचार से केहर कोसों दूर है। ढहते हुए रूख की तरह बेसहारा आदमी गिरे तो किधर गिरे ? जिधर सहारा मिलता है, टिक जाता है। बेचारा केहर !

लेकिन केहर बेसहारा तो था, ढहता हुआ नहीं था। वह बाकायदा खड़ा था। और मंसाराम पर दया तथा रहम का गुलाल बरसाकर उनकी आँखें बंद किए दे रहा था।

मंसाराम ने सवालिया निगाह से देखा अपने दोस्त को—तुम्हारे पास ऐसा चिराग है, जो मेरे अँधेरे कम कर सके ? असल में सदा याद रहनेवाली कदमबाई का ख्याल उभर आया था उनके मन में। सो किसी से भी हमदर्दी पाने की लालसा में सोच बैठे—केहर पर मुझे भरोसा है, क्योंकि संबंध इतने पुराने नहीं पड़े कि सड़ाँध आ जाए। दूर-दूर रहे, नए-नए लगे। अभी-अभी मिलनेवाले दोस्त से डाह भी नहीं। दिन-रात की घनिष्ठता में कीड़े पड़ने का डर रहता है।

केहर अंतर्यामी की तरह बोला, "सुना है तू कबूतरा-बस्ती में बरबाद हो रहा है।"

ठीक समय पर ठीक सवाल ! मंसाराम 'हाँ' में सिर हिलाते रहे। दोस्त के सामने बेझिझक सीना तानकर अपना गुनाह कबूल कर सकता है आदमी। और शायद इसीलिए उन्हें ऐस लगा जैसे वे सुराजी हों, और कह रहे हों—हाँ, मैं मातृभूमि के लिए बरबाद होने को तैयार हूँ।

"कोई मन में बस गई है कि दारू ही सवारी गाँठ रही है ?" केहर ने आँख मारकर पूछा।

वे बोले, "छोड़ इस बात को। चल खेतों पर चलते हैं।" वे बात छोड़ने की कहकर केहर के जरिए कदमबाई से जुड़ने खेतों पर जाना चाह रहे थे।

"इतनी क्यों पीता है कि लड़का पानी को तरसा दे ?"

मंसाराम क्या बोलें ?

"बोलता क्यों नहीं ? बोलता नहीं, इसीलिए बाँधा जाता है। कह दिया कर कि गाँव में बीस-तीस आदमी भी ऐसे नहीं, जो अपने शौक धड़ल्ले से पूरे करते हैं ? तब क्या वे बेदखल कर दिए गए ? बोला कर—कौन साला अपने लिए पीता है, इस घर के गम, गृहस्थी के दसियों काम पीकर ही सधते हैं, नहीं तो ये खेत, ये रुतबा ऐसा होता ? आजकल जोरू को एक धोती तक देकर तो आदमी यही कहता है, पीता न तो इसे नहीं कमा पाता। चार लोगों में उठना-बैठना आजकल हर धंधे की जरूरत बन गया है। पीनेवाला ऐसी ही दलीलें देता है। जोधा को तो तैयार मलाई मिल गई है, सो स्वाद ले-लेकर चाट रहा है और नुक्स निकाल रहा है।

"और तू...अपनी बाकी उमर को तीसरापन कह रहा है ! लटा-घटा हाथी कीमती नहीं होता क्या ? अपनी कीमत पहचान, और जवान की तरह साली पंचायत के चूतरों पर लात मारकर जिंदगी के दरिया का रुख मोड़ दे। अभी इसमें इतना पानी है कि दस औरतें गोते लगा-लगाकर नहा लें। अपना काम कर और आजाद रह।"

"कैसा काम ?" मंसाराम ने आँखों ही आँखों में पूछा।

"काम नहीं, कर्म।"

"कर्म करते समय आदमी ऊँचे-ऊँचे विचार करता है। राजनीतिबाजों की तरह सोचता है। सोचता है कि इस माया-जंगल में पड़े रहने का मतलब ? इस लड़के की मातहती करने का हासिल ? क्या लाभ मिल रहा है आखिर ? अपने पुरखे कितने जालसाज थे, घर-बार त्यागकर वानप्रस्थ हो जाने की धमकी देकर जवानों की हमदर्दी लूट लेते थे। तीर्थों की दुहाई, पुण्य के लिए कमाने की मुनादी, बहुत बड़ी आड़ है, जिसके परदे में मनमाने कुकर्म कर सकते हैं। बूढ़े जानते थे। इधर हमदर्दी की गलबंहियाँ, उधर देशाटन के फायदे !"

मंसाराम अब अकेले नहीं थे, सीने के भीतर बैठी कदमबाई गुदगुदी मचा रही थी—बेटे और पत्नी-सुख के स्रोत सोखने लगे। वैसे प्रभावित होते कि न होते, मगर अब यथासमय जीवन-सत्य का दर्शन-सा होने लगा।

"सो तू उठ। कर्म के लिए और तैयार हो जा। न मार खा, न मात। अपनी ताक़त नदिया ताल में ठंडी करने की जरूरत नहीं। जाँघों में दम रहेगा, जिंदगी में मजा पैदा करेंगे।"

मंसाराम ने गहरी साँस छोड़ी थी। वह ताकत थी कि कमजोरी ?

"उसाँस ! उद्यम नहीं ? साले, तू अभी भी ऐसे कंधे डाले बैठा है, जैसे जोधा मोंठ के बजार तेरी कफन और ठठरी लेने गया हो।" इतना कहकर केहरसिंह बैठक के द्वार से बाहर उझका, कहीं जोधा तो नहीं ? फिर मंसाराम के कान पर मुँह धरकर फुसफुसाया, "धंधा करें तो कितना लगा सकता है ?"

मंसाराम पहले तो उजबक-से देखते रहे, फिर हकलाकर बोले, "कितना ? मेरे पास

तो धेला नहीं।''

''वैसे ज्यादा रुपया खर्च करना बेवकूफी है, थोड़े से शुरू करेंगे।''

''मेरे पास न थोड़ा, न बहुत। हालत देख ही रहा है।'' उन्होंने ढीला चेहरा करके हालत भी जता दी।

''हालत तो अभी देखने लायक और भी होगी। जब बेटा रोटी-लँगोटी को तरसा देगा। नंगे को कोई दान भी नहीं देता।'' केहरसिंह के होंठों से ठोड़ी तक गुस्सा ही गुस्सा था। ''तू दस बीघे का मालिक ही सही। कम तो नहीं होता दस बीघा। बिकने के लिए तो एक बीघा ही काफी है—पूरे पच्चीस हजार का। मंसाराम नाराज मत होना, यह खेत की कीमत नहीं, तेरी कीमत है, तू लाखों का आदमी। बेकीमत होता तो जोधा ही घर में न घुसने देता तुझे।''

मंसाराम कहना चाहते हैं—खेतों में फसलों के सपने देखे हैं, नोटों के नहीं। लेकिन केहर मेहमान बनकर क्या आया, भगवान की तरह उन पर लद गया, जिसके खिलाफ एक बात भी कहें तो तिरस्कार मानी जाएगी।

''तो फिर ठीक है मंसा, तेरी मर्जी यही है कि जोधा तुझे जिंदा ही चिता पर धरकर फूँक दे, और पिंडदान करके कहे—बाप वैतरणी पार कर गया। भले उसी खेत को बेचकर जेब के हवाले कर ले, जो बाप होने के नाते तेरी झोली में भीख-सा डाल दिया था। यह दुनिया है भोले भंडारी !''

मंसाराम सबकी सुनकर चुप रहने की आदत डाले हुए थे, लेकिन केहर हमले पर हमला किए जा रहा था, ''ध्यान से सुन। ना-ना मत करना, नहीं तो साले लड़के को तो पीछे दबोचूँगा, पहले तुझे ही घिस जाऊँगा।''

वे हक्का-बक्का से देखने लगे। इतनी हिम्मत ? कि उनका बेजुबान रह जाना दब्बूपन समझ लिया जाता है ? उन्हें याद आया—यह केहर के हमले नहीं, उस लड़के की बेझिझक धमकी है, जो स्कूली समय में अखाड़े पर मिलती थी। काश वे केहर के संग उन दिनों कुश्ती न लड़ते ! तो वह उनकी बाँह, टाँग, जाँघ और कमर की थाह न पा गया होता और न इस तरह बोलबतिया सकता था। अपनापन जता-जताकर डरा रहा है।

''खेत बेचेंगे नहीं, थोड़ा-सा गिरवी धरेंगे।''

''फिर ?'' मंसाराम की आँखें निकल आईं।

''ठेका खोलेंगे। दारू का ठेका।'' उसने मंसाराम को बच्चे की तरह बहलाया।

''क्याऽऽआ !'' घिग्घी-सी बँध गई।

''अरे ! पीता है और ठेके का नाम सुनकर चौंकता है ! गुड़ खाए गुलगुलों से परहेज। यह नहीं सोच रहा कि इलाके में साले ठेकेवालों ने कैसा हरामपना मचा रखा है ?''

मंसाराम ने न कुछ समझा न सोचा, बस इतना बोले, ''अब सो जा, सबेरे तू जाने की कह रहा था, जल्दी उठना होगा।''

''जाने की ? कब कही मैंने ? यार, हद है। तेरा दुख दूर किए बिना चला जाऊँगा तो तेरे जीजा को क्या मुँह दिखाऊँगा। बात जरा लाज की है, तेरी छोटी बहन तेरे जीजा को अपना बदन नहीं छूने देगी। सत्त करके बैठी है कि मड़ोरा खुद जाओ, मेरे भइया का न्याय करो। जीजा को अपनी हड्डियाँ प्यारी हैं, जोधा के सामने पड़ना नहीं चाहता। वह मेरे पास फरियाद लेकर आया था, बता कैसे टालता ?''

मंसाराम चुप। छोटे जीजा ने किससे फरियाद कर डाली ! जो दुख घटाए नहीं, बढ़ा दे।

''सोच ले, महुए की नदियाँ बहा दूँगा। तू ऐसे क्यों बैठा है ? मैंने कोई पाप की बात कह दी ? सुनकर तेरा धरम भ्रष्ट हो गया ?''

अचानक उमड़ पड़े मंसाराम, ''यार धरती रेहन रखकर दारू का धंधा ?''

केहरसिंह की आँखें फैल-सी गईं, ''अरे ! तब क्या धरती पर गंगा बहाने का धंधा होता है ? आज तक गंगा बहाई है किसी ने ? जो बह रही है, उसमें भी हग-मूत रहे हैं, धरमात्मा लोग। बनते हैं साले भागीरथ के चो...

''मंसा, यह बेटा है न, जो खोपड़ी फोड़ने का लैसंस लिए है, धंधा चलने पर तेरे तलुए चाटेगा। ठंड के दिनों में दस कदमबाइयों का इंतजाम करेगा। समरथ को नहिं दोस गुसाईं।''

शुभ के लिए लड़नेवाले मंसाराम, माना कि लड़ते-लड़ते हार रहे थे, लेकिन इस तरह रास्ता बदलने की सोची न थी। एक झटका और लगा—कदमबाई का नाम किसने बताया ? जीजा ने ?

''मैं आज ही रकम नहीं माँग रहा मंसा। पहले लैसंस का जुगाड़ तो करूँ। पर घूस पेटी दे भी दूँ, तो भी एक टपरा देखने तो आएँगे ही अहलकार आदमी। कोठा टपरा तो बनाना ही होगा। हमें कौन से महल चिनवाने हैं ?''

मंसाराम जो कुछ बोलना चाहते थे, जीभ पर ही जमा रह गया। लहरों पर चढ़े आदमी को नीचे उतारना मुश्किल होता है।

केहर बेचैन आत्मा, सबकुछ अभी तय करना चाहता था—गर्म लोहे पर घन पड़े तो लोहा आसानी है मुड़ जाता है। ठंडे लोहे किसने मोड़े हैं ? भले टूट जाएँ। और फिर क्या पता कि बेटा ही प्यार का झरना बहाकर ठंडा कर दे ?

''मंसा, तू धरम-अधरम की बात सोच रहा होगा। तेरी जगह कोई भी होता, यही सोचता, क्योंकि औरत के फेर में पड़ा आदमी धरम और पूजा-ध्यान की बातें करके अपने असल सामाजिक कसूर से लोगों का ध्यान हटाना चाहता है। मुझे दुख है कि तू प्रेम करके न्याय देने पर उतारू है, और डर रहा है। तू उनसे तो अच्छा ही है जो मंदिर में रहते हैं। पूजा ढारना करते हैं और हम समझते हैं कि वे बिना आँत, बिना लिंग के देवता हैं। दरअसल वे न देवता न आदमी। अजगर हैं। ऐसे चोर हैं कि कबूतरा भी उनके सामने पानी भरें। ये साले कबूतरा मोघिया कलंदर साँसी तो जान झोंककर पेट पालते फिरते हैं। और वे लोग खाते हैं, सोते हैं, अय्याशी करते हैं। साथ ही इतना

कमाकर धर जाते हैं कि संतानें भी अजगर की तरह खाएँ-पिएँ।

"मैं मानता हूँ कि तू अच्छा है, इसलिए कि उन लोगों के लिए हमदर्दी रखता है, जिनके पीछे कोई नहीं। उनकी जरा-सी भूल को क्या तूल दिया जाता है ? साले दरोगा एस.पी.-फैसपियों की नीयत खूब पहचानता हूँ मैं। जनता को कलम के हर हरफ से लूटनेवाले सोचते हैं उन्होंने आला बयान लिख डाले।—फलाँ कबूतरा ने फलाँ किसान के खेत से चने के दस पौध उखाड़ लिए, हरित क्रांति को खतरा है। साइकिल की चेन उतार ली, गरीब की सवारी पर हमला है।

"हम उल्लू के पट्ठे चुपचाप सुनते रहते हैं। असल में बचपन से यही सीखा है कि कुर्सी पर बैठा आदमी तुमसे हर मायने में बड़ा है सो ताकतवर है। उसके सामने तुम्हारा कमजोर पड़ जाना लाजिमी है। मेरा साबका इन लोगों से खूब पड़ा है। मैं दीन होते-होते इतना घिस गया कि चिकना हो गया। अब सालो फिसलते रहो, गिराकर छोड़ूँगा। वारंट लिए फिर रहे हैं। पूछो कि वारंट से कितने आदमी पकड़े हैं अब तक ? प्रधान से प्रधानमंत्री तक तो ठगी कर रहे हैं, इतना वारंटी कागज होगा इनके पास ?"

मंसाराम कौतुक-सा देख रहे हैं।

"तू क्यों सफेद-सा पड़ गया ? मैं वारंट-वारंट कहकर तुझे दहला नहीं रहा। हाँ, तेरा छोटा जीजा जरूर दहल गया था सो उसने मुझे यहाँ पठा दिया। वह भी साला नादान है, मैं दोस्त को डराऊँगा ? कोई गुंडा हूँ ? बस इतना चाहता हूँ कि तेरी अच्छी भावनाएँ हैं सो तू बिना रोड़ा-बाधा के अच्छे काम कर दिखाए। लोगों को अचम्भे में डाल दे कि देखो यह वही मंसाराम है जो कदमबाई की दूधों का गुलाम मानकर फेंक दिया था। दारू का ताबेदार शराब का शहंशाह बन बैठा और साथ स्हिासन पर अनारकली की तरह कदमबाई कबूतरी मलिका बनी बैठी है। मौका सबका हो, वक्त सबका होता है।

राजदरबार का पर्दा खोल दिया केहरसिंह ने ! मंसाराम सचमुच मन के बादशाह होने लगे। क्या वे यही चाहते थे ? ऐसी ही कल्पनाएँ की थीं ? इसी तरह के सपने देखे थे ?

नहीं तो मन मगन क्यों है ?

"मंसा, तू मेरी ओर से वहम निकाल दे। वारंट निकले हुए आदमी को लोग दोस्त मानना छोड़ देते हैं। वे दोस्त पर से विश्वास नहीं खोते, कहीं खुद पर ही यकीन नहीं रहता उनको। तू आत्मविश्वासी आदमी, मुझे मालूम है, न होता तो अब तक इस रणक्षेत्र में खड़ा कैसे रहता ? तू कमजोर नहीं, मुझसे भी ज्यादा ताकतवर है। बँधा है, फिर भी लड़ रहा है।"

मंसाराम की रगों में ताकत-सी बहने लगी खुद-ब-खुद।

अपनी राय केहर के हक में दें या घर-परिवार की ओर ! माना कि वह सही बातें कह रहा है, लेकिन संस्कार और कुल-खानदान की मर्यादा भी उतनी ही सच है, जितनी उनकी अपनी जिंदगी की आजादी। अपने इरादे और मंसूबे। जिस तरह मन नारना

मुश्किल हो जाता है, संस्कार तोड़ फेंकना नामुमकिन नहीं हो जाएगा ? कैसे कहें कि शराब पीना माफ किया जा सकता है, शराब बेचना नहीं। रंडियों के यहाँ जाना नजरंदाज कर सकते हैं, कबूतरा-बस्ती में उनके घुसने पर क्षमा नहीं। आँख की आड़ देकर कत्ल भी कर आओ, बचा लिए जाओगे (जंगलिया प्रसंग याद आया उन्हें) पराई स्त्री के सुख-दुख में शामिल होने के जुर्म में सूली ही मिलेगी।

आज नई दुविधा में फँसे बैठे थे मंसाराम। केहर जाने का नाम नहीं ले रहा। वह जोधा को पीटने और कुचलकर खटिया पर बिछा देने का बयाना लाया है। दोस्त के जीवन में तब्दीली लाकर लड़के की हड्डियाँ बचा देने का अहसान करना चाहता है। फैसला उनके ऊपर छोड़ा गया है। हाँ कहें या ना ? माना कि अपनी इस दुनिया से मुक्ति चाहते थे, पर दूसरे दलदल में फँसने के लिए नहीं। छोटे जीजा ने यह क्या गजब कर डाला ? जोधा से ऐसी दुश्मनी हो गई ? कि पत्नी का इतना दबाव माना ? जब खुद दबाव मानकर जोधा को पिटवाने पर उतर आए तो मेरा दबाव में रहना क्यों खला ?

केहर न जाने क्या ताड़ गया, बोला, ''भाई-बहन का प्रेम !''

मंसाराम ने असहाय-सा मुँह बनाया। बहन का प्रेम हो या जीजा का इसरार, यह नहीं हो पाएगा उनसे। जोधा को पिटवाकर घायल कर देना या खेत का टुकड़ा बेच देना, एक ही बात है। तन घायल हुआ कि मन। और यह केहर का बच्चा शै पाकर क्या कुछ न कर डाले ?

अजब रस्साकसी है। ज्यों-ज्यों केहर बगावत पर उकसाता, वे खुद को घरवालों के ज्यादा नजदीक पाते। जवाबदेह होते जाते हैं। अंत में लगा ढहते हुए को यह दोस्त नेठम ही धक्का मारने आया है कि वे ऐसे गड्ढे में गिरें, फिर उबर न पाएँ।

●●●

केहर चला गया, पर केहरपन छोड़ गया।

वे अपने परिवार में शांति बनाए रखने के कारण पहली ही दिनचर्या अपनाए हुए हुए थे। नियम से नहाना-धोना, खाना-पीना और भजन-पूजन में जिंदगी बितानेवाले ध्येय का अनुकरण करते हुए समय बिता रहे थे। सच तो यह था कि केहरसिंह के चले जाने के बाद वे अपने सभ्य शिष्ट और सज्जन होने को लेकर ज्यादा सतर्क हो गए थे, कहीं सोहबत का रंग लगा तो नहीं रह गया ? एक धब्बा ही रंग-भंग कर डालेगा।

आनंदी उनकी पत्नी नहीं, गुरुमाता की तरह हो गई। 'जो आज्ञा' भाव से सिर झुका देते।

जोधा उनके अंगरक्षक जैसा था। वे घर के भेदी बनकर लंका ढहाने का पाप नहीं करेंगे। नहीं किया, इस बात को सोचकर चैन की साँस लेते।

भगवान की पूजा कर रहे थे। चौकी पर नया कपड़ा बिछाकर चार पीतल की मूर्तियों को स्नान कराकर आनंदी ने पधराया था। अगरबत्ती सुलग रही थी। सुगंध और

पवित्रता चारों ओर व्याप्त हो गई। रामायण का सुंदर कांड-पाठ चल रहा था। पति-पत्नी बराबरी पर बैठे थे हाथ जोड़कर।

तभी तपस्या में व्यवधान पड़ा।

करन ने पिता के कान पर मुँह लगाकर कुछ कहना चाहा। वे तनिक परे हटे, यह लड़का बिना नहाए-धोए ऊपर चढ़ बैठता है। माँ गुस्सा करेगी। करन ने बच्चे की तरह किसी की कोई परवाह नहीं की, कान से होंठ सटाकर बोला, ''सुन नहीं रहे पिताजी, मलिया काका आया है।''

''आया होगा,'' उन्होंने टाल दिया।

''तुम्हें बुला रहा है।''

''कह दे, जाए। पूजा कर रहे हैं पिताजी।''

''नहीं जाता। कह दिया था।''

सुंदरकांड में बदसूरत-सी टँगड़ी। पत्नी के माथे पर बल पड़े। भवें सिकुड़ गईं।

मंसाराम ने मन ही मन गाली दी—साले नीच। बात कर लो, मुँह लगा लो। पुराने रोग...। और वे रामायण पढ़ने लगे—राम भालू-वानरों के साथ वन में संगठित हुए। हनुमान उनके प्रिय भक्त और ताकतवर वानर थे। आकाश से पाताल तक की यात्रा करने में समर्थ।

करन की छोटी-सी पुकार—पिताजीऽऽई !

मंसाराम का ध्यान बार-बार उचट जाता। मगर वे इच्छाओं को कसने में पारंगत हो चुके हैं।

—'मलिया काका !'

मुसीबत ! यह मेरे भीतर कौन बोल रहा है ? करन तो यहाँ है नहीं। बार-बार शोर-सा क्यों उठता है ? पिशाच हमला कर रहे हैं क्या ? मलिया राक्षस का रूप धरकर आया है, तपस्या खंडित करेगा ? सुंदरकांड में लीन देवता कमजोर क्यों पड़ता चला जा रहा है ? पुराणों में झूठ नहीं लिखा, तपस्वियों की तपस्या को ध्वंस करनेवाले जंगली राक्षस ही तो होते थे। वे हड्डियाँ और मांस फेंककर उनका मन उखाड़ देते थे। अश्वमेधों-नरमेधों को चुनौती देते थे। अधम मलिया मेरी साधना पर भारी पड़ने लगा !

मंसाराम ने उस दिन अपनी आँख-कान जैसी इंद्रियों पर काबू करके इतना समझ लिया कि परिवारीजन यदि आदर करते हैं तो सत-चरित्र के कारण। वे आकाश की पतंग हुए हैं तो भगवान की कृपा से। धर्म की बैसाखी के सहारे गृहस्थ चला पा रहे हैं, सो अपना फैसला लादने की हिम्मत नहीं। न हो, शांति तो है।

●●●

—ओ मालिक जी !

—मंसाराम मालिक...

यह गृहभेदी आवाज सरमन मुखिया की है, छोड़ो।

●●●

—एऽऽ जीपें आ गईं !

—लुगाई पिट रही हैं !! पीट रही हैं।

—बच्चा कुचल डाले !! तबाही।

भजनी है यह। उनका भक्तिगृह गूँजने लगा। कर्णभेदी कराह कि हुंकार ?

लुगाई माने कदमबाई। बच्चा, मतलब कि राणा...संग्राम मचा है ?

वे सहस्र नाम-जाप भूल गए। केहर ललकार रहा है—हिम्मत कर, आगे बढ़। उन्हें अपने नाकाफी होने की तकलीफ सालने लगी। इतनी तकलीफ कि सुरक्षा की बात न मालूम कहाँ सरक गई !

●●●

राक्षस और देवताओं में जंग छिड़ी है उनके भीतर। घरवालों के लिए तू क्या है ? इंसान नहीं मानते वे। पिता और पति भी नहीं। इन पदवियों से कब का खारिज कर चुके। तू अब केवल भगवान का भक्त है। ऐसा भक्त, जो भगवान के आगे धरती धन और गोधन को धूल समझता है—असंसारी आदमी। अब उन्हें तुझसे कोई खतरा नहीं। मंदिर या घर, कहीं भी पड़ा रह। तू फोकट में ही परिवार के शुभ के लिए अरदास करनेवाला साधु सरीखा फालतू जीव है। बस पूजा-अर्चना करनेवाला मानकर भगवान से डरनेवाले लोग तुझे सताकर अपने ईश्वर को नाखुश नहीं करना चाहते, वरन् यही सब थे, जिन्होंने तुझे नरक का कीड़ा माना था और भैंस के गोबर और मूत में खिचड़ने छोड़ दिया था। क्योंकि वे तब तेरी 'जिद' से डरने लगे थे। इंसानी हठें उनको दहलाने लगी थीं।

मंसाराम के मन में ये बातें आईं कहाँ से ? केहर ही बिफरने लगा ?

तय किया कि पति होने के नाते अपना मालिकपन वापस ले लें। पिता होने के नाते घर के संरक्षक हो जाएँ और बेटे से हिसाब-किताब छीन लें। संस्कारों का तकाजा यह भी है कि किसान होने के नाते हल-बैल और धरती का हक हासिल कर लें।

मंसाराम किसान से भक्त हो गया, अपनी औकात का हनन...अब कौन सुनेगा तेरी ? भगवान अपनी शरण में लेकर छोड़नेवाला नहीं। कुल-परंपरा की इजारेदारी में भजन गा-गाकर जिंदगी काट।

वे दोनों ओर से लड़ रहे हैं। घमासान मचा है मंसा और केहरसिंह के बीच।

—पूजापाठ त्यागनेवाले को क्या कहा जाता है ? खलकामी।

—तो क्यों फूट-फूटकर रोया था केहर के सामने ? क्या वह दुख झूठा था ?

—दुख सच्चा सही लेकिन दारू का पेशा नहीं...

—मान लिया खानदान और समाज के हिसाब से यह पेशा गलत है, पर नीयत तो साफ है। कोई काम बुरा नहीं होता, बुरी-अच्छी तो नीयत ही होती है।

गले में माला। कंधे पर चदरिया ! मंसाराम की देह ही नहीं, आत्मा भी ढँकी है।

यह माला नहीं, नागफाँस है।

चादर नहीं, मति का पर्दा है।

कैसी उल्टी लहर मारी कि छाप-तिलक मिटा डाले। माला चदरिया उतार फेंकी।

मंसाराम आगे बढ़े। बंदूक उठा ली।

डेरों की ओर दौड़ लिए। झाड़ी, काँटे, पत्थर, कंकड़ ठेल, गड्ढों का ध्यान बिसराकर चलते चले गए। चुस्त चाल। आज हो जाए जीना-मरना।

मेरे खेतों में बसे लोगों को सताने का इन सालों को किसने हक दिया ? क्या ये मुझे अपने खेतों में घुसने देंगे ? जानते हैं कि कबूतराओं को उनकी गलती पर कम, मंसाराम की रंजिश पर ज्यादा पीटा-कुचला जाएगा। राजा काका का दिलीप हमारे घर की तबाही पर उतरा है। लल्लूराजा की तरह काका को ठिकाने लगाकर जोधा को दबाना चाहता है। जोधा गधा है पूरा। गधे को नमक देने का मतलब ? कमान खुद ही उठानी होगी।

मंसाराम ने कबूतरा-बस्ती की हद पर फायर किया—धाँय ! चिड़िया-परेवा चिंचियाते हुए उड़े ! जीप चालक जीप दौड़ा ले गया। पीटनेवाले भाग छूटे। पिटनेवाले उठ-उठकर खड़े हो गए।

मंसाराम की बंदूक चुप नहीं हुई—धाँय, धाँय, धाँय। आस-पास सन्नाटा छा गया।

•••

बंदूक लेकर खेत की मेंड़ पर बैठे रहे। घर लौट जाने के बारे में सोचना नहीं चाहते थे। उनके तांडव की चर्चा मची होगी। पापी मंसाराम ने, पूजा-ध्यान में जिसका मन बड़ी मुश्किल से रमा था, कबूतराओं के ध्यान में सब 'ज्ञान' डुबो दिया।

अपने हिस्से के ये दो ही निजी खेत हैं—उन्होंने दूर तक हरियल फसल पर निगाह डाली। दोपहर उठती आती थी, धूप चमक रही थी। पुख्ता पौधे सिर उठाए खड़े थे। बसंत पंचमी के बाद का दृश्य, मंसाराम का मन खेतों ने बाँध लिया, अब तक साँस उखड़ रही थी, धुकधुकी चल रही थी, अब शांत है सब।

कदमबाई के डेरे में जाना चाहते थे, नहीं गए।

हमलों के बाद कबूतरियों का सामना करना आसान नहीं। उनके कपड़े इस तरह फाड़े जाते हैं कि ढँकनेवाली चीजें ही उघड़ आती हैं, फिर कपड़ों का मतलब ? तबाही पर लजाना मर जाने से ज्यादा कष्टदायक है। वे कदमबाई का लजाना नहीं देख पाएँगे।

वे उठकर चल दिए। उसी घर की ओर चल दिए, जो उनका अपना है और वहाँ जाने से इसलिए घबरा रहे हैं कि अपनों पर हमला करने के दोषदार हैं। कहीं लज्जित भी।

चलते-चलते तमाम विचार आए-गए—केहर कहता है, धरती रेहन रख दो। ठीक कहता है केहर। हाथ में पैसा आएगा तो आत्मनिर्भर हो जाएँगे। खेतों की फसल उन्हें कौन देनेवाला है ?...लेकिन केहर चालू आदमी है। मुश्किलों में रहने-जीनेवाला बीस

तिकड़में सीख जाता है। केहर छोटे जीजा ने एक हजार बयाना देकर न भेजा होता तो खैरियत पूछने आता ? या उनके पास कुछ न होता तो ठेके की बात चलाता ? माल हड़पने की योजना उसने रास्ते में ही बना ली होगी। नहीं तो चलते समय क्यों कहा था—रही मेरी पत्ती की बात, बाद में तय कर लेंगे।

घर आते-आते और अपनी बैठक में घुसते-घुसते मंसाराम इस नतीजे पर पहुँचे कि पत्नी-बेटा और परिवार शत्रु सेना है, तो केहर भी सच्चा साथी नहीं। जोधा बैर से मारेगा, केहर प्यार से। बेटा सोते समय गड़ासा चलाकर सिर धड़ से अलग कर दे, या केहर खेतों को बनिया के हवाले दे दे, बात एक ही है। दोनों 'मरण' के फरमान लिए खड़े हैं, निर्णय उनको लेना है।

●●●

उस मुठभेड़ के बाद घर के माहौल में कोई बदलाव नहीं आया, आश्चर्य !

बदलाव का मतलब क्रोध, गुस्सा का उबाल ! जोधा जस का तस था। जोधा की माँ अपने पहले बर्ताव पर कायम थी। दिलीप तक घर आता तो मंसाराम से 'राम राम भइया' कहकर देर तक खेतों के बारे में, राजनीति के विषय में बतियाता रहता।

एक बार तो मंसाराम ने यह सोच लिया कि संस्कार यही तो होते हैं, जहाँ छोटे-बड़े की अपनी जगह होती है। आदर और प्यार के दायरे होते हैं। राजासिंह काका उनमें ही चार जूता दे लें तब क्या वे काका पर उलटा हाथ उठा देंगे ? सिर झुकाए खड़े रहेंगे, उनका हाथ थक जाए तब तक।

रात हुई।

मंसाराम नए सपने सँजोने लगे। आनंदी को पत्नी के सिंहासन पर बैठी स्त्री मानकर माथे से लगा लिया—वह भी समझ गई है पति जैसा भी हो, पति होता है। मंसाराम भी कोई दगा जैसी भावना मन में नहीं आने देंगे। असलियत में जो अर्द्धांगिनी है, उसकी जगह सपने में भी दूसरी क्यों आए ? कदमबाई की सुंदरता, उसका तेज, उसकी ईमारदार हिम्मत और उसका अति आकर्षक प्रेम किसी लयताल से उनकी ओर बढ़े, ध्यान नहीं तोड़ना है। ऐसा हो पाएगा उनसे ?

होना चाहिए। उन्हें आनंदी की कहीं बातें याद आईं—जोधा पाँव नहीं पलोटता मेरे। अक्खड़ मिजाज लड़का...। फिर यह बात तो जाँची-परखी है कि पति की निगाह से गिरी औरत न बेटे के दिल में जगह पाए न किसी और के। तुम पीछे खारिज करोगे, बेटा पहले नजर से गिरा देगा। पूतों की कमाई चौड़े में बैठकर कितनों ने खाई है, कोने में छिपकर भले पेट भरते रहो।

आनंदी...सच ही कहती है। मंसाराम गलने लगे।

अब पत्नी उन पर आश्रित है, इसलिए भी वे उत्साहित से थे और इसी भरम में सोने-जागने लगे कि धीरे-धीरे अपनी खोई हुई रुतबेदारी वापस ले लेंगे। वे आजाद होकर रिश्तेदारियों में आने-जाने की सोचने लगे।

मँझली जिज्जी की बेटी का ब्याह था। ब्यौहार और चीकटें लेकर जाना था। मंसाराम के मन में आया, इस बार जोधा की जगह खुद जाएँ। लोगों से मिलें-जुलें, पुराने रिश्तों को नया रूप दें।

जाने की कल्पना में ले जानेवाले सामान के बारे में सोचने लगे। सोचते-सोचते कितनी रात गुजर गई, पता ही नहीं लगा।

हाँ, लगा कि पाँवों की आवाज...आसपास ही कोई चल रहा है। साँसों की घनी ध्वनि और आपसी बुदबुदाहट-सी—कबूतरा-बस्ती के पास ही फेंक देंगे। साले के होश ठिकाने, अपने आप ही मारे जाएँगे...पिस्तौल...नहीं चाकू...चुप चुप चुप !

मंसाराम यकायक पागल-से हो गए। अँधेरे में ही पास बिछी खटिया पर हाथ मारा—करन कहाँ है ? करन कहीं भी नहीं। कहीं नहीं। नहीं नहीं नहीं !

क्या सोया ही नहीं करन ? मंसाराम जितने सिकुड़ सकते थे सिकुड़ गए। घुटने पेट में दे लिए। एकदम गठरीनुमा आदमी...। दुआ करने लगे कि आवाजें ओझल हो जाएँ। काश, सिर ही चकराने लगे।...लेकिन सिर में फैली तंत्रियाँ पूरी तरह दुरुस्त थीं। वे हूबहू सुन रहे थे, जैसे देख रहे हों।—इधर से। नहीं, इधर से ! अकेला ही तो है।

मंसाराम अकेले कमरे में डटे थे, उन्होंने अकेले ही खेत रखाए हैं, कुछ जुझारू बातें हठात् मन में ले आए—अच्छा तो हमला करने आ गए, क्या मैं अकेला ही इन दुश्मनों पर भारी पड़ रहा था कि गोल बाँधकर आए हैं ? समझ रहे हैं कि मंसाराम किसी के हाथ आनेवाला नहीं। मारा भी नहीं जाएगा। लल्लूराजा से जड्ड लेनेवाला मंसाराम !

उन्होंने हिम्मत से उठकर बल्ब जला दिया। कमरा रोशनी से भर गया।

...और कमरे का पिछवाड़ा कुछ लोगों के भागने की धमाधम आवाज से ! वे आवाजें न झूठी थीं न किसी प्रकार का भ्रम था। अँधेरा इतना गाढ़ा भी नहीं था कि सन्नाटा कानों को जकड़ ले। हकीकत सामने खुली पड़ी थी। वे असलियत को वहन मान-मानकर झुठलाने की कोशिश तो करने लगे, मगर कामयाब नहीं हुए। सच ने अंगद का-सा पाँव गाड़ दिया।

अब जिंदगी को खतरा ही नहीं, कत्ल सामने है ! वह रात जैसे-तैसे कटी। आँखों ही आँखों में अपनी मौत की रात काटना...भय से मरते रहना कैसा कष्टदायी है, उन्होंने जिंदा रहकर जान लिया।

दूसरी रात :

भयानक सपना आया ? वे तो खूब चौकन्ने थे। नींद क्या, तंद्रा तक न थी। कमरे में अँधेरा जरूर था। खिड़की पर तरह-तरह की आकृतियाँ उभरीं। जोधा की छटक्-छटक् जलती आँखें...दिलीप के विष बुझे कड़वे होंठ, उन दोनों के पीछे हाथ में टॉर्च लिए धीरे-धीरे सरकती आती आनंदी ! मंसाराम ने हाथ उठाकर उन खौफजदा तसवीरों को परे ढकेलना चाहा। गांडीवसिंह उरईवाले ! हत्या ऐसे ही तो हुई थी। पत्नी और बेटे की मिलीभगत...। उनका मगज झमझमाने लगा।

पाँवों की आवाज ! आपसी फुसफुसाहट। आपसी धक्कामुक्की-सी...

तीसरी रात :

सपना सपना सपना ! मंसाराम की देह जोधा और जोधा की माँ ने टुकड़ों में कतर दी। वे हैं कि उरईवाले गांडीवसिंह ? देह के कटे-फटे टुकड़े बोरे में भरकर सिल दिए। उन्होंने अपनी आँखों से देखा—बोरा खून के धब्बों से भीगा हुआ है। हाय-हल्ला मचा है। राजा काका और दिलीप भारी आवाज और लटके चेहरे लिए खड़े हैं। जोधा की माँ बदमाशों का नाम ले-लेकर विलाप कर रही है। आवाज की लय पर कभी लल्लूराजा तो कभी कबूतरा उभर जाते हैं।

वे समझ रहे हैं, बदमाश माने कोई नहीं। पुलिस के सिपाही दरोगा खड़े हैं। बदमाशों के नाम पर रिपोर्ट लिख रहे हैं।

अब उनकी देह के टुकड़ों से भरा बोरा बेतवा नदी में बहा दिया गया। बेटे ने अर्पण-तर्पण किया। पाप-पुण्य एक हो गए। जोधा ने खूनी हाथ पानी में धो लिए।

बेतवा माता की महिमा ! जोधा की माता नदी के किनारे खड़ी थर-थर काँप रही है। उसने डूबते बोरे में बंद उनकी देह के टुकड़ों को प्रणाम किया। सती नारी ने चूड़ी-बिछिया घाट पर फोड़ डाले।

तमाशगीरों की गिनती नहीं...

घर आकर उनके नाम का दीया जलाया गया। कमाल ! दीए को देखकर कटे-फटे टुकड़े चिंघाड़ उठे—जिद्दी बाप से ऐसे ही मुक्ति पाई जाती है ?

...लेकिन वे जाग गए ! कंठ एकदम बंद था। कमरे में अँधेरे के सिवा कुछ और न था।

वे चिंघाड़ने की जगह फफक-फफककर रो उठे।

●●●

उनके आँसुओं को कदमबाई टकटकी लगाकर देख रही है। क्या यह कबूतरी मेरे दुख को समझ पाएगी ? मेरे भीतर का पुरुषार्थमय पुरुष नपुंसक करके डाल दिया कि टुकड़े-टुकड़े करके नदी में बहाया...अब किसकी राह देख रहा हूँ ?

कदमबाई की छाया उनकी काया को ढक लेती है। वह हँसती है, ठठाकर हँसती जाती है।

तुझे विश्वास नहीं कबूतरी ! यह जीना क्या जीना है ? लीक से लीक तक घिसटते हुए मर-खप जाना...

—तुम्हारी गृहस्थी !

गृहस्थी गृहस्थ से नहीं होती, मन की रची दुनिया से बनता है एक घर। उस घर में तू है, मैं हूँ, राणा है। ऐसा न होता तो मंसाराम का खून बेतवा के पानी में क्यों मिल जाता ? पत्नी, पुत्र और गाँव का घर-संसार झूठा है कदमबाई। दंभ और अभिमान की मिथ्या तसवीर, जिसका एक न एक दिन नाश होना ही था, हो गया। पत्नी के रहते हुए भी मंसाराम निपट अकेला निस्सहाय ही नहीं, बल्कि उसके द्वारा बध किया जानेवाला

बकरा...तू सँभाल सकेगी तो मैं पुरुष रूप में फिर जीवन पाऊँगा, बोल ? मैं तेरी राह आ रहा हूँ, द्वार खोलकर रखना। तू खुले आसमान के नीचे रहनेवाली स्त्रीऽऽई...मैं घर की हदबंदी से निकल रहा हूँ।

उठते ही झटका-सा लगा। करन की खटिया से टकराए। घुटना बुरी तरह टीस उठा।

लँगड़ाते हुए खूँटी पर टँगी बंदूक उतारी। कुर्ते की जेब में रुपए थे, टटोले। कुर्ता पहन लिया। चादर डाल ली और किवाड़ें खोलकर बाहर आ गए। मन मगन-सा था, जैसे नशा किया हो।

●●●

रात थी। अँधेरा था। आसमान में तारे चमक रहे थे।

कबूतरा लोग सोए नहीं थे। तारों की तरह ही आजादी से झमक रहे थे। उनके हँसने-बतियाने के कारण डेरे कुछ दूसरी तरह के ही लग रहे थे। यह दुनिया, दिनवाला संसार नहीं। मन की बातें होंठों पर थीं—

—वे समझते हैं कि हम डर के मारे कुछ कहते नहीं, उदास से बैठे रह जाते हैं। पर यह नहीं देखते कि कोप के मारे हम उन्हें लूट लेते हैं। मारते हैं। दाँव पड़े तो हत्या कर डालते हैं। नादान लोग ! लाचारी किसे पागल नहीं कर देती ? एक दिन ऐसा आएगा कि बंदूक-पिस्तौल हथिया लेंगे हम और बैरियों पर उल्टा हल्ला बोल देंगे। बने हैं अस्लाहवाले। पीठ पर पड़ी डंडे की चोटें हमें तोड़ तो गईं, पर पेट में बलबला रही हैं।

—मंसाराम से उम्मीद बाँधते हैं बार-बार। पर वे हरदम नरमाई से काम निकालने की सोचते हैं। नेकनाम आदमी बहादुर नहीं हो सकता, इस भेद को उन्हें कौन समझाए ?

—कदमबाई ने कुछ समझाया ही होगा, तभी तो अबकी बेर भागते चले आए।

मंसाराम की बुरी आशंकाएँ बिलाने लगीं। उनकी इच्छा हुई, आवाज दें—मैं आ गया हूँ। तुम तबाही झेलने की बेशर्मी रखो, यह जरूरी तो नहीं। तुम मेरे भाई-बांधवों से डरना मत।

डेरों के लोग पेड़ के नीचे झुंड बाँधे बैठे थे।

बंदूकवाले मंसाराम प्रकट हो पड़े। भजनी की बूढ़ी निगाहें जवान आँखों की तरह चमकीं—मंसा माते !

खुरदा और मलिया फुर्ती से उठकर खड़े हो गए। सरमन जरूर सो रहा था। वह दिन में भाग-दौड़ करता रहा है। उनका भारी मन फूल-जैसा हलका हो गया। जो बात कहते हुए झिझकते, उमंग में बेहिचक कह गए—'कदमबाई डेरे में है ? कुछ जरूरी बात। इस हथियार की खातिर...।' वे जानते हैं इन जाँबाजों के लिए हथियार जान से प्यारी चीज है। वे लपकते कदमों से आगे बढ़े।

आज बुलंद हौसले के मालिक मंसाराम डेरे पर खड़े थे। किवाड़ खुले पड़े

थे—ढिबरी धीमी थी, मगर जल रही थी।

"कदम !"

उन्होंने धरती पर सोई हुई औरत को आवाज दी। स्वर धीमा जरूर था, मगर साफ था।

कदमबाई ने करवट तक न ली। मदहोश है क्या ?

मंसाराम के पास इतना समय कहाँ कि मान-मनुहार कर सकें। तुरंत ही बोले, "सो रही हो ? तो मैं जाऊँ।"

कदमबाई हड़बड़ाकर एकदम उठ बैठी। न जमुहाई ली, न अँगड़ाई। ओढ़नी सिर पर ओढ़ ली। घाघरा पाँवों तक खींच लिया। कुप्पी की बत्ती ऊँची कर दी। रोशनी में देखा—

बंदूक टाँगे हुए मंसाराम। उसकी आँखों में दहशत उतर आई। उनके चेहरे की ओर हरगिज नहीं देखती वह। एकटक देखती रह गई। उनकी आँखों का विचित्र-सा भाव...कदमबाई न आवभगत कर सके, न उपेक्षा। चुपचाप पीढ़ी उठा लाई। बैठने का आसन।

"इस बंदूक को रख सकोगी ?"

कदमबाई का कबूतरी-मन ज्यों डर गया हो—मंसाराम सहज रूप से तो हथियार यहाँ ला नहीं सकते, धमकी दे रहे हैं या हुकुम सुना रहे हैं ?

"यहाँ ?"

"बिलकुल।"

"कोई ले गया तो ?"

"तुम्हें क्यों नहीं ले गया कोई ? कबूतरी क्यों बनती हो फिर ?"

हाथ में बंदूक उठाकर एक क्षण के लिए कैसी तो निर्भय-सी हो गई थी कदमबाई ! तिस पर पास खड़े मंसाराम। जंगलिया का बलिदान रंग ला रहा है ? या रोते-रोते जो आँसुओं की लड़ी जुड़ी, वही चमकने लगी—बिजली-सी। मंसाराम की आवाज झंकार की तरह बजने लगी—फिर कबूतरी क्यों बनी ?

मजबूत खूँटी पर टाँग दी बंदूक—काले कत्थई रंग की दोनाली ताकत की तरह कदमबाई के डेरे में खड़ी है।

पीढ़ी पर सामने बैठे हैं मंसाराम। क्या कहना चाहते हैं ? इस समय आने का सबब बताएँ ? या जब वह कुछ पूछ ही नहीं रही तो क्यों बताएँ ? रूठी हुई कबूतरी की बेइंतहा जिद—न अपना दुख बताए, न उनका पूछे। न उन्हें दुत्कारे, न अपनाए ! पूरा जीवन गुजार देगी इसी तरह ?

मगर बोली थी कदमबाई, आवाज का पर्दा तोड़कर बोली, "पिओगे ?"

वे कुछ न बोले।

देखते ही देखते उसका चेहरा तमतमा आया। आँखें लाल-सी होने लगीं, कपाल पर हाथ रखकर बोली, "तो फिर क्यों आए ?"

मंसाराम चुप रहे। बात हद से बाहर जा रही थी। वे घरबार त्यागकर बैरागी की तरह चले आए और कबूतरी आने का सबब पूछ रही है। आँखों ही आँखों में पुरुष का मिजाज टोह लेनेवाली वह औरत क्या उनकी हालत या बदहवासी नहीं देख पा रही ? या जानबूझकर नजरों पर घूँघट डाले बैठी है ? जाने कैसा तो ज्वार उठा—

वे चाहते थे, एकदम कोई कलेजे से लगा ले उन्हें। कह दे कि मैं तुम्हें अपने आँचल में छिपा लूँगी, डरो मत। तुम्हारी ताकत मैं हूँ। अपनी हत्या से फटती छाती को कदमबाई की छाती से जोड़ने की लालसा में पगले से देख रहे थे उसकी ओर। क्या वह समझ रही है उनकी मनोदशा ?

फिर बोले, ''ज्यादा देर रुक नहीं सकूँगा।''

अचानक बदल गई कदमबाई की मुखछवि, बोली, ''क्यों ?''

''वे पिछियाते हुए आते ही होंगे। उन्हें मालूम है, मैं कहाँ जा सकता हूँ ? वे पाँच थे, मैं अकेला।''

''वे लोग ?'' कदमबाई का इशारा दिलीप और परिवारी लोगों की ओर था। वह न जाने क्या सोचने लगी कि होंठ कस गए। नुकीली ठोड़ी हलके से काँपी। छोटी-छोटी आँखों से चिनगारियाँ-सी छूटीं। किचकिचाकर साँस खींची और छोड़ी हो उसने, शायद हमलों की याद आ गई, तभी तो दाँत पीसकर बोली—

''तुम्हारी औरत के सामने वे लोग तुम्हारा चाहे सो करें, मेरे सामने हाथ नहीं लगा सकते।''

शत्रुओं के लिए कुल्हाड़ी से कठोर वाक्य मंसाराम को अपने चलते फूल-से लगे। कदमबाई बंदूक चला देगी ? चला सकती है ? गुलेल का निशाना साधनेवाली कबूतरी। जितने घाव खुद को बचाने के लिए खाए हैं, उतनी ही गोलियाँ बैरियों के सीने में उतार देगी ?

कदमबाई ने क्या कहा ?—इस तमंचे का घोड़ा दबाना तो मामूली बात है।—मंसाराम ने ऐसा ही सुना।

कदमबाई उनके पास बैठी थी, एकदम नजदीक और उनके मन में डरावने बवंडर उठ रहे थे—दुश्मन आ जाएँ तो ?

मंसाराम ने झटपट सोच डाला—कदम ने खूँटी से बंदूक उतार ली है और फ्रायर कर दिए—धाँय-धाँय !

धमाकों को वे साफ सुन रहे थे, जबकि कदमबाई ने बंदूक की ओर सिर्फ देखा था।

नहीं, उठकर छुआ भी था, कि मंसाराम की अपनी धारणा थी—दबा हुआ आवेग इसी तरह फटेगा ?

बंदूक खूँटी से उतारी भी थी। घोड़ा दबा दिया था, क्योंकि डेरों में शोर-सा उठा था।

मंसाराम को ऐसा ही लगा, बिलकुल ऐसा ही।...आदिम और अराजक रुख !

अब उन्हें विश्वास हो गया, यहीं बचाए जा सकते हैं वे। यह औरत क्रोध और हठ की पक्की है, तभी तो शरणागत को देखकर क्षमा दे डाली। गुस्से की इस धुन में क्या वे राणा के साथ ही जोड़ दिए ? या ताकत हाथ में आई तो रक्षा की जिम्मेदारी महसूस करने लगी ? नहीं, प्यार भी वही कर सकता है, जो ताकतवर हो। मंसाराम ने अपना मत बनाया और आत्मसमर्पण की हद तक उतर गए।

मलिया की ऊँची आवाज उठी—नील गायें थीं।

कदमबाई ने मंसाराम को अपनी कथरी पर सुला दिया, गुदड़ी उढ़ा दी। जंगलिया की तरह बदहवास आया है यह आदमी। कभी सिर पर हाथ फेरा, कभी पाँव दबाए—वे विश्वास नहीं कर पा रहे। यह सपना भी तो नहीं हो सकता, ऐसा सपना आज तक देखा नहीं।...लेकिन उनका मन क्यों मचल रहा है ? इस औरत की तकदीर कितनी अच्छी है। अपना प्यार दरसा पा रही है, वे इसे खींचकर छाती से नहीं लगा सकते। क्या पता कबूतरा ही गुस्सा कर बैठें, यहाँ तक उफन आएँ। तब क्या कदमबाई उन पर भी बंदूक चला देगी ? शक है। कौमी संबंध ढीले नहीं होते इनके।

कबूतरी होने के तमाम पेच मंसाराम को हिलने तक नहीं दे रहे। वह कान में मंत्र पढ़ रही थी—

''मैं तुम्हें भूल जाती तो अच्छा था माते। पर भूलती कैसे, 'वह रात' तो जी का जंजाल बन गई। उस रात ने न जंगलिया को भूलने दिया न तुम्हें। उस बैरी को याद कर-करके तुम्हें याद करती रही। इधर छाती सुलगती, तुम्हारी हँसी उठती। राणा गरभ में टँग गया। माँ न होती तो तुम्हें काट डालती माते। राणा को ही खत्म कर डालती। ...पर उसे खत्म करने से क्या मलाल घट जाता ? सो मेरा जीना-मरना तुम्हारे संग बँध गया। तब जीना नहीं चाहती थी, जीने देना नहीं चाहती थी। अब मरना नहीं चाहती और न तुम्हारा मरण...राणा कैसी बेड़ी बन गया...अटूट बेड़ी...।''

वे समझ रहे थे—कदमबाई अपनी भावनाओं पर काबू नहीं रख पा रही। अकेले असहाय मंसाराम को पाकर प्यार लुटा रही है। उसके प्यार का घेरा छिन्न-भिन्न नहीं करना चाहते थे कि शिशु की भाँति उसके कलेजे से चिपक जाना चाहते हैं, सारे डर भय से मुक्त हो जाएँगे।

मंसाराम चुपचाप आँखें मूँदे कदमबाई की गोद में सिर धरकर लेटे रहे। मैले घाघरे में से उठती बदबू में अजब-सी ताकत थी कि कसी हुई जाँघों का अहसास हो रहा था ? कदमबाई ने धीरे से उनकी बाँहें अपनी कमर के गिर्द लपेट लीं।

वे नशे में उतरने लगे। जिंदगी का मोह और मृत्यु के भय से परे यह नशा किस अमृत और किस जहर से चढ़ा है ? मदहोश से कहने लगे—अब कोई मुझे मार नहीं सकता कदम। कोई नहीं, तुम्हारे प्राण और मेरे प्राण मिल जो गए।

कदमबाई का चुंबन मौत पर विजय थी। उसका होना इस समय का सच था। बाक़ी सब झूठ।

आपस में गुँथे हुए संकल्प...। रात, सालों पहले की अदाकारी पर उतर आई। आज

तक इसी वेला का इंतजार करते रहे ? कभी जूझे कभी लड़े। कभी भागे कभी डरे। दौड़ इसी मंजिल तक की थी ? सबकुछ बेपर्द और सच्चा। यहाँ कोई फरेब नहीं। खून की लहरें जो चमड़ी के ऊपर दिखें, बाँहों में बँधे मंसाराम ने अँधेरे में फैली गंध को सूँघकर अनुभव कर लिया।

साँसें साँसों से भिड़ी हुई...अब बस भी करो कदम ! वे हाँफ गए।

कदमबाई का कब-कब का हिसाब शेष था। प्रीति की रात उतनी ही छोटी पड़ रही थी जितनी कि भय की रात लंबी होती जाती है।

''चलो बाहर चलें। उजियारी में मैं तुम्हें देखूँ।''

''कदम, क्या कह रही हो ?''

''कुछ नहीं।''

'चंद्रमा तुम्हारे पाँव के तलवे में है, पाँव मेरी ओर करो।''

''माते ! क्या कहा ?''

''कुछ नहीं।''

किससे कौन बतिया रहा था ? मंसाराम कदमबाई की बाँह पर सिर धरे निश्चिंत निर्भय बच्चे की तरह सो रहे थे। कितनी रातों से जागरण कर रही थीं आँखें !

सबेरे की पौ फटी। सूरज का लाल गोला आसमान की जड़ पर उभर आया। धीरे-धीरे किरणों ने जाल फैला दिया, मटमैले डेरे सुनहरी हो चले।

मंसाराम कदमबाई के साथ धूप में नहा रहे थे।

सुनहरी जल का तालाब ! किनारे पर दूलन खड़ा था—नामी चोर अपनी ब्यानेवाली बकरी को हरी-हरी पत्तियाँ खिला रहा था। थोड़ी दूर पर कभी न लौटनेवाले लछमन की बहू बिल्ली के बच्चे को गोद में लेकर मुस्कुरा रही थी। पहले फूल की दारू पिलाकर कज्जा लोगों की बेईमानी पर वार करनेवाली धनसिंह की स्त्री, छाती खोलकर अपने बच्चे को दूध पिला रही थी। भीखम नया सेंधबाज लड़का ताजा और हरी लौकी चुराकर लौटा है—बप्पा को बुखार है। मलिया खतरे का सायरन—लंबी भयानक आवाज का मालिक नरम और मीठे सुर बाँधकर प्रार्थना गा रहा है। किनारे से हँसती खिलखिलाती नई जवान हुई लड़कियाँ निकलीं—अपनी छोटी छातियों को देखकर इठलाती हुईं !

उतरती वय में चढ़ते अरमान ! मंसाराम का कबूतरा-बस्ती में यह दिन ! ऐसे दृश्य पहले देखे नहीं थे, यकीन कैसे हो ?

●●●

घरवाले उन्हें खोजते हुए आएँगे।

वे जानते थे, आएँगे। जोधा को अपने बाप से ज्यादा बंदूक चले जाने की चिंता लगी होगी। जोधा की माँ को पति से ज्यादा आबरू और अपने हक छिन जाने का गम सताएगा।

दिलीप का आना लाजिमी था, कबूतराओं से खुन्नस और मंसाराम से रंजिश।

सबका हिसाब एक साथ। नहीं तो यहाँ तक आने की फुरसत किसे है, ताकत किसमें है ? हमारे दुख में उनका सुख है, सुख लूटने की खातिर आदमी जिंदगी भर खपा रहता है।

●●●

उन्होंने बंदूक कदमबाई के सुपुर्द कर दी। धमकानेवालों से ताकत की बोली बोलनी चाहिए। फिर यह हथियार तो उन्हीं लोगों से छीनी हुई ताकत है, जो ताकतवर होने का भरम पाले हुए हैं।

"मैं इसकी हिफाजत कैसे कर पाऊँगी," कदमबाई जरा डगमगाई।

"जैसे अपनी हिफाजत करती हो," कहकर वे निकल गए।

●●●

बड़े जीजा, यानि धीरज के पिता के पास जाना उचित रहेगा ? नहीं, वे आदर्शों की गठरी सिर पर उठाए घूमते हैं, अपने ही कंधे झुका लिए। कई बार पटक देना चाहा है, लेकिन पटक नहीं पाए। जैसे मुकुट के बिना राजा राजा नहीं लगता, आदर्शभरी बातों के बिना वे सुरजनसिंह नहीं लगते। 'पहचान' भी भारी पड़ती है एक सीमा के परे।

●●●

फैसला जल्दी ही लेना था। फैसला ले लिया।

छोटे जीजा के पास जाएँगे मंसाराम और केहर का पता करेंगे। इस समय केहर के मुकाबले वे अपना हर काम सर करते हुए खुद को ज्यादा हिम्मती पा रहे थे। केहर आजाद आदमी, कुछ करे, कहीं मरे, कौन पूछनेवाला है ? वे अपनों और कबूतरों में घिरे हुए...बीच के मनुष्य...कबूतराओं में समाए कज्जा, कज्जाओं में कबूतरा। आनबान शान हवा हुई, करम-धम बदल गए। भीतर बैठा ऊँचे कुलगोत और बड़े समाज का पुरुष, मन ही मन खारिज कर दिया। नीच माने जानेवाली कदमबाई के आसपास मनमानी दुनिया बसा ली। मैं भी यही हूँ, इनमें से एक। इनके साथ ही जिंदा रहना है। कदमबाई, अभी तक मंसाराम तुझे बचाने की असफल कोशिशें करता रहा, अब तू उसे बचाने की कारगर ताकत जुटाएगी। जैसे अपने आपको बचाती रही है।

—केहर को आना होगा। उसके हाथ में हुनर है। बचे हुओं को बसाने का हुनर। हम राजा होकर नहीं रहेंगे तो कम से कम प्रजा के रूप में, लोगों के रूप में, बस्तियों के रूप में दिखाई देंगे। जो आज मैं सोच रहा हूँ, वही बात केहर ने बरसों पहले सोच ली। आँखें सिकोड़कर सोचनेवाला केहर नजरों में समूचा संसार बाँधे फिरता है—अपने मन का संसार।

—मैं अपना कहा जानेवाला संसार त्याग आया। मेरी दुनिया अब कदमबाई की खुशी और केहर की मंशाओं तक रह गई है, मैं अब घर का मुखिया नहीं, संरक्षक नहीं,

पति और पिता नहीं। एक अर्थ में उच्चवंश का सपूत मंसाराम नहीं।

केहर को पुकारनेवाले मंसाराम को क्या केहर सड़क पर खड़ा मिल जाता ? मगर उन्हें आतुरता ऐसी ही थी कि किसी तरह केहर उनकी देह में ही उग आए।

चलते-चलते पौ फट चुकी थी। बस कोई निकली नहीं, या खुद से खुद की कुश्ती में लगे ध्यान भूल गए। भुजोंद यानि कि छह-सात किलोमीटर पैदल निकल गए।

धूप फैल गई। बस स्टॉप पर बस रुकी, वे चढ़ गए।

केहर ने जाते समय कहा था, कभी जरूरत पड़े तो अपने जीजा से ही पता पूछ लेना। या फिर चिरगाँव थाने पर देख लेना। अपना तीरथधाम वहीं है। क्योंकि जहाँ कार्य क्षेत्र है, वे गाँव चिरगाँव थाने से लगते हैं।

नौ नहीं बजे थे। लाल कुर्ता पहने हुए एक आदमी थाने के आगे टहल रहा था।

केहर ! मंसाराम ने ज्यों चलती बस में से कूदने की ठानी हो।

अच्छा हुआ देख लिया। आगे निकल जाते तो ? आगे और पीछे भटकाव ही भटकाव है।

बस से उतरकर वे आगे बढ़े। बढ़ते हुए केहर की ओर हाथ हिलाया। मन में संशय-सा था, लाल कुर्तेवाला कोई और भी तो हो सकता है !

मगर केहर की निशानी उन्हें बराबर खींच रही थी।

अबकी बार वह जो कुछ कहेगा, वही करना होगा। खुद को उसके साथ जोड़ना होगा। उसकी बनाई योजनाओं के विरोध में न सोचना न करना। संशय तक लाना नहीं। वह मंसाराम और कदमबाई की दुनिया का मंत्री है। वह ऐसा खेल रचेगा, जिसकी चतुराइयों के आगे खूँखार लोगों की एक नहीं चलेगी। वह सहायक है। उसकी सहायता से कदमबाई और मंसाराम जीवित रहेंगे। जीवित रहेंगे और अपने मन से नियम बनाएँगे। मंसाराम की आँखों में राणा और राणा की उम्रवाले भीखम गोमता की छवि नाचने लगी।

करन आना चाहे तो आए।

मंसाराम ने गौर किया—केहर उनकी ओर ही लपकता चला आ रहा है।

''अरे ! यहाँ कहाँ ?'' उसने लाल कुर्तावाली बाँह उठाकर पूछा।

''और तू यहाँ इतने सबेरे से ? रात को यहीं सोता है क्या ?''

''सोता नहीं, सोना पड़ा।''

''क्यों ?''

''दरोगा है नहीं, साला दीवान दरोगा की कुर्सी पर बैठकर थानेदार बन गया है। औरत को रातभर हवालात में रखा। हमने कहा, साले तू दरोगा है तो हम दरोगा के बाप। हवालातों में जो होता है, वह नहीं होने देंगे, मर्दानगी की दवा चाटकर आया है, हम समझ रहे हैं।''

''और-त !''

''तू ऐसे चूतियों की तरह देखता है, तभी मुझे गुस्सा आता है। औरतों के लिए

ही तो मेरी जिंदगी जा रही है, यही मेरा धंधा समझ या सुख। हाँ, गाँठ में कुछ पैसे होंगे ?''

''पैसे, क्यों ?''

''दीवान औरत नहीं हासिल कर पाया तो पैसों की बख्शीश की तो उम्मीद कर ही रहा होगा। इस दुनिया में दो ही सिक्के चलते हैं।''

मंसाराम की जेब में दो हजार रुपए थे, जिन्हें वे घर से लेकर चले थे। अपनी रक्षा-सुरक्षा और आड़े वक्त के लिए रख लाए थे।

अब केहर मिल गया, पैसों की परवाह करना बेकार है और फिर देखते हैं कि कितने...

''कितने चाहिए ?''

''एक हजार दे दे। यह आदमी तो पाँच सौ की दर का भी नहीं। साले को तीन सौ दिखाऊँगा पहले। पाँच सौ पर पट ही जाएगा। रंडी के जैसे नखरे करता है। इसे थाने पर नहीं, कोठे पर होना चाहिए था।''

''औरत कहाँ है ?''

''दीवान भीतर बयान ले रहा है।''

''तेरा क्या वास्ता था औरत से ?''

''यार, हमारा ही एक रिश्तेदार है, अपनी लुगाई को अपनी भैंस की दर पर भी नहीं गिनता। इतना ही मतलब रखता है कि दुही और डंडा मारकर भगा दी। वह सोचता था, भागकर जाएगी कहाँ ? खूँटे पर ही लौटेगी, क्योंकि खूँटे की उसे आदत पड़ी हुई है। बँधना रास आ गया है।

''साला भूल गया कि वह भैंस नहीं औरत है। भैंस भी हरा चारा देखकर दूसरे की ओर चली जाती है। औरत पीटनेवाले मालिक को ठेंगा नहीं दिखा सकती क्या ? वह भाग आई।

''औरत की कमजोरी पर उसे अब भी भरोसा है, सो इलजाम लगा दिया—केहर भगा ले गया। साले दीवान को भी मालिकों की बातों पर विश्वास करने की आदत पड़ गई है, क्योंकि वे समर्थ होते हैं और पैसे दे सकते हैं। मुझे भी हवालात में रखा। वह तो मैंने धमकी दी—रखो, कितने दिन यहाँ रख लोगे, हमारी जमानत देने कोई आनेवाला नहीं। इस औरत का खाविंद आएगा, तब भी क्या यह उसके संग चली जाएगी ? मुझे छोड़ोगे, तुम्हारा काम तभी बनेगा।''

मंसाराम ने केहर के कारनामे छोटे जीजा के मुँह कभी सुने थे, लेकिन इतना ध्यान नहीं दिया था। जीजा ने जो कहा था, आज याद आ रहा है—केहर बढ़िया कपड़े पहनकर औरतें फँसा लाता है। सूना खूँटा और ठंडा चूल्हा गाँव में अच्छी निगाह से नहीं देखा जाता। आदमी अपनी औरत माँगता है और केहर मनचाही रकम।

केहर बोला, ''अभी हम भरे देते हैं, बाद में तो सारा हर्जाना इसका आदमी ही देगा। जो कुछ देगा उसमें से आधी इस औरत को दूँगा। बेचारी मेरे विश्वास पर चली आई।

धोखा हुआ तो मेरी साख उखड़ जाएगी। आगे कौन आएगी मेरे संग। और इस औरतनुमा जीव के हाथों में रकम होगी तो यह आदमी की तरह देखी जाएगी।''

मंसाराम ने मौका मिलते ही अपनी कथा सुना दी।

केहर हँस रहा था, ''यार, तुझे तो मैं भगताई करते छोड़ गया था। रामायण महाभारत गुन रहा था। तो समझ में आ ही गया कि राम जंगल में क्यों मारे-मारे फिरे थे ? बिना सोचे-समझे आज्ञाकारी बननेवालों का यही हश्र होता है। तू भी राम-नाम सुमिर रहा था, पूत उसी सुमिरनी से गला घोंटने आ गया।

''तुझसे तो हींस का सुआ अच्छा, खतरा देखते ही उड़ जाता है, मैंने सच कह था न ?''

मंसाराम ने अनजाने ही स्वीकृति में सिर हिलाया।

''तू मूँड़ मटका रहा है, जीभ नहीं हिला पा रहा ? किस चिंता में है ?''

''चिंता क्या, यही सोच रहा हूँ कि तू जो योजना बना रहा था, अब वे लोग मुझे इंच भर धरती नहीं छूने देंगे ?''

केहर ने अपने माथे पर हथेली मारी, ''लो और सुन लो मेरे भोले लाल की बात। उल्लू, तू इतनी समझदारी का काम कर कैसे गया ? अरे खेती तो सीता मइया की तरह उसी दिन तेरे पीछे चली आई, जिस दिन तूने कबूतरा-बस्ती की ओर गमन किया। तू चुप बैठा रह। आया ऊँट पहाड़ तले।''

●●●

दस दिन बीत चुके थे।

जोधा पिता के पास आया। घर चलने की कहता रहा, वे नहीं डिगे।

जोधा की माँ आई, कदमबाई के डेरे के सामने खड़े होकर कदमबाई को अखत्तत गालियाँ दीं, वे कुछ नहीं बोले।

राजासिंह काका आए, ऊँच-नीच समझाते रहे। उनका मन डोलने लगा। केहर ने तभी बाँह पकड़ ली।

●●●

महीना होने को आया।

जोधा और जोधा की माँ संग आए। समाचार दिया कि जोधा के संबंधवाले आ रहे हैं। बाप की पुकार हो गई। वैसे गाँव-गाँव डुगडुगी बज गई है। पर तुम सामने रहोगे तो सारी दुनिया झूठी पड़ जाएगी।

जोधा ने पाँव पकड़ लिए। जोधा की माँ ने कदमबाई के सामने पल्ला फैला दिया—मेरे सुहाग की भीख दे दे। मेरे बच्चे का पिता लौटा दे।

पल्ला पसारती हुई पत्नी की स्थिति देखकर उन्हें दुख हुआ, मगर डर लगा कहीं ऐसे ही कदमबाई ने अपनी लूगड़ी का फटा आँचल पसार दिया तब ?

वे डर रहे हैं, या यहाँ से जाने का विचार बना रहे हैं ? केहर को क्या मालूम। केहर ने सेनापति की तरह मंसाराम को यहीं जमे रहने का हुक्म दिया। उन सबके चले जाने के बाद बोला, "ये छोटे-छोटे हौसले अगर बने रहें तो आदमी ऐसा पहाड़ हो जाता है, जिसे न तोड़ते बने न लाँघते।"

मंसाराम अब बदचलन से ज्यादा मुसीबत बने खड़े थे। जोधा की माँ ने खबर भेजी थी करन के हाथ। रोकर कहना—अम्मा विष खा लेगी।

उन्होंने कहा—अम्मा से कहना मैंने उसे सपने में चूड़ी-बिछिया फोड़ते देखा था, सबेरे का सपना झूठा नहीं होता।

अम्मा ने कहा है—बेटा के ब्याहे जाने के दिन हैं, बाप फैल रहा है।

मंसाराम का दिल फिरकियाँ खा रहा था, और वे पैर जमाने की कोशिश में लगे थे।

बड़ा मुश्किल है थमे रहना।

मन के रेशे खिंचते हैं तो टीस होती है, मगर वे कटते नहीं कि मामला खत्म हो। डगमगाना बचा रहता है। न जाने कैसे और कब मन खुला छूटा और तितली की तरह बात भीतर घुस आई, फड़फड़ाने लगी—गाँव में क्या कह रहे होंगे लोग ? यही कि मंसाराम कबूतरा हो गया। चौपाल पर बैठकर उनकी तबाही का शोक मनाया जा रहा होगा या ठठाकर हँसी हो रही होगी ?

तभी केहर बोला, "मंसा, मेरे साथ यही एक बड़ी परेशानी है, जो सपना देखता हूँ, हकीकत में घुल जाता है। और उसे साकार करने पर आमादा हो उठता हूँ। तूने भी कुछ ऐसा ही किया है। अब देखना कि एक दिन जोधा मुट्ठी में रकम लेकर तेरे पास आएगा। साँड़ की तरह बिफरे हुए बाप के लिए एक खूँटे का इंतजाम करना उसकी मजबूरी हो गया है। बेटा इज्जत की झंडी कहाँ टाँगेगा ? नहीं टाँगेगा तो आजन्म अनब्याहा...जो वह सपने में भी नहीं सोच सकता। बस तू दिल कड़ा किए रह।"

मंसाराम झटके-से खाकर कभी ऊपर जाते तो कभी नीचे आते। इतने दिन कदमबाई के डेरे पर गुजर गए। केहर संग रहता।

केहर वहाँ रहने पर भी टिप्पणी करता, "अब तूने देख लिया कि तेरी हालत इन कबूतराओं से रत्ती भर भी बेहतर नहीं। इन्हीं में आ मिला, सच में तूने परिवारी जनों की मूँछें उखाड़ लीं। सालों के तलुओं तले से जमीन निकली जा रही है। माना कि यह बात तुझे थोड़ी अटपटी लग रही है क्योंकि तू घरबार से टूटकर नया-नया आया है। पर सब्र कर। थोड़ा इंतजार..."

केहर की बातों में मिठास कब होती है ? परंतु सच्चाई में खनक ऐसी कि मंसाराम सोचने को मजबूर हुए—न सही पारिवारिक प्रतिष्ठा। क्या अंतर पड़ता है जो सामाजिक मान ढह गया ? प्रतिष्ठा और मान के रहते, जिंदगी छीजती चली जा रही थी।

"यार, तू खुशनसीब है, तेरे आसपास ऐसे हिम्मती लोग हैं, ताकतवर और खूँखार। तू चाहे तो बहादुरों की फौज खड़ी कर ले, पर तेरे जैसे नपुंसक इन्हें कमजोर करने पर

आमादा हैं। इनसे आँखें फेरकर तू कंठी माला जपता कैसे रहा ?''

नपुंसक ! यानि कि हिजड़ा ! मंसाराम तिलमिला गए। क्या केहर ताड़ गया है कि आग भड़क उठी है, आहुति डालो ? कहता है—कबूतरी दारू ढालेंगी, हम बेचेंगे। उनके हाथ का हुनर और हमारी ईमानदारी। बिक्री बढ़ जाएगी।

कबूतरी माने कदमबाई। केहर कदमबाई का नाम ले-लेकर उन्हें लुभा लेता है ?

यही तो मुसीबत है कि वे और कुछ सोचते हैं कि कदमबाई मन में नाचने लगती है, दम ही नहीं लेने देती। जैसे वे कदमबाई और कदमबाई मंसाराम हो गई हो। कि मरण और जिंदगी के मेल में जिंदगी जीत रही हो।

केहर व्यापार की युक्तियाँ सुझा रहा था, ''गैस्ट हाउस, सरकिट हाउस और डाकबँगलों में रहनेवाले लोग मनमाना धन खर्च करते हैं। बस अच्छा नशा देनेवाला माल माँगते हैं। हम उन्हें मुहइया कराएँगे। फिर पता है क्या होगा ? लियाकत और हैसियत वाले लोगों के संग हमारा नाम जुड़ेगा। सरनाम लोगों का बिजनेस अपने आप चमकता है।''

जिंदगी के लिए मंसाराम खेती रेहन रख दें तो क्या बुराई है ? जोधा न भी आए तो भी काम तो करना ही होगा। कहाँ किस चीज का उपयोग होना चाहिए, वे खुद भी जानते हैं। कल के लड़के जोधा पर ही आश्रित रहे तो उनके यहाँ तक के सफर का क्या अर्थ निकला ?

''मंसा, कबूतरा-कबूतरी, तू इन्हीं लोगों के गम में घुला जाता है न ? इनको बँधा-बँधाया पैसा मिलेगा। मजाल है जो किसी कबूतरी की ओर कोई दारूबाज आँख उठा जाए या साले खुद को लैसंसी राजा माननेवाले बस्ती की ओर रुख कर पाएँ ? सेंध-कूमल लगाने के इलजाम में पुलिस भी नहीं पकड़ पाएगी क्योंकि इनके शिनाख्तकार हम होंगे। यहीं मद बनेगा यहीं बिकेगा। यही कबूतरियाँ नाचेंगी-गायेंगी। क्या दिन होंगे वे !''

केहर ने जादू भरी दुनिया फैला दी। मंसाराम की आँखें मणियों की तरह दमक उठीं। सच्ची में हमारे पास गुड़-महुआ की तासीर के पारखी कारीगर हैं। एक दिन लोग अब तक चलते आ रहे ठेकों के मुकाबले इनके हाथों पर ज्यादा विश्वास करेंगे, क्योंकि ये भी साधन, सुरक्षा और पहचान पा गए होंगे। हम इनके अपने और ये हमारे। हमें कौन तोड़ पाएगा ?

केहर ! सदा सताए हुए लोगों के मसीहा होने के सपने में जिंदा रहता है। घर परिवार से वंचित, रिश्तेदारों का दबाया-कुचला हुआ महत्त्व की एक बूँद को तरसता रहा। पर कौन पूछता उसे ? बस रिश्तों और उपयोगिता की दुनिया में उसने खुद को उपयोगी बनाने की ठान ली। वह जानता है तकलीफजदा लोगों को रहम देकर कुछ नहीं होगा, जैसाकि मंसाराम अब तक करते आए हैं। रहम के मरहम से घाव सूखते नहीं, हरे होते हैं। सो केहर सजायाफ्ता लोगों को देखकर कभी पसीजता नहीं, रूखा हो जाता है। कभी-कभी घावों को कोंच-छेदकर दर्द और भी बढ़ा देता है। और घायल चिंघाड़

उठता है। केहर मुस्कुराता है—अब लगा कि जुल्म ढानेवालों की दुनिया में चुप बने रहना कैसा जुर्म था !

मंसाराम के दिल में लगा बेदखली का घाव बुरी तरह टीसने लगा, क्योंकि केहर बराबर उसे ही कोंचे जा रहा था। और वे चिंघाड़ उठने की अवस्था में आ गए थे। थोड़ा-सा खेत रेहन रखना होगा। लैसंस की व्यवस्था करनी है। वे जल्दी-जल्दी अपनी इच्छा लागू करना चाहते थे। गए वक्त का क्या भरोसा ? केहर धीरज दे रहा था, ''सब हो जाएगा। तू यहीं अड़ा रह। यह भी तपस्या है।''

केहर के रूप में उन्हें कृष्ण की तरह एक सारथी मिला, जो रथ हाँकेगा और उन्हें सही मार्ग पर ले जाएगा, पर उच्च कुल का आदमी, बदनाम बस्ती में तपस्या करे, उस तप को कौन मानेगा ?

अपने आपको देखते हैं मंसाराम—अपना क्या रह गया है ? गाँव के लोगों की निगाह में इज्जतदार आदमी का रूप-स्वरूप, मान-मर्यादा, सब तो चली गई। अपने लोगों के सामने भी मंसाराम, मंसा कबूतरा बनकर खड़े हैं।

बैसाख आ गया। जोधा होश खोकर फसल काटने व गहाने लगा है, उन्हें मालूम है। जोधा की माँ अन्न से घर भर रही है।

जोधा के ब्याहवाले अन्न धन घरबार देखकर रीझ जाते हैं। भीगी मसोंवाला गबरू जवान पाकर रुक जाते हैं।

...और बाप की गुहार पड़ते ही विचलित हो उठते हैं। मंसाराम सबकुछ सुनकर करुणा भरी दृष्टि से खुद को देखते हैं, जिस पर 'उच्च' होने के लक्षण कहीं नहीं बचे। पीड़ा भी हुई—आज मैंने बाप होने का हक खो दिया, क्योंकि जाति को नीचा कर डाला, नीचों में आकर मिल गया !

जोधा की माँ ने संदेश भेजा था—बेईमान, मजा-मौज ही करना था तो मेरे पास क्यों आया था ? कबूतरी के पास ही रहता उस रात, तो जोधा का जनम तो न होता। खानदान का पगहा छीज रहा है कि तू खूँटा ही उखाड़ ले गया ? पर अभी तक तुझे लोग जोधा का बाप कहकर ही बुलाते हैं। तेरे भीतर कुछ भी नीच गंदा भरा हो, ऊपर से तो तू मंसाराम ही है। जोधा और करन का बाप। राघवसिंह का बेटा। बिना बाप के संतान होती तो जनी सर्वसुखी होती। 'बाप' नाम का दुमछल्ला लटका रहता है और कटे नाखून-सा उलझ-उलझकर दुख देता है।

मंसाराम और आनंदी के अपने-अपने दुख। अलग-अलग चिंताएँ। अलग-अलग रास्ते !

राजा काका ही जोधा की माँ को दिलासा देकर आए थे—एक बार मंसा को समझाने की कोशिश करता हूँ। बात मानता है तो ठीक, नहीं तो आगे कोई उपाय करेंगे।

बड़े-बूढ़े आदमी, राजा काका। मूँछों की सफेदी ही सिर झुकाने को बाध्य कर देती है।

देर तक समझाते रहे, ''तू ऐसा निरमोही हो गया ! जवान बेटे की राह में काँटे

बो रहा है ! उमर पार हुए पीछे बूढ़े लड़के को अच्छी बहू मिलेगी न देनदायजा।''

''क्या करना है, तुम ही देख लो काका। मेरा अब उस घर में क्या दखल ? घर में रहनेवालों पर क्या जोर ? मेरी जान लेने के लिए अब जोधा उठा, उसी समय मैं उसके लिए मर गया। और यहाँ आकर गिरा समझ लो कि वही मेरा क्रियाकर्म था। क्या बाकी बचा है अब ?''

राजा काका सकते में आ गए। उनकी बात को अपनी अवहेलना समझकर कोप से नाक तन गई। बूढ़ी आँखों में चिनगारी-सी छूटी, ''बाकी बचा है अभी। क्योंकि तू जिंदा है। हम चाहते हैं कि कुछ भी बाकी न रहे। कहीं जाकर डूब मर। चार लोगों के सामने खानदान के नाम पर हमारी आँखें झुकती हैं। अब बात गाँव तक ही नहीं रही, इलाके में फैल रही है।''

मंसाराम नीची निगाह किए कबूतरा-बस्ती के चौक में पड़ी खटिया पर बैठे रहे। सामनेवाली खटिया पर राजा काका ऐसी हालत में बैठे थे, जिनसे न बैठते बन रहा था न उठते।

...और मंसाराम का सुख-सपना अस्त-व्यस्त हो रहा था, जिसमें उन्होंने देखा था—सुख-सरोवर में डूबकर नहाना। साथ ही डूबी थी कदमबाई।...मगर उछाल खाया तो देखा तालाब में वे अकेले हैं, किनारे खड़ी आनंदी ललकार रही है। जोधा, दिलीप और राजा काका साथ खड़े हैं। उन्हें तालाब से निकालने पर आमादा...

वे निकलेंगे या डूबेंगे ?

बीच में ही करन ने आकर यह भी बताया था कि—अम्मा ने जोधा भइया को समझाया है—जोधा, तू बाप को निखालिस बाप समझकर कभी धमकाता है तो कभी ताड़ता है और कभी सबके सामने धिक्कारकर खुद बड़ा हो जाता है। मूरख, तू समझ रहा है कि तू बड़ा तीर मार रहा है, यह नहीं जान रहा कि अड़तालीस बीघा के मौरूसीदार से रंजिश बढ़ा रहा है। उस मनचले का क्या भरोसा, कबूतरी के पूत पर ही मेहरबान हो जाए।

—जोधा भइया ने अम्मा से कहा—क्या बक रही हो ?

—नादान, थोड़ी-सी भी धरती छीज गई तो हमारा कलेजा चाक हो जाएगा। तेरी जिद फिर कहाँ तक जाएगी, मैं भी देखती हूँ। इतनी अकड़ ठीक नहीं। अकड़ में बिगाड़ होता है।

—तो क्या करूँ ? पाँव पकड़ने कदमबाई के डेरे पर जाऊँ ? मैं वहाँ कभी घर को इज्जत डुबोने नहीं गया।

—मत जा। गाँव का मोदी जब अपने खेत जोतेगा तो तू वहाँ जा पाएगा ? वह भी तेरा बाप है, जिद्दी और हठी। खेत रेहन चढ़ाकर ठेका खोल लेगा।

जोधा भइया पाँव पटकते हुए घर से बाहर निकल गए।

मंसाराम कड़ा जी किए बैठे रहे। लगभग नाक मूँदकर गोता मारते हुए-से...तालाब में वे अकेले हैं तो क्या, अगर रहेंगे तो और लोग भी साथ आ जाएँगे।

•••

मंसाराम मोंठ के बनिया से बात कर आए थे। तीन बीघा खेत पर इतने रुपए दे देगा कि दो कोठे खड़े हो सकें। सरकारी आदमी आएँ। उन्हें जगह दिखाई जा सके और लैसंस के लिए भी थोड़ा पैसा बच सके।

केहर की बताई तपस्या या जोधा के यहाँ तक आने का इंतजार शेखचिल्ली का सपना है। यह सच है कि सामाजिक कामों को परवान चढ़ाने के लिए इज्जत-आबरू की बैसाखी चाहिए ही चाहिए, लेकिन वे घर से वह बैसाखी बनने के लिए नहीं भागे थे, उन्हें तो वह सीढ़ी बनना था, जिस पर अपने साथ अपने ही जैसे दूसरों को भी चाँद दिखा सकें। उनके संग जो दुनिया चलती है, जोधा का संसार उससे बिलकुल अलग है। वे अब भी पत्नी और पुत्र की ही बाट देखें तो आजाद किस तरह हुए ? मंसाराम के मन में खुद को बचाने के लिए बार-बार आवाज उठती। और हर बार वे केहर से पूछना चाहते—यह प्रतीक्षा कब तक ? यहीं आकर वे कोई भी निर्णय लेने से कतरा जाते। बड़ी उलझन होती।

झुँझलाकर एक दिन अपनी उलझन के सारे तंतु एक फैसले से काट डाले।

मोंठ का बनिया जब खेत देखने की इच्छा से घर के दरवाजे पहुँचा तो उसका सामना जोधा से नहीं, जोधा की माँ यानि कि आनंदी से हुआ था। क्योंकि मोंठ के बनिया को मंसाराम का नया आवास ज्ञात न था। ज्ञात होता भी, तो भी शायद वह कबूतरा-बस्ती आता कि न आता।

सर होनेवाले कामों के आगे की बाधाएँ अपने आप हट जाती हैं।

करन सहायक हुआ। बनिया को अपने खेतों पर लिवा लाया और मंसाराम को बताया कि अम्मा ने हाथ जोड़कर निवेदन किया है—ठेका खुल जाएगा। वे घबराते क्यों हैं ? अरे उनके हिस्से की धरती रेहन धरी जाएगी इसके लिए ? मैं जिंदा हूँ तब तक ऐसा होगा भला ? ठेका खोलना क्या कतल करना है ? आमदनी का जरिया ही है। जोधा तो सिर्री हुआ है। जिद ठान बैठा है। बेटा बाप से जिद न करेगा तब क्या पड़ौसियों से करेगा ? मैं वचन भरती हूँ, ठेके का खर्चा जोधा भरेगा।

करन ने आगे बताया—जब वह बनिया के साथ यहाँ आ रहा था, अम्मा उसे रोक रही थीं। नहीं रुका तो मिसमिसाकर गालियाँ देने लगीं।

फिलहाल मंसाराम का मन बदलनेवाला नहीं, इसीलिए करन का कहा सौ फीसदी सच लगा। वे जिस रास्ते, जिस चाल से जाना चाह रहे थे, संस्कारों की जर्जर कँटीली बेल अब भी उन्हें खींचने की कोशिश में लगी है। कभी पाँवों में उलझती है, कभी पाँवों से लिपटती है ! कभी खिंचती हुई उनके साथ चलती है।...लेकिन अब उनमें 'मंसाराम यादव' का नाटक करने की ताकत नहीं बची। डराना, धमकाना, बहलाना, फुसलाना असर नहीं कर सकता। जिद्दी मंसाराम का मन देह के साथ इस कदर गुँथ गया कि मोंठ के बनिया से मामला पट गया।

हाथ में चार पैसे आए।

केहर की देह थिरकने लगी। इधर मंसाराम ने ईंट-पत्थरों, लकड़ी, सीमेंट, सरिया, खपरैल की व्यवस्था की, उधर केहर लैसंस के लिए भाग-दौड़ करने लगा।

जैसा नक्शा बनाया था, उसी के हिसाब से कोठे के भीतर कोठा बना। पिछवाड़े लंबी-चौड़ी चौहद्दी खींची गई। आगे खपरैल की दालान, दाईं ओर एक टिनशेड। शेड के आगे खुली जगह।

नया ठेका—मंसाराम, केहरसिंह और कबूतराओं का नया आधार।

इधर केहरसिंह ने चिरगाँव के दीवान को पटाकर शांत किया उधर दरोगाजी के जरिए लैसंस का जुगाड़ हुआ। पुराना व्यवहार काम आया। हवालात और केसों ने पहचान करा दी। कहते हैं कि घूरे का तिनका भी काम आ जाता है, चिरगाँव के थानेदार को केहर घूरे का तिनका नहीं कह सकता।

अब आम के पत्तों का बंदनवार सजाकर ठेके की चौखट पर बाँधा जा सकता था। आम के पत्ते और दारू की हरी सफेद नारंगी और तंबाकू रंग की बोतलों का बंदनवार बँधा।

कबूतरा-बस्ती में भट्टियाँ तेजी से लहकाई गईं। तीस दिन में एक बार बारी आती थी, अब तीसों दिन बारी है। ड्रम कंटर कम पड़ने लगे। घड़े भी जल्दी-जल्दी फूटने लगे, लेकिन बिना किसी शिकायत और झगड़े-टंटे के लोग काम में व्यस्त हो गए।

कदमबाई खुले कदमों यहाँ-वहाँ डोलती। दारू लानेवाले उसी की मार्फत सप्लाई करते। करन हिसाब-किताब पर बैठा था। मंसाराम प्रबंध देखते थे। केहरसिंह बाहरी मामले साधता था। नई व्यवस्था के साथ कबूतरा-बस्ती का चलन बदलने लगा। चोरी के लिए जाने की किसे फुरसत ? मद हो तो पीनेवालों की क्या कमी ? वह भी लैसंस-शुदा ठेका। न डर न भय। वैध-अवैध का टंटा खत्म। लैसंस ने सारे कानून खरीद लिए और सारे डर खदेड़ दिए।

ठेका सजा तो राह चलते लोग रुकने लगे।

रास्ते से जाती हुई बारातें वहीं सजने लगीं। बारातें सजने लगीं तो बीड़ी-सिगरेट वालों की जरूरत हुई। गाँव के आवारा और नीची कौम के लड़कों ने बीड़ी-सिगरेटों का खोखा सजा लिया। मोंठ के पनवाड़ी को खबर लगी, क्योंकि उसकी दुकान से थोक में बीड़ियों के बंडल और सिगरेंटे जाने लगीं। उसने सोचा दारू के शौकीन पान और फूलों के आशिक भी होते हैं। अतः अपनी दुकान का कल्लू जो कत्था घोलता था, चूना भूनता था, मड़ोरा खुर्द की कबूतरा-बस्ती की ओर रवाना कर दिया। पान की दुकान सजाई जाती, उससे पहले पूँछ बसस्टैंड के ढाबेवाले ने ठेके पर अपने ढाबे की शाखा खोल दी—फुल्लन का ढाबा। केहर ने स्वागत किया—हाँ, मदहोश आदमी को जोरू रोटी देगी ? भूखों को रोटी खिलाओ, हिसाब बोतल के साथ ही लिख दिया जाएगा। मय प्रौफिट के अदा होगा—हफ्ते के हफ्ते। नाई और परचूनी की दुकान के साथ बस्ती आबाद होने लगी। लोगों में ताजगी आ गई। रेडियो बजने लगा।

कबूतरा-बस्ती साफ-सुथरी-सी दिखने लगी। महुआ की खमीरी कीचड़ के लिए नालियाँ बना दीं, जो एक गहरे गड्ढे में गिरती थीं। कदमबाई दारू बनाते समय पूरी निगरानी रखती। मद ढालने में माहिर स्त्री। सरमन खीं-खीं-खीं-खीं करके हँसता। उसे पुरानी लज्जा सताती रहती—कदमबाई को धंधे से बहिष्कृत करनेवाली बात...। दूलन खुरदा मलिया धनसिंह रूपसिंह आदि कबूतरा मर्द डेरों पर ही दिखते। केहरसिंह का सहारा था। पुलिस हाथ छुएगी तो वह जमानत करा लाएगा। लूटपाट-राहजनी के लिए कौन जाए, मारामारी और काट-पीट का धंधा ठप्प।

मेहनत और ईमानदारी, आमदनी होने लगी। रौनक अलग से। हर रोज ताजा अखबार !

सुनते हैं कि जोधा की माँ ने जोधा को भरपूर थप्पड़ की तरह ताना मारा—कहती थी ना, बाप ठेका खोलने की कह रहा है, खोल लेने दे। बहला-पुटियाकर रखा जाता है बूढ़ा पुराना आदमी। अरे वह कमाई को ले ही कहाँ जाता ? सब औलाद के ही सुपुर्द करते हैं, वह भी करता। कबूतरा अलग टहलचाकरी करते। राजा का बेटा राजकुमार होता है, समझे ? पर तुम्हारे भुसभरे मगज में कुछ ठँसे तब न ? तू कुँआरा बूढ़ा हुआ जा रहा है।

जोधा अब क्या करे ? आमदनी भले बाप की हो, अगर हम उसमें शामिल नहीं हैं तो निश्चित ही डाह का विषय बनती है। ऊपर से वह बाप फल-फूल रहा है, जिसकी करतूतों ने जोधा की जवानी कीली है। ब्याह में बाधा बना है।

गाँव में हवा फैली—

जोधा जैसा सपूत सबके यहाँ हो। बाप-दादों की आन पर कुरबान हो गया। मंसा तो मोंठ के बनिया के हाथ खेत बेच रहा था, जोधा बोला—पिताजी, यह क्या करते हो ? अपने पुरखों की निशानी बिकने से पहले मेरी जान चली जाए तो गम नहीं। तुम जो बिजनेस चाहो, करो। पइसा मैं लगाऊँगा। लड़के ने खाने लायक अन्न रखकर पिता के लिए ठेका खोला है। कहता है, ब्याह-शादी की अगले साल सोच लेंगे। उमर थोड़े ही हारे जा रहे हैं। पइसा-रुपया की क्या कमी ?

जोधा की माँ ने दिन डूबे गली से गुजरती औरतों को सुनाकर कहा—खेत पर घर का आदमी न रहे तो कैसे हो ? फसल की बरबादी नहीं देखी जाती जोधा के बाप से। फिर जोधा भी यही कहता है कि पिताजी में हुनर है। उनकी बोली में जादू है। उन जैसा आदमी ही बिजनेस चला सकता है। अम्मा, एक पंथ दो काज हो जाएँगे।

हे मेरे शंकर महादेव, मैंने तो गंगा में जौ बोए थे पिछले जनम में, सो जोधा जैसा बेटा मिला। नहीं तो बाप को कौन पार लगाता ?

दस

राणा रूखरी लिए बिना ही लौट आया। मोघिया गुरु रोकता रह गया, वह नहीं रुका। चंद्रपुर के जंगल में बूटी मिल सकती थी, मगर इतना वक्त किसके पास था ?

अल्मा की लौ लगी थी। मन बेचैन हो गया।

गोरामछिया आया तो वह उदास-उदास मिली। उदास ही नहीं, रोई सूजी आँखें और शिथिल-सी देह। क्या हो गया ? राणा को देखकर खिल पड़नेवाली अल्मा क्यों मुरझा गई है ? निगाहें तक नहीं मिला रही !

वह खुद भी मोघिया गुरु के पास से बुझा-बुझा-सा लौटा था। बूटी खोजते-खोजते तंग आ गया, लगता है जिंदगी भर से बूटी खोज रहा है, और नहीं मिल रही।

अल्मा को देखकर थोड़ा सुख-सा लगा। किसी के दिल में राणा के बिछोह का राग बज रहा है। क्या उसी की आह सात समुंदर पार तक गई ? अल्मा को मालूम होता रहा कि राणा एक रात भी चैन से नहीं सो पाया ? सोते-जागते उसी का नाम, उसी का ध्यान, उसी में लीन...मोघिया गुरु गालियाँ देता छोड़ा, उसने यहाँ आकर दम लिया।

गुरु को क्या पता आँखें खाली-खाली हो गईं। अकेलापन डसने लगा।

गुरु को उसका हर काम अटपटा लगता। राणा के भीतर बैठी अल्मा तड़पती है, गुरु कहाँ जान पाया होगा ?

यहाँ अल्मा उदास...सबकुछ बर्दाश्त है, उसका कुम्हलाया हुआ चेहरा नहीं देख सकता।

उसकी जवान होती पुख्ता देह में गुस्सा लहर की तरह फैल गया—रामसिंह काका बेटी को लेकर इतना लापरवाह क्यों है कि मैं चिंता में डूब जाऊँ।

कोठे में आकर अल्मा के पास बैठ गया।

''क्या हो गया ? बताती क्यों नहीं।''

वह चुप।

अल्मा का हाथ लेकर अपने सिर पर रखते हुए बोला, ''तुम्हें इसका कौल।''

''कौल मत दो।'' डूबती हुई-सी आवाज।

''इसके सिवा क्या है मेरे पास।''

''राणा !'' कहकर वह घुटनों में सिर देकर रोने लगी। वह पीठ पर हाथ धरे बैठा रहा। आँसू पोंछ देना चाहता है, पर चेहरा उठाए तब न ?

"रोओ मत ! मेरा मरा मुँह देखो।" बुरी से बुरी कसम चढ़ा दी।

"बता भी दूँ तो तुम क्या कर लोगे ?" उसने रोते-रोते कहा।

"जो बनेगा, सो। तुम मुझे ऐसा गयागुजरा समझती हो ?"

"हमारे दुख काटना किसी के बस का नहीं..."

"काका के बस का जरूर होगा। मुझे विश्वास है कि तुमने उन्हें बताया न होगा।"

"राणा, बप्पा को बताने की जरूरत है ? वे सब जानते हैं। उन्हें कितना दुख होता है जब..."

"कब ?" राणा ने घबराकर पूछा। "कब होता है दुख ?"

अल्मा से बैठा नहीं जा रहा था। वह खड़ी होने लगी। उठते हुए डगमगाई।

राणा क्या सोचे, क्या न सोचे ? ऐसा क्या हुआ है यहाँ ? अचानक दिमाग की परतों से वह सपना निकल आया, जो कल रात देखा था। उस सपने के कारण ही तो बिना बूटी लिए भाग आया। जी उखड़ गया था, रूखरी उखाड़ने कहाँ-कहाँ जाता ?

मोघिया गुरु के रहवास में सो रहा था। गहरी नींद में चार पुलिसधारी उसके चेहरे पर झुक आए। वे साँसों से बारूद की गंध छोड़ रहे थे। उनकी आँखों से लपटें उठ रही थीं। अल्मा आ गई, वे अल्मा को पकड़ने लगे। वह चिल्लाया—अल्माऽऽ...

आँख खुल गई। अपनी आवाज खुद उसने सुनी। उसी आवाज से जागा।

सबेरे उठा तो माथे में तीखा दर्द था।

'किसी पुलिसवाले ने कोई बदसलूकी की है ?' वह पूछ ही रहा था कि तभी कोठे की चौखट पर किसी की पदचाप सुनाई दी। रामसिंह काका था।

राणा मुँह में थूक रोके शांत खड़ा हो गया। उसने रामसिंह काका को ध्यान से देखा—दाढ़ी बढ़ी हुई। सिर के बाल सूखे सन-से। थकावट और चिंता ने बुरा हाल कर डाला। राणा काका के सदा पाँव छूता है। अब की बार हालात देखकर सबकुछ भूल गया।

अल्मा दीवार से सटी खड़ी गुमसुम देख रही थी।

"राणा !" काका की आँखें अँधेरे की अभ्यस्त हुईं तो टोका।

"हाँ, काका।"

"इतनी जल्दी चला आया !"

"रूखरी नहीं मिल रही थी, बहुत खोजी।"

"मोघिया गुरु खफा हो रहा होगा। थोड़ा और रुक जाता।"

"रुकने से मिलती तो जरूर रुक जाता।" यह वाक्य कहने का हौसला अल्मा की उदासी ने दे डाला।

काका की आँखें चढ़ी हुई हैं। क्या वह राणा से खफा है ? मुँह ऐसा बन रहा है जैसे प्राण घबरा रहे हों। दलदल में डूबता हुआ-सा आदमी...यही रामसिंह काका है ?

पत्थर की मूर्ति-सी यह लड़की, अल्मा होने का भ्रम भी नहीं देती। इस घर में कहाँ रहे, जिसका हर कोना गूँगा है। न कोई पुकारता न बुलाता। झींगुर-मच्छर तक चुप हैं।

आखिर किसका रुतबा तारी है ?

तभी रामसिंह काका ने कहा, "चाय बना दे री अल्मा," वीरान आवाज का फटापन साफ सुनाई दिया। आवाज के साथ ही दो बेबस पाँव चुपचाप सरके। अल्मा रेंगकर चूल्हे के पास पहुँची हो जैसे।

आग पर झुका हुआ चेहरा ! कंधों पर पड़ी सफेद चुन्नी। लाल कुर्ती धुएँ में नहा गई।

तीनों ने पास बैठकर चाय पी, लेकिन कुछ भी सहज न हुआ। चाय की गर्मी उड़न-छू हो गई। फिर ठंडापन पसर गया।

खाना बना, किसी ने खाया नहीं।

वह समझ गया, अल्मा रामसिंह काका के कारण कुछ बताती नहीं। ऐसा माहौल हो गया है कि जिद करके पूछ भी नहीं सकता। कलह-लड़ाई, रूठना-अकड़ना, राणा को बड़े स्वाभाविक लगते हैं। अल्मा बिना सोचे-समझे अपने मन की बात कह देती है, वह भी न चाहते हुए कुछ न कुछ बोल ही जाता है। चुप्पी-घुला घुटन-भरा माहौल तो भीतर ही भीतर दम लिए लेता है।

रगों को कौन काट रहा है ? रात के समय नींद नहीं आई क्योंकि पेट भरा नहीं था। मक्खी उड़ती, उसकी आवाज भी राणा सुन लेता।

दूसरे कोठे में मक्खी-मच्छरों जैसी भुनभुनाहट थी।

"बप्पा, इस तरह कब तक...?"

"बेटा, जब तक जिंदगी है ?"

"यह जिंदगी कब तक ?"

"जब तक प्राण देह से लगे हैं।"

"यह जिंदगी नहीं..."

"शिऽऽ ! राणा सुन लेगा।"

"उसे सुन लेना चाहिए बप्पा।"

"अब तक भी तो..."

"यह अच्छी बात नहीं।"

"सारी बातें अच्छी नहीं होतीं बेटा। बस हम उन्हें अच्छी करने की सोचते हैं।"

राणा साँप जैसा सुन्न पड़ा था। आँखें खुली हुईं। यह घर, सच में गोरखधंधा है, उलझा हुआ जाल ! इस घर की चौखट पर अपनी दोनों पुतलियाँ दे मारे, तब भी रहस्य का गोला नहीं टूटेगा। दीवारों पर सर फोड़े तब भी मरम न जान पाएगा। दो साल बीत गए, अपनी ही जिंदगी की गुदड़ी उधेड़ता रहता है। माँ से रिश्ता कटा-सा है, अल्मा से जोड़ लिया, वह भी अपनी नहीं। चाहे तो भी बाप से बाहर नहीं जा सकती। प्यार-प्रीति काहे की ? सब नकली चीजें हैं। इंद्रजाल-सा यह घर, भीतर के कपट को कोई नहीं निकाल सकता।

सबकुछ गँवाकर अब किधर जाए ? राणा का कलेजा अविश्वास ने टुकड़े-टुकड़े

कर डाला। इस लड़की को संगिनी बनाकर ही क्या करेगा ?

माँ, पगली है या बहुत ही चतुर। यहाँ क्यों बाँध दिया ? अनजान या भोलेपन के कारण या मंसाराम के संग रहना है सो अपनी राह का काँटा यहाँ फेंक दिया। जब तक वहाँ रहा फ़जीहत ही होती रही, अब सुनते हैं कि सब ठीक है। राणा अल्मा का गुस्सा, रामसिंह काका का गुस्सा माँ पर निकाल रहा था, क्या करे वही हाथ आती है, अपनी है, सो सस्ती है। कहाँ-कहाँ के सपने देख लेता है, टूटते हैं तो माँ को दोष देकर ही शांत हो जाता है।

अँधेरे कोठे में पेट में घुटने दिए पड़ा रहा। रात भी थक गई हो जैसे। सबेरा होने लगा। चिड़ियाँ फुदकने लगीं।

राणा सदा की तरह उठा, काम समेटने लगा। सबसे पहले काका के लिए ही पानी भरा, कोताही करने पर क्या मालूम समझ ले—राणा के पेट में विष फैल रहा है। सेवा करने आया था, मालिक होने का भरम क्यों पालने लगा ?

कितनी अच्छी तरह निभा रहा था ! मड़ोरा खुर्द चाहकर भी नहीं गया। रामसिंह काका का इशारा ही समझ लिया। काका नहीं चाहता कि राणा जाए वहाँ। जब कभी माँ से मिलने की बात चलाई—महीने-दो महीने बाद चले जाना, मोधिया गुरु की तबियत खराब रहती है, रूखरी लानी है, मुझे बाहर जाना है, अल्मा के पास कौन रहेगा, जैसी दलीलें देकर डेरों पर जाना रुकता रहा।

हारकर माँ ही आ गई थी। वे दिन याद हैं राणा को। यह घर भरा-भरा लगने लगा था। हर कोने में अम्मा ही दिखाई दे। अल्मा के लिए सितारे जड़ी चुनरी लाई थी। हरे रंग की चुनरी, अल्मा ने चुन्नी की तरह गले में लटका ली। राणा चाहता था, माँ की तरह ओढ़े। माँ ने अल्मा को बेटे से ज्यादा प्यार किया।

हर बात में सकुचाती थी अम्मा। राणा को अचरज लगता, अल्मा की शर्म मानती है !

''राणा रे, बताते जाना, कोई गलती न बन पड़े। यहाँ के तो ढंग-तौर ही अलग है।''

''अम्मा, लजाती है तू ? अल्मा ऐसी लड़की नहीं कि बड़ों का मखौल उड़ाए।''

''कलजुगी ! अभी से ओर लेता है,'' अम्मा ने मीठी झिड़की दी और सिर पर हाथ फेरने लगी। जीता रह बेटा।

ऐसे ही दो बार आई-गई है माँ। पिछली बार तो बड़ा बुरा हाल था। मंसाराम के घर में कुत्ते के काटे के इंजैक्शन को लेकर कोहराम मचा हुआ था। अम्मा कितनी परेशान थी ! राणा ने झुँझलाकर कहा था, ''होने दे, जो होता है।'' मन में करुआहट थी कि मंसाराम को उखाड़ा जा रहा है तो खुद क्यों गिरी जा रही है ?

वह बोली, ''नहीं बेटा, बस्ती तबाह कर डालेंगे वे लोग।''

राणा को हँसी आ गई थी। जिस बस्ती ने जाति में से निकालकर हमें भूखों मारा उसके गम में मरी जा रही है।

राणा का मन ऐसी ही बातें सोचकर मड़ोरा खुर्द जाने का नहीं करता। या रामसिंह

काका की बात का असर था, ''कच्चे दिल के लोग मिलन भेंटन में ही जिंदगी निकालते हैं, पक्के काम नहीं करते।''

अल्मा ने याद दिलाया था, ''बप्पा ने कितनी मुश्किल से आठवीं का सर्टीफिकेट बनवाया था, हाईस्कूल की परीक्षा नहीं देनी ?''

अल्मा की हर बात मानी है उसने...। राणा बार-बार दिल समेटता है, बार-बार मन बिखरने लगता है। कितना हेलमेल था, एक रात में ही टूटने लगा !

न बताए अल्मा, उसका संदेह फिर झूठा नहीं। इस घर में आने-जानेवालों की जेबें टटोलकर उसने पता लगाया है, सिपाही खरे नहीं बैठे। पुलिसवालों की वर्दी झूटी-सी लगी है। राणा सिर के पीछे भी दो आँखें उगाए फिरता है, कोई न बताए, जो है, आसपास है। अल्मा एक दिन जान लेगी कि राणा क्या है ?

राणा हर आनेवाले पर नजर रखने लगा। उनकी बातें छिप-छिपकर सुनता !

अब तक कोई हाथ नहीं आया।

हाथ आया भी तो रामसिंह काका ही आया। टीन के बड़े बक्से में दारू की बोतलें धर रहा था। राणा टोकना चाहता था—मद-दारू के नाम पर बड़ी नाक सिकोड़ते हो, और आज यह सब ? टोकता, कुछ पूछता उससे पहले ही काका बोला, ''देख ले राणा, मँगाऊँ तो निकाल लाना। घावों के धोने के लिए बड़ी फायदेमंद बैठती है। पकने-सड़ने से बचाती है।''

अल्मा ने उसी दिन एकांत में ले जाकर गुस्से से कहा, ''तुम मड़ोरा खुर्द में भी सबसे अलग थे और यहाँ भी। वह राणा नहीं, जिसे बप्पा जानते हैं।''

क्या गलती हुई ? यह लड़की इतनी जल्दी दुख सोख गई ! अभी तक तो ज़ार-ज़ार रोती थी। मैं ही पागल था, माँ की छाती में मुँह गड़ाकर गुस्सा निकाल रहा था, यह तो अपने पिता से थोड़ी भी विमुख न हुई।

...मगर यह अल्मा की अँधेरे में से ऐतराज दर्ज करती आवाज...? आखिर क्या मामला है ? मोघिया गुरु से पूछूँगा। वह नहीं बताएगा तब क्या मैं मान जाऊँगा ? अभी तक ही आँखों पर पट्टी बाँधकर कोल्हू के बैल की तरह चलता रहा, जबकि घर में आने-जानेवालों के हुलिए अपने आप सबकुछ बयान करते हैं। संदेहों के अभाव में खतरनाक भरोसे पालता रहा।

मान लो पता चल जाए कि यहाँ बदमाश आते हैं, तब क्या करूँगा ?

कुछ भी करूँगा। जान दे दूँगा, जान ले लूँगा।

•••

तूफान आया, गुजर गया।

इस घर में जैसे सबकुछ चलता था, चलता रहा। रामसिंह काका बाहर जाता, मोघिया गुरु घर रहता। काका घर रहता, राणा और मोघिया जड़ी-बूटियाँ जुटाते।

अल्मा राणा के ऊपर विशेष अधिकार मानने लगी, ऐसा ही जैसा पत्नी पति के

ऊपर मानती है। वह देख रहा था, जिस दिन से आया, अल्मा ने मानो वरमाला डालकर मन ही मन स्वयंवर रचा लिया है। बोलने-बतियाने की झिझक खुलने में साल लग गया। और अब तो साल-दर-साल जा रहे हैं।

संकल्प मजबूत था। जिनको भी प्यार किया वे सब व्रत में शामिल थे—माँ, करन, भजनी काकी, मलिया काका, अल्मा और खुद। सबको फूलों के गुच्छों की तरह डोरी में बाँधकर रखता। याद आती, अपने साथ अल्मा को मिलाकर उनमें रिलमिल जाता। छोड़ा-बिछुड़ा सब पास होता। अल्मा प्यार की यात्रा में आगे ही आगे भाग रही थी, क्योंकि राणा पहल करने की ठानकर भी साहस खो देता कि रामसिंह काका का डर हावी रहता, कि अपने उखड़ जाने से डर लगता ?

ठंड के दिन :

मोघिया गुरु पौर में रजाई में लिपटा सो रहा है।

अल्मा ने जितनी कुशलता पिता की बातें छिपाने में दिखाई, उतनी ही खुलकर राणा को प्यार करने लगी। राणा कभी-कभी तो अचम्भे के मारे मर जाता—यह लड़की बंधन ढीले करते में झिझकती नहीं ? जबकि माँ ने दबी जुबान से कहा था, ब्याह के पहले कोई ऐब न कर बैठना।

सोने की वेला थी।

वह अपने कोठे में जा रही थी, राणा अपने में।

''तुम उस कोठे में सोओगे, और मैं इसमें। दोनों अकेले-अकेले ?'' आँखें नाच उठीं।

''क्यों ? रोज नहीं सोते क्या ?'' उसने मुस्कुराकर पूछा।

''अच्छा ?''

धीरे-धीरे बड़ी-बड़ी आँखों में थिरकन की जगह आँधी-सी उठने लगी। वह खुद को साध रही है, मगर बादल फट पड़े, ''मेरे कमरे की ओर कभी आए तो देखना ? बप्पा से कहकर सिपाहियों से पिटवाऊँगी।'' उसने झटका देकर गले में चुन्नी डाल ली।

अल्मा की अंतिम बात सुनकर राणा का कलेजा धड़धड़ाने लगा। वह टकटकी लगाकर देख रहा है, अल्मा का चेहरा लाल अंगारा हो गया। होंठ के पास तिल भर जगह रह-रहकर फड़कती है। आँखों में पानी की परत-सी घिर आई। पाँव पटकती हुई अपने कोठे में घुस गई।

राणा काठ मारा-सा बाहर खड़ा ठंड खा रहा है। मन में बड़ा-सा मलाल साँप की तरह फन काढ़कर खड़ा हो गया—जिन सिपाहियों के कारण दुखी थी, उन्हीं के ऊपर इतरा रही है !

राणा ने बहुत बड़ा अन्याय नहीं किया क्या ? उसके निमंत्रण को ठुकरा दिया ! वह क्या करे ? कुछ समझती-बूझती नहीं, अचानक ही जूता-सा झाड़ दिया। उसका चेहरा तमतमाता हुआ था तो राणा का मुँह काला नहीं पड़ गया ? क्या समझ रही है, वह जिंदगी भर उसके दरवाजे ऐसे ही खड़ा रहेगा ?

समझदार बनती है, नादानी करती है। मोघिया गुरु तमाकू खाने या पेशाब करने

उठा और किसी काम से कोठे के किवाड़ खड़खड़ा दिए तो ? खुद तो रानीजी बैठी रहेंगी, जूता पड़ेगा राणा के सिर। अल्मा का यह कैसा प्यार है ?

अच्छा है यह रूठी रहे। एक दुविधा तो यही लगी रहती है—इसकी इच्छा पूरी करूँ या न करूँ ? करूँ तो अपने आपको तैयार...? सत्रहवाँ साल, माँ कहती थी, बहू चार बार आ लेती है अब तक।

अल्मा के कमरे में जाते हुए उसके पाँवों में जोश था। जान पर खेल जानेवाला हौसला भी जुटा लिया। इसमें गलत भी क्या है, पराई स्त्री के पास तो नहीं जा रहा। लोग तो वहाँ भी हिम्मत नहीं हारते। डेरों पर ऐसी तमाम कहानियाँ थीं।

कमरे में क्या घुसा, सिसकियों ने घेर लिया। रो रही है !

राणा ने बल्ब जलाकर रोशनी कर दी। पीठ फफक रही है। खटिया पर ओंधी पड़ी अल्मा, कितना दुख पा रही है ! चुन्नी कहीं, खुद कहीं ! उसे पता है कि राणा पीछे-पीछे आएगा ?

आ गया, यह भी क्या वह समझ गई है ? रोशनी में भी सिर नहीं उठाया, रोने ने तेजी पकड़ ली। राणा को पास पाकर और भी दुख बढ़ रहा है कि आँसुओं से उसे काट-पीटकर कोई बदला लेना चाहती है ? क्योंकि जानती है राणा अब उसके आसपास सिमटता जा रहा है।

संकोच करते-करते भी उसके भीतर बैठा मर्द ललकारने लगा—आगे बढ़ो, खटिया पर बैठो।

वह बैठ गया। कमर पर हाथ रखो ! नहीं, हाथ काँपता है।

अल्मा ने चेहरा उठाया, आँसुओं से तर चेहरा, भीगी हुई लट गाल पर चिपक गई है। रोए हुए होंठ अब गुस्से में डूबे हैं, "क्यों आए हो अब," मिसमिसाई हुई, मगर धीमी आवाज।

"अल्मा !" हौलदिली में राणा ने उसका हाथ थाम लिया।

"छोड़ो !" वह और भी छटपटाई। और बैठ गई।

राणा की बाँहों में ऐसी ताकत लहराई, जिसके चलते वह अल्मा का कचूमर निकाल सकता था, मगर मनाने की वेला में दबा देने की कठोरता...हाथ छोड़ दिया।

वह अतिशय गंभीर था, धीरे से चेहरा उठाकर बोला, "तुम्हें मेरा भरोसा है या नहीं ?"

अल्मा ने अपने घुटनों पर माथा पटक लिया, जैसे सिर धुनने का मन हो।

वह क्या समझे ? आखिर क्या करे ? कुछ सूझता नहीं।

हिम्मत करके बाँह आगे बढ़ाई, मगर हौसला बीच में ही दगा दे गया।

अल्मा साधना में बैठी योगिनी-सी...चेहरा आग का रंग अख्तियार करता जा रहा है।

हिम्मत कुछ इतनी बढ़ाई, लगभग आग में कूदने जैसी..बाँह गले में डालकर आग पर होंठ धर दिए राणा ने। अब वह जले या बचे !

रबड़ के गुड्डे-सा दो लंबी नरम और दुबली बाँहों के आगोश में कब बँधा, कुछ होश है ? आग में कूदा था, लहरों में बह रहा है। अल्मा छुईमुई-सी अब उसके कब्जे में है।

"बल्ब बुझा दो," वह लय में फुसफुसाई।

सच में रोशनी के होते जो व्यभिचार-सा लग रहा था, अँधेरे में आनंद हो गया—अलौकिक आनंद ! रामसिंह काका की दहशत, माँ की वर्जना बल्ब के साथ ही बुझ गई।

गजब, अल्मा ने कुर्ती उतार दी। रजाई में राणासमेत सबकुछ छिपा लिया।...मगर छूना-परसना...हाथों में गेहूँ के आटे की रंगत लिए ठोस अमियों के आकार, दूधों पर नाचती हुई फालसई फिरकियाँ ! राणा की हथेलियों में नखटख जुगनू छिपे हैं।

क्षण भर में ही हथेलियों ने वह आनंद होंठों को दे दिया। अल्मा ने उसके मुँह से छाती भिड़ा दी। दबाव ऐसा बनाया कि राणा के होंठ खुल गए। होंठ और जुगनुओं का खेल ! चमकती नजरें कौतुक-सा देखती हैं। वह मासूम बच्चे-सा चिपका हुआ।

अल्मा की देह झुनझुनी बजा रही है। कसाव बढ़ रहा है। दोनों ओर की ताकत मुठभेड़ पर उतरी है।

आगे ? उसे कुछ पता नहीं।

अल्मा ने सलवार कहाँ फेंक दी ? जाँघों का नंगा परस...राणा के होश ठिकाने नहीं। मर्द-भाव जागा कि अल्मा की शय-लय पर नाचने लगा, पाजामा उतार दिया।

नृत्य लीला ! खामोशी झंकृत हो उठी। कोठे में साँसों का अनहद बजने लगा। स्पर्श ताल दे रहा है—कमर उसकी बाँहों में, देह को आग की लहरों के हवाले कर दिया।

स्त्री शरीर के रोम-रोम से वाकिफ है। रास्ते भटक गए। आगे बढ़ने का हौसला नहीं छोड़ा।

"अरे रे ! पागल हो !" अल्मा का झुँझलाया-सा महीन स्वर।

राणा चौकन्ना हो गया, पर कहाँ क्या करे ?

"क्या कर रहे हो ? यहाँ कहाँ ? ऐसेऽऽए...हट्ट।"

वह सकपकाया-सा देखता है। यह कहाँ, क्या और कैसे...एक रात में ही किस तरह पार हो ? मायाजाल में खो रहा है। अल्मा को ऊपर से नीचे तक टटोला। सारे झरोखे खुले हुए हैं। वह भूले हुए हिरन-सा...

आवेग में लड़की ने उसका हाथ पकड़ा और ठीक जगह ठहरकर मौन अर्थ खोल दिए।

...पर ये लौह कपाट। भीतर का जाग्रत पुरुष जूझने लगा।

चाँद ढलता रहा। रात जाती रही। प्यास बढ़ती गई। दायरे ज्यों के त्यों ! कमजोरी लगी है ? नहीं, बेरहमी नहीं कर पा रहा। यकायक खुद ही तड़पकर कराहा, "आऽऽ !"

अल्मा के कंधे में दाँत गड़ा दिए। बिफरी हुई शेरनी के जबड़े में फँसा अनाड़ी... वीरदेव का नाम लेकर अल्मा को कसने लगा।

''राणाऽऽआ,'' लड़की का रोया हुआ-सा स्वर। मछली-सी तड़पती-फिसलती अल्मा लंबी-दुबली बाँहों में जौहर मचा रही है और राणा के पास चुंबन के गुच्छों के अलावा कुछ भी नहीं...''जाओ, हटो।'' अल्मा छिटककर अलग हो गई।

कहाँ पटका, कहाँ सोया ? अलबत्त सबेरा होने को हुआ।

रात इंतजार नहीं करती।

दूसरी रात के लिए अचूक बहाना खोज निकाला—बुखार चढ़ा है मुझे।

बुखार तीन-चार दिन से ज्यादा का बहाना न बन पाया।

अल्मा ने रहम-सहानुभूति एक ओर फेंककर पूछा, ''ऐसे ही सूखते रहोगे ? बप्पा आ जाएँगे फिर।''

कहीं हरियाने की आशा अंकुआई तो पूछ बैठा, ''अल्मा, तुमने पहले भी कभी यह सब...''

वह हँस पड़ी। चेहरा नीचा किए मुस्काती रही।

वह अपने सवाल पर पछताने लगा। हँसी कड़वी है या मीठी ?

पास खिसककर उसका हाथ पकड़कर मनाती हुई-सी अल्मा बोली, ''धत्! इतना भी नहीं जानते। अपनी देह तो बता देती है सबकुछ।''

राणा लज्जित-सा बैठा रहा।

लज्जा-आशंका और कमजोरी में डूबती-उतराती पाँच रातें पार कीं राणा ने। मन में आया चुपचाप मड़ोरा खुर्द भाग जाए। चुपके से निकल जाए। इस इम्तहान को पास करना...उफ् !

छठी रात ! अँधेरे में बिजली कड़की।

तौहीन ने ताकत दे दी। कमजोरी ने बरजोरी अख्तियार कर ली। हर जगह रहमदिली नहीं चलती। बेदर्दी से ही जिंदगी मिले तो ? मनोबल रास्ता तय करने लगा। किला फतह करने की धुन में ध्यान विचलित नहीं हुआ।

अरे रे ! हटो हटो। इतना...बोझ...

राणा जिद्दी सिपाही...आगे ही आगे बढ़ चला।

''क्या कर रहे हो ? धीरे ! मर जाऊँगीऽऽई...'' अल्मा ने राणा को नीचे धकेल दिया। ''देखते नहीं...कितनी लगती है।''

देह का ताप सर्वत्र समाया है। समय मोहलत नहीं दे रहा।

राणा अब भीतरी संसार में...अल्मा जोर से चीखकर खामोश हो गई। टीस और दर्द होंठों में भिंचे हैं। बंद आँखों में संतोष की तितलियाँ सोई हैं।

कुछ क्षणों बाद दोनों रसमय। अल्मा की नाज-नखरों भरी ध्वनियों ने राणा को रिझा-रिझा डाला। विष और अमृत के भरे घट की बूँद-बूँद पीते हुए...।

राणा के आस-पास विजय के नगाड़े बज रहे हैं। वह हवा के घोड़े पर सवार रोज-रोज एक-एक चषक की माँग...और-और की रटन लगाता हुआ चातक...और अल्मा गंभीरता की पोटली-सी। चंचलता-चपलता को मिलन ने सोख लिया। राणा नजर मिलाए

तो वह नाराज हो गई।

''मुझसे कोई गलती हुई अल्मा ?''

''हाँ।''

वह डूबने लगा।

अपनी छाती पर राणा का मुँह सटा लिया और बोली, ''अब मुझे किसी से भी डर नहीं लग रहा। ऐसा क्यों हुआ, पता नहीं। इस घर में डाकू, चोर, हत्यारे आ जाएँ तब भी नहीं डरूँगी, देख लेना।''

राणा ने चेहरा उठाकर अल्मा का चेहरा देखा, लगा कि दोनों चेहरे एक-से निर्द्वंद्व, निर्भय और आश्वस्त हैं। एक-दूसरे के साथ दिल भी निडर हो गए कि ऐसा कवच तैयार कर लिया, जिसे कोई छेद-भेद न सके ? हवा की तरह मिलें, लौ-से जलते रहें।

यहाँ तक कि रामसिंह काका का डर भी कहीं आसपास नहीं है। सच्ची ! स्त्री-पुरुष जब मिलते हैं तो ऐसी ताकत पैदा हो जाती है ? राणा नई-नई तरह से सोचता।

अल्मा अजब-अजब बातें कहती, ''अब तक तुम्हारी अंदरूनी ताकत नहीं देखी थी, कितनी बहादुरी है, सच। ऐसे लगते तो नहीं।''

''हट ! तुमने ही बहादुरी सिखा दी। सिखा दी न ?'' वहाँ आँखों से आँखें जोड़ देता।

●●●

रामसिंह काका दो दिन की कहकर आठ दिन में आया।

दवा-गोलीवाले लौट-लौट गए। मोघिया गुरु अलग चिंतित-परेशान-सा उसको यहाँ-वहाँ खोजता फिरा।

अल्मा खाना बनाए हुए पिता के इंतजार में सूखती रहती।

राणा से भी कुछ न खाया जाता।

घर में ऐसा बदलाव आएगा, कभी सोचा नहीं था। पिता से हँसने-हँसानेवाली अल्मा भी अब कहाँ थी ? उदास रहती और खीझती। दुखी होकर उसकी बाँहों में सिमट जाती। राणा अल्मा की धूप भरी दुनिया पर बादल-सा छाँव बनकर घिरा रहता।

कि एक दिन रामसिंह काका लौट आया।

आँखें पीली। सूरत उजड़ी हुई। अल्मा ने ताना दिया, ''वैद्य बनते हो, अपना इलाज...?''

''इलाज तो बीमारों का होता है बेटा,'' कहकर वह हाथ-पाँव धोकर पोंछने लगा।

''तो मुझे इस घर से निकाल दो।''

''अल्मा !'' काका ने चौंककर देखा और दूसरी नजर राणा पर डाली, जो पास ही खड़ा था।

''तुझे गम खाना पड़ेगा अल्मा। एक दिन जाएगी ही। बाप के घर कौन-सी बेटी रहती है ?''

अल्मा दुखित-सी पिता को देखने लगी।

"गम खाते-खाते मैं पागल हो जाऊँगी बप्पा।"

रामसिंह ने फिर ऐसे देखा, जैसे बोलनेवाली अल्मा न हो, कोई और हो।

ऐसा नजारा राणा ने कभी देखा नहीं था कि बाप-बेटी इतनी दूरी पर खड़े हो जाएँ। अल्मा तो एकदम ही बगावत पर उतर आई ! क्या आपसी मिलन ने इतनी ताकत जुटा दी ? इसने राणा को अपने साथ मिलाकर बोलने का साहस जोड़ लिया है ?

मोघिया गुरु स्थिति को भाँप गया या ऐसे ही कहने लगा, "तू बाहर-बाहर घूमता है, लड़की अकेली रहती है। माना कि मैं रहता हूँ, पर तेरी जगह तो नहीं ले सकता। और यह लड़का क्यों डाल रखा है ? ब्याह कर और गंगा नहा। भले फिर इस घर में आग लगाकर जोगी हो जाना।"

रामसिंह ने आग की तरह सारा गुस्सा मोघिया गुरु पर बरसा डाला, "तुम लोग मुझे फाड़कर खाते हो। कुछ पता भी है कि गाल बजाए चले जा रहे हो ?"

"पता है भी, और नहीं भी। बहुत बातों को तू ऐसे दबाकर रखता है, जैसे मुर्गी अंडों को, यह नहीं समझता कि ये बातें मुर्गी के अंडे नहीं, शोले हैं।"

रामसिंह काका पत्थर जैसा धरती पर बैठा था, न उठा न सरका। मोघिया ही झुँझलाता रहा, "तूने जहाँ पाँव फँसाया है, जिन लोगों से घिर गया है, वे अब तेरी टाँगें पकड़कर तुझे चीर रहे हैं मादरचोद ! एक दिन वे तुझसे इस लड़की को...और तू जान बचाने की खातिर सबकुछ..."

मोघिया ने लोगों को गाली दी या काका को ? उसकी आँखें आग से भरी हुई थीं। होंठ थूक में सने किन्हीं अनदेखे लोगों की माँ-बहनों को...। कबूतरा-रामसिंह के कज्जारूप को धिक्कार-धिक्कारकर मोघिया गुरु जुगाली काट रहा है। राणा ने रामकथा पढ़ी है, जटायु जैसा पंख झड़ा मोघिया ! बार-बार अल्मा का नाम लेकर कंकाल जैसा चुप हो जाता है।

वह समझ गया कि रामसिंह काका राक्षसों में घिर गया है।...मगर वे हैं कौन ? यह बात खोलनेवाला यहाँ उसका अपना कोई नहीं।...लेकिन तन से टूटे और मन से बदहवास काका की सूरत देखी नहीं जाती। होंठ नीम जैसे कड़ुवेपन से ऐंठे रहते हैं। कभी काँपता है, कभी दाँत किटकिटाता है। मलिया काका यहाँ होता तो रामसिंह को मद पिला देता—सौ रोगों की एक दवा।

"यही हालत बनाने बाहर गए थे बप्पा," अल्मा चूल्हे के पास बैठी बुदबुदा रही है। पतीली में चावल चढ़े हैं, खदबदाकर उफनते हैं, वह चमचा डालकर रोक लेती है।

अल्मा की ही हिम्मत है कि थाली में दाल-भात परोसकर बाप के सामने धर दिया। उफनते स्वभाववाले रामसिंह को सुनाए बिना नहीं मानी, "बप्पा, हम भूखे रह लेंगे। इस गाँव में मजूरी मिल जाएगी हमें, तुम पुलिस से नाता तोड़ लो।"

रामसिंह काका अन्न की थाली का कभी अपमान नहीं करता। जबरदस्ती कौर निगलकर बोला, "कहने को तो कुछ भी कह लो। जब करने पर आएँ तो क्या हाल

होता है, यह मुझसे ज्यादा कौन जान सकता है ? बेटा, भूखे मरना एक बात है और औलाद को भूखे देखना दूसरी बात। अपने राणाप्रताप भी इस संकल्प पर डगमगा गए थे। क्यों डिगे थे, आज मैं जान गया।''

काका मुँह में कौर चबा रहा है। आँसू पी रहा है। पूरा भात पेट के हवाले किया। थाली में हाथ धो लिए।

मोघिया गुरु की भुनभुनाहट यहाँ तक आ रही है। अब वह बूढ़ी औरतों की तरह खुद को कोस रहा है कि वह यहाँ से संबंध क्यों नहीं तोड़ पाता ?

अब क्या होनेवाला है ? उसने अल्मा की आँखों से नजरें जोड़ लीं।...लेकिन खँगालते रहो, लड़की एकदम सब लील जाती है, मछली की तरह। यह पक्कापन !

खाने के लिए सबने खाया, पर उस रात चारों जनों में से शायद कोई ही सो पाया हो।

राणा को अलग से यह गहरा दुख था कि चारों की टोली से वह छिटकाया हुआ...अनुमान लगाता रहता है, साफ-साफ नहीं देख पाता। कभी-कभी मुँह से मनमानी गालियाँ निकलती हैं, जो चुपचाप हवा में खो जाती हैं—मैं तुम्हारी देहरी का कुत्ता हूँ क्या ? या तुम लोग राजा मंत्री हो ? अपनों को ठुकराकर चला आया, और यहाँ शामिल न हो सका। मेरे अपने काका भइया, मेरे भले के लिए ही तो मुझे ताड़ते थे। अपने कबीले में मिलाने के लिए सजा देते थे और खुद भी दुखी हो जाते थे। उन्होंने जाति से अलग करके मुझे अपने में मिलाने के लिए विवश किया था। तुम्हारे छिटकाने पर आज मैं कुछ दूसरी तरह सोचने पर मजबूर हुआ हूँ।

राणा का मन आसमान की तरह बादलों से भर गया।

आठ दिन बीतते न बीतते एक भयानक बिजली-सी चमकी और उस चमकार में दिखाई दिया कि रामसिंह काका पुलिस के ऐसे दबाव में खड़ा है, जिस पर वह सहमत नहीं।

क्या दबाव ? कैसी सहमति ?

रामसिंह काका आदर्श आदमी है। शुरू से पुलिस से जूझा है। वह अड़ना जानता है, मरने के लिए तैयार रहता है।

—पुलिस दरोगा पछतावा कर रहे हैं, रामसिंह को बुलाया है।

नहीं।

अल्मा की छद्मवृत्ति डगमगाने लगी। वह गिर जाए, उससे पहले राणा का कंधा थाम लिया। राणा को लगा किसी दुश्चरित्र कथा का पर्दाफाश होगा। पुलिस के विरुद्ध खड़ा होना होगा।

...लेकिन उससे पहले रामसिंह !

बारह दिन से गायब है ! रात जागी आँखों गुजरती है। दिन भर पपड़ाए होंठों और पथराई आँखों दोनों बैठ रहते हैं। किस थाने, किस हवालात का पता लिया जाए ? भीतर कौन आने देगा ? काका मरा या बचा ?

मोघिया गुरु बीमार भैंसे-सा...पौर में पड़ा सूख रहा है। कराहता है। रामसिंह काका के न होने पर उसकी कराह कानों के पर्दे फाड़ती है।

अल्मा राणा के कंधे पर सिर धरे बैठी रहती है। इतनी फुरसत है कि न बोलने का मौका न मन। जीभ पर बोलों का अकाल पड़ा है। नजर थककर चूर...आँखों में रामसिंह काका की हाथ-पाँव बँधी तसवीर ही मुकम्मल हो गई है, जो बहुत वज्नी है।

अरे !

रामसिंह काका !!

बदन पर धुले-उजले कपड़े ! देह पर एक दाग तक नहीं। झोले में अल्मा के लिए कपड़े हैं ! मोघिया गुरु के पाँवों के नाप की बड़ी-सी चप्पलें ?

राणा ज्यों वीराने से निकलकर बाग में घुस गया हो। नजरें भी खिल गईं। अब तक डर-डरकर मर रहा था।

काका बता रहा है, "पुलिस ने दो कबूतरा पकड़ रखे थे। उनके घरवालों ने हमें बुलाया था। दरोगाजी को सच-सच बात बताकर उन्हें रिहा करा आए। एक की माँ मर गई थी, दूसरे की बेटी का ब्याह था। थाने इन नाजुक बातों को समझें तो चलें कैसे ? पर दरोगाजी हमारी बात मानते हैं।"

राणा ने मुस्कुराकर पूछा, "काका, झोले में ये कपड़े, चप्पल ?"

"जिसके यहाँ बेटी का ब्याह था, उसने जबरदस्ती खरीदवा दिए।"

अल्मा की आँखों में बड़ा-सा बादल घिर आया।

रहस्य खुल गया। राणा निश्चिंत था।

अल्मा सामने थी, वह बोला, "अब क्यों उदास हो ? झोले में से कपड़े निकालकर पहन लो। कितने अच्छे हैं, नए !"

"ये झोला और ये कपड़े...ऐसे ही रहते हैं। बप्पा जाते समय ले जाते हैं। आते समय ले आते हैं। कहाँ गए थे बप्पा, यह झोला ही जानता होगा, जो अंधा, बहरा-गूँगा सबकुछ...।"

अल्मा की बातों ने फिर उलझन पैदा कर दी।

ग्यारह

ठंड से ठिठुरती रात के ऊपर कोहरा बरसने लगा।

घर में रहो तो बाहर का कुछ भी नहीं दिखता था और बाहर जाकर घर की क्या खबर ? आम, जामुन के पेड़ कोहरे से बराबर जूझ रहे थे। उनके कारण ही लगता कि घर यहाँ, इस जगह ही होना चाहिए। राणा पेड़ों को देखता-देखता यहाँ तक आ पहुँचा।

राणा मोघिया गुरु के जंगल में बने रहवास पर दो दिन रहकर लौटा था। गुरु ने अबकी बार रतौंधी के लिए बूटी खोजकर भेजी थी, जिसे काका सालभर से खोजने के लिए कह रहा था। जाड़े में हरी बूटियों का अर्क जल्दी नहीं सूखता और भगवान की कृपा से पुलिस भी एक साल से चुप है, काका अपनी वैद्यगीरी अच्छी तरह चला पा रहा है। दरोगा रामसिंह को माने या ठुकराए, काम से ध्यान भंग तो होता ही है। मोघिया गुरु भी बौखला रहा था। आज काका देखेगा तो समझ लेगा, राणा और मोघिया ने कितनी मेहनत की है। वह झोला कंधे पर डाले मानो रामसिंह काका के सामने खड़ा हो और पूछ रहा हो—बोलो तो मैं क्या लाया ! ठंड में ऐंठते पाँवों से चलता हुआ वह खुशी और करिश्मे में मन को रमा रहा था।

भीतर आया तो देखा अल्मा खाना बनाकर चूल्हे के पास बैठी है। उसने मोटा स्वेटर पहन रखा है और चुन्नी सिर से ओढ़ ली है। कोहरा बराबर बरस रहा है।

"खाना नहीं खाया ?" झोला खूँटी पर टाँगते हुए राणा ने कहा।

"तुमको आना था।"

"अरे, न आता तो ?"

"खा लेती।"

अल्मा का भूखे बैठे रहना भी खुशी का संदेश है। अल्मा बिना खाना खाए कमजोरी महसूस कर रही होगी, दुख होता है, पर उसकी देह में ताकत भी बढ़ने लगती है ? मन ही मन वह यही तो चाहता है। दो दिन तक जाड़े की मार खाते हुए जंगल में भटकन...मेहनत सुकारथ हुई। आज का दिन अच्छा है।

नए उत्साह से बूटी पीसेंगे-छानेंगे, दवा बनेगी। लोगों की आँखों में रोशनी आएगी। बातों का विषय मिल गया। कलेवा करके, खाना खाकर रामसिंह काका, अल्मा और वह मोघिया गुरु की राह देखते, जिसे हर दिन आना था। वही सेसा, ढेरी, एट के आसपास के गाँवों के कई मरीज भी बता रहे थे जिनमें गरीब तो थे, पर पैसेवाले भी

कम नहीं थे।

यह क्या ?

क्या ? मोघिया गुरु से पहले डाकू बेटासिंह आ गया !

''रतौंधी की दवा तो अभी बनी भी नहीं।'' राणा ने कहा।

अल्मा ने उसकी ओर दहशत भरी नजरों से देखा, वह खटिया के पास कंबल ओढ़े बैठी थी।

वह खिलखिलाकर हँस पड़ा। और बोला, ''आखिर डर गई न ? बेटासिंह के नाम से छोटे-बड़े सभी...''

''क्यों डरूँगी !'' बेटासिंह की दहशत बेमानी हो गई।

●●●

छह महीने और निकल गए।

रामसिंह काका कहाँ जाता कहाँ आता, इस पर ध्यान देना छोड़ दिया था, क्योंकि जिंदगी शांत गंभीर नदी-सी बही चली जा रही थी। डेढ़ साल फिर हो गया। राणा मड़ोरा खुर्द नहीं गया। दवा-बूटी और पढ़ाई में उत्साहपूर्वक मन रमाया सो रम गया। काम में जुटा रहता। इंटर की परीक्षा दे पाए तो कैसा रहे ? मिल-जुलकर पढ़ाई करेंगे तो नतीजा अच्छा ही निकलेगा। राणा की कल्पनाओं में मड़ोरा खुर्द के डेरे का चेहरा दारू के ठेकेवाला चेहरा नहीं, वैद्य-डॉक्टर या अध्यापक के दवाखाने और स्कूलवाला चेहरा बनता। क्या सुख है वहाँ ? केहरसिंह नाम के कज्जा ने दारू की दलाली हाथ में ले ली है और लोग समझ रहे हैं—राजपाट मिल गया। नहीं पता कि उनके हाथ का हुनर केहरसिंह अपने हाथों बेच रहा है। राणा ने सोचा—मैं उन लोगों को नई तरह से तराशूँगा। एकदम बदली हुई तसवीर।

जब-जब रामसिंह बाहर जाता, वह अपने लिए कोई किताब लाने का आग्रह करता। एक-एक किताब से उसने नए-नए विचार लिए।

और एक रोज...

नया मेहमान घर आया !

अल्मा बोली, ''डराने के लिए मसखरी की थी, लो वह साक्षात आ गया।''

''कौन ?''

''बेटासिंह !'' अल्मा अपनी दहशत आवाज के जरिए खोल बैठी।

दहशत की बारिश...राणा मिट्टी के ढेले-सा...

रात के ग्यारह बज रहे थे। दो सिपाही घर के दरवाजे पर आ खड़े हुए। तीन घर के पिछवाड़े और दो छत पर। दरोगाजी बेटासिंह के संग-संग आए हैं। सबके सब पुरुषों जैसे पुरुष।

रामसिंह काका जरूरत से ज्यादा तनकर चल रहा था। झुँझलाहट गायब थी, बस आवाज डूबी-सी...मुँह में थूक रोके हुए शांत चाबी के गुड्डे-सा यहाँ से वहाँ चलता

हुआ...दरबार के आदमी जैसा कि रात-दिन का हक उसके हाथ हो।

राणा को किसी काम के लिए नहीं बुलाया गया।

लेकिन राणा की खोजी नजर...अल्मा से बोला, ''यह जो वर्दी पहने हुए कोठे में बिछे गद्दे पर बैठा है, दरोगा है ?''

''पता नहीं,'' अल्मा घुटनों पर दोनों हाथों की उँगलियाँ फँसाए हुए नीचा मुँह किए जवाब दे रही थी।

''और सुनो, यह जो कुर्ता-पाजामा और सदरीवाला मफलर लपेटे हुए बेटासिंह है ?''

अल्मा ने चिढ़कर देखा, मगर आँखों में शर्मिंदगी और दुख।

''अल्मा !''

''आँऽऽ !''

''आज कोई आएगा, तुम्हें पता था ?''

''नहीं।'' उसने अपराधिनी की तरह सिर हिलाया।

''तो कटोरदान भरकर पराँठे और कड़ाही भरकर तरकारी ?''

''जो बप्पा ने कहा था।''

''बप्पा ने कहा और तुमने बना दिया, मैं नहीं मानता।''

''मत मानो।'' वह रुआँसी हो गई।

''याद है, पिछले से पिछले साल तुम बप्पा से ऐसे झगड़ी थीं, जैसे तुम्हें सब पता हो। तुम्हें पता था, इसीलिए मैंने कुछ भी मालूम नहीं करना चाहा।''

''अच्छा चुप रहो अभी तो। तुमको बस अपनी पड़ी रहती है।''

''अपनी ही पड़ी होती तो...''

अल्मा ने सिर झटक दिया, ''मालूम था तो सबकुछ सबको बताने के लिए होता है ?'' वह खुद को समझाने के लहजे में कह रही थी।

''वह बताने के लिए ही होता है, जिससे तुम्हें कलंक लगनेवाला हो। जिससे दूसरों पर अँधेरे छानेवाले हों, जिससे लोगों को खतरा हो।'' वह धीरे-धीरे बोला।

''तो तुम खतरे में मत पड़ना। हम तुम्हें अँधेरे में नहीं रख रहे...'' अल्मा मजबूत-सी बोली।

यह कैसी लड़की है ! पिता के लिए मुझसे लड़ रही है, मेरे लिए पिता से ! मोघिया गुरु भी क्या इसी सबसे काका को सावधान कर रहा था ? राणा समझने की कोशिश करने लगा। अपने आपको समझाने लगा—रामसिंह काका ने कोठे के भीतर होकर अल्मा से कहा था—बेटा अल्मा, क्यों मेरी जिंदगी की चादर उतारना चाहती है, दुख ही होगा, खींचने से पाँव ही उघड़ेंगे। कुछ हौसला बचा है, उसे आजमा रहा हूँ। मैं तुझे हाथ जोड़कर समझाता हूँ।

राणा के कान इस पल पूरी तरह झीने हो गए।

अँधेरे में स्वर कितना ही धीमा हो, ज्यादा गूँजता है। जाड़ा ज्यादा लग रहा है,

इस बहाने वह दूसरे कोठे में चला जाना चाहता था। अल्मा ने मुँह पर कंबल डालकर अपने आपको छिपा लिया। मोधिया कहाँ मर गया ? रात के बारह बजे होंगे।

अकेला रामसिंह काका ही घुरपेंच मचा रहा है ! बाहर खड़े सिपाहियों की जगह बस दो चिनगारियाँ चमकती हैं। बीड़ी पी रहे होंगे। पिछवाड़े क्या हो रहा है, किसको पता ? हाँ इस कोठे की छत पर बंदूक की बटों का रुतबा है।

राणा की धक्-धक् करती छाती...गले की चिया भर जगह भीतर तक डूब जाती है। बाहर मोटरसाइकिलें भेड़ियों की तरह खड़ी हैं।

भीतर योजनाओं भरे भविष्य का निर्माण हो रहा है—

—अबकी बार वार खाली न जाए।

चुप्पी।

—दुर्जन तो खुद ही इंतजाम कर देता, पर वह बदनाम और जीभ का हलका है।

चुप्पी।

—मोधिया जुटा सकता था, पर बूढ़ा आदमी, कब दम दे दे।

—समर्पण सही था।

—तौहीन पर उतर आए ?

बोलनेवाले का जोश-सा उतर आया। भीतर किसी की खोपड़ी हिली। धार-सी गिरने की आवाज हुई। रोशनी और ध्वनि का खेल...अभ्यस्त हाथों का करिश्मा। लम्हे-लम्हे जाता समय। बादल और कोहरे के पार दौड़ता चंद्रमा। घर के आँगन में गिरता सफेद पाला। फीके-फीके तारों का डूबना।

रात के सिर चढ़ता सुरूर...कुर्ता सदरी और वर्दी एक-दूसरे पर निछावर...आपसी कलाओं का गठबंधन...विचारों का आदान-प्रदान।

—तो गिरफ्तार होना पड़ेगा।

—किसकी हिम्मत है ?

—राज करो फिर। घाटियाँ तुम्हारी हैं।

—धमकी किसे दे रहे हो दरोगाजी ? समर्पण है साला राजनीति का भड़ुवा। सारी पोल तो खुल गई। अब क्या बाकी बचा है ? समर्पण से समाज तो सुधरा नहीं, समाजवादी गुलछर्रे उड़ा रहे हैं।

—तुम्हें विश्वास ही नहीं, तब क्या हो ?

—किसका विश्वास ? उन बूढ़ों का, जो बुढ़ापे में चौकड़ी भरते हैं ? क्योंकि जानते हैं कि झुकी कमर का कोई ग्राहक नहीं।

—खैर ! तुम्हारे भले की बात है।

—पुलिस तो भला ही करती है, तभी तो डाकू गाँव छोड़कर शहरों में घुस गए। जान गए कि गाँवों का धन कहाँ जमा है ?

—अंधेर नहीं। लोकमन पंडित का उदाहरण तुम्हारे सामने है।

—बूढ़ों की बातें हम नहीं सुनना चाहते, देखो। दिमागी घोड़ों पर सवार रहनेवालों

का हम क्या करेंगे ? लोकमन भी अपने दिन पूरे कर रहे हैं। अब उन्हें कोई लुक्का डाकू के नाम पर चीन्हेगा ?

—तुम क्या चाहते हो ? घाटी के बाहर भी आ जाओ और आजाद भी घूमो ? सत्तर कत्ल और डेढ़ सौ डकैतियों का मामला बनता है भइया।

—उन रजिस्टरों को तुम फाड़ नहीं सकते तो पगार किस बात की लेते हो ? माना कि पगार बूटवर्दी और रायफल टाँगने का मेहनताना है, तो ऊपरी आमदनी का ही भरम रख लो। वह तो आप लोग हमीं से पाते हो। सबूत मिटाने के कार्यक्रम पर बात करो।

—नियम तोड़ने की भी सीमाएँ होती हैं।

—वाह ! इधर हमसे खाते हो, उधर जनता को लूटते हो। कानून के भीतर ही डकार रहे हो न ?

—देख लो, तुम्हीं को सुविधा होगी।

—तुम्हारी दी सुविधा मालूम है हमें। हिफाजत देकर लगातार पिछियाते रहोगे। चाल-चलन पर ऐसे नजर रखोगे, जैसे खुद दूध के धुले हो। हमारे हिसाब से तो हमें हक होना चाहिए कि पुलिस का कच्चा चिट्ठा खोलें। पर बात वहीं अटक जाएगी कि तुम्हें समर्पण नहीं करना पड़ता।

दरोगा सिर झुकाए बैठा था, यह समर्पण नहीं है तो और क्या है ?

फिर संवाद :

—तो समझ लो कि बेटासिंह मारा गया।

दरोगा, दरोगा था, कोई भिश्ती तो था नहीं। अनायास ही लय बदल गई—बेटासिंह, यह घाटी में जमा तुम्हारा राजसिंहासन नहीं। अपनी राय मत थोपो।

—अब तुमसे नौकरी नहीं निभ पा रही दरोगाजी ! इस्तीफा लिखकर हमें ही थमा दो, पहुँचा देंगे एस.पी. के पास।

—नौकरी का ताल्लुक तुम अकेले से नहीं। तुम जैसे बीसियों डाकू पड़े हैं।

—थानेदारजी, यहाँ हम मुठभेड़ की योजना बनाने आए थे—एस.पी. की सलाह से। तुम्हारे आगे माथा टेकने नहीं आए।

दरोगाजी एस.पी. के नाम पर असहाय बकरी-से देखने लगे।

—दरोगा साहब, संसद के चुनाव में बीस डाकुओं की गारद भेजी थी, क्योंकि पुलिस की नाकामियों ने पिछली बार अपने रक्षामंत्री तक को हरवा दिया था। हगा सिपाहिबों से कहो, राँड़ के बिछुओं की तरह अपनी वर्दी उतारकर बेतवा में सिरा दें। हमारे यहाँ लत्ता धोनेवालों की जगह खाली है।

दरोगा चुप।

—ईमानदारी की बात करते हैं हम। तुम मुठभेड़ दिखाओ। बेटासिंह को मरवाओ। इनाम की रकम आधी-आधी रही। एक दिन में एक लाख ! नौकरपेशा आदमी लाख का सपना देखता है, लाख नहीं देख पाता। पेंशन-फंड गृहस्थी में स्वाहा हो जाते हैं।

डाकू जीवन-दर्शन समझाता रहा। दरोगा नासमझ-सा बैठा था।

—हक और हिसाब ! दोनों हाथों में लड्डू ! लड्डू फूटे तो चूरा यह कबूतरा भी चख लेगा। बेचारा तुम्हारी मदद में शामिल है।

राणा समझ नहीं पा रहा था, आगे क्या होनेवाला है ? काका किस तरह दरोगा की मदद करेगा ?

फिर संवाद और सुझाव :

—बेटासिंह अपने गाँव टेरका पहुँचा। तय रात, तय समय और तयशुदा घर में। थाने का एस.ओ. अपनी रवानगी दर्ज करता है। टेरका गाँव की गश्त। मुखबिर खबर देते हैं—बेटासिंह टेरका में...गाँव घेर लिया गया। गाँववालों के सोने से पहले फायरिंग शुरू हुई। अब गाँव की चिड़िया तक देख रही है—बाहर पुलिस का घेरा है। पुलिस के वाहन तैनात हैं। पुलिस के हथियार गूँज रहे हैं। धुआँ इस कदर उठ रहा है कि कुछ दिखाई नहीं देता।

बेटासिंह भाग रहा है। गिर पड़ा। गिरकर उठ रहा है। आप लोगों ने बीहड़ में घेरकर नहीं, नदी में डुबोकर मारने की योजना बनाई। मार डाला।

—अब लाश नहीं मिल रही ! फिर इनाम कैसे मिलेगा ? लाश फूली हुई मिली। समझ गए न ? फूली हुई लाश। पंचनामा लोग कर देंगे। बिकनेवाले हर जगह मिलते हैं।

दरोगा कुछ भी बोल नहीं सका।

उसने हाथ उठाकर उँगलियाँ चलानी चाहीं, मगर हरकत हुई ही नहीं। न आवाज न इशारा ! मिट्टी के बुत जैसे थानेदार की थमी हुई पुतलियाँ।

—घबराओ नहीं, राजपालसिंह हमारे ज़ीजा होते हैं—डी.वाई.एस.पी.।

बेटासिंह ने सबकुछ कहकर निश्चिंत-सी अंगड़ाई ली। वह दूसरी दुनिया के बारे में सोच रहा था। फिर बोला—लगे हाथ कर डालो। अबके चुनाव में खड़े होना है। बिरादरी दबाव डाल रही है। कुर्मी लोग श्रीराम शास्त्री का मुकुट बाँधे फिरते हैं, हमारे यादव पीछे क्यों रहें ? समाजवादी पार्टी से प्रस्ताव आ चुका है। बी.जे.पी. के लोग चंदा माँग रहे हैं। कांग्रेस का गुपचुप निमंत्रण है। हौसलेमंद, सामर्थ्यवान और पैसे को मिट्टी समझनेवाला आदमी उन्हें कहाँ मिलेगा ? सभी पार्टियों को ऐसे लोगों की तलाश है। अब साले कतल और डकैती के केस देखें कि अपने बचने के मौके ? नेता लोग हाथ जोड़ रहे हैं। तुम कहते हो समर्पण ! वे हवा कब की चली गई। अब तो हम देखेंगे कि समर्पण करनेवाली पार्टियों में हमारे माफिक कौन-सी है ?

—बस, तुम रचो चक्रव्यूह। सीट हमें मिलेगी तो तरक्कियाँ तुम्हें।

—क्यों बे कबूतरे ? बेटासिंह ने रामसिंह की ओर देखकर बोला।

—हाँ, हाँ, हाँ, हाँ—रामसिंह काका सिर हिलाता रहा, ऐसे ही जैसे हवा से पीपल का पत्ता हिलता है।

—अबे तू रिकार्ड की अटकी सुई-सा...हाँ हाँ हाँ हाँ...करके फँस गया ?

रामसिंह सफेद पड़ गया। घबराहट में यह भी नहीं सोचा कि बाहर राणा भी हो

सकता है। सामने शेर खड़ा हो जैसे, बचने के उपाय थे कुछ कबूतरा नामों की हकीकत—दूलन, सरमन मलिया, सुरजी, सुंदरा...तमाम गाँवों में भरे पड़े हैं।

बेटासिंह आश्वस्त हुआ—दरोगाजी, आदमी का रंग क्या, रूप क्या ? गोली-छर्रे ही रह जाते हैं मृतक के चेहरे पर, देह पर। है न ?

बेटासिंह ने दरोगा और रामसिंह कबूतरा की हैसियत के हिसाब से उनके आगे पेशगी फेंक दी। उठाओ धरो, खाओ-पियो मौज करो।

●●●

राणा का शरीर थोथा हो गया। अब क्या होगा ? उसकी आँखों के सामने सरमन, दूलन, मलिया, खुरदा हैं, सबके आगे अल्मा। मोधिया गुरु कंकाल जैसा...सिर हिलाता हुआ...एक दिन ये लोग तुझसे इस लड़की को भी ले जाएँगे।

असलियत यही है।

अबूझ कुछ नहीं बचा।

अब तक के हमलों में सबसे ज्यादा भयानक हमला। पहले घाव भर गए, निशान बाकी हैं, अब तो घाव बनेंगे ही नहीं क्योंकि बाकी कुछ नहीं बचेगा।

डाकू का सामना करना, पुलिस से जूझना...मारे जाएँगे सब।

रामसिंह काका दोस्ती का हाथ बढ़ा रहा है उस ओर, बच जाएगा ? अल्मा नहीं बचेगी यह शर्तिया बात है। मोधिया गुरु रूखरी की जड़ी-बूटी की पहचान ही नहीं रखता, आदमी को भीतर-बाहर से देख लेता है।

अल्मा की चिंता करता गुरु राणा के बहुत करीब आ गया। कहता था, बेच न डाले बेटी को। बेचेगा नहीं पर मजबूर तो हो सकता है।

राणा अँधेरे को चीरता हुआ अल्मा के पास जा पहुँचा। अँधेरा किए चुपचाप बैठी है।

"अल्मा !"

उसने जवाब नहीं दिया।

सो रही है, बैठी-बैठी। ब्याह का सपना देख रही है, जैसाकि वह बात-बात में कहती है। राणा की दुलहन बनने के लिए उतावली अल्मा। सपना यहीं तक सीमित है। बप्पा के घर धरती-आसमान पर ही सितारे जड़ती रहती है। पिता के कब्जे में आई जमीन पर कैसा जौहर होनेवाला है, उसे क्या पता ? लेकिन राणा बेखबर नहीं। यहाँ भरपेट खाया, पर भूख क्या होती है, नहीं भूला। लाभ और लोभ पर बिका हुआ काका राणा का ईमान क्या जाने ?

—मैं लड़ लूँगा। अल्मा की बात सोचनेवाले का मगज फोड़ दूँगा। बेचनेवाले का सिर काट दूँगा। छुरा चलाने में उस्ताद मैं...माँ की कुल्हाड़ी-विद्या आती है।

काका बरबादी पर तुला है। ताकत की बातें करके मुझे यहाँ लाया था, कायरपन दिखा रहा है। अल्मा का वर खोजा था, बेटी बेचने को मजबूर होनेवाला है। पुरानी

रूढ़ियाँ खारिज करने की बातें करता है, खुद बिकता जाता है। उबाल खाकर उकसाने वाले का खून ठंडा हो चला।

अल्मा जाग रही है—माटी की मूरत !

कौन ?

रामसिंह काका !

दुश्मन का चेहरा। म्लेच्छों से हारनेवाला, फिरंगों से हारनेवाला नहीं, जल-समाधि लेकर डूब जाने और लड़कर बच जानेवालों का बेटा डाकुओं का दलाल ! इस दलाली में वह कहाँ की दीवानी हासिल करेगा ?

"तू कहाँ था रे ?"

"सो रहा था।" (झूठ)

"दूलन कब आएगा ?"

"क्यों ?" (आशय समझ गया)

"उसकी दवा तैयार है।"

(मौत इंतजार कर रही है)

"जल्दी आए नहीं तो रूखरी सूख जाएगी।"

(बीमारी से न मरे, डाकू के बदले लाश कौन बनेगा)

राणा की आँखें पलटने को हो आईं।

रामसिंह उसे बाँह पकड़कर पास बिठाना चाहता है। राणा की आँखों के आगे बेटासिंह द्वारा अल्मा को खींचने का दृश्य उभरता है।

काका के बोल—दानेदार आरी से काटती हुई आवाज।

उसका पुचकारना—रायफल के कारतूसों से निकले हुए धमाके ! कनपटी फोड़ते हुए चेहरा बिगाड़ रहे हैं। काका के निशाने पर अल्मा और राणा...

वह रामसिंह के पास चुपचाप बैठा रहा। भ्रमों ने भयों की नदी में उतार दिया।

"राणा !"

"आँऽऽ !" उसने फटी-फटी आँखों रामसिंह को देखा।

"तू इस घर का दामाद नहीं, वारिस है बेटा। अल्मा का रखवाला। उसका साथी। तू डर क्यों रहा है ? रामसिंह काका को बुजदिल समझ बैठा क्या ?"

राणा काका को देखे जा रहा है, जैसे जी भरकर देख रहा हो। पुराने निशाने याद आ रहे हैं, छुरी फेंकना, कुल्हाड़ी से वार करना...

—काका, यह अंतिम मिलन तो नहीं ?

—राणा, मुझे किसी से मिलने जाना है, बहुत जरूरी है। तुम अल्मा का ख्याल करना। हाँ, किसी तरह का डर मन में मत लाना। यहाँ कोई नहीं आएगा। तुमने देखा होगा, मेरे पीछे इस घर में कोई नहीं आता। आता है तो बस मोघिया गुरु। या मरीज, जिन्हें मोघिया खुद सँभाल लेगा।

रामसिंह धीरे-धीरे राणा का कंधा थपथपा रहा था। इस तरह काका ने कई बार

कंधा थपथपाया था, कैसी फूल जागती थी मन में—आज वे ही हाथ कंधा छील रहे हैं। काका का यह दुमुँहापन माँ को पता होता तो वह उसे यहाँ भेजती ? काका जैसे लोगों को कितनी सुविधा है, दिखते हैं कुछ और, होते हैं कुछ और। तभी इनकी जिंदगी सुख में निकलती है। जुर्म करो और मुजरिम दिखो, कबूतराओं की यह साफगोई ही उनकी सजा का कारण है।

रामसिंह काका उठकर चला गया।

राणा अल्मा के सामने बैठा रह गया, एकदम शिला के जैसा गंभीर। बाहर फैले अँधेरे में आँखें गड़ाए हुए। उसे इस तरह चुप देखकर अल्मा ने धीमी आवाज में कहा, "खाना परसूँ ?"

आवाज थी कि कानों पर होकर गुजर गई, क्योंकि वह सोच रहा था, इस बारे में कल तय होगा। अल्मा के साथ मिलकर बात होगी। हिम्मत से काम लेना है। इस बाप-फाप से डरना नहीं है। डरते रहे तो वह डराता रहेगा, कभी आजाद नहीं होने देगा। रास्ता साफ करना है।

"परस दो," आवाज कुएँ जैसी गहराई में से आई। खाना किसे सुहा रहा है ? उसे तो एक पल भी यहाँ रहना नहीं भा रहा। कब भाग ले इस बूचड़खाने में से। रास्ते खुले पड़े हैं, यहाँ रुकने से अच्छा है, जिंदगी भर भटकते रहना। जागने के कारण खट्टी-कड़ुवी डकार आई। उल्टी न हो जाए, वह चुपचाप पनारे की ओर मुड़ गया।

थाली परसकर अल्मा पहले पिता के पास ले गई।

राणा को आश्चर्य हुआ, जान का सौदा करके कोई खाना कैसे खा सकता है ? या रामसिंह काका ने भी उसी की तरह, बस थाली जुठारने के लिए हाँ कह दी है ? अभी बची है इतनी हमदर्दी ?

राणा का सिर घूमने लगा, कै हुई नहीं।

अल्मा ने उसके लिए थाली परोसी। अपनी रोटी भी उसी में धर लीं। आज उसे न पिता की लाज थी न दहशत। राणा को लगा यह अतिरिक्त लगाव ही बाप-बेटी की चोरी खोल रहा है। राणा ने कौर तोड़ लिया और अपनी थाली में खाती हुई अल्मा को ऐसे देखा, जैसे वह उससे बहुत दूर जा रही है। वह भी पास नहीं आ पा रहा। तुझे मेरे साथ आना होगा, इतना विश्वास तो करती है न ? मुझे बहलाकर अविश्वास मत जगा। तेरे भरोसे यहाँ टिक पाया, तुझसे दूर रहकर कितने दिन चल पाऊँगा ? मोह लगा लिया, गुनाह किया। राणा की आँखों से बूँदें टपकने लगीं। थाली बारिश से भीग उठी।

अल्मा ने भी डबडबाई आँखों कौर वापस थाली में रख दिया। पानी का लोटा पास रखा था, राणा के सामने कर दिया।

बड़ी तकलीफ हुई, अल्मा के सामने रोकर वह धरती में गड़ा जा रहा है। घबराहट और दुख...पसीने से तर हो गया। ज्यादा कमजोर होकर अपमानित नहीं होना चाहता था।

●●●

उसे यहाँ से जाना होगा—राणा ने सोचा—अल्मा साथ चलेगी। जिस शान से डेरों से विदा लेकर आया था, उसी अदा से वापस जाना चाहता है।

नहीं तो लोग कहेंगे, अपना-सा मुँह लेकर वापस आ गया।

कहने का मौका नहीं देगा। उसका संकल्प कच्चा नहीं।

हो सकता है अल्मा रुके और रोके। नहीं, उसे कोई नहीं रोक सकता। तू साथ चलेगी मेरे ? यह पूछना किसे है। राजा रतनसेन की कथा याद आ रही है—बार-बार जोगी ही होकर तो आया था अल्मा, मैं तेरे लिए। पद्मिनी ने किसी राजा की तमन्ना नहीं की थी, जोगी के संग चली आई। ऐसा ही प्रेम है तेरा ? ऐसा ही होगा। न होता तो बिछोह सहना मुश्किल क्यों लगता ? अलग होने की बात पर जिंदगी के सारे रंग खून-खून क्यों हो जाते हैं ?

दोपहर तक उदास बैठा रहा। रामसिंह गोंती चला गया ! राणा के दिल में खून-खच्चर मचता रहा। कई बार मन भी समझाया, रामसिंह काका सरमन दूलन को फुसला नहीं सकता। अल्मा को बहका नहीं सकता। प्यार-दुलार में पली लड़की हिम्मत ज्यादा पा जाती है।

अल्मा काम निपटाकर उसके पास आ गई। धरती पर पास ही आसन बिछाकर बैठ गई। अल्मा के इस शांत रवइए से उसे चिढ़ हो रही है। मंद चितवन और गंभीर होंठों को देखकर उथल-पुथल मचती है। क्या इसके जीवन में ऐसे मौके आते रहते हैं ? वह अनभिज्ञ रहा अब तक ? यहाँ के बारे में ऐसा-वैसा कुछ सुना होगा, तभी तो दरोगा आराम से बेटासिंह के साथ चला आया। सच में क्या अल्मा इतनी तीखी नहीं, जितनी कि वह दिखती है ?

अल्मा पर विश्वास जमाना चाहता था, मगर डगमगाने लगता। न चाहते हुए भी केले के पेड़ के नीचे खड़ा हो गया, जिसके नीचे वह पहले पहल अल्मा के नजदीक आया था। आज वही याद बिच्छू की तरह डसने लगी। राणा तड़प उठा।

अल्मा पीछे-पीछे चली आई, देखकर उसे चैन-सा आ जाता था। आस भी सधी थी, कि रामसिंह की बेटी उसका मिजाज देखकर भी पीछे-पीछे है।

आकर वह सामने खड़ी हो गई। चेहरा तमतमाकर लाल हो रहा था। ठंड के मौसम में उसका दिल भभक रहा है, तभी न ऐसी हालत है। कपड़े भी मैले, सिकुड़े हुए...

"राणा, तुम क्या सोच रहे हो ? अंटशंट सोचकर बप्पा की बेइज्जती मत करो मैं सब समझ रही हूँ, इसीलिए कहने आई हूँ।"

उसका मन हुआ अल्मा के मुँह पर थप्पड़ जमा दे। किसने कहा था कि आकर सफाई दे ? किसने बोला इसके बाप के लिए अंटशंट। इसका पिता किसी को मरवा दे, हम कुछ सोचें तक नहीं !

"चलो घर। यहाँ क्यों खड़े हो ? रात से तुम्हारा दिमाग खराब हुआ है "

वह वहाँ से हटकर आगे जाने लगा। शायद केले के पेड़ों तक, क्योंकि अल्मा की बोली उसे छेद रही थी। उसे ही नहीं, उसके सारे अपनों को गोली मारने पर आमादा थी।

अल्मा ने बाँह पकड़ ली।

झटके से बाँह छुड़ाते हुए बोला, "छूना मत मुझे। मैं जल रहा हूँ।"

"जल रहे हो ? कि डर रहे हो ? कमजोर दिल के लड़के। न खून देख सको, न खून की बातें सुन सको। बप्पा ठीक ही कहते हैं—तुम घबरा-घबराकर दम देनेवाले हो। जिंदगी क्या फूलों की सेज है, तुम आराम से सोते रहो।"

"नहींऽऽ...फूलों की सेज नहीं। ठठरी है बस। बाँधो और काटकर जला दो। तेरा बाप गया तो है। गोंती डिकौली में जिंदगी खोजेगा। बेटासिंह मानकर काट देगा। खून का सौदागर। उसका धंधा यही है, अब समझने को बाकी कुछ नहीं बचा।"

अल्मा को काटो तो खून नहीं। अब तक चेहरा लाल था, क्षण भर में ही पीला पड़ गया। घुमेर खाई-सी अधखुली आँखों कैसे तो खड़ी थी !

उसने अल्मा की बाँह पकड़कर पूछा, "चलेगी मेरे संग ?"

वह ढहती हुई-सी जमीन पर बैठ गई। घुटनों पर सिर टेक लिया।

"जाऽऽ ! देख लिया। तू यहीं..."

अल्मा ने मुँह उठाया। पूरी ताकत लगाकर बोली, "देख लिया ! अच्छा किया। अरे क्या देखोगे तुम ? तुम्हारे पास आदमी को देखने की आँख ही नहीं।"

"आँख ! तभी तो इतना दुख पा रहा हूँ। पछता रहा हूँ। यहाँ क्यों आया था ? आया तो रहने क्यों लगा ? बाप-बेटी अपनी कौम को खत्म करने के पैसे वसूल रहे हैं। अच्छे खाने और कपड़ों की खातिर, सुख-सुविधाओं के गुलाम लोग !"

"अपने आगे किसी और को भी देखते हो ?"

"बाकी क्या बचा है ?"

"क्या देख लिया ?"

"तुम्हें ! तुम्हें देख लिया। तुम चल सकती हो मेरे साथ ?"

"हाँ। पर अभी नहीं। अभी वह समय नहीं।"

"ठीक है, तब चलना, जब बाप इनाम की रकम बाँटकर आ जाए या तुझे..."

"राणा !"

"हाँ क्या ? बोलो। पौर में मोघिया गुरु सोया है, धीरे बोलो," वह दाँती पीसता, मुट्ठियाँ कसता।

"राणा, याद है तुम्हें, बप्पा एक बार बारह दिन में लौटे थे। लौटकर बताया था; दो कबूतराओं को रिहा कराकर आए हैं। दो नहीं, वे एक ही कबूतरा को रिहा कराकर आए थे, जिसकी बेटी की शादी थी, बदले में उसकी जगह खुद हथकड़ियाँ पहन लीं। दरोगा को पैसे भरे, जिसने आगे पहुँचाए होंगे रुपए। ऐसा ही होता है। कभी-कभी नहीं, अक्सर ऐसे ही नाजुक मौके पड़ जाते हैं। कबूतराओं के साथ वह सब हो जाता है,

जिसका विश्वास कबूतरा भी न करे।''

''झूठ ! गंदा नाटक ! मैं इन बातों से पिघलनेवाला नहीं। तुम्हारे बप्पा ने मेरी पुरानी जिंदगी की बातें सुनी हैं, पर उन्हें यह नहीं पता कि रात मैंने नया क्या सुन लिया ? समझ लिया कि कसाई बकरा काटता है, वह घबराता नहीं, पर बकरा भी न घबराए, यह कैसे हो सकता है ?

''यह दरकिनार करने लायक बात नहीं अल्मा। और न अब हम इतने छोटे और नासमझ कि कुछ समझ ही न आए। तुम बाप-बेटी की इच्छाएँ बड़ी ऊँची और महँगी हैं। सरमन दूलन का नाम लेते हुए काका को राणा भी याद आया होगा। क्या फर्क पड़ता है, उनकी बेटी के लिए कोई और वर...लेकिन तुम ऐसी अंधी हो जाएगी, जानता न था।''

अल्मा बराबर रो रही है।

''तुम्हारे लिए हँसी कहाँ से लाऊँ, अल्मा ?''

आगे बढ़ आया, हाथ पकड़ लिया और बोला, ''तुम पर भरोसा अभी भी है, एक वादा दो।''

अल्मा ने चेहरा उठाया।

उसने हाथ छोड़ दिया तो अल्मा बोली, ''कैसा वादा ?'' आवाज में दर्द था कि बेरहम राणा भी समझ ले कि वह कितनी-कितनी परेशान...सिर नीचा किए खड़ी रही फिर।

''मुझे बाहर निकाल दो।''

''बाहर ?''

''हाँ, मोघिया गुरु पौर में सोया हुआ है। कुछ पूछेगा। तुम्हारे बप्पा भी जानकारी लेंगे। क्या कहोगी ? बोल देना रूखरी लेने गया है। मेरी खातिर झूठ बोलना होगा।''

''झूठ ! झूठ क्यों ?''

''तुम सब जानती हो, फिर भी अनजान बनती हो, गुस्सा बहुत आता है मुझे।''

''कब तक के लिए ?'' काँपता स्वर था, जो अल्मा की आवाज का हिस्सा न था।

''सदा सदा के लिए।'' राणा कहते हुए हाँफ रहा था।

गूँगी हो गई अल्मा, बहरी हो जाना चाहती थी। राणा की कटारी जैसी आवाज ने सारा संसार छिन्न-भिन्न कर डाला। दर्द की हिलोरों ने कलेजा घेर लिया हो जैसे, वह बोलने की हालत में नहीं।

''मुझे तुमसे बिछुड़ना ही होगा अल्मा। संग-संग रहकर एक-दूसरे का बुरा करेंगे।''

गूँगी-बहरी लड़की निश्चल खड़ी रही।

''एक चुम्मा दोगी ? अपनी मर्जी से कभी प्यार नहीं कर पाया।'' जल्दी में बोले गए वाक्य के साथ हड़बड़ाते हुए बाँहें फैला दीं।

अल्मा की नजर जम गई। यह प्यार ? अलगाव ? कि पागलपन...? वह अनजाने-अनचाहे ही राणा के कदमों में झुक गई, ''तुम्हारे पाँव पकड़ती हूँ राणा...जाने का नाम

मत लो।'' कहते-कहते हिचकियाँ बँध गईं।

राणा ने अपनी खाली बाँहें समेट लीं। पत्थर जैसी सूरत हो गई। अल्मा ने अपना आँसुओं से तर चेहरा आगे कर दिया। गर्म लावे में डूबा चेहरा...

राणा का दिल कच्चा पड़ गया। ठोड़ी पकड़कर अल्मा की आँखों में झाँका। होंठों पर आग उमड़ आई। लपटें एक-दूसरे से गुँथ गईं। अल्मा का हाथ अपने हाथ में कस लिया। घबराहट सीना तोड़े दे रही थी। अल्मा के सीने पर टिका खड़ा है। क्यों छोड़ रहा है ? क्यों जा रहा है ? हाहाकार में दोनों पौर तक साथ-साथ आए। मोघिया गुरु की चारपाई के पास से निकलते हुए उसने अल्मा को अपनी ओर खींचा। पीछे मुड़कर देखा, कदम लड़खड़ाए।

अँधेरी पौर में अल्मा खड़ी थी, उसका हाथ कब छूट गया ?

●●●

बाहर अँधेरे में अकेले का संसार कैसा तो लगने लगा ! कहीं चोट नहीं लगी, मगर बिच्छू का-सा जहर बदन में उतरने लगा। वह चलता जा रहा था, जिद भी कम जहरीली नहीं, अँधेरे से टकराती हुई रास्ता बना रही है।

दहशत अँधेरे के साथ घिरती चली आएगी, उसने सोचा नहीं था। उसी डरावने रास्ते पर अल्मा की छोटी-छोटी सिसकियाँ भी पीछा कर रही हैं। उसके लिए उठती हुई सिसकियाँ ! भीतर से बल-सा मिला।

पीछे कोई आ रहा है ? रामसिंह काका ! नहीं, रामसिंह काका के हाथ कालिमा में लहराते हुए उसकी ओर बढ़ रहे हैं।

नहीं, कोई तो नहीं है। उसने ऊपर देखा, आसमान में आँसू की बूँदें सुनहरी होकर चमक रही हैं।

राणा ने सिर झटक दिया। बेकार का मोह। छल के फंदों में पड़ा कब तक छटपटाता रहता ? वहाँ साथी न सहारा।

नहीं यह पदचाप...पीछे जरूर रामसिंह काका है। हिम्मत बाँधते-बाँधते घिग्घी बँधने लगी। पकड़ लेगा तो जिंदा नहीं छोड़ेगा। भागने की नहीं, भेद लेकर भागने की सजा मौत से कम क्या होगी ? मौत आगे बढ़ी।

सच्ची में वह चारों ओर से घेरा जा रहा है।

भागने के पहले यह डर कहाँ था ? अब मौका पाकर उठता है और अकेला समझकर दबोचने लगता है। अल्मा साथ होती काश...! दहशत कायर हत्यारे-सी राणा के संग-संग चल रही है—दाएँ-बाएँ आगे-पीछे रामसिंह काका—अँधेरे में सफेद कुर्ते-पाजामेवाला मँझोले कद का आदमी !

गर्दन पर हमला कर रहा है ? पीछे मुड़कर देखने की हिम्मत नहीं...अँधेरे में अनेक आकार, अनेक छायाएँ ! कितनी फुर्ती से चला आया, अब साँस उखड़ रही है।

पगडंडी पर खड़ा हो गया। ताकत समेट रखी है। मगर भागे किधर ?

रामसिंह काका तो बचाने-सँवारनेवाला था, हमला करने की बात सोचेगा, कौन जानता था ?

उसने काली रात को चीरकर आगे बढ़ना चाहा, लेकिन नजर मुठभेड़ करने को तैयार नहीं। लड़ाई नहीं तो हार-जीत नहीं। हाथ आगे बढ़ाया ज्यों सामने आती हुई रामसिंह की परछाईं को रोकना चाहता हो। अरे ! रामसिंह की छाया तो झपट पड़ना चाहती है !

राणा भागा ! और भागा ! और भी भागा !

अल्मा का ध्यान करने लगा, सकून मिलता है, पर उसका ध्यान आते ही बिछोह का दर्द पिछियाने लगता है। किसे पता था कि उस गोरामछिया को इस तरह छोड़ना पड़ेगा, जिसमें अल्मा रहती है। वादा किया था—नहीं जाऊँगा। आज तोड़ आया कौल।

रास्ता कैसा ऊबड़खाबड़ है। धरती कहीं भी एकसार नहीं। मैं अल्मा की तरह काका की हिफाजत में भी तो रह सकता था। उसकी मदद की खातिर दूलन को भरोसा देकर मरवा सकता था। कितनी आसानी थी ! दरोगा और डाकू साथ खड़े थे। दुनिया भर के लोगों को मरवाकर भी मुस्कुरा सकता था। आजाद लोग, सरकारी अस्लाह के मालिक !

...लेकिन राणा के भीतर अपने ही गुस्से का बारूद भर गया...अब दूलन तब बच पाएगा, जब वह बचे। अल्मा को रामसिंह के चंगुल से तब छुड़ाएगा, जब खुद सही-सलामत रहे।

रात गहरा रही थी, पर चंद्रमा निकल आया। वह खेतों-मेंड़ों और झाड़ियों को पार करने लगा। कंकड़-पत्थरों से टकराया। ऊँची जगह समझी, नीचे धँस गया। माथा उठाकर चला, मुँह के बल गिरा। उठकर खड़ा हुआ तो देखा—पतली पगडंडी झाड़ियों में बिला गई। उसने सोचा—मेरे लिए क्या किसी ने पहले से रास्ता बना रखा था, जो उम्मीद कर रहा हूँ ? इस रास्ते आना बेकार रहा।

यह अच्छा हुआ कि डर-भय छूटने लगा। जानता था रामसिंह इस रास्ते आएगा नहीं। उसने तो इस गैल को देखा ही नहीं, बँधी-बँधाई गैल पकड़ रखी है। सीधे और आसान रास्ते चलना उसकी आदत हो गई है। वह अँधेरों में भटकने का कायल नहीं।

वह बेतवा की घाटी में उतर गया। चंद्रमा की रोशनी सहायक है। बाकी झींगुर, टिटहरी और लिड़इयों की आवाजों से बेखबर तेजी से चढ़ाई चढ़ने लगा। जंगलों में घूमनेवालों के लड़के को क्या डर ?

रामसिंह उससे पहले ही मड़ोरा खुर्द पहुँच गया तो ? सोचते ही पेट खाली-खाली-सा होने लगा। और पाँव वजनी। नस-नस कमजोर-सी होने लगी थी, बस जिद थी ऐसी ताकतवर कि डेरों की ओर चला जा रहा था। नींद में चलनेवाले आदमी की तरह न खत्म होनेवाले रास्ते पर बढ़ता रहा।

नदी, घना जंगल और गाँवों की दूर-दूर बसावट। कहाँ-कहाँ से गुजर गया ? मंदिरों और बुर्जियोंवाले गाँव पर दिन निकला था। नदी के पुल को पार किया तो पीले बोर्ड

पर लिखा था—ओरछा। राणा को लगा—जंगल फतह कर लिया। सनसनाती बनैली आवाजों पर विजय पा ली। अब किसी की कोई मंशा हो, परवाह नहीं। बसावटों में कैसी ताकत होती है !

आगे सड़क है। सीधी सड़क।

मगर सड़क नहीं थी, सड़क का भ्रम था। सिर पर दोनों हथेलियाँ जमाकर वहीं खड़ा हो गया।—कहीं मैं गोरामछिया के रास्ते पर ही तो नहीं पड़ गया ? मलिया काका सुनाता था—वह भटककर बीस दिन तक जंगल में घूमता रहा था। रास्ते पर पड़ता, रास्ता खो जाता। उम्र बीत गई रास्ता खोजते-खोजते...।

राणा के सामने एक पतली पगडंडी, सूरज की किरन-सी चमकी।

माँ ठीक कहती है—वीरदेव बालकों की अरज जल्दी सुन लेते हैं। लेकिन राणा को वहम होने लगा—रामसिंह की पूजा-उपासना कबूलनेवाले भगवान न सुन लें काका की अरज ? भगवान और वीरदेव में जंग छिड़ जाए। कौन जीते कौन हारे ?

वह दोनों के खिलाफ आगे बढ़ने की सोच रहा था। दूलन और सरमन को पलभर में समझा देगा। वे तुरंत मोर्चा साध लेंगे। करन मदद को आ जाएगा। फिर रामसिंह किस खेत की मूली है ? दरोगा की चतुराई और बेटासिंह की धमकियाँ धरी रह जाएँगी।

राणा ऐसे अनेक भ्रमों, अनेक विश्वासों के साथ आगे बढ़ता रहा।

बारह

राणा बस्ती में घुसा। मैले मुँह, फटे हाल...हाथ-पाँवों में चोटें-खरोंचें, जगह-जगह खून रिसने के लाल निशान। घायल तन-मन !

चौक में कोई न हो। अपनी हालत उसे पता है। सरमन मुखिया के सिवा किसी से भी मिलना नहीं चाहता, क्योंकि जो बात दबाकर लाया है, गैर के सामने उघाड़ नहीं सकता।

दूर-दूर तक सरमन न था। उसने बेचैनी और बेबसी को जोड़कर देखा तो आँखों में अँधेरा छा गया। रास्ते भर बस्ती का एक-एक आदमी याद आता रहा था। उसके साथ कौन आ सकता है ? अल्मा को बचाना जरूरी है, बस्ती को बचाना कितना जरूरी है।

अपनों की याद में रुलाई फूट रही थी, अब उन्हीं से बचना चाहता है। बदहाली भारी पड़ रही है, अल्मा घाव की तरह टीसती है। भीतरी दर्द की लहरें चेहरे पर छाई हुई हैं। लोग उसको तमाशे की तरह देखेंगे। कौन-से लोग ? काका भाइयों से शरमा रहा है।

"रे राणा, क्या हुआ रे ? यह हाल किसने किया ?"

पीछे से दूलन काका की आवाज आ रही है।

राणा चुप। थोड़ी हिम्मत भी आई। इस काका को कौन पछाड़ सकता है ? फिर भी बेटासिंह का चेहरा आकर दूलन के चेहरे में मिल गया। कच्चे दिल का दूलन काका, विश्वास में आकर जान गँवा बैठेगा।

राणा निचला होंठ कुचलता रहा।

"रे तू रामसिंह ने मार-पीटकर भगा दिया क्या ? पहले ही कहा था कदम भौजी से, पर वह हठ की पक्की। यहीं रहना अब, मंसाराम और केहरसिंह को देख चमन बो रहे हैं। रामसिंह साला पढ़ा-लिखा चोट्टा।" दूलन बराबरी पर चल रहा है।

माँ ! माँ सामने आ गई।

"राणा ! रे तू कहाँ ?" मुँह खोले पुतली-सी खड़ी है।

राणा ने माँ के गले में बाँह डाल दी। आँखें भीग आईं। अम्मा ने उसे छाती से लगा लिया, उसकी धौंकनी-सी चल रही है जैसे कहीं से भागती हुई आई हो माँ।

कदमबाई कंधा थामकर ले जाने लगी कि राणा तेज चलता हुआ डेरे में दौड़कर

पड़ा। "रे क्या हो गया ?" कदमबाई पीछे कहती हुई रह गई।

अब वह था और डेरा था। छाँह पनाह शरण...

●●●

बेटे की लुटी-उजड़ी हालत देखकर कदमबाई का कलेजा चटकने लगा। आँखों में चिंता बाढ़ की तरह लहरें मार रही है।

"राणा ! बेटा, क्या बात है ?" कहकर पीढ़ी बिछाती जा रही थी और पेट लफ रहा था।

तुरंत लोटा भरकर पानी ले आई, "हाथ-मुँह धोकर पी लेना। किसी से लड़-झगड़ आया रे ? खबर तो कर देता। ऐसे अचानक ! रे पाँव में क्या लगा ?" उसने टटोलकर देखा तो राणा ने कराहकर पाँव हटा लिया।

माँ की भीतरी तहों में टीस उभरी हो जैसे, होंठों पर दर्द की तसवीर छप गई।

राणा की आँखों में आँसू। अठारह वर्ष का बेटा, छोटे बच्चे की तरह रोता है। तीन-चार वर्ष के बनवास के बाद आया है, या कोई अपनी छाती की कसक...?

तभी द्वार खोलकर सरमन भीतर घुस आया। दूलन पीछे-पीछे था। तीन-चार आदमियों के रहते ही डेरे में भीड़-सी मच गई। और सरमन को पीढ़ी देना भी भूल बैठी कदमबाई। वह तो बेटे के मुँह के अलावा देख ही कुछ नहीं रही। बेटे का दुख उसका दुख और तौहीन...उसका बस चलता तो राणा के आने का पता तक न चलने देती। राजकुँवर की तरह भेजा था, भिखमंगे-सा लौट आया। रामसिंह के घर क्या खता बन गई ?

"री कदम, राणा आया है ?" भजनी जिठानी आ गई, खुरदा पीछे-पीछे। सरमन की औरत द्वार से लगी खड़ी है। कदमबाई दिल कड़ा करके बोली, "बीमार हो गया था।"

और लोग भी आए, कदमबाई ने द्वार बंद कर लेना चाहा। छोटी-सी बस्ती में बात कैसे छिपे ? सरमन मुखिया राणा से गुप-चुप कुछ पूछ रहा है। सब सुनना चाहते हैं।

राणा ने छह-आठ लाइनों में जो कुछ कहा, कदमबाई ने ध्यान से सुना।

दूलन पीला-सा पड़ गया। सरमन भी अकबक भूल गया। कदमबाई की टाँगें थरथरा रही हैं। राणा इस तरह बैठा है, जैसे हत्यारे आसपास ही हों। अब डेरे में दुख नहीं, दहशत फैल गई। सरमन अपने ही कत्ल की बात किससे कहे ? कबीले को बचाने वाले मुखिया को यमराज बेटासिंह का निमंत्रण आया है।

"रामसिंह अब कहाँ होगा ?" सरमन धीरे से पूछता है।

राणा 'नहीं' में सिर हिलाकर गहरी साँस खींचता है। कदमबाई को अब भी रामसिंह और बेटासिंह की मिलीभगत पर भरोसा नहीं होता। आदमी कितना ही क्यों न बदल जाए, एक अंश पहला भी कहीं बचा रहता है। फिर भी लग रहा था, वह पागल हो जानेवाली है। यह बात छिपेगी नहीं। सरमन तो पहले ही रामसिंह का चेहरा देखते बिदकता था। अब अपनी खैर मनाना बाकी है। राणा सालों-साल वहाँ रहा, ऐसा कुछ

नहीं जान पाया। रामसिंह कितना गहरा संबंध मान रहा था, सबकुछ ऊपरी निकला ऐसा ही भरोसा जीवनभर चलता रहता है ? कदमबाई का विश्वास डगमगा गया। उसे हर चीज झूठी लगने लगी।

"रामसिंह जैसे आदमी ने किन लोगों से नाता जोड़ लिया," कहकर सरमन व्यंग से हँसा। हँसता हुआ चेहरा कैसा पीला खौफजदा लग रहा था। कदमबाई ने सोचा—अपनी तकलीफों पर आदमी हँसता है तो मुँह ऐसा ही हो जाता होगा। उसका चेहरा भी सरमन से अलग नहीं।

राणा ने टूटते स्वर में कहा, "काका, मैं तुम लोगों के कारण भागा।"

सरमन पुतले की तरह सिर हिलाने लगा, जैसे उसके शीश पर मौत नाच रही हो।

"इसकी चर्चा किसी से न करना बेटा," कदमबाई ने राणा को सावधान किया।

"हाँ, ठीक कहती है माँ," दूलन बड़ी मुश्किल से बोल पाया।

फिर सरमन ज्यादा देर रुक नहीं पाया। सदा खतरों से दो-चार होनेवाला मुखिया इस कदर डरता हुआ...कदमबाई ने पहली बार देखा था। खतरों से खेलनेवाला दूलन आज थर्रा गया ! वह तो मौत से मसखरी किया करता था।

ठेके की दुनिया में सुरक्षा है। रोजी-रोटी का जुगाड़ है। खतरों से दूरियाँ हैं। कहीं इसी कारण दहशत ने तो नहीं दबोच डाला ? क्या अब हमारे ऊपर दूसरी तरह के डर-भय चढ़ आएँगे ? कदमबाई के मन में तरह-तरह के सवाल उठने लगे। और बाहर खड़े लोग भीतर आने लगे।

●●●

"राणा, अल्मा का क्या हाल है ?" कदमबाई तह में जाना चाहती है। पिछली बार राणा बता रहा था, वह दुखी रहती है। रोती है। जबकि रोने का कोई कारण नहीं। अल्मा के बारे में सोचकर कदमबाई को ऐसा लगता रहा है, जैसे अपने बारे में सोच रही हो। उसकी दादी भूरी कदमबाई के आगे-आगे चली है सदा। दादी का अंश नातिन में कुछ तो होगा ही। कहते हैं कि तीसरी पीढ़ी पर दादी-दादा का असर ही आता है।

कदमबाई इतनी दूर बैठी अल्मा के दुख का मरम क्या समझे ? पर इतना जरूर समझती है कि मर्द किसी औरत के रोने का मतलब नहीं समझ सकते। उनके चलते औरत का रोना कुत्ते के रोटी उठा ले जाने पर रोने जैसा होता है। तभी तो राणा उसे छोड़ आया, वह भी तो मर्द ही है, मेरा बेटा है तो क्या ?

माँ ने उदास होकर बेटे को देखा। राणा बोला, "अम्मा, मेरा आना तुझे अच्छा नहीं लगा ?"

"अपनी अम्मा के पास भागकर आ गया और पूछता है कि माँ को बुरा लगा ? तू इस बात को अपने ही दिल से पूछ।" कदमबाई रोने लगी।

"राणा रे, मैं रामसिंह के जल्लादी रूप पर परतीत नहीं कर पा रही, सो तुझे खफा-खफा लग रही हूँ। एक बार को अपना फैसला भी खिझा रहा है—रामसिंह के सुख

साके लुभिया गए सो अपनी खुद्दारी खत्म कर बैठी !''

कदमबाई अपना कसूर कबूल करके कुछ हलकी-सी हुई।

साँझ हो गई थी। अँधेरा होने से पहले कुप्पी जला दी। उसी उजाले में देखा—राणा का भक्भक् करता चेहरा ! भिंचे हुए होंठ। नुकीली तनी ठोड़ी और जलती आँखें। बिखरे बाल !

वह सरमन दूलन और अपनी मौत का सामना कर रहा है ? कि खुद को ताकतवर मानकर रामसिंह को ललकार रहा है ? जिन रूपों को यहाँ छोड़कर गोरामछिया गया था, वे ही ओढ़-पहन लिए ! आदमी कितना ही कहीं भागे, वे रूप पीछा नहीं छोड़ते। गुनियाँ के सामने और कुत्ते से घायल होने के बाद राणा रामसिंह के दिए जिरहबख्तर पहनकर आएगा, वह सोच रही थी, पर बेटा तो मगज में बारूद भरकर लौट आया !

सज्जन आदमियों के यहाँ हथियार और हत्या का क्या काम ? राणा कह रहा है, ''अम्मा, सुन ले, मैं उस हत्यारे की बेटी से ब्याह कभी नहीं करूँगा।'' वह पूरे प्रण के साथ सिर हिला रहा था।

कदमबाई मंसाराम और केहरसिंह की सोहबत में रहती है, पर अपनी वंशवेल के चलते कबूतरीपन से अलग नहीं...यकायक दिल उमड़ आया। कैसे कहे कि बेटा मैंने तू उधार-सुधार का बिरवा रोपा था, अपनी डँगारें तोड़ने पर आमादा हो गया !

''अम्मा, तू रो रही है ! हाँ तुझे रोना तो पड़ेगा। तेरी कुनबी-कथा को मैं झूठ मानता था, अक्षर-अक्षर फल रही है। एक-एक मारा जाएगा। राक्षस जाग उठा है। खाना-दाना माँग रहा है। आज सरमन, कल दूलन, परसों मैं, नरसों गोमता...बस इसी तरह आहार पूरा होगा। बेटासिंह की तरह किसी न किसी डाकू, किसी न किसी मुजरिम का नाम एक-एक कबूतरा के माथे पर खोद दिया गया है। बस, गोरामछिया में जो एक रात काटी, उसमें यही सोचता रहा—किसी तरह यहाँ से भागूँ और अपने लोगों की जान बचाऊँ। जिन देवताओं को कभी पूजा नहीं, उनको भी मन ही मन मनाया। अल्मा समझ रही थी, उसके आँसू देखकर मैं थम जाऊँगा, पर जिसे जाना हो, उसे कौन रोक सकता है ?

''अम्मा, अल्मा क्यों रोक रही थी ? तू बता सकती है ?''

''क्या बता दूँ राणा ? तेरे ऊपर कोई भरोसा होगा या अपने लिए कोई चिंता। दो ही बातों के चलते कोई किसी की बाँह पकड़ता है।''

कदमबाई को मन ही मन रामसिंह पर गुस्सा आया—कैसा आदमी है ! माना कि नए जमाने की बातें करता है, पर ब्याह नहीं करना था तो लड़के को घेरकर डालने का क्या मतलब ? पास-पास रखकर बालकों को तरसाने में उसे क्या आनंद आ रहा था ? अल्मा कहीं इसी बात पर ही दुखी हो रही हो, ऊपर से डकैतों का आना-जाना और लगा लिया। उसे तो लड़की की चिंता रहनी चाहिए थी। ब्याह करके अपने फरज से उनन्तर होता। पर वह तो हमारे जाने पैसे-रुपए के फेर में पड़ गया। यह नहीं जान रहा कि राणा बरबाद हुआ तो अल्मा भी कैसे आबाद होगी ?

●●●

कदमबाई के मन में एक बड़ा पछतावा है, समय चूकने का पछतावा। आदमी समय की धार ठीक से परख ले तो जो काम बिगड़े हुए लगते हैं, वे ही बुद्धिमानी के लगें। बेवक्त का होना ही तो बुरा लगता है, नहीं तो जो होना है, वह तो होना है ही।

यही राणा तब बुला लिया होता, जब मंसाराम ने ठेका खोला था। पर कदमबाई ने धंधे और व्यापार की दुनिया से, विद्या और ज्ञान के संसार को सदा ऊँचा माना है। धंधा भी दारू-मद का धंधा ! परमिट मिल गया तब क्या वह गंगाजल की तासीर पा गया ? राणा इससे दूर ही रहे तो अच्छा। केहरसिंह ने समझाया था उसे—अरी, रामसिंह ही कौन-सा राणा को वेदपुरान पढ़ा देगा, है तो वह कबूतरा ही। और फिर आजकल वेदपुरानों की कीमत कौन दे रहा है ? सबको इसी गैल जाना है। शुरुआत यहीं से करनी होती है। रास्ते में झाड़झंखाड़ भी मिलते हैं, आदमी कभी बचकर निकलता है, कभी उलझकर सुलझता है। फिर रास्ता बना ही लेता है। ऐसा रास्ता, जो सबके लिए हो। बिना काँटे-कंटकों की राह।

कदमबाई के ऊपर रामसिंह का जादू चढ़ा था। दारू का धंधा नया होता तो शायद वह गौर भी करती। जानी-पहचानी गलियों के बारे में कोई बताए तो क्या नया लगे कदमबाई को ?

ठेका खूब चल रहा था, बिक्री में टोटा नहीं था। साथ में पान की दुकान और ढाबा, सोने में सुहागा।...तभी रात के समय हमला हुआ था। कुछ लोग सरिया और बंदूकें लेकर आए, सारी बोतलें तोड़ गए। शराब पानी की तरह बह गई। टीन उखाड़ दी। खपरैल उतन डाली। हाहाकार मच गया।

हमला करनेवाले लोग कौन थे ? कल्लू पनवाड़ी और फुल्लन ढाबेवाला सोच में बैटे थे।

अब तक मंसाराम और कदमबाई से खार खानेवाले लोगों में राजा काका के दिलीप का नाम सबसे ऊपर था, उसका सिखाया-पढ़ाया जोधा था। सौतिया डाह से जलती जोधा की माँ आनंदी थी। बैरियों की छोटी-सी जमात !

...लेकिन ठेका चलते ही, बिक्री ऊँची उठते ही, आस-पास रौल-चौल होते ही, शराब विक्रेता गोलबंद होकर ठेके की ओर बढ़े। सारे ठेकों का दुश्मन, मंसाराम का ठेका हो गया, क्योंकि ग्राहकों को मुरीद बनाने का अपराध करता जा रहा था।

कहाँ सोचा था, कज्जा लोगों की छाया में कबूतरा अपनी गुजर-बसर चलाते हुए बचे रहेंगे, पर किस काम को जुर्म कह दिया जाए, और कब कह दिया जाए, इस बात का भेद अब जाना। ज्यादा फलना-फूलना भी अपराध ही है, क्योंकि दूसरे मुरझा रहे हैं। इसलिए जल रहे हैं। जलनेवाले तुम्हें भी फूँक डालेंगे।

बोतलों, दारू, खपरैल और टीन से ही बीती, झटका झेल लिया।

दूसरी बार आधी रात के बाद फावड़ों से हमला हुआ। केहरसिंह काम से झाँसी

गया था और मंसाराम को जोधा घर लिवा ले गया था, उसी रात आदर-भाव वश। आदर-भाव के बदले मिला अगला कोठा ढहा हुआ। मिट्टी-ईंटों के ढेर में बोतलें कहाँ, नमकीन की बोरी कहाँ ? गिलासों का पता नहीं।

व्यापारी, धंधेवाले लोग दुश्मनी पालें कि धंधे को आगे बढ़ाने की बात सोचें ? केहरसिंह में झेलने की ताकत डबल है। बचपन से उसने तपना सीखा है। आगे का कोठा फिर उठा लिया। अबकी बार बढ़िया सीमेंट से चिकनी दीवारें बनवाईं।

तीसरी बार केहरसिंह और मंसाराम को ही धर लिया। देखें हाड़ टूटे हुए कैसे उठेंगे ? वह भी बूढ़ेपन में। सोते में दोनों को खूब पीटा। घायल हो गए। सरमन और दूलन ठेके पर ही रहते थे, वे भी धुन दिए। चार लोगों पर अठारह लोगों की फौज टूटे तो कौन कितना बचे ?

केहर कराहकर बोला, "अब हमारी जिंदगी खास तरीके से चल रही है। अगर हम बैरियों की यह इच्छा पूरी करते रहें, तभी धंधा चला पाएँगे। चला नहीं, घसीट पाएँगे।"

मंसाराम अफसोस में बैठे थे, कदमबाई थकी-हारी-सी उनकी चोटों पर मरहम लेप रही थी। उसकी भीतरी तहों में घाव बन गए हों जैसे। टीसें उठतीं।

उन्हीं टीसों से होती हुई एक बात दिमाग तक आई। वह कैसे भूल गई कि अपने भीखम गोमता सरीखे लड़के अठारह तो क्या, छत्तीस लोगों को चटका लेंगे। गुलेल चलाना, गोली चलाने से कम नहीं। वे किस दिन के लिए सिखाए थे ? उनमें जोश और जूझने का माद्दा है। केहरसिंह और मंसाराम की तरह सिर झुकाकर झेलते जाना वे गवारा न करेंगे। अकल और भइयाबंदी हर समय काम नहीं करती। विनय और ताकत का क्या संग ? कदमबाई के चलते गर्मी की अपनी अलग जगह है, ठंडेपन से काम नहीं चलेगा।

उन दिनों जोधा भी पिता को नई नजरों से देखने लगा था, क्योंकि अब उसका मन जल्दी ही बाजार में फसल बेचने का न करता था। रोककर लाभ की ज्यादा कीमत तभी बसूल सकता है, जब गृहस्थी से लगे कामों को ठेके की रोजानावाली आमदनी से सहारा मिलता रहे। इसके लिए बाप की आँखों में जगह बनानी होगी। बस उसने एक साल की फसल में से कुछ बाप की रक्षा में खर्च करने का संकल्प ले लिया और एक पुरानी पिस्तौल का जुगाड़ कर दिखाया। मयलैसंस के, पिस्तौल की नुमाइश ठेके पर खड़े होकर करते हुए मुनादी की—आ जाओ सामने, एक-एक को भून दूँगा।

...लेकिन मुनादी कितने दिन गूँजती ? नया ब्याहा जोधा बहू और पिस्तौल को संग लेकर घर सोने पर मजबूर था। बाप मरे या जिए, वह वंश-बेल बढ़ाने में योगदान कर रहा था। साथ ही यह डर भी कि कहीं केहर पिस्तौल पर कब्जा न कर ले ? भभकी-धमकी से ही काम सध जाए तो अच्छा।

मंसाराम और केहर पूरे धुरंधर, पर थे तो पचास के आसपास। बाँहें सनसनाती पर कँपकँपाकर रह जातीं। देह संग नहीं देती तो बुद्धि पैनी हो जाती है। खतरों से खेलनेवाला केहरसिंह खतरों से बचने के उपाय न करे तो जीवन कैसे चले ? वह डींगें

हाँकता कि हौसला कुंद न हो।

"हम ताकतवरों के हलके में आ गए हैं मंसा। देख रहा है रोज-रोज की मुठभेड़ ?"

मंसाराम खिसियाकर हँस देते, "लड़ाइयाँ कमजोर और ताकतवरों की नहीं होतीं, ताकतवरों को कमजोर बनाने के मकसद से होती हैं।"

"अब साले पुलिस दरोगा के पास फरियाद ले जाओ तो वह न्याय-फैसला तो क्या करेगा, दोनों फरीकों की जेब झाड़ने पर लग जाएगा। धंधा छोड़कर थाने पर हाजिरी देते रहो।" केहरसिंह हाथ-पाँव तुड़वाकर हौसला जोड़ने की जुगत जुटाता रहता।

जैसी कि उसकी आदत है, कुछ सोचकर सेनापति की तरह जागा, "ताकत रहेगी और ताकतवरी भी। कदमबाई, समझा दे डेरों के लोगों को जवान पट्ठे रात में जोरू के पास सोकर हमें पिटवाते रहें तो सुख-सेज फिर कितने दिन की ? साले फिर पहली-सी मुफलिसी में आ जाएँगे। जाँघ में जोर नहीं रहेगा तो जोरू कुत्ते की दर पर न पूछेगी।"

कदमबाई को हँसी आ गई। दुख भरी हँसी।

"मेरे मुँह की बात छीन ली केहरसिंह। पर सरमन औंधे मगज का आदमी, बिरादरी वालों का खौफ खाता रहता है। मुखिया का ताज क्या पहन लिया, जिंदगी डर-डरकर निकाल ही नासिया ने। अब देखो कि अपने भले की बात सुनता है या नहीं ?"

"कदमबाई, यही ठेका सड़क पर होता तो साला कोई हमसे हाथ लगा सकता था? यह रास्ते से दूर खेतों के बीच है, सुनसान में। एकांत में रहनेवालों पर हर कोई शक करता है। पुलिस भी हमीं पर इलजाम जल्दी लगा देगी। दरोगा यह नहीं मानेगा कि यह कोई मिठाई की दुकान नहीं, सो आदमी बेधड़क चला आएगा। आदमी को आदमी की निगाहों से बचना होता है। अब यह अंधेर ही समझो कि पीनेवाले सत्पुरुष माने जाते हैं और हम गुनाहगार। एक का मजा, दूसरे की सजा ! सरमन को समझा देना कि हम तो अपना ठेका पूँछ के बस स्टेंड पर भी उठा ले जाएँगे, तुम सप्लाई के लिए आओगे तो दिलीप के साले जैसे लोग, बीच में ही घेरकर गोपिकाओं की तरह तुम्हें लूट लेंगे।" केहरसिंह ने सारी उम्मीदें अपनी निगाहों में इकट्ठी कर लीं।

"देखो अब मानता है कि नहीं ?"

"डेरों पर मटके फोड़े जाते थे, ड्रम तोड़े जाते थे, लोग पिटते थे। उसके बदले अब हमारी बोतलें टूट रही हैं, ठेका फोड़ा जा रहा है। देह चकनाचूर हो गई। उसकी समझ में कुछ नहीं आता कि यह क्यों हो रहा है ? ठेका हमारा अकेले का है क्या ? सालो, यह कहो कि हम तो निमित्त बने सो हाड़ तुड़वा रहे हैं।"

"तुम लड़कों से काम ले पाओगे ?" कदमबाई असमंजस में थी।

"इसकी फिकर छोड़ो। मैं तो अभी पुलिस से भी काम ले लेता। वह हमारा संग इसलिए नहीं देगी कि हम कबूतराओं के हमदर्द हैं। उल्टे दुश्मन की निगाह से देखेगी। इसीलिए हम अहिंसा पर टिके हैं। पर अब लगता है अपनी रक्षा का भार खुद ही उठाना पड़ेगा।"

कदमबाई सोच रही थी, सरमन से इस बात को क्या कहकर छेड़ा जाए कि पहला ही जुमला उसे बाँधने में कारगर हो।

केहर अपनी गारंटी दे रहा था, ''इन लड़कों की अहमियत पर शक होता तो मैं इनका नाम लेता ? बेसहारा लोगों की दुनिया में बरसों रहा हूँ। बेअहमियत लोग ही अपना हित और अपने जैसे भाइयों का दुख समझते हैं। ये लड़के इतने नादान और उठाईगीरे किस्म के नहीं, जैसे कि समझे जाते हैं। उनकी नजरों में कितनी गहराइयाँ हैं, मैं रोज थाह रहा हूँ। मैं जो कहूँगा, वे मानेंगे। सिखाऊँगा, सीखेंगे। जिस रास्ते चलाऊँगा, चलेंगे। क्योंकि वे मुझ पर भरोसा करते हैं, जो उन्हें अब तक कहीं नहीं मिला। एक दिन लोग देखेंगे, उस टुकड़ी का मुकाबला कोई नहीं कर पाएगा।''

कदमबाई की आँखों में भी भरोसे के डोरे थे। वह जानती थी, मंसाराम को ठेका उजड़ जाने का इतना गम न होगा, जितना कि अपनी इच्छा का खात्मा हो जाने का।

''कदम, खुला खेल है अब तो। ये लड़के दुनिया की नजर में आएँगे। ये लोगों को पहचानेंगे। अपनी पहचान किसे अच्छी नहीं लगती ? पहचान से तो मरा आदमी जिंदा हो उठता है। ये जाँबाज और जवान लड़के हैं। हमारे पास हौसला है, पर जवानी कहाँ से लाएँ ?''

पुरानी नसों-सा अकड़ा तना कठिन कठोर सरमन मुखिया ! कदमबाई ही जानती है किस-किस तरह मनाया था। सबसे पहला सवाल तो उसने यही किया था—राणा को क्यों नहीं बुला लेती ? जवानी तो उस पर भी आ गई है। दूसरी बात कही थी—अपनी जाति के मुखिया लोग चींथ डालेंगे। सैकड़ों सालों से चली आ रही अबूझ बोली का भेद खुलेगा। बोली खुलने से आदमी भीतर-बाहर सब जगह से खुल जाता है।

कदम क्या जवाब दे ? दोनों ही बातें सही थीं।

कुछ न बना तो औरत की तरह आँचल पसार दिया, ''मुखिया, बच्चों को इसमें डाल दे। जो माँग रहे हैं, वे हमारी हिफाजत के लिए भी तो भागे चले आते हैं।''

''फिर धंधा ? चोरी-लूटपाट, सेंधखोरी ? शादी-ब्याह नहीं होंगे कदम,'' अपनी नाक टटोलते हुए बोला। सरमन हर बार उसका बोल बंद कर देता था, हर बार वह कुछ कहना चाहती, ''जिंदा रहें, सलामत रहें। खुलकर जिएँ। तब तो ब्याह की बात भी अच्छी लगती है। रस-रंग सुहाते हैं। बँधे-जकड़े लोगों के कैसे ब्याह ? लछमन की बहू का कैसा सुहाग ? मेरी भाभी के कैसे संजोग ? मुखिया, हमारी उमर दूसरा-तीसरा-चौथा मर्द करने में पूरी हो जाती है।''

''सोचने तो दे।'' मुखिया झल्ला गया।

ढीठ की तरह कदमबाई बोलती गई, ''अपनी ताकत के लिए किसी से पूछना है क्या ? हाथ-पाँव उधारी पर तो नहीं आए। न रेहन गिरवी धरे।''

''ठीक है, सुन लिया,'' सरमन कान बंद करने की हद पर आ गया।

कदमबाई खीझकर जिद्दिया गई, ''सदा मारे जाने की चिंता सताती रहती है। कभी लड़ने की बात भी तो सोचो। पुलिस आई, सरक गए जंगल में। ठेकेदार आए, भाग

गए खेतों में। औरतें पिटती रहीं, लड़ती रहीं। तुम हाहाकार सुनकर भी जान बचाए सिमटे रहे।''

मुखिया मौन खड़ा था।

कदमबाई की बात खत्म नहीं हुई, ''जब से ठेके पर दारू की सप्लाई लगी है, तीसों डेरों में चूल्हे जलने लगे। कज्जा लोग भी अब दूसरी निगाह से हेरते हैं। निगाह कटी-कटी हैं, आँखें जहरीली हैं तो यह मान लो कि अब हम उनकी बराबरी पर आ रहे हैं।''

सरमन ने लंबी साँस खींची। कदमबाई बोले जा रही है–

''जेल में पड़े सड़ जाते हो। तुमसे ज्यादा समझदार तो गोमता और भीखम हैं, केहर से घंटों बातें करते हैं। दोनों के दोनों आदर में मंसाराम और केहर के चरण छूते हैं। जोधा से राम-राम करते हैं। वे जानते हैं केहर ऐसा आदमी है, जो फँसने पर जमानत करा लाएगा। केस लड़ लेगा। फिर रकम देता आदमी किसको अच्छा नहीं लगता ? रकम भी चोरी-बेईमानी की नहीं, मेहनत और ईमानदारी की।''

सरमन ने जब से होश सँभाला है, वह मुखिया है। कदमबाई केहरसिंह के भरोसे की दुहाई दे रही है, तब क्या उसकी मुखियागीरी कमजोर पड़ गई ? परजा में से ऐसे दबाव कई बार आए हैं, सरमन ने सुनी सबकी, करी मन की। बस इसी नीति के चलते वह आज भी कबीले को छाती के नीचे दबाए हुकूमत कर रहा है।

बस एक महीना ही गुजरा था अभी–जखनवारा के सुनार ने गजब ढा दिया। सदा से चोरी का माल गलानेवाला सुनार चोर-चोर मौसेरे भाई जैसा रिश्ता कायम करके रख रहा था। भाईचारे का भरोसा, दूलन सोने की हँसली दे आया। रकम बाद में देने का विश्वास बाँधकर लौट आया। अन्यायी सुनार, हँसली गला ली और दूलन को पकड़वा दिया। हँसली हजम कर गया।

सरमन मुखिया एरच थाने भागा था। थाने की चौखट पर आँखें ही नहीं, अंटी भी रगड़ी, पर दरोगा बेरहम जैसे अपनी लुगाई और मताई का कौल खाए बैठा हो, टस से मस न हुआ। हवालात के बाद केस दर्ज होनेवाला था। सरमन ने अंतिम समय केहरसिंह का नाम लिया।

''कैसे जानते हो ?'' दरोगा की नरम आवाज पर सरमन का मुँह खुला रह गया।

''हजूर, वे तो हमारे परवरदिगार हैं। चाहो तो बुलाकर पूछ लो।''

जाने क्या तो नातेदारी थी, दरोगा ने उन्हें न बुलाया न पूछताछ की। दूलन को रिहा कर दिया।

प्रतापी आदमी ! पुलिस के रगरेशों का जानकार !

अपने गोमता के हाथों में चोरी की खुजली लगी रहती थी–लत की बात, जोंक की बराबरी ! सेसा गाँव में जाकर मेहतरों के तीन सुंगरा चुरा लाया। ढेरी में आकर बेच डाले। एट से कपड़े खरीदे, बाबू बनकर आ रहा था।

मेहतरों की शिकायत पर पूँछ-थाना चौकन्ना हो गया। गोमता दबोच लिया। सरमन

का इकलौता पूत गोमता। पूँछ का दरोगा खुन्नस मानता है, पहले से ही। कबूतरा से बड़ा अपराधी उसकी निगाह में डाकू और हत्यारा भी नहीं, क्योंकि वे शौकिया या मजबूरी में जुर्म करते हैं। पेशे की तरह नहीं। सरमन करे तो क्या करे ? उसे देखकर थानेदार और भड़क जाएगा। घर में औरत खाँड़ा बजा रही है—मेरे कलेजा का टूँक हवालात में, खाक है तेरी कबीलेदारी !

केहरसिंह कदमबाई के संग गया था, दलीलों की पोटली खोल दी—साहब, मेहतर लोग खुद को कबूतराओं से दो हाथ ऊँचा समझते हैं। संग सरकारी छूटें भी हैं। तीसरी बात यह कि गाँव की सीमा पर घर बनाकर रहते हैं। समाज में शामिल लोग ! उनकी साख के आगे कबूतरा कंजर कहाँ ?...पर जिसकी साख हो, वह झूठ न बोले, फरेब न करे, जरूरी तो नहीं...

गोमता के साथ जब केहरसिंह ठेके पर लौटा था, तो मुखिया की आँख झुक गई।

फिर जब डिकौली के कलारों से दारू बेचने के ऊपर मारपीट हुई और भीखम-खुरदा हवालात में बंद कर दिए तब समरन केहरसिंह को आगे-आगे लेकर थाने गया था। अपनी गाँठ से रकम खर्च करनेवाला कज्जा ! देवदूत !! असरदार आदमी !!!

कि डेरों के लड़कों को अपनी गाँठ में बाँध लेनेवाला केहरसिंह।

भीखम, गोमता, धनसिंह, रूपसिंह और सुंदरा। सरमन ने खुद कह दिया था—रे, केहरसिंह और मंसाराम को अपने धरमपिता की तरह लेखना। लोग ठेके को उजाड़ने का मंसूबा हमें उखाड़ने की खातिर बनाते हैं। ठेका केहरसिंह की ताकत है तो हमारी हिम्मतों का आधार है। मरते-खपते, पिटते-लुटते पीढ़ियाँ खत्म हो गईं। औरतें नंगी होते-होते तन ढँकने की आदत भूलने लगीं ! इंतिहा पर हैं अब हम। तुम लोग उनके संग-संग आगे चलो, बिरादरीवाले तो खुद चले आएँगे पीछे-पीछे।

पूरे ढाई साल से दारू की सप्लाई चल रही है। ऐसा भरोसा जागा कि उसे छोड़ने की इच्छा नहीं होती। पाँच लड़कों के पाँच यार आए—प्यारे मोघिया, वंशी कलंदर, रामरूप नट, लछमन साँसी और सुंदरसिंह औदिया।

खाना-पीना-वर्जिश ठेके पर होती, लोग देखते और कहते—केहर गुंडे पाल रहा है। पट्ठे तैयार कर रहा है...कहते-कहते उनकी जुबान जरा हलकी होने लगती।

केहरसिंह और मंसाराम कदमबाई को बिठाकर आपसी सलाह करते—हमारे पास थोड़ी-सी रकम है, थोड़ी-सी ताकत, औकात ज्यादा बड़ी नहीं। समझ लो कि उम्मीदों के छोटे-छोटे पौधे भर उग आए हैं। बस ये बचे रहें। मिलकर रहेंगे तो सबकुछ होगा। पुलिस को भी टुकड़ा डालते रहना पड़ेगा, वे हराम की खाने की लत पाल बैठे हैं। न मिले तो गुर्राते हैं, नजरंदाज किया तो फाड़कर खा जाएँगे। सरकारी स्याही और कागज उनके पास है, न मालूम तकदीर को किस तरफ पलट दें ? ताल ठोकनेवाले की खोपड़ी सरकारी रायफल की बट से फोड़ दी जाती है। सो अब इतना ही समझना है कि बच्चा भी अपनी ताकत का अंदाजा लगाकर चलना शुरू करता है।

कदमबाई जीतती चली जा रही थी, रामसिंह ने आकर टँगड़ी मार दी...तकदीर का

खेल ! राणा बेकीमत हो गया ! भीखम-गोमता को केहर अशर्फियों के बदले देने में आनाकानी करता है। माँ अपने बेटे को यही बात बता रही थी कि राणा तपाक से बोला—

"मनचाहे जुर्म कराने के लिए अशर्फियाँ नहीं, हीरे-मोती भी मिल जाएँगे अम्मा।"

"रे...नहीं। केहर ने पहले ही कह दिया है—मौत से लड़नेवाले हत्या नहीं किया करते।"

राणा नाक फुलाकर बोला, "ढोंग करने की भी हिम्मत है !"

कदमबाई ने बात बदल दी, "राणा, रामसिंह को क्या मालूम कि तूने उसकी बातें सुन लीं ?"

"उसकी बेटी को तो मालूम है। हाँ, वह मुझे अपने बाप से ज्यादा नहीं चाहती।" राणा अपना घुटना सहलाते हुए कह रहा है।

"छोड़कर तो चला आया बैरी !"

"वह संग आती तो मैं छोड़ आता ?"

केहरसिंह और मंसाराम के साथ डटी रहनेवाली कदमबाई राणा के तेवर देखकर डर रही है। यहीं गुस्सा क्या कम था ! ज्ञान पाकर नफरत सीख आया ? अब इसका विश्वास किसी पर नहीं जमनेवाला। अपनी माँ पर भी नहीं। पढ़े-लिखे सज्जन लोगों की कलई खुल गई या राणा के माथे से चैन की लकीरें पुछ गईं ? वह बेशर्म माँ की तरह पुटियाने लगी, "तू ठेके पर चल। मन बदल जाएगा। अकेला इस खोह से डेरे में घुसे-घुसे..."

"अम्मा, मुझसे कुछ मत कह।"

"हाय अन्यायी, मैं दब गई तो तू तन गया। कैसा निठुर हो गया है कि हिम्मत-हौसले की बात ही नहीं करता। लगाव ऐसा टूटा कि कंधे ही तोड़ता रहता है ! जो कुछ है उसका सामना कर। बचकर निकल जाना कहाँ की बहादुरी है ?"

वह आह भर रही थी, लेकिन आवाज में कमजोरी नहीं थी। राणा का स्वर भी अब बच्चे जैसा कहाँ, जो माँ की वर्जना से दब जाए।

"अम्मा, हम कहीं चले जाएँ, हमारा खून दूसरों के लिए है। उसके लिए जिसके पास ताकत है।"

•••

दिन भर सोना, कितनी नींद बाँध लाया राणा ? नित नए सपने देखना। उसके सपने कदमबाई की समझ में नहीं आते। ऐसी हालत क्यों होती जा रही है ? गोरामछिया जाकर पता किया जाए कि असलियत क्या है ? राणा कमउम्र लड़का जिंदगी की तहें-परतें परखना क्या जाने ? बात कुछ और हो, बहाना डाकू का हो। अल्मा का ही दबा-छिपा भेद पा गया हो। जवान लड़की के घर दस तरह के लोगों का आना-जाना...कबूतरा है तो क्या गुरेज करना नहीं जानता ?

अरे राणाऽऽआ ! पढ़-लिखकर जिंदगी फतह करने गया था, होश-हवास खो आया ! कहाँ से कहाँ जाकर जुड़ा, अगिया बैताल रूप हो गया। चुप रहकर माँ कब तक घुटे ? तेरी आवाज सुनने को तरसती थी, अब सुनते ही ठेस लगती है। रामसिंह मास्टर रहा है वह भी कैसे बदल-पलट गया ? हमारा नसीब ही बिगड़ रहा है बेटा...

माँ को परेशान देखकर उठकर बैठ गया राणा। विचारों में खोया-सा, फिर अजीब-सी कड़वी मुस्कान होंठों पर फैल गई, जैसे कदमबाई का ही मखौल उड़ा रहा हो और धीरे-धीरे चेहरे पर बदहवासी घिर आई।

कदमबाई को बड़ा अपमान-सा लगा और गुस्सा भी आया। पछताई भी—मैं इसी लड़के की बाट निहारा करती थी ? सत्यानासी उसी रामसिंह के मुँह पर क्यों नहीं थूक आया, जो जहर यहाँ भर लाया है।

राणा का चेहरा पसीने से भीगा था, जबकि सर्दी के दिन थे। उसकी हालत देखकर माँ का कलेजा पिघलने लगा। मेरा बेटा इतना बुद्धू नहीं कि रामसिंह की चालें न समझे। उसकी चालाकियाँ किस सीधेपन से पकड़ लीं। पुलिस के सिपाही होंगे इतने होशियार ?

अचानक कदमबाई डर गई, जब देखा कि राणा हँस रहा है !

बेटे के पास आकर उसके सिर पर हाथ धर दिया। शायद परख रही थी कि वह किसी हादसे भरे सपने में तो नहीं। उसका हाथ राणा को ही छू रहा है न ? बेचैनी थोड़ी धीमी पड़ी। पीठ पर हाथ धरकर बोली, ''राणा रे, तू मुझे सता रहा है बेटा कि तेरा जी चैन में नहीं ?''

राणा अपनी मुट्ठियाँ कसकर, दाँत पीसकर बोला, ''रामसिंह को पीसकर धर दूँगा। आए तो सही यहाँ। जान से खत्म करके मानूँगा, भले फाँसी चढ़ जाऊँ। धरती का बोझ तो कम हो जाएगा। अम्मा, तू मेरे सिर पर हाथ धरकर असीस दे। देखना कि एक दिन दुनिया पलट डालूँगा।''

वह लड़खड़ाता-सा उठकर खड़ा हो गया।

ओढ़नी का छोर होंठों से लगाए कदमबाई रुआँसी खड़ी थी। उसको पति की याद आई। भूखा मरा, दूसरों की मार खाई। बच्चे की तरह रो दिया, पर मनहूसियत नहीं फैलाई। राणा भरपेट रोटी खाकर, ढंग के कपड़े-लत्ते पहनकर और पोथी-किताब पढ़कर तन-मन के होश-हवास भुलाए है। कितना कमजोर लग रहा है ! हरामी बेटासिंह धरती फोड़कर रामसिंह के घर में ही प्रकट होना था ! राणा को देखना ही था ? सौदेबाजी सुननी ही थी ? यह कहो कि हमारी तकदीर फूटनी थी। यहाँ मेल-जोल की बातें हो रही हैं। एक हो जाने के मंसूबे बँध रहे हैं, यह अभागा मौत-हत्या की बात सोच रहा है ! तोता और बुलबुल के मरण पर रोनेवाला राणा...अब इंसान का बैरी हुआ है !

''अम्मा, वह दरिंदा आए तो उसकी ऐसी बेइज्जती करनी है कि फिर यहाँ मुँह न दिखा पाए। कोड़ा मेरे हाथ में थमा देना। बेरहमी सीख गया हूँ।'' राणा का निचुड़ा-सा चेहरा अब खून से लबरेज हुआ तमतमा रहा था। होंठों पर मूँछें बड़ी-बड़ी होतीं तो वह डाकू से ज्यादा भयानक लगता। जल्लाद तो लग ही रहा था। क्योंकि कदमबाई बड़े दिनों

से शांति और सकून के गीत ठेके पर सुन रही थी जो राणा को माँ का निकम्मापन लगने लगा।

"अम्मा, तू सुन रही है न ? कि अब मेरी तुझे कोई चिंता ही नहीं ?" उसकी आवाज अचानक कमजोर पड़ गई। वही चेहरा जो उबाल खा रहा था, ऐसा हो गया जैसे राणा डेरे में दिन काट रहा हो, किसी तरह।

कदमबाई की अंदरूनी तहों तक समाई शांति सूखने लगी।

मेरा बच्चा खा-पीकर मजबूत-सी देह और अच्छे लत्ते पहनकर जँचाऊ-सा लगता था, सो मैं उसे डेरों से अलग करके देखने लगी ? भूल गई कि जिन चीजों के लिए हम जद्दोजहद कर रहे हैं, राणा को वे उधारी पर मिली थीं। खाने-पीने का आराम दूसरों की अय्याश लीला के कारण था। रामसिंह अपनी जागीर कैसे बना बैठा, अब यह भी कोई सोचने-पूछने की बात रह गई है ? अल्मा से ब्याह हो भी गया होता तो भी मेरा राणा सुखी न रहता। उसे विद्या से लगाव था, तब क्या पढ़े-लिखे खूनी दलालों में रहना रास आ जाता ?

अच्छा हुआ भाग आया ! अल्मा तो उसे ताउम्र कब्जे में रखनेवाला रुक्का हो जाती। अपनी बिरादरी में ब्याह-शादी छूटते हैं, जब खान-पियन और गुजर-बसर को औरत मोहताज हो। मर्द खा-पीकर उजले लत्ते पहने, दुख तो दूर, उसका तो कोई दुख ही नहीं माना जाता।

कदमबाई ने सामने बैठे चिंता के अतल में डूबे राणा की बाँह पकड़ ली और बोली, "रामसिंह किसी को मारकर खाता है तो तेरा क्या कसूर ? कसूर नहीं तो फिकर किस बात की ? वह अपना किया खुद भोगेगा।"

राणा सोच में डूबा हो और कदमबाई के स्पर्श से चेतना में लौटा हो, या उसका कहा राणा को चौंका रहा हो, ऐसा कुछ नहीं हुआ। शांत लहजे में माँ को सुना दिया, "अपना किया कहाँ भोगता है आदमी ? अपने किए का सुख पाता है। मंसाराम काका ने हमारे बाप को मरवाकर कितना भोगा ?"

कदमबाई क्या सुन रही है ? कानों पर विश्वास नहीं हुआ। आँखों में अँधेरा-सा छा गया।

अहसास ऐसा हुआ कि राणा ने जो तीर उसकी छाती में घोंप दिया, उसमें घुमावदार दराँती जुड़ी थी, कलेजा खींचे ले रही है। तो सबकुछ मालूम है पूत को। तभी वह जंग के गीत गा रहा है। गोरामछिया की ओर से रामसिंह और मड़ोरा खुर्द की तरफ से मंसाराम से घिरा माँ की छाती पर चढ़ बैठा है। और बेहूदगी के सबूत दे रहा है। इस राणा पर माँ भरोसा करे बैठी थी, जिसने दरसा दिया कि उसे कदमबाई की ममता पर रत्ती भर भरोसा नहीं। विश्वास कब टूट गया ? उसने आहट तक न होने दी।

दोनों चुप थे। माँ और बेटे को एक-दूसरे के चेहरे देखने की हिम्मत न थी।

कदमबाई के भीतर बहते सोते यकायक सूख गए कि खून को ऐसा लकवा मारा, देह का कोई अंग काम नहीं कर रहा। बेटे के मुँह से मंसाराम का जुर्म नहीं, जैसे अपनी

बदकारी खुली। गद्दारी खुली। माँ समझ गई कि उसमें इतनी बेरहमी क्यों आ गई है कि वह हर आदमी को ठेस पहुँचाना चाहता है। इसीलिए यहाँ के लोग उसे दुश्मन लग रहे हैं। वह सरमन दूलन को बचाने नहीं आया, अपनी जान बचाकर भागा है। क्या पता रामसिंह बेटासिंह के नाम पर इसे ही कुरबान कर दे ?

कदमबाई के सामने अचानक राणा का मुर्दा नाचने लगा ! उसके होशोहवास उड़ गए।

धीरे-धीरे कदमबाई को राणा अपने पाले में सच्चाई की धरती पर खड़ा लगने लगा। रामसिंह के लिए जो बातें कह रहा है, सच्ची हैं। नहीं तो वह इसे खोजता यहाँ आ न जाता ? सरमन-दूलन का नाम मौत पर लिख दिया है, तो राणा को अपनी जान का खतरा लगना लाजिमी है। मंसाराम से माँ का मन मिला है, पर जरूरी तो नहीं, यह बात राणा भी पसंद करे ? अब वह बड़ा हो चुका है। इतना बड़ा कि जब जवानी धीरज नहीं धरती, गुस्सा उगलती है। राणा के पास गुस्सा के कई मुद्दे हैं।

कहने को माँ ने इतना ही डरते-डरते कहा, "राणा, तू बहक रहा है।"

राणा ने चुप्पी नहीं तोड़ी। बस उसकी त्यौरियों में बल पड़ गए।

कदमबाई कुछ बोलकर अपना अपराध-बोध कम करना चाहती थी। इस हालत में उसकी साँस घुटी जा रही थी। अपने वर्षों के किए तप को वह राणा पर किया अहसान मान रही थी, पर बेटे ने उसे कड़वे फल की तरह चखते ही फेंक दिया ! बुझे चिराग के धुएँ-सा कदमबाई का चेहरा...। यह सोचते ही राख हो गया कि उसकी आँखों में जो आग है, वह मंसाराम के बापपने को ललकार रही है।

काश, वह रामसिंह के यहाँ जाकर कज्जा रहन-सहन में रिल-मिलकर कज्जा लोगों के खेलों की साजिशों को न पढ़ पाता। राणा वह नहीं, जो साजिशों-संकटों में से राह निकाल ले। बस इसीलिए राणा की माँ डरती है।

माँ की दशा पर वह न सहमा न पिघला। बल्कि ज्यादा तीखा हो गया, जैसे पिलपिले फल को चाकू छूते ही काट फेंकता है—अब अम्मा, तू मेरी बात समझेगी भी नहीं। तेरे लिए राणा को जिंदा रखना किसी लगाव को जिंदा रखना था, मैं जान गया हूँ। मंसाराम, जो मेरे बाप के जिंदा रहने पर ही तेरी जिंदगी में आ गया था। है न ? मैंने आज तक झूठ नहीं बोला अम्मा !

यकायक कदमबाई होश में आ गई, जैसे भयानक सपना देखकर आदमी चौंककर जाग जाता है। उसने क्या सुना ? राणा के चेहरे में क्या देखा ?

"बेटा, तू कुछ कह रहा था ?" कदमबाई की कराह निकल गई।

"नहीं," कहकर वह डेरे की उस कड़ीदार छत को देखने लगा, जो उसके गोरामछिया जाने के बाद मजबूत हुई है।

कदमबाई की जान में जान आई। उसके दिमाग में डेरों की, आनगाँव के डेरों की, नाते-रिश्तेदारियों के डेरों की, अनेक कबूतरियों की वे बातें मँडराने लगीं, जिन पर उन्हें सजाएँ मिली थीं। जिन्हें ब्याहता मर्दों ने, बापों ने, भाई ने मौत के हुकुम सुनाए

थे।...पर बेटों ने किसी माँ को सूली नहीं दी। यहाँ तक कि चाल-चलन पर कीचड़ तक नहीं उछाला। बस यहीं वे मर्दों की दुनिया से जुदा हो जाते हैं। कदमबाई तरह-तरह से अपना मन समझा रही थी।

तभी राणा का चेहरा उसे ऐसा शानदार लगा, जैसे उसके राजभवन का मालिक बैठा हो।

●●●

राणा को पलभर के लिए भी अकेला नहीं छोड़ती कदमबाई। बेटे को बेखौफ करते हुए वह खुद कितने डर से घिरी रहती है, उजागर कर दे तो राणा भी घबरा जाए। वह देखती है, राणा कहीं से अखबार ले जाता है, पढ़ता रहता है। कदमबाई पढ़ी-लिखी नहीं।

करन ने बताया कि राणा खोज-खोजकर डाकुओं के बारे में पढ़ता रहता है। करन ने अखबार दिखाकर उस जगह हाथ रखा, जहाँ लिखा था—लगता है पुलिस ने एक नया और आसान तरीका ईजाद कर लिया है, उन डाकुओं को मृत घोषित करना, जो जीवित हैं। इस साल पुलिस ने दावा किया कि उसने दस्यु श्यामबहादुर को, जिसके सिर पर पचास हजार इनाम था, मुठभेड़ में मार दिया है। पुलिस के इस साहसिक कार्य की खूब तारीफ हुई, लेकिन श्यामबहादुर गिरोह द्वारा अगवा किए गए लोग जब छूटकर आए तो उन्होंने बताया कि श्यामबहादुर बाकायदा जिंदा है। अब कोई बताए कि मुठभेड़ मे मारा जानेवाला श्यामबहादुर नहीं था तो कौन था ?

कदमबाई जिंदगी में कभी इतनी नहीं डरी। पति जब मारा गया तो उसके मन में एक फाँस थी कि उसने लल्लूराजा के घर चोरी की थी, चोरी भी डकैती जैसी। उसी फाँस के चलते कदमबाई का कंठ बंद हो गया और होंठ सिल गए।

आज राणा उसके सामने नंगा सवाल लेकर आ खड़ा हुआ—कौन-सा निर्दोष मारा जाएगा, माँ बता ? कदमबाई के पास इस सवाल का जवाब नहीं। कबूतरा और कज्जा लोगों में जो भेद चला आ रहा था, अब तो वह भी मिटा जा रहा है—मार-संहार में कोई किसी को नहीं बख्श रहा। अपनी लड़ाई फैलकर कज्जा लोगों तक जा पहुँची, नहीं तो केहर और मंसाराम को क्यों मारा-पीटा गया ? राणा को कैसे समझाए कि रामसिंह पुलिस के संग मिल गया है तो मंसाराम और केहर हमारे संग। सताए जानेवाले लोगों को मिलकर चलना है अब तो। तुझे इसी जमात में शामिल होना है।

राणा सबेरे ही तैयार हो गया। नहा-धोकर कपड़े पहन लिए। शीशा हाथ नें लेकर कंघे से माँग निकाल रहा था। दोनों ओर के बाल दो तरफ अच्छी तरह काढ़े। माँ के पास आकर कहने लगा, ''अम्मा, बड़ागाँव जा रहा हूँ।''

''बड़ागाँव ! सो क्यों ?'' कदमबाई चूल्हे की राख भरते हुए बोली।

''वहाँ से एक पिस्तौल लेनी है। गोरामछिया में एक आदमी आया करता था, उसने कहा था—तुम हमारे लिए काम करो तो हम तुम्हें हथियार दे देंगे। तुम समझदार और पढ़े-लिखे हो।''

''राणा !'' कदमबाई बेटे की निश्चयात्मक मुद्रा देखकर अपनी बात कहते हुए तनिक हिचकी।...लेकिन उसके भीतर की माँ नहीं मानी, कहने पर मजबूर हो गई, ''राणा, कौन कैसा निकले, तू परख नहीं पाएगा। कुछ दिन गम खाकर यहीं रह।''

''यहाँ मेरा दम घुटता है।''

''क्यों घुटता है ?'' कदमबाई बेटे के सामने खड़ी हो गई और उसका हाथ थाम लिया, ''सरमन और दूलन को मौत के मुँह में जाने से बचा लिया, तो भी दम घुटता है ?''

''उन्हीं के जैसा और कोई मारा जाएगा।'' राणा का उदास चेहरा अब पूरी तरह गमगीन था।

कदमबाई समझ गई, अखबार में पढ़ी बात का असर है। असर भी झूठा नहीं। खुद अपने कानों गोरामछिया में सुन आया है, लोग कैसे मारे जाते हैं ?

''पिस्तौल लेकर तू क्या करेगा ? एक पिस्तौल तो केहरसिंह के पास भी है।''

राणा की मुखमुद्रा अचानक बदल गई। बोली जरा खुली और कहा, ''दिला दे अम्मा। कम से कम रामसिंह का ही खात्मा कर दूँ तो अपने लोगों की मौत का दलाल मर जाएगा।...पर मैं जानता हूँ, केहरसिंह मुझे पिस्तौल कभी नहीं देगा।''

''क्यों बेटा ?'' कदमबाई की आवाज में सवाल से ज्यादा आश्वस्ति थी।

''तू नहीं समझेगी, क्योंकि तू उनको अपने से अलग करके नहीं देख सकती। हाँ, कुछ पैसे हों तो दे दे। जल्दी ही कमाई का कोई जरिया निकालूँगा। बैठे-बैठे कब तक रहूँगा, रहना भी नहीं चाहिए।''

''ठीक है, आज ले आऊँगी। दोपहर तक गम खा।''

''किससे लाएगी ? उन्हीं से ? उधार ?'' वह तुनक गया। चेहरे की नसें तन गईं, अब उससे ज्यादा कठोर कोई न था।...''नहीं, मुझे नहीं चाहिए।''

कदमबाई सिटपिटाई-सी देखने लगी। बड़ी कोशिश के बाद राणा के सिर पर हाथ फेरा, जैसे बहुत अधिक डर गई और बोली, ''वहाँ उधार कैसा ? हम सबका हिस्सा रहता है हिसाब में।''

हिस्सा शुब्द सुनते ही तड़प उठा राणा। माँ ने ही कलेजा चीर डाला हो जैसे, रुआँसे स्वर में कहने लगा, ''अम्मा, ये लोग हमें हाथ फैलाते देखकर खुश होते हैं। दाता बनकर रामसिंह कैसे मालिक बना हुआ था ! मेरा हिस्सा इनमें कभी नहीं होगा, मुझे इनमें शामिल मत कर। मैं जो करूँगा, अपने दम पर करूँगा।'' वह बिफरने लगा।

कदमबाई को लगा, राणा हद से बाहर जा रहा है, उसके वश के बाहर ! क्या करे ? कैसे सँभाले ? एक क्षण के लिए तो जैसे धड़कन रुक गई। जवानी क्या इसके ऊपर 'बला' की तरह उतरी है ? उम्र का जोश चढ़ता है तब क्या अवज्ञा करने की नीयत भी हो जाती है ? या अपने कंधों पर ऐसा अभिमान हो जाता है, जो कंधों को ही तोड़ ले ? राणा क्यों नाश की ओर बढ़ रहा है ? वह अकेला इस तरह जाएगा तो माँ के लिए कहाँ जगह है ? इसके पिछले डर-भय अब अंधे होकर पागलपन होते जा रहे हैं ?

धीरज धरना जानता नहीं। न वहाँ देखा, न यहाँ देख रहा। चाहता है एक दिन में ही सारा कुछ बदल डालेगा। कदमबाई धीरज धरते-धरते हलकान हो चुकी, राणा कहीं जमने न देगा।

कहाँ इसके चेहरे पर ही सारी दुनिया दिखती थी, माँ कैसी नादान होती है, नहीं जानती कि बेटा पीठ फेरेगा तो उसे प्रलय दिखाई देगी।

राणा बाहर निकल गया। कदमबाई उसकी लंबी देह देखती रह गई।

कदमबाई डेरे में अकेली जी भरकर रोई। कभी खुद को कोसा, कभी मंसाराम को गालियाँ दीं और कभी उस रात की बेला को अपशकुनी मानकर सबकुछ भाग्य के हवाले करती रही, जिसमें राणा के जन्म का बानक बना था। कदमबाई न खुद को माफ कर सकी न मंसाराम को...राणा पर तरस जरूर आया, नादान बहक-भटककर बरबाद हो जाएगा। उसका संसार भयानक रूप से बदला है, तबाही तो होनी ही है और देखने के लिए कदमबाई को जिंदा रहना है।

●●●

कदमबाई की बेचैनी इंतिहा पर आ गई।

राणा मड़ोरा खुर्द क्या आया, अफवाह फैलानेवालों की बन आई। जिन सरमन-दूलन की जान बचाने की खातिर गोरामछिया से भागा था, उसी दूलन की जान जाए, पर आदत न जाए। डेरों पर जिसके पास बैठता, मौत के डर से उसे ही अपनाना चाहता। अपनाने के लिए कुछ तो देना ही पड़ता है, भले अपना पसीना हो, खून हो या पैसा। दूलन के पास अपना कुछ नहीं, जैसे सब रामसिंह ने कब्जे कर लिया हो। सो बस वही भेद अपनी पूँजी बना लिया, जो राणा ने दिया था। दूलन जिसके भी नजदीक आता, कान पर मुँह धरकर कहता, "भाँतू रे, एक बात कहूँ ? बताएगा तो नहीं किसी को ? खा माँ-बाप का कौल। वीरदेव का कौल। गंगा मइया का कौल।"

"खा लिया, ले।"

"सुना है गोरामछिया के रामसिंह के घर बेटासिंह डाकू आने लगा है। उसकी रक्षा में पुलिस आती है। रामसिंह के सामने सौदेबाजी होती है—आदमी का शीश और रकम बराबर-बराबर !"

"आता है तो आने दे। तेरा क्या लेता है ? डाकुओं के संग पुलिस नहीं आएगी, तब क्या भड़भूजा आएँगे ? लाखों रुपयों की बराबरी पर शीश हलका बैठेगा। तुलता है ? अचम्मा ही समझो।"

दूलन की बातें पतंग की तरह उड़ीं। कदमबाई कटकर रह गई।

कोई कहता—रामसिंह ने उरई थाने फोन मिला दिया कि राणा कबूतरा हमारा भेद ले गया। भेद खुल सकता है। बस, दरोगा ने एस.पी. को खबर कर दी—मामला बिगड़ रहा है। एस.पी. ने हुकुम दिया—मुट्ठी भर कबूतरा, सबको हिरासत में ले लो।

"भाँतू, रे भाग लो।"

''नहीं, ऐसा कुछ नहीं हुआ। थानेदार ने भीतरी तौर पर औडर निकाला है कि सिपाही लोग कुछ दिनों के वास्ते बेटासिंह से छिपे रहें। दरोगा भी अफीम खाकर थाने की किवाड़ों पर ताला डालकर सोया रहेगा। डाकू ससुरा रोज-रोज मुठभेड़ करने की जिद करता है। पर आई.जी. नहीं माने, कहने लगे चुनाव से पहले बेटासिंह का मुठभेड़ में मारा जाना, हमारे जिंदा रहने की निशानी है।''

''क्यों ?''

''पुलिस हर 'क्यों' का जवाब नहीं देती। सैटप ! पुलिस के अपने कानून होते हैं, दरोगा सवाल पूछेगा तो बरखास कर दिया जाएगा।''

कुछ कबूतराओं ने मोघिया और कलंदरों में हल्ला कर दिया—राणा में देवता का अंश है। वह डाकू, पुलिस और मुखबिरों को धता बता आया। दो सिपाहियों को घायल कर दिया।

यह चमत्कार सुना सो दातारनगर के कबूतरा राणा पर चढ़ोतरी चढ़ाने चले आए।

कदमबाई पगली चिरइया-सी इधर-उधर भागने लगी—जुलम करते हैं लोग ! ऐसा मेला लगाएँगे तो पुलिस शर्तिया आ जाएगी।

वह ठेके पर पहुँची, घबराने लगी।

केहरसिंह को बहुत गुस्सा आया। भीखम गोमता से कहकर बस्ती के कुछ लोगों को बुलवाया और गालियों सहित लताड़ा—

''एस.पी, दरोगा, आई.जी. का नाम क्या सुन लिया, तुम तो उनके बाप हो गए। वे तुम्हारी लुगाइयों के पाँव पलोटने आते हैं कि कदमबाई की कमर दबाने ? उस पिल्ले से राणा की जनमपत्री बाँचने के अलावा उनके पास कोई काम नहीं ? या रामसिंह उनका दमाद लगता है, सो उसकी पैरवी में फिरेंगे ? हमें धमका रहे हैं कि केहर तुम्हें थाने पर बुलाया है। हम क्या सालों की लुगाइयों की नथें चुरा लाए हैं, सो वारंट जारी कर दिए ?''

कदमबाई की साँस में साँस आई। केहरसिंह न हो तो अपने ही लोग उसे डरा-डराकर खत्म कर दें। उसने निश्चय किया, जब तक राणा नहीं लौटेगा, वह ठेके पर ही रहेगी। वह रहता तो इन अंटचमंट बातों का जवाब तो देता। वह कुछ बोलेगी तो समझेंगे, लड़के की तबाही ढँक रही है।

ठेके के आगे पड़ी बेंच पर बैठी थी कदमबाई। केहरसिंह पास आ बैठा। मंसाराम तो मूढ़ा डाले बैठे ही थे। और तभी जोधा आ गया वहाँ। कदमबाई ने नीली टी-शर्ट और सफेद पैन्ट देखकर दूर से ही पहचान लिया था। जोधा ने बिलबिलाती मछली पर काँटा फेंका हो जैसे, बोला, ''सुनी है कि मोंठ के दरोगाजी कह रहे थे—मंसाराम के ठेके पर गैरकानूनी धंधे होने लगे हैं। शराब के संग अफीम-गाँजा, कदमबाई कबूतरी का लड़का बड़ेगाँव के तस्करों से मिला है।''

केहरसिंह उछल पड़ा, ''हमारे ठेके पर गैरकानूनी धंधे ! क्या कहा ?'' सवालिया नजरों से जोधा को देखा और आँखों ही आँखों में जवाब माँगा।

''सच्ची बात तुम सुनना नहीं चाहोगे, हम जानते थे।'' जोधा कड़वी हँसी हँसा।

केहरसिंह ने मूँड़ मटकाया—''बेटा, थानेदार भी जानता है कि थाने-कचहरियों से ज्यादा कोई गैरकानूनी जगह नहीं। उससे कह देना, हम कोई संत-महंत नहीं, जो मठ-मंदिर की आड़ में हरामपना करें। जो करना है, यहाँ कर रहे हैं, खुले में। आना हो, तब चला आए।''

''राणा के बारे में पूछेंगे, क्या जवाब दोगे ?''

''हम जवाब क्यों दें ? देगा मंसा, धरम बाप बना फिरता है।''

जोधा इस उत्तर के लिए तैयार न था। मंसाराम पर बात फेंककर परोक्ष रूप से केहरसिंह ने जोधा के ऊपर वार किया है। जोधा लज्जित-सा होकर दाँत निपोरने लगा। आँख बचाकर बाप को क्रोध से देखा।...लेकिन अब मंसाराम को न झिझक न डर। ठेका उनकी निजी जगह है, जहाँ बेटा भी पूछकर खड़ा होगा।

केहरसिंह की जुबान अभी संतुष्ट नहीं हुई, इतना और कहकर माना, ''कदमबाई हमारे पास आती-जाती है, तब क्या हमारे लड़के की अम्मा हो गई ? दरोगा को दूसरा दुख साल रहा है, हमारे आदमियों से लड़ना मामूली नहीं। इनकी बोली, पेंतरे, बेरहमी और हथियार चलाने की निजी विद्या उनके लिए सिरदर्द बन जाएगी। पहले इन्हें खूब घेर लेते थे, अब ऐसा चक्कर हमने चला दिया है कि देखते रह जाएँगे—क्या होती है ताकत ! क्या करें बेबस होकर रामसिंह जैसे भड़आ ही तो पालेंगे, फिर भी हमसे जीत न पाएँगे, हाँ।''

कदमबाई देखती रह गई—केहरसिंह अंतर्यामी है ? इससे किसने कही रामसिंह वाली बातें ? जरूर करन की करतूत होगी। आजकल इसे बाप से ज्यादा मान रहा है।

''दरोगाजी से कहो जोधासिंह कि अब तुम्हारे बाप के पास बेनाम कबीलों की वे संतानें गोद आ गई हैं, जिनके भाई-बंधु मुल्क भर में बिखरे पड़े हैं।''

जोधा राजीनामे पर आ गया। हाथ उठाकर बोला, ''तुम तो बेकार ही बुरा मान रहे हो, सिपाही तो बड़ी-कड़ी बात बोल गया, बताएँ तो तुम और उखड़ पड़ोगे। कह रहा था—कदमबाई की चमड़ी उधेड़ी जाएगी।'' कहकर जोधा ने कदमबाई की ओर से पीठ फेर ली।

''तू क्या समझ रहा है, उधेड़ देंगे ? यह कोई पाँवों में महावर लगानेवाली बैयर नहीं। ले आया धमकियों की पोटली। दारू बनानेवाली कारोबारी औरत उनकी चमड़ी भी उतार ले।''

''ठीक है, मन आए सो करो। बस हमें मत पुकारना।''

''हम कब पुकारते हैं ? तू ही चना डालकर हमारी खत्ती में शामिल होना चाहता है।''

जोधा ने सिर झटक लिया। मंसाराम की ओर शिकायत भरे लहजे में देखा, जैसे कह रहा हो—चुप बैठे बाहरी आदमी को मुकदम बनाकर मजा ले रहे हो ! ऐसे होते हैं बाप ? और पाँव पटकता हुआ चला गया।

केहरसिंह का निशाना भी मंसाराम। बेटे की शिकायत किसके रजिस्टर में दर्ज

करें ?

"मंसा !"

"हाँ।"

"सुन रहा है ? यह उल्लू का पट्ठा इतना नहीं जानता कि थानेदार इससे दोस्ती नहीं निभा रहा, जानकारियाँ ले रहा है। कबूतराओं के मामले में माहिर हो रहा है। इसी बात पर तरक्की पा जाएगा, देख लेना। हम यहाँ जूझने की तैयारियाँ कर रहे हैं, जोधा का बच्चा उन्हें दोस्ती के नाम पर बेच रहा है। एक पिस्तौल हाथ में क्या आ गई, खुद को अस्लाह का मालिक समझकर हमें धमकी देने चला आया। यह खुशफहमी ही तबाह करेगी इसे। देख ले, अभी तक बाप पर भी डंडा चलाता था, अब दरोगा की टाँगों में घुसने लगा। घरवाली से पूछना, यह तेरा अंश है भी या नहीं ? औरतों की माया भी बड़ी तिलिस्मी होती है। और साले, तू यह सोचकर फूल रहा है कि दो औरतें तुझे टूटकर चाह रही हैं !"

मंसाराम सुन-सुनकर परेशान-से हो उठे। हर ओर से कंकड़ उन्हीं की कनपटी पर पड़ रहा था। हाथ लहराकर बोले, "अब बस कर। जो होगा, देखा जाएगा।"

केहरसिंह दोस्त की दुर्दशा पर हल्के से हँस दिया, कहने लगा, "तू भी औरत की तरह बुरा मान गया, मैं तो तुझे जिंदगी का नक्शा समझा रहा था। अपनी जोरू से जरा सवाल तो करना कि यह एक ही बेल के लंबे और गोल बैंगन...पर नहीं पूछेगा तू। डरता है कहीं पति होने की औकात से न चला जाए ? बेटा, कदमबाई के सामने कह रहा हूँ—यह मत भूले कि टूटकर चाहनेवाली औरतें अपने बेटों की सलामती मना रही हैं। और दोनों माँओं के संग बेटे तुझसे जंग लड़ रहे हैं। नहीं तो राणा ऐसा सिकंदर कब से हो गया कि दरोगा एस.पी. उसके पीछे गारद दौड़ाएँ, पूछ अपने लालबुझक्कड़ बेटा से।"

मंसाराम हँसने लगे।

केहरसिंह की बातें ! दर्द से गुजरते रास्ते को हँसी-हँसी में काटना जानता है। कदमबाई का सफर भी इसी तरह कटेगा, नहीं तो राणा ने कम तकलीफ नहीं दी। जीना मुहाल है, फिर भी हँसाने-बहलाने के मौके केहरसिंह जुटा ही देता है। यही नियामत क्या कम है ?

केहर जैसे आदमी काँटों पर चलकर दूसरों की राह के काँटे बुहारते हैं, पुलिस यह जानती है ? वह जानती है कबूतरा वे ही कबूतर जैसे भोले पंछी हैं, जिनके न घोंसले न घर। सरदी-गरमी-बरसात दूसरों का मुँह देखते रहते हैं।

...पर ये तंदुरुस्त और बेखौफ लड़के, काम के और कीमती। हीरा का मोल हर कोई नहीं जानता। अब तक इसी कारण गठीली काठी छिजाते रहे और सूखकर मरने का शाप ढोते रहे।

जिसने नींद और भूख का मुकम्मल इंतजाम कर दिया, मानो जिंदगी बख्श दी, उसके कहने पर किसी का सिर भी काट लाएँ, अपनी जान पर खेल जाएँ तो ताज्जुब क्यों ? दरोगा अगर यह बात जान ले तो धमकी देना भूल जाएगा।

जोधा मूरख लड़का, जानता नहीं कि भीखम गोमता की ताकत का खा रहा है ? जानता नहीं कि कदमबाई के लिए इन लड़कों के मन में क्या है ? झूठे और बेईमानों में सच्चाई और ईमानदारी कितनी-सी होती है, यह केहर जानता है।

शुरुआत है, जगह बनती जा रही है। कदमबाई अपनी जिंदगी को आगे-पीछे से देखती है। और सुनती है, केहर भविष्यवाणी करता है—अब सरकार हम जैसे लोगों के हाथों में आनेवाली है, क्योंकि हमीं उसे बनाने और बचाने में सहायक होंगे। देखा नहीं, लोग हमारे लड़कों को पुकारने लगे हैं। यहाँ दारू ही नहीं, दमदार लोग भी हैं। वे दिन लद गए, जब दुश्मन हमें पीट गए। अब तो दारू का ठेका ताकत का अड्डा है। औरतों की बेचा-खोची नहीं की, किसी भी जान नहीं ली। नई बात ईजाद की है कि बेकीमत आदमी की ताकत धन कमाने का साधन कैसे बनती है, जिस धन के अभाव में वे बेसूरत होकर रह गए। मंसाराम और केहर का ठेका बूचड़खाना नहीं, जैसाकि थाना होता है। वहाँ लोग यही सोचते हैं कि हत्याएँ और खून-खराबा कैसे कराया जाए कि उनकी बन आए।

कदमबाई को याद है शुरुआती दिनों में भीखम, गोमता, धनसिंह, रूपसिंह के संग जब कुछ लड़के और आए तो केहरसिंह ने उनके खाने-पीने और मालिश का इंतजाम ऐसे किया जैसे वे अखाड़े के पहलवान हों।

लोगों ने कहा, केहर ने गुंडे पाल लिए।

बात ऐसे फैली कि एक बूढ़ी तेलिन आई, जिसका दो बीघा खेत जेठ के लड़कों ने दबा लिया था और वे उसे जोत रहे थे, बूढ़ी भूखी मरने लगी। केहर ने अपने लड़कों को ललकारा—जाओ, बूढ़ी के खेत में से हल फेंक आओ।

काम हो गया तो एक काछी आया, जिसकी 'बारी' दूसरा काछी उजाड़ जाता था, यह कुछ कहता तो पीटता। ठेके के लड़के अपनी देह दिखाते हुए गए तो पीटनेवाला काछी हाथ जोड़ने लगा।

तीसरी घटना एक किसान के साथ हुई, बनिया ने उसकी फसल खलिहान में ही रोक दी, घर बाल-बच्चे रोने लगे—क्या खाएँगे ? भीखम गोमता रात के समय गए थे, बनिया को धमका दिया।

अब केहर के पास दो रईसजादे आए। चिकने-चुपड़े चेहरेवाले नेतानुमा लड़के।

केहरसिंह धंधेबाज आदमी, उन्हें परखने लगा—कबूतरियों को छेड़ने आए हैं क्या ? चौदह वर्ष की गोरकी उस समय वहाँ मौजूद थी। मगर उन बेचारों ने लड़की की ओर आँख तक न उठाई। तब केहर ने समझा—वे कबूतरी से डरते हैं।

मंसाराम ने उन्हें देवता माना और जल पीने को दिया, उन्होंने नहीं पिया। फिर मद पेश किया, वे साफ इनकार कर गए। जल नहीं, मद नहीं, रूप नहीं। तो यहाँ आए क्यों हैं ?

एकांत में केहर से बोले—दो कबूतरा चाहिए।

—काम ? किसी को लूटना है।

केहर के हाथ धन कमाने का मौका आ गया, लड़के खाएँगे-पिएँगे, देह बनाएँगे। जरा टोहो तो !

—आठ हजार लगेंगे।

—सोलह हजार देंगे।—यह मेहरबानी ?

—लूट के बाद सबूत न रहे, इसलिए कबूतराओं को हम शूट कर देंगे।

—तो खुद ही क्यों नहीं लूट लेते ?

—बत्तीस हजार में मंजूर कर लो, चलो।

—कुँअर साब, हम आठ हजार में ताकत बेचने की बात कर रहे हैं, बत्तीस या चौंसठ हजार में जिंदगी बेचने की नहीं। तुम बहादुरी की कीमत नहीं जानते तो यहाँ आए क्यों ? हमारे बच्चों को गोली से उड़ाने की बात करने लगे !

वे दोनों एक-दूसरे का मुँह देखते रह गए।

केहर बोला—मैं आप लोगों को इस बात की गारंटी देता हूँ कि जिस खजाने को लूटने भेज रहे हो, ये वहाँ तीर की तरह सनसनाते हुए जाएँगे, माल लेकर तरकश में फिर वापस। लुटनेवाले की देह पर खरोंच भी आ जाए तो पइसा मत देना।

—केहरसिंहजी, तुम्हारी साख सुनकर ही आए हैं।

—भाई साहब, आदमी रखने और उनके खाने-पीने की व्यवस्था के लिए यह भाड़ा काम आ जाएगा, नहीं तो हमें रुपए की दरकार नहीं।

—हमारी मजबूरी समझ लो, कबूतराओं का भाड़ा नहीं, कीमत बताओ।

—कीमत माने मौत ? सुन लो, हमारा बच्चा घायल तक न होगा। हाँ।

—ये पकड़े गए तो किसका नाम लेंगे ? हमारा ही न ? हमसे पहले हमारे बाप का नाम बदनाम हो जाएगा। थोड़ी-सी लापरवाही से हमें जेल...

—लूट कितने की करानी है ?

—दो लाख।

—दस परसेंट हमारे। इनकी देह से भी पेट लगा हुआ है।

—नहीं, शर्त वही रहेगी।

—यार, पकड़े जाएँ, तभी तो लगेगी तुम्हारी शर्त कि वैसे ही शिकार कर लोगे ? हम कह रहे हैं, पकड़े भी जाएँ, तब भी पर्दाफाश नहीं होगा। अखबार में नहीं आएगा। हम सबको थोड़ा-थोड़ा देंगे। लोग बताने की जगह छिपाएँगे। साथ ही दुष्टों का संहार चालू रहेगा।

कदमबाई को याद है—केहरसिंह ने कहने के लिए तो सबकुछ कह दिया था, पर वह रातभर चमगादड़ की तरह चक्कर देता जागता रहा। न जाने क्या सोचा कि भीखम गोमता के संग ठेके पर रहनेवाले सब लड़के गायब कर दिए। मंसाराम को घर भेज दिया और ठेके का ताला लगाकर खुद भी चल दिया। जाते-जाते बोला—बिक्री न होने का गम न करना अभी तो जिंदगी बचानी है। किराए पर गुंडे खरीदनेवालों का क्या भरोसा, कब ईमान डिगा दें ? हरामियों को अपने बापों की इज्जत हमारे लड़कों की जान से

ज्यादा प्यारी हो गई ! बापों की इज्जत का इतना ही ख्याल है तो सज्जन की तरह रहें। गुलछर्रे उड़ाने को दौलत भी चाहिए और खानदानी होने का भरम भी। ये ही तो दुनिया के राजा हैं !

फिर बोला—मंसा, जो भी थे, सच्चे थे। सच्चे इसलिए थे कि नए थे। बिना बताए ही मार डालते तो ? पर यह भी समझ में नहीं आता कि वे कबूतराओं को मारने पर आमादा हैं तो उस धनी आदमी को ही क्यों नहीं मार डालते ? फिर आराम से लूट लें।

पुरानी बात याद आई, एक बेटे को अपना बाप ही लुटवाना था। केहर बोला—कहीं ऐसा ही तो कोई संबंध नहीं, जो पैसे के मुकाबले हलका लग रहा हो।

केहरसिंह दो रातें सोया नहीं। झपकी लगती, चौंककर उठ जाता। यही सोचता, रईसजादे कुछ भी कर सकते हैं। बच्चों को मौत के घाट न उतार दिया हो ?

तीसरी रात एक और चिंता आ जुड़ी। सोचने लगा कि अगर वह ठेके पर नहीं पहुँचा तो अच्छी खुराक के अभाव में खिला-पिलाकर पाले हुए दस लड़के भूखे-प्यासे रहकर दुबले हो जाएँगे। कई महीनों तक काम न कर पाएँगे। मान लो किसी ने ठेके पर बीच में ही हमला कर दिया तो ?

केहर लौट आया। कदमबाई से बोला—अब एक इंतजाभ और करना पड़ेगा।

—क्या ?

—गोरकी और गोमता की बहू मछला को दिन में यहाँ रखा कर। भीखम की औरत मुंदरा दारू देने आती ही है, थोड़ी देर रुकी रहेगी तो क्या चला जाएगा ? कदमबाइ, मैंने पूरे छह साल औरतों का धंधा किया है, मछला और मुंदरा जैसी बेजोड़ औरतें नहीं देखीं। उठे हुए गाल, सुतवाँ नाक, भरे-भरे होंठ। नजर ऐसी कि लोगों की जान ले लें।

कदमबाई हँस पड़ी थी—केहर, बड़े बदमास हो। कहीं उन छोकरियों के मारे ही तो भीखम गोमता से हमदर्दी नहीं ? रात को सोते समय लड़के लिंग काट ले जाएँगे, समझे रहना। अब तक अनब्याहे रहे, अब खसिया...

—खूब समझ रहा हूँ कदम ! वे मेरे अहसान तले दबी मुस्कुराती रहती हैं, पर मैंने कभी गलत निगाह डाली ? जबकि औरत, मर्द की सबसे बड़ी कमजोरी होती है। छोड़ इन बातों को कदम, मेरी सुन। सुन कि हमारे लड़के इन रईसों की गोलियों से उधेड़े जाने के लिए नहीं। फौज में होते तो बड़ी से बड़ी जंग जीत लेते। पर यहाँ...

गहरी साँस लेकर रह गया केहर।

—वैसे कदम, ये लड़के जानते तो होंगे, ठेका खतरनाक जगह है। खतरों से खेलना ही है, नहीं तो धंधा ठप्प हो जाएगा। मैं धंधे में डूबा आदमी हूँ, इनका बाप नहीं। पर बाप भी निकम्मी औलाद को जिंदगी भर नहीं खिलाता। फिर मैं तो उन्हें खिला ही नहीं रहा, बचा भी रहा हूँ।

सबेरे से केहर ठेका खोलकर बैठा हुआ था।

गोरकी दोपहर ढले आई। कदमबाई को याद है, केहर ने गोरकी को उस दिन किसी और ही नजर से देखा था, कदमबाई उम्र पाई औरत, समझने को बाकी क्या बचा है ?

वह गोरकी के लंबे बदन में उठान मारती लहरों को थाहता, सुनहरी बालों में पड़ी भँवरों को देखता, काली आँखों में छिपी चंचलता निहारता और कभी केहरसिंह लड़की के गुलाबी होंठों पर नजरें ठहराकर न जाने किस सोच में पड़ जाता ?

लुच्चा !

कदमबाई को नागवार गुजरा ! मंसाराम से कहे बिना नहीं मानी, "अपनी जिम्मेदारी पर लाई हूँ, लड़का हो या लड़की, लुच्चपन सहन नहीं होगा माते।"

जवाब मंसाराम ने नहीं, केहर ने दिया था–

"कदम, बड़ी ओच्छी है री तू ! सरमन मुखिया की लड़की को देखना गुनाह है ? अच्छी चीज को आदमी देखता है कि वह सुंदरता ही उसकी नजरें जबरदस्ती खींच लेती हैं ? मैं ही नहीं, उसे सब देखेंगे—गाँवों के बूढ़े जवान, लेखपाल-पटवारी, ढोर डॉक्टर, सेसा का कंपाउंडर, मोंठ और पूँछ की थाने-चौकी के सिपाही, दरोगा, रईसों के रईस, रंक से रंक। हमारे ठेके का हर ग्राहक।

"बिक्री और बढ़ेगी। गुंडे आएँगे तो शरीफ-सज्जन भी आएँगे। अन्याय धोंस देगा तो न्याय करनेवाले भी उठ खड़े होंगे।

"गोरकी सावधान लड़की है, क्योंकि कबूतरी है। इसकी सोहबत में दूसरी लड़कियाँ भी आएँगी। ठेके की रौनक बढ़ जाएगी। मौजमस्ती रहेगी, मैं इस बात से नाटता नहीं, मगर कदम...खूनी खेल से बच जाएँगे।

"मैंने दुनिया के जायज-नाजायज काम किए हैं, पर कसम ले ले कि हत्या और रक्तपात कभी सपने में भी नहीं चाहा।

"आज भी लड़के पालता हूँ, किसी को मारने या मरवाने के लिए नहीं, खुद को बचाने के लिए...तू क्या जानती नहीं ? कुछ लोग समझते हैं मैंने गुंडे-बदमाश तैयार किए हैं, जबकि मैं उन्हें जमाने के सामने ताकतवर इंसान के रूप में उतारना चाहता हूँ।

"बदमाश क्यों बनाता भला ? तू ही बता, आसपास बदमाशों की कमी है ? हालत यह है कि पुलिस अगर उन्हें गिरफ्तार करने पर आए तो इन जरायमपेशा लोगों की याद ही भूल जाए। पर शिकार और शिकारी का खेल, यहाँ आसानी है।

"कदम, लड़की की आँखों में जो ताकत होती है, तुझसे ज्यादा उसे कौन जानता होगा ? आदमी उसका मुलायम रचाव देखकर, नजरों का खिंचाव देखकर शांत-सा हो जाता है। शांत क्या, अपना खूँखारपना भूल जाता है ! मेरी दिली तमन्ना यह है कि गोरकी, मछला और मुंदरा जैसी लड़कियों की आँखों में डूबकर पीनेवाले पीने के पहले ही भटक जाएँ। रंजिश और खूनी हवस जैसी भयानक चीजों से दूर रहें। नरसंहार फिर होगा ही कैसे ?

"यह बुरी बात तो नहीं है कदम ?"

कदमबाई क्या जवाब दे ? मन ही मन सोचा, आनेवाला समय ही बताएगा कि क्या बुरा क्या अच्छा है ? कि पीने आनेवाले लोग लड़कियों को देखकर बेकाबू होते हैं कि नहीं ?

एट के दरोगाजी आए थे, आते रहते हैं। लड़कियों से छेड़छाड़ नहीं करते। एक दिन न जाने कैसा नशा हो गया कि बार-बार एक ही वाक्य दोहराएँ—घाघरे-चूनरीवाली लड़कियाँ कोठे के भीतर क्यों हैं ? घाघरे-चूनरीवाली लड़कियाँ कोठे के भीतर क्यों हैं ? घाघरे-चूनरी...

मर्द, मर्द की मंशा जानता है। केहरसिंह हँस दिया। बात टालने में हँसी कारगर औजार की तरह काम आती है।

सुरूर चढ़ता गया, दरोगाजी बहकते गए। जिद दारू में मिलकर सिर चढ़ गई।

फरमाबरदार सिपाही पूरे होश में था। कोठे की चौखट पर जाकर गोरकी को डपटने लगा—सुनती नहीं, साहब क्या कह रहे हैं ? चल बाहर, दारू ढाल।

—हवलदारजी ! केहर ने पीछे से पीठ थपथपाई।

सिपाही ने तनकर देखा।

—भाई साहब, तुम होश में हो सो बदनीयत के संग धौंस भी दिखा रहे हो। दरोगा जी का इशारा हमसे ज्यादा तुम नहीं समझते। लेन की बातें जानते हो, देन का हिसाब-किताब हमारे पास रहता है। अपनी जगह बैठो चुपचाप।

सिपही को तौहीन लगी। दरोगा बिफरकर गाली-गलौज करने लगा। नशा था, नशेबाज आदमी की जात क्या, बात क्या ? केहरसिंह सबकुछ पानी की तरह पी गया।

तीसरे दिन की बात है। दरोगाजी फिर आए।

केहरसिंह ने हफ्ते की रकम में पाँच सौ रुपया ज्यादा मिलाकर दिए।

दरोगाजी खिल गए।

केहर धीरे से बोला—ये खुश होने के लिए नहीं, नजर साफ रखने के लिए हैं। हमने औरतों का धंधा किया है, नजर और नीयत साफ रखकर ही तरक्की की है, आपकी दया से आज यहाँ हैं।

दरोगाजी घूरने लगे तो अंत में केहरसिंह ने कहा—वैसे तो हम लैसंसशुदा ठेकेदार हैं।—कहकर दरोगा की निगाहों से निगाहें मिला दीं।

चलते-चलते केहरसिंह दरोगा के संग-संग चला, हाथ जोड़कर बोला—गलती हुई हो तो माफ करना, अपनी बेटियों को कौन-सा बाप गलत नजर से नहीं बचाता ?

आसपास के ठेकों पर चर्चा थी—केहरसिंह ने ठेके पर रंडियाँ पाल रखी हैं।

तब की बात और आज का दिन !

मबूसा का बस ड्राइवर रहा हो या बमरौली के गोटी माते, केहर की निगाह के चलते लड़कियों को छू नहीं पाए कि कबूतरियों के तेवर आड़े आ गए, कोई अजस घटा नहीं। क्रैशर के मालिक अभिलाख सिंह से ले-दे हो पड़ी थी, केहर मारामारी पर उतर आया।

कदमबाई मन-ही-मन प्रार्थना करती है—हे वीरदेव, जैसा केहर सोचता है, वैसा ही सब सोचें।

वह उठकर खड़ी हो गई। माथे पर हाथ का छप्पर बनाकर राणा की राह देखने लगी, जो बड़ागाँव से आनेवाला था।

तेरह

राणा का मन ठेके पर नहीं रमता।

करन समझाता है—अमीरों का धन गरीबों में बँट जाए तो बुरा क्या है ? भले शराब के सहारे सही, केहर काका का यह इंसानी पक्ष है। लोग तो दारू का धंधा चलाकर आलीशान इमारतों के मालिक हो जाते हैं और उन्हें पिछवाड़े पड़े बेघर आदमी को देखना तक गवारा नहीं होता, केहरसिंह ऐसों से नफरत करता है !

राणा हँस पड़ता है फिर होंठ कड़ुवे करके कहता है—केहरसिंह सच्ची में महान है, समय पड़े तो शहीद हो जाएगा ! बेघर आदमियों को अपने ठेके पर रहने की मोहलत दे दी। अब बेघरों की जिंदगी बदल जाएगी। है न ?

...लेकिन यह बात करन, भीखम गोमता और उनके यार-दोस्त किसी की दौलत लूटकर गरीबों पर रुपए बरसात कर भी दें तो कब तक चलेगा ? भिखारी के पास भीख कितने दिन तक रहती है ? दड़बों में रहने के बाद मुर्गियों के हालात बदल जाएँ तो सारी दुनिया पर राज करें। केहरसिंह के हिसाब से कबूतरा गुबरैला कीड़ा जैसा आदमी, जिंदा तो रह सकता है, तरक्की की बात नहीं जानता।

राणा के मन की सुई यहीं आकर अटक जाती है, अटके हुए लम्हे उसे भटकाने लगते हैं।—मैं भीखम सिंह और गोमता की जाति का लड़का, पर मेरी समस्या भीखम गोमता जैसी भी नहीं। मैं करन का दोस्त, बचपन में उसकी संगत पाया हुआ, मगर मेरी समस्या करन जैसी भी नहीं। आखिर उनसे अलग-सा क्या करना चाहता हूँ ? पाँवों में भटकन बँधी है कि मन में कोई बेसुरी लय गूँजती है, चल-चला-चल लगी रहती है। बड़ागाँव गया, लौट आया। धुन के दीवाने नहीं मिले। सताए हुओं का मसीहा खोजने निकला था, अपनी-अपनी चिंता के मारे हुओं से भिड़ पड़ा। उदार ऐसे कि किसी भी झड़प का बुरा नहीं मानते। सच्चाई और उत्साह के पुतले ! एकछत्र राज्य के खिलाफ वे लोग मन मोहनेवाले नारे लगाते हैं। सड़कें रोककर भूखे बैठ जाते हैं, अनशन का कमीशन वसूल लेते हैं। चंदा का धंधा करके यश लूट रहे हैं।

राणा...अपराधी जाति का लड़का, समाज विरोधी तत्त्व...वे ऐसों को खुद में शामिल नहीं करते। राणा अपना दिमाग उधेड़-उधेड़कर धरता रहता है—आखिर मैं किधर जाऊँ ? मुझे कौन स्वीकार करेगा ? माँ तक जो राह बताती है, मुझे अच्छी नहीं लगती। पीठ फेरकर चल देता हूँ।

करन, माँ और डेरे के लोग मेरी बात क्या समझेंगे, जो किसी के बताए रास्ते पर ही चलना जानते हैं। अपनी राह तय करने की न कूबत रखते न नजर। माँ उलटी है, मेरे ऊपर भरोसा तक नहीं।

नहीं सोचती कि राणा रामसिंह की चालें कैसे जान गया ? करन नहीं समझ पा रहा कि मैं जन-संघर्ष समिति के लोगों को कितनी जल्दी भाँप गया। मेरा किसी को रास न आना मेरी ही खासियत नहीं है क्या ?

अब देखना कि क्या होता है !

किसी तरह हथियार हासिल करूँगा और रामसिंह की खोपड़ी उड़ा दूँगा। सब देखेंगे कि क्रांतिकारी कैसा होता है। ये लोग क्रांति की बातें क्या जानें, वे किताबें पढ़ी ही नहीं होंगी, जिनसे आदमी में जलजला पैदा होता है। ये भोले नादान लोग खरगोश की तरह सरपट दौड़कर अपनी जिंदगी बचा लेने में ही धन्य-धन्य हो जाते हैं। मैं सारे मसले हल कर दूँगा।

राणा खुद से खुद बोलता-बतियाता। कभी एकदम खुश हो जाता, कभी मायूस-सा बैठ जाता।

मोंठ के बाजार से एक रजिस्टर ले आया ! किताबें देखता, प्रभावकारी वाक्य नोट कर लेता। आधा रजिस्टर भर डाला। कोई पढ़े तो राणा का ही अक्स दिखाई दे, क्योंकि जगह-जगह उसने वाक्यों के बीच खुद को गूँथ दिया था। वह चंद्रशेखर आजाद और भगतसिंह से कम नहीं रहना चाहता। डर-भय उसके रग-रेशों में कहीं नहीं।

माँ कुछ पूछती-टोकती तो माँ को घूरता। घूरना अपना अलग असर डालता है।

"राणा, तू बोलता क्यों नहीं रे बेटा...बड़ेगाँव क्यों नहीं जाता अब ? कुछ तो बता। मेरा जी छटपटाता है। जान तड़पती है।"

राणा जैसे बोलकर माँ पर कृपा कर रहा हो, संत की तरह बोला, "बड़ेगाँव के लोग कहते हैं, तुम अपराधी हो, जनम से मुजरिम। हथियारों का गलत इस्तेमाल करोगे। नक्सलाइट।"

कदमबाई की समझ में नक्सलाइट कैसे आए ?

"दूसरों को बिना खता ही मारनेवाले नक्सलाइट होते हैं अम्मा। कलकत्ते में रहते हैं" राणा ने समझाया तो कदमबाई ने कपाल पर हथेली मारकर अपनी जाति को कोसा, "अरी मइया, हम तो राज-राजस्थान के खतावार खुद ही कुटते-मरते रहते हैं, कहा नहीं तूने उनसे ?"

राणा माँ की नासमझी पर मुस्कुराकर रह गया। कुछ बोलना, प्रकट करना उसे बेवकूफी लगता है, जबकि सोच रहा था—मुझे डाकू ही हो जाना चाहिए। बेटासिंह से बड़ा डाकू। बीहड़ों में रहूँगा, मन की करूँगा। रामसिंह, और दरोगा जैसे पिस्सू...। मेरा मुकाबला कोई नहीं कर पाएगा। दुनिया चकित रह जाएगी। राणा सोचते हुए बहुत बुरा मुस्काया।

कदमबाई देख-देखकर हलकान हुई जाती थी, भभका-सा निकला, "बस इसलिए

ही केहर तुझे टेसू कहता है। न करना न धरना, जमीन-आसमान के कुलाबे जोड़ना !''

वह बुरी तरह चिढ़ गया।

''अम्मा, मैं टेसू हूँ तो केहर क्या है ? ब्रह्मा है, विष्णु है, शिव है ?'' राणा ने रामसिंह के यहाँ रहकर जिन देवताओं को पूजा-धोका, उनके नाम ले डाले।

''साला केहरसिंह कज्जा ठेके को कब तक चला सकता है ? गोस्की और मछला जैसी लड़कियाँ कब तक रिझाती रहेंगी लोगों को ? कब तक बचाता रहेगा उन्हें कृष्ण बनकर ? तू क्या जानती नहीं कि लोग इन लड़कियों को रंडी कहते हैं ? क्या बदल गया फिर तुम्हारा ? खूनी सिलसिला भी कब तक रोके रहेगा ? बेटासिंह, दरोगा और रामसिंह जैसे लोगों का काट है उसके पास ? नाक के नीचे से सरमन-दूलन जैसे लोगों को खींचनेवाले जिनावर... ।''

कदमबाई कम बोलनेवाले बेटे को ज्यादा बोलते देखकर और भी घबराई।

''ठेके पर अपना कानून चलाकर सोचता है कि संसार फतह कर लिया। केहरसिंह, मंसाराम, यहाँ तक कि करन अपने मौहल्ले के कुत्ते सरीखे आदमी... । कबूतराओं को बिल्लियों से ज्यादा नहीं समझते। बिल्ली नहीं चूहे। वे ठेके की भी बागडोर दारू बनाने में माहिर लोगों को न सौंपेंगे। यहीं तो घपला है, सैकड़ों वर्षों से चला आ रहा अन्याय।''

बोलते-बोलते राणा के होंठों की कोरों में थूक जमा हो गया।

''अम्मा, इन बहादुरों के भरोसे मत रह, पछताएगी। मंसाराम जैसे धोखेबाज लोग किसी का क्या भला करनेवाले हैं, यह तुझसे ज्यादा कौन जानता होगा ? कबूतराओं की जीवनधारा को मोड़नेवाला कबूतरा ही हो सकता है, भीखम गोमता धनसिंह रूपसिंह को समझा दे। मोड़ पर बड़ा कूड़ा-करकट जमा है, भाड़े के टट्टू बनकर साफ नहीं कर पाएँगे।''

राणा माँ के बोले 'टेसू' शब्द का करारा जवाब देकर कुछ शांत हुआ।

सो गया।

सपना देखा—बेटासिंह खड़ा है। हू-ब-हू वही चेहरा, वही वेशभूषा जो उस दिन थी। राणा ने उसे थानेदार समझा, जैसे उस दिन समझा था। खोजी आँखें, उठा हुआ माथा ! राणा निछावर हो गया। आगे बढ़कर बोला—तुम्हारी नजर मेरी नजर जैसी है, आओ दोस्त बन जाएँ। मैं रामसिंह का बेटा नहीं, मड़ोरा खुर्द से आया हूँ। खाने और सोने पर बिकूँगा नहीं।

सच्ची ! दरोगा बोला—मैं तुम जैसे लड़कों की संगत चाहता हूँ, सच्चे और इनसान से प्रेम करनेवाले इनसान। तुम्हें पता है, लोग इनाम की रकम झपटने के लिए आदमी के टुकड़े-टुकड़े करके हत्याओं से जिंदगी पा रहे हैं।

राणा ने हाथ बढ़ाकर कौल दिया—मैं अब से तुम्हारे संग रहूँगा। बाकी लोग मुझे पहचानना नहीं चाहते। उन लोगों की हुकूमत हमें कब्जे में नहीं कर पाएगी।

—तुम मुझे अपनी पिस्तौल दोगे ?

—पिस्तौल नहीं, यह भाला है।

चमचमाता हुआ भयानक भाला ! दरोगा ने अपना शीश झुकाया। तनी हुई गर्दन वाला बड़ा भारी सिर !—संहार करो।

—पिस्तौल के आगे भाला ! नहीं-नहीं, बहकाते हो। अब हम बहकनेवाले नहीं।

राणा ने पिस्तौल खींच ली। दरोगा पुतले की तरह खड़ा रहा। और राणा ने निशाना साधकर बड़ी आसानी से उसकी कनपटी में सूराख कर दिया—काशीफल से भी नरम कनपटी ! खून का फव्वारा नहीं छूटा, नाली-सी बह निकली। राणा भीग गया।

आँख खुल गई। हाथ से बदन टटोला। फर्श टटोला। सब सूखा हुआ !

भ्रम धोखा ! सपना सबसे बड़ा छल !

राणा भ्रम में नहीं रहना चाहता। छले जाने पर उसे मर्मांतक पीड़ा होती है। इस बात को वे कैसे समझ पाएँगे, जो उसे माँ की कमाई पर आश्रित टेसू कहते हैं ?

डर से ज्यादा दुख है यहाँ। दुख में कहीं अल्मा समाई हुई है, नहीं तो रह-रहकर याद क्यों आती है ? माँ से कटता जा रहा है, इसलिए ?

राणा उलझन और जकड़न में फँसा-बँधा छटपटाता है। अल्मा ने सखा बनकर दुश्मनी की, उसे क्या याद करना ? गोरामछिया दर्द का घर था, नहीं तो यहाँ के डेरों से ज्यादा बड़ा नरक क्यों नजर आया ?

राणा मन समझाने पर जुटा हुआ है। भीतर अमृत और विष के घड़े फूटते हैं। मोहब्बत और नफरत की धारें गडमड...

गोरामछिया का सपना क्या देखा, अल्मा दिनभर सिर पर सवार रही। बेचैनी के चलते अपनों से और भी कटने लगा। मोह-तोड़कर आया था, मोह के लिए तरस रहा है, यह बात समझकर भी नहीं मानना चाहता।

क्या अच्छा होता कि उसी समय रामसिंह काका की खोपड़ी फोड़ देता। एक दलाल खत्म हो जाता। नफरत और मोह के बीच लटके रहना, फाँसी के फंदे पर झूलने जैसा है।

राणा दर्द पीकर चुप है।

चुप है तब क्या लाचार भी हो गया ?

"राणा, गोरामछिया चलें ?" माँ नया प्रस्ताव लेकर आ गई, "देखें, वहाँ क्या हाल है ? अल्मा की राजी-खुसी बेटा...। रामसिंह की थाह भी मिलेगी और तेरा वहाँ से छिपकर भाग आना भी दब-ढँक जाएगा। यह भी हो सकता है कि तुम और रामसिंह किसी फैसले पर आ जाओ।"

राणा को वक्र-सी हँसी आई। अम्मा मुझको आज भी अपनी गोद में खेलता बच्चा समझती है। राणा उड़ती चिड़िया परखना जानता है, उसे कतई विश्वास नहीं। घर से निकलकर राणा कौन-कौन से खेल खेल आया है, तेरे मंसाराम और केहर भी कहाँ जानते हैं, जिनके पास से तू निश्चित ही आ रही है। मैं कहता हूँ कि रामसिंह का नाम मेरे सामने लेना नहीं, तू फेर बदलकर वही बात चला देती है। तू नहीं अम्मा, तेरे मंसाराम अदावत निभा रहे हैं राणा से। वे ठेका खोलकर ऐसी हिम्मत पा गए हैं कि

पेशे को अपनी इज्जत समझ बैठे हैं। अभिमान से सीना फूला हुआ है, क्योंकि थानों के दरोगा लोग, आसपास के मालदार आसामी और इलाके के कुछ हस्तीवाले लोग उनके कंधे पर हाथ धरे हुए हैं। केहर का जादू चल रहा है।

और...ये अभिमान के मारे पोदीना के पेड़ पर चढ़े लोग मुझे टेसू कहकर पुकारते हैं। टेसू की कहानी मैं न जानता तो शायद खुश होता। टेसू के माथे पर ज्योति बिखेरता दीया जला करता है। बुरा हो उस रामसिंह का, उसे कथाएँ सुनाने की लत थी, टेसू की क़हानी भी उसी के मुँह सुनी—बर्बरीक महाबली भीम का पोता, घटोत्कच का बेटा माना कि बहुत बलवान था परंतु घमंडी था। महाभारत के युद्ध के पहले जब पांडव अपनी सेना लेकर इकट्ठे हो रहे थे तो घटोत्कच और बर्बरीक भी अपनी सेना के साथ आए। कृष्ण पांडवों के साथ मिलकर रणनीति बना रहे थे। बर्बरीक अपनी बहादुरी भरी कथाएँ सुना रहा था, इसलिए सबको अखर रहा था। कहते हैं कि उसने दावा किया कि महाभारत का युद्ध अकेले ही जीत सकता है। सब उसके विरोध में थे, लेकिन वह मान न रहा था। अर्जुन को क्रोध आया। अपने एक तीर से उसकी गर्दन काट दी। धर्मयुद्ध लड़नेवालों का न्याय यहाँ अपना अलग ही चेहरा लिए खड़ा है। क्या वे सब अकेले बर्बरीक से डर गए थे ? उसकी वीरता ने जरूर उन्हें दहलाया होगा, इतनी बर्बरता तो आदमी तभी बरतता है जब वह अपनी कमजोरी को पहचान चुका हो। कहते हैं कि कटे सिरवाले बर्बरीक ने युद्ध का संचालन करनेवाले भगवान कृष्ण से प्रार्थना की कि उसे इतनी मोहलत दें कि महाभारत के युद्ध में योद्धाओं की असली ताकत का जायजा ले सके। कृष्ण ने अपनी दिव्य शक्ति से उसको जीवन प्रदान किया और उसका कटा हुआ सिर एक बाँस पर टँगवा दिया। पांडवों की सेना हारती तो वह हँसता, जीतती तो रोता। महाभारत युद्ध समाप्त हुआ। पांडवों की विजयी सेना में एक से एक बड़े गपोड़े भी थे, जो कह रहे थे, युद्ध उनके दम पर जीता गया। कृष्ण देखते-सुनते रहे और अंत में इस निर्णय पर पहुँचे कि युद्ध का सच्चा हाल बर्बरीक से ज्यादा प्रामाणिक रूप में कोई नहीं बता सकता, क्योंकि उसके सिवा सच्ची तन्मयता किसी में न थी। कटे सिरवाला धड़ से अलग आदमी ! उसी से निर्णय माँगा गया कि युद्ध किसके बल पर जीता ? बर्बरीक बोला, युद्ध योद्धाओं से नहीं, युद्धनीति से जीता गया। विवेक और कौशल से जंग पर विजय पाई जाती है। वह टेसू के रूप में जाना गया।

साले मादरचोद मंसा और केहर ! सुन लो कि तुम आदमी के कटे धड़ के अलावा कुछ नहीं। तुम्हारे पास आँखें नहीं, कान नहीं, नाक नहीं, बुद्धि नहीं, क्योंकि सिर नहीं। तुम्हें हाथ-पाँवों पर घमंड है, जोड़ी हुई भीड़ के हाथ-पाँवों की ताकत का घमंड। इसीलिए तुम्हें राणा के सिर से डर लगता है क्योंकि उसके पास अपना निजी दिमाग है, कृष्ण जैसा दिमाग, जो अकेले ही जंग जीत सकता है। तुम मुझे टेसू कहो, दुख नहीं। दुख होता है कि मुझे टेसू कहकर माँ को दुखी करते हो तुम लोग। यह भोली भी भरम जाती है कि तुमने उसका बेटा धुएँ के बाँस पर बिठाकर टेसू बना दिया, जिसको बच्चे ही तालाब या नदी के किनारे सिरा देते हैं। किसी माँ के बेटे को नाकारा या कमजोर साबित

कर दो, इससे बड़ी गाली उसके लिए कोई नहीं...। सच में तुम जल्लादों के सरताज को, पीछे रहकर शिकार करते हो।

माँ से बात करने का रत्तीभर भी मन नहीं। वह भीतर ही भीतर कटा जा रहा है।

क्या करे ? कहाँ जाए ? थोड़ा-सा सम्मान भी कहीं नहीं। तिरस्कार का घेरा बना हुआ है। लोग उस घेरे को घेरकर खड़े हैं सतर्क और चौकन्ने। लाँघने नहीं देंगे ? क्या मेरे तेवर देखकर भी इनकी समझ में नहीं आ रहा है कि असहनीय रूप से दबाते जाएँगे तो मोर्चे पर राणा जरूर मिलेगा। नहीं, मेरी हुंकार सुनकर ही इकट्ठे हुए हैं। तरह-तरह से रियायतों के कमंद फेंक रहे हैं, माँ का पाँव फँसा लिया है। वे मालिक की तरह हुक्म देंगे अब। रियायत आदमी की सबसे बड़ी दुश्मन है।

दिमाग चकराने लगा। उसने अखबार उठा लिया, पुराना। 'कलंदरों की पंचायत' शीर्षक पर ध्यान गया। भालू-बंदरों द्वारा धंधा करने पर सरकार पाबंदी लगा रही है, कलंदर धरना देंगे। भूखे लोगों के सामने रोजी-रोटी का सवाल है। चुराकर खाएँ तो हवालात सामने है।

धरना ! राणा की यादों में बड़ागाँववाली जनसंघर्ष समिति कौंध गई। हो सकता है उसी तरह के लोग धरने के लिए उकसा रहे हैं कि उनका धंधा तेजी से चले। साथ ही कलंदर जैसी फक्कड़ और बहादुर कौम कब्जे में आ जाए। मन में सवालों के बबूल उगकर बड़े होने लगे।

राणा को चुप और शांत देखकर कदमबाई ने अपने मन की बात उजागर कर दी—

"रामसिंह को सौऊ बिसे फँसाया गया है राणा ! यह बात तू खोल नहीं रहा, क्योंकि खोल नहीं सकता। ऐसा नहीं कि तुझे बात का इलम नहीं। खोल दे, बता दे सबको।"

राणा भौंचक-सा देखने लगा।

कदमबाई अपराधिनी-सी...जैसे कोई भूल कर दी हो। राणा को माँ पर तरस आ गया।

"अम्मा, मैंने ऐसी कई कहानियाँ पढ़ी हैं जिनमें तेरी जैसी माँ होती है, जो अपने बेटे को इतना बहादुर बनाना चाहती है कि जो मौत का भी सामना कर ले और उसे हरा दे। मैं वही करनेवाला हूँ। पर यह नहीं माननेवाला कि रामसिंह किसी ने फँसाया है। वह तो डाकू से ज्यादा बड़ा मुजरिम है। किसी कबूतरा को कुरबान करने से पहले खुद ही क्यों नहीं टकरा जाता मौत से ? तू मानती है कि मैं अकेला चना भाड़ कैसे फोड़ूँगा, रामसिंह से मिल जाऊँ। भरोसा इतना न डिगा कि तेरे साथ मैं भी कमजोर पड़ जाऊँ। मैं क्या ऐसा बुजदिल समझ लिया कि तू दूसरों का मुँह जोह रही है ? वे जमाने लद गए। अब मेरी उम्र उन्नीस के आसपास है, जवान और किसे कहते हैं।

राणा यह भी समझ रहा है कि माँ उसकी खाली रगों में अपना खून भर देना चाहती है कि बेटा खुद को अकेला न समझे। तभी तो बचपन के छोटे-छोटे बहादुरी भरे कामों को याद करती है, दोहराती है।—तू खूँखार कुत्ते से ऐसे लड़ लिया था रे, जैसे कोई देवता

शेर से लड़े। तू मास्टर के आगे कापी के ऊपर ऐसे रेखें खींच आया था रे कि मास्टर दहल गया। तू वकील-डाकधर और फौजी बनने की बातें करके मुझे तक चौंका देता था। मलिया सरमन और दूलन तेरी हिम्मत के कायल हो गए थे। तभी तो एक पुचकारता, दूसरा गुस्साता, थे दोनों ही निछावर। मैं तो उस बुरी घड़ी में भी तेरी आँखों से आशा जोड़े रही ! भरोसा था तुझ पर !

...लेकिन माँ धीरे-धीरे बुझती क्यों गई ?

बुझती गई कि आँखों और होंठों का रंग राख-राख हो गया !

राणा माँ की ओर देखकर भी नहीं देखता। माँ को देखना दुख से रू-ब-रू होना है। दुख किसको अच्छा लगता है ?

तकलीफ होती है। वह करे क्या ? न माँ का दिल बदल सकता है न राणा की जिद छूट सकती। माँ अल्मा जैसी ही ठस्स है, जिसकी समझ में उसकी कोई बात नहीं आती, इसीलिए उसे गलत मानती है। हद से ज्यादा प्यार करनेवाली अल्मा माँ के संग-संग रहती है, तभी तो राणा अम्मा की ओर नहीं देख पाता...। मन समझा लेता है—बाप-बेटी मिल गए थे तो उसका मन फटता ही। इतने प्यार के बावजूद जुड़ाव बचा नहीं ! कभी न लौटने की कसम ऐसे ही नहीं खाता कोई। यह बात दूसरी है कि गोरामछिया में बिताया समय अभी भी मुट्ठी में बँधा है। सपने में वही सब दिखता है—केले के पेड़, चौक के किनारे खड़े आम-जामुन। कान वहीं की खबर सुनने को बिछे रहते हैं। डेरों पर मंसाराम के ठेके की बातें होती हैं, ठेके पर दुनियाजहान के चर्चे चलते हैं, राणा के मन में अल्मा की यादों का इकतारा बजता है।

क्या इसीलिए यहाँ की हवा नहीं सुहाती ? इतने लोगों पर अल्मा भारी पड़ रही है ! बेवफा अल्मा...उसमें क्या था ऐसा ? माँ के मुकाबले पर अब भी खड़ी हो जाती है तो राणा को अपने पाले में खींच लेती है। फिर संग क्यों नहीं चली आई...तुझे छूने और देखने के लिए ऐसे तो न तड़पता कि सारा सोया-जागा प्राणवान होकर दर्द में उतर जाता है।

●●●

राणा बेर के पेड़ के तने पर काँती (बकरा काटनेवाला चाकू) फेंककर निशाना लगा रहा था। तने पर गेरू से जगह-जगह निशान लगा रखे थे। निशानों को चाकू से भेदता। चूक कहीं भी नहीं है, उसे खुशी हुई। अब भी मौका लगाकर रामसिंह की पसलियों के पार कर सकता है काँती को। अल्मा की कैद और कबूतराओं की दलाली एक साथ खत्म।

तभी इलाके में आँधी की तरह बात फैली—

बेटासिंह मारा गया। हाथ में अखबार लिए करन दौड़ता आया—बेटासिंह मारा गया।

राणा सबकुछ भूल गया। उसके मन में रोज बेटासिंह मरता-जीता है। स्थिर आँखों

करन को देखता रहा। सपना है या सच बात ? करन सामने खड़ा है न ?

राणा का मुँह एकदम काला पड़ गया—अच्छा तो कोई हो गया ज़िबह, बेटासिंह का नाम लेकर। कौन हुआ ? उसने काँती एक ओर फेंक दी। और करन से बोला, "बैठ जा।"

करन अखबार पढ़कर सुनाने लगा। राणा करन के पास खटिया पर आ बैठा। चौक में और भी लोग जुड़ आए।

—बारह साल की उम्र में घर से भागा बेटासिंह। चाचा पर कुल्हाड़ी चलाकर भागा था, क्योंकि उसने आम का पेड़ चोरी से कटवा लिया था। किसी ने नहीं माना कि बारह साल का लड़का पचास साल के आदमी को मार सकता है, लेकिन यह बात खुद बेटासिंह ने मानी, बेरहम कहानी का नायक जो बनना चाहता था। उसे यह अपराध नहीं, बहादुरी भरा कर्म लगा। आज भी टेरका गाँव के लोग कहते हैं—बारह साल के लड़के को हम पहचान भी लें, पैंतालीस साल के बेटासिंह डाकू का चेहरा किसी ने नहीं देखा।

बेटासिंह पहले डाकू लोकमन पंडित उर्फ लुक्का के गिरोह में था। बाद में उसने अपना गिरोह अलग बना लिया क्योंकि लोकमन गिरोह के श्रीराम से उसकी खटपट हो गई। अचूक निशानेबाज बेटासिंह काठी से मजबूत और मँझोले कद का था।

राणा के दिमाग में मँझोली और मजबूत कद-काठी चक्कर खाने लगी।

"माँ, सरमन और दूलन काका यहीं हैं न ?"

कदमबाई ने सरमन अभी थोड़ी देर पहले देखा था और दूलन भी, लेकिन जैसे अपनी आँखों पर विश्वास करना भूल चुकी हो, यह नहीं कह पाई कि हाँ यहीं थे, बोली, "देखकर आती हूँ।"

तब तक सरमन-दूलन और बस्ती के लोग जुड़ गए। करन से बार-बार बेटासिंह के मरने की बात पूछने लगे। जैसे वह जितनी बार पूछेंगे, बेटासिंह उतनी ही बार मरेगा और उसका मरना पक्का हो जाएगा।

मलिया की जानकारी के हिसाब से अब तक दस बेटासिंह दरोगा के पास आ चुके हैं। इलाके की जनता ने उसे पकड़वाकर ही छोड़ा। यह दीगर बात है कि लोग गंगाजलो उठाकर कौल खाते रहे, शिनाख्त और बयानों पर गीता उठाई, पर बेटासिंह के नाम पर कभी छोटेसिंह नाई निकला तो कभी बालकसिंह काछी। थानों पर जड़ी तसवीरें भी जुदा-जुदा। गाँव के लोगों ने तो देखा नहीं, नाते-रिश्तेदार भी नाट जाते। लोगों ने यह भी कहा—दरोगा लोग बेटासिंह को मरने नहीं देंगे। इनाम क्या चीज है, इनाम की दोगुनो रकम तो बेटासिंह खुद दे सकता है। कहते हैं कि दरोगा ने समर्पण पर जोर दिया कि बेटासिंह खय्यड़ गुरु की तरह नवोदित डाकुओं को दरोगा का ग्राहक बनाएगा। सुरक्षा के बदले दाम। जनता का हक डाकुओं के हवाले।

किसी ने यह बात भी काट दी।—अजी नाते-रिश्तेदार, घर-गाँव के लोग पहचान कर क्या पाएँगे ? इनाम तो पुलिस को मिलेगा। अगर दरोगा आधी-आधी रकम बाँटने का कौल भरे तो वे ही लोग दूध का दूध और पानी का पानी कर आएँगे। आखिर

नातेदारों को भी बेटासिंह जैसे पिद्दी को घाटी का राजा होते देख खटास लगती है। यह दूसरी बात है कि वे उसको अपना नजदीकी बताकर पुलिस के भी कान ऐंठते रहते हैं। रंजिशों को भुनाते रहते हैं।

—भाई लोगों की गलती है, सिकंदरा के काछी को छह महीने पहले पकड़कर थाने ले गए, बोले, यह बेटासिंह है। अमगाँव का कोरी, जिसे सिपाही दो रातें बाँधकर डाले रहे थे कि यह सच्चा बेटासिंह है। दरोगाजी झाँसी मीटिंग से लौटे, सिपाहियों को कोड़ा मारकर धूप में पड़ी पत्थर की पटिया के ऊपर नंगे पाँवों खड़ा रखा—हत्यारी जनता के संग तुम भी अंधे हो गए ? जनता आजकल साजिश करके पुलिस को बदनाम करती है। अब गाँव के लोग डाकू को पहचानने की कमीशन माँगते हैं।

"कज्जा लोगों की बातें !" मलिया और खुरदा अपनी बूढ़ी हँसी में खिलखिलाए। जैसे दो बच्चे हँस रहे हों !

"एक बार अपने केहरसिंह को ही अमरौख की डाँग में नहीं कस लिया था ? कहा था, यह सुंदर डाकू है, नया-नया !"

राणा की आँखों में आग है।

खून में नफरत लहरा रही है। माँ की निगाह बेटे से जुड़ी हुई है—लप-लप करती निगाह !

एक कोने में जाकर करन से बातें कर रहा है राणा। करन कलाई की घड़ी देखता है। राणा गर्दन को झटका देता है। जिंदगी और मौत के बीच फँसे कुंडे-सा। मुक्त होकर घोड़े की तरह भगाता हुआ थाने पर पहुँचना चाहता है।

करन ने सुना तो बीच में ही बात काट दी, "क्या करेगा वहाँ जाकर ?"

"जाना होगा।"

"क्यों ?"

"वहाँ रामसिंह जरूर आएगा। दरोगा का दायाँ हाथ। उसे छिपने की नहीं; दिखने की हिम्मत हो गई होगी। और फिर देखेंगे कि बेटासिंह की जगह बेटासिंह या कोई और..."

"सिर पर कफन लपेटकर जा। मैं नहीं जा सकूँगा।"

"तू डर गया करन ? तू तो बचपन में वीरों की कहानियाँ पढ़वाता था मुझे।"

"वीरों की। बेवकूफों की नहीं। वहाँ तुझे क्या मिल जाएगा ? रामसिंह ही हथकड़ी लगवा देगा।"

"मत जा करन, मैं अकेला ही जाऊँगा। कभी खून देखकर डर लगता था, आज खून ही ललकारता है। मेरा दिल लोहे जैसा सख्त, चमड़े जैसा मजबूत होता जा रहा है। मुझे मौत से मत डरा। बस एक बार मोटरसाइकिल ले आ। तेरे पाँव पकड़ता हूँ। धोखा मत दे। मैं बुरे से बुरे के लिए तैयार हूँ। तेरा बालबाँका न होने दूँगा। तेरे पास भी खड़ा नहीं रहूँगा।"

"तुझे मरना ही है तो...हमें किस बात का मोह ?" करन ने होंठ टेढ़े कर लिए।

"करन, अल्मा का मोह त्यागा, प्यार को लात मारकर चला आया। कहते हैं न कि मरनेवाले के लिए सबसे बड़ा बैरी मोह ही होता है। मौत के साथ गाँठ बँध गई है अब तो।"

राणा बनियान और पाजामे में ही डेरे से निकल गया। कदमबाई क्या जाने, कहाँ जा रहा है ? यही वह चाहता था।

करन रातवाला कुर्ता-पाजामा पहने हुए था, केहरसिंह की मोटरसाइकिल लेकर चला तो मंसाराम ने टोका, "कहाँ ?"

"घर," कहकर वह सीधा पगडंडी की ओर निकल गया।

राणा ने पाजामा के नाड़े में काँती बाँध ली। देह को छूती हुई काँती ताकत का आभास दे रही है। किसको पता है कि शमशीर थाने जा रही है।

अमरौख के पास साईं के कुएँ पर दोनों ने कपड़े बदले। राणा लंबे कद का लड़का, करन के पैन्ट छोटी पड़ गई। उसने बिना परवाह किए पाजामा के ऊपर ही किसी तरह चढ़ा ली, हथियार की परछाईं तक करन को न दिखी। इसी तरह कमीज पहन ली।

करन टी-शर्ट और पैन्ट में है। बदन के पुराने कपड़े डिग्गी में छिपा दिए।

राणा अतिशय गंभीर था, पर जो सोचना चाहता था, कहीं खंडित हो जाता। रामसिंह दिखेगा, वह पास जाकर राम-राम करेगा। अल्मा का हाल पूछेगा। गुस्सा दिखाने का कोई काम नहीं। फिर कहेगा, माँ ने अल्मा के लिए कुछ दिया है—गहने जैसा। एकांत में ले जाएगा। काँती पसलियाँ के पार निकाल देगा। इतनी फुर्ती से कि मुँह से आह तक न निकल पाए। यह काम गोरामछिया में भी कर सकता था। मगर अल्मा का चेहरा बाधा बनता।

यदि यह न हुआ तो ?

रामसिंह जहाँ खड़ा होगा, राणा छिपता-लुकता पीछे पहुँच जाएगा। उसकी पीठ से काफी दूर खड़े होकर भी निशाना बाँधकर वार करेगा तो पसली के नीचे जिगर को छेद कर काँती पार निकल जाएगी। न कोई आवाज न धमाका। मौत चुपचाप दबोच लेगी। मरनेवाला और मारनेवाला दोनों आजाद।

●●●

थाने पर तमाशे का दिन हो जैसे !

भीड़ मोंठ की ओर से चली आ रही है। थाने के आगे चौक भरा जा रहा है। समथर और उरई की ओर से भी लोगों के काफिले...आगे-पीछे बातें ही बातें।

थाने की लाल सुर्ख दीवारें और काला फाटक। छत पर तिरंगा लहरा रहा है। उसे पेशाब की हाजत होने लगी। लौटा तो आते-जाते लोगों से पता चला, लाश आने में देर है। सकून मिला, जब कि डेरों से जल्दी से जल्दी भागा था। करन से कोई बात करे, हौलदिली इतनी मोहलत नहीं दे रही थी।

अप्रैल का महीना, गर्मी उतनी नहीं है, जितना राणा को पसीना आ रहा है। कमीज

के नीचे पीठ पर धारें बह चलीं। चेहरा लथपथ। रामसिंह मर गया तो माँ जरूर मर जाएगी, क्योंकि वह मुझे कहीं से बचा नहीं पाएगी। अगर न मारूँ तो ? जिंदगी से नाता जोड़े रहना मेरे लिए कठिन होगा। अल्मा को क्या मालूम कि रामसिंह किस खूँटे बाँधे ? मैं देख नहीं सकूँगा। मैं और रामसिंह अल्मा पर बराबर हक रखनेवाले जिंदगी की राह के चलते गद्दार साबित हुए, दो गद्दारों की दोस्ती...

राणा रामसिंह को दरोगा सिपाहियों के दाएँ-बाएँ आगे-पीछे खोज रहा है। आँखों की सर्चलाइट घूम रही है। रामसिंह नजरों में नहीं आ पा रहा।...लेकिन कोयले-सी जलती आँखों के दायरे में रामसिंह के अलावा और कुछ भी तो नहीं।

करन पास ही खड़ा है। पैन्ट की जेब में हाथ डाले हुए। क्या मालूम करन पिस्तौल भी ले आया हो, बचाव के लिए, और राणा को न बता रहा हो, कहीं माँग न बैठे !

राणा को लगा उसकी उँगलियों और हथेली के बीच पिस्तौल दबी है। काश दबी होती। काँती की लड़ाई पर भरोसा है, पर गोली जैसी तेजी का आनंद नहीं।

खड़े-खड़े धूप उतरने को आ गई। जान खंड-खंड टूटने लगी। इतनी देर जीवन और मौत के बीच कैसे झूल पाएगा कोई ? राणा का पहला मौका है। अनुपस्थित शैतान का सामना करते नजर कटने लगी। पाँव सुन्न हो रहे हैं।

रामसिंह ! दूर कहीं !

नहीं-नहीं।

लाश आ गई। लोगों ने गर्दनें उचकाईं। सारा माहौल रोमांचित हो उठा। असहनीय स्थिति। सामने मौत का तांडव ! झाँकी और दर्शन। किसी को किसी का ध्यान नहीं। सबके सब लाश की तरह सुन्न और मृतक से...बेटासिंह हर देह में बर्फ की तरह उतर गया।

रामसिंह की झलक कौंधी। झूठमूठ। ज्यादा चौकन्नापन धोखा खा जाता है। गलती नहीं करना चाहता सो गलती हो रही है। खुफिया आँखों के दायरे की भी तो कोई सीमा है। नजर जल-जलकर बुझी जा रही है।

जनसमूह में फुसफुसाहटें हैं। कानों से कानों तक रेंगती बातें।

टिकटी पर लाश है।

स्वागत गीत जैसे संवाद चल रहे हैं।

—गोली लगते ही नदी में कूद गया था। देह मशक-सी फूल गई है। ऐसा ही होता है अक्सर। हाथ-पाँव हाथी के जैसे। खून करनेवाले बेटासिंह का खून ! जीते-जी खौफ बना रहा, मरकर आनंद दे रहा है। कई लोगों ने आँखें मींच लीं। खुली आँखों अवसाद भरे आनंद को पीने में बाधा पड़ती है। लोग लाश देखने का धर्म निभा रहे हैं।

राणा आँखें फाड़-फाड़कर देखते हुए भी असलियत को नहीं पकड़ पा रहा।

लाश असली होने का भ्रम दे रही है और वह सोचकर आया था कि यह बेटासिंह नहीं। उसके मंसूबे मुरझा आए।

मृत देह खटिया के सहारे खड़ी कर दी।

कोई बोलता है—सबेरे अखबार में था कि चंबल के डाकुओं से मुक्ति दिलाने संबंधी दावों और पुलिस के प्रयत्नों के बावजूद इलाके में अभी कई गिरोह सक्रिय हैं। डाकुओं को खत्म करने का कारगर तरीका अपनाना होगा। पुलिस मुख्यालय के प्रवक्ता के अनुसार—पुलिस ने पिछले आठ महीनों में ग्यारह डाकू-गिरोहों को ढेर किया है। इनाम की रकम पच्चीस हजार से दो लाख तक थी।

खटिया के सहारे खड़े मृत डाकू के सीने पर कारतूसों की माला है।

तालियाँ ! भीड़ का गोल घेरा गूँजने लगा।

राणा की नजर अचानक ठहर गई। गोलकों का हिलना-डुलना बंद हो गया। सिपाही बेटासिंह की देह को जगह-जगह से कसने के बाद टखनों में महीन डोरियाँ बाँध चुके।

अब गर्दन की बारी है।

लाश का जिंदा आदमी की तरह खड़ा होना विचित्र लग रहा है।

मरी हुई गर्दन और औंधा चेहरा सीधा होकर सामने आ गया। आसपास चू चू चू की ध्वनियाँ उमड़ने लगीं। सीताफल जैसा फुसफुसा चेहरा...आँख-नाक और मुँह-माथे की उठान-ढलान गायब है। गोलियों से छना हुआ सूराखोंदार नीला चेचकरू-सा बदनुमा मुँह।

साँसों के तूफान ने माहौल घेर लिया।

राणा की आँखों के सामने की दुनिया उलट गई।

रामसिंह ! रामसिंह काका !

हालत बिगड़ने लगी। हाथ की काँती नीचे गिर गई।

कौन कह रहा है ?—साला मरते-मरते फुर्ती दिखा रहा था। काम आसानी से हो जाता तो चेहरे का यह हाल न होता। गोली खाकर बेतवा नदी में जा कूदा। पानी में गोलियाँ दागीं। हमले के लिए पलट पड़ता था। जानता था कि बचकर जा न पाएगा।

ऐसा जाँबाज और दिलेर ! रामसिंह काका तू ही था। बेटासिंह को धमकी देनेवाला गीदड़...

राणा की दो आँखों से उठती नजर सुए की तरह लाश में धँसने लगी।

पुतलियाँ खून में डूबी हुई निकलीं। वह खूनी दलदल में खड़ा है।

यह खून...रामसिंह काका, तू सरकारी लाश होकर विदा ले रहा है निर्मोही ! तू झूठ बनकर जा रहा है ! दीवार पर देख, क्या लिखा है ? सत्यमेव जयते।

जीभ पर लकवा पड़ गया। हाथ-पाँव बर्फ के बने-से...जितना होश रह गया वही मुसीबत ढा रहा है। राणा घिरे हुए चूहे-सा...भाग भाग भाग ! अल्माऽऽ...

●●●

चंद्रपुर नौगुवाँ पर पौ फटी। पृथ्वीपुर दिखाई दे रहा है।

राणा अल्मा का ध्यान करके भागा था। उसे गोरामछिया के लिए दाईं ओर मुड़ना था, आगे बढ़कर बाईं ओर आ गया। फिर भटक गया। जो नहीं करना चाहता था, वही

कर बैठा। गोरामछिया से कभी आना न चाहा था, अल्मा को छोड़ने की बात सपने में भी न सोची थी।

रास्ता कैसे बदल गया ? सातार, बेतवा, जामिनी, तीन नदियों का जल पार करके उत्तर प्रदेश लाँघकर मध्यप्रदेश में आ गया। फिर भी अल्मा के घर तक नहीं पहुँचा ! कितनी दूर हो गया यार का डेरा ? अल्मा की याद और मौत का भय...संग-संग चले थे दोनों। भय की जीत हुई। उस हालत में ऐसी बहादुरी भी हो सकती थी कि अल्मा के पास पहुँच जाता।

मोघिया का रहवास !

धरती पर पाँव टिकने लगे। भले ही पाँवों को घसीटता हुआ चल रहा था। सागौन और शीशम के जंगल से पुरानी पहचान है। जंगल दोस्त की तरह है, चप्पा-चप्पा छाना है सो डर नहीं लग रहा। जड़ी-बूटियाँ अल्मा के योग्य बनने की सनदें थीं। हिंसक पशुओं ने कभी न डराया न धमकाया न कभी हमला किया। भेड़िए घर में आए, कमाल कर गए !

राणा मोघिया गुरु के रहवास के सामने बने मंदिर तक पहुँच गया। आवाज अब भी जकड़ी हुई है। खपरैल पड़ा कोठा हिम्मत बँधा रहा है। सबेरे के समय पक्षियों की छोटी-छोटी चेंचें-केंकें और कोयल की मीठी प्रार्थना-सी पेड़ों से उठ रही है।

गुरु सामने खड़ा है। पीला बना, झुका टूटा-सा !

राणा अपाहिज बच्चे-सा लड़खड़ाने लगा।

"मोघिया गुरूऽऽऊ !" जंगल गुँजाती चिंघाड़ के साथ उसकी बाँहों में जा गिरा।

हिलक-हिलककर रोने लगा।

"रामसिंह रेऽऽ..." मोघिया गुरु काका को आवाज देता हुआ विलाप कर रहा है।

राणा ने सारे आँसू गुरु के कंधे पर रिता दिए। जिससे इतनी नफरत थी, उसके लिए मोहब्बत भरा घड़ा कहाँ दबा रखा था ?

अल्मा के आसपास आ गया।...लेकिन उसके बारे में क्या पूछे ? किस दम से पूछे ? मोघिया धिक्कार-धिक्कारकर मार डालेगा।

उसने आँखें पोंछकर कहा, "मोघिया गुरु, मुझे अल्मा के पास..."

"तो यहाँ क्यों आया था रे ?"

राणा के पास जवाब नहीं। अभी दोनों एक ही दुख से दुखी थे, अभी फाँकों में कटकर अलग हो गए। उसने बात बदल दी—

"रामसिंह काका न कबूतरा बनकर जिया न कज्जा बनकर मरा। जिंदगी और मौत पर तो वश नहीं, जाति पर तो वश था मोघिया गुरु।"

"किसी चीज पर वश नहीं..." गुरु हताश हो गया है।

"पर मेरा वश है, मुजरिमों को सजा देने के हक पर। काका जैसी मौत ही उन जल्लादों को मिले, भले उनकी असलियत कुछ भी हो। दरोगा को खत्म कर दूँगा गुरु। बेटासिंह दूसरे की जिंदगी उधार लेकर कब तक जिएगा।"

मोघिया गुरु भजन गुनगुना रहा है, "आ जो तो जा जो तो...खुमा खुमा करता आओ..."

रामसिंह काका की आत्मा की शांति के लिए भजन गाता हुआ मोघिया एक पल के लिए रुककर बोला, "दरोगा दूसरा आ जाएगा। बेटासिंह बीहड़ में पूरी पीढ़ी पाले हुए है।"

मोघिया गुरु राणा से खफा है या खुद से ? असहाय होकर उसे चिढ़ा डाला शोक भरे संकल्प का मरम नहीं समझा गुरु ने ? और खारिज कर डाला।

राणा ने दोगुने जोश से कहा, "मोघिया गुरु, देखो कि आगे-आगे...तुम मुझे कमजोर समझ रहे हो ?"

"कमजोर नहीं, कायर। अल्मा को छोड़कर भागनेवाले को क्या समझूँ बेटा ?"

वह होंठ कसकर देखने लगा, नाक तीखी होकर तन गई। क्या जवाब दे ?

राणा के हलक से पेट तक विष भरा हो जैसे, थूकने से करुआहट नहीं घटती। बदन को कोई नोंचता रहता है। मोघिया उसकी चुभन और पीड़ा को नहीं समझ सकता। सूखे कठोर चमड़े-सा बूढ़ा, पलकें तक नहीं हिला रहा। किस हिम्मत से अब भरोसा करे ? रामसिंह जैसा खम्भा ढह गया। राणा कैसे बताए कि अभी वह और अल्मा हैं, नया खून, नई हिम्मत जुटा लेंगे। इस शोक को ताकत बना लेंगे। जिन चीजों के सपने देखते हुए तुम डरे थे, हम उन्हीं पर कब्जा करने निकले हैं।

सारा कुछ क्या समझाए, बस इतना कहा, "गुरु, अल्मा के पास जाता हूँ। रोने से काम नहीं चलता। देखना उसके सारे दुख-दर्द पोंछ डालूँगा। पिता चले गए, तब क्या उसके प्राण भी संग बाँध ले गए ? जीने के लिए कोई एक चाहिए।"

ये दिलासाएँ, आशाएँ, लालसाएँ ! मोघिया गुरु कड़वी-सी हँसी हँसकर रह गया। राणा को रहम की नजर से देखा और नादान बच्चा समझकर कुछ भी कहने से खुद को रोक लिया।

राणा उठ खड़ा हुआ।

गोरामछिया जाने से पहले पाँवों में जूते कसने लगा।

मोघिया घुटनों पर हथेली जमाकर उठा और जल्दी-जल्दी कोठे में चला गया। हाथ में कुछ कागज थे, जिन्हें राणा के पास ले आया।

"ले, तू न आता तो मैं इन्हें देने मड़ोरा खुर्द आ रहा था।"

"ये ! क्या ?"

"पंद्रह रोज पहले प्यारे कलंदर मैंने दातारनगर भेजा था। अल्मा की राजी-खुसी लेने। भालू-बंदर नचाने के बहाने गया और कागद ले आया। बोला—राणा के लिए हैं।"

राणा कागजों को ऐसे टटोल रहा था, जैसे मंदिर में चढ़े फूलों की पंखुरियाँ हों।

"गुरु, दातारनगर क्यों ?"

●●●

"मेरे राणा, तुम चले गए। लगता है कि तुम यहीं हो। आहट-सी आसपास रहती है। यादों से दुख कभी बढ़ता है तो कभी घटता है। तमाम तसवीरें मन में फड़फड़ाती हैं। लगा कि तुम नहीं हो तो मेरी जान भी जाने लगी। मन डूबने लगा। नजर धुँधली होने लगी। खाली घर में दम देती अल्मा को एक बार देख जाते। अकेली रहा करती थी, तुम आ गए। चले जाने के बाद अकेलापन कई गुना बढ़ गया। तुम थे, घर भर गया था। कोई कोना खाली कहाँ था ? घर के हर कोने में दुबकी हुई वे गुड़ियाँ नाचने लगीं, जिनके संग अबोध उमर बिताई थी। मेरे पाँव भी कैसे पड़ते, जैसे फिरकी नाचती हो उनमें। ऐसा लगता था मेरे प्राण, तुम्हारे प्राणों में मिल जाने को छटपटा रहे थे। वह महूरत आ मिला। बचपन की उन गुड़ियों को मैंने सहेज लिया। कलेजे से लगाए फिरी। खुश-तितली के जैसी उड़ती हुई !

"मैं उजाड़ जंगल में कभी नहीं गई। बप्पा ने जाने ही नहीं दी। तुम्हारे जाने के बाद समझा उजाड़ कैसा होता होगा। उस रात मैं थी और मोघिया गुरु। बाकी सन्नाटे में दहाड़ते हुए मोघिया के खर्राटे। बेटासिंह आकर एक दिन पहले ही गया था, उसके पाँवों की धमक भी छाती पर पड़ रही थी। दरोगा के बूट तन-मन रौंदने लगे। किसे पुकारूँ ? तुम्हारा ही नाम बार-बार मुँह में आ रहा था, क्योंकि लग रहा था तुम कोठे में हो। पर तुम कहाँ थे ? घर जंगल था।"

●●●

"प्रिय राणा।

"मैं और तुम बप्पा के बच्चे। उनके सपनों की जान। बप्पा को सपनों के बदले सजा मिली। न तुम समझे, न मैं। मैं समझती थी, यह हमारा सुंदर घर। नहीं जानती थी कि पुलिस की कृपा से बना है। बाहरवाली कोठरी बप्पा के भजन के लिए एकांत था, पुलिस ने अपना अड्डा बना लिया। डाकू लूटे तो लुटना लगता है, चोर चुराए तो चोरी होती है, पुलिस कुछ भी करे, वह हिफाजत का हिस्सा ही लगता है। गोरामछिया के लोग भी तो कुछ न समझ पाए।

"बप्पा की वैद्यगीरी चल रही थी कि पुलिस से जो समझौता हुआ वह लागू था, मैं क्या जानूँ ?

"दिन पर दिन तमाशे बढ़ने लगे। बप्पा डगमगाते गए। सिर पर बँधी शान-शौकत की पगड़ी और गाँव के लोगों की राम-राम-सीताराम काटने को दौड़ती। क्योंकि सीधा सवाल होता—रामसिंह, दो कबूतरा देने होंगे, दो मुजरिम रिहा करने हैं। मगर सजा पूरी करानी है। वे कौन हैं ? क्या हैं ? बप्पा नहीं पूछ सकते थे, बस अपने मन को समझा लेते—चोरी करते हैं, तब भी तो जेल काटते हैं। हमारे यहाँ जेल में रहना, जिंदा रहना है। मैं उनको मौत से बचाए रहूँगा। मौत दुनिया की सबसे बुरी और भयानक चीज

है।–रामसिंह एक और आदमी, रामसिंह दो और...बप्पा हारने लगे। हारा हुआ आदमी जीतने की कोशिश में हारता ही जाता है–रिश्तेदारियाँ, मेल-जोलवाले लोग दूर-दूर होते गए। शक तो नहीं था, पर शक जैसा कुछ था। बप्पा कहते–मेरी अल्मा तो सुखी है। इसी की खातिर मैं...

''सुख-सुविधा ने एक बार को तो भुला ही दिया कि बप्पा जो कर रहे हैं, गलत होता जा रहा है। मोघिया कहता–कसाई पहली बार बकरा काटते झिझकता है। जल्लाद किसी को सूली जब पहली बार देता है, उस दिन खाना नहीं खाता।...मगर फिर उसे आदत पड़ जाती है। सबकुछ रोजमर्रा का काम। जितना ही निर्दय होकर अपना काम करता है, उतना ही कामयाबी पर खुश होता है।

''पुलिस भी बप्पा को मानने लगी, उनका काम आसान कर देनेवाले बप्पा। जिंदा रहने के लिए कहीं से भी गुजर रहे थे। तुमको पर्दे में रखा, क्योंकि भीतर ही भीतर जानते थे, जो कर रहे हैं, वह कहीं गलत है। पर राम-नाम-सी जिंदगी, सुमिरना जरूरी हो गया। नहीं तो भव की भँवर ही भँवर।

''सबकुछ हासिल है।

''नहीं हासिल हुआ तो बेटासिंह की सूरत से मिलता-जुलता कबूतरा। कि हासिल ही नहीं करना चाहा ?

''दरोगा इनाम-इनाम बर्रा रहा है। बेटासिंह जल्दी मचा रहा था। बप्पा घबरा-घबराकर बेहाल।''

●●●

''राणा !

''दुख बढ़ चला है। बप्पा का जी ठिकाने नहीं। घर में गमी लगी हुई है।

''मोघिया गुरु रुपयों के इंतजाम पर जुटा है। बप्पा कहते हैं–दरोगा को रिश्वत देकर कुछ दिनों के लिए शांत किया जा सकता है। चालीस-पचास हजार भी हों तो वह मुँह बंद कर लेगा। डाकू को भी समझा सकता है। पुलिस का यही कायदा है। उसके बाद सोचेंगे, आगे क्या करना है ? इज्जत की जिंदगी जीने निकला था मैं, मोघिया गुरु उसी की यह सजा...कि जीने को तरस गया। मौत नहीं चाहिए, गुरु किसी कीमत पर नहीं...मेरे सामने अल्मा है।

''दूसरे दिन मोघिया गुरु बीस हजार ले आया। बप्पा ने पूछा, गुरु कहाँ से ? वह बोला–तू शराफत का साफा बाँधकर लूटपाट और राहजनी भूल गया। जिंदगी शराफत के साफे से नहीं, कूबत से कमाई जाती है। और ये सौदे बहादुरी के हैं, जिन्हें तू पढ़ाई-लिखाई के सिर होकर भूल गया। इसी का खामयाजा भोग रहा है।

''–गुरु, बीस हजार में चढ़ाई नहीं चढ़ी जाएगी। घर बेचो।

''–और अल्मा ?

–''अल्मा को मेरे साथी दुर्जन कबूतरा के यहाँ पहुँचा दे, उसके घरबार है। भेजना

तो कदंमबाई के पास चाहिए था, पर जिसका बेटा मेरी बेटी को ठुकरा गया, वहाँ भेजना किसी का थूक चाटना है। गुरु, अभी तक कज्जा लोगों की लानतें सही हैं, अब अपनों की भी सहें तो लानत है हमारी जिंदगी को।

''राणा, यही बात मेरे मन में भी रही, पर इसका यह मतलब नहीं कि तुम याद नहीं आए।

''बीस हजार में घर बिक गया।

''मैं खटिया पर आँखें मूँदे पड़ी थी। बप्पा ने समझा सो रही है। वे बल्ब की धीमी-सी रोशनी में अंधे पागल की तरह विलाप कर उठे—बिटिया, तू कोई मीठा सपना देख रही है ? तू परियों के उस देश तो नहीं जा पहुँची, जिसकी कहानियाँ सुनाकर मैं तुम्हें बहकाता रहा ! वे आसमानी मुल्क की मनगढ़ंत कथाएँ थीं अल्मा। बिटिया, इस झूठ के लिए मुझे माफ...

''मैं आगे कुछ भी नहीं सुनना चाहती थी, रुलाई कंठ फोड़कर जो उमड़ी पड़ रही थी। बप्पा के गले में हाथ डालकर फूट पड़ी। जितना रो सकती थी, रोई राणा...वह रोना अकेले बप्पा के बिछोह का होता तो इतना भयानक, इतना दर्दीला न होता। बेटियाँ पिता को छोड़कर जाती ही हैं। वह रोना तुम्हारे लिए था, तुम्हारे लिए, जिससे मुझे मिलन के बदले बिछोह मिला ! सजा के रूप में वनवास।

●●●

''राणाऽऽआँ !

''पता नहीं आज क्यों पुकार नहीं रुकती। जिंदगी का करिश्मा तो देखो, यहाँ दातारनगर आ गई दुर्जन कबूतरा के घर। बप्पा का साथी। पुलिस से हाथ मिलाकर रहनेवाला। पैसेवाला भी है। बप्पा कहते थे, बेटी से इतना प्यार है कि उसके लिए जान भी दे दूँगा। राणा के संग ब्याहकर रानी की तरह विदा करूँ बस।

''दुर्जन कहता है—रामसिंह से जिंदगी जोंक की तरह चिपट गई है, उसने बेटी को भी दाँव पर लगा दिया। हारे हुए जुआरी की तरह खेल रहा है, साला ढोंगी। नाटकबाज।

''—अल्मा तू गिरवी धरी है, समझे रहना। भला। इसमें बुराई भी नहीं। हम कबूतराओं में तो यह चलन रहा है—जेवर-गहना-बासन और बेटी मुसीबत के समय काम आते हैं। अब तू मेरी खरीदी हुई...

''आज कुछ आदमी आए थे राणा, मुझे डर लग रहा है। बप्पा कहाँ हैं ? कौन बताए ! दुर्जन दाँती पीसकर कहता है—नखरे करे तो साली...। बप्पा के रहते इसकी यह हिम्मत कैसे हो गई ? मेरे बप्पा जिंदा तो हैं ? जेल हो गई क्या ? इस घर के आँगन में उजाला है, मेरी ही आँखों में अँधेरा भर गया है। न बप्पा दिखाई देते, न तुम। कहाँ पुकारूँ ? याद आ रहा है वह बप्पा, जिसे आते समय पीछे मुड़कर देखा था, भरी आँखें, तमतमाया चेहरा, विदा की कठिन घड़ी...याद आ रहा है मेरे हाथ को अपने हाथ से खींचता हुआ घबराया-सा जाता राणा...पीछे देखा, दोनों के होंठ-आँखें रोए...। मुड़कर

देखनेवाले कहाँ गए, कोई बताए ? बप्पा की जिंदगी पर मुझे शक है। दुर्जन धीरे-धीरे अनजान लोगों से बतियाता है, जिसमें रामसिंह नाम नहीं लेता, पर मौत का नाम लेता है। मेरे बप्पा को बचाना राणा...मेरी बात याद रखना। बस !

तुम्हारी-तुम्हारी, अल्मा''

राणा का हाथ काँप रहा है, या चिट्ठी थरथरा रही है ? उसकी आँखें अटकी रह गईं या अल्मा स्थिर है ? कितना भरोसा कर सकता है कोई ? जितना दुख झेल सकता है, उतना ही विश्वास करने की ताकत आती जाती है।

राणा के मन में जोर-जोर से बिजली कड़कती है। गड़गड़ाहट करते हुए बादल फटते हैं, लेकिन एक बूँद पानी नहीं...भीतर ही भीतर सारा कुछ सूख गया !

रामसिंह अल्मा, अल्मा रामसिंह...लपलपाते दो चेहरे आग के गोले हैं या बर्फ के पिंड ?

अब कहाँ जाऊँ ? राणा खड़ा का खड़ा रह गया।

धीरे-धीरे चिट्ठियों की तह बना ली। पैन्ट की जेब में रख लीं। चिट्ठियों के सिवा जैसे कुछ बचा न हो। ये कागज ही उसे आगे बढ़ानेवाली ताकत हैं। क्योंकि इनमें अल्मा का दिल धड़कता है, क्योंकि उस दिल से जाकर राणा का मन मिलता है। बचपन में मारी हुई बुलबुल जीवित हो उठी। दिल पर लगी सारी हल्की-भारी चोटें इस एक जगह पर जुड़ गईं। दर्द में होश नहीं खोया, वह जाग रहा है। मन में प्रलयंकारी तूफान है और वह कुछ अच्छा-अच्छा सोच रहा है।

अकेली अल्मा थपेड़े खाकर डगमगाए तो राणा जी नहीं सकेगा। दुख और गुस्से से बौखला उठा। मोघिया गुरु की ओर बड़े भारी दिल से देखा।

गुरु की आँखें भर आईं। रामसिंह की मौत के गम में अल्मा की रिहाई की चिंता मिली हुई है। अपने ऊपर तरस न आए तो क्या हो ? इतनी विपत्तियाँ असहाय और जड़ी-बूटियों पर चोरी-चुपके गुजारा करनेवाले एक बूढ़े पर ! लाचारी ओलों की बारिश की तरह चारों ओर से घिरती आ रही है।

''अच्छा मोघिया गुरु, अब चलूँ ?''

गुरु ने कुछ नहीं कहा, जैसे जानता हो राणा अल्मा के साथ एकरूप, एकप्राण हो गया।

उसके पाँवों में विचित्र-सी ताकत आई। देह का खून तपने लगा।

''तू अकेला...'' गुरु की बेबस आँखें राणा से देखी नहीं जातीं।

''अकेला बहुत हूँ।''

राणा ने गुरु की ओर ऐसे देखा, जैसे कहना चाहता हो—बहुत देर हो गई ! चलते-चलते पागल-सा बड़बड़ाया, ''मैं आ रहा हूँ। आ रहा हूँ अल्माऽऽ !'' चलते-चलते वह भागने लगा।

मोघिया गुरु पिछियाता हुआ भाग रहा था, ''अरे मैं, मैं चलता हूँ। तू

कहाँऽऽ...'' बूढ़े आदमी की टूटती आवाज पीछे रह गई।

जहाँ आकर रुका, खुद को मुश्किल से साध पाया। असलियत का पर्दा क्या खुला, रीढ़ टूटने लगी। जब दूसरा टाँका तोड़ा गया, कलेजा फाँकों में फट गया !

रामसिंह काका, तेरा अंत अल्मा को गिरवी रखने में हुआ !

मैं मोघिया गुरु के पास सीना तानकर आया था, अब खुद से घृणा हो रही है। हाथ में काँती भी नहीं। होती तो किस पर चलाता ? दुर्जन को खत्म करता या खुद आत्महत्या कर लेता ? जीकर क्या करूँगा ?

बेतवा के पुल पर खड़ा था। लहरों में चमचमाती तलवारें उठ-गिर रही हैं।

सातार तक पाँव घसीटता चला आया। आते-आते कंठ फाड़कर रो दिया। रुदन सुननेवाला कोई नहीं था। बाएँ हाथ पर चौहद्दी के बीच खड़े चंद्रशेखर आजाद की ऊँचाई छूती प्रतिमा के माथे के ऊपर सूरज तप रहा है। धूप साँवली पड़ गई। वन-जंगल में मोर के-से फटे कंठ की रुलाई बड़ी भयानक लगने लगी।

●●●

राणा है और हाथ में पिस्तौल है !

दुर्जन कबूतरा अपने द्वार के आगे खटिया पर बैठा है। रामसिंह काका की उनहार। बस मूँछें फालतू हैं। राणा का दिल उमड़ आया। काका, तू बार-बार क्यों सामने आ जाता है। हर काम में साथ रहेगा ? मरकर आदमी थोड़ा-थोड़ा सबके साथ हो जाता है ? नहीं तो तेरी आवाज मेरे भीतर क्यों उठती है ? दुर्जन पर मुझे तेरा जैसा गुस्सा आ रहा है। तेरे मन की धज्जियाँ मेरे मन से जुड़ गई हैं। उम्मीदों की राख का ढेर मेरे भीतर जमा है। तूने कैसी कथा सुनाई, कैसा इतिहास रचा, किसी पर असर नहीं दिखा पाया। राजा से रंक होने की कहानी कौन सुनना चाहता है ? चढ़ाइयों से निचाइयों की ओर जानेवाली !

''रे कौन है भाँऽतू ?'' दुर्जन ने हुक्का की नगाली छोड़कर परिचय पूछा।

''राम-राम काका। मैं राणा।''

''पहचान में नहीं आ रहा भाँतू।''

''यहाँ अल्मा है ?'' पूछकर अदब से खड़ा हुआ दुर्जन के जवाब का इंतजार करने लगा। हथेलियाँ पसीजने लगीं।

''रे कौन है तू ? कौन अल्मा ?''

राणा ने चौंककर देखा। नीयत तो खोटी लग रही है। काबू रखते हुए वह आदर भाव बनाए हुए था। शुरू से ही खार खाना शुरू कर दे तो बात बिगड़ जाएगी।

दुर्जन क्यों बोलता कुछ ? हाथ से इशारा किया—बैठ जा।

राणा ने समझ लिया, बूढ़ा डर रहा है। उदास चेहरे पर दो आँखें चिपचिपाई हुई...आँसू आ रहे हैं क्या ? रो रहा है या पछता रहा है ? वह खड़ा रहा। हो सकता है रामसिंह काका के शोक में...

"काका, अल्मा को बुलवा दो। मैं उसे लेने आया हूँ।"

"सो क्यों ?"

"मुझसे उसका ब्याह होनेवाला था, पता होगा।"

"हुआ तो नहीं था।"

"अल्मा से पूछो।"

"हमें जो मालूम है।"

"तुम्हें मालूम जो भी हो। मैं अल्मा को लिए बिना नहीं जाऊँगा।" उसकी आवाज में वही बेचैनी बोल रही थी, जिसने चैन और विश्राम को आग लगा दी। अल्मा के नाम के सिवा अब किसी में दिलचस्पी रह गई थी तो वह था दुर्जन कबूतरा, जिसने अल्मा से ऐसा अटूट संबंध जोड़ लिया जो पहाड़ की तरह ऊँचा और पथरीला हो गया। उसे काटने के लिए जान देनी पड़े तो भी अचरज नहीं। क्योंकि उसे लाँघना असंभव लग रहा है। कितना रुपया लिया होगा, कितना यह आदमी बताएगा, बीच में तो कोई नहीं रामसिंह काका के मरते ही यह दयालु आदमी कसाई कैसे हो गया ? क्या इसके कंधो पर रामसिंह काका की दोस्ती का बोझ नहीं ? लोग कितनी जल्दी सब उतार फेंकते हैं जब कि उसे उसका जमीर सिर तक नहीं उठाने देता।

"तू हेकड़ी दिखाने आया है ? सोच रहा है हमें चुप देखकर दबा लेगा।"

"हेकड़ी नहीं, ईमान लेकर आया हूँ।"

"तेरा ईमान कै पैसे में बिकेगा ? ईमान बिकता होता तो रामसिंह हजारों लोगों से ज्यादा ईमानदार था। अपना रस्ता देख भाँतू।"

राणा का गुस्सा माथा छूने लगा। उसकी नाक से साँसें नहीं, आग की लपटें छूट रही थीं।

न आव देखा न ताव, उसने पिस्तौल निकाल ली।

धाँय-धाँय ! धमाके होने लगे।

दो गुंडे निकल आए।—रे यह तमंचा चटकाकर किसे धमका रहा है ?

राणा ने फिर ट्रिगर दबाया—धाँय-धाँय ! एक-एक को जमीन पर बिछा दिया। खून की सुर्रियाँ छूटने लगीं। खुद भी खून से नहा गया। पैन्ट की जेब में पिस्तौल चुपचाप डाल ली और ऐसे चलने लगा, जैसे उसने जिस काम के लिए जन्म लिया था, वह पूरा हुआ।

राणा की घोर निद्रा टूटी। सूखा-सूखा-सा सबकुछ। खून न पानी !

हाँ, किसी ने उसके मुँह पर पानी के छींटे मारे। कोई उसके तलवों को मल रहा है। हाथ-पाँव सहला रहा है। सिर के बालों और माथे पर पहचानी-सी उँगलियाँ डोल उठीं।

उससे भी पहले कानों में आवाजें आने लगी थीं—होश आ रहा है। पलकें चलने लगी हैं। होंठों पर भी हरकत...नहीं, अब ठीक है। होश में आया जाता है।

राणा ने आँखें खोलीं। अपने ही डेरे में धरती पर लेटा हुआ था। जाने-पहचाने

लोगों की आसपास भीड़ लगी है। घिचपिच करके लोग अंदर आना चाहते हैं।

कुछ याद नहीं आ रहा, कब सोया था ? नींद पूरी होने का एक विराट पर्व...राणा के दिमाग में भौंरे-सा कुछ लगा है। रह-रहकर मन कुरेदता है।—मैं कहाँ हूँ ?

माँ सामने आ गई। राणा ने पहचाना। आँखों के कोयों में आँसू जैसा कुछ भर आया, कोनों से ढुलकने लगा। रोया तो रोता ही गया...माँ उसे छाती से लगाकर रोती रही।

फिर उसका सिर पकड़कर बैठ गई, "हे वीरदेव, मेरे बालक को माँफी देना। तन-मन से राजी रहे। और कुछ नहीं चाहिए।" कहते-कहते कदमबाई की आवाज टूट गई, रुलाई फूट पड़ी फिर से।

सरमन कह रहा है—मलिया न जाता तो ? कहाँ पड़ा होता यह लड़का। भला हुआ कदमबाई ने करन के आते ही मोघिया गुरु के यहाँ मलिया पठा दिया।

खुरदा पूछ रहा था—मोघिया गुरु के यहाँ मिला ?

—कहाँ ? दातारनगर के रास्ते में झरियों के बीच औंधा पड़ा था। मलिया और मोघिया गुरु ने खोज निकाला। देखो, कपड़े-लत्ते कैसे फट-चिर गए हैं। कंधे पर लादकर चलना पड़ा।

—पुलिस पा लेती तो लावारिस लाशों में धर देती। एक मुजरिम बदले में रिहा हो जाता।

सबकुछ सुन रहा है राणा। दिमाग में धुआँ-सा उठ रहा है।

भजनी काकी मुँह पर मुँह धरकर पूछती है—बेहोसी कहाँ छा गई थी बेटा ?

कहना चाहता है—मुझे कुछ पता नहीं। पता हो तो बताऊँ।...लेकिन कुछ भी बोलने की हालत में नहीं राणा। जीभ पर अंगार-सा दहकता है।

चौदह

कदमबाई और मलिया सदा से सुख-दुख के साथी रहे हैं। मलिया कदमबाई के पास आ बैठा, चुपचाप। बीती बातों को याद करें या आगे का कुछ सोचें ? दोनों स्थितियों से डर लगता है। चुप्पी तोड़ने का गुनाह कैसे करें ?

राणा का हाल देख-देखकर आँखें सूनी-खाली हो गईं। बेटे के भविष्य के सपनों को आँधी उड़ा ले गई। हादसों की बाढ़ उतरी, आँखों से नजारे छीन ले गई। बचे हैं बस जलजले ! सर्वनाश की सारी निशानियाँ उसके डेरे पर खुदी हैं। बीमार बछड़े-सा एड़ियाँ रगड़ता बेटा...पछताती, सिर धुनती माँ और तकदीर कोसता हुआ मलिया बूढ़ा।

"अम्मा, मोघिया ने छल किया। रामसिंह की मौत की जो साजिश हुई, उसे पता था। अल्मा की चिट्ठियाँ छिपाए रहा। देखा कि राणा आ पहुँचा है तो भला बन गया। अहसान किया। मेरे लिए दुख के पहाड़ खड़े कर दिए। चाहता तो अल्मा को अपने पास रख सकता था।"

कदमबाई अब इस सच से दूर नहीं कि राणा अपनी नाकामयाबी को दूसरों पर डालकर चैन पाना चाहता है। घिरा हुआ आदमी ऐसे ही करता है, उसकी भी क्या गलती ? जो कहे, कह ले।

राणा लेटा हुआ...सिर उठाता है—अम्मा, मैं गया ! गया अम्माऽऽ ! दिल डूबता है। तू मुझे दुर्जन के पास ले चल। मैं उसे मारकर ही जी पाऊँगा। वह लड़कियों का दलाल।

कदमबाई ने मलिया के संग मिलकर बेटे को उठाकर बिठाया। फिर छाती से लगाकर खुद बैठी रही। कराहती हुई इतना ही बोली—तू सभी चिंता-फिकर मेरे ऊपर डाल दे राणाऽऽआँ !

मलिया का बूढ़ा साँवला चेहरा गुस्से से काँपने लगा। जिस राणा को बहुत प्यार किया था, उसी पर बिफर पड़ा—कायर ! डरपोक ! तू माँ की मेहनत पी गया। नास कर दिया सब।—कहते-कहते मलिया रोने लगा। कंधे पर पड़ी साफिया से आँखें पोंछता रहा।

राणा थम-थमकर चिल्लाने लगा—रो। खूब रो। शंका मत रखना रामसिंह मरा है, तेरा भानिज रामसिंह। अब तक साफ नहीं बताया सो तू मुझे गालियाँ देने लगा ? उसे मैंने नहीं मरवाया, अपनी कायरता के कारण मरा है, हाँ। मेरा खेल तो अब देखना।

कदमबाई डरी-सी देख रही है। राणा की बातों में बीच का तार क्यों टूट जाता

है। यह कुछ का कुछ कह रहा है। मलिया को तो सारी हकीकत मालूम है। देखा कि राणा पेशाब के लिए...

माँ ने बेटे को उठाकर खड़ा करना चाहा। वह उठा। उठकर पेशाब के लिए चला। डगमगाया। घुटने-टूटे बछेड़े-सा गिर पड़ा। माँ की आँखों में अँधेरा छाया था।

●●●

राणा को मलिया के कदमों की आहट फिर सुनाई दी। वह चिढ़ गया। अभी-अभी अल्मा से जुड़ी यादें उसके मन में थीं। शुरुआती झेंप और नोंक-झोंक को याद कर रहा था। वह सब याद करना उसे अच्छा लगता है। सभी दुख वे तसवीरें सोख जातीं हैं। थोड़ी देर के लिए ही सही, इस दुनिया में रहने का मन होता है। घुटन से छुटकारा मिलता है।...मलिया ने अपने पाँवों से सब रूँद-खूँद डाला...

राणा ने आँखें बंद कर लीं और लंबी-लंबी साँसें लेने लगा।

माँ ने मलिया को डेरे के बाहर ही रोक लिया। राणा समझ गया—माँ ने उसके मन को थाह लिया है। तभी मलिया काका को लेकर बाहर चली गई। राणा ने उठकर पानी पिया, कंठ बुरी तरह सूख रहा था। पानी पीकर उसका मन लेटने का नहीं हुआ। गले की तरावट ने सुस्ती हटा दी।

मलिया काका जैसे लोग क्यों हैं, जो रामसिंह की मौत का मातम मनाने का ढोंग कर रहे हैं ? ये वे ही तो हैं, जिन्होंने लड़की गिरवी रखने के रिवाज को आगे बढ़ाया है। कितनी साफ-सी बात है, इन सबने न चाहा होता तो यह रिवाज खत्म न हो गया होता ? और आज उसे अल्मा कितनी आसानी से मिल गई होती। माँ कहती है—पूरे पच्चीस हजार बनते हैं दुर्जन के। मोघिया हिसाब लगाकर बता गया है। राणा का बदन तब से ही हल्का होने लगा। कितनी कमजोरी आ रही है।

अचानक उसे अपने ऊपर गुस्सा आने लगा—मैं क्यों भागा था वहाँ से ? जैसे और जिस तरह अल्मा रह रही थी, रह नहीं सकता था ? रहता तो रामसिंह अपनी बेटी को दुर्जन के हवाले करता ? वह अपने राणा के साथ मड़ोरा खुर्द आती। जिसके घर बर्बर डाकू आया हो, उस लड़की का हश्र क्या होगा, यह खूब जानता था, फिर जान-बूझकर भी...। राणा निराशा के तल से जाकर टकराया।

राणा के मन में एक बात और आती है—कुख्यात और हत्यारे बेटासिंह के बदले रामसिंह को सूली पर चढ़ानेवाले लोगों की गलती किसी ने नहीं पकड़ी ! अल्मा की कीमत अदा करवाने की ईमानदारी को बारंबार खोला जाता है। हत्या और रुपए का न चुकाना बराबरी के जुर्म हैं ? बेटासिंह के शरीर पर रखा इनाम अल्मा की कीमत में आकर मिल गया !

राणा डेरे में अकेला था। उसने किवाड़ बंद कर रखे थे। वह अपने आपसे ये सब बातें कर रहा था।

माँ कहेगी, ऐसे तो पागल किया करते हैं—खुद से खुद की बातें। खुद ही खुद

बहसें !—वह कह देगा—नहीं, अब कुछ नहीं। अल्मा के पास से भाग आने का मकसद था सरमन और दूलन को बचा लेना। इंसानियत के नाते यही मेरा फर्ज था। नैं अपने फर्ज के लिए सचेत और जल्दी में था। दिखा देना चाहता था कि राणा किस तरह का इनसान है। हालाँकि खबर कर देता तो केहरसिंह जैसे लोग भी उन्हें बचाने की कोशिश करते, पर वे सब मिलकर कब तक आते ? मैं उनके सहारे सरमन-दूलन की जिंदगी कैसे छोड़ देता ? मुझे केवल अपने ऊपर भरोसा था। इसलिए अपनी तरह से चला। अपनी कोशिश से मैंने मुखिया और मुखिया के भाई की जान बचाई है, यह क्या कम है ? यही अपनी जाति की रक्षा की छोटी-सी पहल है। ऐसी पहल ही बड़े-बड़े कामों में सहायक होती है।

हाँ, मैं माँ को इस तरह कुछ भी नहीं समझा सकता, क्योंकि वह ठेके पर रहनेवाले उसी झुंड का हिस्सा है जिसे मैं केहरसिंह की भेड़ों के अलावा कुछ नहीं मानता। लेकिन एक दिन माँ समझेगी कि उनके बेटे ने अकेले ही रामसिंह, दरोगा और बेटासिंह को किस कदर परेशान किया कि वे एक-दूसरे की जान लेने पर उतारू हो गए। यह कोई छोटा-मोटा काम नहीं, बहुत बड़ा लक्ष्य है। इसमें कहाँ कमी है ? बस इतना ही दुख रहा कि निशाने पर अल्मा का बाप आ गया। इसीलिए अल्मा भी मुझे धिक्कार रही होगी, नफरत कर रही होगी। पर यह नफरत करने की बात नहीं है। मैंने अपनी इच्छा के लिए ऐसा किया, उस इच्छा में दो लोगों की जिंदगी छिपी हुई थी।

यह बात माँ समझ ले तो वह भी मुझे प्यारी लगे। आज तो यह हाल है कि डेरे में आता हर कोई मुझे अपना दुश्मन लगता है—माँ भी। करन भी। मलिया काका भी। क्योंकि वे यह नहीं समझना चाहते कि मुझे उस डाकू से कितनी नफरत हुई थी और इसीलिए रामसिंह से। रामसिंह की बेटी को छोड़ आने का भी यही कारण था, यही...कितनी बार कहूँ ? काश, बेटासिंह मैंने मार दिया होता। हाथ में काँती तो आई, मगर बेटासिंह नहीं मिला। मन किया खुद के पेट में उतार लूँ...सोचते-सोचते राणा हाँफने लगा। और वह फिर पाँव फैलाकर लेट गया। रात तक पड़ा सोता रहा। माँ ने रोशनी कर दी, डेरे का द्वार खोल दिया। आकाश में चंद्रमा निकल आया, धरती पर उजियारी फैल गई।...लेकिन राणा बेहोश, बीच में बड़बड़ाया। पाँव धरती पर घिसे और फिर चुप हो गया।

●●●

राणा आज कुछ सहज था। करन के आने पर भी उसने सोने का बहाना नहीं किया और न उठकर बाहर ही निकल गया।

करन ने उसके पास धरती पर बैठते ही कहना शुरू कर दिया—कब चलना है दुर्जन के यहाँ ? अल्मा को छुड़ा लाना कोई बड़ी बात नहीं, खासकर तेरे लिए।

करन ने द्वार के पास बैठी कदमबाई को संबोधित करके कहा, "काकी, जो कुछ थाने पर इसने देखा, वह किसी और के बस की बात थी कि देखकर इतना संयम बरते ?

कोई और होता तो वहीं पागल हो जाता। और शर्तिया पकड़ा जाता। अब पुलिस के पाखंड खोलने के लिए राणा सामने तो आ सकता है। जनता को बता सकता है। यह कितनी बड़ी बात है काकी !''

राणा के चेहरे की वक्र-रेखाएँ जरा सीधी हुईं।

—सबसे पहले अल्मा के बारे में सोचना है करन...उसके बिना...। आगे वह कुछ भी नहीं कह पाया।

करन ने राणा की बाँह थाम ली—उसी की बात तो कर रहा हूँ। उखड़ी-उखड़ी बातें तू भी मत किया कर। यही क्या कम है कि अल्मा का पता लगा लिया। नहीं तो खोजते-खोजते ही साल लग जाता। कबूतरा मोघिया कलंदर पूरे देश में फैले हुए हैं।

कदमबाई बेटे का चेहरा देखकर जरा उत्साह में आ गई, किवाड़ पकड़कर खड़ी-खड़ी बोली—करन, इसकी इलम बुद्धि लोग जानते नहीं। दातारनगर चलेगा तो दुर्जन भी मान जाएगा कि उसका सामना किससे हुआ है। वह अल्मा को सात पर्दों में छिपा ले, मेरा राणा उन पर्दों को पलटना जानता है। सरमन तो राणा का खुद रिनी है, संग चलेगा।

कदमबाई ऐसी बातें कह गई, जिन्हें एक जमाने से बिछुड़ी माँएँ अपने बेटे के मोह में कह जाती हैं। बस इसलिए कि उजड़ते दिलवाले राणा का हौसला बना रहे। जबकि खुद के चेहरे पर ऐसा दर्द था, जैसे नसें ऐंठे दे रहा हो।

करन के कहने पर राणा ने हाथ धोकर रोटी खाई। खाकर बोला—आज अम्मा भी खा लेगी, देखता हूँ रोज भूखी बैठी रहती है। समझती नहीं कि राणा का जी दुखी है।

—समझती हूँ बेटा, सब समझती हूँ। खुद भी रोऊँ तो तेरी धीर कैसे बाँधूँ ?—कदमबाई का गला भर आया, वह राणा की पीठ-पीछे बैठकर कंधा सहलाने लगी।

राणा ने माँ को इतने अपनेपन से देखा, जैसे उसका दिल दर्पण हो गया हो। माँ चाहे तो इसमें अपना अक्स देख ले।

कदमबाई सामने बैठे करन से कहने लगी—दुखी होता है कि थाने से क्यों भाग आया ? अपनी जान की खातिर मैदान छोड़े, राणा उन लोगों में से नहीं। बेटा, यह अल्मा को बचाने के लिए मरा जा रहा है और मैं इसकी लौ-लगन की खातिर। आज मुझे जिंदगी पर नहीं, तुम्हारे हौसलों पर भरोसा हो चला। इसी भरोसे को भगवान का नाम देते हैं लोग।

राणा हँस पड़ा।

—माँ, तू देवताओं पर बड़ा भरोसा करती है। भरोसा भगवान पर नहीं, ताकत पर होता है।

करन जल्दी में था, चलने को हुआ और बोला—हमारे पास ताकतवरों की तिजोरी तोड़ने की चाबी है, यही कहने आया था। काकी, चिंता मत करना। अल्मा की तकदीर बंधक रखने का भरोसा पाले हुए है दुर्जन। हम भी देखेंगे कि ठेके के लड़कों के आगे उसकी किवाड़ें कितनी मजबूती से खड़ी रह पाती हैं ? वह किले में चला जाए, लड़के सूराख बना लेंगे।

करन चला गया। राणा के मुँह में हल्की-सी करुआहट छोड़ गया।

राणा कहने लगा—हमें किसी का अहसान नहीं लेना अम्मा।

कदमबाई चुप रही, जबकि राणा ने सुना—तू संग हो जा बेटा। मिल-जुलकर आगे बढ़, सारे पछतावे आग में बदल जाएँगे। अल्मा की साँसें कसी जा रही हैं, क्योंकि वह कमर कस रही है, तुझे भी तो उसके साथ शामिल होना है। हम सबको शामिल होना है। यही क्या कम है कि हम सब साथ-साथ हैं। नहीं तो आज दुर्जन से लड़ने की सोच सकते थे ?

—माँ, तू यह सब मुझे क्यों सुना रही है ?'

—क्या ?

—यही कि सबके संग-साथ...वे संगी-साथी कब चलेंगे, इसका इंतजार मैं नहीं कर सकता।

—मैंने तो कुछ नहीं कहा बेटा। बस इतना कहना चाहती थी कि अल्मा की माँ भी मैं हूँ, बाप भी मैं। रात को सोती नहीं मैं, जागी आँखों देखती रहती हूँ—अल्मा इस डेरे में घूम-फिर रही है। मेरी होनेवाली बहू...यह डेरा उसे पुकारता है। इस डेरे ने हर तकलीफ, हर मुश्किल में संग दिया है। टूटा-उजड़ा-ढहा, पर हमारा नंगापन ढाँपे रहा। इस डेरे ने सदा तेरी माँ की इच्छा रखी है, आज अपनी इच्छा जता रहा है। मेरी उमर ढलने को आ गई राणा, अल्मा को इसे बसाना है। छत पर कौआ-बिल्ली खपरे हिलाते हैं, मेरा कलेजा हिलता है।

●●●

राणा ठेके पर नहीं जाता, तब क्या ठेकेवालों की नीयत नहीं जानता ?

माँ का दिल छनक-छनक करता है, केहरसिंह अपनी योजनाओं में लिप्त है। मंसाराम उसके बगलगीर। करन अपने-आपको ठेके का कर्ताधर्ता समझने लगा है। ये सताए हुओं का सुख चाहनेवाले लोग पहले अपने दिली सुख की बातें सोचते हैं। माँ उन पर इतना भरोसा करती है कि उनके खिलाफ कुछ न सोचती है, न सुनती है।

खुरदा काका बता रहा था—माँ ठेके पर गई थी। दुर्जन से अल्मा को छुड़ाने की बाबत बात करने गई थी। उसका मतलब क्या था, राणा समझता है। माँ जानती है केहरसिंह और मंसाराम रकम जुटा सकते हैं, अदा कर सकते हैं, बस इसीलिए उनकी खामियों पर ध्यान नहीं देती। वे अल्मा को खोजने न देंगे, फिर भी गुनाहगार नहीं माने जाएँगे। समर्थ और पैसे से चौबंद लोगों के कब्जे में आनेवाली माँ का कलेजा अब ठोस हो चला है।

उसे बुरा नहीं लगा, जब वह अल्मा की बाबत बात करने गई और केहरसिंह ठेके के भीतर लड़कों की टोली को कृषि के फायदे बता रहा था ? भाषण अच्छा जमा लेता है।

हाल ही में एक बूढ़े व्यापारी को लूटा है। सोने की मोहरें और रुपए अपने कब्जे

में कर लिए। कहते हैं कि केहर दूसरी पिस्तौल खरीदने का मन बना रहा है। भीखम गोमता कहते हैं एक पुरानी जीप ले लो।

जीप ! मन ही मन हँसा राणा। जीप में सवार होकर लूटने का धंधा करेंगे ? माँ उन्हीं रुपयों में से रुपए लाएगी ? अल्मा की कीमत भरेगी ! थू है ऐसी रिहाई पर। अल्मा सात जनम दुर्जन की कैद में रहे, राणा इस पाप की कमाई को स्वीकार नहीं करेगा। लड़कों की यह टोली केहरसिंह का गिरोह है। एकजुट होने की बातें धोखा हैं। इन्सानियत के नाम पर साजिश हैं।

माँ कहती है, अब वह किसानी की बातें करता है। खेती किया करेंगे सब लड़के।

वाह रे केहरसिंह ! मुँह पर मूँछें होतीं तो सन की तरह सफेद हो गई होतीं। दुनिया छोड़ने की अवस्था आ गई और सपने देखना नहीं छोड़ा ! तुम ही सबकुछ हथियाए रहोगे तो हम जैसों के हाथ क्या आएगा ? तुम खून नहीं करते, खून पीते हो। कबूतरा लड़कों से शिकार कराते हो और सरदार बने हुए हो।

लड़के भी साले खा-पीकर गर्रा गए हैं। केहर जैसे उपदेश दे, मानेंगे। अहिंसा का पाठ पढ़ाए, पढ़ेंगे। गला रितवाए, रेतेंगे। सुविधा और सुख आदमी को बड़ा कमजोर कर देते हैं।

लोगों को तबाह करके उनकी बरबादी का शोक मनाना कितना आनंददायी होता है। मंसाराम को बरबादी की कोई कहानी याद न होगी कि उन्होंने अपनी लालसाओं की खातिर किस-किसको सूली पर चढ़वा दिया ?

करन ने बताया था—केहरसिंह और मंसाराम के इरादे आगे बढ़ने लगे हैं। एक-एक डग आगे। अब घूस, बेईमानी, दारू का धंधा, चोरी-चकारी और औरतों की नुमाइश, बस कुछ नहीं।

—भई वाह ! बड़ी देर बाद सबकुछ बुरा लगा। कदमबाई जैसी औरतों के खानदान मिट्‌टी में मिल गए। उसकी संतान को तीन वाणों पर टेसू की तरह टाँग दिया। अब राणा नहीं, तुम हँस रहे हो। कदमबाई आसमान पर आँखें अटकाए अपनी गर्दन तोड़े ले रही है। तुम और मंसाराम दल-बदलू नेताओं की तरह नए धंधे की बात सोच रहे हो। मुश्तकिल काम चाहिए कि बार-बार उखड़ना न पड़े। केहर को अब यहाँ जम जाना है।

नौ सौ मूसे खाय बिलइया हज करे। फिर तुम सज्जन क्यों नहीं बन सकते ? ठेके की जमीन हथिया ली। आगे बढ़कर खेतों में पाँव गड़ाओ। पर तुम राणा से नहीं जीत पाओगे। चालाक लोग मिल-जुलकर किसानों का हक छीनने निकले हैं।

केहर कहता है—

हम अफसर नहीं सो जीपों के, मोटरसाइकिलों के, कारों के सामने देखें। हमें जनता में चिड़ीमारी करनी है क्या ? नया-पुराना जैसा भी बन पड़े, ट्रैक्टर खरीदेंगे जो खेती के काम आए।

—कुछ भी करो केहरसिंह, कोई बाधा नहीं। गुलाम तुम्हारे साथ हैं। भीखम गोमता

रूपसिंह धनसिंह शरीर से बड़े हो गए, क्योंकि अच्छी खुराक खाई है, तब क्या दिमाग भी पा गए ? वे अभी भी अविकसित बच्चों जैसे हैं। भीतरी तौर पर लगभग अपाहिज। नहीं तो तुम्हारी सूरत देखकर कदम बढ़ाते ?

केहरसिंह कहता है—

करन, तू बाईस साल का बैल हो गया। पढ़ा-लिखा, साले जा डूब मर। तेरा ध्यान अपनी धरती की ओर कभी गया ? उस घर में सबका हिस्सा केवल एक का है, वह है जोधा। वही जोतेगा-बोएगा। काटेगा-विलसेगा।

करन भौंचक्का-सा देखता रह गया और बोला, "खेती वे ही तो सँभालते हैं, इसमें बुरा क्या है ?"

केहर की गंदी जुबान, "साले जोरू आए तो उसे भी जोधा के हवाले कर देना, इसमें बुरा क्या है ? बचपन में तेरा बासी मुँह अम्मा धोती थी, अब उसके सामने नेकर खोलकर क्यों नहीं खड़ा हो जाता ? तू देह से बड़ा हो गया, मन से कब बढ़ेगा ? बाप सामने बैठा है सो बच्चा बना हुआ है। बाप साला पुराना छप्पर, आँधी आई और गया। कब तक छाँह देगा ? बहुत करे तो बड़ों को पूछ ले। इन्हें धनधान नहीं, मान का पान चाहिए बस।"

केहरसिंह का जवाब नहीं। इस ललकार पर कौन न तिलमिला जाए ? करन कुछ भी कर गुजरने पर उतर आया।...लेकिन तुम क्या सिर्फ मान लेकर बदल जाओगे केहरसिंह और मंसाराम ?

तुम राजा हो केहरसिंह। राज करने की आदत हो गई है। गाली देकर बात करना तुम्हारी शान है। इसीलिए जब चाहे तब मदारी का खेल खेल लेते हो, चाहे जिसको नचा लो। मेरे मन में आता है, क्यों न मैं भी अपने हिस्से की बात करूँ ?...लेकिन राजा और मदारी कभी भी ईमानदार इनसान नहीं हो सकते। वे जो करते हैं, स्वार्थ के लिए करते हैं। मेरी बाँहों में दम है, मैं बेईमानों से फरियाद करूँ तो क्या पाऊँगा ? करन की तरह कीला जाऊँगा। मैं अकेला ही मंसाराम से अपना हिसाब माँगूँगा।

दुख यही रहा कि मेरा प्यारा दोस्त करन तुमने अपने रंग में रँग लिया। अब तुम्हें धनधान भी मिलेगा और मान भी। यही बात मुझे निरंतर दुख देती रहेगी। तुम करिश्मा करना जानते हो और करिश्माई लोग दूसरों को बाँधने के लिए ही चौंकानेवाले खेल करते हैं, यह मैं जानता हूँ। यह भी तय है कि अब तुम्हारे नाम का डंका बजनेवाला है क्योंकि हमारे भाई-बंधु तुम्हारे खेतों में बीज के साथ अपनी ताकत बोएँगे।

•••

केहरसिंह भी कम नहीं मिसमिसाता। कदमबाई को कितनी बार सचेत किया है—तुझे बुरा लगेगा कदम, तेरा बेटा अब तक टेसू था, अब अजगर हो गया। कब तक पालती रहेगी नाकारा को ? अंधेर है, पराई लड़की इस निठल्ले की लापरवाही के कारण कबूतरा के यहाँ गिरवी पड़ी है और यह औंधे चूतर करके डेरे में सोया रहता है। साले की उम्र

थी कि दुनिया को ललकारता, पर हवा में लातें घालकर समझ रहा है, काम पूरा हुआ।

करन बोल पड़ा—नहीं, जाएगा। छुड़ाकर लाएगा।

—तू गाँड़ू का हिमायती। सदा हारेगा करन। उसकी तरफदारी छोड़कर ठोस काम करना सीख। ऐसा मजबूत बन कि दुनिया तुम पर भरोसा करे। मेरे कहे पर गौर किया ? क्या तय रहा ?

केहरसिंह फैसला ले रहा है। लड़कों के चेहरे बदल रहे हैं।

मंसाराम हँसते हैं—जंग का जुगाड़ ही करता रहेगा सदा ?

केहरसिंह थूक छोड़ता हुआ फटकारता है—साले हम जंग नहीं लड़ेंगे तो केंचुओं की तरह माँटी खा-खाकर मर जाएँगे। तेरी उमर खतम हो रही है, सो जद्दोजहद से घबरा गया ? जो केहरसिंह के संग रहे, अजगरपना भूल जाए।

—ठीक है। भूल जाएँगे बैठकर खाना। एक दिन में ही हथेली पर राई नहीं जमती। तू समझ रहा है ट्रैक्टर लेकर खेत में पहुँचेगा और किसान बर्दाश्त कर जाएँगे ? कबूतराओं को मिट्टी में मिला देंगे। इसके लिए जोधा को फेंटी में लेना पड़ेगा। वह राणा नहीं कि कुछ भी कह लो, होंठों में गुस्सा दबाए रहे। हमारी तरह नहीं कि तेरी हर बात सही मानकर चले।

केहरसिंह अचंभे से देखने लगा—मंसा, तू मुझे समझा रहा है या खुद को भरमा रहा है ? जोधा, जो हमारी कमाई पर बादशाह हो गया है। तुझे अब संबंध याद आने लगे ? अब तक सब पर अकेला ही तीर चला रहा था। तेरा बेटा जोधा है, करन है और...

—ये बेटे किसके हैं फिर ? अरे इनकी ओर देख, रखैल की तरह पड़ी तेरी धरती को फसलों से सजा देंगे। यह करिश्मा तेरे हाथों ही होगा क्योंकि इनकी बाँहों की ताकत का तुझे अंदाजा है।

●●●

राणा से मन सधा नहीं, तन बिखरने लगा।

मन में हलचल मची है, परेशान एकांत में बैठा रहा। अल्मा के बारे में सोचते ही दिल सुलगने लगता है, आँखों में धुएँ की कनियों की तरह आँसू छा जाते हैं। बिना पलक डुलाए चौक में खेलते बच्चों को देखता रहता है—कभी वह भी ऐसा ही बच्चा था ! तब बचपन भी बोझ लगता था, क्योंकि जवानी के जुल्म पता नहीं थे।

माँ सबकुछ थी। माँ से अच्छी कोई चीज नहीं थी। आज तो माँ को देखकर अचंभित रह जाता है। साफ-सफेद घाघरा पहनकर गुलाबी ओढ़नीवाली अम्मा की हँसी-खुशी, दुख-तकलीफ भी कुछ दूसरे ढंग के हो गए हैं—एकदम ठेकेवाले ! रोते समय उसकी आँखों से आँसू नहीं गिरता। दबनेवाली बात पर भी नाक तनी रहती है। विनती करेगी, बोली नरम निकालकर भी उसका मरम गहरा और तीखा रहता है। कितनी बदल गई है माँ। राणा ज्यों अकेला रह गया। कभी मारपीट, गाली-गलौज याद आती हैं, अम्मा

के होंठों से अब मेल नहीं खातीं। काश, वह गोरामछिया न जाता तो माँ के बदलते रूप को देखता रहकर अजनबीपन महसूस न करता। कमजोरी-सी लगने लगती है। मालूम होता है वह माँ के सामने नहीं, किसी ताकत के सामने खड़ा है, जिसे ललकार नहीं पा रहा।

दातारनगर जाना है, माँ तैयारी में जुटी है। पुराने चलन को देखते हुए दुर्जन कबूतरा की रकम अदा करनी होगी। राणा सहमत नहीं हो पा रहा। वह कहना चाहता है, जब तक कदमबाई जैसी माँएँ रहेंगी, अल्माएँ बिकती रहेंगी। लड़ने से पहले ही गिरने को तैयार। कैसी है माँ एक ओर इतनी आगे, दूसरी ओर उतनी पीछे। यही सहन नहीं होता।

मंसाराम चमड़े की थैली में रुपए भरकर क्या आ गए, खुद को कबूतरा जाति का उद्धारक समझने लगे। हाथ में रुपया है, माथे पर गुमान दमक रहा है। दमक से अम्मा चकाचौंध है। राणा को यह नकलीपन पसंद नहीं।

मंसाराम के संग भीखम और गोमता अंग-रक्षक की तरह आए हैं। माँ को हिम्मत देते हुए—काकी, घबराना मत, हम हैं। पंचायत में आगे बैठने को आदमी या बेटा चाहिए, हम बैठेंगे। कोई ऐतराज उठाकर तो देखे, हमारा कुटम-परिवार देखते नहीं क्या लोग ?

राणा देखता है, माँ को दूसरे बेटों का होना कितना भारी लगता है कि वह एकदम हलका होता जाता है।

दातारनगर के लिए टोली रवाना होनेवाली है। मोघिया गुरु दुर्जन के पास पहले ही पहुँच गया होगा। माँ छोटी पंचायत के लिए तैयार है। तीन गाँव के डेरों के कबूतराओं का सामना करेगी। बात नहीं बनेगी तो बड़ी पंचायत होगी—पाँच जातियों के पाँच लोग पंच बनाए जाएँगे, माँ अपनी बात उनके सामने रखकर न्याय माँगेगी। सवाल-जवाब सोच लिए हैं, सधी और उग्र आवाज का अभ्यास है माँ को। उतार-चढ़ावों से रोज गुजरती है, जिंदगी काबू में कर ली है।

राणा स्तब्ध-सा देखता है। सबकी माँ ऐसे ही बदल जाती हैं !

कमजोर दिल का लड़का, अल्मा को अपनाने का सपना देखा था, धीरे-धीरे मर रहा है। कैसे जाए और कहाँ जाए ? दुर्जन कबूतरा का संहार करना चाहता था। उसके ईमान और जमीर को ललकारकर दुनिया को बताना चाहता था, दुर्जनों को रास्ते से कैसे हटाया जाता है। माँ पंचायत की बात कर रही है, जहाँ ईमान नाम की चीज नहीं होती। माँ रकम की बात करती है, जिसका कोई धर्म नहीं। राणा जानता है कि माँ उसके सोच को सही नहीं मानेगी, इसीलिए वह बहुत-सी बातें सोचने से रोकती है। क्या हर माँ को अम्मा की तरह ही अपने बेटों की बातें गलत लगती होंगी ?

राणा इन दिनों मन में उठते सवालों से छिदता रहता है। दिल-दिमाग लहूलुहान। इसीलिए गुस्से में आकर उसने कह दिया था—तुम लोग जाओ। जो चाहो सो करो मेरा बस चलेगा तो दुर्जन की कनपटी में गोली निकाल दूँगा। मुझे किसी से इंसाफ नहीं माँगना। अपना इंसाफ छीनकर ले लूँगा। अपना ही नहीं, दुनिया को इंसाफ दिला सकता

हूँ, क्योंकि मैं लोगों के झूठ और कपट को बर्दाश्त नहीं कर सकता।

माँ कुछ कहना चाहती थी, कहते-कहते अटक गई।

शायद कुछ कहना ही नहीं चाहा, क्योंकि राणा के भीतर की लपटें बाहर आने लगी थीं। वह दनादन गालियाँ दे रहा था—दुर्जन को, मंसाराम को, केहर को यहाँ तक कि मोधिया गुरु को। कीमत देनेवाले कीमत देंगे। मोल भरनेवाले मोल भरेंगे, क्योंकि केहर के पाले हुए सपूत किसी को भी लूट लाते हैं। लूट के माल से अल्मा को रिहा कर आदर्श कायम कर देंगे। कदमबाई के सिर पर कल्याण की गठरी लाद देंगे। मुझे नहीं चाहिए अहसान। मेरी अल्मा को नहीं चाहिए ऐसी रिहाई। मुझे और अल्मा को मालूम है कि बल किसकी बाँहों में है ?

कदमबाई बेटे से इतना ही बोल पाई—बेटा, अल्मा रुपया या चीज-बसत नहीं है, जो उठाए चले जाओ। दुर्जन ने उसे कहाँ कौन-सी जगह छिपाया है, किसी को क्या मालूम ? खुद उसे तक न पता होगा। तू नादानी की बातें करके हमें भुलावे में मत डाले मेरे लाल ! कहकर राणा को छाती से लगा लिया। राणा को हँसी आ गई।

अम्मा के पास हर चीज का, हर बात का बचाव है।

अजीब-सा ठहाका गूँजा। डेरा स्तब्ध-सा...

कदमबाई का चेहरा पीला पड़ गया।

राणा का हँसा हुआ मुँह धीरे-धीरे ठोस सपाट और जड़ होता जा रहा था। आँखों में ऐसी बेचैनी उभरी कि मानो मगज रुई की तरह धुना पड़ा हो।

—बेटा रे ! राणा ! तू इतना क्या सोच रहा है ? मेरे लाल अपनी चिंता और तकलीफें मुझे दे दे। मेरा कलेजा बड़ा पक्का है रे...

राणा ने देखकर भी माँ की ओर नहीं देखा।

—बेटा, तुझे मेरा कौल। कमीज पहन ले। बाल काढ़ ले। चलना तो पड़ेगा। तू तो दिन-रात अल्मा को रटता था रे...उसी के मोह में पागल, आज ऐसा निठुर हो बैठा !

कैसा दर्द उमड़ा कि कदमबाई राणा के पाँवों में झुक गई।

—अम्मा !—वह सकपकाया।

उठा और तैयार होने लगा। बालों में तिरछी माँग निकालते हुए बोला—तुम चलो। मैं दूसरे रास्ते आऊँगा।

माँ का बँधता धीरज फिर दरका। कहाँ तक मन पक्का करे कोई ?

करन आ गया। देखते ही राणा बोला—हमारी बिरादरी में कज्जा लोगों का क्या काम ?

—ठीक है। नहीं चलते हम। तुझे शुभकामना तो दे सकते हैं।—करन की निराश आँखों में हँसी छलक आई।

●●●

मोधिया गुरु ! पीले वस्त्रोंवाला आदमी। आसमान की सीमा-रेखा पर उदय हुआ।

तैयार खड़े लोगों ने देखा—निस्तेज सूरज-सा एक धब्बा आगे बढ़ता आ रहा है। पास आया, आता गया। उसका चलना...कदमबाई की आँखों में आशंका के काँटे उग आए। वह साँस रोके खड़ी थी। सरमन, करन, मलिया, दूलन और खुरदा साँसें अटकाए हिल-डुल रहे थे।

मलिया ने चुप्पी तोड़ी—मोघिया को तो हमसे दातारनगर में मिलना था।

—उल्टा यहाँ कैसे ? सरमन का कंठ गहरा कुआँ हो गया।

थका हुआ दाढ़ीवाला बूढ़ा पसीने में तर है। चेहरा काला पड़ा हुआ। कंकाल जैसी धँसी आँखें। कदमबाई पीछे हटती जा रही है। और मोघिया सामने...

सबका सब्र जवाब दे गया। कदमबाई ने डेरे का द्वार खोल दिया। राणा पीछे-पीछे आ गया।

वह पीढ़ी पर बैठा था। सारे लोग झुक आए। समझ रहे थे कि खबर अच्छी नहीं फिर भी सुनना चाहते थे। सुनी—कदमबाई, अब कहीं जाने की जरूरत नहीं अल्मा दुर्जन के पास नहीं...

—तो किसके पास है ?—मुखिया की तरह पूछा सरमन ने।

—जिसके भी पास हो। जो ले गया, ताकत के बल पर ले गया या किसी हक से।

—राणा से ज्यादा किसका हक था ?

—उसका, जिसने रकम भरी।

—रकम तो दुर्जन ने भरी थी।

—बस यहीं तो धोखा है।—मोघिया गुरु की दाढ़ी थरथरा रही थी और होंठ काँप रहे थे। पर बताना लाजिमी जान पड़ा सो बोला किसी तरह—दुर्जन रो-रोकर कहता है, रामसिंह मेरा सगा-सहोदर न सही, साथी था—हमपेसा था। मैं जानता था बेटो रेहन रखकर कोई छुड़ा नहीं पाता। मैं भी इसकी हिफाजत कर पाऊँ तो बहुत...पर सदा के लिए विदा होते अपने दोस्त से कैसे कहता कि मैं तेरे काम नहीं आ सकता रे...कि मैं तुझे निरास विदा कर रहा हूँ रामसिंह...। नाउम्मीदी नहीं...मौत भले आ जाए।

राणा यकायक झपटा और उसने मोघिया गुरु की बूढ़ी गर्दन दोनों हाथों में कस ली।

—तू मिलीभगत कर रहा है गुरु। गंदा खेल, झूठा किस्सा ! दोनों ओर मिला हुआ सुअर।

लोग छुड़ाएँ, राणा छूटे नहीं। नाखून पूरी ताकत के साथ गड़ा दिए। उंगलियाँ दम लेने की हद तक कस लीं।।

दूलन ने जैसे-तैसे काबू किया—छोड़ ! छोड़ ! छोड़, नहीं तो जान निकाल दूँगा।

दर्द के मारे गुरु का कोप शिखर पर आ गया। लाल आँखें करके गर्दन सहलाते हुए बोला—सुअर मैं हूँ कि तू ? माँ की कमाई पर पलनेवाला कुत्ता भी अकड़ दिखाता है !

राणा का चेहरा ऐसा हो गया जैसे मोघिया ने जूते मारे हों। अब तक मोघिया के

ऊपर मुलम्मा चढ़ा था, चमकीला मुलम्मा ! राणा को भरमानेवाली पन्नी...इस मुसीबत ने सबकुछ उघाड़कर रख दिया ! राणा जैसे सबकुछ समझकर सिर हिला रहा हो।

पर्दा पलट गया ! लीला उलट गई !

अल्मा के मिल जाने पर क्या-क्या तो जश्न उठे थे इस डेरे में ! कदमबाई के दिल का खून आज बिखरा हुआ है—दाग छींटे और रक्त की पोखर...राणा का दूल्हे के रूप में सजना, बहू अवाई का उत्सव...मंगल गीत...ढोल नगड़िया...माँ के कलेजे पर भारी-भारी पत्थर पटक रहा है कोई, फिर भी आवाज नहीं निकल रही...

राणा की आँखों में तूफान...कदमबाई नजरें नहीं मिला पा रही, वह लज्जित-सी...

बेटा गुमसुम ! चेहरा हाड़मांस का नहीं रहा। पत्थर में बदल गया। सभी डर-से गए।

जलती हुई लाल-लाल आँखें। धूल भरा-सा चेहरा। मोधिया गुरु की बातों को झूठ माननेवाला राणा अचानक गुरु के शब्दों पर ऐसा भरोसा कर बैठा कि विरोध में फिर होंठ तक न हिलाए।

लोग अपने-अपने घरों को लौटने लगे। सरमन मुखिया मोधिया गुरु को अपने घर ले गया। राणा के व्यवहार का अब भरोसा नहीं था।

चौक खाली हो गया। हल्की-हल्की बूँदें पड़ने लगीं। कदमबाई राणा की बाँह पकड़कर डेरे में आ गई। आँखों से मेह की तरह आँसू झर रहे थे। बेटा पीढ़ी पर बैठा मंदिर के महादेव की तरह देखता रहा।

मलिया डेरे में झाँका। कदमबाई तुरंत बाहर निकल आई। हाथ जोड़कर कहने लगी, ''मलिया काका, मोधिया गुरु का मान राख दो। मना लो। आगे अल्मा का पता वही लगा सकता है। यह नासमझ अक्खड़ लड़का।''

कदमबाई बातों में लगी थी, राणा उठकर चल दिया। माँ को जाते हुए बेटे की पीठ दिखी, धीरे-धीरे जाती हुई पीठ। सकून-सा लगा कदमबाई को। घूम-फिरकर मन बदल जाएगा। राणा की दुनिया में तूफान उतरा है। जिस अल्मा का नाम लेकर जी रहा था, वही गायब हो गई, जैसे पिंजरे का तोता हर ले गया हो कोई। राणा खाली पिंजर होश में रहे तो कैसे ?

''मलिया काका, मोधिया गुरु के चरण छूकर कहना अल्मा एक-एक पग दूर गई, राणा मन ही मन मुजरिम होता गया। मन काबू में नहीं अब...। अपने-आपको माफ नहीं कर पा रहा, हम-तुम क्या चीज हैं ?''

माँ को क्या पता कि बेटा नंगे पाँवों झरियाँ-बिरियाँ और गोखुरू रौंदता हुआ रास्ते पर खून का दाग छोड़ता कहाँ से कहाँ जा पहुँचा ! बुदबुदाता बोलता हुआ अनवरत यात्रा में—मैं तेरा रतनसेन हूँ अल्मा, तू मेरी पद्मिनी ! सदा-सदा तू मुझमें, मैं तुझमें..तुझे कौन छीन सकता है री ? तू कहाँ पहुँची होगी मैं जानता हूँ।

मैं तेरे रास्ते में। चलता चला आ रहा हूँ। आगे-आगे भागती मत जा। रुक जा

री अल्मा !

अपनी धुन में आगे बढ़ता हुआ कितने गाँव नाँख गया ! डाँग जंगल लाँघ लिए...अल्मा की डोर से बँधा...कुत्तों ने पाँव भर लिए। लोगों ने पत्थर मारे। पागल-पागल कहा। काँच के कंचों-सी पुतलियाँ...अंधे की तरह बिना टोहे-टटोले...मन पर पड़नेवाली परछाइयाँ धीरे-धीरे खोने लगीं। उसका जी हँसने को हुआ, क्योंकि वह केले का पेड़ दिखाई दिया, जिसकी छाँह में वह देव किन्नर-सा अल्मा को अपनी गोद में सुलाए हुए बैठा रहा था। नए-पुराने की माया में प्राण डूबने लगे। हाथ ऐंठ रहे हैं। कोई मति भ्रम नहीं। हँसता-खिलखिलाता हुआ चाबी भरे गुड्डे-सा चलता चला गया। हर्ष और आनंद की भूमि...छवियाँ नहीं, चित्र नहीं, हवा में तैरने लगा सबकुछ।

न मालूम कितने घंटे चला ?

गोरामछिया...अल्मा के गाँव पहुँचने का अरमान किन परदों के पीछे छिपा था ? होश में रहा, खुद को रोके-बाँधे रहा, बेखुदी में पाँव सँभल नहीं पा रहे। रास्ते पर उठता गिरता, झरियों के बीच घुटनों में काँटे तोड़ता, टखने फोड़ता हुआ मंजिल तक पहुँच लिया। अंत में अपने आपको उसी चौखट पर पटक दिया, जहाँ न अब अल्मा न अल्मा की छाया...लेकिन उसके कंठ से बराबर यही नाम फूटा—अल्माऽऽ...अल्माऽऽ...!

चिंघाड़ लंबे स्वर में फटी और भयानक आवाज में बिखर गई।

कौन ? कौन ? कौन ? राणा सवाल बना किसी के दरवाजे की धूल में लोट रहा था।

राह-चलते हुए लोग इकट्ठे हो गए। घर का मालिक और रहवासी निकल आए।

थका-हारा शरीर, लड़कानुमा जवान देह नींद में थी या बेहोशी में...चारों ओर से घेर लिया।—अरे-अरे यह तो रामसिंह के यहाँ रहनेवाला राणा है राणा ! दवाइयाँ बाँटा करता था। गाय दुहता था। सीधा-सच्चा लड़का !

—कबूतरा ! कहाँ से आ निकला ? तलाशी लो। कोई जुर्म...

दो आदमी जेबें टटोलने पर जुट गए। आड़ में घसीटकर पैन्ट उतारा। नंगा कर लिया।

—कुछ नहीं ! कुछ नहीं। कोई बात नहीं, कोई डर नहीं।

मुँह पर पानी के छींटे मारे। बेदर्दी से बिठाया गया। नहीं टिक पाया। न गर्दन सधे न बदन। सबकुछ बोझ हो गया। दीवार के सहारे टिका ठहरी आँखोंवाला आदमी का पुतला। मिट्टी भरा मुँह मुस्कुरा रहा था। ज्यों अल्मा के दर्शन करके विभोर हुआ हो। रंगीन तसवीरें ठहरी हुई आँखों में जागने लगीं। सखी पलकों के पर्दे उठा रही है।

पागल है ! पागल ! पागल ! यही एक शब्द हवा में तैरने लगा। लोगों के मुँह से उसको दिया गया नया नाम...

●●●

खबर कदमबाई तक आ पहुँची।

क्या कह रहा है कोई, वह विश्वास करे तो कैसे करे ? न करे, तब क्या कुछ बदलने वाला है। मुँह फाड़े खुद पगली-सी देखती है माँ। डेरों से निकलकर लोग आ गए। बराबर एक ही बात कह रहे हैं। कदमबाई की छाती कच्ची मिट्टी की तरह गलने लगी।

सरमन-मलिया और खुरदा ठेके पर दौड़ गए।

मंसाराम नहीं मिले, केहरसिंह को लिवा लाए।

कहाँ गए मंसाराम ? कदमबाई का जी उड़ने लगा। धरती-आसमान घूम गए।

जिस टोली को दातारनगर जाना था, अल्मा को छुड़ाना था, वही गोरामछिया के लिए चल दी।

जाना...और लौटकर आना...जुग-जुगांतरों की दूरियाँ ! कदमबाई की रेत-जैसी वीरान आँखें पगडंडी पर बिछ गईं। सूनी डगर...न मंसाराम न राणा !

कलेजा चाक हो गया, मगर वह जिंदा है। गहरी साँसों की आँधी उठी है।

●●●

राणा ऐसा कहाँ जो राजी-रिश्ता आ जाए। जो पकड़े उसी को पछाड़ दे। दस पट्ठों जितना बल ! आखिर में कई आदमियों ने मिलकर रस्सियों से बाँधा। उसी घर के सामने टेंपो मँगाया गया। मरे पशु की तरह डालकर कच्ची सड़क तक ले आए।

कदमबाई की निगाह से बँधा हुआ बेटा टकराया, चार आदमियों के कंधों पर टिका हुआ...होशोहवास से कोसों दूर...आदमी का मूल राणा !

कदमबाई ने कंठ खोलकर गुहारा—मंसा मातेऽऽ...

केहरसिंह अफसोस में खड़े थे।

हादसे पर हादसा...बुरा वक्त ऐसे ही आता है। मंसाराम ठेके नहीं, घर नहीं, गाँव में नहीं। उनकी बड़ी जिज्जी के जवान बेटे धीरज को गुंडों ने...चू चू चू। बारिश में भीगा अखबार सबेरे ही आया था। बुरी खबर छपी !

कदमबाई ने क्या सुना ? बस देख रही है कि डेरे में राणा बँधा पड़ा है। मंसाराम की याद करती हुई उसे खोलने लगी। हाथ-पाँव टटोलती है। मुँह-माथा छूती हुई जार-जार रोती है। और बेटा रीती आँखों हँसता ही जाता है। डेरे से उठते ठहाके...नई बहू के आगमन का मातम बस्ती पर मँडराने लगा।

पंद्रह

धीरज आया है।

कदमबाई के डेरे पर गोमता ने आकर खबर दी, जहाँ मंसाराम राणा के इलाज के बारे में मशवरा कर रहे थे। उपाय खोजते-खोजते साँझ हो आई।

"झाँसी चलना होगा।" उन्होंने कहा।

कदमबाई की आँखों में सर्वस्व लुटा देनेवाला जज्बा था। बेटे से बढ़कर जान भी नहीं। मंसाराम हर तरह साथ निभाने का संकल्प उठाए हुए हैं।

धीरज का आना सुनकर वे उठ खड़े हुए। हादसे का मारा जवान-जहान लड़का। धीरज की साँवली छवि, लंबी कद-काठी आँखों के आगे साकार हो गई। राणा की चिंता के अलावा धीरज के लिए दुख है उनके मन में। अमरा तक गए थे उस समय, मिल नहीं पाए। बड़ा कष्ट रहा। क्या कहती होंगी बड़ी जिज्जी, क्या कहता होगा धीरज ? यही कि गुंडों ने पछाड़ा तो मंसाराम मामा ने भी त्याग दिया ? एम.ए. तक पढ़ा-लिखा जहीन-शहीन लड़का...

मंसाराम ठेके पर आ गए। धीरज सामनेवाले कोठे में कुर्सी पर बैठा है, दिख रहा है।

नीली कमीज, सफेद पैन्ट। बिना माँग निकाले सपाट बाल। करन पास खड़ा है। कुर्ता-पाजामा पहने हुए। ढलते सूरज की धूप में मंसाराम ने गौर से देखा।

देखते ही धीरज उठा। मामा के पाँव छू लिए। मंसाराम ने बाँहों में भरकर छाती से लगा लिया। भेंटते हुए पीठ थपथपाते रहे। छूने को मिल गया यही क्या कम है। जिन्होंने दुर्गति की, वे कुछ भी कर सकते थे। वे कोठे में पड़ी खटिया पर बैठ गए।

उदास धीरज सामने बैठा है, आँखें नहीं मिलाता। आँख से ओझल था तो मंसाराम दुखी थे, बेचैन नहीं। सामने होने पर रिश्ते का गाढ़ापन सीने पर लावे की तरह उतरने लगा। आँखों से आँखें जुड़ने के संजोग ही तो मोह भरे संबंध हैं, वरन् दुनिया में रखा ही क्या है ?

"जिज्जी ठीक हैं ?" उन्होंने बात उठाने के लाहक से पूछा।

धीरज मुस्कुराने के नाम पर होंठ खींचकर रह गया।

मंसाराम आगे क्या पूछें ? पके और मुँहबंद फोड़े को खोंटने से क्या मिलेगा ? लेकिन मुँहबंद फोड़ा कितना टीसता है, यह भी वे जानते हैं।

''पानी-वानी पिया ? चाय...

''अरे, भूखे होगे। कुछ खा-पी लो पहले।''

तुरंत फुल्लन के ढाबे की ओर गए और जितना कुछ अच्छा बनता था, सबका आर्डर दे आए। हैंडपंप चलाकर खुद ही पानी भरने लगे। बाल्टी भर गई तो बोले, ''धीरज, नहा डालते।''

मंसाराम आवभगत के चलते अपनी कई चिंताएँ भूल गए जो उन्हें चैन नहीं लेने देती थीं। धीरज बैग में से कपड़े निकालने लगा तो मंसाराम को एक महत्त्वपूर्ण बात याद आ गई, बोले, ''धीरज, भइया उन दो लाखों का क्या हुआ ? लौट पाए कि नहीं ?''

''मामा, रुपयों के संग धीरज भी डूब गया !'' कमीज निकालते हुए धीरज के चेहरे पर दर्द घिर आया।

''इसी कारण...बस इसी कारण जीजा का स्वभाव और बिगड़ गया है। भइया हम तो लो अमरा तक गए और तुम्हारे घर नहीं आ पाए। जीजा हमारा मुँह देखकर और काले पड़ जाते। यह समझ लो कि भीतर ही भीतर हमारा दिल बिन पानी की मछली-सा तड़पता रहा।

''हैं ! मामा तुम अमरा आए थे ?''

''आए कि न आए, सब बराबर। हमारी जिंदगी में रिश्ते-नातों के ग्रहों में राहू-केतू बैठ गया है, जहाँ देखो वहीं अठैन लग जाती है। आज के जमाने में साले से ज्यादा घनिष्ठ कोई रिश्ता नहीं माना जाता, पर यह सतजुग अपनी जिंदगानी में कभी गुजरा नहीं। बस यह सोचकर सबर बाँध लिया कि कुलीन और मान-मर्यादावालों का प्यारा होना हमारी तकदीर में नहीं।''

उधर धीरज नहाकर आया। ढाबे से थाली सजकर इधर आ गई। फुल्लन ने पूरा जोर लगा दिया है। उन्हें थाली देखकर याद आया, बड़े जीजा के डर से वे कई बार भूखे भाग आए हैं। ब्राह्मणों की तरह पूजापाठी और जनेऊधारी जीजा नीच कदमबाई से संबंध रखनेवाले मंसाराम को चौके में बिठाकर थाली में खाने देते ?

धीरज खाते समय इतना बोला, ''मामा, तुम्हारी जैसी हालत अब धीरज की हो रही है।...मगर दद्दा भी क्या करें, बात ही कुछ ऐसी पड़ गई...अम्मा कहती हैं—बड़े बोल बोले थे, आदमी को आदमी नहीं समझा था। शंकर महादेव इतना घमंड बरदाश्त कर सकते हैं ? तुम्हारी मार धीरज पर उतरी।''

मंसाराम को दुख हुआ, कहने लगे, ''जिज्जी ऐसे क्यों कहती हैं। बुरा समय किसी पर भी आ सकता है।'' धीरज जानता है मंसाराम दद्दा की बात का बुरा न मानकर सोपान चढ़ते रहे। ऊँची सीढ़ी पर आते ही जीजा ने पटक लिया।

यह तब की बात है, जब जिज्जी बीमार थीं। बड़ी बहन माँ के ठौर रहीं, ज्यादा लगाव रहा। वे बच्चे की तरह अमरा जा पहुँचे।

द्वार पर पहुँचते ही पड़ौसी ने मखौल उड़ाया, ''सुरजनसिंह ढल्ला साले आ गए, स्वागत करो।''

मंसाराम बहन के पास कोठे में आ चुके थे। धोती-कुर्ता पहने जीजा सामने आ गए। उनकी निगाह जल रही थी, मंसाराम की आँखों में अँधेरा घिर आया।

जीजा ने पूछा, "द्वार पर लोग जो कुछ कह रहे हैं, वह सुना ?"

मंसाराम क्या जवाब दें ?

"तुम्हारे घर हम आना-जाना छोड़ चुके हैं। रंडियों के भड़आ का यहाँ क्या काम ? तेरे नाम का मनों थूक हमने अपने माथे पर झेला है। रोज गंगा नहाएँ तो भी पाक न हो पाएँगे। ब्याह-बरातों में धीरज के मामा का नाम लेकर हममें जूते मारे जाते हैं। नालायक, तू आया कैसे ?"

वे हकलाते हुए बोले, "बहन बीमार न होती तो..."

"बहन के कंस भइया ! मर गई तेरी जिज्जी। नातेदारी टूट गई, यही बताकर हम बिरादरी से जुड़े हुए हैं। कल के दिन हमारे लड़के का सगाई-संबंध होगा। कौन रुपेगा ?"

मंसाराम का चेहरा जूते खाया-सा...सिर में टीस-सी उठने लगीं। जीजा ने बोल नहीं बोले, पनइयाँ मारी हैं। कलेजा फटने लगा। एकदम उठकर चलना चाहते थे, नहीं उठ पाए। धीरज के सामने धरती में गड़े थे कि जिज्जी के मोह में बेशर्म बने बैठे रहे ? झेंप मिटाने के लिए बोले, "कहने दो, जो कह रहे हैं। बड़े हैं। चार जूते मार लें, सहने होंगे। फिर बहन तो अपनी है, अपना खून। तू तो अपना है। लाठी मारे पानी फटता है कभी ?"

इतना ही कह रहे थे कि जीजा फिर आए ! वे काँप गए। उठते ही बना। क्या पता जीजा जूते ही मारने लगें। उनका चेहरा गुस्से से थरथरा रहा है। किसी ने फिर कुछ कह दिया ?

चलने के लिए पाँवों में जूते पहन रहे थे कि धीरज की बाँह का सहारा लेकर जिज्जी डगमगाती-सी बाहर चली आ रही थीं।

रो रही हैं जिज्जी ! वे अपने-आपको भी नहीं सँभाल पाए। जैसे कभी बचपन में पिता की मार खाने के बाद जिज्जी से लिपट जाते थे, बहन को सीने से लगाकर बिलख पड़े।

उनकी कमजोर काया मंसाराम सँभाले खड़े थे, सध नहीं पाईं तो बिठा दीं।

जिज्जी ने उनका हाथ अपने हाथ में ले लिया। अपनी धोती के छोर से आँखें पोंछकर बोलीं, "भइया, तुझे धीरज की सौगंध। भानिज का मरा मुँह देखे जो इस कसाई की देहरी पर चढ़े। बहन की खातिर अपना खून पानी मत करे मंसा।"

यह आवाज किन गहराइयों से आई थी कि दिल में उतर गई ! जिज्जी का कौल याद रहा मंसाराम को। अपने भानिज की आयु कौन घटाना चाहेगा ? जीजा ने उनको कंस कह दिया तो क्या वे कंस हो भी गए ?

धीरज पर जो घटा, उसे सुनकर वे तिड़बिड़ी हो गए थे। केहरसिंह समझाता रहा—एक बार जाकर देख आ। धीरज अकेले जीजा का ही है क्या ? तेरी बहन का

बेटे में बहुत बड़ा हिस्सा है। तू उस हक को छोटा करने पर क्यों तुला है ? मार गोली साली सौगंध को। लोग सौगंध से मरते होते तो बंदूक-पिस्तौल और विष-बीमारी की क्या जरूरत थी ? ये आदमी को बाँधने के आसान तरीके हैं।

मंसाराम की नजरों में जिज्जी की निस्तेज आँखें और जर्जर देह नाचने लगी। क्या बहुत से लगाव ऐसे भी होते हैं, जो दूर ही से आदमी को रोकें-बाँधें ? जिज्जी आगे नहीं बढ़ने दे रहीं...

मन मना ही नहीं। धीरज पर हमला हुआ, वे मड़ोरा में कैसे पड़े रहें ?

अमरा गए, मगर घर नहीं गए।

करन को भेजकर कहला दिया—धीरज मड़ोरा खुर्द चला आए। मामा याद करते हैं। वह भी जानता होगा मामा की मजबूरी।

—जगह बदलेगी, मन बदल जाएगा। जो सुना, वह सच भी है ? अखबार में छपी हर बात सच नहीं होती। करन, धीरज को समझाकर कह देना।

धीरज पूरे दो महीने बाद आया है।

●●●

मंसाराम धीरज का चेहरा हँसता हुआ देखना चाहते थे। जो चाहते थे वह होनेवाला नहीं...यह लड़का तो मुँह पर उदासी पोतकर आया था, सिर झुकाकर रहता है। किसी से कोई मतलब नहीं। अँधेरी दुनिया का बाशिंदा।...इसी तरह रहना था तो अपने ही घर क्या बुरा था ?

केहरसिंह ने हँसकर कहा—असल लाभ तो तुझे अब हुआ है। ठेका दिल टूटे हुए लोगों का आसरा था, अब बीमारों का ठिकाना बन गया। चलो अच्छा हुआ पुलिस और इंस्पेक्टरों को धोखे में रख पाएँगे। राणा और धीरज काफी हैं।

●●●

धीरज जागता रहता है ! मंसाराम कई दिन से देख रहे हैं। पहले सोचा था बल्ब जलाकर सोता होगा, लेकिन रात के समय पेशाब के लिए उठे तो देखा, वह सोया नहीं। किवाड़ों की झिरी पर आँखें गड़ाकर देखा, संदेह सच निकला। धीरज कुछ लिखता रहता है।

रोज-रोज खुफियागिरी करने लगे मंसाराम। आखिर लिखता क्या है ? नींद नहीं आती तो आदमी अँधेरे में लेटा सोचता रहता है। जो सोचता होगा, वही लिख लेता होगा।

जागना ऐसे ही नहीं होता। अनुभवी हैं मंसाराम। इस उम्र में जमकर सोते थे। नींद तब साथ छोड़ गई, जब आँखों के दरीचों में कदमबाई चहलकदमी करने लगी।

धीरज उस लड़की के बिछोह में जागता है या सगाई टूटने के गम में लिखता है ?

क्या पता अपनी दुर्गति पर रोता हो। पर मर्द बच्चा...क्या बिगड़ गया ? ब्याह भी हो जाएगा। उम्र तो नहीं हार गया। अपनी हार दर्ज करता है कि रात में चोर कलम

से...। धैर्य जवाब दे गया, मंसाराम ने आधी रात के समय किवाड़ों पर दस्तक दी।

"कौन ?" धीरज ने जोर से पूछा कि रात में स्वर ज्यादा उठा हुआ लगा।

"मैं, मंसाराम। खोलो जल्दी।"

उसने धप्प से किताब बंद की। मंसाराम को आवाज आई।

द्वार खुला, धीरज सामने था। पीछे की दुनिया को अपने आकार से छिपाता हुआ-सा।

"तुम कुछ लिख-पढ़ रहे थे ?"

"नहीं तो।"

"मैंने देखा है। लिखो-पढ़ो, इसमें बुराई क्या है ?"

"बस ऐसे ही। नींद नहीं आ रही थी न।"

वे भीतर घुसे और ढीठ की तरह खटिया पर बैठ गए।

"हूँऽऽ ! तो हमें भी दिखाओ कि क्या लिखते हो रात-रात भर जगकर ?" वे मुस्काए।

धीरज कुछ कहता उससे पहले उन्होंने खटिया के सिरहाने रखी बड़ी-सी डायरी उठा ली। और ऐसे देखा जैसे खजाना हाथ लग गया हो। पूछने लगे, "ले जाऊँ ? यही दुखसागर।"

"मामा, तुम्हें दुख होगा।"

"दुख होने दो। दुख नहीं बाँटेंगे तो सुख के हिस्सेदार कैसे बनेंगे ?'

"मामा, किसी की डायरी पढ़ना अच्छी बात नहीं।"

"हमारे हिस्से तो वे ही काम आते हैं, तो अच्छे नहीं माने जाते, धीरज। क्या छिपाना चाहते हो ? हमने तो तुम्हें नंगे देखा है।" कहकर ऐसे अपनेपन से देखा कि कुछ बोलता हुआ धीरज निस्सहाय-सा देखता रह गया। चेहरे की रेखाएँ बता रही हैं अपनी निजी जिंदगी के दब-छिपे मसले, एकांतिक बातें, भाव-भावनाएँ और चढ़ती उम्र की कमजोरियाँ वह किसी के भी आगे खोलना नहीं चाहता। क्या-क्या लिख गया होगा...मामा के सामने जवानी में नंगा होना कौन चाहता है ?

सिर झुकाकर रह गया। ठेके पर है, मंसाराम के कब्जे में है। हारा-टूटा आया है, विरोध करना बदतमीजी में शामिल न मान लिया जाए। फिर छिपाने के लिए अब रह ही क्या गया है ? यह दीगर बात है कि लाज-लिहाज और अपमान अपनों के सामने ही ज्यादा असर करते हैं। बचपन से शर्म सिखानेवालों को शरमाकर दिखाना लाजिमी है।

"धीरज, क्यों लिखते हो ? इसलिए कि मुँह से कह नहीं सकोगे ?"

धीरज ने चेहरा उठा दिया बरबस ही, कहने लगा, "सकुचाने के लिए नहीं मामा, मैं इसे छपवाऊँगा। सबके सामने सच लाकर मुझे चैन आएगा।"

मंसाराम धीरज के आहत मन को छूकर कसक जगाना नहीं चाहते थे। अनजाने, अनचाहे सब हो पड़ा। सोचा था पिता को उसके मन की थाह नहीं, माँ रो-रोकर उसका

दुख बढ़ाती है। कोई भाई नहीं, जिससे दर्द बाँट सके, यह काम जोधा को करना चाहिए था पर उसे पढ़ा हुआ कुपढ़ ही समझो। करन छोटा पड़ता है।

वे आहिस्ता बोले, ''धीरज, हमारे यहाँ आ गए हो, इस ठेके में मेरे पास हो, मैं तुम्हारा सिर्फ मामा ही नहीं, माँ-बाप-साथी-सखा सबकुछ। मान-मर्यादा तो सुख-चैन में निभाई जाती है बेटा, दुख-तकलीफ में तो जवान बेटा से माँ भी पर्दा नहीं रखती। दुख ही हमें खोलता है। मान-सम्मान असली रूप में कहाँ आने देते हैं ? ऐसा न होता तो तुम्हारे पिता से हमारा जीजा का रिश्ता था, जिसके चलते कई छूटें मिली रहती हैं, लेकिन यह तो दूर कि हम एक-दूसरे के दुख-सुख बाँटते, वे तो उन छूटों को मजाक और लुच्चपन में शामिल करके खुद को आसमान में टाँगे रहे। मुश्किल-मुसीबत में मैं उनका पाँव तक न छू सका।

धीरज के चेहरे पर सहजता-सी लौटी।

मंसाराम बोले ''इसमें तुमने अपने हाथों हुआ कत्ल भी लिखा होगा तो वह मेरे दिल में छिपा रहेगा। जिज्जी से क्या उम्मीद रखते हो तुम ?''

''मामा !'' धीरज ज्यों पछताया हो।

मंसाराम डायरी उलटने-पलटने लगे। धीरज फिर असहज-सा...वे मुस्कुराकर बोले, ''हाँ, देखते हैं कि तुमने क्या और कितना लिखा है ? अब तक हमने ऋषियों-मुनियों के लिखे आख्यान और कोर्स की किताबें पढ़ी हैं, जिनमें बड़ों और बच्चों के लिए उपदेश दर्ज रहते हैं। अब देखेंगे कि आदमी ईमानदारी से अपनी जिंदगी खोले तो कथा क्या बनेगी ?

''उपदेशों को लेकर लड़के-बच्चे ऊबते रहते हैं। पुराने बूढ़े नई पीढ़ी के चलन पर हाय-हाय करते रहते हैं, इसी में समय गुजरता रहता है। फासला पटता नहीं। खाई चौड़ी होती जाती हैं। है न ?''

धीरज मन से अनुपस्थित था। अपनी डायरी में सफर तय करता हुआ...हड़बड़ाकर बोला, ''हाँ, ऐसा ही है। बिलकुल ऐसा ही।''

●●●

'अल्मा का धीरज से अजब-सा परिचय !' पहले पन्ने पर यह शीर्षक देखकर मंसाराम चौंक पड़े। डायरी खटिया पर लेटकर पढ़ना शुरू किया था, उठकर बैठ गए।

अल्मा ? वह कहाँ से आ गई ?

धीरज को जगाकर पूछें, अल्मा कैसे और कहाँ मिली ? मंसाराम के हाथों में डायरी थरथरा रही थी। उनके दिल की धड़कन उछल रही थी। उनका दम डूब-सा रहा था। कदमबाई का खयाल आया, राणा की सूरत नाच उठी। दो पल में किसी और ही दुनिया ने आकार ले लिया। डायरी बंद करके बैठ गए। हमसे जो खो गई, उसे पाना चाँद छूने जैसा असंभव हो गया। कौन सोच सकता है कि चाँद जैसी चीजें यों आ मिलती हैं।

भ्रम ! हद करते हैं मंसाराम ! राणा से इस कदर गुँथ गए हैं कि अल्मा नाम की

हर लड़की को वे राणा के मंगेतर से जोड़ेंगे। सावन के अंधे, हरा ही हरा देख रहे हैं, दुनिया उन्हीं के दायरे में सिमटी हो जैसे। धीरज से पूछें कि अल्मा कबूतरी थी ?

फिर से पढ़ने का मन बनाया।

फिर दिक्कत आई। डायरी धीरज की है और उसमें खुद को तलाशते हैं। राणा को खोजते हैं। कदमबाई के चिह्न...। जीजा को धीरज इसीलिए नहीं सुहाया कि उन्हें लगा, घर में दूसरा मंसा रूप ले रहा है ?

एकाग्रता बढ़ती गई, वे पढ़ते गए।

अंदरूनी तौर पर कहीं से सुर-सूत्र न जुड़ते तो वे धीरज के बारे में इतना क्यों खोदते कि रिश्ते-नाते और संबंध की ऊँच-नीच भूल जाएँ ! एक तरह से यह उनकी ही डायरी है।

कैसी डायरी ! दिन नहीं, तारीख नहीं, समय नहीं !

इसे धीरज ने लिखा भी ऐसे है, जैसे वह किसी दूसरे धीरज के अनुभव लिख रहा हो।

●●●

—गाँव का एक लड़का अटैची उठाकर बड़े आत्मविश्वास के साथ झाँसी आया था। नाम था धीरजसिंह, पुत्र—सुरजनसिंह, निवासी अमरा।

उमस ने मौसम घेर लिया। लड़के की आँखों में हरियाली के सपने थे। सूरजभान की जादूगरी पर भरोसा था, क्योंकि उसके कब्जे में ऐसे बादल थे, जो मन चाहे तब बरस जाएँ। उस अलौकिक अमानवीय-सी ताकत पर नादान लड़के की आँखें विश्वास के साथ जमी थीं। अब तक के आधार दलदल साबित हुए, अतार्किक निष्ठा आड़े आ गई।

हल्की-पीली कमीज और नीली जीन्स पहने हुए, खुद को छाते में छिपाए वह सूरजभान के बताए मकान को खोज रहा था। छत्तीस बटा चार।

मकान के सामने खड़ा मकान का पता पूछे। आसपास के लोग हँस पड़े।

उसे नहीं पता था कि जिसे वह खोज रहा है, वह उसे देख रहा है। किवाड़ों की झिरी पर दो आँखें...दरवाजा अचानक खुला। झुटपुटे में एक आकृति मुस्काई। अँधेरे जैसे रंग का आदमी अँधेरे में दिखाई नहीं दिया, बस दाँत थे जो मुस्कुरा रहे थे।

पास आने पर कुर्ता-पाजामा की सफेद रंगत खड़ी थी।

नत्थू ! आप !

हाँ। भीतर आ जाओ।

हाथ में टॉर्च थी, जेब से फोटो निकाली। मिलान किया और बोला, ''धीरजसिंह।''

सूरजभान तुम्हारा जवाब नहीं। सी.आई.डी. का पूरा महकमा खोला हुआ है।

पौर में मूढ़ा पड़ा था। लालटेन जलाई गई।

'बिजली ?'

'नीचे के तार किराएदार तोड़ ले गए ! ऊपर बिजली है।'

उसे हँसी आ गई। सूरजभान जैसे सूरमा के तार उखाड़नेवाला भला क्या होगा ?

'आँगन में आ जाओ। बरसात बंद है।'

आँगन अपने ही घर जैसा आँगन था। बैठक-कमरा और गुसलखाने ने घेर रखा था। रोशनी और हवा दोनों थीं, भीगी हुई धरती...

मालूम नहीं क्यों धीरज के माथे पर पसीना था और पेट में ठंड का गोला। ऐसा क्यों हो रहा है ? धीरज ने सोचा तो उसे सूरजभान का चेहरा ही याद आया। रौब-रुतबे वाला नेता। हारा हुआ है तो क्या, मरे हाथी समान सवा लाख का है।

धीरज के दो लाख फँसे हैं। पाँवों के नीचे से धरती और हथेलियों के बीच से माया खिसक जाए तो आदमी में गरमी नाम की चीज बचती नहीं, उसे ठंड ही लगी रहती है।

'पानी !'

नत्थू ने तुरंत लोटा और गिलास सँभाला। घड़े में से पानी औंझा। धीरज को भरपेट पिलाया।

अब वह धुँधलके भरे कोठे में था। लालटेन जलानी पड़ी। उसे हँसी-सी आई—शहर का पक्का मकान, अँधेरे में लबालब ! यहीं रहना होगा ! आँखें धुँधलके की अभ्यस्त हुईं तो नायलॉन के बान की खटिया पर मरी बकरी-सा पड़ा बिस्तर। बाकी कमरा खाली था सो बड़ा लग रहा था। बड़ा लग रहा था, इसलिए सूना-सूना भी दिखाई दिया। माँ-बाप के संग-साथ को त्यागकर आया धीरज...डरता चला जा रहा था।

'तुम्हारी नौकरी पक्की।' यकायक सूरजभान के आप्त वचन कानों में गूँजे। 'सहयोग करोगे तो तरक्की पाओगे। तरक्की करनेवाला इनसान ही लोगों का देवता बन जाता है।' सूरजभान ने जिंदगी का सूत्र हाथ में थमा दिया, धीरज नाम का जीव फिर भी डर रहा है !

डर ऐसे ही नहीं था, दरअसल चार साल से चले आ रहे बेरोजगारी के संघातक झटकों ने उसकी कमर तोड़ दी थी। एम.ए. पास करने के बाद अर्जियाँ देने का जो सिलसिला शुरू हुआ वह दो महीने पहले ही टूटा था।

कैसा नादान था धीरज ! पहले पहल जब प्रार्थना पत्र खारिज हुए तो उसे दुख से ज्यादा आश्चर्य हुआ। उसकी मेहनत और योग्यता को खारिज करनेवाला कौन अज्ञानी बेवकूफ और मूर्ख है ? बेटे के पाँचवीं कक्षा के नतीजे में सर्वोच्च अंक प्राप्त करने पर पिता ने जो सपना देखा था, उसे उच्छेद करने की हिम्मत किस अज्ञ की हुई ?

ताज्जुब करने से नतीजे नहीं पलटते। धीरज को दुख होने लगा।

दुख से ही निराशा का जन्म होता है, सो हुआ।

होते-होते यहाँ तक हुआ कि सोते-जागते नींद और चेतना की जगह हताशा काबिज हो गई। धीरज सोचने लगा—मैं आवेदनों में अपनी योग्यता नहीं, नाकामयाबी भर देता हूँ। माता-पिता की आँखों में तेरह-चौदह साल से जो सपना जगमगा रहा है, कैसे कह

दूँ कि उसे बुझा डालो, नहीं तो आँखें फोड़ लोगे। मेरी असफलता पर यकीन कर लो दद्दा।

कुछ कह ही नहीं पाया। शहर-शहर बदहवास घूमता रहा। माता-पिता पर झुँझलाहट झाड़ता रहा।

पिता कहीं तक सपनों के बाहर आने लगे थे, तंग आकर बोले, 'खेती करो। मेहनत कहीं भी खारिज नहीं होती।'

वह चिढ़ गया। वाह दद्दा, इतनी जल्दी सपनों का सुनहरा जाल काट फेंका और मिट्टी में मिला दिया। पिता उसे बेवकूफ जान पड़े, क्योंकि वे एम.ए. पास नहीं थे, दसवीं पास थे। धीरज सपनों में रहना चाहता था, उसे ऐसी ही आदत पड़ चुकी थी।

पिता शांत थे, मगर वे उसे बेहद कमजोर लगने लगे। धीरज उन्हें समझाकर चुस्त करना चाहता था, सो समझाने लगा—खेती जुआ का-सा खेल है। कुदरती विपताओं पर किसका जोर चला है ? नौकरीवाला आदमी पेट भर खाता है। टाँगें पसारकर सोता है। पेशाब करने जाता है, उसका भी वेतन लेता है। बूढ़ा हो जाता है, पेंशन-फंड तैयार। मरने तक का सरकारी जिम्मा।

दद्दा ने ऐसे देखा, जैसे वे उससे इस तरह की बातों की आशा न करते हों। धीरज मन मसोसकर रह गया, नौकरी लग गई होती तो दिखा देता कि पिता को वह कैसे राजाओं की तरह रखता है। खुद भी उनके सामने घुटनों के बल झुका रहता। रुतबेदार आदमी का झुकना उसकी शान में चार चाँद ही लगाता है।

लेकिन अब, पिता का चेहरा देखने की हिम्मत नहीं। उनका निर्भाव चेहरा बड़ा दुख देने लगा। मन में आया कि कह दे—दद्दा डाँटो-फटकारो, मगर चुप न रहो। तुम्हारे चुप्पी भरे होंठों से जो दर्द टपक रहा है, वह मेरे मन में टीसता है। मेरा ग्राफ इस तरह बिगड़ा कि तुम किस कदर परेशान...! आई.ए.एस. में क्यों बैठा था ? पी.सी.एस. में क्यों ट्राइ किया ? दुनिया भर की लिखित परीक्षाएँ, मौखिक साक्षात्कार, शरीर की नाप-जोख तुम्हारे सपनों पर कुरबान होने की इच्छा से देता-भरता रहा।

पछड़ता चला गया। हिम्मत भी नामर्द की स्त्री की तरह छोड़ती गई।

स्टेशन मास्टरी का ख्वाब अनजाने ही आँखों से आ टकराया कि अपने साथ कोई मुकम्मल वजह लाया था, मन नहीं माना, फॉर्म भर दिया।

स्टेशनमास्टरी दो लाख में बिक रही थी, पर इतनी रकम कहाँ से आए ?

दद्दा को बताया तो उनका मुँह ऐसे बिगड़ा जैसे जी मिचला गया हो। पिता से नजरें मिलाना गुनाह हो गया। वह उनके पास से उठ जाना चाहता था, लेकिन उठने की कूबत नहीं जुटा पाया। कैसी कमजोरी लगी थी।

वे हँसे तो खलनायक की तरह। बोले तो दुश्मन की जुबान, 'अच्छा तो ईमानदारी भी चोला बदल रही है ! दो लाख। हमने तो इतने रुपए एक साथ देखे नहीं।'

दद्दा की बोली बदल रही थी। धीरज अपने मनुष्य जीवन पर पछता रहा था। जानवर की बोली में फेर नहीं आता न ?

वह बेशर्मी की हद पर आ गया, जानवर की तरह ही। नौकरी की खातिर कुछ खेत निकालने की बात ले आया और दलील देने लगा, 'वैसे तो कहते हो सब धीरज का है, समय आया तो खुदमुख्तार हो बैठे। गीता पढ़नेवाले दद्दा !'

पिता की नजर ने कड़े तेवर अख्तियार कर लिए।

धीरज ने बाप के पाँव पकड़ लिए, भाव यह था कि अब तक तो बाहरी लोग पछाड़ रहे थे, अब तुम निमित्त न बनो दद्दा।

कुल बात यह कि उसने दाद-फरियाद से लेकर नाटक-स्वाँग सब कर डाले और मन ही मन कहता रहा—तुम्हारे सपनों ने मेरी जिंदगी नाटक बना डाली दद्दा।

दो दिन बीत गए, घर नहीं गया। उस घर क्यों जाए, जो उसके दुश्मन पिता का है। वह टूट रहा था, तब क्या असमर्थों में भी नाम लिखा देता ? बाप खेत पर कुंडली मारे बैठा है, वह फुफकारे भी न ?

दो दिन में ही माँ-बाप और उसके संबंधों के चलते दूध का दूध, पानी का पानी हो गया।

दद्दा उसे दिनेश के बाग में उठाने आए और बोले, 'मैं तुझे पूरी खेती सौंपता हूँ, पर यह तो बता कि यह सब तू किसे बचाने के लिए कर रहा है ?'

पिता की बात में जितनी आशा थी, उतनी ही आग ! वह जितना हुलसा, उतना ही झुलस गया। तब अक्खड़ता से बोला, 'तुम्हारे सपनों को बचाने के लिए। याद है अम्मा से कब कहा था कि धीरज को सपनों में डी.एम. बनते देखा है। पाँचवीं का नतीजा निकला था तब कहा था न ? दद्दा, सपने रोपनेवाले को सपनों की कीमत अदा करने के लिए तैयार रहना चाहिए।'

पिता की कौड़ी-सी आँखें स्थिर थीं। धीरज का जवान चेहरा आग जैसा लाल था। बेटों का गुस्सा बापों के गुस्सों जैसा मोमिया नहीं होता।

पिता ने सिर झुका दिया। वह निखालिस स्वार्थी आदमी की तरह कठोरता के साथ सोच रहा था—यह है उसकी लगन, इसी के चलते पढ़ाई में पक्कापन बना रहा। जीवन सँवारनेवाली बात पर दद्दा को धरती की ओर से मुँह मोड़ना पड़ा।

खेत बिका, रुपए हाथ में आए। सपनों की फसल लहलहाने लगी।

नोट ! विजयपताका की झंडियाँ। जंग जीतकर मानेगा धीरज। इलाहाबाद तक फहराता गया रुपयों से बना परचम।

जाते समय दद्दा के चरण छुए थे। दिल उमड़ आया, गला भर आया कि दद्दा के किए से गले-गले तक दब गया था, कुछ बोल नहीं पाया। अलबत्ता मन ही मन संकल्प जरूर कर लिया—जितना ले जा रहा हूँ, दो साल के भीतर चार गुने करके लौटूँगा। पिता की झोली भर दूँगा।

दद्दा की आँख तक न उठी।

धीरज मौन आशीर्वाद समझकर रेल पर ऐसे सवार हो गया, जैसे रेल उसकी अपनी हो। डिब्बे में आती-जाती हवा पर उसके सिवा किसी का कब्जा न हो। स्टेशनों से गुजरते

हुए सीटी बजती, धीरज के कानों में कोयल-सी कूकती। स्टेशन पर खोंमचेवाले बेतरतीब खड़े थे, बेतमीज होकर व्यवहार कर रहे थे, धीरज को नागवार गुजरा। मन ही मन ऐतराज दर्ज किया, अपनी ही अदालत में।

रास्ते में किसी ने चेन खींच दी। गाड़ी रुक गई। उसे लगा उस आदमी को जेल भिजवा दे जिसने इतनी गुस्ताखी की है। रेल नहीं, निजी लौह रथ पर धीरज इलाहाबाद तक पहुँचा था, स्टेशन को लगाव से देखता हुआ !

कि नागिन-सी पटरियों ने डस लिया उसे ! चक्राकार पहियों ने कुचल डाला।

नियुक्तियाँ हो गईं। लिस्ट में उसका नाम कहीं नहीं...धीरज को विश्वास नहीं हो रहा था। गाँव से जाते रेलमार्ग पर जिस तरह वह शाम-सबेरे पूजा-भाव से जाता था और फाटक-पटरियाँ लाल-हरी झंडियाँ अपने लगते थे, वे ऐसे पीठ फेर लेंगे ! देवता दगा दे गए।

खेती-बारी में उसने पसीना बहाकर बरबाद नहीं होना चाहा था, जब से रिजल्ट आउट हुआ, पसीना सूखा नहीं। अम्मा हवा करतीं, खुद ठंडे पानी से नहाता, लेकिन घर के हर कोने से दुख-ताप उठ रहा था, धीरज कहाँ जाता ?

दद्दा गुस्सा नहीं थे। वे एक खास किस्म के दुख-योग से गुजर रहे थे, जिसमें विजयश्री हासिल करने जैसी बुजुर्गी खुशी झलमलाती। उन्होंने कहा, 'दुनिया की हर चीज हर आदमी के लिए नहीं होती।' धीरज चिढ़ा नहीं, भीतर ही भीतर रो दिया। दद्दा आगे बोले, 'रुपए के बल पर सुख लिया जा सकता तो दुनिया के मुट्ठी भर लोग ही जिंदा रहते। बाकी दुख में डूब-डूबकर खत्म हो जाते।'

भयानक सपना ! भुलाए न भूले। हकीकत हो तो जिंदगी भर का रोग...धीरज धरती पर कपड़ा बिछाकर बीमार बछड़े-सा पड़ गया। हफ्तों पड़ा रहा। अम्मा जब-तब पास आ बैठतीं। कुछ बोलती नहीं थीं अम्मा। वह सोचता—मुझ जैसे बेटे की माँ कैसे बोले ? मेरे हाथों सुख भोगने थे, ठगे गए। खुशियाँ खरीदकर लाता, बिक गए।

दद्दा उसे दुख से उबारना चाहते थे, 'तू बहका हुआ है। पढ़ाई-लिखाई का मतलब होता है—काबलियत पैदा करना। सेठ बनना नहीं। ऐसा होता तो हर पढ़ा-लिखा मालामाल होता।''

पिता की बातों में दोनों ओर नोंकें रहती थीं, धीरज छिदता रहता। यह भी खूब रही, बेटे को आसमान नापने के सपने थमाकर नीतिशास्त्र का पाठ पढ़ाने लगो। ऊँचाइयों पर उड़ने के हौसलों को कमजोर मन के फैसलों से पछाड़ो। पिता से मुँह खोलकर यह बात कह नहीं पाया, क्योंकि नाकामयाब आदमी बोलने का हक खो बैठता है।

सूरजभान के यहाँ नौकरी मिलते ही दद्दा ने सत्यनारायण की कथा कराने का ऐलान कर दिया। कथा हुई। हवन हुआ। आरती गाई गई। ठाकुरजी के तेज से बेटे का माथा जगमगाता हुआ मानकर धीरज के हाथ में कलावा बाँधा गया।

वह दिन याद करने लायक नहीं, जब धीरज उस आदमी की खोज में निकला था,

जिसे रकम थमाई थी। सागर में राई हो गया धन-चोर। कभी हिमालय पर्वत की तरह सबसे ऊँची जगह खड़ा था। सरकार बदली, मंत्री पलट गए। प्यादे-मोहरे मात पर निछावर। पहाड़ों के वजूद उड़नछू हो गए। धीरज को कितना अचरज लगा था, दिन में ऐसे अँधेरा होता है ! आँख की रोशनी इस तरह साथ छोड़ जाती है !

अब वह कहाँ और रास्ता कहाँ ?

धन्य भाग कि आकर उँगली नहीं पकड़ी, बाँह थाम ली किसी ने !

धीरज झाँसी से आया था, दो तसवीरें लाया। युवा ताकत के निशान ! ददूदा भी देख लें उनका बेटा जगह-जगह मात खा रहा है, पर ढीला नहीं पड़ा। बैठक में सामनेवाली दीवार पर दो कीलें ठोककर तसवीरें सजा दीं। लगे कि उसका घर अब इन नेताओं का है—लोगो, हिम्मत से आना।

ददूदा की बुरी आदत, बोले, 'उतारो इन्हें। ये क्या तुम्हारे भगवान हैं ?' उनके होंठ बिगड़ गए तो धीरज हक्का-बक्का रह गया। गिरी हुई सरकार के बेअसर नेता...ददूदा इनकी कीमत कमतर आँक रहे हैं ! ये नेता हैं, बारी-बारी आते हैं। जनता के लिए दुख और सुख की गठरियाँ रखते हैं, छाँट-छाँटकर बाँटते हैं। एकसूत्री प्रोग्राम कि सरकार गिराएँ, गदूदीनशीन हों। बस धीरज को उसी दिन का इंतजार है।

नेताओं की कुर्ता-पाजामा और अंग वस्त्रोंवाली जो वर्दी बनी है, उसी ने भुलावे में डाला है, वरन् ददूदा क्या इन्हें पहचान न पाते ? लेकिन...ददूदा खेतों में गए थे, तब क्या याददाश्त भी जोत डाली ? उन्होंने पहचाननेवाली नजर अलग कर ली।

'जो करता है करने दो, तुम सुस्ता लो,' अम्मा ऐसे कभी नहीं कहतीं, कहतीं हैं—हाथ-पाँव धो डालो, रोटी परसती हूँ। क्या ददूदा इन दोनों नेताओं को देखकर थक गए ? वे निश्चित ही पहचान गए, सो कमजोरी-सी लग आई है।—'अरे यह तो परसराम है ! सूखा-सा था, चमकने लगा ! ताकतवर हुआ तो क्या चंद्रशेखर आजाद हो गया ? उन्हीं की तरह मूँछों को हाथ लगाते हुए फोटू उतरवा ली। क्षत्री बन बैठा। माथे पर रोली का तिलक खिंचा है, बाह्मन-सा दिखना चाहता है ! अपनी जाति छिपाकर किसी का मन बदल सकता है ? है तो कोरी ही।'

धीरज पिता से बहस नहीं करना चाहता था, क्योंकि वह अच्छे मूड में था। एक बार को मन हुआ था कि कह दे—ददूदा, राजनीति में जाति-धर्म चलता तो है, पर वह तुम्हारे समाजवाले जाति-धर्म से अलग होता है। वह सूरजभान यादव का सगा-सहोदर बना हुआ है। एक गिलास से दारू नहीं, पानी और दूध भी पीते हैं। इसी गठबंधन के कारण कामों को अंजाम दे रहे हैं।

दूसरी तसवीर : सूरजभान।

ददूदा गौर से देखने लगे। धीरज नहीं बताना चाहता था कि इलाके भर की डकैतियों का ठेका इन्हीं के पास है। बेटासिंह डाकू तक इनकी चिलम भरता था। पिता गुणग्राही थे सो एक लाइन में सूरजभान का महत्त्व समझ लिया, 'माना कि सरकार इनकी नहीं, पर आप ही तो कहते हैं मरा हाथी सवा लाख का होता है। आजकल लगे

हुए हैं सत्ता पलटने में।'

यह मौका नहीं था कि धीरज पिता को याद दिलाता कि एक बार इन्हीं जोरावरों ने प्रस्ताव भेजा था—तुम पढ़े-लिखे लड़के हो। फुर्तीले और ताकतवर हो। दंगों का सीजन चल रहा है, तुम्हारी हमें जरूरत है। अभी हमारे पास छटनी और भर्ती का समय था, क्योंकि चुनाव अभियान अगले छह महीने में निश्चित ही चलाना होगा। तुम्हारे लिए आसानी से हो जानेवाले काम होंगे मिसाल के तौर पर—डकैती पड़े, पुलिस डकैत को पकड़ ले और डकैत अपना गुनाह भी कबूल जाए, तो तुम बस इतना करना कि हमारा नाम लेकर डी.एस.पी. को फोन घुमा देना। संदेश दे देना—'पुलिस सज्जन आदमी को तंग कर रही है।' वह इशारा समझ जाएगा। देखो, शहरी मकान खाली कराने का जिम्मा भी इन्हीं डकैतों पर रहता है। शरीफ आदमी को किराएदार गुड़-शक्कर समझकर घोल डालता है, तब न ऐसी व्यवस्था करनी पड़ी। पाँच लाख के मकान पर एक लाख आसानी में हमें भी मिल जाता है।

धीरज को ताज्जुब हुआ था, अपने भेद बता दिए सूरजभान ने। कितना भरोसा करता है !

बाद में मालूम हुआ कि ये भेद नहीं, आम जानकारी की बातें हैं। आतंक इन्हीं बातों से बनता है, वरन् जनता डरे ? आतंक ही योग्यता है। सूरजभान ने कांग्रेस की सभा में बम न फोड़ा होता तो राजनीति में उसकी भर्ती होती ? परसराम को पार्टी में पदवी तब मिली, जब उसने बीजेपी के दो नेताओं को चाकू से हलाल कर दिया था। उस समय वे पार्टियों से बँधे नेता नहीं, धंधे के धर्मानुयायी थे। जरूरत के मुताबिक आपरेशन ब्लूस्टार, ब्लैक स्टार और रैड स्टार चला लेते थे। साथी लड़के टोली के रूप में होते, वे आज जिसके नारे बोलते, कल उसको ही छुरा दिखाते। आज जिसके कहने पर छुरा दिखाया था, कल उसी के वोटरोंवाली हरिजन बस्तियों में आग लगा देते। फ्री लांसर किसी का ताबेदार नहीं होता।

आतंक, उपद्रव का भाव दिन-दूना, रात-चौगुना बढ़ रहा था।

वे दद्दा थे, सो कह रहे थे—बेटे को आग के दरिया में कूद जाने देंगे, लेकिन इस खूनी खेल में शामिल नहीं होने देंगे। हम स्वतंत्रता सेनानी भगवानदास माहौर के चाहने वाले हैं। आजादी के लिए जिंदगी झोंकनेवालों का सपना यों खून-खच्चर हो जाएगा और हम उस खून से विजय का टीका लगावें ? हरगिज नहीं। धीरज उस समय डर गया था। काश, कह पाता कि दद्दा तुम्हारे बेटे को जहाँ भी नौकरी मिलेगी, माहौल यही होगा। कहाँ-कहाँ से बचाओगे ? कहता कि देखो सीताराम चेयरमैन जो तुम्हार संग ही पढ़े हैं, कांग्रेसी होकर मस्जिद गिराने का ठेका लिए हैं। मंदिर तुड़वाने का एडवांस जेब में लिए घूमते हैं। उनका कायाकल्प जो हुआ है, उनकी दादागीरी के कारण हुआ है। वे भगवानदास माहौर से कब का पल्ला छुड़ा बैठे। तुम हो कि आज भी कांग्रेस को वोट देना अपना ऐसा ही धर्म समझते हो, जैसा कि सत्यनारायण की कथा कराना। सीताराम का मानना है—स्वतंत्रता सेनानी अब बलगम का शिकार हो चुके हैं। बड़े-बूढ़े आजादी

के संग्राम को याद करके नयनों की ज्योति खो बैठे। साँसें पूरी करते अंधे अब सेनानी नहीं, बोझ हैं।

सूरजभान ने खुद अपने साठसाला पिता को सठियाए हुओं की जमात में फेंक रखा है। जवानी भर साइकिल पर बरसीम लादकर बेचते रहे। लड़का पावर में आ गया, उनकी आदत आज भी नहीं छूटी। सूरजभान ने वह साइकिल ही तुड़वाकर फिंकवा दी, क्या पता बाप उठा लाता और सुधरवा लेता। सो तुरंत मोटरसाइकिल ले आया और बोला—इसे चलाओ।

पिता से नहीं चली। कार खरीद दी, बोला, 'लो इसमें बैठो, मजे से घूमो।' अब बाप कार में बैठकर जाए तो जाए कहाँ ? पहले ठिकानों पर जाएँ तो बरसीम खरीदने वाले ही मिलेंगे—भैंसों के मालिक। हारकर सूरजभान ने मंदिर बनवाया—'इसमें बैठो, पूजा करो।'

धीरज ने अपने पिता को सूरजभान की दया-दयालुता नहीं बताई, न उस अलादीन के चिराग के बारे में कहा, जो उसे पकड़ाया था। हालाँकि सूरजभान की आवाज में सच्चाई की खनक थी, 'भइया, उस समय सरकार हमारी थी, पर पचास हजार तो दलाल ही ले लेता है। हाँ, डेढ़ लाख के हम गुनहगार हैं, पाई-पाई लौटा देंगे। नहीं लौटाएँगे तो जनता हमें अगली बार आने का मौका नहीं देगी। बड़ी बेरहम अदालत है। बस तुम हमारा सहयोग करो।'

उसी सूरजभान के बताए हुए मकान पर नौकरी के लिए धीरज आया था।

खटिया पर दरी-चादर बिछाए गए। तकिया रख दिया गया, रात जो हो गई थी।

—खाना ?—नत्थू ने पूछा।

—नहीं।

जी मिचला रहा था पता नहीं क्यों ?

भूखे पेट नींद नहीं आई। अखबार का अक्षर-अक्षर चाट गया।

झपकी लगी थी कि एकदम 'कम इन, कम इन' कहकर जाग उठा। नौकरी का सपना देखा था। देखा था कि वह बढ़िया केबिन में शानदार कुर्सी पर बैठा है।—'मे आय कम इन' कहकर किसी ने आज्ञा माँगी है।

आँख खुली तो देखा अजनबी अँधेरा कमरा। याद आया, सूरजभान की जागीर है। मालिक की तसवीर आँखों के आगे नाचने लगी। कई बातें याद आ गईं।

—जानते हो विपक्षी दल गद्दी पर काबिज है। श्रीराम शास्त्री मंदिरों में भागवत और अखंड रामायण का आयोजन करा रहा है। नुमाइश ग्राउंड में मृत्युंजय यज्ञ होगा। कहते हैं कि यह सिलसिला 1997 तक जारी रहेगा ! स्वतंत्रता की स्वर्ण जयंती... बुंदेलखंड में भजन-कीर्तन की महिमा छाई रहेगी। रामराज्य की बात जो है। शास्त्रीजी सोच रहे हैं अगले पाँच साल तक कब्जा किए रहेंगे, हम कहते हैं कि समय किसी के हाथ नहीं आया। मध्यावधि चुनाव ही ललकारने लगे तो ? यज्ञ करनेवाले आग में घी नहीं, जनता का खून उड़ेलते हैं। हम किले पर कारसेवक लगाएँगे, जनता का भला इसी

में है। दीन-दलितों की ताकत और जद्दोजहद की निशानी किला...

धीरज चौंका, विचारों का ताँता टूट गया। सूरजभान की छवि अंतर्धान हो गई।

सिसकियाँ ! कौन रो रहा है ?

बादल गड़गड़ाया। बिजली चमकी। तेज हवा...उसे कैसे-कैसे भ्रम हो रहे हैं ! कहाँ सिसकियाँ ? कैसी सिसकियाँ ? करवट लेकर सोने से नींद आएगी। आँखें बंद कर लें। नहीं, सिसकियाँ कानों की राह दिमाग में घुसती हैं। वे नम और भारी-सी हैं। आसपास ठहर गईं।

कोई रो रहा है कि रो रही है...वहम मानकर बात को टाल जाना...। नत्थू से पूछा जाए ? पुराना टूटा-फूटा-सा मकान, यहाँ कोई चुड़ैल-पिशाचिनी हो। उसे ऐसी फिल्में याद आईं जिनमें रात के समय रोने की आवाज या घुँघरुओं की झनकारें सुनाई देती हैं। और वे वहम झूठे नहीं होते।

'बाबूजी ! ओ बाबूजी ! उठो ! उठो तो !' नत्थू जगा रहा था।

'क्या, क्या है ?' वह उठकर बैठ गया।

टॉर्च का चँदोवा अब भी उसके आगे चमक रहा है। आँखें मिचमिचाता हुआ धीरज ऐसे देख रहा था, जैसे आठ-नौ वर्ष का बालक हो।

'चलो हमारे संग। उसे चुपाना है। बिफर रही है।'

'कौन ?' धीरज ने चेहरा उठाकर कहा। नत्थू ने निगाहों से धिक्कारा ज्यों, 'अरे तुम्हें पता नहीं कुछ भी ? मोंड़ी है।'

धीरज की आँखें पूरी तरह खुल आईं, 'क्या ? लड़की !' वह हकलाया।

'लो और सुन लो ! अचैटी बाँधकर चले आए, आगे-पीछे का पता नहीं।'

नत्थू के मखौल को उसकी वरिष्ठता के खाते में डालकर पी गया। अपने ऊपर झुँझलाहट भी हुई, पूछ तो लेना था—ड्यूटी कैसी होगी ? क्या करना होगा ? घर में कौन-कौन हैं ? लेकिन क्या पूछता, सूरजभान ने तो नत्थू का नाम लेकर मकान का जिम्मा सौंप दिया।

'बाबूजी, चलो आओ तो। पीछे-पीछे।'

सीढ़ियों पर रोशनी चढ़ती चली जा रही थी और धीरज पीछे-पीछे। कैसी लड़की ! कौन लड़की ? क्या बवाल ? वह तो सोच रहा था, आस-पड़ौस में कोई रो रहा है। अब है कि अपने ही कलेजे में खलबली मच गई।

नत्थू ने स्विच खोलकर बल्ब जला दिया—लाल ब्लाउज, हरा घाघरा पहने हुए सत्रह-अठारह वर्ष की-सी लड़की खटिया से बँधी हुई लेटी है। बाँह हाथ से पकड़े हुए कसमसा रही है। शरीर साँपिन की तरह बल खा रहा है ! धीरज का सर्वस्व काँप गया। पेट पर बटी हुई रस्सियाँ...

चेहरे पर नजर डाली—गोरा मुँह, रोते हुए भरे-भरे होंठ, आँखें आँसुओं में डूबी हुई। पंक्तिबद्ध दाँत खुले हुए। धीरज को नया जानकर भी लड़की की मुखमुद्रा बदली नहीं, जबकि धीरज का ही मुँह रोया हुआ-सा हो गया।

'तमाशा क्यों मचा रही है ? देख, ये बाबूजी आ गए ! ज्यादा रोई तो हाँ...' नत्थू ने उसे डपटा और थप्पड़ मारने के लिए हाथ तान दिया।

धीरज घबरा उठा। यहाँ कितने दिन रुक पाएगा ? नहीं, एक पल भी नहीं। भाग लो।

लड़की की लय में हूक ने जोर पकड़ा। वह अब धीरज को देखकर रो रही थी। आँखों से न जाने क्या कह रही थी ? शायद आजाद होने की पुकार कर रही थी।

वह सहमा-सिकुड़ा हुआ...शिक्षा का एक पहलू था—आचरण शुद्ध रखना। संस्कारों का एक अंश था, नजर साफ रखना। उसी में बँधा खड़ा रह गया, वरन्, नत्थू को एक ओर घसीटकर लड़की को गले से लगाकर सांत्वना देने का मन हो आया था आवेश में। भंगी उसे थप्पड़ मारे !

'बाबूजी, इसको जिंदा रखना अब तुम्हारे जिम्मे पर है और तुम मिट्टी के माधो बने खड़े हो।' नत्थू के कथन पर धीरज काँप-सा गया। नत्थू पहले ही दिन से रौब गालिब कर रहा है।

—अर्थात् अब मेरी बारी है ! सूरजभान की बात याद आ रही है—हम अय्याशी नहीं करते, अपना काम आगे बढ़ाते हैं। यों तो बचपन में माँ-बाप कई ऐसी बातें सिखा देते हैं, जो आगे की जिंदगी के काँटे सिद्ध होती हैं। उन्हें फलाँगकर जो आगे बढ़ गया, वही सिद्ध हुआ। जिंदगी कोरे सदाचार पर चलती होती तो दुराचार की कदर कौन करता ?

लड़की फिर रोने लगी। रो क्या रही थी, छाती और कंधों तक में फफक न पड़ी थी।

धीरज का अपना मुँह और भी असंयत-सा होता जा रहा था।

अचानक नजर ने दुख पकड़ लिया—दर्द का सोता बाँह से फूटा था। वह दाएँ हाथ से बाएँ हाथ को साधे थी। किसी की परवाह नहीं करके दोनों को धता बता रही थी। वे झुँझला रहे थे, घबरा रहे थे और वह मनमाना रोए जा रही थी। कोई सुन ले तो ?

नत्थू गुस्से से बोला, 'रोने से दर्द पटा जाएगा ? रो और रो।'

'दिखाना बाँह, क्या हो गया ?' धीरज ने दर्द विशेषज्ञ के तौर पर कहा। नौकरी वाली बात !

लड़की ने बाँह आगे कर दी।

'अल्मा कबूतरी' बाँह पर गुदना गुदा था। अक्षरों के ऊपर खून और मांस के सूजे हुए घाव थे। मवाद से भरे हुए...

धीरज के भीतर अनजाने ही कुछ सिहर गया। दहशत-सी भी हुई—कबूतरी !

'गुदना पिरा रहा है ! ठीक हो जाएगा,' वह बकरी जैसी आवाज में बोला।

लड़की की आँखों में तने हुए धनुष की-सी तरेर थी।

धीरज कबूतरियों से अनभिज्ञ नहीं। गाँव के आसपास बसे गाँवों के बीच-बीच में कबूतराओं की डेरोंवाली बस्तियाँ हैं। दबी-छिपी बसावटों में अपराध कर्म होते हैं। अवैध

धंधे चलते हैं। यह उन्हीं मुजरिमों की लड़की... 'इसे खोल क्यों नहीं देते ?' धीरज के मुँह से निकल गया तो नत्थू ने नरम स्वर कर लिया, 'बिटिया, सो जा और सोने दे। अच्छा हम दूध लाते हैं, पीकर सो जाना। गोली दे देंगे, नींद आ जाएगी। है न धीरज बाबूजी ?'

नत्थू ने जो कहा, वही किया, या कुछ नहीं किया, या और भी कुछ किया, धीरज को मालूम नहीं। हाँ, लड़की अब चुप थी। बस बीच-बीच में खटिया चरमरा उठती। अर्थात वह कसमसा रही है।

धीरज को मंसाराम मामा रह-रहकर याद आने लगे। मड़ोरा खुर्द में रहनेवाले मामा की कुचर्चा धीरज ने सुनी है। उनका अपराध है कबूतरा-बस्ती में ज्यादा आना-जाना। उनसे मेल-भाव रखना। उनके दुख-सुख में शरीक होना। बस इसीलिए दद्दा उन्हें अपने यहाँ आने लायक नहीं समझते। धीरज की किस्मत में भी यही लिखा है ? कुएँ से निकलकर भाड़ में गिरनेवाली रेखाएँ हथेली पर कब खींच दी गईं ? सीधा काम करता है, उल्टा पड़ जाता है। पिता के सपनों के लिए, पिता की खुशी के लिए नौकरी करने निकला था, जैसे कि उनकी इच्छा पूर्ण करने के लिए कक्षा में प्रथम आता रहा, नौकरी ने घर खोखला कर डाला। माँ-बाप को अपाहिज बनाकर बिठा दिया। उनके खेत लौटाने की खातिर सूरजभान की शरण गही थी, सो यहाँ यह कबूतरी कूद पड़ी ! अजगर-सा सवाल फिर खड़ा हो गया—मैं इस लड़की का क्या करूँ ? डर भी तो कितना लगता है, अपने सगे मामा को बरबाद होते देखा है। घर से निकाले गए, वे स्थायी रूप से कबूतरा डेरों पर बस गए। ऊँचे समाज से बहिष्कृत मामा को दद्दा कितनी गालियाँ देते हैं। अपने सपूत की नौकरी के बारे में सुनें तो किसे मुँह दिखाएँ ?

नत्थू मेहतर की बराबरी पर तोला जा रहा है उनका होनहार बेटा। कबूतरी की रखवाली में तैनात है। दद्दा कहेंगे—भड़ुआगीरी !

चिंतित धीरज को न नींद न चैन !

क्या इसका संबंध मड़ोरा खुर्द के डेरों से भी होगा ? क्या इससे वहाँ के लोगों के बारे में बातचीत की जाए ? यह कदमबाई कबूतरी को जानती होगी ?

न भी जानती होगी तो भी अपने वर्ग के लोगों के बारे में सुनकर तसल्ली बाँधेगी। उसे अजनबी न समझेगी। पहचान और संबंध दुख-दर्दों को हलका कर देते हैं। ऐसा न होता तो दुख, तकलीफ और गमी में अपने लोग आसपास क्यों रहना चाहते ?

कुछ खोले या न खोले ? धीरज बहुत बेचैन था। लड़की की कराह सोने नहीं दे रही। परंतु नत्थू ने तभी कहा था, 'धीरज बाबूजी, तिरिया की परतीत कभी न करना। अपने सूरजभान पहली ताकीद यही करते हैं। औरत के फेर में रहनेवाले दो-तीन लड़के निकाल दिए उनने।'

वह डर गया। मन ही मन दृढ़ निश्चय किया—जो भी हो, अपना रहस्य नहीं खोलना है और न इस लड़की के बारे में कुछ पूछना है। जान-बूझकर बामी में हाथ देना कहाँ की अक्लमंदी है ? चुप रहकर अपना काम निकालना है। यह सामान्य नौकरी नहीं,

तलवार की धार पर चलना है। हर हाल में नट की तरह वजन साधकर पतली रस्सी पर चलेगा धीरज !

सबकुछ सोचने के बावजूद वह अपनी खटिया से उठकर नत्थू के पास जा पहुँचा। बोला, 'नत्थू, अभी सोई नहीं है वह।'

'सो जाएगी। खटिया से बाँध दी है, कम से कम दीवार फाँदकर कूदेगी तो नहीं।'

'यह लड़की कैद क्यों है ?'

'सोने की चिड़िया को लोग पिंजड़े में रखेंगे या खुली छोड़ेंगे ?'

'सिरकारी खजाने की कुंजी !'

'सो कैसे ?'

'धीरज बाबूजी, पढ़े-लिखे हो। बच्चा नहीं, जवान आदमी हो। अलमा सौखीन अफसरों के लिए...समझ गए कि खुलासा करें ?'

'बस बस !'

'बाबूजी, इसको जिंदा रखना अब आपकी नौकरी का हिस्सा है। मुर्गी मर जाए तो कौन खाये ? बीमार भी नहीं होने देना है। सूरजभान का यही हुकुम है।'

●●●

धीरज अपने बिस्तर पर लौट आया। मौसम की उमस और बंदिनी अल्मा की ऐंठ ने इतना थका डाला कि छोटे बच्चे की तरह बिस्तर में दुबककर सो जाना चाहता था। आँखें बंद करके मीठे सपने देखना चाहता था। रंगीन तितलियों और परियों के सपने !...मगर जागती आँखों में अल्मा की तसवीर उभरने लगी—दुनिया भर की खूबसूरती समेटे हुए यह लड़की इस मकान में क्यों कैद है, यह भेद तो नत्थू ने खोल दिया। सूरजभान ने सोचा, वह न बताएगा तो कुछ मालूम नहीं पड़ेगा ? इस कबूतरी की तरह ही धीरज को भी कैद कर लेगा ? अय्याशी के लिए बाँधकर रखी गई लड़की की पहरेदारी ! छिः !

धीरज को अपनी नौकरी से घृणा होने लगी।

जहर-सी हिलोरें मारती घृणा में कभी नत्थू का चेहरा दिखता और लगता वह आदमी हँसता नहीं, मखौल उड़ाता है। बड़ी जातियों का मजाक ! अल्मा का मुँह-बदन नजरों में झलमलाता तो सोचता—कहीं कोई देवी ही तो लड़की का रूप धरकर सूरजभान के संहार को नहीं आ गई ? चंदन के लेप में लिपटा तन। तसवीर में बनी सरस्वती के-से नाक-मुँह ! अलग-अलग कुछ गौर से नहीं देखा था, लेकिन आँखों में छवि भरी है।

पुरुष मन का अदृश्य आकर्षण या मनुष्य की मनुष्यता उसे अल्मा के नजदीक लिए जा रही थी। नहीं, उसे तो बचपन में पढ़ी कहानियाँ याद आ रही थीं। बिलकुल वही दृश्य, वही तरीका !

एक बार एक राक्षस ने एक राजकुमारी को कैद कर लिया।

राक्षस पहाड़ के पीछे गुफा में रहता था। उसकी महिमा कोई नहीं मानता था

क्योंकि उसका पराक्रम जगजाहिर न था। बेचारा भूखों मरने लगा। लोग उसे कमजोर मानकर गुफा के आगे से बेधड़क निकल जाते। वह बिलबिलाकर सोचता—क्या किया जाए ? एक दिन उसे युक्ति सूझी—क्यों न इस राज्य के राजा की बेटी को पकड़ लिया जाए, राजा कदमों में आ गिरेगा फिर किस बात का टोटा ?

राजकुमारी पान से पतली, फूल से हल्की ! बाग में सखियों के साथ खेल रही थी। राक्षस भौंरे के रूप में फूलझाड़ी पर बैठा था। राजकुमारी के आसपास मँडराने लगा। वह बेहोश हो गई। आसपास उड़ती सारी तितलियाँ गायब थीं। राक्षस राजकुमारी को पीठ पर लादकर उड़ गया।

राजमहल में हाहाकार मच गया। राजा ने सिपाही दौड़ाए। सिपाही लोग हर जगह छान आए, कमजोर राक्षस की गुफा पर ध्यान न दें। कुछ न हो सका तो राजा ने देश-देश के राजकुमार बुलवाए। जो खोज लाएगा, राजकुमारी का विवाह उसके साथ कर दिया जाएगा। दुर्भाग्य कि कोई सफल न हुआ। फौज सेना ले जाएँ, कमजोर राक्षस की गुफा पर ध्यान न दें।

अंत में एक लकड़हारा आया, बोला—महाराज आज्ञा दें तो मैं कोशिश करूँ। अंधे को क्या चाहिए ? दो आँखें। राजा बोला—जो माँगोगे वही दूँगा, मेरी बेटी बस मुझे मिल जाए।

लकड़हारे लड़के ने कहा—कुछ नहीं चाहिए, बस भरपेट भोजन। वह रोटी का महत्त्व जानता था। बस राक्षस का सेवक बनकर गुफा के द्वार पर रहने लगा। उसके लिए रोज छप्पन भोग छत्तीस व्यंजन राज-रसोई से आते। वह बड़ा भाग राक्षस को खिला देता। राक्षस की खुशी का ठिकाना न था, भूख ने सब तरह से डुबो दिया, लड़के ने उबार लिया।

पेट भरकर खाए हुए आदमी का नींद में लीन हो जाना निश्चित होता है। ऊपर से सेवक ने निश्चिंतता बख्श दी।

बस मौका पाकर लकड़हारा लड़का, राजकुमारी के साथ भाग छूटा।

धीरज मन ही मन कितनी बार लकड़हारा लड़का बनना चाहता। यह लड़की कहाँ से आई है ? कैसे आई है ? गोदा क्यों गया ? इसकी किस तरह मदद करूँ ? इन्हीं सवालों में उलझा जागता रहता। कई प्रश्नों के उत्तर खोज लिए।

इसका रूप इसकी सजा का कारण है, क्योंकि धन तो इसके पास है नहीं। हाँ धन का साधन जरूर बन सकती है। गुदने से कई मसले हल हो गए। लड़की होने के नाते जो इस पर गुजरेगा, यह सहना नहीं चाहेगी तो कबूतरी जाति होने के लिए झेलना पड़ेगा ? अल्मा भी समझती होगी कि उसकी कौम के मर्द और औरतें किस काम आते हैं। फिर भी यह लड़की अपनी नियति स्वीकार नहीं कर रही, इसलिए नत्थू जैसे बलिष्ठ लोग यहाँ तैनात किए गए हैं। नत्थू का चेहरा खूँखार है, लेकिन दिल चूहे जैसा, तभी तो कहता है—यह खूँखार शेरनी, बस में आनेवाली नहीं।

धीरज को खटास भरी हँसी आ गई—सूरजभान ने लोगों की मर्दानगी को ललकारा

है। कहते हैं कि कबूतरी की ताकत, हौसला और हमलावरी काम-भोग में मर्दों को नामर्द साबित कर दे। लेकिन मर्द को भी शिकार का चस्का रहता है। जाहिर है मरी बकरी का शिकार कोई नहीं करना चाहता, उसके लिए तो सिंहनी ही चाहिए।

सूरजभान ने यह अनमोल माल विरोधी पक्ष के लोगों के लिए तो नहीं रखा ? राजनीति में प्रीति और बैर एक थैले में रखे जाते हैं।

सोते समय तकिया इधर-उधर हुआ, धीरज को कान के पास ठंडे लोहे का-सा आभास मिला। याद आया—पिस्तौल होगी। नत्थू ने एतियादन दी थी और कहा था—लड़की के पास कोई हथियार नहीं, तलाशी ले ली है।

शायद नत्थू भी इसकी देखभाल से तंग आ गया है, कह रहा था—औरतों की कमी तो नहीं, क्या पड़ी थी इस कबूतरी को लाने की ? क्या इसी को पाकर दाता लोग खजाने का मुँह खोल देंगे ? आठ दिन से भाभई भोग रहे हैं हम।

—पिस्तौल ! मैंने तो कभी चलाई नहीं ! क्या लड़की को धमकाने के लिए सौंपी है ? हो सकता है इसमें गोली भी न हो। सूरजभान इतना कच्चा नहीं। हाँ, लड़की से डरकर रहना चाहिए, सूरजभान भी डरता नहीं तो इतने इंतजाम करता ? जिससे हम डरते हैं, उसी का शिकार करने में मजा पाते हैं, इसमें दो राय नहीं। खूँखार भी आदमी तभी होता है, जब डरता है। अल्मा की बाँह का गुदना तो यही सिद्ध करता है कि इसे कबूतरी जानकर लोग दूनी ताकत से हमला करने को तैयार हो जाएँगे।

सूरजभान ने अपने मित्र शत्रुओं को शिकार करने का मौका दिया है कि ज्यादा से ज्यादा बर्बरता इस्तेमाल करने का ?

सोचते-सोचते धीरज का दिमाग लुगदी हो जाता है।

खुद को ढीला छोड़ने लगा। सोना भी तो है। मुझे क्या मतलब कि लड़की को क्यों बाँधा गया है ? क्या मैं उसे खोल सकता हूँ ?

उसे सूरजभान दर्द न देता तो हमें चार हजार रुपए महीने क्यों देता ? वह रोती-चीखती नहीं तो हमें यहाँ क्यों बुलाया जाता ? उसकी तकलीफें ही हमारी आजीविका का आधार हैं।

साथ ही डेढ़ लाख रुपए लौटाने का वादा किया है। मैं दद्दा के हाथ पर खेत की रकम धर दूँगा, पिता से उऋण हो जाऊँगा, यह लड़की ही उसका जरिया बनेगी। यह हमारे लिए देवी का अवतार है। सिंहासन से बाँधकर पूजा करनी होगी। बाकी कुछ नहीं। समझ लेना है कि जल्लाद अगर मरनेवालों का शोक करे तो कितने दिन जिए ? यहाँ मैं न आता तो कोई और आता। लड़की को इसी तरह रहना है।

●●●

धीरज की आँख बड़ी जल्दी खुल गई। नत्थू की आवाज ऊपर से आ रही है।

आधा घंटे बाद नत्थू चाय लेकर नीचे आया।

सबसे पहला सवाल धीरज ने किया, 'ऊपर गए थे क्या ?'

'हाँ, भोर ही जाकर खोल देते हैं। टट्टी-पेशाब जाएगी। दिन में तो खुली ही रहती है।'

'अगर रात में जाना हो तो ?'

'बाबूजी...सूरजभान की बातें। खटिया से बाँध दो, दीवारों में चिनवा दो, भागनेवाला तो धरती में छेद करके अलोप हो जाता है। पर...क्या करें ? अरे हम क्या सोते थोड़े ही हैं, मोंड़ी की साँस पर जागते हैं। उसकी हर जरूरत को हाजिर।'

चाय ले ली।

नत्थू जाति से मेहतर है। जो कुछ सोचता है अपनी सामर्थ्य के हिसाब से सोच लेता है। जल्लाद जाति माना जाता है, सो यहाँ तैनात है।

धीरज चाय पीने लगा। बिरादरी को लेकर मन में चोर छिपा है। होटल-ढाबों की बात और है, न पूछते न जाँचते। यहाँ आँख देखते मक्खी...उस साले दिनेश ने बचपन से ही छुआछूत चिपका दी। मंदिर में उसकी ताँबे की लुटिया को लुढ़का देता, कहता भगवान तुम्हारा जल लेंगे ? हमारे दादा तक तुम्हारा कच्चा खाना नहीं खाते। देवता तो देवता ठहरे।

धीरज ने जलकर कहा था—भगवान अहीर थे, हमारी जाति। अपने दादा से कहो, झोले में धरकर न घूमा करें। उन्हीं के नाम पर दान खाते हो और जाति बताकर छूतपाक मचाते हो।

कहने को तो कह दिया, पर बना क्या ? ठेस लगी थी, आज तक दुखती है। यही देखता रहता कि यादवों से नीचा कौन है ? गड़रिया चमार बसोर मेहतर। सब घृणा के पात्र हैं। हालाँकि किताबों ने बहुत कुछ समझा दिया, लेकिन जब-तब संस्कार जाग उठते हैं।

'उसे चाय दी ?' धीरज ने पूछा।

'वह चाय पिएगी ?' नत्थू ने प्रतिप्रश्न किया।

शराब !

धीरज समझ गया, नत्थू का इशारा उसकी जाति और शराब के संबंध की ओर है।

नत्थू फिर चिंता व्यक्त करने लगा, 'जब से आई है, हम तो ऐसे बँध गए हैं कि पेशाब जाना भी मुहाल। हाय-हाय डकराती है। पूछें-बताएँ भी क्या ? आठ दिन में आठ कौर खाना खाया है, बस। देह पटकती जा रही है। चेहरा कुम्हला रहा है। सूरजभान ने कहा था—लड़की तंदरुस्त रखनी है। अब आप सँभालो बाबूजी। हम तो इसे बाँध-बाँधकर परेशान हो गए।'

धीरज के मन में एक अन्य प्रश्न था, 'नत्थू, यहाँ पड़ोसी कुछ नहीं पूछते ? कोई मिलने-जुलने ही आ जाए तो हम क्या कहें ? इस लड़की से क्या रिश्ता बताएँ। रोने-डकराने का कौन-सा कारण समझाएँ ?'

नत्थू ने ऐसे देखा, जैसे धीरज से बड़ा मूर्ख नहीं। उसने माथे से हाथ लगाकर बाँह

को झटका दिया, 'तुम भी बाबूजी ! सूरजभान को जानते नहीं ? अरे, यहाँ आकर कोई क्या करेगा ? पूछने की हिम्मत कैसे जुटाएगा ? सबने इस मकान को खाली कराने की लीला देखी है। इस लड़की का रोना-डकराना क्या है, दसियों औरतें डकराती रही थीं और सूरजभान के आदमियों ने यह किला फतह कर लिया था। अब हम आपसे क्या कहें ? कुछ नहीं कह सकते, कुछ नहीं...'

नत्थू खुद-ब-खुद सिर हिलाता रहा। फिर बोला, 'बाबूजी, दया-माया से आदमी का पेट भरता होता तो अनदेखे भगवान की जरूरत क्यों होती ? सबके सब भगवान ही होते। सो भगवान ने बड़े छल से काम लिया है, आदमी की देह से पेट लगाकर पाप करने की राह खोल दी।'

धीरज समझ गया, अल्मा नत्थू के लिए सिरदर्द बन गई है। वह थककर पाप-पुण्य की बातें सोचने पर मजबूर हो गया है। थकावट के बाद चेतेगा नत्थू।

●●●

एक रात एक सदी-सी गुजरती।

अल्मा कराहती रहती। धीरज जागता रहता। वह दर्द से तड़पती, उसका कलेजा पलटने लगता। कई बार मन में आता—लड़की के पास चलूँ ? फिर खुद ही इनकार कर देता—कैसे जा सकता हूँ ? नत्थू उठ गया तो ? अपनी ओर से अंतरंगता बनाना...नत्थू नहीं, वह लड़की ही चींथ खाएगी।

...लेकिन दर्द से तड़पती हुई लड़की। गुदने में मवाद पड़ते घाव...

कोई नहीं जाग रहा। चिड़ियों से चूहों तक सब सोए हैं। भारी और भयानक शांति में लड़की की कराह रह-रहकर उठती है। मतलब कि वह और लड़की ही जाग रहे हैं। उसके तन का दर्द धीरज के मन को कोंच रहा है। दो जागे हुए विचलित एक-दूसरे के पास चले जाएँ तो ? आपस में तसल्ली देंगे। हमदर्दी बाँटेंगे। सोते हुओं को क्या पता चलेगा ? बंधन खोल दूँ ?

नहीं, अगर लड़की चौंक पड़ी तो नत्थू जाग जाएगा। नत्थू माने सूरजभान, कोड़ा उठा लेगा। लड़की पछताती रह जाएगी और वह असहाय...

—पागल हूँ मैं। इसीलिए ठगा जाता रहा हूँ। दद्दा की-सी कमजोरी ब्याप गई है। सोच नहीं रहा कि सूरजभान इस लड़की के दर्द में बहने की तनख्वाह नहीं देगा। और न इसके आँसू पोंछने का कमीशन। यह नौकरी है। दफ्तर की फाइलों की तरह ही लड़की के मामले को निपटाना है। वहाँ के अफसर बाबू देखते हैं कि किस फाइल में कौन कितना बड़ा धोखा खा रहा है ? कौन बरबाद हुआ जा रहा है ? वे बस इतना समझकर निपटान करते हैं कि फलाँ को कितना भुगतान होगा, जिससे उन्हें लाभ मिलेगा ?—मेरा काम भी लड़की को बचाकर रखना है। यह बात सूरजभान ने इशारों में कही, मैं समझा नहीं तो नत्थू ने यहाँ साफ करके समझा दीं।

—अब सो जाओ बस ! आँगन पर झुके आसमान में तारे टिमटिमा रहे हैं।

...लेकिन खून में फिर खलबली ! अल्मा फिर कराही। सातवीं-आठवीं कक्षा में पढ़ते धीरज को सुल्तानसिंह मास्साब की बात याद आ गई—'जब तक एक भी आदमी भूखा है, समझो, दुनिया का प्रत्येक आदमी गुनाहगार है।' सहपाठियों से गाँव तक फैली सीमित दुनिया में रहनेवाले धीरज के मन पर यह वाक्य पत्थर की लकीर-सा खिंच गया था।

आज वह कृष्णचंद्र पंगोरिया इंटर कॉलिज मोंठ के मास्साब से क्या कहे कि इस मकान में एक लड़की भूख से नहीं, अपच से मर रही है। इसे हरी-भरी रखने के लिए अंडा दूध मिठाई जुटानेवाला सूरजभान गुनाहगार है या सच्चा नेक हमदर्द इंसान ? सच में यह लड़की बेघर भी नहीं, अय्याशी के किले में दम तोड़ रही है। नत्थू उसे बचाने के लिए खटिया और रस्सियों से बाँध देता है।

धीरज कमरे के द्वार में भरे अँधेरे के पार आकाश पर नजरें टिकाए देख रहा था—तारे खुद-ब-खुद गुम हो गए। उनकी जगह मखाने, किशकिश, काजू दमकने लगे—लड़की की खुराक।

सुना है कि ऋषि-मुनि संसार का ध्यान छोड़ देते हैं। शांति प्राप्त कर मुक्ति पा जाते हैं। वह ऋषि हो जाना चाहता था। बचपन में अम्मा उलटी गिनती गिनवातीं और कहतीं, ऐसा करने से जल्दी नींद आ जाती है। वह उलटी गिनती गिनने लगा। लेकिन दोनों ही बातें झूठी पड़ गईं। वह न शांति पा सका न नींद आई, क्योंकि वह अल्मा से बेखबर नहीं हो सका।

—क्या करूँ ? कोई 'पेन किलर' दे दूँ ? कहाँ से लाऊँ ? खैराती अस्पतालवाली कैमिस्ट की दुकान खुली होगी ?

नहीं, नत्थू ने पहले ही बता दिया है—बाबूजी, कबूतरी से सावधान रहना। क्या पता कि कबूतरा लोग यहीं कहीं छिपे हों ? भूखे-नंगे लोग मौत के घर में भी छलाँग लगा देते हैं। ऊपर से अपने सूरजभान के विरोधी लोग, सरकार-सत्ता के मुखिया हो गए तब क्या हवस भी मिट गई ? उन्हें लड़की की ऐसी ही जरूरत है, जैसी दौलत की चाहना। हंसों के चोले में बगुला भगत।

धीरज समझ गया, नत्थू का इशारा किस ओर है ? झाँझ-मजीरे बजाकर कीर्तन गानेवाले हरिनाम बोलते हैं, तब क्या जोगी भी हो गए ? उन्होंने सत्ता के रास्ते पर हर साधन से मुलाकात की होगी। आदमी के लिए लालच और हवस कभी कमजोरी बनते हैं तो कभी ताकत। राष्ट्र का झंडा उठाकर चलने से क्या वे दुर्गुण कम हो जाते हैं ?

लड़की कराहे या मरे ! इस मकान का द्वार खोलना गढ़ में छेद करने जैसा है। लड़की के तड़पने पर मेरा मन क्यों बदलने लगता है ? क्या नया-नया पढ़-लिखकर निकला हूँ, इसलिए ? अब बस एक ही बात गाँठ बाँध लेनी है—सूरजभान यहाँ का सेनापति है। धीरज को उसका हुकुम मानना है। उससे संबंध बिगाड़ना अपनी जिंदगी बरबाद करना है। आँखें मूँदकर सोने में ही खैरियत है।

●●●

पंद्रह अगस्त नजदीक था।

धीरज ने अल्मा के बारे में दो रातों तक कुछ नहीं सोचा। सोचा तो केवल यह—क्या पता यह लड़की दर्द का बहाना करती हो ! हमदर्दी पैदा करके कोई फायदा उठाना चाहती हो। गाँवों में कबूतरियों के बारे में ऐसी नाटकबाजियों की अनेक कहानियाँ चलती हैं। उसे बँधी हुई देखकर पिघलना कहाँ की बुद्धिमानी है ? इन्हें खुली हुई रखकर कौन काबू में कर सकता है ?

धीरज पंद्रह अगस्त को मनाए जानेवाले जश्न के बारे में सोचने लगा। बँधी हुई लड़की से निजात पाने का आसान तरीका, देश की आजादी के बारे में उल्लासपूर्वक सोचना। सोचते हुए मन में आया कि वह भी मंच से कोई भाषण दे। सूरजभान और परसराम जैसे नेताओं की संगत में आया है, अपना कोई करिश्मा दिखा दे तो अभी से चमक उठेगा। आगे चलकर किसी की नौकरी करेगा नहीं, दूसरों से सेवा-सहयोग लेने लगेगा।

या कोई ऐसी आजाद तबियत कविता सुना दे कि लोग सन् 1997 तक भूल न पाएँ। सूरजभान आजादी की स्वर्ण जयंती का बेकरारी से इंतजार कर रहा है, वह धीरज की योग्यता को परखकर उसे स्वर्ण जयंती के उत्सव का मुखिया बना देगा। तरक्की इसी रास्ते मिल सकती है, बाकी तो घिसट-घिसटकर चलना है। धीरज का मन सूरजभान के मन से जा मिला।

सूरजभान ने क्या गलत कहा था, 'तुम तो पढ़े-लिखे हो। किसी भी पार्टी के एजेंडा को ले लो, शब्द बदलकर लिख देने से क्या अर्थ बदल जाएँगे ? सारे मुद्दे, सारी समस्याएँ और पब्लिक के ढेर सारे सवाल अपनी जगह कायम हैं। इतनी सरकारें बदलीं कि पाँच साल किसी ने पूरे मुश्किल से ही किए होंगे, तो भी हालात नहीं बदले। आकाश-पाताल के कुलाबे जुड़ते हैं कहीं ?'

इतना कहकर सूरजभान ने ठहाका लगाया।

हँसी की बातें, धीरज भी हँस पड़ा। हँसते समय सारी चिंताएँ भूल गया। हँसा था, एक मुद्दत बाद।

असल बात कौन नहीं जानता ? चुनाव का चक्रव्यूह रचकर एक दूसरे को पटकने को ही मुख्य मुद्दा बनाया जाता है। सूरजभान के बेरहम व्यवहार के बाद भी वह यही सोचता है कि आजादी का जश्न मने और सूरजभान की धूम मचे। चुनाव में जीते, क्योंकि बिरादरी का है। उसकी बाँह थाम लेना आसान होगा। सूरजभान की भी यही मंशा रहती है कि श्रीराम शास्त्री विरोधी पार्टी में है तो क्या, अपने वर्ग का है, किसी ब्राह्मण से ज्यादा हमारी बात पर गौर करेगा। उसका मंत्री बना रहना उतना बुरा नहीं लगता, जितना शिवनारायण तिवारी का।

एक-दूसरे को गिराने-बचाने के दाँव। सूरजभान ने धीरज से साफ कह दिया—सुस्त

मत रहा करो। सुस्त और उदास लोग शक की निगाह से देखे जाते हैं। ईमान-धरम चिपकाकर मत रहो, हम भी अपने बाप के संग ईमानदारी से बरसीम साइकिल पर धरकर बेचा करते थे, भैंसोंवालों की गालियाँ खाते और वे बड़ी आसानी से हमारे पैसे हजम कर जाते। तब से समझ लिया साला ईमान ही आदमी के गले में बँधा पत्थर है, जल्दी से जल्दी डुबो लेता है।

राजनीति में देखोगे कि सत्ता की कुर्सी आदमी का ईमान नहीं परखती, विधायकों की गिनती करती है, जो न बेईमानी के बिना खरीदे जाएँ न बनाए जाएँ।

सूरजभान का सिद्धांत किसी ठोस वैज्ञानिक सिद्धांत की तरह है। वह जन्ता को खुशी देना चाहते हैं। किले पर रोशनी होगी, इलाका जगमगा जाएगा। फूलों का मंच सजेगा, खोई हुई स्मृतियाँ जागेंगी। संजय गांधी आए थे, तब बड़ी सजावट हुई थी। राजीव गांधी को सूरजभान ही लाए थे। वे पहले कांग्रेस में ही थे, क्योंकि कांग्रेस विश्वसनीय पार्टी थी और इंदिरा गांधी उस विश्वास की देवी। वह तो सन् 1975 की इमरजेंसी ने लोगों का भरोसा डिगा दिया सो पार्टी बिखर-बँट गई।

धीरज को दद्दा की याद आ गई। उनकी डायरी से जाहिर होता है कि पूरी झाँसी ही कांग्रेस के रंग में रँगी थी। कांग्रेस माने गांधीजी, जवाहरलाल नेहरू। कांग्रेस माने आजादी, राष्ट्रभक्ति। झाँसी में गांधीजी आए थे, शौकतअली साथ थे। आचार्य रघुनाथ विनायक धुलेकर ने झाँसी को खूब सजाया था। हार्डीगंज की शोभा देखते ही बनती थी।

डायरी पलटकर छोटे से धीरज ने पूछा था—दद्दा तब तुम थे ?

वे बोले—नहीं। यह बात हमें अमर सेनानी भगवानदास माहौर के जरिए मालूम हुई। पता चला कि जलियाँवाला बाग में हुए गोलीकांड के विरोध में गांधीजी ने जगह-जगह सभाएँ कीं। सो यहाँ भी आए। धीरज बड़ा होने तक यही समझता रहा कि दद्दा बताना चाहते थे कि किसान लोग स्वतंत्रता संग्राम से किस कदर प्रभावित थे।

सूरजभान के पास भी ज्ञान का वही पिटारा है—

गांधीजी का असर था कि सबसे पहले झाँसी में ही रामचरण कंचन ने विदेशी वस्त्रों की होली जलाई। गांधीजी अहिंसा पर भाषण देते, लोगों का लहू गर्म हो जाता। 'उत्साह' और 'साहस' जैसे अखबार रोज ही अंग्रेजी हुकूमत के खिलाफ आवाजें छापते कृष्ण गोपाल शर्मा और रामेश्वर प्रसाद कौन थे, याद करो। नेता बदल गए, अखबारों ने अपना धर्म पलट डाला। सच्ची बातों से बचकर समाचारपत्र ईमान बेचने लगे हैं।

सूरजभान के उद्‍गार !

चिरगाँव के हरगोविंद गुप्त मैथिलीशरण से किस मायने में कम हैं ? हम तो कहते हैं कि जो बात राष्ट्रकवि हमें नहीं बता पाया, हरगोविंद गुप्त ने बता दी—सन् 1917-18 में एक बंगाली साधु-वेश में झाँसी आया था, जिसने अँगरेजी हुकूमत के विरोध में तमाम नौजवानों को इकट्ठा किया। चिरगाँव और पारीछा के बीच की रेल लाइन उखाड़कर, तार काटकर सनसनी फैला दी। पुलिस ने पीछा किया, कोई हाथ नहीं आया। अपने

वृंदावनलाल वर्मा सुराजी लोगों की पैरवी को सदा तैयार रहते। जेल जाकर उनको तसल्ली देते। जंगली जवानों का हौसला बढ़ाते। झाँसी की जनता राष्ट्र के कामों में सदा आगे रही है, नमक आंदोलन हो या झंडा आंदोलन।

सूरजभान का प्रभावपूर्ण तेजस्वी ऐतिहासिक भाषण !

झाँसी के लोग आज भी इतिहास में जीते हैं। अपनी दुर्दशा को पुराने वीर-वीरांगनाओं के दुस्साहसों की कथा में डुबोकर खुद वीर हो जाने का भ्रम बनाए हुए हैं। धीरज अच्छी तरह समझ गया है कि नेता लोगों ने उनके भ्रमों में इजाफा ही किया है, जब कि अब वह समय एकदम बदल चुका है।

जैसे ही दुर्दशा शब्द से गुजरा, लड़की का ध्यान आया धीरज को। धत् तेरे की !

झाँसी का सच्चा नागरिक होने के नाते उसने उस विचार को परे झटक दिया। और सूरजभान के भाषण में से निकाला झंडा आंदोलन। पंद्रह अगस्त को भी तो झंडा फहराया जाएगा। किले के नीचे महारानी लक्ष्मीबाई की मूर्ति से भी ऊँचा मंच बनेगा। शहनाई और नफीरी बजेगी। झींका और नगड़ियावाले आदिवासी बुलाए जाएँगे।

मन में मिश्री-सी घुली। सूरजभान ने कहा था—यार, तुम तो पहले कविता-फविता लिखते थे। सुनते हैं कि कालिज की मैगजीन में छपवाते भी थे। हो जाए इस बार जल्बा। लिख डालो। हाँ, एक बात का ध्यान रखना, कोई नया विषय चुनो। रानी लक्ष्मीबाई पर तो सुभद्राकुमारी चौहान के बाद कोई दूसरा बंदा लिख नहीं पाया। बचपन में पढ़ी कविता आज भी हम सुना सकते हैं—बुन्देले हरबोलों के मुँह हमने सुनी कहानी थी/खूब लड़ी मरदानी वह तो झाँसीवाली रानी थी।

—भइया, यह ठहरा दलितों का जमाना। खोजो कि आजादी की लड़ाई में किस-किस दलित ने भाग लिया था ? कुछ तो हमीं बता देते हैं। विचार करके देख लेना। मातादीन भंगी ने सैनिक विद्रोह के बीज डाले थे। बात ऐसी थी कि एक बार ब्राह्मण सिपाही ने पानी माँगा। मातादीन पानी ले आया। भंगी ब्राह्मण को पानी पिलाए ? सो माँ-बहन की गालियाँ दीं और जी भरकर लताड़ा। मातादीन तिलमिला गया। उसने ब्राह्मण को चिढ़ाते हुए कहा—गाय की चर्बी-भरे कारतूस मुँह से काटोगे, तब पंडिताई कहाँ रहेगी ? कारतूस भी हम ही लोग बनाते हैं।

—लोचन मल्लाह को ले सकते हो, जिसने अँगरेजों को गंगा पार कराने के लिए चालीस नावें तैयार की थीं। सैनिक छावनी अधिकारी ह्यू हीलर की विदाई पर बिगुल बजते ही लोचन ने अपने साथियों से नाव छोड़ने के लिए कहा। अवसर देखकर सारे मल्लाह पानी में कूद गए और दूसरी नावें लेकर अँगरेजों का पीछा करने लगे। अस्सी अँगरेज स्त्री-पुरुष पकड़ लिए। स्त्री और बच्चों को छोड़कर बाकी सबको जंगल में फाँसी पर झुला दिया।

धीरज सूरजभान के इतिहास-ज्ञान से चमत्कृत था। लेकिन छाती में एक सुई-सी डूबी—इस शख्स को 'स्त्री और बच्चों को छोड़कर' बोलते हुए अपने भीतर अपराध-बोध नहीं लगा ? एक बार भी नहीं सोचा कि सूरजभान जैसों का इतिहास क्या लिखा जाएगा ?

सूरजभान अपनी धुन में था—छोड़ो सबको। झलकारीबाई को ले लो। उसका चेहरा-मोहरा रानी लक्ष्मीबाई से मिलता था। 1857 के युद्ध में पूरन कोरी और भाऊ बख्शी सेना के साथ अँगरेजों को मार-काट रहे थे। जंग चरम सीमा पर आ गई। रानी को अपने लिए खतरा लगा। झलकारीबाई नाम की कोरिन बाँदी ने रानी को भाँड़ेरी गेट से विश्वस्त सैनिकों के साथ बाहर कर दिया था और आगे आकर खुद शहीद हो गई।

अबकी बार धीरज न चमत्कृत था न प्रभावित। झलकारीबाई के बारे में कौन नहीं जानता ? आजकल तो ज्यादा ही चर्चा है। ...लेकिन जो कहानी सुनाई जाती है, वह धीरज के गले नहीं उतरती। बस यही मुश्किल है उसके स्वभाव में। सुनता कुछ है, राय कुछ बनाता है।

आज भी उलटा चल रहा था—मेरा मन कहता है, झलकारी अपने-आप शहीद होने नहीं गई होगी। दासी थी तो क्या, अपनी जान की दुश्मन भी थी ? जैसा कि राजघरानों और राजदरबारों में होता आया है—रानी का हुक्म हुआ होगा कि झलकारी उनकी वेशभूषा में युद्ध का संचालन करती दिखाई दे। तब वे दुश्मन की नजर से ओझल हो जाएँगी। हो सकता है कुछ देर के लिए झलकारी को अपना रानी बनना मोह गया हो। दासी ने जो सपना कभी मन बहलाने के लिए देख लिया हो, वह पूरा होता दिखाई दिया हो। तलवार लेकर घोड़े पर सवार होना उसके वंश में कब रहा होगा ? कभी रहेगा भी नहीं, यही सोचकर घोड़े पर बैठकर ऐंठ के साथ छावनी की ओर निकली हो।

कहते हैं कि पहरा मिला। वह रोकी गई—कौन ?

—'झाँसी की रानी लक्ष्मीबाई।' उसने ऐसी शान से कहा कि जनरल रोज चकित रह गया। अभिनय सदा ही असलियत से भारी होता है। वह जनरल के सामने घोड़े से नहीं उतरी थी। रानी के आचरण के विरुद्ध लगती है यह अकड़, क्योंकि लक्ष्मीबाई ने ऐसी अकड़ कभी अख्तियार नहीं की। की होती तो अपने दत्तक पुत्र के उत्तराधिकार और पेंशन के लिए अर्जियाँ क्यों भेजतीं ? सीधे युद्ध का आवाहन करती दिखाई देतीं।

जनरल रोज ने स्टुअर्ट से कहा—कितनी सुंदर है ! हालाँकि साँवली और भयानक है।

धीरज मंथन करता है—भयानक नहीं, भयार्त झलकारीबाई ! रौद्र रूप क्यों नहीं था ? देख रही थी—मौत सामने है, क्या इसलिए ? मालकिन के आदेश पर थर्रानेवाली बाँदी मौत के सामने रौद्र कैसे होती ? यह कहानी गढ़ ली गई है कि दूल्हा जू दीवान ने रहस्य खोल दिया था कि यह रानी नहीं। क्या हिंदुस्तान पर शासन करनेवाले इतने भोले थे कि रानी और दासी के हाव-भावों का फर्क न कर पाते ? सच यही है कि झलकारी की आँखों में समाया जन्म-जन्मांतरों का भय ही सारा भेद खोल बैठा होगा। जनरल रोज क्या कह रहा था क्या नहीं, यह कौन जानता है ? उस इतिहास को लिखनेवाला कौन है ? यह तो अठारह सौ सत्तावन के स्वतंत्रता संग्राम में जोड़ी गई ऐसी ही दासगाथा है, जैसी पन्ना धाय की स्वामिभक्ति की पराकाष्ठा भरी कथा। राजकुँवर के बदले अपने पुत्र को तलवार से काटे जाने के लिए प्रस्तुत करने का भयावह मगर

शहीदाना आख्यान ! राजघरानों और सेवक समाज की आपसी कड़ियाँ ऐसे ही उदाहरणों-दृष्टांतों से मजबूत की गई हैं। एक कड़ी झलकारीबाई भी है। सूरजभान की कैद में भी तो एक झलकारी है—अल्मा। अपनी देह के चिथड़े-चिथड़े कराकर सूरजभान के हाथ में थैली सौंप देगी, जिससे वह आजादी के जश्न पर झाँसी को सजाएगा। क्या पता आगे अपने नारकीय बलिदान के लिए अल्मा को याद किया जाए ?

—इन सब बातों को समेटकर लिख दूँ ? लिख दूँ कि आजादी का यह तमाशा कुछ को मदांध करने में सहायक है, कुछ को आत्महत्या के लिए मजबूर करता है।

सूरजभान को अच्छी लगेगी वह कविता ?

●●●

बादल घिरे हुए थे। सूरज निकला नहीं। फिर भी सबेरा हुआ।

चिड़ियों की चहचहाहट से जागा था धीरज। नींद के संसार से निकला तो यकायक लगा—वह अपने घर में सो रहा है। घर के आँगन की मुँडेर पर बैठी चिड़ियाँ ऐसे ही कचरपचर करती थीं। अभी तक वह घर को भूला नहीं। हर सबेरा गाँव की याद दिलाता है। यहाँ तक कि कमरे में उजाला होता, नत्थू की छाया अँधेरा डालती, वह समझ लेता अम्मा चाय लेकर आई हैं। आँखें मूँदकर छोटे बच्चे की तरह चादर में लिपट जाता।

...लेकिन यह मोटा-सा अँधेरा ! उसे भय-सा लगा। हड़बड़ाकर उठ बैठा।

नत्थू हाथ में चाय लिए हँस रहा था।

अरे, धीरज भी तो नत्थू का सपना देख रहा था, उसकी हँसी बिलकुल ऐसी ही...

नहीं, याद आया—वह नत्थू नहीं, मातादीन भंगी था। मजाक बना रहा था—कारतूस में गाय की चरबी है, मुँह से खोलोगे ब्राह्मण देवता !

नत्थू क्या कुछ इसी तरह कहना चाहता है ?—जल्लादी करनेवाला तो हमारा पेशा था, क्योंकि हम गू-मूत भी ढोते हैं। इंद्रियों को मारकर जो काम हो सकते हैं, सब करते हैं। तुम कैसे भड़ुआगीरी करने आ गए धीरज बाबूजी ? भड़ुआगीरी भी जल्लाद की तरह ! तुमने भी अपनी इंद्रियाँ मार डालीं ?

नहीं, नत्थू तो कह रहा था, 'धीरज बाबूजी, आप ही खिलाओ-पिलाओ अलमा को। सूखी तोरई-सी औरत के बदन को कौन पूछता है ? घाव भर आया है, फिर भी रोती रहती है। गोदनेवाला बाँह में बारूद भर गया क्या ? जिस दिन गोदा गया, उस दिन देखते। काटी जानेवाली गाय की तरह डकराई थी। रेडुआ फुल पर कर दिया। पास के घर में हरिकीर्तन भी हो रहा था। फिर ऐसा ही कुछ हो पड़ेगा। सूरजभान चूतरों पर कोड़े लगवाएगा। कोतवाली भी सौ कदम की दूरी पर है, बंद कराने के लिए कुछ कहना-सुनना नहीं पड़ेगा। बाँह का गुदना अपने आप सब उगल देगा। कबूतरी के लिए 'माफी' है कहीं ?'

'अब भी परेशान कर रही है ?'

'परेशान कि फाके करने का संकल्प लिए बैठी है। दूध जलेबी समोसा बरफी पूरी साग धरे-धरे सड़-सूख जाते हैं, हाथ नहीं लगाती। हम तो दो बोतल दारू भी ले आए थे, पी लेती तो दर्द पटा जाता। भूख खुल जाती। पर कहते हैं न कि धन-बल की सत्ता न माननेवाले को कौन झुका सकता है ?'

धीरज का खून ठंडा होने लगा।

नत्थू अपनी रौ में था, 'भाई हद है ढीठपने की ! इस लड़की का नग-नग तलाशा था सूरजभान ने। संग में परसराम था। वे इसके कपड़े खोलते, यह उन पर धावा बोलती। उछलकर लात मारी थी परसराम की छाती पर। तब परसराम भी बिफर गया था, रेशा-रेशा नोंचा। हमसे तो देखा न गया बाबूजी ! खुद ही आँखें मुँद गईं। कबूतरी है, पर है तो इंसान की बच्ची ही। परसराम ने इसे छोड़, हमारी कनपटी पर पिस्तौल धर दी थी, बोला—'साले मैतर, तू क्या इसकी माँ का खसम लगता है ? सूअर कैसे काटता-छीलता होगा, देख कहीं कुल्हाड़ी-छुरी तो नहीं छिपाए है ? साली हमला करती है !' '

नत्थू ने गहरी साँस ली, 'बाबूजी, जान पर बन आए तो अपने मन की कौन कर पाता है ? बाप-दादे जल्लादी का काम करते थे। मैंने साफ मना कर दिया था—फाँसीघर की नौकरी नहीं चाहिए। पर किस्मत की मार...'

धीरज को लगा उसे भी किस्मत ने मार डाला। नौकरी नहीं, बला गले बाँध ली। नत्थू कहता है—समझाओ-बुझाओ। समझाने से क्या गुदना हल्का पड़ जाएगा ? नत्थू को कैसे समझाऊँ कि बारूद गुदने में नहीं, उसके सीने में भरी है।

नत्थू के हिसाब से धीरज को अल्मा के पास जाना होगा। जंगी सिपाही की तरह मुठभेड़ करने के लिए तैयार करने लगा खुद को। आज अनायास ही याद आ रहा है—सेना में भर्ती होने का आवेदन पत्र भरा था। दद्दा कहते थे, उनके जमाने में चीन और पाकिस्तान के युद्ध छिड़े थे। सिपाहियों की विकट भर्ती हुई। माँएँ रोती थीं। अपने बेटों को छिपाती थीं।

धीरज ने मन ही मन कितनी प्रार्थना की थी—काश, कोई जंग छिड़ जाए और उसे फौज की नौकरी मिल जाए। उसने अम्मा से पूछा था—पल्टन में नौकरी मिले तो ?

माँ बोली, 'शंकर महादेव पर सवा महीना दूध-जल चढ़ाऊँगी, नौकरी मिले तो !'

दद्दा के जमानेवाली माँएँ अपने बेटों को प्यार कर पाती होंगी।

•••

धीरज रात के समय ऊपर गया, केवल यह देखने कि सबकुछ ठीक है ? लड़की गठरी बनी एक कोने में पड़ी थी। निगाहें फटी-फटी...

'दूध में दवा देना जरूरी है,' नत्थू ने कहा था।

धीरज पढ़ा-लिखा लड़का, कॉलिज के मंच पर कई बार नाटक में भाग ले चुका है। बुद्धि पर जोर डालने की बात नहीं, सहज मामला था। लड़की से प्यार से पेश आना

होगा। सूरजभान ने धीरज के साँवले रंग के बावजूद कहा था—यार, क्या शख्शियत है ! किसी को भी लुभा लो।

धीरज लड़की के पास जा बैठा, आवाज में जितनी मिठास घोल सकता था, घोलकर बोला, 'अल्मा, सुनो !'

वह लापरवाह-सी बैठी रही। हाँ, नजर में नामालूम-सा फर्क आया, पुतलियाँ ढीली होने लगीं। धीरज समझ गया, नाम से पुकारना कारगर होगा।

'अल्मा ! दूध पी लो।'

लड़की चकित गिलहरी-सी देखने लगी।

'उठोगी नहीं यहाँ से ? बाहर आ जाओ। अब मैं आ गया हूँ।' आँखों ही आँखों में सुरक्षा का वचन-सा दिया धीरज ने। अल्मा की काली आँखों में स्वयमेव हरकत हुई। धीरज को लगा—चमत्कार !

उसने धीरज के हाथ से दूध का कुल्हड़ ले लिया और कुछ इस भाव से गले में उतारने लगी, जैसे जहर पी रही हो। मरने की ठानकर जिंदगी का साथ दे रही हो।

यह सिलसिला चार-छह दिन चलता रहा। धीरज के सान्निध्य में उसका खाना-पीना होता रहा। नत्थू को छुटकारा-सा मिला। उलझनें उतनी न थीं। यह विश्वास हो गया कि सूरजभान को यह लड़की ज्यादा स्वस्थ नहीं, तो बीमार भी नहीं मिलेगी। धीरज और नत्थू की नौकरी बहाल रहेगी।

●●●

मन के बदलाव देह पर उतरने लगे। धीरज जब न तब ऊपर चला जाता। वह कभी घुटनों में सिर दिए बैठी मिलती, तो कभी बाजार से लाए सामान की पुड़ियावाले अखबार के टुकड़ों को घूरती मिलती। धीरज को अंदेशा हुआ, यह लड़की पढ़ी है क्या ?

यात्रा चल रही थी। एक ही मकान में रहनेवालों का अलग-अलग सफर...

धीरज अब लक्ष्य करने लगा, अल्मा बीच-बीच में उसे देख लेती है। वह भी उसे देखने को विवश हो जाता है। बार-बार ऐसा ही होता है। लगता है कि अब तक जो कुछ देखा, वह पूरा नहीं। चेहरे पर, नजरों में, हाव-भाव के भीतर कुछ नया शेष रह जाता है।

धीरज ने मन समझाया, शायद वह अब दर्द से बाहर निकल आई है, इसलिए सहज और अच्छी-अच्छी लगती है ! आदमी को माहौल में घुलते-घुलते कुछ समय तो लगता ही है जैसे पानी में शक्कर घुलती है, नमक घुलता है, रंग घुलकर एकाकार हो जाता है ! धीरज की आशा हरियाने लगी। तरक्की के जुगुनू झिलमिलाने लगे—रंगीन और चमकीले।

नत्थू भी जैसे सबकुछ समझ गया हो। आराम आँखों में झलकने लगा था। खैनी मलने का तरीका बड़ा आजाद-सा था। आँगन में फैले उजाले को गुनगुनाते हुए देखा करता। क्या नत्थू भी धीरज के पैदा किए माहौल में घुल रहा है ?

नहीं, इतना विश्वास नहीं करना चाहिए। क्या पता घुल-मिलकर ही लड़की को निकाल दे। छोटी जाति का आदमी, कबूतरी को भी अपना ही लगे !

धीरज का मन फिर उद्विग्न हो उठा। कहने को वह स्वयं को बार-बार भरोसा दे रहा था—नत्थू ऐसा नहीं कर पाएगा। जाति भी कुछ अर्थ रखती है। अभी तो ये लोग अपने आपको ऊँचा और ईमानदार सिद्ध करने में लगे हुए हैं। वफादारी का परचम लहराकर बराबरी पर बैठने की मोहलत माँग रहे हैं। भगाना होता तो अब तक तो वह अकेला ही था और अल्मा भी अकेली।

फिर अल्मा के सामने ऐसे क्यों खड़ा हो जाता है, जैसे कह रहा हो—मेरा कोई कसूर नहीं। मैं भी तुम्हारी तरह दूसरे प्रकार का बंधक हूँ। संभव है कि अब धीरज के सिर डालकर लड़की को भगा दे।

'धीरज बाबूजी !' नत्थू ने पास आकर तंद्रा तोड़ी।

'तुम देखो ! हमारे लाए कपड़ा उन्ना पहन लिए। कह-कहकर हार गए थे, मजाल है कि छुए भी।'

'तुम कपड़े ले आए ! अपने आप ! इतनी दोस्ती कैसे कर ली ?'

'बाबूजी, पइसा तो सूरजभान का ही है। कपड़े भी लाने ही थे। दोस्ती....' कहकर नत्थू हँसने लगा। धीरज ने समझ लिया कि नत्थू अपनी कामयाबी पर खुश है, लड़की से उसे ज्यादा मतलब नहीं।

संवाद चल रहा था—

—अब तो वह चुपचाप बँधने को तैयार हो जाती है। अरे सुरू-सुरू में तो पराए खूँटे पर गाय भी बिदकती ही है। फिर सानी-पानी खाकर दुरुस्त।

—आगे कहो, मालिक को दूध भी देने लगती है।

—धीरज बाबूजी, अब उसने समझ लिया है कि हमें उससे कोई बैर नहीं। न भन्नाने-चिल्लाने का सौक।

—हाँ, जेल का कायदा शांतिपूर्वक चल रहा है। उसका समर्पण, हमारा सकून...। धीरज ने लंबा साँस खींचा।

नजारा और भी बदला :

वह नहा-धोकर उजली-उजली रहने लगी। छत को झाड़-बुहार देती। नाली के ऊपर पड़ी लाल पटिया का रंग धो-घिसकर निखार दिया।

तभी नत्थू और धीरज ने उसे गुनगुनाते हुए सुना।

नत्थू बोला—भजन गा रही है।

धीरज ने कहा—हाँ, भगवान से प्रार्थना कर रही है। नत्थू, रात को कसोगे-बाँधोगे तो तुम्हें नरक मिलेगा। भगवान से तो सूरजभान भी डरता होगा।

धीरज ने ध्यान से सुना। प्रार्थना नहीं, सरफरोसी का गीत गा रही थी अल्मा—

—सरफरोसी की तमन्ना अब हमारे दिल में है/देखना है जोर कितना बाजु-ए-कातिल में है।

लड़की !...यह प्रार्थना है कि संकल्प ? वह गूँगा हो गया। कहाँ से सीखी, इसने कहाँ सुना ?

तभी अल्मा नीचे उतरती चली आई। नीला सलवार-सूट और गले से लिपटी सफेद चुन्नी। छाती पर पड़ी दो लंबी चोटियाँ। नाजुक आँखें, नरम होंठ। एक-एक सीढ़ी पार करती हुई...

गोरे हाथों में परसाद था। नत्थू को दिया, धीरज को दिया। वे बौने-से हो गए। लड़की की गुनगुनाहट ने नत्थू के ऊपर धार्मिकता की धाक जमाई तो धीरज उसके गीत का असल मंतव्य समझता हुआ पगला-सा खड़ा था। क्या इस गीत को गाकर वह हमें डराती है ? या चुनौती दे रही है ?

कहने को मकान का हर कार्यकलाप सुचारु रूप से चल रहा था, लेकिन धीरज को उसका नित्य प्रति गाए जानेवाला गीत झकझोरता और सतर्क करता कि समझौते की परत के नीचे खाई है। नरम, मुलायम व्यवहारवाली अल्मा झुककर पराजित करने के इरादे में है अभी, सिर कलम करवाकर भी काबू में आनेवाली नहीं...। इसलिए उत्साह में आने की जरूरत नहीं। अपनी-अपनी प्रकृति पर जिस पर्दे को डालकर चले थे, वही फटा जा रहा है !

कभी नत्थू धीरज को साधता, तो कभी धीरज नत्थू को आगाह करता।

...फिर भी कुल मिलाकर जो माहौल बन रहा था, सूरजभान के माफिक कतई न था।

अल्मा का जादू चल रहा था। नत्थू बाजार से खाना लाता, वह करीने से परसती। गिलासों में पानी भरती। ध्यान रखती, किसके पास क्या कम हो रहा है ? कमी होती, तुरंत पेश करती।

नत्थू की नजरों में भय-सा समाने लगा—लड़की अपनी-सी हुई जा रही है !

धीरज का जी घबराने लगा—कुछ अवांछनीय न घट जाए ? हाथ से रस्सा छूटा जा रहा है।

दिल किसी तरह नरम नहीं पड़ना चाहिए। वे अपने आपको कस रहे थे।

...लेकिन कुछ न कुछ ऐसा हो पड़ता, जिससे तीनों एक साथ खुश हो जाते। ऐसा भी होता कि नत्थू और अल्मा मिलकर धीरज की पसंद का खाना जुटा लेते। तब धीरज को लगता—कौमी लोग एक हो रहे हैं। जब धीरज अल्मा की मर्जी का ध्यान रखता तो नत्थू चौकन्ना हो उठता—लड़का लड़की आसनाई पर उतरकर कुछ कुपचित न कर डालें! जब नत्थू और धीरज अल्मा से कटे-कटे रहते तो लड़की उदास हो जाती।

अजीब गोरखधंधा फैल गया। ध्यान से सोचा तो पहली स्थिति बेहतर पाई गई, जिसमें आदमी नहीं, कोड़ा बोलता था। मकान में रहनेवालों में संवाद नहीं था। सजाएँ सबक देती थीं। आदमी का आदमी से खुलना कैसा खतरनाक है ! घातों के सिलसिले शुरू हो गए। लेकिन प्रेम जिद्दी बच्चे की तरह अड़ा हुआ है निडर, बेधड़क। अनजाने ही याद नहीं रहता कि वे तीनों एक दूसरे पर शासन करने, जुल्म ढाने

और छकाने आए हैं।

क्या किया जाए ?

धीरज ने नत्थू से पूछा, 'कब आएगा कोई ? यह यहाँ से कब ले जाई जाएगी ?'

नत्थू के पास बना-बनाया जवाब था, 'वे लोग अपना भेद दे दें तो मालिकी कर पाएँ ?'

धीरज सोच में डूब गया—हम बार-बार क्यों फिसल जाते हैं। सूरजभान के नियमों की भट्ठी हमारे भीतर के पानी को खौलाती है, पर हम फिर ठंडे होने लगते हैं। कैसे संदेश दें कि हमारे ठंडे होने से पहले यहाँ से इस लड़की को वहाँ पहुँचा दिया जाए, जहाँ उसे आखिरकार जाना है। जहाँ उसका भोग-उपभोग होना है। हम कमजोर आदमी...अहमियत हमला करने लगती है।

नाश्ते का समय था, नत्थू दूध-जलेबी ले आया।

सोचा गया—दोनों खा लें ? लड़की का हिस्सा निकालकर कमरे में सरका आएँ ? मिलती है तो बरबस ही होंठों पर मुस्कुराहट आ जाती है। मिलें ही क्यों ? हँसी आदमी की सबसे बड़ी कमजोरी है। जल्लादों को हँसते देखा है ?

ऐसा ही किया था। जल्दी-जल्दी नत्थू और धीरज ने जलेबियाँ सटक लीं। दूध गटक गए। अल्मा का हिस्सा उस समय कमरे में नत्थू सरका आया, जब वह गुसलखाने में नहा रही थी।

कैसा सकून मिला था उस दिन। रेशमी जाल से निकल आए थे दोनों। नत्थू ने कड़ी निगाह करके खैनी मली थी। हथेलियाँ ऐसे पटपटाईं कि घर गूँज गया। और बदन में हनुमान जैसी बलिष्ठता आ गई।

धीरज अपने कमरे में खुद को बाँधकर कैदी-सा पड़ा संयम-ताकत जुटा रहा था। साँझ हो आई।

नत्थू चुपके से ऊपर गया। देखा कि चाय-नाश्ता, खाना-पीना सब ज्यों का त्यों पड़ा है। मक्खियाँ भिनक रही हैं। अल्मा धरती पर औंधे मुँह पड़ी है। वह इतनी दुबली दिख रही है, जितनी पंद्रह दिन लंघिन रहने के बाद होती।

धीरज ने कहा, ''पड़ी रहने दो। कोई कब तक भूखा रह सकता है ? भूख तो ऐसी चीज है कि आदमी आदमी को खा जाए।''

लड़की अड़ की पक्की। मरना मंजूर कर लिया। देह धरती से लग गई। हाथ-पाँव मुर्दे की तरह...। चेहरा काला पड़ गया। लगा कि साँसें गिन रही है। तीसरा दिन निकाल दिया...

किस्मत की मार कि उन्हीं दिनों सूरजभान निरीक्षण के लिए मकान पर पधारे। धीरज और नत्थू की आँखें निकल आईं।

'लड़की कहाँ है ?'

'ऊपर।' नत्थू सिर झुकाकर जवाब दे रहा था।

'ऊपर तो अँधेरा है।'

'उजेरा करने नहीं देती।'

'क्यों ?'

'घबड़ाहट लगती है।'

'गुदना ठीक हो गया ? अक्षर साफ दिखते हैं ?'

'हाँ।'

सूरजभान जैसे ही सीढ़ियाँ चढ़ने लगे, धीरज अंधे कुएँ में उतरने लगा। नत्थू की आँखों के आगे अँधेरा छा गया।

कमरे में देखा तो देखते ही रह गए। दाँत पीसकर बोले, 'नथुआ के बच्चे, लड़की कहाँ है ?'

'यहीं साब।'

'हरामी की औलाद, यह लड़की है कि ठठरी ? अब अपनी अम्मा को ले आ यहाँ तो भी माफी नहीं मिलेगी। साले अब तीन दिन में यह संट हो जाएगी ?' कहकर चार-पाँच तमाचे मारे नत्थू के गाल पर। फिर पाँव का जूता खोलने लगे। वे भी चार-पाँच जड़ दिए खोपड़ी पर। फिर भी गुस्सा नहीं ठंडा हुआ तो मुँह में जितनी गालियाँ आईं, सब दे डालीं।

धीरज अपनी खैर मना रहा था।

भरे बदन के साँवले सूरजभान का रंग ताँबिया हो गया। आँखें लाल पड़ गईं। धीरज की ओर नजरें उठाईं कि वह जहाँ खड़ा था, वहीं राख-सा हल्का हो उठा।

'सालो, तुम खा-खाकर गर्रा रहे हो।' कहते हुए सूरजभान धमधम करके छत पर चलते हुए सीढ़ियाँ उतर गए। और दरवाजे के बाहर खड़ी जीप में बैठकर चले गए।

घर में, कहने के लिए सन्नाटा था, लेकिन सूरजभान की गालियाँ हर कोने से उठ रही थीं। नत्थू पिट-पिटाकर घुटनों के बल धरती पर मुँह लटकाए बैठा था। धीरज ने मूढ़ा खींच लिया, पास ही बैठ गया। दो सजायाफ्ता अपराधी एक-दूसरे से आँखें नहीं मिला रहे थे।

नत्थू ज्यों जहर पिए बैठा हो, उगलने लगा, 'धीरज बाबूजी, साली नमकहलाली हरामीपने पर उतार रही है। मन तो करता है कि इस लड़की को अभी भगा दें और सड़क पर चिल्लाकर कहें, यह मकान रंडीखाना-कसाईखाना है।'

धीरज ने ऐसे देखा जैसे पूछ रहा हो, 'पहरेदार से गद्दार की भूमिका में उतरने की सामर्थ्य होती तो यहाँ आते ?'

कुछ देर तक दोनों बैठे रहे, फिर दोनों ने एक-एक लोटा ठंडा पानी पिया।

नत्थू कुछ गोलियाँ दिखाने लगा, बोला, 'यह दे गए हैं। रोज रात को उसे देनी हैं।'

गोलियाँ बिना खोल के नंगी थीं। समझा नहीं जा सकता था, वे किस मर्ज की दवा हैं।

नत्थू अत्यंत असहाय-सा कहने लगा, 'हम भी मूरख हैं, यह नहीं समझते कि खुद को बचाना है तो लड़की को सही-सलामत रखना है।'

धीरज ने समर्थन किया, 'यार, यह समझ लो कि साली दयामाया जिंदगी के लिए विष है। दया न करते तो हेलमेल न बढ़ता। हेलमेल न बढ़ता तो कड़ाई पर न उतरना पड़ता। पुलिस के लोग देखे हैं ? हाड़मांस के नहीं, लोहे के या लकड़ी के बन जाते हैं। सर्दी-गर्मी का असर नहीं पड़ता। ठस्स ठोस होकर मजे से जीते हैं। हम भी...गेंगबाजों की मातहती और मसीहा बनने के ख्वाब।'

मजबूरी आ पड़ी। फिर अल्मा की शरण में जाना पड़ा। फिर खाना-पानी, चाय-नाश्ता होने लगा। खा-पीकर उसकी सेहत की दुआएँ माँगने लगे।

नत्थू रात को दूध के साथ गोली देता और प्यार से कहता, 'अलमा बेटी बौस का हुकुम है, रेशमी रस्सियों से बाँधना पड़ेगा।'

सूरजभान की फटकार और गालियाँ अल्मा के सामने ही झड़ी थीं। वह चुपचाप बँधने के लिए तैयार हो जाती।

सबेरे प्रार्थना होती। धीरज हँसता—इस मकान का कानून और लड़की की प्रार्थना !

धीरज कैसे जिए ? पिछली रात सूरजभान आया था। चुपचाप। नत्थू से कुछ कहा था, जिसे नत्थू बड़ी चालाकी से छिपा रहा है। शायद सूरजभान का विश्वास जीतना चाह रहा है। अपनी जान और अपनी रोजी के लिए आदमी किसी का भी गला काट सकता है। यहाँ किसका भरोसा किया जाए ? नत्थू तो वैसे ही छोटेपन से लाचार है।

सूरजभान की आवाज उसने ऊँघते हुए सुनी थी, 'नथुआ, इस लौंडे ने यहाँ आशनाई फैला दी है क्या ? नहीं तो तीन दिन से यह लौंडिया निराहार क्यों पड़ी थी ? नखरे तो औरत तभी करती है, जब कोई नखरे उठानेवाला हो। बिना खसम की औरत अंसनपाटी लेती है कभी ? सच-सच बता दे साले, नहीं तो चमड़ी में तेरे ही भाईबंदों से भुस भरवा दूँगा।'

नत्थू भौंरे-सा भनभनाया। क्या कहा, सुनाई पड़ा नहीं।

सुनाई पड़ा तो इतना, 'नथुआ, इस लौंडे का भरोसा मत करना। साली कबूतरी को क्या माँ-बहन मानेगा ? आँख बचते ही सवारी करने लगेगा। और फिर यह लड़की इसे मनमानी जगह खींच ले जाएगी। जरा भी संदेह हो तो साले का लिंग मरोड़ देना और छोड़ना मत। हिजड़ा होकर जाएगा कहाँ, अपने ही काम आएगा। डरना मत। हमारा कुछ बिगड़नेवाला नहीं। मर्द के लिए फरियाद की ऐसी कोई अदालत नहीं। ऊपर से इसके...आजकल आदमी दस रुपए पर जान ले-दे रहा है, यह लिंग दान कर जाएगा तो कौन-सा आसमान टूट पड़ेगा ?'

ये...काँटेदार परतोंवाले आदमी ! धीरज सकते में आ गया। उससे क्या कहा था सूरजभान ने ? यही कि धीरज, तुम्हें सँभलकर रहना है। यह लड़की साली बड़ी बदमाश है, तुम्हें उकसाएगी, फँसा लेगी। भइया, विपक्षी दल इसी फिराक में है कि कब हमारे आदमियों की कमजोरी पकड़कर हमें घेरे। लड़की यहाँ से छूटकर उनमें मिल जाएगी। सबेरे ही देखोगे 'दलित महिला से बलात्कार' शीर्षक से अखबार रँग जाएँगे। उन्हें तो किसी तरह हमारी काँछ खोलनी है।

धीरज की छाती धधक रही है। सभ्य शिक्षित युवक की चिप्पी चिपकाए हुए क्या वह यही सब पाना चाहता था ? सूरजभान जैसे आदमी उसके पुरुषत्व का फैसला करेंगे ? नाली के कीड़े-मकोड़े तक अपना दाना-पानी जुटा लेते हैं, इंसान का बढ़ता हुआ बुद्धिमान लड़का माँ-बाप की थाती बेचकर, गिरवी धरकर औरत की दलाली करने शहर चला आया। दद्दा ने पूछा था—'सनद-सार्टीफिकेट रख लिए ?' उसने जवाब दिया था—'जरूरत नहीं।' वे भोले-भाव बोले, 'तब यह नौकरी डब्बू गड़रिया के बेटे को दिला दो, वह अनपढ़ है।'

यह पिता का व्यंग्य था, कि वे इस बात से बेखबर थे कि पढ़ा-लिखा आदमी ही सबसे पहले अपना जमीर बेच डालता है। धीरज का यह निजी अनुभव दद्दा ने खेती-किसानी के चलते शायद नहीं किया।

धीरज न अल्मा के पास था, न दूर। उसके सुख-दुख की चिंताएँ ऊपरी थीं। सूरजभान के कब्जे में न मालूम कितनी लड़कियाँ किस-किस मकान में होंगी ? यह न अन्याय है, न अत्याचार। रुपए की खातिर सब चलता है। धंधे के हिस्से में शामिल है। उसे भी अपनी रकम वापस लेकर घर जाना है। कलदार हाथ में आए कि यह जा और वह जा। अपना खेत छुड़ाकर सोयाबीन की खेती करेगा। इससे आगे कुछ सोचना जुर्म है।

आठ दिन और गुजरे।

आज शाम धीरज का मन कहीं बाहर निकलकर खाने का किया। नहाकर सफेद कमीज और जीन्स पहन ली। पैन्ट की जेब से कंघा निकालकर छोटा-सा शीशा देखते हुए तिरछी माँग के साथ बाल सँवारने लगा। जेब में दो सौ रुपए थे।

नत्थू आ गया, बोला, 'अलमा बुला रही है।'

'क्यों ?' उसने कंघे को पीछे की जेब में रखते हुए पूछा।

'हम कुछ लाए थे। खाने के लिए बुला रही है।'

धीरज ने देखा—अल्मा नीचे उतर आई। कमरे के सामने खड़ी हो गई। उसके नीले सूट की सुनहरी कढ़ाई जगमगाने लगी। दो रेशमी काली चोटियाँ सामने चिलक रही हैं। गोरा-दुबला चेहरा उदास-उदास। अच्छी-अच्छी लग रही है। नजरें मिलाकर देखा तो निमंत्रण के साथ शिकायत की डोरियाँ आँखों में झलक आईं।

अचानक सूरजभान का ध्यान आया, एकदम सँभल गया धीरज। मन में यह भी आया कि अल्मा की इन नजरों के सामने सूरजभान को खड़ा कर दिया जाए तो वह इसे किसी दूसरे को सौंपने की सोचेगा ?

वह चुपचाप उठा। अल्मा के पीछे-पीछे चाबी भरे गुड्डे-सा चलने लगा।

उसके कमरे में दो बोरे बिछे थे। हल्की-सी कोफ्त हुई, यह लड़की सदा ही नत्थू को बराबरी पर बिठाने की कोशिश करती रहती है। समझती तो है कि नत्थू और धीरज की हैसियत में भी अंतर है, जाति में ही नहीं।

धीरज को हँसी आ गई। इस कठघरे में भी आसन हथियाने से बाज नहीं आ रहे

ये लोग। नत्थू की कठोरताएँ बड़ी जल्दी भूल जाती हैं ! धीरज से ऐसी रूठती है कि जान देने पर तुल जाए। सूरजभान और अल्मा का साझा शत्रु धीरज ही है ?

आज पत्तल नहीं, स्टील की प्लेटें हैं। चमकदार और ठोस।

'ये सब कहाँ से ?'

'तुम तो खाओ बस, बाबूजी।' नत्थू लापरवाही से हँसा और अल्मा की ओर देखने लगा। फिर दोनों मुस्कुरा पड़े। रहस्य केवल उन्हीं के कब्जे में था।

वह पूरी और आलू की सब्जी परस रही थी। अल्मा की तल्लीनता देखकर भूख जाग्रत हो गई।

अचानक ध्यान बाँह पर गया। गुदने पर कपड़ा बाँध लिया है।

'कुछ हो गया क्या ? यह कपड़ा...?' वह अनायास ही बोल पड़ा।

'नहीं, बस यों ही।' वह झेंप गई।

आगे कुछ नहीं पूछा। खाता रहा। वह पूरियाँ धरती रही। पट्टी बँधा हाथ सामने नहीं किया फिर।

पानी पीकर उठ खड़ा हुआ।

अपने कमरे में आ गया। पेट ज्यादा भर गया था, बिस्तर झाड़कर लेट गया। मन में छोटा-सा बवंडर था—अल्मा गुदना क्यों छिपाना चाहती है ? अपने कबूतरी होने को ढँकना चाहती है या कबूतरीपन से हम सबको अनभिज्ञ रखना चाहती है ? उसे नहीं पता कि धीरज कितना कुछ जानता है।

हो सकता है, लोगों से छिपाना चाहती हो। आगे कहाँ-कहाँ जाना होगा! क्या इसीलिए यहाँ भी अतिरिक्त मिठास का इस्तेमाल कर रही है ? गाँठ में कुछ और है नहीं। सूरजभान की कसावटों को लाँघकर खातिरदारी और सहज सामान्य होने के अस्त्र-शस्त्र लेकर उतर रही है।

जो भी हो, बला है ! यह लड़की और नौकरी, धीरज रस्साकसी में फँसा है। पीछे से एक ही बात रह जाती है—हमारी जल्लादी, अल्मा माफ करती ही जाती है, और हम उसकी सद्भावना को विष में घोलकर साजिश के रूप में देखते हैं। सूरजभान क्या हमें दूरबीन से देख रहा है ? फिर इसे दुख क्यों दें ?

तभी नत्थू आकर कमरे के दरवाजे में आकर खड़ा हो गया। बाहर से आता हुआ उजाला एकदम रुक गया। मालूम नहीं क्यों, नत्थू का आना उसे सूरजभान के आने जैसा लगता है और वह सिहर उठता है। नजदीकियों के बीच खाई-सी उभरने लगती है।

नत्थू सूरजभान की तरह ही बोला, 'अलमा तो अपने दिन काट रही है। अच्छा ब्योहार न करेगी तो कुटेगी। तुम इस तिरिया के जाल में न फँस जाना। कहीं हमें भी मुसीबत में डालो। एक बात बताओ बाबूजी—हँस-हँसकर रिझाती है, पर अपना भेद नहीं देती। तुम्हें बताया कुछ ? नहीं बताया न ? बताएगी भी नहीं। यह बात तो इन्हें छठी के दिन से सिखाई जाती है। और तुम हो कि दिन पर दिन झुकते चले जा रहे हो।

हम भी खरबूजे की तरह तुम्हें देखकर बदलने लगते हैं। गजब हो जाएगा बाबूजी। काबू में करो खुद को।'

धीरज हक्का-बक्का-सा देखता रह गया—यह आदमी अभी तक तो अल्मा का दद्दा बनकर भोजन जें रहा था, तुरंत ही बदल गया ! धीरज कबूतराओं के बारे में इतना जानता था कि ये लोग अपनी जान दे सकते हैं, भेद नहीं देते। पुलिस की मार के सामने झुकते नहीं। अल्मा भी कबूतरी है।

'जो भी हो बाबूजी, हम सूरजभान के संग गद्दारी नहीं करेंगे। वे खूँखार न होते तो कमजोरों का उद्धार न कर पाते। हमारा जनम भी लोगों के टट्टी-पेशाब ढोते निकलता। हाथ जोड़ते और लतियाये जाते। आज देख रहे हो ? लोग हमारे हाथ का पानी गंगाजल समझकर पीते हैं।'

धीरज ने लंबी साँस छोड़ी। अच्छा...तो नत्थूमलजी सोच-विचार के बाद यहाँ आए हैं कि कहीं मैं लड़की के पक्ष में कोई बात न सोच लूँ, जो सूरजभान के खिलाफ पड़े। नत्थू सहन नहीं कर पाएगा, क्योंकि सूरजभान ने उसके महतरपने को चमकाकर ऊँचे वर्ण में जड़ लिया है। नत्थू इसी बात का गुलाम है। बेचारा, हालात की तब्दीली को आजादी मान रहा है।

'बाबूजी, उनने अहसान किया है। हम गद्दारी नहीं करेंगे।'

'तो मुझे क्यों बता रहे हो ?'

नत्थू क्रोधित हो आया। एक पल सफेद डरावनी आँखों से घूरता रहा फिर बोला, 'सूरजभान ने यहाँ नौटंकी करने के लिए तैनात नहीं किया हमें।'

धीरज ने उसे नरम निगाहों से देखा। मजबूरी थी, नत्थू ही उसकी नौकरी खत्म करा सकता था।

नत्थू के जाने के बाद धीरज ने शांत दिमाग से सोचा—गलती मेरी ही है। मेरे शरीर में लड़की को देखकर कुछ हुमक उठता है। उसकी आहट नत्थू ने पा ली है। अब उसे कैसे बताऊँ कि जिस लड़की से मेरी सगाई हुई है, वह अल्मा के एकदम नजदीक-सी लगती है। दस मिनट के लिए आँखों के सामने आई दीपा का चेहरा याद नहीं रहा। याद करता हूँ तो वह अल्मा के नक्श लेकर खड़ी हो जाती है। इस गोपनीय सुख को क्या समझेगा नत्थू ?

सुख बड़ा खतरनाक है। इस सुख में प्रेम की मिलावट भी जरूर है। अल्मा से भी कैसे कहूँ कि मुझे भली तरह घर लौट जाने दे।

●●●

'अल्मा को वन विभाग के सरकिट हाउस जाना होगा।'

धीरज का दिल अनचाहे ही धड़क गया। तो आ गया तबाही का दिन ? इसी दिन के लिए अल्मा को जिंदा और सुरक्षित रखा जा रहा था ? वह भी नत्थू के साथ फूँक-फूँककर कदम रख रहा था। पता नहीं क्यों ऐसा लगने लगा जैसे अपनी मेहनत

से रखाई गई बेल पर लगा फल कोई जबरन तोड़ रहा है।

वह दिल कसकर अपने कमरे में खटिया पर बैठा रहा। नत्थू मूढ़े पर बैठा था। धीरज कुछ देर बाद उठा और बोला, 'हम भी सरकिट हाउस जाएँगे ?'

नत्थू जरूरत से ज्यादा सफेद दाँत निकालकर हँसा और कहने लगा, 'धीरज बाबूजी, तुम इतने बच्चा क्यों हो ?'

धीरज झेंप गया।

झेंप से जल्दी ही उबरना चाहता था, सो कह गया, 'लड़की चली जाएगी तो यहाँ क्या रह जाएगा ?'

'रह जाएगा बाबूजी, बहुत कुछ रह जाएगा। राजकाज की बातें एकदम खुलासा नहीं करी जातीं।'

धीरज दूर-दूर की सोचना चाहता था, लेकिन उसकी आँखों के सामने वे आटा-दाल के डिब्बे नाच रहे थे, जो अल्मा ने नत्थू से जिद करके मँगा लिए थे। आलू-प्याज की टोकरी प्रकट हो पड़ी, मसालेदानी खींच रही थी। अल्मा रसोई बनाकर गृहस्थी जमाना चाहती थी। कैदखाना ही सही, घर की कल्पना उसके मन में थी। सरकिट हाउस जाना होगा, क्या इसी के विरोध में वह बसावट का सपना देखने लगी ?

धीरज को लड़की का सम्मोहन और भी जकड़ने लगा, क्योंकि अब बिछुड़ने की बारी थी। क्या वह अल्मा से प्रेम करने लगा था ? नत्थू ने कहा था—तुम्हें देखकर लड़की मुस्की ढीलती है, और उसे देखकर तुम खील-मखाने हो जाते हो, यह ठीक नहीं।

आज धीरज को न नौकरी का ध्यान रहा, न अपनी परवाह। पगला-सा सोचने लगा—वह कॉलिज में नाटक खेलते समय मजनू का पार्ट करता था, कहीं वैसा ही प्रेम तो सवार नहीं हो गया ? लैला के सिवा और किसी से मतलब नहीं। उसकी दुनिया में बेचना-खरीदना, पिस्तौल-बंदूकों और खून-खराबे जैसी चीजों के लिए जगह नहीं।

यहाँ नत्थू कह रहा है कि देखना झंडा के दिन, खून की नदियाँ बहेंगी। सूरजभान ने ऐलान कर दिया है—सालो, तुमने गद्दी हथिया ली, तब क्या किले को भी बाप का घर समझ लिया? मंदिर में धुजा चढ़ाई थी, सैकड़ों लोगों का खून बहा। श्रीराम शास्त्री दस मूँड़ का हो जाए, किले की सीढ़ियाँ न चढ़ पाएगा। उसने क्या किया है ? एक काम ही कायदे का बता दे। डाकूपने में कतल किए हैं, सो मंदिर बनवाकर पाप धोता फिरता है

नत्थू की बातों ने धीरज के शरीर का हौसला और ताकत जैसी गतियाँ कुंद कर दीं।

अल्मा के जाने के दिन नहीं, शिकार किए जाने के दिन आ गए। श्रीराम शास्त्री की सेनाएँ चल पड़ी हैं, और सूरजभान हथियारों से लैस होकर आगे बढ़ने लगा। रथ में जुते घोड़े हिनहिना रहे हैं। झाँसी के किले के मैदान में आजादी का उत्सव नहीं, युद्ध का नजारा होगा।

वह अल्मा को बचाएगा तो खुद भी मारा जाएगा। लड़की सूरजभान की ढाल है,

जो सारे आघात झेलकर उसे आर्थिक सुरक्षा देगी। अप्रत्यक्ष साधन बनकर सरकारी लोगों से जुड़ेगी।

धीरज निराश-सा उसके बिछोह में सूख रहा था। उस पर आनेवाली विपत्तियों की कल्पना से दुबला हुआ जा रहा था। अल्मा भले कैद में थी, पर उसकी नजरों के सामने थी। उसके पास रहने का सुख अलहदा था। ऐसा ही, जैसे पिंजड़े में बंद मैना की नजदीकियों का सुख होता है।

आज वह सुख, धारों में फटने लगा। वह अल्मा को मैना की तरह नहीं बचा पाएगा। बचाना तो दूर, बात करना मुहाल हो रहा है। भरे हुए बादल-सा उमड़-घुमड़कर रह जाता है। काश, बरस पाता ! सूरजभान के पाले में आनेवाले अफसर सूखे और खाली-खाली से गरजते रह जाते।

...लेकिन भय से ज्यादा ताकतवर कुछ भी नहीं।

●●●

साँझ के समय अल्मा लाल साड़ी, लाल ब्लाउज पहने हुए लाल गुड़हल के फूल-सी अपने कमरे के द्वार के बीचोंबीच दिखाई दी। देखना नहीं चाहता था, फिर भी निगाहें बचा नहीं पाया। निगाहों पर जोर नहीं चला तो दिल भी बेकाबू होने लगा।

मन में छोटी-सी अपेक्षा जाग उठी—मैं उसकी काली सर्पीली चोटियाँ छूकर देख लूँ ?

क्या अल्मा ने कोई इशारा किया ? वह लाल पताका से बँधा पीछे-पीछे क्यों चला गया ?

अल्मा का कमरा। बोरे का आसन। चमचमाती थाली में दो केले और थोड़ी-सी चीनी। छोटा-सा दीपक—जलता हुआ।

'क्यों करती हो पूजा ?'

'तुम्हारे लिए।'

'मैं तुम्हें बचा नहीं पाऊँगा।'

'दोनों संग मर जाएँ ? यही तो मेरी प्रार्थना है।'

'मर नहीं जाएँ, भाग जाएँ !'

किसने किससे पूछा ? किसने उत्तर दिया ? कोई तो बोला नहीं।

धीरज ऐसा क्यों महसूस कर रहा है, जैसे वह कुछ बोलकर हल्का हो गया है। अल्मा ऐसे क्यों देख रही है, जैसे अभी-अभी बतिया चुकी हो !

छोटी-सी कल्पना ! मनमाना सुख !

कहने को तो पीछे खड़ा नत्थू कह रहा था, 'उठो बाबूजी ! सूरजभान आने ही वाले हैं। अल्मा तैयार हो गई हमारे जाने। देखो तो कैसी खूबसूरत लग रही है ! एकदम मन्दिर की देवी-सी !'

धीरज का गला सूख गया। कान बज रहे हैं।

अल्मा कुछ कह रही है ?—तुमने बदसलूकी नहीं की बाबूजी, इसे तुम अपनी नेक-नीयती समझते रहे। नेकनीयत लोग सज्जनता की डोर पकड़कर बचकर निकलने में माहिर होते हैं, यह मैं नहीं जानती थी।

धीरज का चेहरा तमतमा गया और भीतर गुस्से का तूफान-सा उठा, खुद ही बोला, 'बकवास ! ऊलजलूल सोचने की लत पड़ती जा रही है।'

नत्थू और वह ! परसाद खा रहे थे। उजाले भरी छत पर खड़े थे। एक-दूसरे को देख रहे थे और शायद धीरज की तरह नत्थू भी सोच रहा था—हमने अपनी पारी सावधानी से खेल दी। सूरजभान को और क्या चाहिए ?

तभी एक भयानक झनझनाती हुई आवाज हुई। धीरज के साथ चौंककर नत्थू ने अल्मा के कमरे की ओर देखा।—कुछ नहीं। लड़की के हाथ से पूजावाली थाली सरक कर गिर गई थी, और वह स्तब्ध-सी खड़ी थी।

न धीरज डगमगाया, न नत्थू हिला। हाड़-मांस के आदमी कठपुतले-से खड़े थे।

कहने-सुनने को कुछ न बचा था। मैयत की-सी गमी जकड़े चली जा रही थी। धीरज ने कॉलिज में नाटक खेले हैं, पूरी सहजता के साथ बोला, 'नत्थू, मैं थोड़ी देर बाहर घूम आऊँ। एक दोस्त से वादा किया था।'

'बाहर ! इस बखत !'

'बस थोड़ी देर। सूरजभान कब तक आएँगे ?'

नत्थू ने ऐसे देखा जैसे कह रहा हो—तुमसे बड़ा बेवकूफ कोई नहीं।

धीरज अपने कमरे में लौट गया। नत्थू की निगाह ने उसे फफेड़ डाला। और वह भगवान से प्रार्थना करने लगा—जल्दी से जल्दी इस अंतिम दृश्य का समापन हो। पटाक्षेप। अल्मा का जाना वह अपनी आँखों से नहीं देखना चाहता था।

नत्थू को चैन न पड़ा हो जैसे, खाने की पूछने आ गया, बोला, 'धीरज बाबूजी ! दोपहर भी कुछ नहीं खाया, उपास कर रहे हो ?'

जवाब न देना मलाल को उजागर कर देता है। उसे बोलना पड़ा, 'उपवास क्यों रखूँगा ?'

'अलमा की संगत में बहुत कुछ सीख लिया है हमने। उसके बरत देखकर ही साली भूख-प्यास गायब हो गई है !'

धीरज अपने आपमें खो जाना चाहता था। नत्थू का पीछे-पीछे आना उसे सुहाया नहीं। और दिन की तरह किसी प्रकार का लिहाज रखने की विवशता को तोड़ते हुए कह दिया, 'सोना चाहता हूँ नत्थू। सिर में दर्द हो रहा है। तुम जाओ।'

नत्थू की नजर में ऐसा भाव था, जैसे धीरज की सारी नादानियों का पारखी हो।

खैर ! वह चला गया तो धीरज ने चैन की साँस ली। कमरे की दुनिया नितांत अपनी हो जैसे। अँधेरे-उजाले पर अपना कब्जा हो गया हो। अपने बनाए झरोखों से देखना सकून ही नहीं, ताकत देने लगा।

खटिया पर लेटा हुआ छत ताक रहा था, अल्मा अवतरित होने लगी। बतियाने का

मन हुआ।

...तुम मेरे साथ चलो अल्मा। इस मकान से बाहर निकलने के लिए छलाँग लगाना तुम्हें जरूर आता होगा, क्योंकि तुम साधारण लड़की नहीं, कबूतरी हो।

...मगर जाएँगे कहाँ ?

...तब क्या पूरा संसार ही सूरजभानों के कब्जे में है ?

यकायक नहीं, कुछ पलों के अंतराल पर एक दोस्त याद आया—हरीसिंह। कॉलिज के दिनों का सहपाठी। अंतरंग, सहयात्री। जब धीरज एम.ए. कर रहा था, हरीसिंह एल.एल.बी. कर रहा था। पढ़ाई के बाद अलग हो गए। धीरज नौकरी की खोज में लग गया। हरीसिंह कचहरी में हुनर आजमाने लगा। एक बार कचहरी चौराहे पर टकरा गए थे दोनों, हालचाल पूछे तो पता लगा—वकालत के संसार में जीत को लेकर उसका नाम खराब हो गया है। धीरज हँस पड़ा था, 'मैं जानता था, यही होना है, तू मुवक्किलों से जिंदा रहने के लिए झूठ नहीं बुलवाएगा, मरने के लिए सच बोलने की राय देगा। गीता की जगह प्राणों की सौगंध खिलाएगा, क्योंकि गीता जिंदगी से बड़ी नहीं।'

हरीसिंह बोला—दुरुस्त। जब भूख के कारण जान जाने लगेगी, देखा जाएगा।

धीरज को हरीसिंह तब भी याद आया, जब उसके दो लाख रुपए फँस गए थे। घबराकर सोचा, बता दे उसे ? बेईमानी की इंतहा हो चुकी है अब तो।...लेकिन कहाँ गया था हरीसिंह से मिलने ? हिम्मत ही नहीं पड़ी। कैसे मुँह दिखाता ? लालच की कीचड़ तो माथे पर पहले ही पुती थी।

आज फिर याद आया वह ! सच की तरह याद आया, ताकत की तरह देह पर छा गया। आतंक से निकलकर ललकारने लगा धीरज—हरीसिंह, इत्तला कर दो जनता को कि टटोले इस मकान में कितना अस्लाह छिपा पड़ा है ! इस घर के आँगन की मिट्टी को खोदे, धरती में कितनी लड़कियों की ठठरियाँ दबी पड़ी हैं ! मैं अल्मा को लेकर तुम्हारे पास पहुँचता हूँ।

तभी धीरज की कल्पना को बंदूक, रायफल और गोलों की खूनी शक्लों ने घेर लिया। हड्डियों के कंकाल अँधेरे में चमकने लगे। खून और हड्डियों से घिरा जवान लड़का नौकरी और रुपए भूलने लगा। भय और मुक्ति की छटपटाहट जनून की तरह तारी थी। मन के खुले रास्ते, और इतने अवरोध...वह किधर जाए ? कहाँ जाए ?

एकदम उठ बैठा। घबराया हुआ-सा आहट लेने लगा।

आँगन में निकल आया। हाथ की घड़ी देखी, आठ ही बजे थे।

नत्थू पौर में पड़े मूढ़े पर बैठा था। मकान के मुख्य दरवाजे के किवाड़ बंद थे।

नत्थू उठकर आँगन में उसके पास आ गया, बोला, "अलमा आज नहीं, कल जाएगी।"

"कल !" वह ऐसे बोला ज्यों कोई असंभव बात संभव हुई हो।

"हाँ, हमें गलत ख्याल रह गया।"

"तो एक दिन की पहरेदारी और।"

दोनों मुस्कुराने लगे।

धीरज ने अपनी समस्या धर दी, 'नत्थू, सिर फटा जा रहा है। मैं दवा लेकर आता हूँ। अल्मा के पास तो तुम हो ही। अब तो यहाँ कोई आनेवाला भी नहीं।' कहकर ऐसे देखा जैसे यह भी जान रहा हो कि वह नत्थू को बहला नहीं पा रहा। क्योंकि भीतर ही भीतर डर लग रहा था कि हरीसिंह तक पहुँचने का इरादा कहीं जाहिर हो गया तो ?

रास्ते में ही कोई मिल पड़ा तो ? सूरजभान ही आते-जाते टकरा गए या परसराम और दल के आदमियों ने देख लिया तो ? वकील के घर क्या काम था, पूछ लिया तो ?

नहीं, वह रानीमहल की ओर से आएगा। उस उल्टे रास्ते पर कौन मिलेगा ?

मदनगोपाल। अपने-आपको जनवादी कहता है और छोटी-मोटी सभाएँ करता है। कांग्रेस और भा.ज.पा. की विशाल सभाओं में सड़े टमाटर फेंकने के लिए चंदा वसूल करता है। एक दिन मिल तो पड़ा था, कैसे धिक्कारा था—साले तुम गिरगिट हो। हरीसिंह नम्बरी बदमाश। कॉलिज के जमाने में तो देश पर मर-मिटने की सौगंध खाते थे, अब सूरजभान के दलाल हो गए !

धीरज अनचाहे ही हँस पड़ा था। जान रहा था मदनगोपाल सबकुछ जानते हुए भी बादल पर धूल उड़ा रहा है।...लेकिन दूसरे ही पल उसकी हँसी सूख गई—इसे कैसे मालूम कि हम सूरजभान की दलाली कर रहे हैं ?

मदनगोपाल ने हँसकर कहा, 'यार दुनिया बड़ी छोटी है, संग में झीनी भी। कलमदारी ही किसान के बेटे की दुश्मन हो जाती है। न दफ्तर में घुसने दे, न खेती के मतलब का छोड़े। हरीसिंह भी ऐसी ही मुसीबत ढो रहा है।'

मदनगोपाल की जुबान से टपकता तरस धीरज की खाल जलाने लगा।

नहीं, वह दूसरे रास्ते जाएगा, मदनगोपाल की संभावना से बचकर...

चल दिया।

वह बाकायदा किले की ओर निकल गया, अँधेरे में किसी की पहचान होना मुश्किल पड़ती है। किले के मैदान में अँधेरा है।

अँधेरा तो था, राह भी नहीं सूझ रही थी। लेकिन नारे बोले जा रहे थे।

लोग रिहर्सल कर रहे हैं ? लय मिलाकर प्रभाव पैदा करने की कोशिश में जुटे हैं।

—सूरज ने ललकारा है / किला जान से प्यारा है।

समवेत स्वरों से धीरज का मन कुछ-कुछ सँभलने लगा। सूरजभान ने आज अल्मा को सरकिट हाउस ले जाना टाल दिया था, इसलिए भी धीरज मन ही मन कृतज्ञ हो रहा था, वरन् उसका क्रोध कुछ और ही होता। असल में नया मोर्चा है, राजनीति के हथकंडे हैं। सूरजभान क्या, यहाँ कोई भी होता, यही करता। और वह फिर किस तबके से आया है, यह भी सोचने की बात है। चला तो राममनोहर लोहिया के सिद्धांतों को लेकर था, गठरी बीच में ही खुलने लगी।

धीरज अब शायद सूरजभान की कैद से रिहा हो जाएगा, इसलिए भी करुआहट कम होने लगी—अल्मा तो जहाँ जाएगी, उसका हश्र यही होगा। सूरजभान खूँखार है,

शायद बचा भी ले। किले को बचाने की तरह ही...। किले की खातिर गाँव-गाँव झोली लटकाकर घूमा है। उसने यादव, कुर्मी, गूजर, लोधी जैसी कौमों को पिघला लिया। चाँदी में तोला गया। वही चाँदी किले में हुए घावों में कीमती पत्थर में बदलकर भर दी।

झाँसी की जनता जय-जयकार कर रही है।

धीरज के कानों में सूरजभान की 'जयश्री' मधुर गूँज भरने लगी।

इसमें शक नहीं कि आज लोग सूरजभान को भागीरथ सेठ का अवतार मान रहे हैं। वह आदमी ही तो ऐसा था, जिसने सेनाध्यक्ष जनरल करियप्पा को झुका लिया था। किले की ढलती बुर्जियाँ, खंडित खम्भों को दिखाकर कहा था—जन संघर्षों का जन्मदाता किला छीज रहा है। सूरजभान भी कहता है—'सारे जहाँ से अच्छा हिंदोस्ताँ हमारा' कहाँ है ? कम से कम झाँसी में तो नहीं। खंडेराव गेट का नामोनिशान मिट गया। क्षेत्र के किले खस्ता हाल हैं—हड्डी टूटे योद्धा से। राजमहल पनप रहे हैं। राजाओं के विलासी भवन प्रजा पर सदा भारी पड़े हैं। विलासिता और संघर्ष में सदा विलासिता ही जीत पर झपट्टा मारती रही है।

धीरज आगे बढ़ा।

लक्ष्मीबाई व्यायामशाला में कीर्तन चल रहा था। अपनी-अपनी श्रद्धा। भगवान के आगे आदमी की क्या औकात ? अष्टधातु की वीरांगना मूर्ति अँधेरे में डूबी है, कभी-कभी चमक उठती है।

और आगे बढ़ा। मेंहदी बाग आँतिया तालाब ! अरे ! हरीसिंह का घर तो पीछे ही छूट गया ! पुरानी आदत—उसे याद रह गया—हरीसिंह वहीं मिलेगा, जहाँ पढ़ते समय दोनों मिलते थे—बुंदेलखंड कॉलिज के सामने। अमर सेनानी भगवानदास माहौर के स्टैचू के नीचे। धीरज और हरीसिंह कहीं से आएँ, मिलने की जगह वही थी। वहीं बैठकर घंटों बातें किया करते। असीम विश्वास और अटूट श्रद्धा से लबालब भविष्य के सपने देखते, चंद्रशेखर आजाद, भगतसिंह, सुखदेव और राजगुरु की बातें किया करते। काकोरी कांड के वीर सैनिक भगवानदास माहौर उनकी आत्मा में रच-बस गए थे। बस दोनों अपनी-अपनी जानकारियों को ऐसे खोलते, ज्यों शिलालेख में जड़ेंगे। धीरज कहता—माहौर साहब का अचूक निशाना अँगरेजों के लिए सिरदर्द बन गया। हरीसिंह बताता—पुलिस दफ्तर के सामने ए.एस.पी. सांडर्स को गोली मारकर गिरानेवालों में अपने माहौर साहब प्रमुख थे। धीरज भेद खोलता—मालूम है कैसाल और कुठे गुंतला के नाम से फरारों की सूची में शामिल थे। हरीसिंह जोड़ता—काले पानी की सजा काटी मगर उन्हें दुख रहा कि वे शहीद क्यों न हुए ?

धीरज सप्रमाण कई बातें प्रस्तुत कर सकता था, क्योंकि उसके पास उसके दद्दा की डायरी थी, जिसमें ब्यौरेवार बहुत कुछ लिखा है। जिसमें वह शेर लिखा था, जिसे वे भरे गले से गाया करते थे—

मैं दार का गालिब था, तकदीर में जिंदा था
कैसे मुझे मिलता, जो हक़े शहीदी था

यह मर्तबा बलंद मिला, जिसको मिल गया
हर मुद्दई के वास्ते दारो रसन नहीं...

शेर याद आ गया कि धीरज देश-प्रेम से लबरेज हो गया। शहीदी की तमन्ना जाग उठी। सरफरोसी की जरूरत महसूस हुई।

बुंदेलखंड कॉलिज के भीतर वंदना गीत कौन गा रहा है ?

वंदे मातरम् वंदे मातरम्, मातरम् वंदे...
सुजलां सुफलां मलयज शीतलाम्
शुभ्र ज्योत्स्ना पुलकित वासिनी
फुल्ल कुसुमित द्रुमदल शोभिनीम्
सुभाषिनी, सुमधुर भाषिनीम्,
सुखदां, वरदां मातरम्...

लय में बँधे कई कंठों से निकले हुए स्त्री-पुरुष स्वर। 'आनंदमठ'—कब पढ़ा था धीरज ने, शायद तीन साल पहले। संन्यासियों का गीत। बंकिमचंद्र का देश गीत...धीरज संग-संग गुनगुनाने लगा।

होंठों से कड़ियाँ झरीं कि लाल साड़ीवाली अल्मा आँखों में अवतरित हो उठी।

शुभ्र नहीं, लाल ज्योत्स्ना ! धीमी-धीमी जलती हुई लौ—उदास-उदास लड़की की दबी-दबी मुस्कुराहट। फूल-सी अल्मा ! मीठा बोलती है, कि कैसा भी नहीं बोलती। वह लोगों को सुख देनेवाली, सूरजभानों को कुबेर होने का वर देनेवाली। अपने लिए रहम को तरसती हुई...नत्थू के हाथ से चाय का गिलास लेने से इनकार करने का हौसला नहीं जुटा पाएगी। बेहोशी की दवा पीकर रस्सियों से खाट के साथ कसे जाने के लिए खुद को हाजिर कर देगी।

वंदे मातरम् वंदे मातरम्, मातरम् वंदे...

धीरज पलकें मूँदे खड़ा है। कभी-कभी सिर झटक देता है। आगे बढ़ता है, ठोकर खा जाता है। लाल साड़ी में लिपटी भारतमाता...रास्ता रोककर खड़ी है। वह आगे बढ़ नहीं सकता। लेकिन यहाँ रुक भी तो नहीं सकता। हरीसिंह आ जाएगा तो हँसेगा। धीरज कॉलिज के जमाने में भी अपनी ऐसी कमजोरियाँ छिपा लेता था।

मकान नं. 36/4

धीरज लौट आया। दरवाजा खटखटाने लगा।

नत्थू ने द्वार खोल दिया, बिजली गुल थी। टॉर्च चमकाई तो उजाले की आभा-सी पड़ी। न भी पड़ती तो वह अँधेरा चीरकर सीधा अपने कमरे में जाता। इस मकान के कोने-कोने से वाकिफ है।

जैसे कि अपने ही कमरे में आ गया। खटिया पर बैठ गया। बिना देखे भी कितना कुछ देख लेता है आदमी। नजर उजाले-अँधेरे की मोहताज नहीं। माना कि पाँव लटके हुए हैं। खटिया पर बैठकर सिर दोनों हथेलियों के बीच साधा हुआ है, पर भीतर ही भीतर लग रहा है—रण का ताज बाँध लिया है। पाँवों में जूते कस लिए हैं।

नत्थू ने आकर विघ्न डाला, जैसा कि वह सदा डालता है, 'आज किधर निकल गए ? समझ रहे होगे कि सूरजभान आएँगे नहीं, पर वे आए।'

धीरज ने सिर झटक दिया—हुँह ! वह शहीद होने की सोच रहा है, यह नादान डर दिखा रहा है ! इस साले के साथ मिलना ही कायरपन हो गया। न लड़े, न लड़ने दे। जो इसे बचा ले, वही इसका भगवान। भगवान की पूँछ पकड़ने को तरसा हुआ आदमी...भवसागर पार करने की सोच रहा है। उसे क्या पता कि आज धीरज के ऊपर भगवान नहीं, भगवानदास माहौर सवार हैं। वह आज किसी को भी पछाड़ देगा। नत्थू की सूचना क्या उसके भीतर की आग ठंडी कर सकती है ? आग फेंक देनेवाले ही तो खोखले हो जाते हैं। धीरज के दिल में शहीदी कूट-कूटकर भरी है।

नत्थू हाथ में पौलिथिन का बैग उठाए 'हैं हैं' करता हुआ चला आया।

'धीरज बाबूजी, सूरजभान यह सब दे गए हैं।' वह दो साड़ियाँ निकालकर दिखाने लगा, 'वे कह रहे थे—सरकिट हाउस के लिए दो-तीन जोड़ा कपड़ा चाहिए। साहब लोग, क्या मालूम कि कितने दिन रुकें ? उनकी खुराक पूरी होने में कितना बखत...मनचले लोगों की मनचली बातें...'

धीरज ने आँखें तरेरीं। भगवानदास माहौर भृकुटियाँ तान रहे हैं।

'गिद्धों की बातें मत करो नत्थू।'

—सुजलां सुफलां मलयज शीतलाम्

—मैं दार का ग़ालिब था तकदीर में जिंदा था। कैसे मुझे मिलता, जो हके शहीदी था...

मरकर ही नहीं शहीद हुआ जाता माहौर साहब...तुम जिंदा थे, तब क्या शहीद नहीं थे ? काले पानी से लौटकर जिंदगी जैसा क्या बचा था, सिवाय इसके कि देश आजाद हो गया। हम बलिदानियों को भूल गए होते तो दद्‌दा की फटी-चिथी डायरी में यह शेर न चमक रहा होता, जो कभी आपके हाथों कलमदार हुआ था। क्या उसने ही वह जज्बा मेरे भीतर नहीं उतार दिया, जिससे मैं दहक रहा हूँ। माना कि थोड़ी-सी राख ऊपर छितरा गई है, तब क्या हम बुझ गए ?

कमरे में जलजला था।

धीरज ने पुकारा—नत्थू ! नत्थू हाजिर हुआ। वह मन-मुक्त दिख रहा है। कल से इस मकान का रहस्यमय जीवन खत्म हो जाएगा। लड़की निकलकर दूसरे 'स्वर्ग' में चली जाएगी। जहाँ भी जाए हमें आजादी दे जाएगी। स्वतंत्रता जब भी मिले, जिंदगी की तरंग-सी होती है।

धीरज के भीतर एक पर्दा फट गया है।

मंच का दृश्य खुल पड़ा—अब धीरज नहीं, मंच का नायक बोल रहा है। सारे नाटक का कर्ताधर्ता। वह भी नहीं। धीरज ऐसी ताकत है, जो सूरजभानों को कुचलकर धर देगी। नहीं, यह भी नहीं। वह ऐसा ईश्वर हो चला है, जिसे अब कोई चुनौती नहीं दे सकता।

अपराजेय धीरज आज्ञा दे रहा है—अब उस लड़की को रस्सियों से खटिया के साथ नहीं बाँधना। चाय के साथ सोने की गोली मत देना। आज उसका अपमान मत करना। आज वह आजाद होकर सोएगी। आज मेरी और अपनी नौकरी का फर्क समझना।

वह पिस्तौल दिखा रहा था—इसकी गोलियाँ मेरी मर्जी के मुताबिक चलेंगी।

वहाँ नत्थू नहीं।

अकेला धीरज बुदबुदा रहा था।

अल्मा के लिए नत्थू को जो हुक्म सुना रहा था, उसी के साथ भीतर ही भीतर बदलाव आता जा रहा था—सुख और आनंद का अनुभव। देह में उड़ान की अनुभूति। कुछ कहने का हौसला—'आओ अल्मा, मेरे साथ आओ' का आह्वान। सुजलां सुफलां मलयज शीतलाम्...

—तुम कुछ कहो, मैं सुनना चाहता हूँ।

—तुम मेरी बाँह का गुदना मिटा दो। तुम मुझे खोलकर दिखाओ।

नहीं, अल्मा ने धीरज का सोचा हुआ कुछ नहीं कहा। कि शायद इतना कहा—तुम कोई नशा तो नहीं कर आए ? या कोई साजिश रच रहे हो ? मेरी दुनिया में लोग सच और ईमानदारी से पेश नहीं आते। कि मेरा मन ही पापी है धीरज बाबूजी ?

धीरज का खुद से खुद ही बोलना !

उत्तर-प्रत्युत्तर।

नत्थू पुकारता रहा। वह अपनी दुनिया से बाहर नहीं आया। उसकी झोली में उजले, रंग-बिरंगे सपने और चमकीली अभिलाशाएँ भरी हुई हैं। नत्थू के झटके से बिखर न जाएँ, सूरजभान रौंद न डाले। धीरज बच-बचकर चल रहा है और मौका देखते ही वार कर बैठता है। कैसी जंग मची है ?

अल्मा की मीठी नींद, बाधा मत देना कोई। सपनों से खेलने दो उसे। धीरज रात भर जागेगा क्योंकि अल्मा की आँखों पर तितली जैसे पंखों-सी पलकें शांत हैं आज। सोई हुई साँसों की उठती-गिरती लहरों में गूँजता चैतन्य और उस चैतन्य से उठता गीत—सुजलां सुफलां मलयज शीतलाम्...

बुद्धिमान, चतुर, विवेकशील धीरज लाभ-हानि भूलकर पगला हो उठा।

न सोया न जागा ! क्या से क्या कर बैठा !

कुछ गिरा !

धड़ाम धप्प !

धड़कन नहीं, जीवन रुक गया।

साँसें खोने लगीं, होश आने लगा।

अब नत्थू...कुत्ते की जैसी नींद सोनेवाला चौकन्ना सेवक, उसका बलिष्ठ काला शरीर खूँखार चेहरे के साथ ठोस लाठी-सा चक्राकार घूमता हुआ ऊपर मँडरा रहा है। धीरज उसकी परिचित और ताकतवर आवाज सुनता है।

कौन ? कौन ?

'कौन कूदा ? बोल जल्दी, नहीं तो गोली दाग देंगे।' भड़ाक-भड़ाक दो दरवाजे खोलता हुआ नत्थू...धीरज को रतौंधी आ गई। धरती से आसमान तक अँधेरा ही अँधेरा !

'ओ धीरज बाबूजी !' पास आकर भी नत्थू क्रोधित बादल की तरह गड़गड़ा रहा है। धीरज का बाहुबल सूखने लगा। देह डगमगा रही है। बिजली की तरह विचार कौंधा—मैं भी दीवार के पार छलाँग लगा दूँ ?

नहीं...नत्थू ने टॉर्च के जलते चँदोवे की गिरिफ्त में ले लिया है वह। शातिर रोशनी देह की शिराएँ तक छानने लगी। पौरुष गले मास की तरह गिर रहा है। आदमी का कंकाल कितना बेदम होता है ! गुप्त भी कितना कुछ बच पाएगा ?

उलट-पलट होते धरती-आसमान के साथ गुलाँटे खाता धीरज इससे ज्यादा कुछ नहीं कर पाया कि वह नत्थू को ही मालिक, देवता और तकदीर का भगवान मान ले। भक्तिपूर्ण प्रणाम ऐसे ही संकट में पैदा होते हैं।

सचमुच नत्थू भगवान की तरह ही पकड़ से बाहर था, उस पर सूरजभान की ताकत और इज्जत को बचाने का संकल्प हावी था। बिफरकर बोला, 'धीरज बाबूजी, तुम यहाँ खड़े क्या कर रहे हो ?' उसकी निपुण भाव से निरीक्षण करती हुई आँखें...धीरज को थकावट, अवसन्नता और कँपकँपी का मिला-जुला दौरा-सा पड़ा।

'नत्थू, पहले टॉर्च बंद करो।' वह बाय के रोगी-सा चिल्लाया।

रोशनी गुल हुई तो धीरज को चैन की साँस आई। अब सबकुछ अँधेरे के सुपुर्द था। सेवक की तरह आज्ञापालक नत्थू के प्रति भक्ति और भी बढ़ गई।

सत्यानाश ! कमीन ने बल्ब जलाकर सबकुछ बेपर्द कर डाला ! हौलदिली ऐसी चढ़ी कि मुँह से एक ही वाक्य अकूत सूत के धागे-सा निकलता गया—'मुझे कुछ पता नहीं, मुझे कुछ... !' कहते हुए ऊपर का होंठ सूखे पत्ते-सा काँपता है क्योंकि झूठ तितली की तरह चेहरे पर नाचने लगा।

अल्मा की खटिया, रीती सूनी ! नत्थू काठ मारा-सा...

अल्मा कहाँ है ? यही एक सवाल कभी नत्थू के रूप में दिखाई देता तो कभी सूरजभान बन जाता। दोनों ही कानों के पर्दे उधेड़ते हैं।

'अल्मा भाग गई बाबूजी ? दीवार फलाँग गई ?'

धीरज क्या जवाब दे ? सुरंग का पर्दा फट चुका है। रहस्यमय घर का हाहाकार...नत्थू तूफान में सफर करने लगा ! निराश और पराजित-सी नजर गली में ठहर जाती है। अल्मा उड़नेवाले जीव की तरह घर रूपी चोला छोड़ गई।

नत्थू घर के कोने में लड़की को सुई की तरह खोजने लगा। मकान काँप रहा है।

धीरज के मन का पर्वत-सा संकल्प धरती पर लोटने लगा। लड़की की रिहाई जिंदगी का मकसद माना, अल्मा को किस संसार के हवाले किया ? मानसिक संताप में जलता हुआ वह इस मुहाने पर आकर थम जाता है—अल्मा क्या यहाँ कैद रहनेवाली थी ? वह दीवार फलाँगने से चूकती क्या ? उसकी देह उड़ने के लिए कसमसाती थी।

वह तो बस किसी मौके की तलाश में थी। इस संसार, उस संसार के भेद में बिना उलझे हुए यात्रा पर निकलनेवाली।

नत्थू दरवाजा खोलकर सड़क पर भागने लगा। धीरज ने उसे रोका नहीं। रोकने से रुकेगा क्या ? दिन-रात सूरजभान की जल्लादी करतूतों पर थूकनेवाला नत्थू...अल्मा को पकड़ लाने की कोशिश में यही तो सिद्ध करना चाह रहा है कि मालिक को दुराचार करने की छूट है। ऐश्वर्य और वैभव बीभत्स आचरण पर अपना पर्दा डाले रह सकते हैं। अल्मा का भाग जाना गुनाह है, नत्थू का उसे पकड़कर कैद कर देना निष्ठा और साहस का काम।

धीरज ने कैसा अनर्थ किया ! वह लम्पट पापी...रात के अँधेरे से अपने ही खिलाफ बतियाता रहा। अपने उद्देश्य को समझना चाहता तो पागल-सा होने लगता। छत पर चमगादड़ की तरह निरर्थक परिक्रमा लगाता हुआ भटकता-भटकता सबेरे की पहली किरन से आ टकराया।

आँखों की रोशनी छीज चुकी है। चारों दिशाओं को अंधे की तरह टटोलता है, मानो अल्मा का आँचल हाथ आ जाएगा। उसका पागल मन अल्मा का प्रार्थना-गीत सुनने को व्याकुल है। चिड़िया चहचहाने लगी। धीरज के अपने ही कंठ से फूटा करुण रुदन...

आँखें पोंछता हुआ नीचे झाँकता है—सड़क पर आते-जाते लोग...कि सूरजभानों के चलते-फिरते काफिले ? दहशत के मारे पीला पड़ गया। सूरजभान की क्रोधाग्नि बिना आहुति के शांत नहीं होनेवाली। आखिर उसका अनमोल रत्न खोया है, जो धीरज नाम के गद्दार नौकर की लापरवाही का नतीजा है। आगे क्या होनेवाला है ? कौन जानता है ? फिलहाल तो यह धरती सुनसान..आसमान में भगदड़ मची है। सूरज तलाशी पर उतरेगा, धूप सारी हकीकत उघाड़ देगी।

संयम से काम ले धीरज, कोई अवसर निकलेगा, इस दुर्घट-काल को चीरकर कोई युक्ति आएगी, आशा छोड़ना दुर्बलता ही नहीं, अशुभ लक्षण भी है।

दूसरे ही पल दिल पुकारता है—काश, रात के बाद रात ही होती। अँधेरे के बाद अँधेरे का विस्तार...इच्छाएँ जुगुनुओं की तरह चमककर लुकछिप जातीं। यह रोशनी किस काम की, पोल खोलने उतरी है। सूरज का रथ रोकना किसके बस में है ?

●●●

दस बजे तक सूरजभान आ गए।

जीप की घरघराहट छाती के ऊपर से गुजरी। पहिए पसलियों के साथ दिल रौंदने लगे। हालत बुरी हो गई। जिस लड़की की रिहाई में सितारों की लड़ियाँ सजाने की कल्पना की थी, उसके नष्ट हो जाने की प्रार्थना होंठों पर है। टीस के रूप में बुदबुदाहट बाहर आ रही है—अल्मा तेरी हड्डियों का चूरन हो जाता, तेरे मांस के चिथड़े उड़ते, तेरे सिर से फटे नारियल की तरह लहू बहता...कौवे पीते, कुत्ते चाटते। मेरी

नौकरी बच जाती।

घर कैसे लौटूँगा ? पिता ने अपने होनहार बेटे के लिए ऐसा ही सपना देखा था कि उसकी जिंदगी सूरजभानों की मुट्ठी में रहे ? मैं कैसे पागलपन के हवाले हो गया !

सूरजभान इस किस्से में फाँस सकता है ? नामुमकिन, वह खुद मुजरिम हो जाएगा। तब क्या छोड़ देगा ? क्या मालूम कि कहाँ का पानी कहाँ होकर बहेगा ?

सफेद कुर्ते-पाजामे पर काली छींट की सदरी ! पाँवों में चमकदार काले रंग के सेंडिल ! धीरज अपने मालिक के पाँव पहचानता है।

आधा अँधेरा, आधा उजाला, वे पौर से गुजरकर आँगन में आ गए। एक, जो साथ था, पौर में ही रोक दिया।

'धीरज !' पुकार पूरे मकान में गूँज गई।

सन्नाटे में डूबे धीरज के कंठ में गोला-सा फँसा है। छत पर कँपकँपाती टाँगों से बेतहाशा परिक्रमा लगाने लगा।

वे छत पर आ गए, पास और पास... 'क्या मामला है भाई ?'

'दीवार फलाँग गई !' फाँसी पर जाते हुए व्यक्ति की तरह आखिरी बार बोला हो जैसे।

'कबूतरी थी, और क्या करती ? तुमने किसी से कुछ कहा तो नहीं ?'

'नहीं।'

धीरज से अपना बोझ सँभाला नहीं गया। पछाड़ खाकर सूरजभान के चरणों में गिरा। सूरजभान ने उसे उठाया। भगवान अपने भक्त की मनोदशा पहचान गए।

'शाबाश ! नत्थू लौट आए तो उससे भी यही कह देना। समझदार है नत्थू, पकड़ लाएगा। नहीं ला पाएगा तो साली जाए भाड़ में। किसी ऐसी जगह ही इस्तेमाल होगी। खा-खाकर गर्रा गई तो कूदने-फाँदने का मन हो आया। अब बात हमारे सिर आएगी, गम इसी का है।'

धीरज ने हौले से सिर उठाया। सूरजभान के चेहरे पर हवाइयाँ उड़ रही हैं।

'मुश्किल यह है कि विरोधी पार्टी के लोग उसे माँ-बहन का दर्जा देकर छाती कूटेंगे। विधानसभा से लेकर लोकसभा तक मर्सिया पढ़े जाएँगे। अखबार और टीवी वालों की चाँदी हो जाएगी। समाजसेवी संस्थाएँ अलग झंडियाँ ले-लेकर दौड़ पड़ेंगी। उनका चलना, फलना-फूलना ऐसी ही घटनाओं पर टिका रहता है। देखना कि कैसे उस लड़की के हगने-मूतने से लेकर महीनादारी तक का हिसाब रखती हैं और सबसे ज्यादा करीबी सिद्ध होती हैं। अनुदान पचाने के नायाब तरीके। अपने-अपने दाँव। ऐसा न होता तो देश के बड़े से बड़े साधु-तांत्रिकों के लंगोट कौन चीर पाता ? हमारे मंडल को कमंडल में धरकर बेतवा में सिरानेवाले लोग...'

धीरज राजनीति के सूत्रों में उलझा लिया कि सूरजभान का अपना ही संलाप था ? वे जान गए—नत्थू जटायु से ज्यादा कुछ नहीं। घायल होकर लौटेगा। धीरज निरुपाय लक्ष्मण-राम...

...लेकिन धीरज के चलते रावण शीश पर बैठा है। बोल रहा है, 'दाँव बचा रहे थे सो नटिनी नहीं, कबूतरी पकड़ी थी, हरामिन मरते दम तक उड़ना न भूली !'

धीरज कुछ नहीं सोच रहा, अपनी सफाई में कुछ कहना चाहता है—वह मेरा आदर करती थी, मगर विश्वास नहीं करती थी, क्योंकि विश्वसनीय नत्थू को मानती थी, जो उसकी जाति के करीब पड़ता था।

सूरजभान बड़ों की तरह व्यवहार कर रहे हैं, 'गम छोड़ो। साली भाग गई तो भाग जाने दो। रहती तो न जाने क्या गुल खिला डालती ? एक बार ऐसी औरत आई थी जो हैड ऑफिस के टॉप अफसर को रागरंग में डुबोकर पैन्ट-कमीज की सारी जेबें झाड़ ले गई। बटुआ साफ...। कंगाली का आलम ऐसा कि मातहतों के आगे हाथ फैलाना पड़ा।

'उससे कसम खाई, दूसरी लाए। वह अधेड़ उम्र की थी, लगती थी पच्चीस की। छोटे स्वास्थ्य मंत्री अचानक तकाजा कर बैठे थे, हमसे जो कुछ जल्दी में बन पड़ा।

'भगवान जाने कि मंत्रीजी ने कैसी मौज-बहार की, नैट नतीजा यह निकला कि घायल हो गए। कहते हैं कि इंद्रिय काट-चबा ली। सालो मरो।'

धीरज रोए या हँसे ? सूरजभान अभयदान दे रहे हैं ?

वह रोया न हँसा।

सूरजभान खटिया पर टिके, जैसे खुद से खुद का संवाद बना रहे हों, 'भागती तो पहले ही भाग जाती। अब गई, जब नेताजी और दो टॉप अफसरों की कन्फर्मेशन आ गई। दो दिन बाद आ रहे हैं। जैसे ही लड़की के भागने की और नेताजी के आने की खबर मिली, हम उस व्यापारी से मिलने गए, जिसको अपनी सरकार के चलते करोड़ों के आर्डर दिलाए थे। लाखों टी.वी. सैट खरीदे गए। आज मदद माँगी तो हरामी ने दाँत दिखा दिए। रुपया हाथ में हो तो आदमी औरत क्या, जमीन-आसमान खरीद सकता है।

'साफ बच निकला जी। बोला—'अब टी.वी. नहीं भइयाजी, हम रुद्राक्ष और कमंडल बेचते हैं। व्यापारी आदमी सदा फायदे पर मरता है'।'

धीरज को इतनी सहानुभूति हो आई कि लवों पर आ गया—हमारी चमड़ी भी सूरजभान के काम आ जाए तो उऋण हो जाएँ। सबकुछ बेचारे के विरोध में पड़ रहा है।

सूरजभान ने धीरज का चेहरा पढ़ लिया, सो बोले, 'हम भी आग के दरिया से गुजर जाना जानते हैं, सो तकदीर के सिकंदर हैं। सबेरे ही दो एम.एल.ए. अपनी-अपनी पार्टियों की ऐसी-तैसी करके चले आए। एक तो ईमानदारी की टोपीवाला था, गद्दी के लिए भी धोती नहीं खोलना चाहता। दूसरा बेचारा गृहस्थ शांतप्रिय आदमी, अयोध्या जाने से कतरा रहा था। कह रहा था—मुसलमानों के हाथों दफन होने से अच्छा है, बिना कफन मर जाना। खैर, वे कुछ भी कहते रहें, हमारे पाले में रहेंगे तो हमारी बोली बोलेंगे। बस हाथ मिला लिया। अफसर, नेताओं की आवभगत का अच्छा तजरुबा है। आते-आते

उन्होंने प्रस्ताव हमारे सामने रखा, तमाम नेता-भेद भी खोले। बता रहे थे—नेता लोगों की खातिर खुशामद में आदमी हलकान हो जाता है, पर उस बेचारे को क्या पता, वह तो हर समय चिंता में डूबा रहता है। भले चेहरे पर शांति और चुप्पी की चिप्पी चिपकाए रहे। औरत-लड़कियों के मामले में बेकार ही बदनाम है यह जाति। कैसे बताएँ कि औरत ही इनसे खेलखाल आती है। वह तो खोया-खोया-सा मुस्कुराता रहता है। आँखों-देखी लीला है साहब, जितने जोर-जुलम हुए हैं, नेताओं के चमचों ने किए हैं। नेता भी क्या करें, हर जगह दारू और दारा हाजिर कर दी जाती हैं, शिलाजीत खाते-खाते देह लकड़ी हो गई। मंत्री-संत्री किसी काम के रहते हैं ? यह दीगर बात है कि इंद्र की तरह अप्सराओं से घिरे रहने का शौक रहता है। बुढ़भस में आदमी कितना जोर आजमाए ? कुर्सी से चिपके रहने के कारण भी खून-संचार में कमी आ जाती है। इंद्रिय सूखने लगती है।

'यही हाल अफसरों का है। दफ्तर की फाइलों और सरकारी धन का घालमेल कुछ इस तरह होता है कि बेचारे उलझन के ताने-बाने में बँधे दारू के हौज में जा गिरते हैं। सेज पर लेटी सुंदरी का किसे ध्यान ? वहाँ तक पहुँच भी गए तो जल्दी-जल्दी निपटान कर डाला। बारीकी से कौन देखता है, अफरातफरी के अँधेरों में बस एक लकीर-सी उभरती है कि हमारा पौरुष जिंदा है।

'हम तुम्हें यह सब क्यों बता रहे हैं ?'

धीरज ने कृतज्ञता से सिर झुका लिया।

'इसलिए कि आगे तुम्हें तमाम ऐसे ही काम निपटाने हैं। वे एम.एल.ए. भी एक कलंदर को भेजेंगे, जो लड़की लाएगा। घबराना मत। कलंदर, साला भालू-बंदर नचाने वाला आदमी, आज इंद्र देवता की मर्दानगी की बूँद हो रहा है। भालू-बंदर छिन गए, ओझाई करता फिरता था। साथ ही पर्यावरण विभाग के लोगों पर घात धरने लगा। भूख का कच्चा डाकुओं की खिदमत में पहुँच गया। धंधा नहीं रहा सो अनेक धंधेबाजों में उलझ गया। डाकुओं के अड्डे पर पिस्तौल, रायफल, मैगा फोन और सैल्यूलर फोन तो मिल जाएँगे, रोटी दुर्लभ होती है।

'कलंदर भूख के कारण भ्रष्ट हो गया। एक डाकू का ही शीश काट बैठा, क्योंकि शीश ओझाई के काम आनेवाला था। नर-बलि चढ़ाने का केस मिल गया था।

'पुलिस को भनक लग गई, झोंपड़ी पर दबिश दी। कलंदर पकड़ लिया। रोटी ही खा रहा था। तलाशी ली। सामने ही झोला लटका था, झोले की तली से बूँद-बूँद खून टपक रहा था। एक सिपाही उत्साह में आ गया। झोला उतार लिया। जैसे ही झोले के भीतर झाँका, थर्रा गया। आँखें निकल आईं। दरोगा ज्यादा बहादुर था। झोला झपट लिया। डर-भय का क्या काम ? संशय भी उठा...मगर मुँह पर भाव विजेता के-से रहे।

'विजेता की पैन्ट आगे की जगह गीली हुई तो होती ही गई। दरोगाजी के हाथ पीपल के पत्ते की तरह काँपने लगे।

'झोले में सिर था। सिर नहीं, सगा भाई था। दरोगाजी का सहोदर...

''कलंदर दरोगाजी की दशा देखकर उनके पाँवों में लोटने लगा। और बोला—'हजूर आटे के लिए पाँच रुपया अडवांस ले चुका हूँ। मुझे जल्दी है। जिजमान रास्ता देख रहे होंगे। सीस ही चाहिए तो कल दूसरा काटकर दे दूँगा। आज अपनी मुठभेड़ जारी रखो।'

'नर-बलि ! हम ये बातें तुम्हें क्यों बता रहे हैं ? इसलिए कि समझ लो अपने काम के आदमी कहाँ-कहाँ हो सकते हैं। क्या-क्या कर सकते हैं ?

'दरोगा हथकड़ी लगा सकता था। पर अफसोस...कलंदर के हाथों की हथकड़ियाँ दरोगा के पाँवों की बेड़ियाँ बन जातीं। अफसोस यह भी कि जिस सहोदर को थानेदार साहब ने सुरक्षा का वचन देकर डकैती के दमदार पेशे में उतारा था, उसे कलंदर ने मार गिराया।

'वही कलंदर लड़की का इंतजाम करके लाएगा,' कहकर सूरजभान धीरज को जो कुछ समझाना चाहते थे, वह सबकुछ समझ गया। जीने-मरने के बीच झूलता-सा कृतज्ञता की खाई में गिरता चला गया।

सूरजभान कब चले गए ? उसे कुछ याद नहीं। ध्यान में थी तो बस एक ही बात कि अल्मा का कहीं पता नहीं लग सका।

सबेरे से साँझ हो गई। एक रात वह भी थी जब वह अल्मा को जिंदगी बख्श रहा था, एक रात यह भी जब खाली आँखें, खाली नजर...। भगवानदास माहौर का सपना तक नहीं। वंदेमातरम् की जगह अम्मा को याद करके रो रहा है।

●●●

उस रात का सबेरा हुआ। अँधेरे के बाद उजाला !

''पृथ्वीपुर के डाकबंगले पर चले जाओ।'' कहकर सूरजभान ने आज्ञा दी है या वरदान ? धीरज की खुशी की इंतहा नहीं। नौकरी आज भी बहाल है। बहाल क्यों नहीं रहेगी, सूरजभान ने कभी आवेश में तो कभी मदहोशी और कभी हौसलाअफज़ाई में इतने भेद बता दिए हैं कि वह खोलने पर आ जाए तो सूरजभान कहाँ छिपे ? रहस्यों के बंद खजाने की कुंजी लिए वह स्वयं पर इतराने लगा। कल का भोगा, कब का भूल गया। आकस्मिक सफलता ने देह में पंख लगा दिए, किधर उड़ना होगा ? लाल साड़ीवाली अल्मा भारतमाता के रूप में अवतरित होती हुई लड़की आजादी के दिन से पहले आजादी पा गई। जहाँ भी गई है, खुले पाँव गई होगी। हो सकता है कबूतरा पिता ने बेटी को पाकर खुशी में ढोलक-झाँझरी बजाई हों। अपने जिस जीवन को कोस रहा था, वही आज चमकने लगा। ऐसा ही रहा तो सूरजभानों की दुनिया कितने दिन की ?

●●●

सातार, बेतवा और जामिनी, इन तीनों नदियों के पार एक-डेढ़ मील तक फैला हुआ खेतों का मैदान। आगे शीशम, सागौन, अरजुन और करधई का हरा-भरा जंगल। यह जंगल पहले भी देखा था। चंद्रपुर रिश्तेदारी की बरात आई थी, आल्हाद के मूर्तिमान

क्षण ! नदियों के तटों पर पेड़ों की छायाएँ, कच्ची मिट्टी की महीन परतें, आगे-पीछे चलते नटखट साथियों ने जी भरकर छेड़ी थीं। जंगल का विराट आकार भोले हाथी-सा, जिसकी रग-रग से परिचित होना चाहते थे बच्चे।...क्यों सबकुछ याद है ? जो याद है, आज के खिलाफ है।

'आज का ढलता सूरज शाखों और पत्तियों से नीचे उतरकर किसी खुफिया खोजबीन पर उतरा है। धीरज का मुँह मिट्टी से भर गया, धूप के उदास चकत्ते देख रहे हैं। इस्तरी किए चमकदार नए कपड़ोंवाला लड़का, आँखों में बेशुमार कीचड़ फैला है।

'सरकारी बँगला, इसी में जनवासा था, जगह और दिन दोनों याद हैं। क्या मालूम था दोबारा भेंट होगी जंगल से ! चलती आँधी में तिनके की तरह उड़ा आऊँगा। खून-सूखी देह का स्वागत कौन करे ? देह पर कपड़े तो क्या, खाल भी साबुत नहीं, स्वागत कौन करे ?

...और वह खुद स्वागत के लिए आ रहा था। मेहमान जो आनेवाले थे, इसी बँगले में ठहरने थे। सूरजभान ने लियाकतदार धीरज जैसे मातहत का गुनाह बच्चे की-सी गलती मानकर क्षमा कर दिया था। मालिक की सज्जनता के आगे नतमस्तक हुआ खड़ा रहा वह।

कहाँ झाँसीवाले मकान में अंदेशा था, लड़की चुटिया पकड़कर कहीं से भी खींच ली जाएगी। धीरज गद्दारों की पंक्ति में खड़ा करके गोली से उड़ा दिया जा सकता है। नेताओं के सुधारवादी सिद्धांत इस रवइये से अलग नहीं होते।

उसने सूरजभान के लिए दुआएँ की थीं—इस मनुष्यता के पुतले के दिन फिरें भगवन् ! वैसे लचीला आदमी पानी की तरह अपनी राह बनाकर रहता है। लड़की गई, आजाद हो गई। नत्थू लौटकर नहीं आया, इन बातों पर माथापच्ची नहीं करते सूरजभान।

मगर कलंदर को आना था। साथ में एक लड़की लानी थी।

धीरज के मंसूबे सीढ़ियाँ चढ़ चुके थे—आने दो, हमें रिहा करना आ गया है।

एक नहीं, चार लोग आए।

सूरजभान का हरकारा साथ था, मकान में घुसा लिए। लड़की की आशा सँजोई थी, ये तो सब-के-सब पुरुष !

उसे अपना फर्ज निभाना होगा। संभवतः वे अहलकार ये ही लोग हैं। अल्मा की जगह नहीं ले सकता। तो नत्थू की तरह खिदमतगार बन जाएगा। नमकहरामी उसके खून में नहीं। रात हो रही है, रोशनी का इंतजाम करो पहले।

कुर्ता-पाजामा और छींटदार सदरियाँ पहने हुए दो लोग, बाकी दो ने पैन्ट और जीन्स के ऊपर क्रमशः कमीज और टी-शर्ट पहन रखी थी। सफेद और काले, कपड़ों में दो ही रंग प्रमुख थे। अप टू डेट फैशन के बाल और फिल्मी स्टाइल हाव-भाव। अच्छे घरों के अच्छे लोग आए हैं। कसे बदन, रौबीले चेहरे, रगों में खुराक बोल रही थी।

पानी पिलाया, चाय के लिए पूछा। वे लियाकतदार थे, पानी पीकर फिल्मों की बातें करने लगे। धीरज को फिल्म देखे मुद्दत हो गई। जो देखी थीं, उन्हें भी भूल गया। सूरजभान की मौन आरती दाँतों के बीच नाचती रहती है।

रोशनी में जीन्सवाले ने अपना काला बैग खोला। रस्सी निकाल ली। पतली-सी रस्सी का क्या होगा, पूछना उचित न लगा।

"कमरा ऊपर है ? चलो, ऊपर चलो !"

कौन लोग हैं ये ? अल्मा के कमरे की तलाशी लेने आए हैं ? किसी ने रिपोर्ट कर दी ? सूरजभान की छानबीन हो रही है ? खुफिया लोग...रस्सी का क्या करेंगे ?

वह चारों को लेकर सीढ़ियाँ चढ़ रहा था। जो कहेगा, सच कहेगा। सौगंध गले में घुमड़ रही थी। पुलिस को कोई कुछ भी कहे, सच का साथ देना चाहती है। उनका विधान ईमान से रचा गया है। लोग उसे झूठा करके मानते हैं।

अल्मावाले कमरे में चारों ऊपर आ गए। फिल्मों की बातें करके हँसनेवाले अब अजीब रूप से गंभीर थे। शायद सवालों का सिलसिला जोड़ रहे हैं, बयान देने का वक्त आ गया।

अरे ! यह, यह क्या ? ये तो उसके हाथों को...

धीरज यकायक जवान बछड़े-सा उछला। अपने हाथ कसे जाना देखकर, बुरी तरह बिगड़ने लगा—क्या कर रहे हैं यह ? मैंने क्या किया है ?

वे बाँधने लगे। हाथों को डोरी से जकड़कर पीठ-पीछे बाँध दिया।

उसका चेहरा तन गया।

प्रतिरोध में जोश था, क्योंकि शुरुआत थी। बिना सोचे-समझे धीरज ने हमला कर डाला। उनकी गिरिफ्त से तुरंत निकल गया। मकान के कोने-कोने से परिचित, आड़ में दुबक गया। सूरज की तरह अस्त होते आदमी को कौन खोज पाएगा ?

चारों ने चारों दिशाओं से घेरा। अँधेरे को टॉर्च से चीर डाला।

बड़ी आसानी से दबोच लिया।

भय के मारे आँखें बंद हो गईं। मन में, आँखों से बड़ी आँखें उग आईं। वे टाँगें फैलाकर पंजे गाड़े हुए खड़े हैं। धीरज का बदन पीपल के पत्ते से भी हल्का...। वह पत्ते की तरह काँपा, उड़ने की सोचने लगा।

सामनेवाला छाती पर चढ़ा आ रहा था। पटकने की मुद्रा अनदेखी नहीं...

दो जनों ने मिलकर धीरज को पटक लिया। खटिया पर सिर के बल गिरा। तड़प उठा। मिट्टी का नहीं था, जो टूट जाता, आहत होकर रह गया। हाथ बँधे थे, कसमसाने से बाज न आए, क्योंकि बचाव की आदत पड़ी थी।

हाथ कमजोर...बँधे हुए ! काश खुले होते। देह के कर्ता-धर्ता हाथ...अत्यंत असहाय, बिलबिलाया, खटिया मचमचाने लगी। पाँव पूरी ताकत लगाकर चलाए, कुर्ता-सदरीवाले की छाती पर लात मारी। क्या करता, बहुत कुछ कहना था, थोड़ा भी न कह पाया।

यह जुर्रत ! वे चारों जने चारगुना ज्यादा सनसनाए। जूतोंवाले पाँवों से जाँघें कुचलने लगे बारी-बारी। हड्डियाँ चूरन होने लगीं।

"अरे मर गया ! आऽऽ..." लंबी कराह में चीख मिली हुई थी।

"इसकी माँ की...। खाट से बाँध दो हरामी को।"

धीरज हाथ जोड़ना चाहता था—लात मारने की मंशा कतई न थी।

...लेकिन भय ने जुबान कील दी। लात मारने के अपराध में सूली चढ़ने का फैसला...सारा कुछ गिड़गिड़ाहट के अस्फुट स्वरों के हवाले था।

"मुँह खोलता है साले कि अपनी..."

"अभी खुलवाते हैं तेरी।"

"पाँव बाँधो इसके। पैन्ट खोलो मादरचोद की।"

बिना हाथों-पाँवोंवाला धड़ मछली की तरह तड़पने लगा।

"हिला, अब ऐसे ही हिला। मजा आ जाएगा।"

किसी एक ने पैन्ट पर हाथ रखा, बटन बेरहमी से तोड़ डाले। जिप बेदरदी से खींची। अंडरवियर उतार लिया।

कमरा वही था, खटिया वही थी, बंधन वही...अल्मा की जगह खुद था।

"तुम्हारे पाँव पड़ता हूँ, ऐसा मत करो। तुम मेरे मालिक, हा हा खाता हूँ।"

"चोप, मादरचोद, कहकर धड़ पर जूते की ठोकर मारी। मारते गए और कहते रहे—हम तुझे मारने नहीं आए।"

ऐसी कल्पना थी जो कभी की नहीं जा सकती। धड़ और जाँघें नंगी। औरत की तरह लेटा हुआ। आँखें खोलकर देखने का साहस तक नहीं। उनकी हँसी सुन रहा था, बस, क्योंकि कानों के लिए कोई पर्दा नहीं बना।

भयानक हँसी के साथ वे नंगे हुए। धीरज की देह की गर्मी खत्म हो गई, रोम-रोम बर्फ हो गया। कमाल है, उनके हाथों में बंदूक-पिस्तौल, छुरा, चाकू और बड़े-छोटे हथियार बिलकुल न थे। उनका पुरुष होना सारे हथियारों के ऊपर था।

"यहीं मजा मारता होगा। अम्मा लगती थी सो भगा दी ?"

"अब उस अम्मा के बदले की..."

वह चिंघाड़ा, "ऐसा मत करो, मुझे गोली मार दो।"

...मगर गुदा मैथुन आरंभ हो चुका था। अप्राकृतिक आनंद की टेक जोड़ते हुए धक्कों ने देह फोड़ डाली। बारी-बारी देह को जकड़ते, कूल्हों पर उछलते। वह ईश्वर को पुकारता। अवसर पाते ही खूब चिंघाड़ा, जब मौका मिला चीखा। असहाय हो गया तो घायल कबूतर-सा कराहता रहा।

बाजों जैसे लोग दर्द भरी आवाज के आरोह-अवरोह पर अपने चस्के की ताल दे रहे थे। हे भगवन्, इस काटने-फाड़ने की लीला का अंत कहाँ होगा ? धीरज का मुँह फटी लकड़ी-सा खुल आया। फिर ऐसा समय आया, जब जिबह होती देह का जीव तड़पने भी नहीं पाया। रुदन में स्वर नहीं था। हालाँकि वे अब अलग हो गए थे।

बस महसूस कर सकता था, देह के निचले हिस्से से रक्त महासमुद्र गरजा था, बलबलाती हुई गर्म लहरें उठीं। उन पुरुषों के पास सफेद कीचड़ था, खून से कई गुना गाढ़ा, जिसने बहाव में मिलकर दलदल-पोखर बना दी। स्त्री जीवन की यह सज़ा...कि विचित्र उत्पात...धीरज की आँखों में पुतलियाँ ढबरा गईं। 'कोई बचा ले !' कोई माने भगवान।

'आऽ आऽ आऽ' वह मुँह खोलकर चिल्लाया। कोई उसके पुरुष चिन्ह को बेदर्दी से उखाड़ रहा है। नई तरह की दर्दनाक स्थिति में बुरी तरह बिलबिलाया।

"अब तू इसे लटकाकर क्या करेगा ? तेरी तो पटरी ही बदल गई।"

उसने हाथ जोडने चाहे। हाथ जुड़ नहीं पाए। भीतर ही भीतर लचीली संरचना की जड़ हहराकर रोई। बधिया होकर नए बछड़े-सा होश-बेहोश पड़ा हुआ जैसे सपने में सूरजभान को देख रहा हो—नथुआ, इस लौंडे का भरोसा न करना। कबूतरी को माँ-बहन नहीं समझेगा, सवारी करने लगेगा। तू साले का लिंग उखाड़ लेना। हिजड़ा होकर हमारे ज्यादा काम आएगा।

प्रार्थना की लाठी को खुद ही एक ओर फेंक दिया। पागल की तरह पूरी ताकत लगाकर ईश्वर के लिए बेआवाज गालियाँ बकता रहा। कुचली हुई बाँहें...अभयदान देनेवाले देव क्या हुए ? योनि और लिंग विहीन सृष्टि के कर्ता-धर्ता...आक थू ! उसके होंठ थूक की जगह वीर्य की फसूकर छोड़ने लगे।

कहीं से नत्थू की पुकार उठ रही है। उसकी कल्पना में नत्थू और धीरज की क्षत-विक्षत देह में कोई अंतर नहीं। सूरजभान जैसे लोग किसी को नहीं बख्शेंगे। नत्थू के वापस न लौट पाने का अर्थ ? उसको खोजने की बात भूल जाने का अर्थ ? ऐसे आदमी दुनिया में खोते नहीं, खेत रहते हैं।

अब वे सलीकेदार कपड़ों में सजे, जाने की तैयारी में थे। चेहरों पर धीरज को जवान देह रौंदने का अनिर्वचनीय आनंद बोल रहा था। रंगीन ठहाके झर रहे थे।

वीरों की गर्जना सुनकर धीरज के दाँत नीले पड़ गए।

—साले, तू रिपोर्ट कर, पुलिस में जा, कचहरी का दरवाजा खटखटा, सब बेकार। अखबार में तो हम खुद ही छपवा देंगे। इशारों में अपना अता-पता दे देंगे। पराक्रम का प्रचार न होगा तो हमें कौन पूछने आएगा ? राजनीति में दाँव लगाएँगे, भाव बढ़ेंगे।

यह घोषणा उनके फायदे की जितनी भी रही हो, धीरज के प्राण खींचने के लिए काफी थी। उसके भविष्य तक पर काबू कर लिया ! लगा कि श्वासनली में हवा नहीं, डामर है, चेतना जड़ हो गई। हमें बचानेवाला कोई नहीं, हम खुद भी नहीं...बंद कर दो सोचना।

इस जंगल में कब आया, कैसे आया ? आज कौन-सा दिन है, कौन-सी तारीख ? दर्द के सिवा कुछ सूझता नहीं। गालों और सीने पर खूनी निशान, जलते कोयलों से दहकते हैं। सूखे चमड़े-सी पैन्ट भीतरी जख्मों को छील रही है।

यकायक हाथ पैन्ट पर गया। अपने पुरुष को टटोलकर खोजना चाहा। मरा

चूहा-सा हाथ में आ गया। धरती-आसमान घूम गए। अपने-आपसे कैसी घृणा हुई कि छाती में पूरी ताकत लगाकर मुक्के मारता रहा। सिर के बाल खींचता रहा। पछाड़ें खाईं।

बेशर्म जिंदगी की किसी अंदरूनी तह में बँधी लज्जा घर जाने से रोकती थी।

फिर भी रेंगने की इच्छा जाग्रत हुई।

●●●

अँधेरे ही अँधेरे गाँव पहुँचा।

चौपाल पर लोग बैठे थे, अब तक क्यों बैठे हैं ? क्या उसकी बाट देख रहे हैं ? धीरज के पाँव डगमगाने लगे। जिंदगी की लाश का वजन कंधे तोड़ने लगा।

आया क्यों ? जिस जुल्म से गुजरा उसी के हवाले पड़ा रहता। अधमरे की तरह पाँव घसीटने का क्या अर्थ ? कोड़े मार-मारकर ऐंठते हुए शरीर में से गति निकालना बर्बरता नहीं है क्या ? अपने प्रति इतनी क्रूरता !

आँखें मींचकर घर में दौड़ लगा दी। घर के द्वार में जा समाया। लगा कि गाँव का हर आदमी पीछा करता हुआ साथ ही भीतर घुस आया। नौकरी के बारे में सवाल कर रहा है। सत्यनारायण व्रतकथा का कैसा प्रताप रहा !

अम्मा आँगन में रास्ते के बीच आ गईं। जाते हुए प्राणों से भेंट हो गई। माँ से लिपट जाने के लिए लपका, पर अपना ही शरीर इतना गंदा लगा कि...। किसी तरह कोठे में खटिया तक पहुँचा। टाँग चौड़ाकर औंधा ढह गया।

'धी...र...ज !' माँ ने पुकारा। उत्तर में उसकी रुलाई फूट पड़ी। घर की छत ने आगोश में लेकर भीतर से तोड़ डाला।

माँ रो रही है। बिना जाने-बूझे ही...इतना-इतना बीमार हुआ, अम्मा सेवा करती थी, रोती तो नहीं थी। हाथ-पाँव सही-सलामत हैं, अम्मा फिर भी रो रही है। क्या आँसुओं को देखकर आँसू आ जाते हैं ?

आँखें बंद किए हुए है। नजर मिलने पर क्या बात करेगा ? स्थिति और भी दमघोंटू हो जाएगी। अम्मा खुद को रोक नहीं पा रही, बीच-बीच में 'धीरज' कहकर कराहती है। बालों को सहलानेवाली अम्मा को पता है कि धीरज की छाती टुकड़े-टुकड़े हो रही है ?

'बेटा !'

धीरज के भीतर घन-सा पड़ा। माँ क्या पूछना चाहती है ?

'बोल, बता। कहने-सुनने से दुख घटता है।'

उसका दुख किस हद तक बढ़ेगा, क्या कहे ? बार-बार उसी जंगल से गुजरना...

'उठ तो धीरज। हौसला बाँध।'

वह माँ की हिम्मत को ठोकर नहीं लगाना चाहता। दर्द की तरह ही उठा।

'वे बातें सच्ची तो नहीं बेटा...'

'कौन-सी बातें अम्मा ?' सवाल के पर्दे के पीछे खुद को लम्हे भर के लिए छिपा लिया।

'वे ही, जो चिरगाँव से यहाँ तक...'

'सब बकवास।' वह पूरी ताकत लगाकर बोला। मुँह नीचे झुका हुआ था।

'जमनालाल बसोर कहता है, मंतरीजी कौल खाकर कह रहे थे।'

इतने में पिता भीतर आ गए। धीरज का रोम-रोम काँप गया। दिल डूब रहा है।

दद्दा खटिया पर पास आ बैठे। अपनों की नजदीकी ने उसको मिट्टी कर डाला। चुप-सुन्न और जड़।

दद्दा ने अम्मा की तरह चबा-चबाकर बातें नहीं कीं। शायद पुरुष होने के नाते।

इशारों में न बोलकर साफ-साफ कहा, 'अब तू आ गया है, गाँववालों के मुँह बंद कर देगा। श्रीराम शास्त्री का बच्चा सभा में मुनादी कर गया है कि अमरा के सुरजन सिंह के बेटे के साथ बलात्कार...। गाँव के लोग रंग ले रहे हैं, मर्द के संग औरत जैसा काम...'

धीरज क्या कहे ? पिता उठे और हाथ में कुछ लेते आए।

दद्दा ने अखबार सामने कर दिया—ले, पढ़।

सारे पर्दे एक साथ फट गए। बलात्कारियों ने तो ताल ठोंककर ऐलान कर दिया। श्रीराम शास्त्री और सूरजभान की चित्त-पट्ट में धीरज उधेड़ डाला। बलात्कार ताकत का बीजमंत्र हो गया। इस बेरहम सच से साक्षात्कार हुआ कि वह बिलबिलाने लगा...स्त्री के साथ जबरदस्ती करके पुरुष अपने पौरुष को सिद्ध करने का सुख पाता है। उसकी मर्दानगी को मटियामेट करने किस इरादे से आए थे ? सूरजभान को अपने कई रंग दिखाने थे कि धीरज जैसे नौजवानों के कंधे झुके रहें।

पिता ने पूछा, 'कौन थी वह ?'

धीरज को मंसाराम मामा याद आए। बलात्कारियों से ज्यादा दद्दा से आतंकित हो बैठा। माँ की ओर मुँह घुमाकर बोला, 'अम्मा, मेरा सिर घूम रहा है।'

अम्मा विलाप कर उठीं, 'सदमा हो गया बेटा...तू घबड़ाना मत रे...'

अम्मा के लम्बे-लम्बे उसाँस उनके पेट को मथ रहे हैं। और धीरज पिता की नजरों से बच नहीं पा रहा। आँखें जवाब माँग रही हैं।

'मैंने कुछ नहीं किया दद्दा, मेरी जगह कोई भी होता, यही करता।'

'तो बेटा, तेरी जगह कोई भी होता उसका यही हाल होना था। औरत के चक्कर ऐसे ही होते हैं। अपने चंद्रशेखर आजाद भगवानदास माहौर यों ही कुँआरे नहीं रह गए थे। यह मायाजाल आदमी को कहीं का नहीं छोड़ता।'

•••

चौथे दिन की बात है।

दद्दा अम्मा से फुसफुसाकर कह रहे थे—फतेहपुरवाले आए हैं।

धीरज ने सुन लिया। क्यों सुन लेता है वह सुई का गिरना भी ? देह घायल हुई, कान बजने लगे। पिता की फुसफुसाहट नहीं, किसी ने जले हुए बदन पर कोड़ा फटकार दिया—वह ऐसे ही तड़पा था।

अम्मा दीनभाव से दाँत निकाले खड़ी थीं।

दद्दा उन लोगों की मजबूरी जाहिर करके अम्मा की दीनता कम करना चाहते थे, 'क्या करें वे भी, उन्हें लोग तरह-तरह से पूछते हैं। यह कोई नहीं सोचता कि हमें और उन्हें बात का इल्म बराबर-बराबर है। दूसरी औरत के कारण नामर्दगी का मामला उछाला जा रहा है। आगे भगवान मालिक है।'

धीरज कल्पना कर रहा था—होनेवाली पत्नी के पिता, भाई, चाचा, जो भी आए होंगे, तो दद्दा से किस तरह बात कर रहे होंगे ?

●●●

पंद्रह दिन बीतते न बीतते फतेहपुर का नाई आ गया।

नाई था कि थाने से आया वारंट ? दद्दा पीपल के पत्ते की तरह काँपने लगे।

अम्मा कोठे में पेट पकड़कर बैठ गईं।

धीरज अपने कमरे में छिपा रहा।

सबके सब नाई से ऐसे डर रहे थे, जैसे वह सर्प हो। डसे बिना जाएगा नहीं।

दद्दा ने कोशिश करके नाई से पूछा—कब आए ? बोलते समय उनकी आवाज कितनी बदल गई।

—अभी आया हूँ साब।

नाई मूँछवाला है, पर विवशता भरा चेहरा ऊपर नहीं उठा पा रहा। कभी यही नाई धीरज की सगाई की परात अपनी हथेली पर साधकर इस घर में घुसा था। आज क्या हो गया ?

आगे कोई कुछ नहीं बोला। सब पर चुप्पी काबिज थी। यहाँ तक कि नाई और दद्दा एक-दूसरे की ओर देख नहीं पा रहे थे, मानो देखना गुनाह हो।

अम्मा काँपती बाँहों से चूल्हे के सामने ईंधन डाल रही थीं।

नाई चौके में होती मरियल गतिविधि को भाँप गया और बोला—जल्दी जाना है। एक लोटा पानी पिऊँगा। बस।

दद्दा का चेहरा फक्क हो गया—नाई का भोजन न करना...शुभ लक्षण नहीं।

वह दद्दा के एकदम करीब आ गया ! लगभग कान से मुँह सटाकर कहने लगा—'वे लोग भी मजबूर हैं। तमाशा-सा मचा है। माधोसिंह को गली में निकलते झिझक लगती है। लोगबाग काम छोड़कर इसी बात में रस लेने आते हैं। रंजिश माननेवालों की बन आई है। अखबार कौन पढ़ता था ? उस दिन का सबने पढ़ा। घरों में हिफाजत से रख लिया कि मौका पड़े पर निकालकर बता दें—माधोसिंह तुम्हारा दामाद नामर्द...। लोग हँसते हैं। ठहाकों से माधोसिंह की छाती फूटती है। बस, हमें भेज दिया

कि अभी कौन-सी भाँवरें पड़ गई हैं ? बेटी बाप की ही है। आँख देखते मक्खी निगलनेवाले को क्या कहेंगे आप ? माना कि मर्दजाति का कुछ नहीं बिगड़ता, पर उसे औरत की तरह दबोचकर...'

दद्दा की साँसें टँग गईं। माथे की झुर्रियाँ पसीने में डूब गईं। फिर भी वे नाई को कोठे में ले गए।

अम्मा ने अपने कान दीवार पर टाँग दिए। धीरज के कान भी झीने नहीं।

दद्दा खुलकर गिड़गिड़ा रहे थे, 'लड़के को दाग मत लगाओ। बट्टा बड़ी बुरी चीज होती है, आदमी मुफ्त भी नहीं लिया जाता। उसकी हालत वैसे ही अच्छी नहीं... माधोसिंह से कहना—समधी हुए हैं तो हमदर्दी भी बरतें। बेटीवाले की तरह अरज कर रहा हूँ, पगड़ी उनके पाँवों में डालकर...मेरे बेटे के चालचलन पर यकीन रखें,' दद्दा ने हाथ जोड़कर माथा झुका लिया।

नाई निर्भाव देखता रहा !

पिता का स्वर भिखारी से भी ज्यादा दयनीय, अम्मा की मिंची आँखों से पानी की धाराएँ...लिपा-पुता घर बहू के आने के इंतजार में खिल उठा था, आज विलाप कर रहा है।

थमी हुई आँखों से धीरज मुर्दे की तरह देखता रहा। पुत्र-गर्व से फूले पिता की उमंग रौंदकर जाने को तैयार खड़ा था नाई। कौन कहता है बेटी का बाप धरती का सबसे कमजोर आदमी होता है ? उसी का बाप पिसता है, जिसको समाज नोची नजर से देखे।

अम्मा सगाई में आई एक-एक चीज निकाल रही थीं—लौटाने के लिए। उसका मन हुआ कि दद्दा से कहे—गोली मार दो अपने बेटे को। संबंध तुम्हें तबाह कर रहा है।

होनेवाली पत्नी की तसवीर अम्मा ने मोंठ के बाजार में जड़वाकर बड़े चाव से टाँगी थी। यही तसवीर जेहन में जब न तब अल्मा बनकर प्रकट होती रही। आज धीरज पर थूक रही है।

दद्दा आँगन में आ गए और बोले, 'धीरज, वे चिट्ठियाँ नाई ठाकुर को दे दो, जो माधोसिंह की बेटी ने तुम्हें लिखी हैं।' दद्दा के शब्दों ने उसे नोंच डाला।

●●●

असली तूफान नाई के जाने के बाद आया। दद्दा के मुँह में जितनी गालियाँ थीं, सब छोड़ दीं। गालियों की बरसात !

धीरज कहाँ जाकर छिपे ? या पलटकर पिता पर पिल पड़े ? कभी ऐसा किया नहीं। कभी ऐसा हुआ नहीं। अम्मा जड़ हुई खम्भे की आड़ में खड़ी थीं, जैसे बाप बेटे के बीच वे कोई न हों। उनके हिसाब से दद्दा का गुस्सा माधोसिंह के ऊपर है, धीरज पर चालू हो गए !

दद्दा गालियाँ देकर इस कदर उकसाने लगे कि बेटा सहना ही छोड़ दे। यह दूसरी

बात है कि धीरज दाँत-होंठ कसे किसी तरह कोप को भींचे रहा।

'कबूतरी थी न वह ? रंडी। रंडी की इज्जत बचाने के लिए बाप की पगड़ी से खेल गया ? हरामी, तू मेरे अंश से पैदा नहीं।'

'दद्दा ! बस !' धीरज ने इतना ही कहा था कि पिता ने पाँव का जूता उतारा और अंधाधुंध पिल पड़े।

'साले, नरक के कीड़े, उस मंसाराम के लक्षण लेकर जन्मा है, सो खसिया कर डाला। भोग अब, और भाग जा यहाँ से करिया मुँह करके। निकल, निकल बेटीचो...उस मंसा की...'

अम्मा ततैया की खाई-सी नाचने लगीं। जैसे-तैसे दद्दा का हाथ पकड़ लिया।

धीरज के कपड़े फट गए। जूतों के आघात से सिर में आग जल रही थी। तभी देखा कि दद्दा ने अम्मा को सिर के बल पटक दिया, 'हरामिन, किसका मूत टाँगकर आ गई थी ? हमारे दादे-परदों के जनम में खाक बिछा दी।'

धीरज जल उठा। सहनशीलता जवाब दे गई। दीवार के पास कोने में कपड़कूटना रखा दिखाई दिया, लपककर उठा लिया। अम्मा लड़खड़ाती हुई धीरज के पाँवों से लिपट गईं।

दद्दा धमकी पर आ गए, 'अब इस घर में तू रहेगा या मैं !'

धीरज पसीने से भीगा हुआ था। अम्मा पास सरक आईं, समझाने लगीं—'तू गरमी मत खाना रे धीरज, तुझे मतारी का कौल। वे कह रहे हैं बेटा कि अब द्वारे बैठना गुनाह हो गया। वे तुझसे नहीं, खुद से खफा हैं कि इतना सब हो गया और लाचार से देखते रह गए। कोई कहीं नहीं जाएगा। माधोसिंह की रूपमती वे जिसको चाहें तिसको ब्याह दें। साल-दो साल में सब ठीक हो जाएगा। समय बदलेगा, तू सँभल जाएगा। भरी दुपहरिया में अपनी छाया भी छोटी हो जाती है। घबड़ाना मत।'

वह सारे संसार से कटकर अपने घर में आया था, अब यहाँ रहने की भी इच्छा नहीं...घर की दीवारें बारी-बारी थूक रही हैं। आँगन में भूचाल भरा है, धीरज जाए तो कहाँ जाए ?

सोलह

धीरज की खाली-खाली आँखों के पीछे दर्द है, दर्द से गुजर गए मंसाराम।

एक आसरा मंसाराम मामा का ठेका ! डायरी के रूप में आग का गोला उठाकर चला आया धीरज...कितना कुछ जलकर भस्म हो गया, कितना कुछ बच पाया है ? हाँ, मंसाराम कई दिन तक आँखें मिलाने से कतराते रहे।

ब्याह-शादी की बात टूट गई, अब तो कोई दूसरा ही ढोल गले में है, जिसे बजाना या नहीं बजाना उसके बस में नहीं, धीरज क्या सोच पाता है, क्या नहीं, उसे पता नहीं।

मंसाराम की आँखों में ममता हिलोरें लेती तो कभी करुणा छलक आती। कदमबाई के पास रोज साँझ के समय जाया करते थे, अब भूलने लगे। केहर से कह रहे थे—अब तो ऐसा हो गया है कि राणा कदमबाई को एक पल फुरसत नहीं लेने देता और मैं यहाँ धीरज को छोड़कर वहाँ जाने का मन नहीं बना पाता।

मंसाराम बोलने-बतियाने की कोशिश करते। ठेके पर रहनेवाले लडकों और आसपास जुड़ी दुकानों की कहानियाँ सुनाते। धीरज को सिर झुकाए रहने की आदत न पड़ जाए कहीं ? उन्होंने कहा था—तुम इस डायरी को कपड़ों के नीचे छिपाकर रख दो या मुझे दे दो, अब इसे कभी मत पढ़ना।

धीरज जान गया, मंसाराम मामा डायरी पढ़कर अजीब-सी स्थिति में आ गए हैं। हालाँकि उन्होंने किसी को कुछ नहीं बताया, फिर भी कह रहे थे—लगता है केहर भी सारा हवाल जान गया है। भीखम गोमता को भी पता चल गया है। करन तो जानता ही है। कदमबाई भी डायरी...नहीं, वह तो अनपढ़ है। मगर मुझे ऐसा क्यों लगता है कि पन्ने दर पन्ने सबके सामने खुले पड़े हैं।

धीरज ने कहा था—मामा, डायरी को छिपा दूँगा, पर अपने मन को कहाँ ले जाऊँ, हर दर्द चेहरे पर लिखा रहता है। चेहरा पढ़ना अनपढ़ों को भी आता है।

बेबसी में उसे रोना-सा आ गया।

●●●

लगभग डेढ़ महीने समझाने के बाद मंसाराम धीरज को ठेके से बाहर निकलकर घूमने-फिरने पर राजी कर पाए—तू बचा-बचा रहता है, पर ऐसे कब तक ? किससे बच रहा है ? उनसे, जिनकी लड़की को तूने अपनी जान पर खेलकर बचाया। उसे रिहा

किया। धीरज, हमें तो इन सबको बता देना चाहिए कि तू कौन है ? मंसाराम का निखालिस भानिज ही नहीं, सच्चा इंसान है। इनका मसीहा है।

धीरज से अपनी इतनी प्रशंसा सहन नहीं हो रही। बल्कि ज्यादा दुख होने लगा। ऐसा सपना सँजो लिया कि जिसका ढहना ही निश्चित था। सपने पूरे भी तो होते हैं। बहुत लोगों के होते हैं। वह अपने किए पर पछताता है, तब क्या बोले-बतियाए ? कम बोलना ही सकून देता है। अल्मा के प्रति जो कुछ सोचता था, धीरे-धीरे कम हो जाए, कि अपने लिए दया न उपजे।

...लेकिन मंसाराम का मानना था, पिता ने चिंता नहीं की, माँ अवश हैं, गाँव-मौहल्ले ने मखौल उड़ाया, होनेवाले ससुर ने पौरुष पर संदेह किया...धीरज में द्वेषभावना घर करती जा रही है।

कहने के लिए उन्होंने दूसरी बात ही कही—वज्र कलेजा लड़का आँखें झुकाकर क्यों रहे ? अरे तेरा तो सीना भिड़ा है बदमाशों से। सूरजभान की कैद और पृथ्वीपुर के जंगल में तूने शिवजी की तरह तांडव किया है। वह साला नेता बना फिरता है, समझ गया होगा कि किसकी मूँछों में हाथ डाला है। तुझे नींद नहीं आती तो वही कौन-सा सो पा रहा होगा। तेरा डमरू दिन-रात एक ही ताल पर बजता हुआ उन्हें चैन नहीं लगने देगा। निडर होकर सबका मुकाबला कर। अब कोई खा नहीं जाएगा।

●●●

कुनबी देवता ! लोग उसके पाँवों पर झुक आए।

कबूतरा-बस्ती में बात फैल गई। किसने फैलाई ? खुद मंसाराम ही नहीं छिपा पाए। सबसे पहले कदमबाई को बताया। ठेके पर आनेवाली मछला-गोरकी भी जान गईं। आग और बात फैलते कितनी देर लगती है ?—जैसे लछमनजू ने वनोवास में सीता मइया की रच्छ्या की, वैसे ही मंसाराम के भानिज ने राणा की दुलहन को बचाया।

—बचाया तो है कहाँ ? लापता, बेमालूम ! मलिया कहता है—लछमनजू की तरह नहीं, जटायु की तरह भिड़ गए धीरज बाबूजी और लहूलुहान हुए।

अल्मा प्रकरण उसके साथ-साथ चलता है। कुछ सूझता नहीं। गाँव के सहज सामान्य लड़कों से अलग एक जिंदगी...मन के बंधनों की दुनिया न्यारी...माँ-बाप-पत्नी और नाते-रिश्तेदारी से अलग छिटका हुआ कोई संबंध जब हठात् प्राणों से आ जुड़ता है तो ऐसी ही हालत होती है क्या ? सच में ही वह नौकरी करने गया था? गया था तो आम आदमी की तरह निभा क्यों नहीं पाया ? रस में विष क्यों घोल दिया ? यह उत्कट इच्छा कहाँ दबी थी, जो नए नाते बनाने पर उतर आई ? खुद से ही बातें करता हुआ क्या-क्या तो कर बैठा। अल्मा को साथी बनाकर आजादी के गीत गाने लगा ! आजादी को जिंदा रखना जरूरी है, अपने जीवन के मुकाबले अहं बात लगी थी। मगर आजादी ने किसको बख्शा है ?

मंसाराम ने संदेश दिया—कदमबाई बुलाती है तुम्हें।

नहीं। वह नहीं जाएगा। उस डेरे में जाकर तबियत खराब होने लगती है। अँधेरे कोने में उकड़ूँ बैठा राणा जब से देखा है, लगता है अपना ही भूत है। उसके लिए क्या कर सकता है धीरज ? इंसान के टूटते हुए सपनों को सँजोने में ही तो खुद कुचला गया। आत्महत्या कर लेता तो किसे बुलाती कदमबाई ? वह नहीं जानती कि जो दरिंदा नहीं हो पाता, वह पागल हो जाता है। इंसानियत और दरिंदगी के बीच की स्थिति पागलपन ...किस अस्पताल में इसका निदान है ? क्या बता दे कोई ? मंसाराम मामा सबकुछ समझकर भी अनजान क्यों बनते हैं ? उस बेज़ार माँ को आशा देकर ज्यादा से ज्यादा दुख देने की क्या तुक ? उसे जीवन-भर ऐसे ही रहना है।

धीरज पूरी तरह ढहने लगा। मामा के सारे उद्घोषों के लिए बहरा-गूँगा...

कपड़ों की निचली तह से अटैची खोलकर डायरी निकाल ली। एक बार फिर पढ़नी चाही। हादसा डरावनी चीज है, पर उससे वह बार-बार गुजरना चाहता है।

डायरी पढ़ते हुए मंसाराम ने देख लिया। उदासी भरी हँसी आ गई, बोले—विष का स्वाद चखनेवाला शिव...। पढ़। पढ़ लेना चाहिए। अगर आदमी पिछली जिंदगी जोड़कर न चले तो उसका जीवन केवल एक दिन की म्याद का रह जाए, बस आज भर का ! 'आज' बीते हुए कल का ही तो नतीजा है रे।

धीरज सोचता है, अपने मन की बात मामा को बताए या न बताए ? वे जितनी बड़ी आशा जोड़ रहे हैं, क्या उसके लायक वह है ? साफ कह देना होगा—मैंने कबूतरा-बस्ती में न जाने की प्रतिज्ञा कर ली है। राणा के पास जाकर दिल घबराने लगता है।...मगर कैसी उल्टी बात है कि वहीं जाने को बेचैन रहता हूँ। क्यों ? क्या इसलिए कि अल्मा उससे जुड़ी हुई थी ? राणा का पागलपन देखकर मन में करुणा जागती है। लगता है इस खत्म होते लड़के को किसी तरह बचा लूँ।...लेकिन उसी दम मन करुआ जाता है। यही तो है, जो अल्मा का दावेदार बना हुआ है। मैंने सूरजभान तक को उसकी जिंदगी का हकदार नहीं होने दिया था। नहीं, इसे इसी तरह...। जब उसकी माँ रोती है, मैं पिघल उठता हूँ। लगता है सीने से लगाकर कहूँ—मैं तुम्हारा बेटा, माँ। रोओ मत। ...लेकिन जब वह अल्मा को खोजने के लिए हाथ जोड़ती है तो पिघला हुआ मन जमने लगता है। होते-होते एकदम ठस्स ठोस हो जाता है और मैं जड़...। अल्मा का दुख मेरा है, केवल मेरा। ये लोग क्यों शामिल हो रहे हैं ? इन्होंने उसके लिए किया क्या है ? केवल बिरादरी के दम पर हक जमाए हुए हैं। नहींऽऽई...उसके मन में कोई चीखता है। चीख के कारण मन की कोमल पंखुड़ियाँ बुरी तरह फड़फड़ा उठती हैं। अल्मा अभी मिली नहीं, उसका अता-पता नहीं लेकिन छीने जाने की कई भयानक तसवीरें आँखों से गुजर गईं। उन तसवीरों के पीछे राणा का उदास और रोया हुआ चेहरा जड़ा है।

●●●

तीन महीने तक वह भयानक सपने देखता रहा। सपने में क्या तो बड़बड़ाता था—क्या मैं ही...नौकरी के लिए गाँव से गया अकेला लड़का था ? तकदीर ने मुझे किस कमजोर

परत से पकड़ लिया ? वह लड़की आकर क्यों बस गई मुझमें ? कि मैं ही समा गया उसके भीतर...गुँथा हुआ तन-मन ही तो रौंद डाला लोगों ने और मैं खून में नहाया, आज भी दौड़ा फिरता हूँ उसके पीछे...पीछे...पीछे...

मंसाराम बुदबुदाहट सुनते। घबराते।...लेकिन क्या कर सकते थे ? समय ही घावों को भरता है। उन्होंने सोच लिया। धीरे-धीरे वह लोगों से बातें करने लगा। यह आश्चर्य की बात नहीं थी क्योंकि उसके किए को सब लोग मान रहे थे और धीरज को अपने होने का अहसास होता जा रहा था।

धीरज में बदलाव आ रहा था अब।

वह राणा को देखता और सारी कमजोरी उतार फेंकता।

—मोंठ के लोग मुझे शरमाए-से देखा करते थे। एक-दूसरे के कान में कुछ कहते थे। मेरा मन छोटा करना चाहते थे ?...लेकिन क्या हो सका ? वे नहीं जानते कि मेरे मन में एक लड़की सकुचा रही है तो वीर पुरुष के रूप में भगवानदास माहौर लहरा रहे हैं। उस नायक का मुकाबला कौन कर सकता है ?

अब वह मोंठ जाता और अखबार लेकर आता।

पाँच महीने गुजरते न गुजरते तो यह हाल हो गया कि 'दैनिक जागरण', 'भास्कर', 'अमर उजाला', 'निधि मेल' जैसे अखबारों का पुलिंदा बाँधकर लौटता। आते ही कोठे में खटिया पर बैठकर अखबार सामने बिछा लेता। जहाँ-जहाँ लड़कियों के गुम होने और बरामद होने की खबरें होतीं, काट-काटकर रखता जाता।

धीरज अपने साथ डायरी में अपनी कथा भरकर लाया था, अब अल्मा की खोज में कतरनों से झोला भरने लगा।

जब कभी अजीब-सी तरंग में होता, विभोर-सा अंतरंग बातें करता।

—मामा, उस लड़की के हाथ में ऐसा जादू था कि सूरजभान का कैदखाना भी सजा-सहेजकर घर बना डाला। लगता था, हम वहाँ ही रहते आए हैं।

कदमबाई के रचे संसार से सम्मोहित मंसाराम जी भरकर मुस्कुराते जैसे कह रहे हों—खग जाने खग ही की भाषा...बेटा, तुम न भी बताओ तो भी मैं समझ रहा हूँ। वे धीरे-धीरे सिर हिलाते।

अल्मा धीरज की जिंदगी में जगह-जगह मोती की तरह गुँथी है। प्रेम की इस उत्कट आकांक्षा से मंसाराम डर भी जाते। राणा का क्या होगा ? अगर अल्मा मिल गई तो... ? आगे कुछ सोचने की हिम्मत न पड़ती। बस, एक ही बात आकार लेने लगती—कज्जा और कबूतराओं की जंग छिड़ी है। ठेका मुहाना बना हुआ है।

जाति-समाज से छिटक जानेवाला धीरज बीमार-मन राणा पर भारी पड़ेगा। मंसाराम का मन दोनों ओर तनता है। वे किसके प्रति अपनी आस्था रखें ?

मामा की दुविधा को धीरज जानता है कि नहीं ? अंदर से इतना सब होने के बावजूद ऊपरी तौर पर वे धीरज के मामा हैं। या अलग ही कोई ताल पकड़नेवाले राणा के पिता ?

कदमबाई को किसने बताया कि पढ़ा-लिखा लियाकतवर धीरज राणा का इलाज करा सकता है ? झाँसी से ग्वालियर तक ले जा सकता है। डाक्टर लोगों से जानकारी है। वह अल्मा को भी खोज निकालेगा। कदमबाई आगा-पीछा करती रहती है।

दुखियारी माँ !

इधर कुछ दिनों से वह कदमबाई के पास ज्यादा ही बैठने लगा है। दिलासा देता है कि वह संजीवनी लेकर ही आएगा, जिससे राणा के प्राणों में चैतन्य जागे। छोटी-मोटी कल्पनाओं से बनाई हुई कोई कहानी सुना देता है।

रात के समय लट्टू के प्रकाश में क्या-क्या लिखने लगता है ? किसी के आते ही लिखना बंद करके बातें करने लगेगा। उसका सामान्य होना कैसा सुखदायी है। मंसाराम के ठेके पर ठंडी हवा का आवागमन है। भीतर मीठी नींद का पहरा है। गहरी साँसों की आवाजें सकून देती हैं। सच में ही धीरज के भीतर की उथल-पुथल शांत हो गई ?

मंसाराम को विश्वास नहीं। उनके चलते अल्मा, राणा और धीरज के बीच में फँसी कड़ी कोई न कोई तूफान अवश्य उठाएगी। स्त्री, पुरुष की कितनी बड़ी कमजोरी होती है, उनसे ज्यादा इस बात को कौन जानता होगा और वही सबसे बड़ी ताकत बन जाती है, इस बात से भी इनकार नहीं किया जा सकता।

धीरज कहता है—मामा, राणा मुझे घूरता क्यों है ? क्या वह अल्मा के प्रति मेरी भावनाओं को जान गया है ? उसकी आँखों में जो भाव जमे हैं, उन्हें देखने में भी एक आनंद मिलता है। कभी-कभी कैसी खूँखार नजर ठहरी रहती है...देखा है तुमने ?

मंसाराम कटकर रह जाते हैं।

●●●

कबूतरा-बस्ती के लोगों से घिरा बैठा था धीरज। आठ महीने में यह हालत हो गई कि वह ठेके पर कम, बस्ती में ज्यादा रहता है।

जान देकर भी ऋण उतारनेवाले लोग !

नहीं, उसे अपने अहं को सहलानेवाले लोग अच्छे लग रहे हैं। बस्ती में प्रिय होते जाना लुभा रहा है। मान और अपमान आदमी को जिलाता और मारता है। अपने मूल्यवान और बेकीमत होने का अहसास ही आत्मा के जीवित रहने और डूबने का आधार है। मान मिले तो हिजड़ा भी पूरा पुरुष !

वह चौक में खटिया पर बैठा था। पाँव जमीन पर टिके हुए। कभी-कभी अधर में लटक जाते हैं। सरमन मुखिया से गौंती का कबूतरा कहकर गया है—क्या पता इसकी मिलीभगत हो। यहाँ हमारा हितू बनकर दिखा रहा है। रामसिंह की बेटी के संग रहकर जंग लड़ रहा था तो उसके संग अँधेरे में खुद भी क्यों नहीं कूदा ? कज्जा लोग तुमको जल्दी भरमा लेते हैं।

डेरे के लोग बैलों की तरह चुप बैठे रहे।

मलिया उखड़ पड़ा—कज्जा लोग ईमानदारी से हमारी मेहनत का एक-एक पैसा दे

रहे हैं। यह लड़का जान पर खेल गया, बस बच आया सो यहाँ बैठा है। हम-तुम यहीं रहकर गाल बजाते रहे। कबूतरापन की ढपली हाथ में लेकर कूदते हैं, मगर किया क्या ? अहसान तक उठाने की कूबत नहीं। जो हमारे लिए कुछ सोचे, वह दुश्मन, क्योंकि वह कज्जा है।

मंसाराम का भानिज...खुरदा और भजनी पास चले आए। सरमन की औरत खुद शर्मिंदा-सी है। सरमन को तीखी निगाहों से देखती है।

भजनी की बूढ़ी आँखों से दो आँसू बहे और धीरज के पाँव पर गिरे।

खुरदा ने हिम्मत करके उसका सिर छू लिया। सरमन की स्त्री की वत्सल आँखें और कदमबाई का धैर्य रखनेवाला विश्वास...

काश, वह पत्थर का होता। इस महिमा को भगवान भी कैसे सहन कर पाएगा। धीरज का द्वेष और अहंकार खंड-खंड हो रहा है। इसी को कहते हैं भक्तों के वश में होना ? उसका वश चलता तो कदमबाई के दुख के पहाड़ को उँगली पर उठा लेता। भले उस पहाड़ के नीचे खुद दब मरता।

वह अपने को वश में न रख सका, जाकर कदमबाई के दरवाजे खड़ा हो गया। माँ की आँखों में फिर आशा झिलमिलाई, धीरज चकाचौंध-सा देखता रह गया। पीले चेहरेवाला राणा किसी कागज पर नजरें गड़ाए हुए...अरे अखबार की कतरन है। कहाँ से आई ? उसकी नजरें भिड़ती हैं। अल्मा बीच में खड़ी है। दो रोगियों के बीच में निदान-सी !

उसने बारी-बारी लोगों की ओर देखा। आँखों में जो भी था, धीरज को सुखद लगा। वह अब इन सबका नेता है। बस्ती-भर के लोग उसके पीछे हैं। जो किया, उसे माननेवाले मौजूद हैं। उसकी नपुंसकता को उछालकर नीचा दिखानेवाले यहाँ नहीं। उसके मूल का पुरुष मुस्कुराया।

उसका मन हुआ, राणा को हँसाए। कदमबाई आनंद पाएगी। भजनी की मिचमिचाती आँखें पानी के बाहर आएँगी। खुरदा का वरदहस्त कमाल दिखाएगा। उमंगों-भरी लहरों पर बस्ती थिरकने लगेगी। धीरज रंग दे रहा है, लोग रच गए। नई कथा की शुरुआत होनेवाली है। काले पर्दे के भीतर से रंगबिरंगी गुड़ियाएँ निकलने लगीं।

शिव का तांडव ! डमरू लिए एक जोगी। घर-घर द्वार-द्वार राह-बाट...

दस महीने गुजर गए। धीरज कब बस्ती में रहता, कब ठेके पर और कब मोंठ झाँसी कि लखनऊ...कब ढाबे पर राणा के मन का खाना बँधवाता हुआ !

जिंदगी अल्मा के कदमों से चल रही थी। उसी को पाने की धुन में खोज लाने का जुनून।

●●●

यह जुलाई महीने की बात है।

धीरज की डायरी में आज भी समय दर्ज है। वह दस दिन से ज्यादा गायब रहा।

मंसाराम मामा ने डायरी न पढ़ी होती तो कल्पनाएँ इतनी खौफजदा न होतीं। धीरज की जिंदगी से कौन-कौन-सी विपदाएँ बँध सकती हैं, उन्होंने सब सोच डालीं। उन्हें डायरी डराने लगी।

भीखम गोमता और करन को कहाँ-कहाँ नहीं भेजा। चुपके से दो बार जोधा अमरा गया और निराश लौटा। पिता के सामने उनकी बेवकूफी का एक और उदाहरण रखा—अब क्या जवाब दोगे फूफा को ? अपने घर वे धीरज को लाख दर्जा पागल समझें, पर तुमसे अपना होनहार पूत मागेंगे। कहाँ से दोगे ? यह रुपया-पैसा की तरह उधार-सुधार लेकर पटनेवाला मामला नहीं और न यह कबूतराओं की बात है, जो तुम्हारे बुने मकड़ी के-से जाले में कैद रहे।

केहरसिंह को भी मंसाराम का रवइया रास नहीं आया, बोला—भाई, तू इन लड़कों को खेती में मन लगाने दे। राणा और धीरज दोनों पागल हैं। राम-रावण की तरह जंग मचाएँगे, सीता मइया मिलें तो सही। हमें भी तमाशा देखना है। और सुन, हमें खोई हुई औरत ढूँढ़ने का तजुरबा नहीं। इसके लिए करन और जोधा ही बहाल रहें, क्योंकि उनका सारा बचपन तेरी खुफियागीरी करते निकला है।

केहर स्वार्थी धंधेबाज आदमी। मंसाराम होंठ बिगाड़कर देखते रहे।

—कहीं जेल में बंद तो नहीं ? सूरजभान ने धर दबाया हो !—मंसारान की आशंकाएँ शूल की तरह उठ खड़ी होती हैं। चुनाव के समय पर्दाफाश न हो जाए, सभी नेताओं को डर रहता है।

—हाँ-हाँ ! क्यों नहीं ? बेटासिंह के नाम पर अब उसकी ही तसवीर थानों में जड़ी टँगी होगी। सी.आई.डी. का नया जत्था धीरजसिंह यादव के लिए ही तो मुकम्मल किया गया है।

—मखौल की बात छोड़ केहर। नेता लोगों से दुश्मनी राजाओं से बैर लेने के मुकाबले ज्यादा खतरनाक है।

यार, वह घाट-घाट का पानी पिया हुआ धीरज, तू उसके लिए चिंता कर रहा है ? साले बैलों को तो हर कोई बाँधता है, साँड़ों को डुरियाता तू ही देखा है।

मंसाराम की सारी देह झनझना गई। केहर जानते-बूझते भी कुछ नहीं समझना चाह रहा।

करन उसी समय घर से आया था। पिता को घबराते देख खुद भी गड़बड़ा गया। धीरज ने मामा से छिपाने के लिए जो कुछ बताया था, उसे खोल बैठा।

—सूरजभान धीरज भइया के वारंट निकलवा रहा है कि वह दातारनगर के दुर्जन कबूतरा की भतीजी को लेकर भागा है। भतीजी माने अल्मा।

गोमता ने बात काट दी—नहीं, वे कदम काकी से कह रहे थे कि सूरजभान का कारनामा खोलना है कि कैसे यह आदमी लड़कियों को उठवाता है।

केहरसिंह ने लड़कों की ओर ऐसे देखा, जैसे आदमी गधों की ओर देखता है।

—सालो, उल्लू की औलाद ! आज मुझे तुम्हारे खिलाने-पिलाने पर इतना ही दुख हो रहा है, जितना किसी लद्दू घोड़ा की खुराक पर खर्च करने पर न होता। वह साला धीरज यहाँ चला आया। मजनूँ की औलाद। सुस्त-उदास होकर हमें दिखाता है। छूत की बीमारी फैलाकर हमारे लड़कों को भी आलसी कर डाला। सूरजभान के मकान में बेकाम-धाम पड़ा रहा। डरता-सिकुड़ता रहा। अब कहता है कि प्रेम दिवाना हो गया। साले को इश्क की चाट लग गई है। मामा को नखरे दिखाता है, जैसे इसे ही इश्किया तजुरबे हों। इश्क में रो कौन नहीं सकता ? तब जानते जब जान हथेली पर धरकर सूरजभान के सामने खड़ा होता और अल्मा का हिसाब माँगता। अबकी बार उसके हाथ पड़ गया तो धीरजसिंह यादव न मर्द रहेंगे न औरत। क्योंकि वह जानता है कि ऐसे लड़कों की मर्दानगी कितनी देर की ?

मंसाराम कहने लगे—एक बार आ जाए, सीधा अमरा रवाना कर दूँगा।

तड़क-भड़क चल रही थी।

धीरज आ गया।

सब के सब एकदम चुप हो गए। उसके चेहरे पर नजरें गड़ा दीं।

हाथ में अखबार की पुंगी थी।

वह रुका नहीं, सीधा कोठे में गया।

सबने एक-दूसरे से निगाहों के जरिए कहा—शर्मिंदा-सा है।

तब तक वह तौलिया से पसीना पोंछता हुआ बाहर आ गया।

चिंता में है ? मंसाराम ने गौर से देखा। केहरसिंह ने आँखें फेर लीं। नाटक करता है।

लड़कों में जोश-सा आ गया। ठेका जाग उठा। फुल्लन ढाबेवाले ने वहीं से आवाज दी—धीरज बाबू, दालफ्राई भिजवाऊँ ? मुर्गा की बहार भी है।

—अभी नहीं। उसने तौलिया हाथ में लेकर हाँक लगाई।

ठेके पर अब तक चिंता की लपटें उठ-उठकर आसमान छू रही थीं। उसके सामने आते ही सबकुछ शांत-ठंडा हो गया।

नहाने और खाने से निपटकर वह सोना चाहता था।...लेकिन मन खजूर के पेड़ पर टँगा था, जिसे खुद भी नहीं छू सकता। कोठे में पड़ी खटिया पर ढह जाना चाहा। साथ ही मन में अपराध-बोध कि दो बूढ़े बाहर बैठे उसकी बाट जोह रहे हैं। और वह उनकी नजरों के तार तोड़ता हुआ सीधा चला आया है। रुक जाता तो क्या बता देता ? मन में ठुकी कीलों पर किस-किसकी तसवीरें टँगी हैं ? सूरजभान के साथ श्रीराम शास्त्री की तसवीर। दोनों के दोनों चिढ़ाते हुए...नेता-मंत्री ! वह रियाया के रूप में खड़ा है, लुटा-उजड़ा-सा...। दोनों हँसते हैं। हाथ जोड़कर मुस्कुराते हैं। वह अपने आत्मविश्वास को पकड़ता रह जाता है।

धीरज खटिया पर बैठे-बैठे लंबे साँस छोड़ता रहा। जीवन में खर्च की हुई ताकत कभी काम आएगी ? या ऐसे ही निराश-उदास बैठे-बैठे पूरा हो जाएगा ?

मंसाराम मामा भीतर आ गए। धीरज सँभलकर बैठ गया। बैठने की जगह दे दी। मामा का मन बात करने को अकुला रहा है।

—क्या अखबार में छप गया कुछ ? उन्होंने धीरज के चेहरे पर आँखें चिपका दीं। नजरों में भयानक जिज्ञासा। आँखों से उठते नुकीले-अनकहे कई सवाल। अपनापन सारे पर्दे फाड़े दे रहा है। जो छिपाकर रखना चाहता है, सो किसलिए ? एक दिन सबको मालूम होगा। अपनी जगह बैठा धीरज बेचैन हो रहा था। सामने विद्रूप दुनिया खड़ी है। दम घुट रहा है।

—छपा कुछ नहीं मामा। अभी छपेगा। उसने समझाकर कहा।

—क्या ?

—अल्मा और श्रीराम शास्त्री का ब्याह।

—ब्याह !—उन्होंने विश्वास नहीं किया। श्रीराम शास्त्री प्रदेश के मंत्री हैं। पहला जीवन कुछ भी रहा हो।

—मंत्री है, तभी तो यह करेगा। अल्मा को मोहरे की तरह इस्तेमाल...। उसके चुनाव-क्षेत्र में कितनी कबूतरा-बस्तियाँ हैं ? कितने वोटर हैं, नट-कलंदर और मोघियाओं के कितने डेरे हैं ? अल्मा को जीप-झंडी की तरह फहराता फिरेगा कि देखो मैंने शहीद होकर दिखा दिया ! मैं अब तुमसे अलग नहीं।

मंसाराम की आँखें फटी रह गईं। मुँह खुला हुआ।

इतने में केहरसिंह भी आ गया। बात पता चली तो उसने हँसी-मजाक में उड़ा दी—अल्मा का भाग्य। अब वह तुम्हारा और राणा का क्या अचार डालेगी ? रानी बनकर रहेगी। वैसे बरखुरदार यह शुभ समाचार, जलती हुई खबर कहाँ से मिली ?

—जहाँ से भी मिली हो।—उसके माथे पर बल आ गए।

—ऐसे तमाशे बहुत होते हैं। अखबारवाले चटखारे लेते रहते हैं।

—हरीसिंह वकील को जानते हो केहर मामा ? श्रीराम शास्त्री का कानूनी सलाहकार।

अब तीनों चुप बैठे थे। धीरज का चिड़चिड़ाया हुआ चेहरा सहन नहीं हो रहा। श्रीराम शास्त्री का सारा दोष वह केहर और मंसाराम में देख रहा है। बात करने से पहले लड़ने पर उतारू है।

इस अपमानजनक स्थिति में अड़े रहने की खातिर केहर हँसकर बोला—चलो, यह भी अच्छा हुआ, तुम्हारी भारत माता को जनता का सेवक ले गया।

धीरज ने निगाहों से तेजाब फेंका।

मंसाराम ने केहर का हाथ दबा दिया। और बोले—राणा तक यह बात नहीं जानी चाहिए। कदमबाई को मालूम न हो।

केहरसिंह ने फिर टाँग अड़ाई—यार, घबराने से कुछ सधेगा, राणा को पता क्या चलेगा ? होश में है ? अगर समझ भी जाए तो पागल से ज्यादा वह क्या हो जाएगा ?

मंसाराम ने केहरसिंह के चेहरे की ओर थोड़ी-सी सहानुभूति की आशा से देखा। वह क्रोधित हो उठा—बड़ी-बड़ी बातें करनेवाले छोटे से झटके से ही मुँह के बल गिर

जाएँगे, मैं जानता था। अब अकेला ही पलट ले पहाड़।—केहर ने सारी हमदर्दी पोंछ डाली।

धीरज का मुँह भी थोड़ा छोटा हो गया। आत्मविश्वास डगमगाने लगा। चेहरे पर आँधी-सी चलने लगी।

●●●

रात में नींद नहीं आई, अल्मा नववधू बनी खड़ी थी।

खटिया पर लेटा-लेटा धीरज एड़ियाँ रगड़ता रहा। अल्मा के शरीर पर कीमती गहने, रेशमी कपड़े। साथ में खड़ा राजा। हवन कुंड की आग और प्रदक्षिणा।

वह आँखें गड़ाकर कोठे में भरे अँधेरे को भेदने की कोशिश करता है। सुरंग के पार तक चली जाती है नजर। रोशनी मगर नहीं खुलती। काले पर्दे पर अल्मा और श्रीराम शास्त्री की तसवीर के अलावा कुछ उभरता नहीं। टकटकी लगाकर थक गया। क्यों इनकी ओर देख रहा है ? ये ही हमला करनेवाले हैं। वह किसी को बचा नहीं पाएगा, खुद को भी नहीं। जो अधूरा रह गया, वह कभी पूरा नहीं होगा।

धीरज दिनभर कोठे में पड़ा रहता। सप्ताह भर निराशा के गर्त में डूबा रहा।

...लेकिन अखबार में कुछ भी छपकर नहीं आया।

केहरसिंह बोला—देखा ? यह लड़का दुनिया को बेवकूफ समझता है, जबकि साले में धेले की अकल नहीं।

धीरज के पास सचमुच कोई जवाब नहीं था। वह चुपचाप केहर के सामने बैठा रहा। अपमान के आवेग को दबा गया। मन ही मन निश्चय किया—खर्चा किसी से नहीं लेगा। पैसे देकर लोग आँख-कान-जबान के साथ प्राणों तक को खरीद लेते हैं। उसका सुना-कहा-देखा सब गलत, इसलिए जिंदगी गलत।

2 अगस्त के दिन दैनिक 'जागृति' में झाँसी-समाचारवाले पन्ने पर सबसे ऊपर छपा—स्वतंत्रता दिवस के पावन पर्व पर प्रदेश के समाज कल्याण मंत्री श्रीराम शास्त्री झाँसी आ रहे हैं। झंडारोहण उन्हीं के हाथों होगा। बाद में वे झाँसी की जनता को किले के मैदान में संबोधित करेंगे। आप सभी आमंत्रित हैं।

●●●

जहाँ चाह, तहाँ राह ! इस बात को हरीसिंह वकील हमेशा कहता है। सच हुई न ?

धीरज ने अल्मा से भेंट की !

कौन मानेगा ? सरकिट हाउस चारों ओर से हथियारबंद सिपाहियों ने घेर रखा है। चिड़िया भी पंख फड़फड़ाती है तो सैनिक लोग तुरंत फायर करते हैं—धाँय-धाँय-धाँय ! मंत्रीजी के यात्रा खर्च में बहुत कुछ शामिल है। कमांडो लोग चिड़िया-तोता से लगाकर चींटी-मक्खी तक की नीयत ताड़ते रहते हैं, क्योंकि उनको ट्रेनिंग में बताया जाता है कि मंत्री लोगों के हत्यारे धरती पर ही नहीं, हवा-पानी के जीव-जंतुओं में भी होते हैं।

हत्यारे ! यहाँ कहाँ से आए ? यहाँ तो श्रीराम शास्त्री द्वारा की गई हत्या-डकैतियों को ही आज तक याद किया जाता है और चम्बल के डाकुओं से तुलना करते हुए अनेक वीरोचित कहानियाँ प्रचारित होती हैं। समर्पण के पहले मन्नू मिठिया की दुकान पर आधा किलो बरफी खाकर उठनेवाले ने कहा—हिसाब लिखते जाना, हम श्रीराम, लुक्का डाकू के शागिर्द। नहीं, जेब से दस का नोट निकालकर दिया था, कहा—बीस रुपए किलो से ज्यादा बेचा तो...अभी हमने समर्पण नहीं किया है।...रास्ते में दुल्हन की पालकी रुकवाकर गले की जंजीर आँचल में डाल दी—हम हैं श्रीराम। कहारों ने घबराकर पालकी पटक दी। बेचारी दुल्हन आज तक लंगड़ी है। पति छोड़ रहा था, पर छोड़े कैसे ? कानों में आवाज गूँजती—हम हैं श्रीराम।

अपने चुनाव-क्षेत्र में दौरा करनेवाले श्रीराम शास्त्री अब डाकू की नहीं, नेता की हैसियत से निकले हैं। पैदल चलते हैं। मौका लगे तो जूता भी उतार लेते हैं। सादा, साधारण, माटी-धूल का भक्त आदमी।

कहते हैं कि धीरज को दरबानों ने फाटक पर रोक दिया, मंत्रीजी ने खुद पुकारा—आइए धीरज बाबू ! आप तो चमत्कारी आदमी हैं। कितने करिश्मे सुन चुके हैं।

गप !

गप नहीं होती हर बात। धीरज का जिगरी दोस्त हरीसिंह वकील पहले श्रीराम शास्त्री की जितनी जड़ खोदता था, अब उतनी ही घनिष्ठता रखता है। पहल श्रीराम शास्त्री ने ही की। हरीसिंह का गाँव खैलार उनके चुनाव-क्षेत्र का केंद्र है। बाँकेलाल रसोइया खैलार गाँव का है। सरकिट हाउस के कर्मचारियों के केस हरीसिंह मुफ्त में लड़ता है। कर्मचारियों के हाथ में अफसर-नेताओं के शरीरों के अंग-प्रत्यंग रहते हैं।

बस, पहरेदारों ने सिर्फ इतना पूछा—आप कहाँ के हैं ?

—ग्राम खैलार।

ग्राम खैलार को कौन नहीं जानता ? बी.एच.ई.एल. का विशाल प्लांट जहाँ लगा हुआ है। पहाड़ को काटकर बनाए गए आलीशान भवन। पथरीली जमीन को बड़े-बड़े ट्रैक्टरों से जोतकर लगाई गई मखमली घास। वंध्या धरती का अद्भुत मातृकरण ! पेड़ फूल फल फसल पानी और बिजली से महमहाती खैलार भूमि। क्षेत्र के विधायकों की कृपादृष्टि।

नहीं, हरीसिंह वकील की चुनौतियाँ। जिद। हठ।

बस, स्वागत रजिस्टर में भी लिखा रहता है—जो खैलार गाँव से आए, वह सरकिट हाउस का मेहमान। पचास हजार से ज्यादा आबादीवाला गाँव। बी.एच.ई.एल. के कर्मचारी और अफसर अलग।

धीरज को अल्मा तक पहुँचाना हरीसिंह के बाएँ हाथ का काम है।

अपना-अपना भाग्य !

नहीं, हरीसिंह का खरापन। श्रीराम शास्त्री कोई भी गलत कदम उठाएँगे, पछाड़

दिए जाएँगे। जनता के एक वोट में सैकड़ों मंत्रियों को गिराने की ताकत है। खैलार के लोग जानते हैं इस बात को। जो नहीं जानते उन्हें मंत्री सांसद विधायक और अफसर बाबू लोग धोते-पीटते और निचोड़ते रहते हैं।

अपना-अपना भाग्य !

अब कोई बताए कि अल्मा से मिलना क्या कठिन था ?

नहीं मिलने देते तो हरीसिंह अनशन करने को तैयार था। बात लंबी खिंच जाती, मामला खटाई में पड़ जाता सो कड़ाई नहीं बरती। कानूनी सलाहकार का डर भी कानूनी !

कहते हैं कि मंत्रीजी ने संग बैठकर चाय-नाश्ता किया ! नमकीन काजू किशमिश और मिठाइयों की प्लेटों से मेज भर दी !

क्षेत्र की बात। चाय का प्याला खत्म होते ही फिर चाय। डाकू आदमी। क्षेत्र के लोगों की खुराक जानता है। ऊपर से दरियादिल।

सारा जिम्मा रसोइया ने उठा रखा था। हरीसिंह के गठरी भर ऋण लादे बैठा है। मुकदमेवाले लोगों से हजारों लिए, अपना काम चलाया। चलो आज मय सूद के चुकाने का मौका पा गया। ईमानदारी का मौका मिले तो कौन-सा आदमी बेईमान होना चाहता है ?

धीरज ने हरीसिंह को अपना दिल खोलकर दिखा दिया—मैं अल्मा से मिले बिना नहीं...जरूरी बातें कहनी हैं। मैं मड़ोरा खुर्द की कबूतरा-बस्ती में वादा देकर आया हूँ। पता लगाकर रहूँगा। यार...उसके गम में एक लड़का...बस पूछ मत। अपना फर्ज अदा करूँगा, लगेगा मेरी जिंदगी सफल हो गई। सच पूछे तो इन नेता लोगों के आनंदलोक में सेंध लगाना ही अब मेरे जीवन का लक्ष्य बन गया है। अभी तक तो खेत बेचकर रिश्वत भरी। नौकरी नहीं मिली, रोकर रह गया। सूरजभान के दरवाजे पर कुत्ते की तरह पड़ा रहा। गुंडों के हाथों औरत की तरह इज्जत लुटाई। जलालत सहकर जिंदा रहा। सारा दुख पी गया। उसी दुख से आज मेरा बदन अंदर ही अंदर नीला पड़ गया है। तब न गुस्सा आई न शर्म और न मौत। आज तीनों सिर पर नाच रही हैं। तेरे पास भी इस डर से नहीं आया कि तू मुझे गलत ठहराकर जलील न करे। अब उस जलालत को जलाने के लिए आग बाँध लाया हूँ। याद कर, हम लोग भगवानदास माहौर की वीर-गाथाओं के दीवाने थे।

हरीसिंह ने धीरज के कंधे पर हाथ धरकर दोस्ती का वादा दिया।

—जो होगा, देखा जाएगा। भरोसा कर।

—सुनते हैं, अल्मा कड़े पहरे में है।—धीरज ने पूछा।

—हाँ, वह है संतोले डाकू। साला बूढ़ा हो रहा है, तरेर जवानों जैसी है। दिन काट रहा है। इत्मीनान रख, सिपाही, डाकू और ये कमांडो साले सब डराने का बिल्ला लगाए हुए इसलिए घूमते हैं कि इनसे कोई डरता नहीं। अपना बाँके ही पछाड़ देगा। आजकल सादा सरकारी कर्मचारी सबसे ज्यादा खूँखार होते हैं। फिकर मत कर।

—कुछ बातें और सुन ले, तुझे तसल्ली हो जाएगी—श्रीराम शास्त्री क्या अल्मा को कंठी में लटकाए फिरता है ? कभी तो वह अकेली मिलेगी ? चुनाव सिर पर आ रहा है, अल्मा उसे वोटों से ज्यादा प्यारी नहीं। नेता लोगों को वोटों से ज्यादा प्यारा कुछ नहीं होता। और हमारे गाँव के वोटरों की संख्या ही पचास हजार है, इलाके में नहीं है इतना बड़ा गाँव। श्रीराम शास्त्री जानते हैं कि खैलार के लोगों के मन में हरीसिंह की क्या तसवीर है।

धीरज ने हरीसिंह को बड़ी आशा से देखा।

—तेरे लिए वह लड़की अनमोल है तो जरूरी है कि श्रीराम शास्त्री भी डिब्बी में छिपाकर रखे। रखेगा तो भी कभी हवा लगाने तो निकालेगा। अपना बाँके पूरा बाँके बिहारी है, उसका इशारा समझे रहना, बस। तू घबरा मत, सरकिट हाउस में तमाम सुरंगें और सूराख हैं जिनकी बाहरी आदमियों को हवा तक नहीं। एक बात और ध्यान रख, श्रीराम शास्त्री बेरोजगार धीरज नहीं, प्रदेश सरकार में समाज कल्याण मंत्री है। कितनी ही शीलवती कलावती उसके पीछे...मंत्री की माया क्या होती है ? लोग उसे ईश्वर की लीला समझते हैं। सत्ता के आगे सब नतमस्तक।

●●●

अल्मा !

आज धीरज मिलकर मानेगा। मंत्रीजी भी यहाँ नहीं, खैलार गए हैं। पचास हजार वोटरों का मामला है। धीरज को पता है, वे जल्दी लौटकर आनेवाले नहीं। हरीसिंह के गाँव में जमकर स्वागत होगा। सब लोगों को पंद्रह अगस्त के झंडारोहण के लिए न्यौता जाएगा। इसे कहते हैं जनता का सच्चा सेवक। मंत्री बनकर जरा भी गुमान नहीं। पेशाब भी दीवार के पिछवाड़े बैठकर कर लेता है। हाँ भाई, बीहड़ जंगल में घूमा-फिरा आदमी जंगली की तरह मजे से रह सकता है। धीरज बेसुध कि अपनी धुन में सरकिट हाउस की ओर चला जा रहा है।

अरे बाप ! एकदम सीटियाँ बजने लगीं। इतने सारे सिपाही उसके लिए शोर मचाने लगे। बंदूक छूटेंगी क्या अब ? हरीसिंह तो कहता था निष्कंटक रास्ता है, मगर यहाँ तो बिगुल बज गया !

—कुछ नहीं, कुछ नहीं। सिपाही लोग दुश्मन के आ जाने पर सावधान होने की प्रैक्टिस कर रहे थे।—सामने रसोइया खड़ा मुस्कुरा रहा है। बाँकेलाल !

—आओ। भीतर आओ।—रसोइया में गजब की हिम्मत है। सिपाहियों को धता बता रहा है।

—चले आओ, एकदम पीछे-पीछे।—वह धीरज को भी साहस देने का साहस रखता है।

डी.एम. के बंगले का पिछवाड़ा ! यहाँ सवाल करनेवाला भी घबरा जाएगा।

एक स्त्री खड़ी है। झाड़ी की ओट लेकर। झाड़ी दीवार से ज्यादा मजबूत होती है।

अल्मा !

पास आने पर तसवीर और भी साफ हुई। एकदम ही बदल गई ! फिल्मी पोस्टर में छपी लड़की। लाल छींटदार रेशमी साड़ी और सफेद ब्लाउज। चिकना मुँह-माथा। पहले के मुकाबले रंग निखरा हुआ। देह भरी-भरी-सी। बाल कटे हुए !

धीरज की आँखें उठ नहीं रहीं कि पहचान नहीं बना पा रहा ?

—बाबूजी !—अल्मा उदासी की छाया में मुस्कुराती है।

सरकिट हाउस का रसोइया कहता है—पाँच-सात मिनट में कह-सुन लो। और हमारा हिसाब कर दो। धीरज पगला-सा देखता है। अल्मा के चेहरे पर छटपटाहट है।

धीरज ने तुरंत सौ का नोट दिया बाँकेलाल को।

साथ ही अल्मा के हाथ में एक पर्चा पकड़ा दिया। जहाँ डर हो, जल्दी हो, दुख हो वहाँ जुबान कितना काम करेगी ?

पाँच मिनट तो एक-दूसरे को देखने में, पुराने चिह्न खोजने में ही खर्च हो गए।

शरीर काँप रहा था, उस पर भी अपना जोर कहाँ था। वह चकित गिलहरी-सी...

अल्मा की नजर देखते-देखते ही डबडबा आई। आँसू घूँटने में भी तो कितना समय लग गया ! मोहलत में मिला समय कितना छोटा पड़ जाता है ! ऊपर से धीरज का दिल उमड़ा चला आ रहा है। बाँह फैलाकर सीने से लगाकर सारे दुख भूल जाए वह—अल्मा आओ, छाती से लग जाओ। भीतर से कैसी कंठफोड़ पुकार उठती है, समय की हद पर आकर सिर पटक देती है, पछाड़ खाकर गिर जाती है।

दिल में जो जमा था, जमा ही रह गया।

वह भरी आँखों को बरसने से रोक नहीं पा रही। धीरज अपनी बाँहों को फैलाने की कोशिश में हार रहा था। दूसरे की दुनिया, दूसरे की धरती पर खड़े होकर अपनी बात कैसे कहे कोई ? कैसे कह सकता है ? बस हड़बड़ी है। जल्दबाजी। धीरज जितना ठहराव चाहता है, उसे उतना ही बिखराव मिलता है ! मिलने का न आश्चर्य, न खुशी ! न उत्साह, न उल्लास...। सबकुछ समय की सँकरी संसी ने जकड़ लिया। धीरज, चलते-चलते इतना कहता आया—अपमान हुआ, उसी पर मुग्ध...यहाँ तक चला आया। अपमान बड़ी ताकत पैदा कर देता है अल्मा !

हरीसिंह ने सच कहा था—कैसा मौका, कैसी बात ! जो कहना है, जो बहुत जरूरी है, एक पुर्जे पर लिख लेना। जैसे पर्चा पकड़ा देते हैं एक कैदी को, जैसे पर्चा पकड़ा देते हैं प्रेमिका को, जैसे पर्चा पकड़ा देते हैं किसी नितांत अपने को। पर्चा नहीं, वह तुम होते हो। हरीसिंह की प्रत्युत्पन्न मति !

अल्मा चुपचाप पर्चे को हथेलियों के बीच दबाए चली गई, जैसे कागज कोई जीवित फूल हो, या कि जिंदा चिनगारी ! उसकी आँखों में एक पल को नरमाई आई और दूसरे पल लपट-सी उठी। अल्मा को जितनी देर धीरज ने देखा, लगा वह पानी और आग के खेल पर है।

—आगे कब मिलना होगा ? धीरज ने चलते-चलते जानना चाहा था।

—पंद्रह तारीख तक यहाँ हूँ, अभी चार दिन हैं।

—मैं आऊँगा। फिर आऊँगा।

—इसी आदमी से मिलना, बस। बाँकेलाल।

—जो तुम कहो...

—धीरज बाबूजी...जाते हुए धीरज की पीठ पर अल्मा की साँसें चिपकी चली आईं, कि आवाज ? उसे ऐसा ही लगा, बिलकुल ऐसा कि जैसे वह पुकार रही है।

सत्रह

अल्मा !

शेडिड लैंप की रोशनी में कागज के अक्षर चमक उठे। अल्मा छिपाकर पत्र पढ़ती है—

—मैं इस समय मड़ोरा खुर्द से आया हूँ। याद है न मड़ोरा खुर्द ?

अल्मा का कलेजा धड़क उठा। नाक और होंठों के आसपास ताप-सा फैलने लगा।

—राणा...याद होगा। उसकी हालत अच्छी नहीं। तुम्हें याद करता है, किस कदर करता है, यह तो देखकर ही पता लगता है। क्या बताऊँ ? छिपाऊँ भी कैसे ? लगता है मेरे और तुम्हारे संजोग कुछ इस तरह जुड़े हैं कि तुम्हें मुश्किलों के बीच से ज्यादा मुश्किलों में धकेल दूँ ! नहीं तो आज फिर से यह बानक क्यों बनता ?

वह कैसा था, कैसा हो गया...लोग कहते हैं तबाह हो गया। कबूतरा के बेटे की तबाही ? दुनिया बदल डालने के सपने, अकेले ही पहाड़ उठाने के हौसले जुटाकर कहीं पिछड़ने लगा, मुजरिम होता गया। अपने स्वयं का अपराधी। नाकामयाबी को अपनी गलतियों में शुमार करता गया और खुद के लिए सजाएँ मुकर्रर कर लीं। रेशे-रेश टूटा, लम्हे-लम्हे होश खोता गया, हालाँकि न नशे में डूबा न घर त्यागा लेकिन संसार का अर्थ भूल गया। सुखी है या दुखी ? मौत के कगार पर खड़े नवयुवक की पगलाई हँसी मड़ोरा खुर्द के डेरों से उठती हुई ठेके पर छा जाती है। अपने आपको तोड़ती हुई जीवन की काँटेदार कड़ी...राणा खत्म होने पर तुला है।

धीरज...अल्मा तुम्हारे साथ अपने संकट, अपनी हया-शर्म, अपने दिलेर मंसूबे बाँटता रहा, मगर अभी बाँटने को कितना कुछ बाकी है। यहाँ तक आई हो, मड़ोरा खुर्द तक पहुँचने की कोशिश करना। कदमबाई राह देखती है, उसने सुन लिया है कि कोई अल्मा आसपास ही है, वह अपनी अल्मा ही हो।

तुम्हारा—धीरज

कागज पर कबूतरा-बस्ती बसी है। राणा, कदम काकी, भजनी, भीखम गोमता, मलिया और करन...मंसाराम काका साथ खड़े हैं। राणा की आँखों के जरिए देखे हुए सब याद आ गए। हिलती धरती और घूमते हुए आकाश पर इतने लोग...सँभाल नहीं पाए राणा को ? समझा था कि सगाई टूट गई, रिश्ता छूट गया। अपराधी बाप की कायर बेटी दुर्जन के हाथ बिक गई ! तुम नहीं आए, याद आते रहे।

दुख की हद पर खड़ी करके भागता हुआ राणा...अल्मा कागज पर आँसू गिरा रही है। दुख की हद ही तो थी, खाई तो नहीं...मैं जिंदा रही राणा। जिंदा हूँ। दुनिया बड़ी छोटी है, कहाँ से छूटे-बिछुड़े कहाँ आ मिले ! तुम कमजोर पड़ने लगे ? मेरी इस सख्त जान में से कुछ बाँट लो। बप्पा की मौत के बाद...उसी दिन आँसुओं के साथ सारी कमजोरियाँ धुल गईं। कंधों पर सूखा ठोस वजन आ लदा। तुम्हारी यादों में उलझा मन खींचना पड़ा, असल में चाह जैसी चीज पिता की चिता में जलकर भस्म हो गई, कुछ बचा नहीं...मौत ने रोशनी-सी कर दी। सारे संसार की असलियत सामने थी। असली-नकली बंधन खुलते-टूटते दिखाई दे रहे थे।

दुख ने आजादी दे दी और समय ने रास्ते बना डाले। सुनसान में घिरे हुए बीहड़ रास्ते। शर्म-हया त्यागकर आगे बढ़ो, नहीं तो खत्म हो जाओ। जिंदगी जहाँ दिखी, उसी ओर भागी।

मैं रीती खाली...नहीं, द्वार से निकलते समय तुम्हारा दिया धक्का धड़कनों से बँधा था जो कभी प्यार बनता, कभी बदले की भावना। वह अपमान तुम्हारा पीछा करता रहा कि मैं तुम्हारे इंतजार में पलकें बिछाए रही ? आज धीरज की चिट्ठी ने यह बात साफ कर दी कि मेरे नाम का बंधन तुम तोड़ नहीं पाए। त्याग गए, भाग गए पर अपने अधिकार को लेकर घुटते रहे। कुढ़न भरे रास्ते की ओर तुम न मुड़ जाओ मैं इसी बात से डरती थी। आखिर अपनी तकलीफों से छुटकारा पाने को यह अँधेरा रास्ता तलाश लिया ! काश, आकर कुछ दुख-तकलीफें बाँट लेते...कंधे पर सिर रखकर रो लेते, रोने देते !

राणा ! आँसुओं को हिम्मत कह लो या ताकत ? जब ये बाहर आते हैं, अल्मा आगे बढ़ती जाती है। आँसुओं की धुँधलाहट के पार तुम दिखते हो। दुबली काया और फटी-फटी आँखें...धीरज की दिखाई तसवीर पर भरोसा नहीं होता, फिर भी दुख लगता है। कागज का लिखा मेंटना भी तो मेरे बस का नहीं...अपने कानों से सुनती, आँखें से देखती, खुद को यह मानकर झुठला देती कि मेरा तन-मन काबू में नहीं।

कागज के रूप में मैं तुम्हें छू रही हूँ राणा। खोया साथी मिल गया सो आनंद मे रो रही हूँ। मान किया कि अभिमान किया, जो भी था उससे बिछोह के दर्द को साधे रही। तुमको कोसकर, इलजाम देकर खुद जलकर खत्म होने से बची रही। तुमने वह ताकत क्यों छोड़ दी राणा ? इतना विश्वास क्यों किया था अल्मा पर कि खुद टूटते चले गए।

भगवान ! अल्मा की सिसकियों ने ईश्वर को पुकारा।

सब तरफ से निराश-हताश, अनदेखी-अनजानी ताकत को गुहारकर अपना कलेजा दिखाना चाहती है। अन्तर्यामी न होता कोई तो जीने का भरोसा गँवा बैठती। कोई अज्ञात आँखें उसके दिल में पड़ी दरारें देख रही हैं। वे आँखें दया का सागर हैं, इंसाफ के पलड़े हैं, ताकत के दीपक जल रहे हैं।

बप्पा ! तुमने जिन भगवानों को घर में सजाया था, आँखें मूँदकर मैंने उन्हीं के

उँगली थमा दी। मुसीबतों से नहीं, आत्महत्या से बचना चाहती हूँ, क्योंकि लगता है, अब जिंदगी का कोई मतलब नहीं।

ईश्वर का सहारा मान लेने से मन बदल जाता है। आशा-सी जागती है और दिल पुकार उठता है—लौट आओ राणाऽऽ...। मुझे कुछ नहीं चाहिए। देखो, मन में भगवान जागा है ! हम जिंदा रहेंगे। बप्पा की तरह मरने से बचेंगे। ऐसी ताकत जुटाएँगे कि हमें कोई मार नहीं पाएगा। अब हम ईश्वर के सहारे हैं और वह हमारी रक्षा में हाथ उठाए हुए है, क्योंकि दुनिया में अपना दूसरा सहायक नहीं...

ऐसी ही किन्हीं स्थितियों में दुर्जन के घर चली गई थी। आदमी से आदमी का कौल था कि जल्दी ही गोरामछिया लौटा दी जाऊँगी। जानती भी थी कि ऐसा नहीं हो पाएगा, लेकिन कुछ बोली नहीं। समय ही ऐसा था, बोलती तो बप्पा की राह में बाधा बनती। फिर संतान का धर्म और प्रेम क्या होता ? नहीं, बप्पा की ममता ने मार डाला। उनकी ही बात याद आई—जरूरत पड़े तो अपनी मौत की भी बात सोचो क्योंकि उसमें कहीं न कहीं जिंदगी के आसार होते हैं। मैं जिंदगी के पीछे थी राणा।

बप्पा का कसूर भी क्या ? पिता के हक पर खड़े रहे। अपनी बेटी के लिए अच्छे से अच्छा हिफाजत भरा घर ढूँढ़ा था। राजा गंधर्वसेन और रतनसेन की कथा सुनाने वाले बप्पा ने नहीं सोचा कि दुर्जन ही राघव चेतन बनकर अपने गढ़ का सौदा कर आएगा क्योंकि उसके गढ़ में अल्मा नाम की लड़की कैद है।

पद्मिनी अनिंद्य सुंदरी थी, बप्पा कहते थे। अल्मा ऐसी ही होती तो उसका राणा त्याग छोड़कर क्यों भागता ? राजा तोता-पंडुकों के कहे पद्मिनी के प्यार में जोगी हो गया, मेरा राणा अंग से अंग लगाकर भी लगाव नहीं रख पाया ! मन से मन रचाकर भी नहीं बौराया। कैसा जोगी मन था उसका ? जोग भी तो लौ की माया है।

अकेली अल्मा ! बप्पा के पास धमकियों भरे पत्रों के अम्बार। इंतजाम का हुक्म।

धन का लोभी दरोगा, जिंदगी का लोभी बेटासिंह यमराज की तरह बप्पा के प्राणों के पीछे पड़ गए। हम नादान उन्हें खातिरदारी और सेवादारी से खुश करना चाहते थे। बप्पा को इतिहास याद आता था, अपने पुरखों का इतिहास, रतनसेन की कथा... अलाउद्दीन को भरमाने के वास्ते कुछ...। बेटासिंह ने सुलतान की तरह पद्मिनी को आदमकद शीशे में देख लिया कि झाईं-परछाई से भाँप लिया ?

सालों से छाया पड़ रहा था, इतने सालों से कि चौरे में लगाई तुलसी बड़ी हो गई।

बप्पा सुनाया करते थे—

राजा रतनसेन ने सोचा—मैं अर्जुन, मैं विक्रमादित्य ! मेरी पद्मिनी कौन ले सकता है ? आँख उठाएगा, आँख निकाल लूँगा। हाथ बढ़ाएगा, हाथ काट दूँगा। चित्तौड़ अंगारों की तरह दहक रही है। पापी सुलतान जल जाएगा।

यकायक युद्ध के नगाड़े बज उठे। नक्कारों पर चोट पड़ी। हाथी चिंघाड़े, घोड़ों की टापों से धूल उड़ी कि आसमान धुँधला हो गया। धरती काँप उठी।

धरती और आकाश की जंग ! सुलतान बड़ा या राजा ? अल्मा सोच रही थी—बप्पा

बहादुर हैं, बहुत ताकतवर। संकटों से जूझे हैं। पार उतरे हैं। घबराना कैसा ? कभी कच्चे पड़े तो अपनी बेटी की खातिर। सिर्फ इसलिए कि चील की तरह अपने बच्चे को कमजोर माँ बनकर दूध पिलाना था। तब तक पोसना था जब तक कि बेटी चील की तरह उड़ना न सीख ले।

बप्पा अभी पक्के ही हो रहे थे कि बाज ने झपट्टा मारा।

हमले पर हमला ! सारा कुछ उलट-पुलट हो गया। बप्पा के आगे अब अँधेरा था। यादों में जौहर व्रत बिजली-सा कड़का, जिसमें सैनिक सिपाही और प्रजा जल मरते हैं।

—बिटिया, हम कठिन घड़ी में हैं।

—ये हारी-हारी बातें ! बप्पा की गुहार ? कंधे झुका दिए ? दुर्जन काका, सच्ची बताओ बप्पा ने क्या कहा ?

—बेटासिंह थोड़े दिन को चुप पड़ गया है। अब चिंता नहीं क्योंकि जंगल छाने जा रहे हैं। डाकू अभियान जोरों पर है।

—बप्पा ! सुलतान की दिल्ली ऐसे ही उजड़ी थी न ? वह वापस हो रहा है क्योंकि उसकी दिल्ली में घास नहीं, बड़े-बड़े बबूल उग आए हैं।

...लेकिन छल और बल का मिला-जुला खेल !

राजा रतनसेन बंदी बना लिए गए थे, बप्पा पूरे हुए। पद्मिनी की कथा चलती रही...पिता की लाश पर, उनकी मौत पर, दाहकर्म पर पुलिस का कब्जा था, सूरत देखने को न मिली। दुर्जन के बंद कोठे में दीवारों से सिर फोड़ती अल्मा गालियाँ खाती रही।

बप्पा कहते थे, मौत पर रोना नहीं, प्रार्थना करनी चाहिए। अल्मा के कलेजे पर लिखी प्रार्थना...सरफरोसी की तमन्ना अब हमारे दिल में है...सिसकती-फफकती मौन प्रार्थना !

रूप था?

काम पीछा करने लगा !

बेटासिंह के अनेक रूप ! अलाउद्दीन के भाई-बांधवों की तरह चित्तौड़ के आसपास घूम रहे थे।

झाँसी से खादी के कुर्ते-पाजामे में सूरजभान आया। पिस्तौल जनेऊ की तरह पहनी हुई। भारी-सा बदन, काली मूँछें ! साँवला चेहरा।

दुर्जन उठकर खड़ा हो गया।

पिछला समय होता तो सुलतान की तरह पाँच नगीने और रानी का दर्शन पाकर लौट जाने का नाटक तो करता। सूरजभान को हिचक नहीं हुई। सीधे अल्मा का सवाल किया।

पिता की मौत के बाद के दिन थे वे। बंद कोठे में अँधेरा बिलखता था या मैं ? धरती रोती थी कि मेरी आँखें ? मुँह से आवाज नहीं, जलती हुई भाप निकलती, क्योंकि दुर्जन क़ा सख्त हुकुम था—मेहमान को हँसकर रिझाना है, रोकर गँवाना नहीं।

काका !

—तुझे पता है, तेरा बाप कितने रुपए खाकर बचा रहा ? और कितने खाकर मरा है ? कौन भरेगा ? दूसरे का रुपया मुफ्त का है ?

अल्मा कर्ज में बदल गई। सारा क्रोध पी लिया। रानी बार-बार याद आती। उस अँधेरे में बिजली-सी कौंधती—मैं आ रही हूँ रे सुलतान...

सूरजभान की गोद में पड़ी अल्मा चित्तौड़ की रानी पद्मिनी होती तो उसके साथ किले का लाव-लश्कर होता। औरतों के वेश में ही सही, सैनिक सिपाही होते। बंधन काटनेवाले बढ़ई-लुहार होते ! पुराने जमाने की पुरानी बातें... ! गर्भ में राणा के अंश के गोले थे—चार महीने। दारू के नशे में लड़खड़ाते सूरजभान ने ऐसी ताकत से भोग-संभोग किया कि अल्मा खून की पोखर हो गई। पागल बिल्ली-सी, बेअसर से झपट्टे मारती रही। बलिष्ठ शरीर में खरोंचे पड़ीं तब क्या कामांधता कम हो गई। वह दोगुनी ताकत से भिड़ गया था। औरत का आक्रमण आनंद बढ़ाने का नुस्खा !

सबकुछ बह गया ! धरती ने सोख लिया।

फिर मिले धीरज बाबूजी !

धीरज ने सूरजभान के मकान में रहते हुए दीवारों में ऐसे छेद किए कि सारे भेद खुल गए। बँधी तबाह होती लड़की को आजादी दे दी।

उनको उस बात की सजा जरूर मिली होगी। अगर ऐसा न होता तो उनके भीतर बेचैनी का जज्बा इस कदर न उठता कि वे यहाँ आकर ही दम लेते।

अल्मा से मिलकर क्या पाएँगे वे ? सजा, अपमान और दुख। इन तीनों बातों को कौन गले लगाना चाहता है ? वही न, जिसके सिर जनून चढ़ा हो।

धीरज बाबूजी !

जिस दिन से बिछुड़े, उस दिन के बाद 'सरफरोसी की तमन्ना' वाला गीत सिर चढ़कर बोलने लगा। धूप हवा चाँदनी में बिखर गया। बिखरकर गूँजने लगा ! ऐसा होता है कहीं ? पर बप्पा की आवाज में धीरज की आवाज मिले तो दुनिया जहान गुँजा दे।

तुम वे ही धीरज थे, जिसने सूरजभान की निर्लज्जताओं के आगे सिर झुका दिया था ? हुकुम के गुलाम !—इस लड़की की कुर्ती उतारो। क्या पता चाकू-छुरी छिपाए हो।

अल्मा की आँखों तले अँधेरा छा गया।

धीरज कुर्ती उतारने झुक पड़े। चेहरे पर जड़ी आँखें जैसे निर्जीव कौड़ी।

सूरजभान ने पिच्च से थूक दिया और बोला, 'इस जमाने में लोग कुत्ते क्यों पालते हैं ? आजकल के लड़के कुत्तों से ज्यादा वफादार और भूखे हैं।'

पेशे ने पेशानी बदल दी। धीरज सिटपिटा भी नहीं पाए, कठपुतले-से देखते रह गए। काम के लिए आए थे, गुलामी अख्तियार कर ली। अल्मा को अपने बप्पा याद आए—कहा करते थे—कज्जा बालक पढ़ते हैं, तुम्हें भी पढ़ना चाहिए। बप्पा आज होते तो वह पूछती—पढ़कर यही करना होता है ?

उस अपमान की भरपाई में कैसी दिलेरी दिखाई थी धीरज ने, बोले, 'अल्मा, मैं तुम्हें प्यार करता हूँ। सूरजभान के सामने हम सब गुलाम हो जाते हैं, मतलब कि एक

हो जाते हैं। बंदिशों के बहाने हम-तुम पास आ गए ! संगठित हो गए।'

लगा कि उनके मुँह से राणा बोल रहा है।...लेकिन राणा ऐसे कहाँ बोलता था, उसका स्वर अकेले का होता। उसकी छवि अपनी ही होती।

मगर फिर भी घनिष्ठता जुड़ती गई। अल्मा का राणा, अल्मा का प्यार धीरज पर उतरता चला गया। कुर्ती उतारते समय की वेदना कैसे भूली जा सकती थी ? यही लीला जब सूरजभान के साथी परसराम के हाथों हुई...क्या गजब था, क्या बहादुरी थी हाथों में !

●●●

सूरजभान का हुकुम हुआ : लाल साड़ी ब्लाउज और बनावटी हल्के गहने।

नत्थू ले आया।

नहा-धोकर सब चीजें पहन लीं। या देह पर लटका लीं।

उस दिन किसी को भूख नहीं लगी। तीनों अलग खड़े थे। कोई नीचे, कोई ऊपर। नत्थू कई बार कसमसाया, मगर बोल नहीं सका। बोलना तो तभी होता, जब एक दूसरे की ओर देख पाते। मकान दर्द का दरिया हो गया, सब डूबने लगे। तीनों जान रहे थे—अब अलग होना है। अल्मा, उसको सौंप दी जाएगी, जिसके लिए यहाँ रखी गई थी। विरोध करेगी तो सजा पाएगी। सजा देने के लिए जरूर कोई मकान होगा—सूलीघर जैसा। हो सकता है अबकी बार सूरजभान चेहरा ही बिगाड़ दे, या प्राण निकाल दे...मैं जानती थी, पर जिद थी कि लचकती न थी।

यह क्या कर डाला मैंने ! इस घर में रहनेवालों को अपना बना डाला। प्यार में डालकर किसी को अपना कर लेना सबसे बड़ी दुश्मनी है। कैसे हो गया ऐसा ? कज्जा लोगों के लिए नफरत और घृणा पालनेवाली कबूतरी अल्मा...उदास होती तो धीरज बाबू परेशान हो उठते। ऐसी प्रीति जताई कि नत्थू को सूरजभान से ज्यादा डर अल्मा का लगता। कहता—कुछ लोगों को करिस्मा आते हैं। बाँध-कसकर लाई गई लड़की हमारे ऊपर रानी की तरह हुकुम चलाती है। माथा उठाकर बात करनेवाली...यही बात है कि इसका सरबनास किया जाएगा।

धीरज की आँखों में प्यार की लौ जगमगाती थी। माथा चूमने के लिए एकांत में होंठ आगे बढ़ आए। होंठों को छू लिया। पलकों पर छाए आँसू अपनी उँगलियों की पोरों पर साध लिए।

आज हाथ-पाँव डाले बैठे हैं। कमरे की चौखट पर बैठे क्या कुछ पढ़ रहे हैं !

नत्थू पौर में से ही कुछ पूछता। उदास आवाज उठती और बिखरकर ढेर हो जाती।

धीरज का सबकुछ जानती थी मैं ! यह भी कि एक दिन अपना सबकुछ लिखकर एक चिट्ठी देंगे, जिसे मैं सदा-सदा अपने पास रखूँगी, मर जाने की हद तक...अपनी ओर से धीरज को कभी छुआ नहीं, चिट्ठी के बहाने ही...मगर क्या पता कि कब ऐसा सिलसिला बनेगा ?

धीरज का लिखा पुर्जा सूरजभान ने देख लिया तो ? उसकी दुनिया को हिला देगा वह कागज। सौदागरी के धंधे में पुर्जा धमाके का काम करेगा और उसमें लिखा प्यार बारूद का। सूरजभान की रियासत जलकर राख हो जाएगी। मुनाफेवाले धंधे की नई-नई तरकीबें...

सुबह से ही दिन बुरा गुजरा था। नत्थू ने मुझे किसी दवा को खिलाने में कोताही बरती थी। उससे अगले दिन का कार्यक्रम सुस्त हो सकता था। सूरजभान को किसी तरह की सुस्ती पसंद नहीं, वह भी मातहत के हाथों में आई शिथिलता। न आव देखा न ताव, पाँच-छह तमाचे नत्थू के लोहे जैसे चेहरे पर हथौड़े की तरह मारे। पूरा घर हिल गया।

नत्थू हिला नहीं, उसकी नजर पथरा गई और झुकी नहीं, जैसे कह रहा हो—जिन्हें नीच कहा जाता है। नीच समझकर पीटा भी जाता है, पर यह तो देख लेते कि इस समय दुनिया का सबसे बड़ा नीच कौन है ?

...लेकिन दूसरे ही पल नत्थू अपनी काया में पुनः आ गया। सूरजभान के पाँवों पर लोटने लगा। मछली की तरह तड़पने लगा। सूरजभान की निगाह सुख में डूबती जा रही थी। थोड़ी देर बाद ही वह सज्जनता से मुस्कुराया। यह दूसरी बात है कि किसी पिशाची हँसी की छाया आँगन में नाचने लगी। उसने अपनी स्थिति भी समझानी चाही—वक्त की माँग समझोगे नहीं, तो डुबा लोगे और खुद डूबोगे। मेरी जिंदगी दाँव पर है।—आगे कुछ बोला नहीं। अपना सिर ऐसे हिलाता रहा, जैसे असह्य बोझ लदा हो।

धीरज वहीं खड़े थे। बदन क्या, आँखों की पुतलियाँ जम गईं। ठंडी सर्द निगाहें, जैसे कुछ देखती न हों। उसी अंधी नजर और सूरजभान की उस्तादी मुद्रा के सामने उसकी पाली हुई लड़की खड़ी थी—लाल साड़ी ब्लाउज पहने हुए—पास होती है या फेल ? कसा हुआ शरीर निश्चल था। तभी सूरजभान ने पीठ पर हाथ रखकर शाबाशी दी—वाह लड़की !

●●●

दिन उतरने लगा। सूरज ढलान पर था।

रात चढ़ने लगी। अँधेरा अच्छा लग रहा था। उसी अच्छी घड़ी में थके-हारे से आदमी का काँपता हुआ हाथ मेरी हथेली तक आया।

छोटा-सा पुर्जा था। अब रोशनी की जरूरत थी। मुट्ठी में दबाकर ऊपर चढ़ गई। बल्ब जलाकर पर्चे पर जो कुछ लिखा था, पढ़ा—सरफरोसी की तमन्ना अब हमारे दिल में है।

तुरंत धीरज के पास गई और गीली आँखों बेवकूफ की तरह बोली—तुम कब से शामिल थे, इस गीत में ?

—किस गीत में ?

—जो पर्चे में लिखा है, मेरे बप्पा गाया करते थे।

—पर्चा ! मैंने तो तुमको कोई पर्चा नहीं दिया।

आँखों से आँखें मिलीं, चेहरे से चेहरे का सामना हुआ, वे झेंपकर हँसने लगे।

●●●

धीरज के कमरे में उस दिन बड़ी जल्दी अँधेरा हो गया था। देर तक पढ़नेवाले धीरज समय से पहले रोशनी बुझा दें, अजीब-अजीब-सा लगा। इतनी जल्दी नींद आ गई ! के नींद का बहाना ?

नत्थू आँगन में चमगादड़ की तरह घुमेर खा रहा था। उसका व्यवहार उथल-पुथल से भरा हुआ। झुका हुआ सिर, कमर के पीछे दोनों हाथ बँधे हुए। ऊपर-नीचे, दाएँ-बाएँ, हर कहीं उस मकान में बेरहमी-सी नाचने लगी। कोई किसी से कुछ नहीं कह रहा, कोई किसी की कुछ नहीं सुन रहा। अल्मा नादान...एक कतरे हमदर्दी को तरसती-सी...और यहाँ हर कोई भिखारी जैसा, अपने ही लिए दया, तरस और रहम की भीख माँगता हुआ...खाल बचाने के लिए तलवे चाटने को तैयार...अल्मा को अचरज लगा—ये ऊँचे खानदानी लोग और ये अकड़े ऐंठे नीच जाति के आदमी, पेट भरने के लिए आए हैं। बाँधकर रखो, जूते तले दबाकर रखो, पैसा चाहिए बस ! नत्थू इसी को इज्जत मानकर गाँव छोड़कर आया है। मैला ढोने के मुकाबले यह सम्मान का काम...धीरज बाबूजी पढ़-लिखकर नौकरपेशा होने का भरम पाल रहे हैं। जमीर का मोल भर लिया !

...मगर अल्मा अपनी बान नहीं छोड़ेगी। मरे या रहे ? अल्मा माने आत्मा, बप्पा ने सोच-समझकर नाम रखा था, कहते थे आत्मा नहीं मरती। पिता का संकल्प बीच में ही लड़खड़ा गया, गम नहीं, राणा भ्रम का शिकार हो गया, कोई बात नहीं। कदमबाई, अल्मा की अगुआ, जैसे भूरी कदमबाई की अगुआ थी। यह जुड़ती हुई कड़ी कहाँ से कहाँ तक जाती है...लौ लगन और संकल्पों के संग तबाह होते हैं तो हो जाएँ। राणा ने कदमबाई को उसके भीतर उतार दिया तो बप्पा ने पद्मिनी की आत्मा को आत्मा से मिला दिया। कथा का रगरेशा बोलता है—रानी आज तुझे अल्मा का रूप लेना होगा। उसकी ही बात माननी होगी। उसे किसी राजा को नहीं बचाना, साथ में कुचले हुए मरते लोगों का मजमा है, जहाँ अल्मा जाएगी, तुझे चलना होगा। हम राजाओं को मारने निकले हैं। खून की बरसात करनी होगी।

अल्मा !

अँधेरे में अल्मा कुनमुनाई। पाँवों पर स्पर्श हुआ, उँगलियाँ रेंगती हुई ऊपर तक आईं। पाँवों में हरकत हुई। बंधन थे, नत्थू उसे खुला छोड़नेवाला नहीं, धीरज ने कहा था तो क्या हुआ ? नत्थू जन्म से ही डरने और आज्ञा माननेवाला आदमी यकायक बहादुर कैसे बन जाता ? मालिकी उसके खून पर हमेशा सवार रही है।

स्पर्श ने पिंडलियों में ताकत भर दी। हाथ देह पर लहराने लगे, जहाँ से गुजर जाते, रोएँ खड़े हो जाते, खून में हरकत होती, शरीर खुलता जाता।

धीरज बाबूजी !

गंध ने बहुत कुछ कह डाला। यह सुरती फाँकनेवाला नत्थू हरगिज नहीं।

हाथ खुले, अल्मा के भीतर आशाएँ उठीं। टटोलकर देखा, धरती पर घुटनों के बल बैठे हुए धीरज...कमजोर बैटरीवाली टॉर्च का फीका-सा चँदोवा नामालूम-सा उजाला देने लगा।

रोशनी पास को सरकती चली आई।

बंधन कट-कटकर पूरे हुए। अल्मा उठ बैठी। धीरज ने हाथ पकड़ा, उठ खड़ी हुई—समूची औरत...वे टॉर्च से उसे ऐसे देखते हैं, जैसे कोई मूर्ति बनानेवाला अपनी गढ़ी मूर्ति को निहारे। साड़ी-ब्लाउज पहने हुए समूची स्त्री ! धीरज ने दोनों हाथों से सिर पकड़कर अपनी ओर झुकाया और माथा, आँखें, होंठ चूम लिए।

प्यार की नदी उमड़ पड़ी। डर आसपास कहीं न था।

वे बोले—तैयार हो ? यात्रा शुरू करो।

धीरज की उँगली थामे कोठे से छत तक ऐसे आई जैसे पाँव हाड़-मांस के नहीं रुई के बने हों। छत से मुड़ेली तक अपनी साँसें तक रोक लीं।

मुड़ेली से साड़ी के सहारे धीरे-धीरे धरती पर उतार दी अल्मा। धीरज चौकन्ने और सतर्क, फुसफुसाए—भागो। भागो अल्मा।

और पीछे से कुछ गिरने की आवाज हुई—धम्म ! भद्द...जैसी। बुरादे का बोरा इसीलिए रखा था धीरज ने।

अँधेरी रात भागने के लिए सुनहरी मौके उठाए खड़ी थी।

वह भागी। और भागी। भागती ही गई। कहाँ ? किधर ?

कोई पिछिया रहा था। वह हाथ नहीं आनेवाली। नत्थू होगा। पकड़ नहीं पाएगा। उसका शरीर कबूतरी जैसा हल्का नहीं। बप्पा ने कबूतरी की तरह नहीं पाला, फिर भी दौड़ने का अभ्यास कराया था। बप्पा को दुआएँ दीं।

आगे से जीप आ रही थी। चमचमाती दो आँखों का सामना हुआ।

वह लौट पड़ी। चील की तरह उड़ने लगी।

अब ओट में हो गई।

जीप की रोशनी जो नजारा छोड़ गई उसमें नत्थू खम्भे की तरह सामने खड़ा था।

काका !

नत्थू बस खड़ा था।

वह होंठों ही होंठों में जाने क्या तो फुसफुसाई और पाँवों में गिर गई। शायद मुँह से यही निकला, 'नत्थू काका, तुम्हारे पाँव पकड़ती हूँ, लौट जाओ। कह देना नहीं मिली।'

नत्थू ने उसकी बाँह पकड़ ली, 'चलना होगा अलमा। मौत को न्योंता मत दे।'

नत्थू काका को नहीं पता कि वह मौत को वर चुकी है। कई बार पकड़ी गई, कई बार बाँधी गई। आज जिंदगी का धागा आखिरी बार खींच रही है, तोड़ना मत

नत्थू काका...

नत्थू खींचकर ले जाने लगा। उसे लगा यह गिरिफ्त नत्थू की नहीं, सूरजभान की है। सिर से पाँव तक घृणा में डूब गई।

मगर घृणा और दहशत के लिए समय नहीं, साँसें लेने की मोहलत नहीं दे रही रात ! जो करना है तुरत-फुरत करना है।

नत्थू अडिग खड़ा था। वह मुस्तैदी बरत रही थी। एक बार मन में आया, नत्थू के देव जैसे शरीर के खंड-खंड कर डाले और आगे बढ़ जाए, मगर शमशीर हाथ में हो तब न ?

'नत्थू काका, चलूँगी, पर सूरजभान के यहाँ नहीं। नहीं। तुम मेरे माता-पिता... काका !'

नत्थू सतर्क-सचेत, बार-बार इधर-उधर देख लेता। कोई सिपाही ही आ गया तो ? उसने अल्मा को सावधान किया।

'काका जल्दी। बहुत जल्दी करो। नहीं तो मुझे भाग जाने दो। रास्ता छोड़ो काकाऽऽ !'

जमीन में पंजे गाड़ता हुआ नत्थू आगे बढ़ा ! अल्मा के चेहरे को भय ने ढाँप लिया। सूरजभान के मातहत से क्या उम्मीद करे। जो भ्रम थे वे तोड़ डाले।

'ठीक है, मैं तुम्हें हरीसिंह वकील के यहाँ ले चलूँगा। अपने धीरज बाबूजी को जानते हैं।'

वक्त थम गया। जिंदगी साथ हो गई। अल्मा ने खुशी के मारे नत्थू को कलाई थाम ली। जकड़कर भीतर ही भीतर पुकार उठी—चलो जल्दी। साथ-साथ चलो काका। जिंदगी को बचाना है अभी तो।

दोनों संग-संग चले। लपकते कदमों अँधेरे को चीरते हुए कहाँ से कहाँ पहुँचने का इरादा बाँध लिया।

आगे तो कभी पीछे ! कहीं आड़ में रुके। सारी दुनिया से छिपते हुए रात के सहारे।

हरीसिंह का घर कहाँ, अल्मा कहाँ ?

बड़ी-सी कोठी ! चारदीवारी से घिरी हुई। घुसना पीछे से हुआ। आदमी था, मगर रोका नहीं। पिछवाड़े कमरे का द्वार था।

द्वार पर नामालूम-सी दस्तक दी।

अल्मा जीत के रास्ते में खड़ी हो जैसे। नत्थू काका पर विश्वास जमा लिया क्योंकि आगे खड़े पहरेदार की नजरें बचाकर आए थे, अब वह पीछे आ गया। नत्थू की पहचान रही होगी, राम-राम करके आगे लौट गया। नत्थू मेहतर का पलड़ा भारी है। वह कज्जा आदमी है।

किवाड़ों की झिरी में रोशनी फँसी है !

द्वार खुल गया।

'बालकराम !' द्वार के बीच स्त्री ने पुकारा।

अधेड़ औरत, मही : आवाज। नत्थू काका का नाम बालकराम है ? कि बालकराम का नाम नत्थू है ?

परकोटे के ऊपर आसमान में चाँद ठहरा हुआ, तारे चमक रहे हैं।

नत्थू काका के साथ अब वह भीतर थी। बर्तन, खटिया, रेडियो, घड़ी, टी.वी. जैसे साजोसामान के बीच अल्मा सामान की तरह ही धँस गई। कसमसाती-सी बैठने की जगह बनाने लगी।

औरत और नत्थू बाहर चले गए। क्या बातें हुईं नहीं मालूम।

चलते समय नत्थू ने कहा, 'जिज्जी, फिर देख लो अब तुम्हारी जिम्मेदारी है।'

'तुम चिंता न करो। यहाँ मजाल है कि कोई पंछी-परेवा भी पाँव मार जाए ?'

अल्मा की अटकी हुई साँसों का आना-जाना...

'अब चलते हैं बिटिया !' नत्थू ने कहा और फिर मुड़कर देखा नहीं।

●●●

अल्मा ने जहाँ पनाह ली, वह मामूली कोठी नहीं, प्रदेश के समाज-कल्याण मंत्री का आवास है। उसी आवास से लगा सर्वेंट क्वार्टर, जिसमें संतोले अपनी पत्नी के साथ रहता है।

श्रीराम शास्त्री। डाकू श्रीराम का कायाकल्प पिछले चुनावों के जरिए श्रीराम शास्त्री के रूप में हुआ है। जनतंत्र ने प्रमाणित कर दिया, किसी भी नागरिक के लिए उसके द्वार खुले हैं। श्रीराम स्वयं बरसों से देखता चला आ रहा था कि इस बुलंद दरवाजे से उसके जैसे कई समाज-विरोधी माने जानेवाले तत्त्व सत्ता के साम्राज्य में घुसपैठ बना चुके हैं। फिर उसने तो कई बार देश की सेवा में लिप्त पुलिस को अमूल्य सेवाएँ दी हैं। राजनैतिक लोगों के काले चेहरे चमकाने में मदद की है। पार्टियों की खस्ता हालत सुधारने के लिए धन और चुनाव को बुलट के दम पर अपने पक्ष में करने के लिए बल प्रदान किया है। सत्तर बूथों पर कब्जे किए थे।

उसी अहसान के बदले धर्मधुरीनों ने श्रीराम को अपनी पार्टी का टिकट दिया और जीत जाने पर प्रदेश के मंत्री पद पर श्रीराम शास्त्री बनाकर आसीन कराया।

धन और ताकत की माया सर्वत्र फैली है। ताकत से तकदीर बने न बने, सत्ता बनती है। सत्ता के बिना पत्ता नहीं हिल सकता।

श्रीराम जानते हैं—बंदूक की नली से निकली ताकत से उनके गिरोह ने गाँव-बीहड़ के इलाके ही नहीं, जिला शहर और कमिश्नरी स्तर के शहरों तक को हिला डाला था। अब तो राजधानी पर दस्युराजों का कब्जा है। मुख्यमंत्री जदीश्वरसिंह से उनकी मुलाकात 'ताकत' के लेनदेन पर ही हुई थी। अब यह दूसरी बात है कि पार्टी एजेंडा के अनुसार ताकत के ऊपर धर्म के चंदन का जो लेप चढ़ा हुआ है, उसी के हिसाब से श्रीराम शास्त्री अपने माथे पर रोली का लंबा तिलक खींचकर जय-श्रीराम बोलते हैं। आँखें मूँदे जनता को दर्शन-लाभ देते समय कहते हैं—सब भगवत्कृपा ! बधाई लेने पर

सिर झुका देते हैं—जो प्रभु इच्छा।

मँझोला कद। साँवली रंगत, उम्र लगभग पैंतालीस साल। भरा हुआ बदन। हाथ-पाँवों में चिकनाई-लुनाई। चेहरे पर हल्के से चेचक के दाग। बेदाग पोशाक—तसर का लंबा कुर्ता और अलीगढ़-कट पाजामा। केसरिया अंग वस्त्र। हू-ब-हू माधवराव सिंधिया !

किसी ने कहा—राजनीति में राजकुमारों के जमाने उखड़ गए। लालू प्रसाद यादव जैसा भेष धरो। श्रीराम शास्त्री ने तमाकू की पीक थूकते हुए छूटते ही कहा—तो फिर बीहड़ में क्या बुरे थे ?

आत्मसमर्पण करके राजनीति में बहाल हुए हैं श्रीराम शास्त्री। बेटासिंह जिस समर्पण को बुजदिली मानता है, उसी को वे ताकत के रूप में इस्तेमाल करके चढ़ाई चढ़ गए।

श्रीराम शास्त्री चुनाव के समय जितने उत्साह में थे, विजयश्री पाकर जितनी होंसफूल थी या मंत्री की पदवी का राजतिलक कराकर जितने गद्गद थे, गद्दी ग्रहण करते ही चंद्रमा से शीतल कलेजे को ग्रहण लग गया। कभी-कभी तो दिल ऐसा डूबा कि उनको डॉक्टरों से परामर्श करना पड़ा।

डॉक्टर मंडल की सर्वसम्मति से एक राय बनी—ऐसा ही तनाव रहा, रक्तचाप ऊँचा रहा तो दिल के दौरे पर आकर रोग टूटेगा।

श्रीराम, शेर कलेजेवाला डाकू, बीहड़ों में पुलिस को गीदड़-सेना समझकर धमका देता था। शहरी विधायक आज उस शेर दिल को दिल का रोग लगा रहे हैं ! साली राजनीति की ऐसी-तैसी !

पी.ए. हरामी का किया-धरा है यह सब। पहले ही दिन महूरत खोटा कर गया।

समाज कल्याण विभाग की, विभागीय जानकारियाँ क्या होती हैं ? गली का बालक तक समझ ले, पर ये साले अँगरेजों के गुलाम होंठों से ऐसे धमाके छोड़ते हैं कि अगले की सिट्टी-पिट्टी थर्रा जाए। लफती कमरवाला पी.ए. श्रीराम के एक हाथ का नहीं था, पड़ते ही खून दे जाता, पर राजकीय भाषा और विभागीय जानकारी...दिमाग धुआँ-धुआँ हो गया ! गोली दागने के बाद जैसे बादल-सा बिखर जाता है ! श्रीराम खाली कारतूस की तरह थोथे-खोखले-से रह गए। सिर कहाँ, सार कहाँ ?

मंत्री का आलीशान निवास कि थाने की हवालात ?

रात जागते हुए निकल गई। सई-संझा चार खून और दो डकैती डालनेवाला श्रीराम कैदी हो गया। कैदी को नींद आए तो आए कैसे ? सबसे बड़ी सजा 'आदमी को बाँधना' होती है।

—पुलिस जत्थों को पानी मँगवा देनेवाला मैं इस साले पी.ए. रूपी मच्छर से घबरा गया ! यह बहन का टइयाँ अपने को समझता क्या है ? मैंने उसकी बात पर हाँ-हाँ इसलिए किया कि वह यह न समझ ले कि मैं समझ नहीं पा रहा, साले को हँसने का मौका मिल गया ! हरामी सोच रहा होगा कि नासमझ मूर्ख की तरह मैं 'न' की जगह

'हाँ' और 'हाँ' की जगह 'न' कहूँगा। मैं सचेत था, पर उसने ऐसी गिटिर-पिटिर मचाई कि होश नहीं रहा। होश आया तब जब वह अपना मुँह में भरा ठहाका रोकने की कोशिश कर रहा था, और मुँह बेतुका-सा हो गया था, बोला, 'सर, यस नहीं, 'नो' कहिए। अभी बजट सरप्लस चल रहा है, पेनल्टी पड़ जाएगी। वी विल सी द होल बजट एंड डू एकार्डिन्गली !'

चौथी जमात पास श्रीराम शास्त्री पत्थर जैसे बैठे रहे। और मूरत जैसे मुस्कुराए।

पी.ए. के जाते ही मुँह से गाली छूटी, 'पहले इस अँगरेज के चोदे की बदली करानी पड़ेगी। बोलो, यह मंत्री है कि हम ? हमारे हिसाब से होना तो यह चाहिए कि हम बुंदेली में कहें और यह अँगरेजी में समझे। साला उल्टी गंगा बहा रहा है !'

इस लखनऊ शहर में अपने इलाके के आदमी लाने होंगे। पी.ए. अपने आप छँट आएगा। नहीं तो यह ऐसी ही बात हुई कि हम डकैती में किसी अँगरेज को ले जाएँ और उम्मीद करें कि यह ऐसे ही बोलेगा-चालेगा, जैसे कि हम। उतना ही विश्वासी निकलेगा, जैसा कि संतोले।

सादा-सा पी.ए. ! यह कायदा भी जरूर बन गया होगा अब तक, क्योंकि पिछले दो चुनावों से पढ़े-लिखे सफेदपोशों को वोट ही नहीं मिल रहे। मादरचोद विद्या का रौब दिखाकर अनपढ़ों को सताते थे। कौन समझाए कि 'अनपढ़ापन' हमारी पुरानी विरासत है। चलो, जनता ने समझा ही दिया। श्रीराम शास्त्री की भागीदारी ऐसे ही नहीं हुई सरकार में।

दूसरा विचार यह आया कि कानून-कायदे गए ऐसी-तैसी में। हम तो अपना निजी आदमी रखेंगे, जो अँगरेजी या कठिन हिंदी पढ़कर बुंदेली में तर्जुमा किया करेगा। शहरातू बोली तो हम अपने हिसाब से फिर कर लेंगे।

ऐसा आदमी ?

हरामिन राजनीति ने अच्छी फजीहत करी। अजब-अजब तमाशे दिखा रही है। अब कोई न्याय की कहे कि शहर में शेर आ जाए, भालू लाया जाए, चीता छोड़ दिया जाए तो उन बलवानों को वहाँ अपना कोई दिखाई देगा ? वे तो अपने संगियों के संगी ! उम्र का लंबा हिस्सा जंगलों में बीत गया, बस्तियों में किसी से वास्ता नहीं। पकड़, फिरौती, डकैती और हत्या-लूटपाट जैसे मसलों पर धुआँधार बोल सकते हैं। कोई सीखे तो सिखा सकते हैं। साले चेले-चिंडारे भी वहीं छूट गए।

सोचते हैं कि उसी कर्मयोग के बलबूते यहाँ तक आ गए और सिंहासन छीन लिया। अब यह साला पी.ए. किस मूँड़ की चुटइया बनकर धमकाता है ? ऐसा पता होता कि मंत्रियों की गद्दियों में पिस्सू पले हैं तो वे गद्दी तुड़वाकर फेंक देते और धरती पर बिराजते। दिखा देते कि दो-ढाई वर्ष तक सरकार को खींचते-खाँचते लोगो, हमने पूरे तीस वर्ष जंगल में अपनी सरकार कायम रखी है, जहाँ जंगली लोगों और जानवरों की बसावटें थीं।

डकैती की बात ध्यान में आते ही यकायक झरोखा-सा खुल गया—अँगरेजी स्कूल

के किसी लड़के को फिरौती पर ले लें तो कैसा रहे ? दाना-पानी देकर कोठरी में बंद रखेंगे। यहाँ तो सुरक्षा भी बहुत है, महीनों-सालों तक बात नहीं खुलेगी। सपने में भी कोई नहीं सोचेगा कि मंत्रीजी के यहाँ कोई बंधक है। छह महीने भी काम चला दे तो बहुत। आठ दिन में बंदूक चलाना सीख लिया था, पिस्तौल-हथगोला की निशानेबाजी में अपने जोड़ का था कौन ? साली सरकार चलानी कौन-सी बड़ी बात है ? जरा कागजी मामला है, सँभालकर हाथ धरना पड़ेगा।

'ये मूर्खताएँ यहाँ करोगे तो पदवी से गिरा दिए जाओगे।' उन्हें भीतर ही भीतर कोई बरजता है।

पदवी से गिरना ! नहीं....इतना डर तो श्रीराम को तब भी नहीं लगा था, जब लोकमन पंडित (लुक्का डाकू) ने कहा था—ऐसा करेगा तो सूली चढ़ जाएगा।

सुकूपुरावाले पुजारी महाराज को बुला लिया जाएगा, जंगल में आते रहे हैं। जान-पहचान के विद्वान आदमी। वेद-मंत्र के ज्ञाता भला अँगरेजी न जानेंगे ? उन्हें ग्यारह बोलियाँ आती हैं। साले पी.ए. की ऐसी-तैसी कर दें।

'गाँव के पंडित डींगें हाँका करते हैं।' माधोसिंह मास्टर (माधोसिंह डाकू) कहा करते थे।

अंत में वही बात निकली कि श्रीराम का डकैत मन किसी पर विश्वास करनेवाला नहीं। जिंदगी ने यही सिखाया है, जैसा लोकमन पंडित कहते थे—भेद की बात अपनी महतारी को भी मत बताओ। मोह-ममता के चलते ही खोल धरेगी।

ऊपर से पी.ए. प्रजाति के लोगों के लिए श्रीराम शास्त्री ने ऐसी-ऐसी बातें सुनी थीं कि मन शंकालु हो उठा। पी.ए. पी.एसों. ने कितने ही मंत्रियों की जलभरी गगरी में छेद किए हैं और उनका 'पानी' रिता दिया है। सबसे बड़ा धक्का तो तब लगा, जब याद आया कि 'इंदिरा गांधी फंड' कहकर लोगों ने करोड़ों डकारे और फिर चौदह साल से प्रधानमंत्री पद पर काबिज सम्राज्ञी को उसके अंगरक्षकों ने ही मार गिराया, मासूम बुलबुल की तरह ! ओ तोरे अंगरक्षक की...हरामी मादरचो...। श्रीराम ने ताबड़तोड़ गालियाँ दीं।

बस संदेह जमा सो जमा। पी.ए. कागज लेकर आता, उन्हें उसके हाथ मे फरसा दिखाई देता। इन गद्दारों को नेता लोगों के शीश काटने की आदत पड़ गई है। विपक्षी साले इनाम देने को तैयार जो बैठे रहते हैं। नहीं तो आज श्रीराम को लोग श्रीराम शास्त्री के चोले में देखकर गीदड़ की तरह घेर पाते ? इन्होंने नहीं देखा शेर की तरह घाटी में राज करता हुआ श्रीराम। ऐसा पता होता कि तकदीर माथे पर राजमुकुट बाँधेगी तो ताकत की जगह ज्ञान की दुनिया में हाथ आजमा लेते। बंदूक के बदले कलम थामना कितना आसान था ! डाँग-जंगलों में विचरनेवालों पर पढ़े-लिखे लोग सदा भारी पड़े हैं। सो छलते भी रहे हैं। अब ये अपनी बिरादरी में मिलाकर तो आसानी से मार डालेंगे। मौत ! नहीं, किसी कीमत पर मंजूर नहीं।

श्रीराम शास्त्री ने ज्यों ही खानसामा को आते देखा, खाने में जहर मिलाने का संदेह

हुआ। गाँवों से आया भोजन सबसे पहले लानेवाले को ही खिलाकर देखा जाता था। यहाँ वह सहूलियत भरी ईमानदारी भी कहाँ, साला पहला कौर हमीं पर आजमा लेगा।

तो क्या भूखे भी रहें ?

यह साली पदवी है कि सजा ? या लाचारी ? मन हुआ कि लात मारो कुर्सी में। उठाओ बंदूक और चलो बीहड़ों में। क्या जरूरत है कि कागजों की मार्फत डाका डाला जाए ?

यकायक श्रीराम शास्त्री को संतोले की बहू याद आ गई। इस मुल्क की तीनों सेनाएँ हार जाएँ, संतोले की बहू को कोई पराजित न कर पाएगा। क्या सच्चाई, क्या भरोसा ! श्यौरा पहाड़-सी दमकती नीयत। संतोले बीस साल पहले गिरोह में शामिल हुआ था, तब वह गौने को आई थी। गौने को आई थी तो क्या घूँघट पर्दावाली दुल्हन थी ? मैतरानी की जाति संतोले की बहू, खूब खुली-खुली थी। वह रोटियाँ बनाकर जंगल में लाती। पुलिसवालों को चकमे देना उसका मनपसंद खेल था, क्योंकि उसे अपने शील-सतीत्व का डंका नहीं बजाना था। भूखा डाकू मिले, पुलिसिया मिले रोटी खा ले, पानी पी ले और जो माँगे सो...जोबन पर जोर-जबरदस्ती नहीं, सब मनचाहे सौदे ! संतोले की बहू की खील-मखाने-सी हँसी, जंगल खिल उठता। पंडित लोकमन से कहती—दद्दा, फिर क्याऽऽ करते हम ? उससे उलझने लगते, तुम सब भूखे मरते। तुम्हारा कौल नदिया में नहा सपर आए। सिपाही नासपीटा जिद्द बाँध गया।

अपने लोकमन पंडित सरबज्ञानी। हँस-हँसकर ईसुरी की फाग पढ़ते और संतोले की बहू को शुद्ध कर लेते—

जुवना दये राम ने तोरे/सब कोऊ आवत दौरें
आहें नहीं खाँड़ के घुल्ला/पिये लेत ना घोरें
का भऔ जात हाथ के छूएँ / लिए लेत न टोरें
पंछी पियें घटी ना जाती/ईसुर समुद हिलोरें

संतोले की बहू गिरोह के पीछे-पीछे चलती। श्रीराम ने उसके हाथ की बनाई रोटियाँ बासी-कूसी भी पानी में गलाकर खाई हैं, जातिभाइयों के यहाँ की मेवा त्यागी है। पेशे का तकाजा ऐसा ही था। छोटे-मोटे इनामी डाकुओं के लिए भी गाँव के लोग अपने घरों में विष पुड़िया बाँधे धरे रहते हैं। कब दाँव लग जाए ?

श्रीराम शास्त्री सोचा करते—काश, संतोले की बहू पढ़ी-लिखी भी होती तो पी.ए. जैसे खटमलों को चुटकी में मसोस देती। पर चलो अपने चावल राँधती रहेगी, यह क्या कम बड़ा सहारा है ?

वे संतोले की बहू को ले आए। श्रीराम भौजी से मस्खरी में कहा करते—तुम हमें डाँग में बैठी सराप रही होगी, तभी हम यहाँ संकट में फँस गए। कह रही होगी—अन्यायी, बेदर्द तुझे कोई जहर देकर मारे, जिंदगी भर हम पका-खिलाते रहे, बैरी इतनी जल्दी भूल गया !

संतोले की बहू मिस्सी खाए दाँतों से हँसती, उसकी प्रौढ़ आँखें बच्चे की आँखों

की तरह चमकतीं—लला, जो इतने बरस तुम्हें खबा-पिबा चुकी, उसकी जीभ तुम्हें सरापेगी ? महामाई का कौल, तुम्हारी खुसी आनंदी के लिए मढ़िया ढारते रहे। बरत-उपास रखे कि लला आनंद में रहेंगे तो हमें भी दुख नहीं मिलेगा। एक गिरोह के खिदमतगार को दूसरा गिरोह दुस्मन की निगाह से हेरता है।

संतोले की बहू की बातें श्रीराम के सीने में उतर गईं। प्यार-प्रीति की भी और बैर-दुश्मनी की भी। बीहड़ का कानून यहाँ तक लगता है भौजी। यहाँ भी पार्टी नहीं, गिरोह ही समझो।...पर तुम न समझो तभी अच्छा है। जैसे आम आदमी यहाँ की असलियत न समझकर सुखी रहना चाहता है। धोखा खाना तभी तो बुरा लगता है, जब हमे मालूम हो कि हम धोखा खा रहे हैं।

श्रीराम शास्त्री को यहाँ आकर अपनी परछाईं तक के ऊपर से भरोसा हट गया। यह लखनऊ शहर खतरों से घिरा हुआ है और अंदेशों के दायरे में सारा उत्तर प्रदेश है।

वे रात के समय बादशाही बिस्तर पर सोते और करवटें बदलते। अपने द्वारा किए गए कत्लों का ब्यौरा जोड़ते और राजनीति में दिन-दहाड़े होती हत्याओं से मुकाबला करते। न वे ही खूनखराबे के खिलाफ भाषण देने के हकदार हैं और न यहाँ का कोई नेता-मंत्री। नतीजन उन्हें सारी पदवियाँ, सारी कुर्सियाँ गुनाहगार लगतीं। खून में सनी हुई...और विधानसभा का भवन सूलीघर मालूम देता, जहाँ आदमी के सहूलियतों का गला घोंटा जाता है। वे अपने आपको सबसे बड़ा गुनाहगार पाते। क्यों आए थे यहाँ ? खूनियों के मुँह अपने ऊपर लांछन उछलवाने ? ये लोग कैसी बोली बोलते हैं कि उनके पेट में भय के गोले उठने लगते हैं। जगह का बदलाव रास नहीं आ रहा या खुद ही घिर गए भेड़ियों में ?

संतोले की बहू की ममता भरी आँखें न होतीं तो वे किसके होकर रहते ?

उनके मन में आया, अपना सारा स्टॉफ बदल डालें। डाँग के जाने-परखे लोग ! मालूम है किसकी कौन-सी विशेष योग्यता है। बाजार से सौदा-सुलफ लानेवाला अगर राहगीरों की 'राम-राम' या 'जैराम जी' पर अचकचा जाता और पकड़े जाने का शक होता तो उसे तुरंत बर्तन माँजने पर लगा दिया जाता। बेधड़क निकल जानेवाला डाकू घूमाफिरी का काम करता। बात-बात में जिजमान कहने की आदतवाला डब्बू सिर्फ हजामत बनाता था। मालिक-हजूर कहकर सिर झुकानेवाला मठोले मालिश करता था। चांडाल मैतर की जाति संतोले बेरहमी भरे कामों पर तैनात था। हरएक की नीयत, ताकत-कूबत का खुलासा ज्ञान सबको था।

श्रीराम शास्त्री ने संतोले की बहू से अपने मन की बात कही।

संतोले और दो अन्य डाकू कोठी पर आ गए—निजी अंगरक्षक पूरे भरोसे के आदमी।

संतोले की बहू ने तब हँसकर कहा था—लला, ब्याह कर लो। अब तुमसे अकेले नहीं कट रही। भाग-दौड़ की जिन्दगानी छूट गई। आराम में बड़ी जल्दी ऊब जाता है

आदमी। पद-पदवी के हिसाब से अच्छी से अच्छी दुल्हन आ जाएगी। आदमी की उमर नहीं देखी जाती। यह बीहड़ भी नहीं कि इत-उत से लड़कियाँ उठा लाएँ। शहर का मिजाज इस मामले में कैसा है, झाँसी के डाँग लोग क्या जानें ? सच्ची, हमसे तुम्हारी उदासी नहीं देखी जाती।

श्रीराम शास्त्री को हँसी आ गई थी। औरत भी अपनी औकात कितनी जल्दी समझ जाती है। भौजी की जवानी ने अभी उसकी देह से पल्ला नहीं छुड़ाया, पर वह बुढ़ापे के डर के मारे पाला छोड़ रही है। मर्द की नीयत का कतरा-कतरा पहचानती है भौजी !

...लेकिन वह क्या जाने कि श्रीराम इन दिनों किस फेर में है ?

मंत्री काल ! भूल पर भूल हो रही है। वे गड़बड़ा रहे हैं। पी.ए. सहायता के लिए नहीं, दुश्मनी पर उतरा है। पढ़े-लिखों को कितनी खुंदक है कि कम पढ़े आगे आ गए ? हरामी चार-पाँच पर्चे पकड़ाकर उलझन में डाल गया। विधानसभा, मीटिंग और उद्घाटन में बोलनेवाले पर्चे एक जगह गडमड !

हिसाब के कच्चे श्रीराम शास्त्री ने अब तक गाँवों में घरों की छत पर चढ़कर मुर्गे की-सी बाँग देने का चार्ज सँभाल रखा था—एऽऽ...किसी ने चूँ भी की तो गोली से खोपड़ी उड़ा देंगे। जीभ काट लेंगे। भीतर रहो, अपनी जान प्यारी है तो।

श्रीराम शास्त्री को पदवी प्यारी है, मगर कागज-पत्तरों का हिसाब समेटने में लाचार...

विधानसभा में उद्घाटन भाषण पढ़ डाला। लोग हो-हो करके हँसे। उन्होंने सोचा, मार लिया मोर्चा ! आगे पढ़ते गए। श्वान निद्रा वको ध्यानम्, पंडित लोकमन का मूलमंत्र।

—डाकू है डाकू ! बेचारा यहाँ के कायदे क्या जाने।

—मंत्रीजी, यह गड़बड़ यहाँ नहीं चलेगी। इस्तीफा ! इस्तीफा ! इस्तीफा !

उन्होंने सिर झटककर कान बिछा दिए। लोग इस्तीफा क्यों माँग रहे हैं ?

थमकर इधर-उधर देखा और गब्बरसिंह स्टाइल में गंभीर नजर से ताड़ते हुए बोले—'रे साँभा, कौन हमें डाकू कह रहा है रे ? मेज कूट रहे हैं, अरे हम इनको कूट डालेंगे। ओ हलवाई की औलाद, ले गोली खा।' कहकर वे अपने कुर्ते के भीतर पिस्तौल टटोलने लगे, जो विधानसभा में ले जानी निषिद्ध है। काश, पिस्तौल होती ! सारी विधानसभा को सुला देते, कुर्सियों को लूट ले जाते।

क्रोध सिर चढ़कर बोल रहा था। मर्यादा की चादर कब की फट गई। उन्हें न डर था न संकोच। जानते थे कि समाज और सरकार का समर्थन अब उनकी अंटी में है।

जिस किसी ने उन्हें रोका, थूक छोड़ते हुए बोले—'हम तो गाली ही दे रहे हैं, तुम तो जूतमपैजार मचाते हो। टी.वी. देखते हैं हम।'

श्रीराम शास्त्री मनमानी कर गए, लेकिन इस बदजुबानी के लिए मुख्यमंत्रीजी ने उन्हें तलब किया—तुम्हारे जैसे विधायकों के रहते प्रदेश में यह सरकार कितने दिन कायम रहेगी ? उन्होंने एकांत में पूछा।

—साहब, हमने सरकार की जड़ें कहाँ से खोदीं ? अपनी अस्मत बचा रहे थे।

—यह तरीका सूरजभान वाली पार्टी में चलता है। हमारे यहाँ सभ्य-शिष्ट लोग हैं और इसी बूते पर जीतकर आए हैं।

—साहब, विधानसभा में तो हमें खास अंतर दिखाई नहीं दिया। जैसे ही वे, वैसे ही हम।

—श्रीराम, होश में आओ। पार्टी के लिए हमने खून बहाया है।

—किसका ?

मुख्यमंत्रीजी ने दाँती पीसी। श्रीराम बिफरनेवाला था। आग होंठों तक आ चुकी थी। गालियाँ लपटों में उठीं—सालो, मादरचोदो, चोरों के सरताज होकर डाकुओं से नफरत करते हो। दस विधायक हमारे पइसा से खरीदे हैं, सरकार चलाने की बात हमसे कर रहे हो ? अरे हम तो इसलिए कुछ नहीं कह रहे कि अपने लोकमन पंडित ने कहा था—राजनीति में जा तो रहा है, गठरिया भर मौन लिए जा, क्योंकि वहाँ नोंन काम नहीं करता, साले सब हरामी।

श्रीराम शास्त्री रुआँसे हो आए। कैसे कहें, पी.ए. समझाता नहीं, चिढ़ाता है। नमकहराम।

मुख्यमंत्री ने सोचा, इस डाकू का क्या पता, बीहड़ में कूद जाए और दस विधायकों से रात के अँधेरे में पिस्तौल दिखाकर पूरी रकम वसूल ले। सरकार उसी दिन गिर पड़ेगी।

उन्होंने कंधे पर हाथ धरकर पुटियाया, समझाया—श्रीराम शास्त्री, नाम बदला, बाना बदला तो बोली भी बदलनी पड़ेगी। मिजाज भी बदलना होगा। हिंदी और अँगरेजी समझ में नहीं आती तो ऐसा करो, एक मास्टर रख लो। पी.ए. जो पर्चा पकड़ाए उस पर विधानसभा, मीटिंग, उद्घाटन जैसे शब्द लिख लो। पहले पहल ज्यादातर लोगों को यही करना पड़ता है। अरे यार...माँ के पेट से सीखकर आता है क्या आदमी ? पर हाँ इतना और समझ लो, जादूगरी उसी की चलती है, जिसमें जादूगर होने का हुनर हो।

मास्टर ! हुनर !

क्या बताएँ श्रीराम, उनको मास्टर कितना पढ़ा पाएगा ? मास्टर तो बस लोकमन पंडित को माना है जिंदगी में। बचपन से उनके जूते खाए, कभी बुरा नहीं लगा। पर उन्हीं मास्टर ने समझा दिया कि अब दुनिया के मास्टर हम हैं। अन्यायी-दुराचारियों और सेठों को ठिकाने लगानेवाले मास्टर। शराफत की आड़ में लोगों को लूटनेवालों के मास्टर। मुख्यमंत्रीजी क्या समझेंगे कि वे भी लोकमन पंडित के चलते कोई अच्छी छवि नहीं रखते।

मास्टर पढ़ाएगा, जरा भी चूँयचाँय की, साला जिंदगी से हाथ धो बैठेगा। और श्रीराम को यह भी मालूम है कि डकैत जीवन के खून नजरंदाज किए जा रहे हैं, पर इस पदवी से पटकने के लिए लोग एक झापड़ को ही खंजर मानकर विधानसभा के आगे धरना दे देंगे। माना कि यहाँ गुनाह और भी आसानी से माफ हो जाते हैं, लेकिन जिसका बोलबाला हो। अभी इन लोगों की निगाह में वे मंत्री से ज्यादा डाकू हैं। जबके

गुनाह करने का मन ही नहीं रहा, यहाँ गुनाह भी साले भड़ियायी की तरह किए जाते हैं।

श्रीराम शास्त्री को कुछ नहीं सूझता था। वे घबराते रहते और फिर शराब में डूब जाते।

कुछ दिन के लिए बीमारी का बहाना बनाकर झाँसी चले गए।

संतोले की बहू संग चली। वह अचरज में थी। पूछने लगी—लला, पुलिसियों को इतने दिन धमकाया, बड़े से बड़े डकैत को भरमा लिया और ये लोग तुम्हारे कब्जे में नहीं आ रहे ? ये उनसे भी ज्यादा चालबाज और खूँखार हैं ?

श्रीराम चुप-चुप रहते। अपने सवालों के जवाब संतोले की बहू खुद ही खोजती रही।

कितने दिन चलता झाँसी रहकर ? सत्र शुरू होता, आना पड़ता। कैसा आसान था डकैत जीवन ! जो हो, वही दिखो।

●●●

अल्मा संतोले की बहू के कमरे में बेसुध पड़ी थी। उसने कुछ भी खाने-पीने से इनकार कर दिया। तकदीर को बार-बार कोसती। उसका भाग्य उसके माथे पर नहीं लिखा, देह की उठान और कटावों पर लिखा है। खूबसूरत शरीर बदसूरत भविष्य गढ़ता रहता है।

संतोले की बहू ने उसे उठाकर बैठा दिया और बोली, 'दिलिद्दिर की तरह कब तक पड़ी रहेगी, उठ। देखती नहीं, तू कहाँ आ गई है ? राजा के घर। बूटीपालरवाली आएगी।'

अल्मा न रो सकी न हँस सकी। अब तक वह मर्दों पर हमला करती रही है, जो उसकी इज्जत से खेलने के मकसद से आए हैं। यहाँ यह औरत है, जो उसे नीलाम करने पर तुली है !

वह लोथ-सी सिर डाले बैठी थी। नत्थू यहाँ कैद कर गया है, या बेचकर चला गया ? मजबूरी का फायदा वह भी उठा गया ? उसे क्या पता था कि ऐसा होगा ? हर आदमी अपनी तरह का अलग होता है। वहाँ नत्थू धीरज बाबूजी की संगत निभा रहा था? उसके व्यवहार में कट्टरता होते हुए भी नरमाई थी ! जब कभी बहुत दहशत हुई तो सांत्वना भी देता था। छोटी नीच जाति का था, कहीं अपना लगता था। जिस तरह यह औरत...पर यह भी ऊँचे लोगों की-सी बोली बोलती है। खाने की जिद करती है तो ऐसे जैसे बलि के बकरे को खिलाना चाहती हो। सूली पाया हुआ आदमी सूली पर टँगने के पहले भरपेट खाना खा सकता है ? चारों ओर से बंद इस कमरे में...

इस औरत में दुख-दर्द महसूस करने की भावना नहीं। डाकुओं के संग रहकर नजर भोंथरी हो गई...और अल्मा को इस घर में हर चेहरा बेटासिंह का चेहरा लग रहा है। यह कोठी उसी डकैत का अड्डा ! जहाँ यातना और मौत नई चीज नहीं। बप्पा छटपटाया करते थे—सरकार अपना राज चलाती है, या सारा काज डाकुओं, हत्यारों और

पुलिसवालों के हाथ सौंप रखा है? ऊपर से तगमा यह कि सबकुछ जनता के लिए है, जनता के द्वारा हो रहा है। इससे अच्छा तंत्र और क्या होगा ? बप्पा का विश्वास कब टूट गया ! या किसी भ्रम में रहे वे ? तभी तो जीवन की डोर बेटासिंह के नाम पर टूटी !

ऐसा ही होता आया है। ऐसा ही हुआ ! दुर्जन यह कहकर कराहा था। वह इस न्याय के लिए तैयार था ? अल्मा आगे कुछ नहीं सोच पाई, उसकी बेताकत देह और भीतर से उठते घुटन भरे दर्द गडमड होने लगे। आगे कहीं बचाव नहीं। दुख की टीस छोड़ती लहरें मन में थपेड़े मारने पर जुटी हैं। कज्जा लोग तो सदा यही कहते हैं—कबूतरी-कबूतरा बदमाश जाति है। सब तरह की चोरियाँ उसी के सिर हैं। कई गाँवों में लाठी-बंदूक चलाकर डकैती डाली हैं, इससे उन बदमाशों को सुख मिलता है। अल्मा क्या कहे उनसे कि वे तो जो करते हैं बहुत कम करते हैं, मेरी तरह ही तुम्हारी लड़कियों को हाथ-पाँव बाँधकर उठा ले जाएँ और मनमानी तरह से उसे चीरें-फाड़ें, हिसाब तब पूरा होगा।...लेकिन बप्पा की बात याद आ जाती है, कहते थे—हर प्रतिशोध के जरिए औरतों की ही दुर्गति करता है आदमी !

आगे अल्मा क्या सोचे ?

तभी वह औरत आई। हाथ में रंगबिरंगे कपड़े टँगे हैं।

"उठती है कि नहीं ? साब को ज्यादा फुरसत नहीं। अपनी इज्जत समझ जो यहाँ आ गई। मंतरीजी बुला रहे हैं। अरे हम न सिपारिस करते तो वे बुलाते ?"

अल्मा चाहती तो मरती हुई शेरनी की तरह आखिरी वक्त में हमला करते हुए सारी ताकत निचोड़ देती, पर वह अब लड़ने का इरादा भी छोड़ चुकी थी। खामोश जानवर की तरह जिबह हो जाना अच्छा है, बजाय लड़-लड़कर जिंदा रहना और फिर तबाह होने को तैयार हो जाना ! एकटक देखती रही, फिर ठोड़ी घुटने पर टिका ली। बेहरकत चेहरा, पथरीली आँखें !

औरत ने उसके बिखरे बालों में से कुछ लटें पकड़ीं और जोर से खींची—होस है कि लगाऊँ चाँटा।

सच में ही उसने चार-पाँच थप्पड़ अल्मा के गाल पर लगाए और बोली—बीहड़ में तेरी जैसियों को ठीक किया है हमने। बूटीपालरवाली फालतू नहीं है। जल्दी मचा रही है। तेल उबटन करा लें।

संतोले की बहू थप्पड़ लगाकर निराश हो गई। अल्मा पत्थर की बनी मूरत से जरा भी कम नहीं। इससे श्रीराम भी क्या पाएँगे ? गूँगी है ? अभी तक जो कुछ पूछा, बस सिर हिलाकर जवाब देती है।

एक दिन और बीता।

संतोले की बहू का स्वभाव आज बदला हुआ था। वह नरमी से पेश आ रही थी और अल्मा को दिलचस्पी से देख रही थी। उसके मुरझाए मुँह को उठाकर ठोड़ी पकड़ते हुए बोली—अपनी गत अपने ही हाथों...यहाँ कोई नहीं है, जो तुम्हें तंग करे। हमारे साब को खुस कर दो, बस। आजकल वे बड़े उदास रहते हैं, हमसे देखा नहीं जाता। वे बीहड़

में जितने दबंग थे, यहाँ इतने ही नरम...।

अल्मा के होंठों तक जलता-सा बोल आया—तुम्हीं क्यों नहीं खुश कर देतीं ? जो मेरे पास है, वही तुम्हारे। अपने साहब का इतना ही ख्याल है तो...

संतोले के बहू ने जैसे अनकहे ही बहुत कुछ सुन लिया, नहीं तो ऐसा जवाब देती ?—जवानी रहते हमने दस-दस आदमियों को खुस रखा है। तू एक में मरी जा रही है। अरी मूरख, आदमी की खुसी ही हमारी जिंदगी है। मरना है तुझे। कल के दिन सूरजभान के हवाले कर दें तो ? नोंचकर फेंक देगा। हैवान को खुस करके भी तुझे जिंदगानी नसीब न होगी। देख, मेरी ओर देख।

एक दिन और बीता।

संतोले की बहू आज बिफरी हुई थी। वह अल्मा को खा जानेवाली नजरों से देखती और होंठों ही होंठों में कुछ जहरीला-सा बुदबुदाती। उसके चेहरे पर घृणा थी। अपमान से उपजी नफरत! कड़आ मुँह बनाकर कह गई—अड्डे पर किसी लड़की की यह मजाल...। मूँड़ ऊपर से पानी जा रहा है। अब तू हमारी गोताखोरी भी देख।

संतोले बुलाया गया।

खिचड़ी दाढ़ी और बड़ी-बड़ी मूँछें। पीले कुर्ता-पाजामा पर लाल लटकता अंग-वस्त्र। श्रीराम शास्त्री का निजी अंगरक्षक, जो बीहड़ के अड्डे के नियम-कायदों का ज्ञाता है। और अच्छे से अच्छे गुंडों से निपटने के लिए खास तौर पर तैनात किया गया है। बीस साल का पुराना साथी, विश्वासपात्र, जिसने पत्नी को भी बेहिचक समर्थ डाकुओं की सेवा में रखा और खुद नीच जात होकर ऊँचा बना रहा।

संतोले की बहू अब स्त्रीपन भूल चुकी है। उसे मर्दों की तरह हुकूमत करना आ गया है। जवानी जाती है, जाते-जाते कोड़ा चलाना सिखा जाती है, जैसे खुद के अनुभव रहे...

संतोले के लिए कोई बड़ी बात नहीं कि इस जिद्दी लड़की को श्रीराम शास्त्री के कमरे में उनके सामने पटक दे। बहुत बार हुआ है ऐसा। गाँवों से पकड़ी हुई लड़कियाँ 'मौज-मजा' रो-धोकर, हठ पकड़कर खराब करने पर तुल जाती थीं तो संतोले उनके अभिमान को तोड़ने का अचूक औजार इस्तेमाल करता।

...सारे कपड़े लड़की के बदन से फाड़कर अलग करना उसे विशेष तौर पर आता है।

बलिष्ठ आदमी अल्मा की कुर्ती का गला पकड़कर श्रीराम शास्त्री के आगे खींच लाया।

संतोले की बहू ने रेडियो फुल पर कर दिया था। ऐसे मौकों पर रेडियो इसी काम आता है। आकाशवाणी लड़की की चिंघाड़-पुकार पर छा जाए। रात के समय दरवाजे ऐसे बंद कि हवा तक न सरक पाए।

धरती पर पड़ी अल्मा के सारे कपड़े चिथड़े-चिथड़े...और फिर बेपर्द देह...

सूरजभान तलाशी लेने के बहाने इस देह का रोम-रोम नाप चुका था। उसके साथी

परसराम ने शरीर का नग-नग टटोला था। नंगापन पहली बार लगता है, बार-बार नहीं, इस बात को हर औरत जानती है। अल्मा खड़ी की गई। खड़ी हो गई। समझ रही थी, खड़े होकर ज्यादा नंगी हो जाती है देह...। जो अंग छिपाने चाहिए, वे उघड़े पड़े हैं तो सिर झुकाकर भी क्या होगा ?

अल्मा सीधी देख रही थी। श्रीराम शास्त्री के चेहरे में बेटासिंह का चेहरा ! सूरजभान का चेहरा ! परसराम का चेहरा। सब चेहरे गडमड। और सबके पीछे से झाँकता पिता का चेहरा !

संतोले अपना काम करके चला गया, अभ्यस्त पाँव, अभ्यस्त चाल। बरसों से इस धर्म-कर्म को निभाता हुआ...

श्रीराम शास्त्री आँखें मीचे हुए संत की तरह पलंग पर पाँव लटकाए हुए बैठे थे।

संतोले की बहू...सच्चे-मन अहसानों का पर्वत बनाने पर तुली है कि खुद कभी यहाँ से उखड़ न पाए। वह उस क्षेत्र में पहुँच चुकी है, जहाँ रूप की कद्र की परवाह नहीं, सुख-सुविधाएँ ज्यादा अहं हो जाती हैं।

श्रीराम शास्त्री ने परेशान-सी आँखें खोलीं।

नंगी लड़की की तनी हुई देह ! ढीठ निगाहें ! औरत की जिद हठ देखी है, वह लाज-शर्म का लबादा ओढ़े रहती है, जिसे हटाने नहीं देती।

...मगर यह तो पर्दे का भरम तक नहीं रखना चाहती ! बरजोर सच्चाई ने श्रीराम को डरा दिया।

संतोले की बहू ! उन्हें दुखद हँसी आई। बेचारी क्या जाने ? वह तो मर्द के लिए सौ सुखों का सुख स्त्री-सुख मानती है !

सत्ता-सुख ने सताया है श्रीराम शास्त्री को। इस बेबस भगाई हुई लड़की के रूप में उनके दुख दूर करने की सामर्थ्य नहीं। इस महीने शायद इस्तीफा...सोचते ही कमरा घूमने लगा। वे चक्कर खाने लगे। मुख्यमंत्री सँभल नहीं रहा !

संतोले को पुकारना चाहते हैं श्रीराम। नहीं, वह गँवार न इस लड़की की नफरत और ढीठपन के मरम को समझेगा न उनकी मजबूरी को। दोनों बातों की सजा लड़की को देगा, जब कि वे किसी तरह का शोरगुल, हाहाकार चाहते नहीं।

नपुंसक हो गए क्या ? नंगी औरत देख रहे हैं, पत्थर से बैठे हैं। छोड़ो अब इस बात को, उन्होंने संतोले की बहू को पुकारा और बोले, "उसे कपड़े दे दो भौजी।"

कमरे से बाहर निकल गए लला ! संतोले की बहू ने आँखें फैलाकर देखा।

"लला !" उसने उन्हें लौटाना चाहा। स्वर में गिड़गिड़ाहट थी। जैसे कहना चाहती हो—नूर-हीरा तुम्हारे कब्जे में है लला। देखो, इसी की साध की थी ?

संतोले की बहू ने अल्मा की परवाह नहीं की, सो कपड़े भी नहीं दिए। श्रीराम के पीछे-पीछे चली गई।

वे फाइल पलट रहे थे, वह बोली, "लला, गिरोह में कितने लोग थे ! तुम्हारा मुकद्दर अलग हो गया। धन-दौलत, आराम-इज्जत और पदवी मिली। इमरत भरा

कटोरा सामने आया और तुम ठोकर देने लगे ! मिलने को तमाम मिल जाएँगी, तुम जैसी चाहते हो, हाथ न आएगी।''

श्रीराम को बेहद झुँझलाहट हुई, ''ऐसा क्या है उसमें ?''

''उसके तौर-तरीका देखोगे, तब न समझोगे ?''

श्रीराम शास्त्री किसी और ही दुनिया में थे, बोले—''मार-छेड़ न करना। हमारा मन ठिकाने नहीं। तुम्हारा दिल हो तो रोको नहीं तो भगा दो साली को।''

संतोले की बहू चिढ़ गई—''अच्छा तो अब यहाँ तक नौबत आ पहुँची ! भगा दें ? कहाँ डाँग में अपने संतोले से कहते थे—यार चून की लुगाई मिले तो ले आ। साली देह सुलग रही है।''

श्रीराम शास्त्री के होंठों से दयनीय-सी हँसी गुजर गई।

संतोले की बहू पाँव पटकती-सी चली गई।

उन्होंने फाइल एक ओर को रख दी और आरामकुर्सी पर ढह गए। आँखें बंद कर लीं, सिर पीछे टिका लिया।—मुझे क्या हो गया है ? सच में ही इस लड़की में मुझे कोई दिलचस्पी नहीं ? भौजी इतनी बकझक करती रही, मैंने क्या सुना नहीं ? खुली आँखों लड़की को देखा भी है—साँचे में ढले शरीर की सुंदर लड़की। नंगे बदन पर गोरी उजियारी बिखरी हुई थी। सत्रह-अठारह सालवाली जवानी कायम थी। अंडाकार चेहरा और बरजोर आँखें ! माथे से पाँव के अँगूठे तक सुंदरता झिलमिला रही थी। माना कि बिफर रही थी, लेकिन यह उसके अनछुएपन की निशानी है। लड़कपन का तकाजा है। नाज-नखरों का सिलसिला है। बीहड़पनवाली बातें उसके व्यवहार में कतई नहीं थीं। जो लाया होगा, जिसने इसके घर को तबाह करके इसे लूटा होगा, वह जौहरी होगा। यह निश्चित ही बिक्री के लिए नहीं होगी। अनमोल सौगात ! संतोले की बहू ने उनके आनंद की खातिर किस-किस तरह जुटाई होगी...। मेरा पौरुष मर रहा है ? मैं धीरे-धीरे खत्म हो रहा हूँ ? नहीं तो कहाँ गई वह दबंगई ? या इस लड़की में ऐसा कुछ था कि मुझे कमजोरी लगने लगी ?

संतोले की बहू आनन-फानन में फिर आ गई।

''लला, ऐसा न करो। इसे सूरजभान लाया था। उसकी कमर पर लात मारकर आई है। खोजता-फिरता होगा नासमिटा। उसे पता तो चले, उसकी कोसिस नाकाम हुई। हमने भी कह दिया, 'तुझे सोने की मौहर की तरह छिपाकर रखेंगे।' पढ़ी-लिखी हुनरवाली मोंड़ी !''

बीहड़ में रही संतोले की बहू सारे दाँव जानती है। दुश्मनी का हवाला देकर कैसे किसी को उकसाया जाता है, इसी नुस्खे को इस्तेमाल कर रही है। कैसे समझाएँ श्रीराम कि भौजी यहाँ बीहड़-जंगलवाले नियमों की ईमानदादियाँ नहीं चलतीं, बारीक साजिश की अमरबेलें चुपचाप आदमी को खाती रहती हैं। सूरजभान आजकल बैरी नहीं, दोस्त की भूमिका में उतरना चाहता है। वह इस लड़की को खोजने में वक्त नहीं गँवाएगा। वैसे भी अगर पता चल जाए कि यह श्रीराम के यहाँ है तो कहेगा—मैंने वह नायाब

तोहफा आपके लिए...

...लेकिन संतोले की बहू का दिल तोड़ना भी उन्हें मुनासिब न लगा, सो बोले, "भौजी, शान्ति में एकांत का हास-विलास कुछ और ही होता है। इतनी जिंदगी बीत गई, अनेक औरतें आईं-गईं। पर अपनी मर्जी से कोई हमारे पास फटकी ? किसी की आँखों में लालच था तो किसी के चेहरे पर मजबूरी। और किसी-किसी के हाथ-पाँव बाँधकर अपना काम साधना पड़ता। यह भी साला कोई आनंद हुआ ? प्यासे जाओ, दोगुनी प्यास लेकर लौटो।

"अपने लोकमन पंडित कहते थे—औरत और थाली, प्यार से परसी हुई ही संतोष देती है। छीनकर खाने-सोने में क्या मजा ? आदमी माँ और जोरू से ताजिंदगी चिपका ही रहता है। चाहे-अनचाहे भी !"

●●●

संतोले की बहू की हिदायत और नखशिख श्रृंगार !

—देखो अल्मा, संतोले से जो कुछ हो गया उसे भूल जाओ। तुमने बड़े दुख झेले होंगे, हम जानते हैं। मर्द के किए पाप औरतें ही उठाती हैं। पर करें क्या ? तुम भी बताओ, हम क्या करें ? जिसकी दया पर रह रहे हैं, उसका ख्याल तो करना ही पड़ेगा। आने को तो यहाँ एक से एक परी आ सकती हैं, पर वे परियाँ हमारे श्रीराम को उड़ा देंगी और खुद मालकिन बन जाएँगी। हमारी समझ से तो यहाँ ऐसी जादूगरनियाँ ही मिलेंगी, सो हम लला को बरजते रहते हैं। हमने खूब बिचारकर तुम्हारी बात सोची है।

अल्मा घुटनों पर ठोड़ी टिकाए चुप।

—तुमने कभी इत्ती दौलत देखी न होगी। अरे तुमने क्या, हमने तक नहीं देखी, जो सदा से लूट का माल धरती-उठाती आई। मनमानी कीमत देंगे लला।

अल्मा ने आँख तक न उठाई।

—अब तुम तैयार हो जाओ। संतोले गँवारपना कर गया। लला बहुत नाराज हुए। वे सतजुगी आदमी हैं, हैवान-हब्सी नहीं। उनकी दरियादिली पर ही तो हम आबाद हैं। देखो तुमको किस निगाह से देखा ? औरत को नंगी करना, उसकी बेइज्जती करना है। लला उठकर चले गए। बड़े बिगड़े। नेता लोगों के घर ऐसा होता है कहीं ? संतोले आयंदा ऐसी गलती नहीं करेगा।

अल्मा बहरी बनी बैठी थी।

—लला परेशान हैं। तुम उनकी मदत करो। थके-माँदे आदमी से औरत हँसकर दो बातें करे। अपनी खूबसूरती और नाज-नखरे दिखाए, आदमी की सारी थकान उतर जाती है ! जनी में यह ताकत न हो तो उसे कौन गले लगाए ? हम कपड़े-लत्ते साज-सामान लाते हैं। तुम सजो-बजो और कुछ खा-पी लो। चेहरा एकदम मुरझाया-सा...दूध ले आएँ ?

संतोले की बहू के समझाए नहीं समझी अल्मा !

वह अपने भीतर एक दूसरी दुनिया चलती देख रही थी। उसी दुनिया के चलते उसने कहा—"भूख लगी है।"

संतोले की बहू को मन की मुराद मिल गई। वह दौड़ी-दौड़ी गई। कटोरे में दूध और तश्तरी में पराँठे ले आई।

खाने के बाद अल्मा नहाई-धोई। इतने दिन की मैल गंदगी धो-पोंछकर तरोताजा-सी हो गई।

संतोले की बहू ने उसे कीमती रेशमी साड़ी-ब्लाउज दिए और छोटे-बड़े कुछ गहने।

वह बड़े से आदमकद शीशे के सामने थी।

शीशे में देखकर अपने आपको पहचान रही थी अल्मा ! रामसिंह कबूतरा की बेटी।

रामसिंह कबूतरा था, उसने कज्जा बनने की कोशिश क्यों की ? उसने पुलिस के आगे सिर क्यों नहीं झुकाया ? मास्टर बनने की जुर्रत। बेटी के मोह में फँसकर लचका, मगर टूटा क्यों नहीं? उसने पुलिस को झुकाना चाहा, पुलिस ने उसको खत्म कर डाला। अल्मा के चेहरे पर गुस्सा था।

संतोले की बहू उसकी बगल में खड़ी थी। उसने अल्मा की पीठ थपथपाई—गुस्सा थूक दे। अल्मा ने ऐसे देखा, जैसे अब उसे किसी का डर न हो। उसे कहीं भी भागना हो। इज्जत बचानी नहीं, गँवानी है। जान रखनी नहीं, देनी है।

अल्मा ने गहनों का अर्थ सजावट ही समझा था, मगर सूरजभान के संग हाथापाई हुई तो उसके कान में पड़ी बालियों का अर्थ बदल गया था, हालाँकि नतीजा कुछ न निकला। वह शीशे के सामने बैठ गई। सबसे पहले अपने गोरे कबूतर से पाँवों में पायल पहनी। रुनक-रुनक करती पायल ! मीठे स्वर में बजनेवाली, मगर है तो चाँदी की—कठोर कठिन। गुलाबी उँगलियों में सुनहरे बिछुए। श्रीराम शास्त्री आजन्म कुँआरा आदमी। अपने नाम के बिछुए देखकर दूरियाँ भूल जाएगा।

साड़ी का रंग बसंती था। उसने चोला पहन लिया। रेशमी ब्लाउज नहीं पहना, केवल बसंती पल्ला ही वक्षस्थल पर डाल लिया। हाथ में काँच की चूड़ियाँ थीं। साबुत छनक-छनक बजती हैं, टूट जाने पर धार निकाल बैठती हैं। उँगलियों में मोती और नग की अँगूठियाँ।

रूप और रत्नों का मेल ! काली और लंबी सुगंधित महमहाती चोटियाँ अपने हाथों ही गूँथीं, लहराती हुई नागिनें।

कितने आराम और कितने विश्वास के साथ खड़ी हो गई वह ! आँखों के सामने किसकी छवि थी कि मन उल्लास से भर उठा !

नजरों के घेरे में पिता का गोलियों से छिदा चेहरा नाच उठता है। द्वार से निकलते, हाथ छुड़ाते हुए राणा का चाँद चेहरा याद आता है। वह हँस उठती है। कैसी हँसी हँस रही है अल्मा ? संतोले की बहू का चेहरा विवर्ण हो चला...

अल्मा झीनी साड़ी में तराशी हुई लगभग नंगी स्त्री ! ब्यूटीपार्लरवाली आज काम कर गई।

वह अब बेटासिंह को देख रही है। पुलिस दरोगा की छाया झाँई-सी मार जाती है। उसका सुख बराबर बढ़ता चला जा रहा है। अंगों की गति तेज हो रही है। पाँव आगे बढ़ने लगे।

एक विन्दु ऐसा आया कि संतोले की बहू को छोड़कर आगे चली गई।

उसके मन में बसी दुनिया आस-पास फैली है। सीधे-साफ ढंग से वह सोच रही है—यह रास्ता पार करना ही होगा। भागकर भी कहाँ तक जाएगी ? फिर कोई ऐसा ही खतरनाक हाथ आएगा, नए सिरे से नंगा करेगा। हर आदमी की एक ही भूख... बप्पा से खरगोश और शेर की कहानी सुनी थी—खरगोश अपनी बारी पर शेर के पास तक खुद चलकर गया था। बप्पा से ही पद्मिनी की कथा सुनी थी—पद्मिनी सुलतान के पास खुद गई थी। पर खरगोश के साथ गई थी उसकी बुद्धि, और पद्मिनी के संग चली थी बदले की भावना।

उसके साथ क्या-क्या चल रहा है ? यकायक अपने आपसे ही दहलने लगी अल्मा। कैसी चाह उठी है, जो खत्म नहीं होती, खत्म करने पर तुली है ! कैसा सपना है, लग रहा है कि कोई खींच रहा है और वह उड़ी चली जा रही है। अब वहीं जाकर रुकेगी जहाँ बेटासिंह बैठा है। पिता का हत्यारा डाकू चेहरा बदलकर कहाँ आ मिला ! क्या वह भी जानता होगा कि रामसिंह की बेटी आ रही है ? तबाह होने की हद तक मौत की राह चली आ रही है। यह रास्ता यहीं से गुजरता है।

अल्मा एक-एक डग धरती हुई श्रीराम शास्त्री की ओर बढ़ रही थी। वे रेशमी चादर बिछे गुद्‌गुदे बिस्तर पर बैठे अल्मा को देख रहे थे—जैसे धनुष में लोच होती है, नदी में भँवर पड़ती है ! लड़की ने मोहिनी रूप धर लिया !

यही चाहते थे वे ? कोई इस तरह आए। तभी न आँखें जमी रह गईं। नजर बदन से अलग नहीं होती। क्या हो गया उन्हें ? नंगी लड़की देखकर मन मुरझा गया था ! उनके भीतर का वह डाकू कहाँ गया, जो दर्द से चिंघाड़ती औरत को दबोचने में आनंद लेता था। जैसा कि वे सुन रहे हैं, यहाँ भी वही खिलवाड़ चल रही है। न चल रही होती तो सूरजभान इस लड़की को क्यों पकड़ लाता ?

...लेकिन उनके मन की दशा और ही हो गई। वह मनोरंजन, खूनी खिलवाड़ जैसे बासी पड़ गए। कोई कब तक अपने आपको जानवर की हद तक उतारे ? मनुष्य की सहज गति का सुख जिंदगी में जाना नहीं था। क्या इसी सुख के लिए समर्पण नहीं किया ? शांति के लिए घाटियाँ नहीं छोड़ीं ? कैसी अजीब बात है, समाज के बीच रहते लोग असामाजिक होते जा रहे हैं, और असामाजिक तत्त्व मनुष्य होने को तरस रहे हैं। मनोरंजन की सीमा नहीं, आतंक और उत्तेजना की हद कहाँ है ? जहाँ भी हो, श्रीराम शास्त्री को ऐसा लगता था, जैसे वे दुख-दर्द के लिए बहरे-अंधे हो गए हैं। बस यही सोचकर गलत नियमों गलत साधनों के जरिए ही सही, जनता और सत्ता तक चल आए, उनके बीच बैठने के सुख की चाहना में। सामने खड़ी लड़की उनके सामने निर्भीक खड़ी है और उनका मन आनंद से भर उठा है। ऐसा उन्हें कभी नहीं लगा।

क्या यही प्रेम है ?

थोड़ी देर के लिए श्रीराम शास्त्री के मन से राजनीति की असुरक्षा और डाकू का अहंकार तिरोहित हो गया कि लड़की को देखकर वे खुद को भूल गए ? या उसको शिद्दत से पाना चाह रहे हैं ?

सामने खड़ी लड़की से श्रीराम पूछते हैं, ''क्या नाम है तुम्हारा ?'' आवाज बहुत ही नरम और निगाह में ऐसा ही लगाव, जैसा किसी पुरुष के मन में सुहागरात के दिन होता होगा।

अल्मा चुपचाप खड़ी रही। बिना पलकें हिलाए-डुलाए।

''डरो मत। मैं कोई ऐसी हरकत नहीं करूँगा, जिससे तुम्हें डर लगे। तुम यहाँ एकदम सुरक्षित हो। क्या इस बात से तुम बेफिक्र नहीं होगी ?'' ऐसे कहा ज्यों मन की डोर बाँध रहे हों।

अल्मा ज्यों की त्यों खड़ी रही।

''अल्मा कबूतरी !'' उसने बाँह छिपा ली कि दिखाना चाहती थी ? गुदना लुका-छिपी खेलने लगा। पढ़ते ही गड़बड़ा गए श्रीराम शास्त्री। चेहरा काला-सा पड़ने लगा। आँखें निकल आईं।

यहाँ, यह कैसे ? श्रीराम शास्त्री अब अपने बंगले के शानदार शयन कक्ष में नहीं, बीहड़ में कंधे पर रायफल धरे दौड़ रहे हैं। डकैत होने के जमाने से लेकर मुखबिरी तक देखा कि कितने ही कबूतरा डाकुओं के नाम की चिप्पी चिपकाकर मौत के नाम लिख दिए गए। कितने ही साँसी-कलंदर मुठभेड़ के हवाले करके इनामी डकैतों के लिए बलि चढ़ा दिए। अब यह लड़की मेनका-रम्भा बनकर उनका वध करने आई है ? पूरी डकैत बिरादरी की भरपाई श्रीराम शास्त्री की हत्या से होगी। होगी क्यों नहीं, वे डाकू-समाज के आदरणीय प्रतिनिधि बनकर आए हैं। और दिखा भी रहे हैं कि यहाँ के राजनीतिज्ञों के मुकाबले डाकू ज्यादा ईमानदार हैं।

अल्मा निपट घरेलू चिड़िया-सी टुकुर-टुकुर देख रही है। प्रेमिकाएँ प्रेमियों का कत्ल इसी भोली अदा से करती हैं। श्रीराम शास्त्री का सारा जोश-खरोश, जवानी से पलती आ रही सखी समान-स्त्री की कामना जड़ हो गई। अब क्या करें ? अपनी मनोदशा जाहिर की तो यह कबूतरी जो नहीं सोच रही होगी, वह भी कर डालेगी। जीवन में जो नहीं मिला, वह यही था कि कबूतरी के हाथों वध हो।

—मैं शरीफ नहीं, पर सूरजभान जैसा अपराधी भी नहीं कि मौत के घाट उतारा जाऊँ। बेटासिंह जैसा बर्बर भी नहीं कि इस लड़की के हाथों मृत्युदंड मिले। आत्म-समर्पण करके आया डाकू, सामाजिक और सरकारी नियमों के तहत घाटियाँ छोड़ीं। संतोले साला ज्यादा ही स्वामिभक्त बनता है, क्या गजब कर गया ! अनपढ़ आदमी बाँह पर लिखा मृत्यु-संदेश नहीं पढ़ पाया। भौजी निपट मूर्ख, कबूतरी को लेकर गृहस्थी बसाने का सपना देख रही है।

अल्मा की निगाहें कठोर हुईं कि उनके मन में डर फड़फड़ाया, संतोले को आवाज

देने का दिल किया। लेकिन बरसों डाकू रहे श्रीराम किसी तरह हौसला बाँधे रहे। देखते ही नहीं झपट पड़ेगी। कुछ गड़बड़ हो तभी न क्रोध आएगा।

"आओ आओ आओ। बैठो बैठो बैठो।" वे पलंग पर हथेली मारकर आदरभरी नजर से बुला रहे थे। साथ ही यह भी कि वे अपनी ताकत का भरम रखने के लिए मौत को निमंत्रण दे रहे हैं।

स्त्री-रूपा सजीव प्रेम, लड़की की निगाह थाहने लगे और फिर खड़े हो गए।

अल्मा की आँखों में न लज्जा थी न भय, न घृणा थी न आग। आगे क्या करेगी कोई नहीं जान सकता। पैंतालीस की अवस्था तक खुले में सम्भोग-सुख लूटनेवाले श्रीराम ने मन ही मन पक्का निश्चय कर लिया कि संतोले मेहतर के दुःशासन की तरह नंगी कर देने के बाद वे अल्मा को बेपर्द करने की हिम्मत नहीं जुटा पाएँगे। क्या सारे पर्दे मन में ही टँके होते हैं ? उनमें डर ने सिर उठाया है या अपना ही अपराध बोध, हर बेजा हरकत वर्जित लग रही है। औरत के साथ उनका ऐसा साबका पड़ेगा, सोचा न था। बंदूक की नली से ताकत निकालनेवाला श्रीराम शास्त्री एकदम नपुंसक खड़ा है। साथ सोना, लिपटना, चूमना... ? पता नहीं कहाँ जहर की पोटली बँधी हो ? नागिन के विषदंत किसने गिने हैं ? यह बीहड़ नहीं, बंद कमरा है, जहाँ चिल्लाने पर भी आवाज सुनाई देगी या नहीं। संतोले भी साला बीबी की छाती से बच्चे की तरह चिपका होगा। सुरक्षा गारद लगाई जाए तो वैसे ही फजीहत धरी।

आई बला को टालना आसान नहीं होता। भौजी को क्या मालूम कि जिसे खुशी-खुशी सुहाग-सेज पर बिठा गई है, वह तुरत-फुरत विधवा होने का अरमान लिए आगे बढ़ रही है। ऐसे-ऐसे आसन जानती होगी कि मर्द चित्त गिरे।

हनुमानचालीसा की तरह पुराना जीवन सुमिरा, मन को बल मिला। ताकत-सी जुट आई। डरते-डरते भी अल्मा को पलंग पर अपनी बराबरी में बिठा लिया। भौजी ने नंगाझाड़ा तो ले लिया होगा। यहाँ जो सुरक्षा-जाँच चलती है, संतोले जानता है।

अल्मा की खुली हथेली ! अपने लोकमन पंडित—अपने इलाके के किसी गाँव में एक घर के द्वार पानी पीने रुके थे। लोटा भरकर सोलह साल की लड़की आई, जिसके हाथों में चक्र, पाँवों में शंख, माथे पर रंगोली, आँखों में मछलियाँ। लंबे केश और केहरकटिवाली अल्हड़ ! पद्मिनी स्त्री।

श्रीराम पूछना चाहते थे—अल्मा तुम्हारे द्वार पर कोई पानी पीने आया था ? साधू जैसी दाढ़ीवाला। ऋषि-मुनि सरीखा।...लेकिन पूछने के पहले ही कंठ सूखने लगा। कमर, आँखों, होंठों और नासिका पर खंजर जैसी छापें हैं। क्या होगा अब ? वे राजा नहीं, मुर्दा होनेवाले हैं।

●●●

अल्मा की आँखों में पुरानी तसवीरें प्रलय मचाए हुए हैं। उसका राजा—राणा।

राजा की न हत्या करेगी न आत्म-हत्या।

होंठों पर जबरदस्त चुम्बन हमला करते हैं, प्राण मुँह को आते हैं। बाँहों में देह कसती है, रोम-रोम बगावत पर उतर आता है। कोई अति चपल, मगर खूँखार स्त्री शरीर में फिरकियाँ ले रही है।

डाकू, विनोद में कोताही नहीं झेल पाएगा। शायद यही सोचकर मुँह में साड़ी का पल्ला ठूँस लिया। और फिर मनचाहा दृश्य बना—श्रीराम शास्त्री की तमन्ना पूरी हुई। वे तृप्त भाव चेहरे पर लिए मासूम-से सो रहे हैं।

पद्मिनी अलाउद्दीन के खेमे में घुस आई।

वह साँसों में आँधी बाँधे बिस्तर पर पड़ी है। आँखों से नहीं, दिल से दुख का सोता फूटा है, अपनी देह से घृणा हो रही है। पिता के कत्ल से बहती आ रही खून की नदी उमड़ पड़ी, ऊपर से गुजर गई। वह डूब रही है।

जौहर व्रत ?

जौहर व्रत में खुद जल मरे या...

लाचारी है, खुद ही खत्म होना होगा।

फिर क्या होगा ? बप्पा कहते थे—पद्मिनी जल मरी, लोग यही मानते हैं। मर जाती तो यह मुहिम कहाँ से चलती ? जौहर अंत होता है बेटा, अंत सबसे बुरी चीज है। चित्तौड़ की रानी पद्मिनी को जिंदगी प्यारी थी सो चित्तौड़ भी प्यारी थी। अपने लोगों से हार्दिक भाव था। जिनके मन में प्रेम और हार्दिकता होती है, वे जिंदा रहने के लिए मौत से लड़ जाते हैं। लोगों को बचाने के लिए मरने से डरते नहीं। खुद को भय के हवाले करना ही नाश की निशानी है।

अल्मा भयभीत नहीं। वह अकेली है तो श्रीराम शास्त्री भी अकेले ही हैं।

यदि वह साड़ी का पल्ला इस आदमी के गले में कस दे तो दूसरी साँस न ले पाएगा। उसका प्रयोजन सफल होगा। समर्पण बेकार नहीं जाएगा। यही लम्हा ऐसी मिसाल बन जाएगा कि आनेवाला समय याद करे। पाप के खिलाफ लड़ने के लिए अपनी देह से पाप को गुजार देना कितना जरूरी था ! फिर दादी की कही कथा का सब लोग विश्वास करेंगे। मान जाएँगे कि पद्मिनी ने जौहर व्रत नहीं किया था, उसने पाप को देह से गुजारकर विद्रोही लोगों को जन्म दिया। मरने का डर न माननेवाले उसके मुट्ठी भर बच्चे आज भी लड़ रहे हैं।

रगों में तनाव बढ़ा, वह उठकर खड़ी हो गई। आगे बढ़ी।

साड़ी उतार ली। श्रीराम शास्त्री की सोई हुई देह पर झुक गई। पद्मिनी कथा ने नया मोड़ लिया।

वार करना था। वार नहीं किया। सतर्क सैनिक-सी चौकन्नी अल्मा की नजर ड्योढ़ीवान पर थी। पसीने-पसीने हो उठी। हाथ में थमी साड़ी से जैसे अपनी ही गर्दन कसनेवाली हो। या कि खंजर सीने से गुजार देना हो। हृदय में रानी-बाँदियों का झुंड इकट्ठा हो गया। हादसों का मजमा लगा है। कोई मौत का गीत गा रहा है। भीतर ही भीतर अपनी देह को ललकारती हुई आगे बढ़ती, कुछ सोचकर ठिठक जाती। जद्दोजहद

में सारी रात गई।

अँधेरा धुएँ की तरह फटने लगा। आसमान की सलेटी चादर पर नरम आग की रेखाएँ छितराई हुई हैं। सोया हुआ श्रीराम शास्त्री क्या जाने कि सुबह सबेरे पद्मिनी औरत का रूप-रंग कैसा है। इरादा भाँप ले तो परी को मुर्गी की तरह कटवा दे। डाकू पछतावा भी नहीं करेगा। करता होता तो सारी उम्र पछतावों में ही छीज लेती।

मन मसोसकर रह गई। खिसियानपट में गुस्से का वेग कई गुना ज्यादा हो गया। अब राई भर गुस्सा भी बरबाद नहीं करना। जिनके पास गुस्सा नहीं होता उनके पास अपना कहने के लिए कुछ नहीं। दया-रहम-करुणा तो सिर्फ दूसरों के होते हैं।

अल्मा मौके की तलाश में थी। घर में रह रही सर्पिणी से बड़ा शत्रु कोई नहीं होता। जंग के दुश्मन तो भोले दोस्त से ज्यादा कुछ नहीं होते। श्रीराम शास्त्री इस बात को एक दिन याद करेगा। अल्मा ने अगले दाँव की तैयारी शुरू कर दी।

वह कमजोर भावनाओं का खेल करने लगी। हँसी मुस्कान प्यार विश्वास जैसी एक से एक चीजें...और श्रीराम शास्त्री उसकी बीन पर लहराए नहीं। कमाल है !

दिन पर दिन निकलने लगे, वह माथा पीटकर रह गई। मौका निकला जा रहा है और वह खुद को आजमाने पर तुली है। कबूतरी, आदमी को बात-बात में काट डालती है। वही रवइया अख्तियार किया होता तो श्रीराम शास्त्री अब तक आर-पार हो गया होता।

अल्मा चुपचाप पड़ी रहती, बेदम और ढही हुई। यह आदमी पद्मिनी का दीवाना नहीं...

विचार बाढ़ की तरह आते। वह डूबने लगती। इसे कब मारूँ और कैसे मारूँ ? सोचने में सारी ताकत जाया हो रही है, बप्पा तुमने क्यों पढ़ाया-लिखाया ? पढ़ाई-लिखाई सोचने पर मजबूर करती है। यह सोचने का समय नहीं, मरने-मारने की घड़ी है। मैं सबेरे से साँझ तक, साँझ से सबेरे तक कितनी जिंदगियाँ जीती हूँ, कितनी मौतें मरती हूँ... बेटासिंह, सूरजभान और श्रीराम शास्त्री की फौजें सामने खड़ी हैं। मेरे साथ न गोरा न बादल, न दासी न सखियाँ, न सैनिक न बढ़ई-लुहार। कौन लड़ेगा छावनियों में, कौन तम्बुओं में मार-काट मचाएगा ? बंद किलों की बंदिनी तुम्हारी बेटी...कितनी दीवारें फलाँगे ?

सोच-विचार ने अल्मा को थका डाला। हाथ में खंजर लेकर सोचनेवाला खुद ही मारा जाएगा। छोटी-सी हस्ती अल्मा...साँस लेने में भी तकलीफ होने लगी।

पाँच-छह दिन गुजरने के बाद उसका संकोच कम हुआ।

ताज्जुब कि श्रीराम शास्त्री उसे खुद से अलग नहीं करना चाहते और वह रोज-रोज उनको खत्म करने के मौके खोजती है। जान-बूझकर ऐसा खेल खेल रहा है यह आदमी ? सारी रात छाती से चिपकाए रखता है, और वह उस छाती में सूराख करना चाहती है। यह बात मालूम है उसे ?

सूरज निकलने के बाद सबेरे-सबेरे नहा-धोकर श्रीराम शस्त्री ने अल्मा को अपने

रिहाइशी ऑफिस में बुलाया। यह भी कहा कि वह नहा-धोकर तैयार होकर आए। पहली रात बेदर्दी और लुटेरेपन की तसवीर बने श्रीराम आज सुबह की वेला में दयालु और नरम लग रहे थे।

''संतोले की बहू कह रही थी, तुमको पढ़ना-लिखना आता है। कहती है कि सारी विद्या...''

वह सीधा सिर किए खड़ी रही।

''इसे पढ़ सकती हो ?'' उन्होंने अँगरेजी में लिखा एक कागज सामने कर दिया।

कहाँ से चला जीवनरथ, किधर की दिशा में मुड़ने लगा ! या समय की चाल रुक गई ? या अल्मा का इरादा खुलासा हो गया ? अजीब ढंग से, नए तरीके से उसे खामोश किया जाएगा ? कि इस घर की जगमगाहट बनी रहे। ऐसा नहीं हो सकता, यहाँ तो केवल अँधेरा और अँधेरे में चमगादड़ों का साम्राज्य होना चाहिए।

''पढ़ो।''

अल्मा को अनजाने ही लगा, बप्पा की आवाज आई—अल्मा पढ़ो। पिता के स्वर पर तोतारटंत लड़की जैसे हरी मिर्च खाकर बोलने लगती हो—सी ए टी कैट, कैट माने बिल्ली !

अनायास ही पर्चा हाथ से ले लिया।

कोशिश करती हुई पढ़ने लगी, जैसा बना तैसा। जितनी विद्या पाई थी उसी के हिसाब से।

''हिंदी कर सकती हो इसकी ?''

भाषण था—प्रेम बड़ी चीज है। भगवान क्या है, प्रेम का स्वरूप। यदि पुरुष की आँखें स्त्री की आँखों में प्रेम देख सकती हैं तो बलात्कार जैसी दुर्घटनाएँ कभी न हों। अगर स्त्री की आँखें पुरुष की आँखों में प्यार खोज लेती हैं तो घृणा कहाँ रह जाती है ?

अल्मा सबेरे की उस वेला में ज्वारभाटा के ऊपर खड़ी थी। अनदेखी आग उमड़ी और सारा कुछ नीचे धसक गया। अब तक का सारा जीवन पलट रहा है ?

''अल्मा, तुम मेरे पर्चे पढ़ दिया करो। आजकल मैं बड़ी परेशानी में हूँ।''

वह सोच में डूबी खड़ी रही। भीतर ही भीतर संवाद चल रहा था—आप जानते हैं मैं यहाँ क्यों रुकी हुई हूँ ? आप समझते हैं कि मैं जिंदा भी क्यों हूँ ? बड़ी सीधी बात है, आप लोगों ने हमारी दुनिया उजाड़ी है, मैं आपको उजाड़े बिना नहीं मरूँगी। मैं सबको बता दूँगी कि पाप कहाँ पलता है ? अपराध कौन लोग करते हैं ? सताने और मारनेवाले ठेकेदार कौन हैं ? मेरे पिता ने इन्हीं बातों से समझौता नहीं करना चाहा था, यही उनका गुनाह रहा। मैं बहुत समझदार नहीं, पर इतना तो समझती हूँ कि हमारे लिए क्या गलत है, क्या सही ?

जिस घर में रहना था, खाना था, जीना था, वहाँ का रहन-सहन और व्यवहार असर में आने लगा। दूर-दूर रहकर कोई आदमी किसी को नुकसान नहीं पहुँचा सकता। डंक

मारने के लिए नजदीक से नजदीक आना पड़ता है। अल्मा यह अच्छी तरह जान गई।

वह अपने पास कभी चाकू रखती तो कभी श्रीराम शास्त्री की पिस्तौल को खँगालती। चाकू से काम अधूरा भी रह सकता है। यह आदमी पूरा नहीं हुआ तो मकसद आधा ही रह जाएगा।

वह बोली-भाषा, जो पिता ने सिखाई थी, व्यवहार और लियाकत की शिक्षा दी थी, यहाँ काम आने लगी। समझो कि ढाल बन गई। संतोले की बहू के चेहरे पर संतोष रहता कि श्रीराम शास्त्री के लिए जो कर रही है, वह कर रही है। उसका स्थान सुरक्षित है। अल्मा उसका कहना मानती है। जब कि अल्मा का मन दूसरी दिशा में चल रहा था—संतोले की बहू को विश्वास में लिए बिना इस घर का बंटाढार नहीं हो सकता। वह अक्सर निर्निमेष आँखों से उस औरत को देखती। उसके हाव-भाव पढ़ती।

औरत मुस्काती और कहती—क्या देख रही हो ? लड़क उमर में ऐसा गमगीन चेहरा ! क्या दुख रह गया है अब ?

—तुम्हारी खुशी मेरे किस काम की ?—वह भीतर ही भीतर जवाब देती।

वह औरत फिर मुस्काती—खुस रहना सीखो। हम-तुम अलग हैं क्या ? छोटी कौन के लोग, सताए हुए...। मिलकर रहना ही बचा लेता है आदमी को। अकेले मनिख पर तो विपताओं के पहाड़ गिराते हैं लोग। जो कुछ तुमने भोगा, अकेले रहकर भोगा। अब तुम हममें शामिल हो। देखो संतोले ने जो किया अपने आप नहीं किया। इन नीच कामों की आदत तो उसे डाली है ऊँचे लोगों ने ही। उन्हीं के लिए औरतें नंगी कीं। उन्हीं के लिए ही हत्या-कतल...।

अल्मा को भीतर ही भीतर हँसी आ गई। कैसी बातें करती है संतोले की बहू ! ऐसा ही है तो उस पर पहरा क्यों है ? क्या वह अपनी मर्जी से कहीं आ-जा सकती है। लाज उतारो, हत्या करो, पहरे लगाओ। इसी में तुम्हारी पीढ़ियाँ लग जाएँगी।

—अल्मा, हमारी जिंदगानी ऐसी ही है बस। अपना दुख तुम खोलकर कह दो। दबाकर रखोगी तो बंद मुँह के घाव की तरह भीतर ही भीतर जहर फैलेगा। जहरीली चीज को लोग थूक देते हैं। अपनी देह की हिफाजत हमें ही करनी है। लला ने तुम्हारी कैसी इज्जत राखी है, तुम भी उनकी कीमत जानो। हम लोगों के हाथ मौका बार-बार आता है क्या ?

संतोले की बहू अल्मा की इज्जत से दहल भी रही है, सो उसे सहला रही है। अक्ल की पुतरिया है संतोले की बहू। सोचती है—कोई और शहरातू औरत आ जाए, उससे पहले ही अल्मा जैसी को फिट कर दे।...लेकिन अल्मा भी अपना कुछ खोलनेवाली नहीं। खुलने से आदमी हल्का हो जाता है। बंद बम ही धमाका करता है।

अल्मा ने खामोशी का पर्दा डाल लिया। श्रीराम शास्त्री इतने भोले नहीं कि मुफ्त में किसी को इज्जत बख्शें। शांत भाव से चारों कोनों पर दबाव बनाए हुए हैं। उसको खाने-पीने की सुविधा है। तंग नहीं किया जाता, मगर अल्मा आजाद भी नहीं।

आजादी की उम्मीदें मरती नहीं।...लेकिन अल्मा आजाद नहीं हो सकती। उसकी

दिनचर्या श्रीराम शास्त्री के हिसाब से चलने लगी। वे कागज पढ़ने को देते, वह पढ़ती। वे अर्थ समझना चाहते, वह समझाती।

जिससे घृणा थी, उसके कागजों से जुड़ाव होने लगा। कई-कई बार, कई-कई कोणों से पढ़ते और समझते हुए, डिक्शनरी की सहायता लेती। सही से सही शब्द खोजती। श्रीराम शास्त्री को समझाते समय सावधानी रखती। वे हँसते, 'लगता है विधानसभा में तुम्हें ही बोलना है। लोगों को सम्बोधित तुम्हीं करोगी। अभावों के मारे लोगों की समस्याओं से इस कदर जुड़ जाती हो कि...'

अल्मा के साथ आपसी समाजों पर बातचीत करते हुए श्रीराम शास्त्री ने बहिष्कृत जातियों, छोटे समाज कबीलों की विपन्नताओं की ऐसी-ऐसी जानकारियाँ हासिल कर लीं कि पी.ए. जैसे चलताऊ अखबारी सहायकों की खोखली सहायताओं को स्थगित करने के मलाल कभी नहीं हुए। शहरी लोग, कागजी बहसें ! सताए हुए और दबे-कुचले लोगों को फिल्म बना देते हैं। फिल्म देखकर रोमांचित होते हैं। उनका यह भी एक आनंद है। असलियत में टीसों की तड़कन क्या होती है, वे क्या जाने ? मवाद भरे घावों पर पर्दा डालना ही तो समाज कल्याण का काम है। इति।

श्रीराम शास्त्री ने लिखित आँकड़ों की धज्जियाँ उड़ाते हुए कहा, "हकीकत सुन सकें तो सुनिए—समाज कल्याण के अंतर्गत आए लोगों को इसलिए खत्म करने की साजिशें चलती हैं कि कुछ समर्थ सरकारी गैर-सरकारी लोग उनको मुर्दा बेचना पसंद करते हैं, मुर्दा देह ज्यादा धन दे जाती है। जिंदा बेकीमत दीन-दरिद्रों का इससे बड़ा कल्याण क्या होगा ?"

वरिष्ठ मंत्रीजी सकते में आ गये।

विधायकों ने आँखें फाड़कर देखा। अपने ही विभाग पर ऐसी चोट !

उस दिन तीन-चार विधायक उनसे कोठी पर मिलने आए थे। अल्मा को सदा छिपाए रहनेवाले श्रीराम शास्त्री ऐसे उत्साह में आ गए कि उसे विधायकों से मिलाने ले चले। क्या बताएँगे ? यही कि ये हैं अल्मा शास्त्री, हमारी रिश्तेदार !

सबसे पहले अल्मा ने धोती का पल्ला बाँह पर डाला, फिर सिर पर।

"गुदना छिपाती हो, मिटाती क्यों नहीं ?" श्रीराम शास्त्री ने कहा।

"मिट जाएगा ?" उसने आश्चर्य से पूछा।

अल्मा शास्त्री।

अपना ही नाम कैसा नया-नया लगने लगा। महीनों गुजर गए, काम में ऐसी उलझी कि दिन-रात बीते नहीं, उड़ते चले गए।

कभी अँगरेजी पढ़ानेवाला मास्टर आता तो कभी ऑफिस के कागज पढ़ती और फिर भाषण तैयार करना होता। मंत्रीजी को दौरे पर जाना है, कपड़े चुनती। दिनों के हिसाब से तरतीबवार लगाती। कब क्या पहनना है, बीच में चिट रख देती।

अल्मा हल्के से मजाक करती, "बीहड़ से आनेवाला डाकू विधानसभा में घबरा गया, है न ताज्जुबवाली बात ?"

श्रीराम शास्त्री उसके गाल पर चपत लगाकर दुलार से कहते, "विधानसभा का डर छूट गया, घर में डरानेवाली खड़ी है।"

जिंदगी जो पहाड़ से भारी थी, हवा की तरह उड़ने लगी। हाँ, जब-जब नमी बढ़ती दिल भारी होने लगता। राणा की यादों के बादल अनजाने ही घिर आते। बप्पा का ख्याल आता, अल्मा फिर शिला की तरह चुप हो जाती।

श्रीराम शास्त्री टोकते। चुप्पी जैसे-तैसे टूटती। बेदर्दी की धारा में डूबी हुई हमदर्दी भरे किनारों पर विश्वास नहीं जमा पाती। प्रेम और करुणा का पहला पाठ पढ़ानेवाले धीरज थोड़ी-सी हिम्मत, थोड़ी-सी ताकत जुटाकर मुहब्बत से लबरेज कर गए, पर बिछुड़ गए।

आगे रास्ता निकलेगा ?

श्रीराम शास्त्री को मड़ोरा खुर्द ले जाए तो कैसा रहे ? राणा को दिखाए—एक डाकू यह भी है, इसके दिल का दर्द हमारे जैसा है। एक कज्जा धीरज है, जिसके प्रेम का खजाना चुकता नहीं। मंसाराम और केहरसिंह जैसे लोग और भी हैं, जो हर जिंदगी की कीमत समझते हैं। राणा खामोशी से सुनेगा ? भरोसा करेगा ?

नहीं, कहेगा, अल्मा तुम्हारी आग क्या हुई।

पानी हो गई रे ! औरत पानी की तरह ही तो सँकरी से सँकरी जगह में अपने आपको रमा देती है। हवा हो गई रे, हवा की तरह सबको छू लेती है। गंध बनकर आसमान तक उड़कर पहुँची तेरी अल्मा।

राणा अचरज से देखेगा।

वह यकीन दिलाएगी—पगले, अल्मा ऐसी न होती तो श्रीराम शास्त्री जैसे आदमी की जरूरत कैसे बन जाती ?

वे जहाँ जाते, अल्मा को साथ ले जाना चाहते।

अल्मा, परामर्श में मंत्री-सी, सेवा में दासी-सी, खिलाने-पिलाने में माता-सी और सेज पर रम्भा-सी ! श्रीराम शास्त्री के यहाँ का हर तौर-तरीका अल्मा के सलीके का मोहताज हो उठा।

उसके मन में कब से एक बात छिपी हुई थी। धीरज बाबूजी यहाँ होते !

पिछली जिंदगी की तबाह-सी तसवीर में से उसने धीरज को अनमोल मोती की तरह बचा लिया था। हमदर्द मिला, जीवन नियामत हो गया। यहाँ आएँगे, कामकाज को नया रूप दे देंगे। उनकी सामर्थ्य को अल्मा से ज्यादा कौन जानेगा ?

धीरज की कहानी उसने श्रीराम शास्त्री को सुनाई थी—गाँव का पढ़ा-लिखा सीधा-सादा-सा एक लड़का, सूरजभान का गुलाम बनकर आया था, क्योंकि उसके दो लाख रुपए सूरजभान ने दबाकर उसकी चुटिया अपनी एड़ी के नीचे दबा ली। मगर...अत्याचार और उत्पीड़न को लेकर उसने जो विद्रोह किया कि सूरजभान भी छटपटा रहा होगा।

धीरज सिंह ! अमरा गाँव का लड़का...कुछ याद पड़ा श्रीराम शास्त्री को। यकायक

काले बादल-सा चेहरे पर कुछ घिर आया। चू चू चू !

"क्या हुआ ?" अल्मा ने घबराकर पूछा।

तब एक कहानी श्रीराम शास्त्री ने अल्मा को सुनाई कि कैसे उस लड़के को तबाह किया गया और उसकी पीढ़ी को खबरदार ! सूरजभान के जबरजोर लोग...।

धीरज के साहस और तबाही की कहानियाँ कहीं उसी बगावत का हिस्सा थीं, जो क़िसान, कबीले और बहिष्कृत बागी लोगों की दुखद कहानियों से जुड़ती हैं। धीरज इस टोली में शामिल होगा ही, यह लाजिमी बात है। अल्मा ने संकल्प लिया था। श्रीराम शास्त्री से वचन लिया था।

...लेकिन–

धीरज नहीं आ पाए। श्रीराम शास्त्री ने क्या सोचा, क्या नहीं ? शायद यह कि पुरानी पहचान प्रेम में न बदल जाए ? कि अल्मा और किसी के अधिकार में न चली जाए ?

अल्मा ने पूछा–एक बार मड़ोरा खुर्द हो आऊँ ?

–नहीं।

अल्मा का कलेजा हिला। जिद करके मंजिल तक पहुँच नहीं पाई। दोनों पाँव बारी-बारी बंगले में पटकती रही। टाँगों की रगें सुन्न और खून जमने लगा।

सूने एकांत में बैठी पाँव झनझनाती सोच रही थी–एक दूसरे के लिए मर जाने को तैयार लोग ऐसे मजबूर क्यों हो जाते हैं कि मिल तक नहीं पाते ? यदि वे ऐसा जानते हों तो मर जाने की कसमें क्यों लें ? कसम झूठी करना कौन चाहता है ? वह तो दूसरे लोग हैं, कौल तुड़वाने की कसम खाए रहते हैं। आगे समझ लेना।

दिन-रात एक सपना ! राणा कहाँ होगा ? कैसा होगा ? याद करता होगा ? पता भी होगा अल्मा कहाँ है ?

दिन-रात एक ही याद ! पहले सोचा करती थी–धीरज अब भी सूरजभान के मकान की मुँडेर से झाँकते होंगे ? उन्होंने अब तक कितनी लड़कियाँ रिहा कर दी होंगी। वे फिर से कहाँ-कहाँ कैद हो गई होंगी ? रिहाई और कैद का सिलसिला लड़कियों के रहते तक चलता चला जाएगा ? चलता चला जाएगा तो कोई धीरज भी साथ-साथ आएगा।

आएगा...कभी न कभी...

अठारह

अल्मा दो रातों से बराबर सपने देख रही है।

कैसे-कैसे सपने !

कदमबाई काकी के डेरे की किवाड़ें दिन-रात बंद रहती हैं। कैसे खोले, राणा भाग जाएगा। दो-तीन बार ऐसा हो चुका है कि द्वार खुला छोड़ा नहीं, वह भागा नहीं। पनारी और अमरौख से पकड़-पकड़कर लाए हैं, केहरसिंह और मंसाराम। एक बेर धीरज और सरमन गए थे। वहाँ ढोरों के खूँटों से रस्सा काटता मिला था, कहता था—ये गुलाम हैं, मैं इन्हें आजाद कर रहा हूँ। देखो मेरे हाथ पर आजादी की रेखा। हथेली पसार दी।

उसकी आँखें लाल रहती हैं—जैसे अभी रो चुका हो।

गुमसुम डेरे में मौन की भयानक झील है, कदमबाई गहरी झील में डूब जाती है। हाथ उठाकर पुकारती है काकी, मगर आवाज कबूतर की-सी कराह में बदल जाती है।

मोघिया गुरू को बुलाना चाहती है कदमबाई काकी। मलिया को भेज रही है, उसका डॉक्टर-वैद्यों के ऊपर से भरोसा उठ गया है, मोघिया अकेला वैद्य, जो राणा को ठीक कर सकता है। राणा मोघिया का नाम जपता रहता है। अकेला ही अकेला माफी माँगता है।

मंसाराम झिड़कते हैं, डाँटते हैं और मलिया को रोक लेते हैं, 'कदम, तुम कब अंधविश्वास छोड़ोगी ? धीरज कहता है, राणा को बिजली के झटके दिए जाएँगे। ग्वालियर या आगरा ले जाना होगा। हम ले चलेंगे। तुम पागलखाने के नाम पर बिदकती क्यों हो ?'

अल्मा का सपना टूट गया। आँख खुल गई।

आधी रात पर आँख लगी थी।

धीरज ! धीरज तो खो गए थे। केहरसिंह साथ हैं। कहते हैं—अब तो सारे कल्याण अल्मा ही करेगी क्योंकि समाज कल्याण मंत्री के बगल में है। धीरज जरूर अबकी बार नेठम ही खसिया...मंसाराम केहरसिंह का हाथ दबा देते हैं—चुप।

दोनों लोग कदमबाई काकी के डेरे के सामने बेर के पेड़ के पास बैठे हैं। वर्षा की गीली हवा झकझोरती है। भीतर से आवाज आती है—अल्माऽऽआँ !

फिर दौरा पड़ा। मंसाराम भीतर जाते हैं, लपकते कदमों।

माँ बेटे को बाँहों में भरकर रोकने की कोशिश करती है। मंसाराम न पकड़ें तो

राणा भाग जाए। भयानक सपना और प्यार-लगाव डेरे के बाहर तक तैर आता है।

●●●

सफेद रंग की एम्बैसेडर कार झाँसी से कानपुर जानेवाली सड़क पर सरपट दौड़ रही है। उसे बासठ किलोमीटर की यात्रा जल्दी से जल्दी तय करनी है।

पिछली सीट पर बैंजनी फूलोंवाली सफेद साड़ी और सफेद ब्लाउज पहने हुए अल्मा आँखों में हलचल लिए खिड़की के बाहर देख रही है। बगल में कुर्ता-पाजामा पहने हुए धीरज बैठा है। बाल तेज हवा के कारण उड़ रहे हैं। पेड़-पौधे कार की गति के कारण पीछे को भाग रहे हैं।

आसमान में बादल हैं, कभी भी बरसात हो सकती है।

चुप्पी !

अल्मा जोर से रोना चाहती है, मगर वह रो नहीं सकती। डेढ़ साल से यही होता है कि उसे खुलकर रोने का वक्त नहीं मिला। मिला तो वह यह बात न खोल सकी कि उसके दुख का असल कारण क्या है ? बस यों ही अफसोस का जहरीला कीड़ा दंश देता रहा और वह होंठ भींचकर, तो कभी जुबान सिलकर सारा दर्द पीती रही। आवाजें और बोलियाँ पचाती रही। राणा का जाना हो, या पिता की मौत।

आज उसके कानों से दुनिया भर की आवाजों से अलग एक माँ की आवाज गुजरती है, जो उसके बेटे के बारे में, उसकी युवावस्था के बारे में, उसके प्रेम भरे दुखद दीवानेपन के बारे में...। जीवन के भँवर में राणा की जिंदगी डूबी जा रही है, बेआवाज ! और माँ पुकारती है अल्मा को। अरज करती है—

—बिटिया तुझसे कितने दिन छिपाया, कि बताना न पड़े सो अपने आपको छिपाए रही। ऐसा नहीं कि मैं तुझसे प्यार नहीं करती ! अच्छा किया कि बुरा, मेरा दोष मेरे माथे। हाँ इतना जानती हूँ कि यह खबर पाते ही मेरी बहू...

'मेरी बहू' शब्द का बिच्छू अल्मा के कान में रेंग रहा है। डस-डसकर घाव बना दिए। दर्द से सुन्न होती गई पूरी देह। और अंत में ऐसा हुआ कि यही एक शब्द याद रह गया। निरंतर टीस थरथरा रही है। माँ, तेरे बेटे की जिंदगी बरबाद करनेवाली अल्मा...वह भोला नादान फूल-सा हँसता हुआ बेपरवाह राणा...! वह तो समझी थी सगाई टूट गई !

—बेटा, अब बड़ा डर लगने लगा है। एक बार मुँह दिखा जा तो मेरा मलाल सिरा जाएगा। याद करती रहूँगी कि मैंने राणा के लिए सब तरह के सुख सँजोए। आगे हमारा नसीब। नसीब कहकर अपनी सारी खामियों को फतह कर लेता है आदमी। मैं भी लाचारियों के शिकंचे से छूट जाऊँगी। असल में वह भरोसा हार बैठा है कि तू जिंदा है, कहीं है। साँस के संग आस जुड़ी रहती है, वह अब टूट गई। उसकी छाती में दिल की जगह तेरी चिट्ठियाँ चिपकी हैं, धड़कती रहेंगी...कब तक ?

अल्मा के गालों पर आँसुओं की धारें बह चलीं। इतनी देर हो गई कि...नहीं, नहीं !

—क्या ? धीरज पूछते हैं।

उसका शरीर पसीने से तर है। जब से राणा के बारे में सुना है, अल्मा की दुनिया में भूचाल आ गया। चैन पहले भी नहीं था। टिकाव-ठहराव उसके मुकद्दर में नहीं। ठहरकर सोचा था कभी कि वह राणा से प्यार करती है, टूटकर प्यार करती है। यह नहीं जाना था कि राणा का इतना सघन प्रेम है कि उसी में फँसकर रह गया और सहन न कर पाया, निकलने के रास्ते भी नहीं बनाए, कपोत की तरह जल गया।

अपनी कल्पना के बाहर, कलेजा चीर देनेवाला नजारा उससे देखा जा सकेगा ?

तो फिर कहाँ चली जा रही है ? क्यों चली जा रही है ?

—कितनी देर ?

—थोड़ी देर, बस पंद्रह-बीस मिनट। धीरज कहते हैं—तुम वहाँ किस-किसको जानती हो अल्मा ?

सबको। खेतों में उड़ते तोता-मैना तक को। पेड़ों पर बैठे चिड़िया-कौआ तक...राणा की आँखें मेरे दिल से लगी हैं। कहने को बहुत कुछ है, पर कहे कैसे, दर्द की कँपकँपी-सी लगी है।

रास्ते के धूल कीचड़ में तब्दील हो गई। आँसुओं के पार आँखें देखती हैं।

दोनों ओर खेत हैं, बीच में रास्ता...राणा यहीं से कभी गोरामछिया गया था।

यहाँ आने का कितना अरमान था अल्मा का ! बप्पा कहते थे, कार फूलों से सजाकर भेजूँगा जिसमें अल्मा और राणा बैठे होंगे। कालीचरन मास्टर ने अपनो बेटी का ब्याह किया है, मैंने जो-जो देखा, नोट कर लिया।

कार से उतरती है, टाँगें थरथराती हैं, वजन कहाँ चला गया, रुई की गुड़िया-सी खड़ी है। बस्ती में हलचल है। बच्चे भाग-भागकर बड़ों के पास जा रहे हैं।

साड़ीवाली औरत ! कज्जा लड़की ! पाँव में बड़ी एड़ी की चप्पलें ! छोटी-छोटी आवाजें करते चपल चेहरोंवाले बच्चे कभी नजदीक आते हैं, वह उनकी ओर देखती है तो शरमाते हुए दूर हट जाते हैं।

एक औरत बच्चे के सिर पर थपकी मारती है—यह राणा की बहू है, भाभी।

अल्मा के सिर पर पल्ला है। उसके लिए सबकुछ अनदेखा-अनजाना, मगर बहुत पहचाना हुआ। साफ-सुथरे कुर्ता-धोती में साफा बाँधे हुए एक बुजुर्ग से...सरमन मुखिया हो सकते हैं।

धीरज ने रुककर बताया—सरमन मुखिया हैं सामने।

अल्मा अनजाने ही उनके पाँवों पर झुक गई।

—अरी बेटा ! मेरी गुड़िया...रे...

जिस आदमी को देखो तेज चाल आगे निकला जा रहा है। जिस औरत को देखो, अल्मा को गौर से देखती हुई संग-संग चल रही है। एक-दूसरे को कनखियों से, इशारों से समझाती हुई !

सामने ! डेरे के पल्ले खोले जो खड़ी है, कदमबाई काकी है।

अल्मा पर सन्निपात सवार है। पूरी देह तपी हुई और सुन्न। कलेजा फाड़कर हूक उठती है जिसे दबाना ताकत को चुनौती देना है। ऐसा भयानक मौसम घिर आया, पानी की महीन बौछार आँखों में थपेड़े मार रही है। रोते जाना कैसा मनहूस लगेगा ? मुँह में खारी झील बन गयी।

धीरज बराबर पर आकर कहते हैं—कदमबाई खड़ी है।

गोरामछिया आई थी कदम काकी। राणा से ज्यादा अल्मा को देखने की लालसा आँखों में रहती। वह इधर से उधर गुजरती, काकी की नजर संग-संग नाचती। एकांत में बुलाकर पूछा था—राणा परेशान तो नहीं करता ? इकलखुरा है, कभी मिल-बाँटकर खाया-पहना नहीं, कोई बदकारी कर गया हो ! तू मुझे बता, नासमिटे के कान उखाड़ूँगी।

अल्मा कैसे कहती—माँ, तेरा बेटा कुछ बाँटता नहीं, मेरा बदन छूकर लहरें भर देता है। अनोखी-सी आग दहकाता है। अपने भीतर का ताप मेरे भीतर...। आग से खेलने का न्योता देकर खुद मुकर जाता है।—वह इस गुप्त खजाने को छिपाकर कितना सुख पाती थी ! और माँ के लिए पूरी कलाकारी के साथ खाना बनाती, परोसती।

माँ, राणा, बप्पा और वह ! कैसा जीवंत परिवार बन जाता था। आज उसी खुशी के गम में रो पड़ने को आतुर है। आनंद का एक चेहरा यह भी है।

तब की काकी आज तो घुलकर जर्जर बूढ़ी हो गई !

कदम काकी के सामने आ खड़ी हुई अल्मा।

काकी की आँखें ऐसी ही ठहरी हुई हैं, या इंतजार में पथरा गईं ?

दो दुर्बल बाँहें अपने आप ही फैल गईं।

अल्मा को समेट लिया अपने कंधे पर—मेरी बेटा...मेरी मुनिया रे...।

जी भरकर रोना चाहती है कदम काकी। गला खोलकर माँ के कंधे पर ढही हुई है अल्मा। सारे दुख, सारे दर्द, पानी करके बहा दिए। आँसुओं से भीगी करुण हवा आसमान तक गई।

सूखा-अकाल के समय जैसे धरती रोती है, धरती के साथ फसलें बिलखती हैं।

भजनी अपनी आँखें पोंछती हुई कदमबाई को डपटती है।

—अरी क्या री...बहू आई सगन सात...तू गाने की वेला में रोती है नादान।

भजनी हाथ में महावर की कटोरी थामे, दूसरे हाथ से अल्मा और कदमबाई को अलग-अलग करती है।

सरमन की बहू अल्मा को अपने डेरे में ले जाकर बोरा देकर बिठाती है।

औरतों के बीचोंबीच बैठी है अल्मा।

—बेटा, पाँव आगे कर—कहकर भजनी कटोरी में घोला हुआ महावर लगाती है। अँगूठा-उँगलियाँ काँपते हाथों से रचाने लगी। पाँव के किनारों पर गुलाबी कोर और पंजे के बीचोंबीच रंगभरा चंदा सजा दिया। हाथ थरथराता है बूढ़ी का...चंदा टेढ़ा हो गया।

माथे पर टिपकी लगाई है धनसिंह की बहू ने। रूपसिंह और भीखम की दुल्हन माँग भर रही हैं। दूलन की औरत चाँद किरन-सी लाल बंधेजी चूनर डालने लगी।

लछमन की बहू मुट्ठी में बिछिया दबाए हुए आगे बढ़ आई। गोरी गुलाबी उँगलियों में चाँदी के सफेद फूल-से बिछिया पहना दिए।

भजनी ने भर्राए गले से कहा—सोने की चूरी नहीं बेटा, सुहाग की चूरियाँ काँच की होती हैं। मछला पहना देगी।

सरमन की औरत ने मंगल गीत उठाया। फलने-फूलने, वंश-बेल बढ़ाने का आशीर्वाद गीत...राणा की सारी माँएँ....! अल्मा सिर झुकाए बैठी है। अनदेखे-अनपहचाने तीरों से जख्मी माताएँ...वह पाँव छू-छूकर घावों को सहलाती है, शीतल मरहम देने की कोशिश में झुकी घूँघट डाले हुए...

यात्रा कदमबाई के रंगमहल की ओर रवाना हुई। उसे लगा पीछे-पीछे नगड़िया, तुरही और रमतूला बजते चले आ रहे हैं। आगे छोटे-छोटे बच्चों ने रास्ता घेर लिया। अल्मा को याद आया—रास्ता रोकने का नेग। श्रीराम शास्त्री के यहाँ से जितना कुछ पर्स में लाई थी, सब बस्ती पर उलीच डाला।

राणा ! गजब !

उसकी जीवन-कथा का नायक राजा रतनसेन जोगी बना—बीहड़ों का जातक हुआ। अँधेरी छाया से बाहर आया।

धरती पर बैठा हुआ बेहद दुबला कंकाल जैसा युवक। उजले मगर फटे हुए चीर-चीर कपड़े पहने हुए उग्र आँखों देखता है। और धीरे-धीरे अपरिचित जैसी मुद्रा अख्तियार करता जाता है, अजनबी नजरों के सामने अल्मा अपने होने का अहसास आँखों से जताती है, पर कैसे पहचाने वह, जिसे अपनी ही खबर नहीं ?

अल्मा की आँखों से झर-झर पानी झरता है।

माँ ने आकर उसका कंधा थाम लिया—मेरा मुँह देख बेटा, रोना नहीं...

उसने सिसकियों के बीच से कदमबाई को देखा। खतावार-सा चेहरा...आँखें पोंछ रही है। यह घड़ी रोने की नहीं, एक-दूसरे को प्यार से देखने की है। अल्मा के चेहरे पर घूँघट है, झीना-सा परदा...बीते दिनों की बनाई छवियाँ जाग्रत होती हैं। मुकम्मल तसवीर बनायी—देवता पूजन को जा रही है। अनजाने ही ठोकर खा जाती है दुलैया। अनजानी गलियों में ऊपर-नीचे पाँव पड़ता है, कनखियों से वर को जो देखती चलती है। वह भी पलटकर देखता है, कनिया सारा दर्द भूल जाती है। लौ लगी है, अलौकिक ताकत आने लगती है। आँखों में भरती छवि होंठों पर रच जाती है। कहीं काजल, कहीं लाली... सिर से पाँव तलक...कहीं महावर कहीं बिछुआ...रुनक-झुनक करती घर में घुसती है।

सिर दीवार से सटाए बैठा है वह, जैसे दीवार में जड़ा हो। खुली पलकों और बेहरकत आँखोंवाला हीरा। राणा का हड़ीला चेहरा...वैसा ही सुंदर और सुदर्शन।

सजग-सा बैठ गया ! समझ गया कि आँचल में खुशियाँ भरे अल्मा आ रही है ? बाहर रिमझिम मेह बरस रहा है। राणा किसी अनमोल आंतरिक सुख में डूबा है! इधर नहीं देखता, ये रस्म-रिवाज, रोना-हँसना उसके काम का नहीं, प्रेम में कितनी दूर निकल

गया ? किसी गुमसुम गम्भीर सरोवर के बीच तरंगित हो रहा है ? गहरे से गहरा होता जा रहा है...इस गहराई में कौन-से सुख का मोती छिपा है ?

वीरदेवता की स्थापना ! बेर के पवित्र पेड़ की छाँह। वागदत्त वर के साथ चलती अल्मा। पिछला जो कुछ छूट गया था, वह कितना प्यारा था! आओ उसे पूरा करें।

मंसाराम आगे बढ़ आए। राणा को सहारा देकर अल्मा के आगे करते हैं, माँ उसका कंधा थाम लेती है। लड़खड़ाता हुआ दूल्हा चल रहा है। भजनी काकी बहू-बेटे पर धान-फूल छींटती है। सरमन काकी गीत उठाकर मंगल मनाती है!

कदमबाई काकी और मंसाराम काका की आँखों से फूलों-सी असीसें झर रही हैं...

जिंदगी से सांसारिक तौर पर कटा हुआ राणा अबोध बच्चे-सा मुक्त मन मुस्काया। अल्मा देखती रह गई। मुस्कान...ज्यों सूरज-चाँद निगल गया हो। आँखों में ज्योति-सी जगमगाई। वह जगमगाता-सा हँसता ही गया। हँसता ही गया। और उसका निचला होंठ बुरी तरह काँपने लगा।

अल्मा का दिल दहक उठा। सर्द रगों में ताप-सा लहराया। होंठ के ऊपर तिल भर जगह फड़क उठी। तुम हँसे ? मुझे तकलीफ हुई या व्यथा जाग उठी ? या किसी वेदना जगाती उम्मीद ने करवट ली। तुम हँसो मत, केवल मेरी ओर देखो, मैं तुम्हारे पास आ गई। यही है सुख। यही है आनंद। गहरी और असहनीय खुशी...मैं इसकी खातिर कहाँ-कहाँ से गुजर गई...किताबों में लिखा है, जो धरती पर नहीं मिल पाता, मरने के बाद स्वर्ग में मिलता है। मुझे लगता है, जिसे मिलना होता है, वह स्वर्ग जाता ही नहीं। धरती ही मिलन का सबसे बड़ा ठिकाना है।

अभी बहुत देर नहीं हुई।

मेरे भीतर आस का एक नन्हा-सा पंछी फड़फड़ाया करता है। कितनी बार पंख कटे, कितनी बार घायल हुआ, वह मरता नहीं। फिर-फिर फड़फड़ाता है। और उड़ने की कोशिश करता है। ऊँचे से ऊँचा उड़ने की। वह डरता भी नहीं। तभी तो मैं तुम्हारे पास आ गई।

हम अपना पुराना भयानक समय भूल नहीं पाते तो उसे काटते हुए आगे निकल जाएँगे।

अभी देर नहीं हुई राणा ! देखो बेर के पेड़ पर चाँद बैठा है !

हम अपना नया जीवन शुरू करेंगे नए सपनों की तरह। रात के अँधियारे में सितारों से झमकते सपने। देखो मैं चुनरी ओढ़े हूँ, चाँदनी के रंग की चुनरी। और तुम सूरज के रंग में रँगा साफा बाँधे हो। हो न ? अल्मा को लगा—राणा ऐसे देख रहा है, जैसे सब समझ रहा हो।

जब दोनों के हाथ मिलाए गए, वीरदेव को साथ-साथ पुजवाया गया। राणा ने अपनी हथेली फैला दी, निर्बोध आँखें शून्य में टाँक दीं। अल्मा ने हथेली अपनी हथेली के ऊपर ले ली। मन ही मन बोली—ऐसे ही होता है प्यार...प्यार ऐसे ही होता है।

●●●

सपने में चंद्रमा देखो तो...

सपना मन पर इस कदर सवार था कि वह सारा दिन राणा की दुल्हन बनी डोली। नए चूड़ी-बिछिया ! चुनरी-छाप नई साड़ी पहनी। पाँवों में आल्ता-महावर। माथे पर बिंदी। आँखों में काजल। पाँवों में पायलों की झनकार ! और माँग में आग-सा दहकता सिंदूर! कटे हुए बालों को बाँधकर चोटी।

श्रीराम शास्त्री ने अल्मा का रूप देखा। पहले तो अचरज में पड़ गए, फिर गद्गद हो गए। सुंदर लड़की—परी-रूप। पत्नी की वेशभूषा में। एकदम गँवई दुल्हन ! अनायास ही पंडित लोकमन की याद आ गई। कहा करते थे—कहनेवाले सच कह गए हैं हुस्न बसा है गाँव में ! अल्मा का रूप—महुआ की मादक गंध ! कच्चे आम-सा गदूदर बदन ! अमलतास-सा रंग और पलास-सी रतनार आँखें।

अब कोई देख ले, माँग में दिपदिपाता सिंदूर सोडे की तरह किसी शक-शुबह को जमने न देगा। चूड़ी-बिछिया उसके समर्पण के गवाह हैं। मन-वचन-कर्म से उनकी हो गई अल्मा। सहधर्मिणी का रूप धरकर अपने लिए वह खूँटा तैयार कर लिया, जिसे हिलाना भी पाप समझा जाता है। औरत का सच्चा और पक्का आत्मसमर्पण।

उनका मन आया सारी खुदाई निछावर कर दें।

बटुए से पाँच सौ का नोट निकाला और सिर पर वार दिया—किसी की नजर न लगे।

—पंद्रह अगस्त को मेरे संग खड़ी होना, मंच पर।—कहते हुए श्रीराम शास्त्री ने उसे अपनी बाँहों में भरकर सीने से लगा लिया। अपने क्षेत्र में आई है। पुराने संबंध कुलबुलाए होंगे, शील सतीत्ववाली अल्मा ने अपना पुराना सबकुछ इस नए संबंध के नीचे दबा दिया—संस्कारवाली लड़की की तरह। बदले में वे शाबाशी दे रहे हैं—रूप और गुण एक ही जगह ! नूर हीरा ! भौजी सच कहती है। आज यहाँ होती तो नाचने लगती। खबर पाएगी तो लड्डू बाँटेगी।

राणा की दुल्हन क्या सुन रही है, क्या नहीं ? वह सरकिट हाउस में है या मड़ोरा खुर्द में ?

अल्मा के कानों में एम्बैसेडर गाड़ी का हॉर्न बजता है। आँखें खोलकर इधर-उधर देखती है। ड्राइवर-सीट पर धीरज बाबूजी...। मोटर की गति से बिना डरे बस्ती के बच्चे उसे रोक लेते हैं। वह जितना लाई थी, पर्स खोलकर लुटाती जा रही है। काकियों के मंगल-गीतों में कार का शोर कहीं गुम हो जाता है।

श्रीराम शास्त्री, उसके माथे का चुम्बन ले रहे हैं और वह बेर के पेड़ के नीचे खड़ी राणा के साथ 'वीरदेव' पूज रही है।

न कोई विरोध न विद्रोह। न कोई खटास न करुआहट। सबकुछ भीतर से उमड़ते प्रेम पर निछावर ! अल्मा कुछ रुककर सोचती है—वह जो कुछ कर रही है, वह राणा

के लिए, या...या...नहीं-नहीं, ये उसके मन की सच्ची तरंगें हैं, जिन्हें रोक नहीं पा रही। सबकुछ वश के बाहर होता जा रहा है। पतिंगे की तरह आग के मुँह में जाने को आकुल, खुशी और आँसुओं की लहरों पर चलती हुई...। नींद टूट गई, फिर भी सजी-धजी स्त्री के रूप में जाग उठी !

वह चुपचाप खड़ी है, सामने खड़ा पुरुष हाथ छोड़ नहीं रहा। सपने में यह हाथ किसके हाथ में था ? वह अदृश्य। छिपा लेने की इच्छा-सा...। फिर हाथ छुड़ा लेने या पकड़े रहने का फर्क क्या है ?

अल्मा की देह में घुँघरू बज रहे हैं। वह किसकी ताल पर नाच रही है ? अपने आपसे पूछती है—सपना सच है, या यह जो सामने है ? वे दिन-रात अजीब तरह से गुजरे। शीशे के सामने बार-बार खड़ी होकर झूठ और सच का पता लगाती रही—अपने ही तन-मन का झूठ-सच...एक क्षण ऐसा आया जब लगा कि आसपास न राणा है न श्रीराम शास्त्री। अल्मा रथ में बैठी अपने इच्छा-मार्ग पर जा रही है...धीरज को अपने मंतव्य बताती हुई। काँपता हुआ कलेजा अब शांत है। वह गर्वित-सी भोर थी।

●●●

गजब !

संतोले तेजी से आता हुआ पुकारता है—अल्मा !

अल्मा की चूड़ियाँ छनछनाती हैं। पाँव की पायल बजती है। तब तक संतोले दो कमरों को पार करता हुआ उसके सामने आ पहुँचता है।

—गजब हो गया। श्रीराम को गोली लग गई !

संतोले हाँफ रहा है। लम्बी बूढ़ी होती पुराने रथ-सी देह काँप रही है। कंधे की बंदूक भी थरथरा रही है।—गजब हो गया, गजब !—संतोले की जुबान पर सुई अटक जाती है।

फिर भी अल्मा अविश्वास से देखती है—हैंऽऽ !

—क्या हुआ ? क्या हुआ ? क्या हुआ...की डोर में बँधे सरकिट हाउस के कर्मचारी संतोले के पीछे-पीछे आते हैं। लोग जमा होने लगे।

—गोली ?—अल्मा की आँखें ठहर गई, कंचे-गोली की तरह...

—तीन गोली लगी हैं, बचे और नहीं बचे श्रीराम ?—संतोले का निचला होंठ सूखे पत्ते-सा काँपता है। आँखें भरी हुईं।

—अरे नहीं। किसी ने झूठी खबर दे दी है। मंत्रीजी के सिर पर कौआ बैठ गया होगा। मंदिर के जीर्णोद्धार के लिए गए थे, वहाँ पुजारी और परसाद है कि बंदूक और कारतूस ?

—किसी पापी ने वहीं मार गिरायाऽऽ...—संतोले विलाप करने लगा।

झाँसी-सरकिट हाउस का माली खैलार गाँव के पास का ही रहनेवाला है, सारा भूगोल जानता है—भइया, सोचकर देखो इतनी फौज-पुलिस के संग गए थे साहब, और

फिर वहाँ छावनी की मलेटरी। बबीना तक टेंक ही टेंक। किसकी हिम्मत है ?

—कब आ रही है बॉडी ? भाई, बड़ा बुरा हुआ !—शहर का कम्युनिस्ट नेता मदन गोपाल अपनी छोटी और दुबली काया के चलते बर्र-सा उड़ा चला आया।

अलग-अलग आए दो लोगों के मुँह से निकली एक ही बात अक्सर झूठ नहीं होती।

अल्मा का चेहरा सफेद पड़ गया।

गोलियाँ उसके भीतर चलने लगीं—धाँय-धाँय-धाँय ! सामने जो खड़े हैं, वे लोग नहीं, अलग-अलग शक्लों में श्रीराम शास्त्री हैं—खून में लथपथ !

अल्मा कंठ खोलकर चिल्लाई—शास्त्रीजीऽऽई...। आँखें बंद हो गईं। दीवार के सहारे ढह गई।

झाँसी-सरकिट हाउस में भीड़ जमा होने लगी। इतनी बड़ी जगह छोटी पड़ने लगी।

गमी का सन्नाटा घिर आया। दिल दहलानेवाली चुप्पी में सिर ही सिरों का नजारा !

—अरे लखनऊ फोन तो कर दो।

—कर दिया। मुख्यमंत्रीजी आ रहे हैं। हैलीकॉप्टर तैयार हो रहा है। सिंधियाजी ने भी आने का वादा किया है। सारा इंतजाम करेंगे। लखनऊ से रेलगाड़ी की बोगियाँ रिजर्व करा दी हैं, जिसको भी आना हो। सरकार में मंत्री नहीं हैं तो क्या, किसी-किसी की सूरत ही असरदार होती है।

—टी.वी. पर समाचार आ गया।

—रेडियो पर भी खबर सुनी है। सिंधियाजी बड़ा काम कर रहे हैं। झाँसी के लिए उनके मन में प्रायश्चित का भाव रहता है। पुरखों ने जो गलतियाँ कर दीं, भरपाई करके मानेंगे। फिर चंबल और बेतवा ! पानी एक, तासीर एक।

बादल घिरे हैं। मनहूसियत हर चेहरे पर तारी है। झाँसी को अनाथ कर चला रे... बीड़ा उठाकर चला था, अंचल को रौनक से भर दूँगा। देख, किले पर रौशनियाँ झिलमिला रही हैं।

लोग रो रहे हैं। कुछ बातें कर रहे हैं—गोली किस पापी ने मारी ?—कोई पकड़ा गया ?—आजकल कातिल पकड़ा जाता है कहीं ? यही तो अंधेर है ? जाँच कमीशन पर सारी दारोमदार है।—कोई पागल ही होगा, जो गोलियाँ...—पागल कत्ल नहीं करते, इतनी बात तो शर्तिया है।—बीहड़ में से ही तो कोई नहीं चला आया, डाकू-डाकू में ठन पड़ी हो ?

—अरे यह कौन है बेहूदा ? स्वर्गीय आदमी को डाकू कह रहा है ? पुलिस कहाँ है ? साजिश में इस आदमी का हाथ हो सकता है।

—यार तुम भी। अपराधी को खोजना जिनका काम है, वे तो चुप लगाए हुए हैं, हम कौन ?

—हाँ, हमें क्या ?

—हमें क्यों नहीं, हम इस देश के नागरिक नहीं हैं ?

—कौन, कौन ? अच्छा, भा.ज.पा. नेता राघवेंद्र अग्निहोत्री। बोलो जोर से बोलो।

असल नागरिक तो नेता लोग ही होते हैं, बाकी तो भीड़भाड़। बाड़े की भेड़ें।

—बेटासिंह डाकू ने मारा है श्रीराम शास्त्री को।

—लो और देख लो।

—नहीं भाई, अग्निहोत्रीजी पक्के भाजपाई हैं। अंधविश्वास का दामन आज तक नहीं छोड़ा। बेटासिंह मारा गया, पर उसका भूत अभी भी जिंदा है। ठीक है, ठीक है।

—तुम भी...कौन कहता है, बेटासिंह मारा गया ? मरा तो उसका डुप्लीकेट था। सरकार ने मुनादी कर दी थी कि डाकू का हमशक्ल भी मार लाओ तो भी इनाम मिलेगा।

—अच्छा, तो यह बात है। वह ही सीट पर कब्जा करना चाहता होगा। डाकुओं की सुरक्षित सीटें हो गई हैं शायद। आरक्षण आ गया है। सबके हक का मामला है।

—यह भी मुमकिन है। सताए हुए बहिष्कृत लोगों में डाकू तो सबसे पहले आते हैं। चलो यह सहूलियत अच्छी हुई, शायद इसी से जुल्म की दुनिया में बदलाव आ जाए।

—आएगा जरूर, मगर आएगा डाकू बनने के बाद ही। बदलाव की कहानी विद्रोह से ही तो शुरू होती है।

शास्त्रीजी का पोस्टमार्टम होगा, तभी अब तक लाश यहाँ नहीं पहुँची।

●●●

भयानक आवाज में हॉर्न देती पुलिस वैन के पीछे सफेद कार चली आ रही है, जैसे कफन ओढ़े आगे बढ़ रही हो।

पुलिस गारद लाइन से हथियारों के मुँह झुकाए खड़ी है। मुर्दा मंत्री की सतर्क सुरक्षा...सरकिट हाउस के सामने जुड़ी अपार भीड़ के बीच से रास्ता बनाया जा रहा है। स्थानीय नेता शोक सिर पर लादे, मुँह पर थोपे धोती का छोर पकड़े या कुर्ता-पाजामा पहने हुए चले आ रहे हैं। देशभक्त लोगों की निष्ठा का सच्चा सबूत !

सूरजभान सबसे आगे आ रहे हैं !

हत्यारा चेहरा ! अल्मा की आत्मा से आवाज आई।

...मगर यह कुछ भी कहने या जाहिर करने का समय नहीं।

गमजदा घड़ी में किसके-किसके चेहरे देखे जाएँ ? कुछ देर का मेहमान श्रीराम शास्त्री का चेहरा...

●●●

हॉल के बीचोंबीच शव रखा गया। सफेद बर्फ जैसी चादर ऊपर, बर्फ की पिघलती शिलाएँ नीचे।

तिरंगा उढ़ा दिया गया।

सेना के अफसर फूलों का तना हुआ घेरा लेकर आगे बढ़े। एक-एक कदम साध-साधकर धरते हुए। पार्थिव शरीर पर श्रद्धांजलि अर्पित करने के बाद भयानक मुद्रा में सलूट मारकर वापस लौट लिए। मौत का वातावरण सजीव हो उठा। पुलिस बैंड ने

शोक-ध्वनि बजाई।

—तकदीर का सिकंदर श्रीराम शास्त्री ! भगवानदास माहौर से बाजी मार गया। आजादी के संघर्ष में जवानी गलाकर, काले पानी से निकले माहौर साहब इस सम्मान को ऐसे पा सके थे जैसे प्रशासन ने उन पर बड़ी कृपा की हो। तामझाम इस मुकाबले पर कहाँ... ?

—जमाने की माया, डाकुओं के दिन फिर गए।

—चुप रहो भाई। लोगों को अंट-चमंट बोलने की बुरी आदत है।

झंडा ओढ़े हुए श्रीराम शास्त्री की लाश को देखकर संतोले की बहू का धैर्य खंड-खंड हो गया। दहाड़ मारकर रो पड़ी—हाय रे पापी...झंडा फुराने के पहले ही...लला के मन की मन में रह गई रेऽऽ...

—यह महान औरत कौन है ? राष्ट्रीय तर्ज में रो रही है !

—नौकरानी। कल रात ही लखनऊ से आई है। किले पर आजादी के जश्न का तमाशा देखना था। पछतावा...

—कौन है यह, इधर ? श्रीराम शास्त्री की औरत।

—हाय विधाता ! इतनी कम उमर में विधवापन !

अल्मा भयार्त आँखों, डगमगाती हुई चली आ रही है। सफेद साड़ी का पल्ला सिर पर और बाल खुले हुए, साक्षात सरस्वती विलाप करती हुई...संतोले बाँह पकड़कर साधे हुए साथ चल रहा है। रो रहा है संतोले। बीच में फूट-फूटकर बिलखने लगता है। अल्मा के सिवा उसका कोई नहीं...

सावित्री सती-सी दुल्हन लाश के पास सिर झुकाकर बैठ गई। बंद आँखों से आँसुओं की लड़ियाँ ढुलक रही हैं। संतोले की औरत ने अल्मा को छाती से लगा लिया और विलाप करने लगी—बज्जुर भाग...वारी उमर कैसे कटे रे...

कैमरे चल रहे हैं। पत्रकारों की कलमों की गति तेज से तेज...। कैसेट बनानेवाले आ गए।

मुख्यमंत्रीजी का प्रोग्राम बदल गया, आज की जगह कल आएँगे। राज्यपालजी पारीछा में डटे हैं, पर वे थक चुके हैं। उद्घाटन का फीता काटा था। आज आराम करेंगे।

कोई नहीं ! अब क्या हो ? अच्छा ऐसा करो लाश जनता-दर्शन के लिए रखवा दो। झाँसी के लोग शोक-संतप्त, अपनी श्रद्धांजलि देना चाहेंगे।

शहर में मुनादी हुई—भाइयो, झाँसी के प्रिय राष्ट्रीय ख्याति प्राप्त नेता श्रीराम शास्त्री...

अखबारों में समाचार आ गया, रेडियो से भी प्रसारित हो गया।

नेता, मंत्री, डाकू। श्रीराम शास्त्री के तीनों रूप दर्शनीय मानकर जनता उमड़ पड़ी।

साथ में कम उम्र पत्नी का दर्शन ! दस्यु-सुंदरी ?

नहीं नहीं। है है। अनेक बहस-मुबाहिसों के चलते भीड़ बढ़ने लगी। सुरक्षा-जाँच

कड़ी कर दी। अल्मा को देखे बिना कोई नहीं जाना चाहता।

दैनिक 'जागृति' ने सनसनीखेज खबर छापी—विश्वस्त सूत्रों से पता चला है, मंत्री जी की हत्या में प्रसिद्ध नेता सूरजभान का हाथ है।...लेकिन सूरजभान इसका खंडन करते हैं—हम क्यों मरवाएँगे किसी को ? उनसे कम थे क्या ? वे तो खुद ही हमारे साथ समझौते का हाथ बढ़ा रहे थे। मिलकर इलैक्शन लड़ना था।

लोगों ने कहा—राजनैतिक पैंतरे।

अल्मा सिर झुकाए बैठी थी। हरीसिंह हाथ में दैनिक 'जागृति' लिए आ गए। धीरज साथ आए। अल्मा ने सिर उठाया और पूछा, 'धीरज बाबूजी, मरोड़ा खुर्द खबर कर दी ?'

'सब आ रहे हैं, चिंता मत करो।'

बातें चल रही हैं—जिसने भी मारा है, बड़ी बेदर्दी से मारा। चेहरा नीला, एकदम से। खुली हुई आँखों में कैसी दहशत है। देवता आदमी था। जिंदगी फ़कत खूनी कहानी बनकर रह गई।—धीरज बीच में टोकता है—स्वतंत्रता दिवस का भाषण अल्मा ने रात भर जागकर तैयार किया। किसी दूसरे का भरोसा कब करते थे ?—कहते हुए धीरज अल्मा की ओर देखता है।

हरीसिंह बोल पड़े—अल्मा को वे राष्ट्रीय स्तर की नेता से कम नहीं मानते थे।

मुख्यमंत्री !

आ गए। सुरक्षा-कर्मियों से घिरे हुए। रेशमी बादामी सिल्क के कुर्ते के ऊपर खादी की सदरी। सफेद धोती का छोर पकड़े हुए साँवले चेचकरू-चेहरा मंत्रीजी।

पंडित तेजी और जोर-जोर से मंत्र पढ़ने लगा।—वासांसि जीर्णानि यथा विहाय...

दो विधायक आपस में बातें कर रहे हैं—भाई बड़ा लजीला था, कहता था अल्मा हमारी रिश्तेदार है। मिलवाया था यही कहकर।

अल्मा के आँसुओं का बाँध टूट गया। पछाड़ खाकर गिरी। फूल-मालाएँ अस्त-व्यस्त हो गईं। मुर्दा पति के पाँवों पर सिर धरकर रोने लगी। रेशा-रेशा विलाप में डूब गया।

अल्मा पथरीले फर्श पर हाथ पटक-पटककर चूड़ियाँ तोड़ने लगी। संतोले की बहू रोना भूलकर पंडित की ओर मुँह करके चिल्लाई—मंतर पढ़कर सुहाग उतरवाओ पंडितजीऽऽई !

वह अल्मा को अपनी बाँह के सहारे साध रही है, होश खोकर चिंघाड़ती लड़की...

पंडित उठकर अल्मा के पास आया। मंत्र पढ़ने लगा। चूड़ियाँ संतोले की बहू उतारने लगी। अल्मा के पाँवों से बिछिया उतारे जा रहे हैं।

दोनों चीजें लाश के ऊपर रख दीं।

जनता और सत्ता साँस रोके देख रही है—प्रभुसत्ता के आगे किसका वश चलता है ?

कैमरा क्लिक-क्लिक !

पंडित को भूला हुआ मंत्र याद आया—नवानि गृहणाति नरोपणि...

हाय-हाय ! माँग का सिंदूर पोंछा जा रहा है। खोटी तकदीर...

मुख्यमंत्रीजी और राज्यपालजी साथ-साथ अल्मा के पास आए। उदास चेहरे...चेहरों पर ऐसे भाव, जैसे कोई नितांत अपना होता है। गम की सहभागी। खुशियाँ वापस लाने के संकल्पकर्ता। उनका डूबता-सा स्वर—इस दुख को हम लोगों को साथ-साथ झेलना होगा। आप और हम साथ हैं। आप जैसी लड़की इस कठिन घड़ी का हौसले से मुकाबला करेगी। हमें उम्मीद है। आपने श्रीराम शास्त्री को आंतरिक बल दिया, राजनीति में दिशा दी, हम जानते हैं। मरनेवाले की आत्मा को ईश्वर शांति दे।

यह शोक-संवेदना अक्षरशः अखबारों में दर्ज हुई, रेडियो में बोली गई, दूरदर्शन के लिए रिकॉर्ड हुई।

अल्मा की अशांत आँखें ! झाँसी की जनता देख रही है। नेता देख रहे हैं। पार्टी देख रही है।

दाह-संस्कार ? होनेवाला है।

—जल्दी करो।

—क्यों ?

—मुख्यमंत्रीजी को जल्दी जाना है।

—और वह जो मुख्यमंत्री को मुख्यमंत्री बनाकर गया ?—श्रीराम शास्त्री के दल के विधायकों की आँखों में आँसुओं की जगह गुस्सा छलक आया।

—ठीक है, ठीक है। आप अपना काम आराम से करिए।

—(फुसफुसाहट) गिरोह है सालों का !

अल्मा हाथ जोड़कर झुकी हुई...

●●●

ओरछा नगर। बेतवा नदी का कंचना घाट।

घाट पर राजा वीरसिंहजू देव की छतरी के पास अनेक वंशज राजाओं की छतरियाँ।

राज्यमंत्री श्रीराम शास्त्री के अंतिम संस्कार के लिए अल्मा ने ही यह ऐतिहासिक श्मशान चुना है। राजा राम मंदिर से शास्त्रीजी को विशेष लगाव था। चोरी छिपे निजी वाहन से वे अल्मा के साथ यहाँ दो बार आए थे।

टी.वी. कैमरा यहाँ भी फिट हैं। पत्रकार हर गतिविधि को कलमबद्ध कर रहे हैं। आकाशवाणी से आँखोंदेखा हाल प्रसारित हो रहा है।

—तट पर हजारों की संख्या में लोग एकत्र हुए हैं। अपने नेता को भावभीनी श्रद्धांजलि देने के लिए उत्तर प्रदेश और मध्यप्रदेश के गाँवों की जनता उमड़ पड़ी है। 'राम नाम सत्य है' की ध्वनि के साथ सेना के जवान अर्थी कंधों पर साधे एक-एक कदम आगे बढ़ रहे हैं। सूरज का रथ रुका हुआ है, धूप अच्छी है। किला बूढ़े बुजुर्ग की तरह सबकुछ देख रहा है।

अल्मा सफेद साड़ी में, आँखों पर काला चश्मा लगाए हुए साथ-साथ चल रही है। धीरज रस्सी से बँधे घंट लिए आगे-आगे जा रहे हैं।

घी साम्रगी चंदन लकड़ी। चिता चिनी जा रही है।

तीन पंडित मंत्र पढ़ रहे हैं। पुजारी चौपाई बोलता है—क्षिति जल पावक गगन समीरा/पाँच तत्त्व का बना सरीरा।

श्रीराम शास्त्री का पार्थिव शरीर अब चिता के सुपुर्द किया जा रहा है—वासांसि जीर्णानि यथा विहाय...। तट पर पवित्र धार्मिक वातावरण, शोक और मोक्ष भाव हवा में व्याप्त है।

"सोना ?" पंडित जी को याद आया।

सुनते ही अल्मा आगे बढ़ आई। अपनी नाक से लोंग उतारती है। लोंग श्रीराम शास्त्री के निमित्त अर्पण की।

भीड़ में आवाजों की लहर गुजर जाती है—अरे रे, देखो तो नाक की पुंगरिया तक दे दी बेचारी ने। हिम्मत से काम ले रही है। और कोई होती तो बेहोश हो जाती।

—बेहोश होने से चलते हैं काम ? अकेली को निपटाना है सब।

—क्यों, और कोई नहीं है संग ?

—दिखता तो नहीं।

—बेहोश ही नहीं हुई, आँखें तो कचनार के फूल-सी लाल और फटी-फटी...। एक पल को चश्मा उतारा था, देखा नहीं जा रहा। होंठ काँप रहे हैं। रूप बेरूप हो गया।

—चिता के पास जाकर पंडित से कुछ माँग रही है।

—माला। अर्थी के ऊपर पड़ी मालाओं में से एक माला माँगी है। लो, अपने गले में पहन ली। फोटोवाले फोटो खींच रहे हैं। जन प्रजा देख रही है। ध्यान में डूबी हुई स्त्री।

—रोली कुमकुम ! पंडित से माँगी है।

—अपनी माँग में भर ली। आखिरी बार सारा सुहाग-सिंगार ! हे राम !

—सती होने की मंशा तो नहीं ?

—क्या खबर भइया। पुलिस-मिलिट्री सब है, सती तो होने नहीं देंगे।

—पढ़ी-लिखी है खुद भी। सती नहीं होगी।

—अरे ! तुम कहते हो सती नहीं होगी, वह तो पति की चिता की परिक्रमा कर रही है।

—क्या मालूम कि अपनी इच्छा पहले की कह दी हो और पुलिस-मिलिट्री को अपनी निजी मामले में दखल न देने की ताकीद की हो। राज-काज में सब चलता है।

—माला पहनकर, कुमकुम लगाकर कैसी देवीरूपा लग रही है !

—भीड़ में से यकायक जयकार उठी—श्रीराम शास्त्री जिंदाबाद !

—पूरे सात फेरे किए हैं चिता के।

—तब यह सती हुए बिना नहीं माननेवाली।

—मुँह एकदम गेरू के रंग का हो गया है। भीतर से ही तेज उठ रहा है।

—गले में आँचल बाँधकर चिता को प्रणाम किया। देखा, पति के चरणों की ओर सिर झुकाकर बैठ गई। आज अच्छा होम होनेवाला है। अपनी आँखों देख लेंगे।

मंत्रोच्चार ऊँचा हुआ। पंडितों की आवाजों ने बेतवा का पानी तक गुँजा दिया।

भीड़ में सन्नाटा है। दृश्य ने होश भुला डाले।

''संतोले !'' किसी ने पुकारा।

''अरे उसका क्या करोगे ? जाति का चांडाल...''

''धीरे कहो भइया, अपनी खैर मनाओ। चांडाल-मैतर नहीं कहना चाहिए।''

''मुखाग्नि कौन देगा ?'' पंडित पूछ रहा है—बात वहाँ से यहाँ तक आई।

अल्मा ने झुका हुआ सिर उठाया। पथराए हुए चेहरे पर कोई भाव नहीं। शांत ढंग सधी लय...वह धीरे-धीरे उठी। खुले केश पल्ले से ढँक लिए।

—कहीं चिता में न कूद जाए ?

—चिता में आग तो लगने दो। ठंडी लकड़ियों पर नहीं बैठनेवाली।

—मन है तो सती होने में बुराई क्या है ? अपना-अपना प्रेम। जिंदगी, लंबी जिंदगी कटवाने क्या पुलिस आएगी ?

पंडितजी ने लकड़ी पर घी, कपूर लगाकर 'अग्निमुख' तैयार किया।

जलती हुई मशाल...! अल्मा ने मुँह फेर लिया।

—भाई, औरतों का मरघट में आनेवाला यह नया चलन अच्छा नहीं। कच्चे मन की होती हैं। इस लड़की को देखकर अच्छे-अच्छों की छाती फट जाए।

—देखो, कैसे देख रही है, जैसे रास्ता न पा रही हो। भटकी हुई हिरनी...

—आसपास भी कोई नहीं ? निपट अकेली है ?

भीड़ में भिन-भिन जैसा धीमा शोर उभर रहा है। श्रीराम शास्त्री की चिता से ज्यादा उनकी पत्नी ने लोगों का ध्यान खींच रखा है।

—अरे भाई क्या देरी है, चिता को आग नहीं दे रहा कोई।

—पंडित से कुछ कह रही है। क्या कह रही होगी ?

आगे से पीछे तक सूचना वाक्य आया—कह रही है, शास्त्रीजी का अपन कोई नहीं। हाँ होगा कहाँ से, डकैत रहे थे।

—डकैतों का कुटुंब परिवार न हो तो डाका किसके लिए मारें ?

—ये तो बेचारे संन्यासी डकैत थे। ब्याह भी अब किया। औलाद भी नहीं हुई।

यकायक भिनभिनाहट बंद हो गई।

जनसमूह स्तब्ध रह गया। लोगों की आँखें अंधी या नजर झूठी ?

अल्मा ने आहिस्ता-आहिस्ता अग्निमुख उठा लिया और अनवरत गूँजती मंत्रध्वनि के बीच श्रीराम शास्त्री की 'चंदन चिता' को अग्नि समर्पित कर दी।

पवित्र वैदिक क्रिया का ध्वंस ! पंडितों का स्वर-प्रवाह जहाँ की तहाँ जम गया।

वे अवाक् विमूढ़ स्थिर आँखों एक-दूसरे को देखते हुए...कपालक्रिया के मंत्र

भूल गए।

होश आया तो धर्म-अधर्म और पाप-पुण्य के दलदल में फँसे आदमी की मर्मांतक पीड़ा उनके चेहरों पर पुत गई। राजयोग और धर्म संकट, श्रीराम शास्त्री की दाहक्रिया का घोर अपमान...विवर्ण मुख ब्राह्मण अपराधबोध से तिलमिलाए मगर चिल्ला न सके।

क्या करें, क्या न करें ? अदृश्य शक्ति-सी नाजुक स्त्री सामने है।

आँखें खोले साँसें रोके अपार भीड़ हिल तक नहीं पा रही।

काठ और आग का सम्पर्क हुआ कि चिता धू-धू करके जलने लगी। धीरज ने सामग्री के साथ घी छोड़ा, लपटें उठने लगीं। लपटों के पीछे से अल्मा का चेहरा दमक-दमक जाता।

लोगों के बीच साँसों की आँधी-सी उठी, फिर अस्पष्ट आवाजों का कोलाहल... सनातन धर्म का ऐसा अनिष्ट ! निश्चित ही यह औरत होश में नहीं ! होश रहते अपने पति की नरक-कामना कौन करेगी ? मन में मलाल तक नहीं ! पंडितों को प्रणाम कर रही है। वे क्षमा के अलावा और क्या कर पाएँगे ?

लाल-लाल लपटें बेतवा नदी के जल में क्रुद्ध नागिन-सी लहरा रही हैं।

धुएँ की उठान ने धार्मिक अनुष्ठान को ढँक लिया। मंत्रबिद्ध-सा जनसमूह देख रहा है—कालिमा की धुंध में से निकलती हुई काल भैरवी-सी स्त्री चिता के चबूतरे से उतर रही है। यहाँ जुड़े जन-समाज के बीच चली आ रही है।

कहाँ जा रही है अल्मा ?

अल्मा उधर जा रही है, जिधर खड़ी है राणा की माँ कदमबाई, मंसाराम और कबूतरा समूह। भीड़ की सुन्न-समाधि की-सी अवस्था ! लोग हटते जा रहे हैं। रास्ता दे रहे हैं।

शून्य सन्नाटा ! धीरज ने सन्नाटा तोड़ने की खातिर जयकार बोली—श्रीराम शास्त्री जिंदाबाद ! बड़ी हलकी-सी ध्वनि जनता के बीच तरंगित होती हुई—जिंदाबाद, जिंदाबाद !

●●●

अखबारों के मुखपृष्ठों पर जो तस्वीर छपी उसमें अल्मा मुख्यमंत्रीजी के पास खड़ी बातों में संलग्न है। राज्यपालजी नजदीक खड़े सुन रहे हैं।

विशेष खबर यह थी—प्रदेश के समाज कल्याण मंत्री श्रीराम शास्त्री का अंतिम संस्कार ओरछा के कंचना घाट पर सम्पन्न हुआ।

कल दूसरी खबर होगी—श्रीराम शास्त्री के निधन के कारण खाली हुई बबीना विधान सभा सीट के लिए सत्तारूढ़ पार्टी की ओर से श्रीराम शास्त्री की निकटतम सहयोगी और निष्ठावान गाइड अल्मा उम्मीदवार होंगी।

●●●